Perry Rhodan

Kosmos-Chronik

Perry Rhodan

Kosmos-Chronik
Reginald Bull

von
Hubert Haensel

VPM Verlagsunion
Pabel Moewig KG, Rastatt

Redaktion: Klaus N. Frick/Sabine Bretzinger
Titelillustration: Johnny Bruck
Druck und Bindung: Graphischer Großbetrieb Pößneck
Printed in Germany 2000
ISBN 3-8118-2096-6

»Terraner lieben die Sterne
und das Leben.«

(Reginald Bull anläßlich der Feierlichkeiten
zum 100jährigen Bestehen der Explorerflotte)

Diese [illegible]
den Freunden [illegible]
der größten [illegible]
und allen, die [illegible]

[illegible]
für die [illegible]
während der Arbeit [illegible]
[illegible]

[illegible]

[illegible]

Dieses Buch widme ich
den Freunden von PERRY RHODAN,
der größten Science Fiction-Serie der Welt,
und allen, die es noch werden wollen.

Zugleich danke ich meiner Familie
für die nahezu unerschöpfliche Geduld
während der Arbeit an diesem Mosaikstein
terranischer Geschichte.

Ad astra

Hubert Haensel

Eben noch hatte er gelacht, hatte von Marsmenschen und außerirdischen Schönheiten gesprochen, von jenen weiblichen Geschlechts natürlich. »Schade, daß ausgerechnet wir das nicht mehr erleben werden«, hatte er mit einem tiefen Seufzen und sehnsuchtsvollem Gesichtsausdruck verkündet. »Wißt ihr, Jungs, wie ich mir eine derart geschichtsträchtige Begegnung vorstelle ...?«

Genüßlich grinsend hatte er mit beiden Händen seiner Phantasie Gestalt verliehen und kurvenreiche Linien in die Luft gemalt, aber dann, von einer Sekunde zur anderen, war er in Nachdenklichkeit versunken und hatte begonnen, auf der Unterlippe zu kauen. Er hatte sich nach vorne gebeugt, den bauchigen Kognakschwenker mit beiden Händen umfangen und geschwiegen.

Der plötzlichen Stille haftete etwas Bedeutungsvolles an. Nur im Hintergrund waren noch Stimmen zu hören; gedämpft und wie aus weiter Ferne drangen sie heran. Ebenso die einschmeichelnde Lautsprechermusik. Auch sie schien die drei Männer nicht mehr zu erreichen, die in einer Nische des »White Horse House« einfach nur Entspannung suchten.

Sie hatten von der Zukunft gesprochen. Von ihrem Start zur ersten bemannten Mondlandung in genau einer Woche. Sofern alles reibungslos verlief. Die Planung war wasserdicht; trotzdem gab es vieles, was schiefgehen konnte. Daran, daß es ein Flug ohne Wiederkehr werden könnte, verschwendete keiner einen Gedanken.

»... five hundred miles away from home ...«, wisperte die Lautsprecherstimme. Bobby Bare war heute wieder in Topform, zum dritten oder vierten Mal lief das Lied bereits.

»Ein Katzensprung ...« Zwei wasserblaue Augen fixierten den Brandy, doch ihr Blick schien sich zugleich in weiter Ferne zu verlieren. Irgendwo in Raum und Zeit. Captain Reginald Bull, seines Zeichens Elektronik-Ingenieur und ansonsten gar nicht mundfaul, gab sich an diesem Abend ungewöhnlich schweigsam. Clark G. Flipper und Perry Rhodan redeten mehr.

»... ach, wär' ich doch nur schon heut'
irgendwo, unendlich weit,
wär' ich fünfhundert Meilen von zu Hause ...«

Eine steile Falte erschien über Reginald Bulls Nasenwurzel. Er lauschte der Musik, hob den Kognakschwenker gedankenverloren und kippte den spanischen Brandy in einem Zug. Gleichzeitig bemerkte er, daß die Freunde ihn amüsiert musterten.

Ruckartig stellte Bull das Glas ab und fuhr sich mit einer Hand über das rote Stoppelhaar, das sein Gesicht noch ein wenig voller erscheinen ließ, als es dies ohnehin war. Die Sommersprossen auf den Wangenknochen paßten dazu. Wer ihn nicht kannte, hätte in ihm kaum einen der Astronauten vermutet, die seit Wochen Thema vieler Nachrichtensendungen waren.

»Einmal Mond und zurück«, sagte er sehnsuchtsvoll und fügte in einem Tonfall, der jeden Widerspruch unterbinden sollte, hinzu: »Die Sterne werden uns gehören!«

Clark G. Flipper kniff die Brauen zusammen und starrte Bull entgeistert an, dann begann er schallend zu lachen.

»Ha!« äffte Reginald Bull ihn unwillig nach. »Ha, ha! – Hör mir zu, Flipp, ich wiederhole es extra für dich: Die Sterne werden uns gehören! Wir müssen nur daran glauben!«

Auszug aus der Sammlung »Anekdoten, Aphorismen und Bonmots führender Persönlichkeiten des Raumfahrtzeitalters«. Ursprünglich Privatbesitz: Heik Hanslang, Terra. Reginald Bull am 12. Juni 1971. Trägermaterial: handschriftliche Notiz H. Hanslang, angefertigt im »White Horse House«.

Im Mahlstrom der Sterne

17. August 3580

Wenn er es recht bedachte, hatte er vierzig Jahre verloren ...

... und nun floh er an der Seite seines »halb verrückten« Privatroboters quer durch Imperium-Alpha – »verrückt« insofern, als Breslauer die zurückgewonnene Freiheit mit riskanten Winkelzügen wieder aufs Spiel setzte.

Ein verwirrendes Konglomerat lange entbehrter Gefühle stürzte in diesen Minuten auf Reginald Bull. Vierzig Jahre an sich bedeuteten für einen potentiell Unsterblichen wie ihn wenig, sie waren kaum mehr als ein kurzer Abschnitt im Fluß der Zeit. Ob aufregend oder nicht, Bully zählte Jahrzehnte im allgemeinen wie andere Leute die Tage, dennoch sah er sich selbst nicht als etwas Besonderes – so überheblich war er nie gewesen und würde es niemals sein. Mitunter empfand er die Unsterblichkeit eher als Last denn als Lust, und denen, die ihn früher stets beneidet hatten, hätte er gerne entgegengehalten, sie sollten sich nur einige wenige Jahrzehnte lang mit dem psychischen Ballast abquälen, der sich unvermeidbar ansammelte. Freunde, Verwandte, geliebte Menschen altern und sterben zu sehen, während man selbst sich nicht veränderte, nicht einmal ein graues Haar bekam, das waren Erfahrungen, die sich in steter Folge wiederholten und jedesmal tiefe Narben hinterließen.

Hin und wieder hatte Reginald Bull geglaubt, den Punkt erreicht zu haben, an dem er es nicht mehr aushalten konnte, an dem ihm die eigene Haut endgültig zu eng geworden war wie ein Panzer, der ihm die Luft abschnürte und sich als schrecklichstes aller Gefängnisse erwies. Doch er hatte gelernt, daß es besser war, zu schweigen und den Frust in sich hineinzufressen, weil er überall nur auf Unverständnis gestoßen wäre: beim normalen Bürger mit seinen annähernd einhundertundfünfzig Jahren Lebenserwartung ohnehin, aber ebenso bei den anderen Zellaktivatorträgern, denen das Schicksal wie ihm zur Unsterblichkeit verholfen hatte. Reginald Bull war überzeugt davon, daß auch sie ihre typisch menschlichen Regungen unterdrückt hatten. Es konnte gar nicht anders sein.

Was immer Menschen sich erträumten, besaß für sie nur so lange unschätzbaren Wert, wie es ein Traum blieb.

Hatte ihm Schlimmeres geschehen können als die Realisierung seiner Träume? Bully stieß ein unwilliges Schnaufen aus. Die Achterbahn der Empfindungen drohte ihn mitzureißen. Er mußte gerade jetzt einen kühlen Kopf bewahren. Vierzig Jahre hatte er ohne Gefühle gelebt und nur die Logik in den Vordergrund gestellt, doch plötzlich war alles wieder da: Liebe, Haß, Sehnsucht und Trauer.

Warum habe ich diesen Irrsinn unterstützt? hämmerte es unter seiner Schädeldecke – ein pochender Schmerz, der sich tief in seine Seele einbrannte.

Die Menschheit stand am Rand eines Abgrunds und war unfähig, das nahende Ende zu erkennen. *Aphilie* – ein Kunstwort, das frei definiert soviel wie »Lieblosigkeit« bedeutete, bezeichnete den Zustand und die Geistesverfassung. Die Erde ähnelte einem totalitären Ameisenstaat, in dem das Individuum nur zweckbedingt und nach rein logischen Grundsätzen handelte.

»Warum?« stieß Reginald Bull keuchend hervor. Einen Augenblick lang hielt er inne und lauschte in die Stille der Korridore und Gänge, Liftschächte und Rohrbahntunnels. »Sag mir, warum Menschen so reagieren!«

Wie nahe waren die Verfolger? Sie würden ihn töten, sobald sie seiner habhaft wurden; sie mußten es tun, denn das verlangte die Logik. Selbst Maschinen handelten menschlicher als diejenigen, die sie erschaffen hatten.

Wie ein Fels in der Brandung hatte sich Reginald Bull gefühlt, doch jäh erkannt, daß er nichts anderes gewesen war als ein glattgeschliffener Kiesel, den die Wogen des Schicksals mitgerissen hatten. Alles in ihm befand sich nun in Aufruhr; in den Schläfen pochte das Blut, Hitze durchtobte die Adern, und sein Magen rebellierte ohnehin, seit er das eigene Versagen erkannt hatte.

Vergeblich stemmte er sich gegen den metallenen Koloß, der ihn unnachgiebig an die Schachtwand preßte – zu seinem Schutz zweifellos, aber damit wollte Bully sich nicht abfinden. Wut und Zorn mischten sich mit grenzenloser Enttäuschung, und was er absolut nicht vertragen konnte, war das Empfinden, in jeder Hinsicht auf den Roboter angewiesen zu sein. Die Springflut lange entbehrter Gefühle erstickte ihn schier.

»Ich kann gut auf mich allein aufpassen.« Seine Stimme versagte vor Aufregung, und nur ein Stöhnen rang sich über seine Lippen, denn in dem Moment zündete die Bombe, die der Roboter in den abgeschalteten Antigravschacht geworfen hatte.

Die Explosion war wie ein kleiner Weltuntergang und schien Bulls Trommelfelle zu zerreißen. Der grelle Lichtblitz fraß sich durch seine krampfhaft geschlossenen Lider hindurch und blendete ihn.

Breslauer sagte etwas. Wahrscheinlich mit großer Lautstärke, doch für Reginald Bull blieben die Worte ein unverständliches fernes Murmeln. Dafür konnte er, mühsam blinzelnd die klebrige Nässe unter den Lidern vertreibend, im Antigravschacht dichte Rauchschwaden erkennen. Wie ein alles verschlingender Moloch quollen sie heran. Es stank erbärmlich nach schmorenden Kunststoffen und Ozon, eine Mischung, die Bullys Magennerven nicht zur Ruhe kommen ließ.

Der Roboter raste mit ihm in die Tiefe. Die schnelle Abwärtsbewegung war Gift für Bulls ohnehin lädiertes Befinden. »Wir werden am Boden zerschmettern«, stieß er hustend hervor.

Die Antwort fiel ähnlich unverständlich aus wie zuvor.

»Ich bin taub!« ächzte Bull. »Das muß es wohl sein.«

Der Roboter reagierte in keiner Weise. Fetter schwarzer Qualm hüllte sie beide ein. »Ich bin taub und blind!« fügte Reginald Bull hinzu. Jeder Atemzug wurde zur Qual. »Verdammt, kümmert es dich überhaupt nicht mehr, was mit mir ...?«

Seine Haarstoppeln sträubten sich. Schier übermächtig wurde das Empfinden, aus nächster Nähe angestarrt zu werden.

Aber das war unmöglich! Breslauer hatte alle Überwachungsanlagen desaktiviert. Zudem war der Rauch so dicht, daß Bull selbst kaum die Hand vor Augen sehen konnte.

Das Unbehagen blieb nicht nur, es wuchs sogar an. Wie Nadelstiche spürte Reginald Bull die fremden Blicke. Sie sezierten ihn ...

Er spannte die Muskeln an und ballte die Hände zu Fäusten. Die Brauen zusammengekniffen, das Kinn trotzig vorgereckt, versuchte er, mehr als nur wogende Schemen in der Schwärze zu erkennen.

Die Zeit war längst stehengeblieben, sie dehnte sich endlos. Nur dieses verdammte Brennen unter der Schädeldecke wurde immer intensiver.

Wer bist du? fragten Bulls Gedanken.

Er erhielt keine Antwort.

Was willst du von mir?

Nichts. Absolute Stille, einzig und allein durchbrochen vom Knistern schwelender Kunststoffe.

Die quälende Leere in ihm wuchs. Reginald Bull redete sich das nicht nur ein. Nicht nach sechzehn langen Jahrhunderten, in denen er Erfahrungen gesammelt hatte, die anderen Menschen für ewig verwehrt blieben. Sie waren nur eine Handvoll Auserwählte, denen die Unsterblichkeit zuteil geworden war, doch das Schicksal hatte ihnen zugleich übel mitgespielt.

Auserwählte. – Das Wort besaß einen schalen Beigeschmack. Jeder, der zum richtigen Zeitpunkt am richtigen Ort gewesen wäre, hätte die Unsterblichkeit erlangen können, das war kein besonderes Verdienst. Der richtige Zeitpunkt war die Woche nach dem 19. Juni des Jahres 1971 gewesen und der Ort eindeutig der irdische Mond.

Reginald Bulls Gedanken schweiften zurück. Nichts hatte er vergessen, seine Erinnerungen lagen nur unter dem Ballast von eineinhalbtausend Jahren vergraben, den es wegzuräumen galt. Dieser Ballast barg einen Hauch von Nostalgie und die Hoffnung auf eine bessere Zeit.

Nahm der Antigravschacht gar kein Ende?

Gehetzt blickte Bull um sich. Er war so verdammt hilflos, auf Gedeih und Verderb dem Roboter ausgeliefert, der nichts von alldem wahrhaben wollte. Immer noch wurde er von irgendwoher angestarrt, aber plötzlich entsann er sich, woran ihn dieses Prickeln unter der Schädeldecke erinnerte.

Es war wie damals, als er auf dem Mond den notgelandeten Kreuzer der Arkoniden vor sich gesehen hatte. Sein Staunen und sein Aufbegehren würde er nie vergessen.

Die Erinnerung schlug über ihm zusammen …

Der erste Schritt

An jenem schicksalsträchtigen 19. Juni des Jahres 1971 n. Chr. hatte die Menschheit schon ein gutes Stück ihres langen und durchaus beschwerlichen Weges, landläufig als Evolution bezeichnet, hinter sich gebracht. Zwischen den ersten Faustkeilen und der Beherrschung des Feuers bis hin zu pervertierten atomaren, biologischen und chemischen Massenvernichtungswaffen lagen Welten.

Die Spezies aufrecht gehender Zweibeiner – *homo sapiens* – hatte sich die Erde untertan gemacht und war im Begriff, ihre Heimat hemmungslos auszubeuten. Als gäbe es jederzeit Ersatz für den Planeten, im Supermarkt um die Ecke oder sonstwo. Späteren Geschichtsschreibern blieb es vorbehalten, darin die Auswüchse einer Konsum- und Wegwerfgesellschaft zu sehen, die jeglichen Respekt vor der Natur verloren hatte.

Andererseits gab es Menschen, die in klaren Nächten zu dem Myriadenheer funkelnder Sterne aufschauten und ihre Blicke forschend über das zernarbte Antlitz des Erdtrabanten wandern ließen. Sie empfanden Abenteuerlust und die Verlockung der unvorstellbaren Weite ebenso intensiv wie jenes prickelnde Gefühl, das sie Romantik nannten. Diese Menschen schickten sich an, erstmals einen anderen Himmelskörper zu betreten – ein Vorhaben wie keines zuvor in der Geschichte, weder vergleichbar dem sagenumwobenen Turmbau zu Babel noch der entbehrungsreichen Seefahrt eines Christoph Kolumbus, der Indien gesucht, aber Amerika gefunden hatte.

Was erwartete die Astronauten, die als erste ihren Fuß auf die staubbedeckte Oberfläche des Erdtrabanten setzten? Ein neues Land, vor allem jedoch lebensfeindliche Ödnis und Leere, eigentlich nichts, was die vorangegangenen Mühen und Strapazen wirklich lohnte. Oder keimte da ein Stückchen Hoffnung auf mehr – auf kleine grüne Männchen vielleicht oder auf Kälber mit zwei Köpfen, die im Schatten der Mondkrater ein luftloses Dasein fristeten?

Humbug waren solche Gedanken allemal. Die Erde stand nicht mehr im Mittelpunkt des Universums, und die Sonne drehte sich schon lange nicht mehr um den vergleichsweise kleinen Planeten, doch die angebliche

Krone der Schöpfung trugen die intelligenten Zweibeiner nach wie vor mit dem Stolz der Ignoranz. Für sie existierte nun mal kein außerirdisches Leben – aber falls vielleicht doch irgendwo ganz weit draußen, dann würde es die gute alte Erde wohl nie erreichen, dieses Hintertürchen hielt man sich frei. Wie sich damit ein wachsender UFO-Glaube und manche Hysterie vereinbaren ließen, das blieb ein Geheimnis.

Wie dem auch sei, entsprechend allen Epochen zuvor waren auch im ausgehenden zwanzigsten Jahrhundert Pioniergeist und der Mut einzelner gefragt. Die U. S. Space Force brauchte für den ganz großen Schritt Menschen, die bereit waren, persönliche Risiken zu tragen. Koryphäen aus Wissenschaft und Technik hatten den uralten Traum der Menschen verwirklicht und ein technisches Meisterwerk geschaffen, das jedem Vergleich standhielt.

Dieser Gestalt gewordene Traum besaß einen klangvollen Namen: STARDUST.

»Sternenstaub« – treffender hätte die Bezeichnung nicht sein können. Selbst die Erde galt inzwischen allgemein als Staubkorn im Universum.

Mit imposanten 91,6 Metern reckte sich das dreistufige Raumschiff in den Nachthimmel über den Nevada Fields, entmystifiziert von den gleißenden Scheinwerferbatterien, die keinen Raum ließen für erquickende Schatten. Halb geblendet hoben die vier Astronauten ihre Arme vors Gesicht, als sie über schmale Versorgungsstege an Bord der Rakete gingen.

Perry Rhodan, Major und Risikopilot der U. S. Space Force, winkte in die aufgereihten Kameras. Seine Flugerfahrungen ebenso wie die herausragende Fähigkeit, komplexeste Sachverhalte schnell zu analysieren und in seine Entscheidungen einzubeziehen, hatten ihn zum Kommandanten der ersten bemannten Mondlandung gemacht.

Sein Bild ging in diesen Augenblicken um die Welt. Vermutlich wünschten sich viele Mütter den schlanken, 1,89 Meter großen Mann als Schwiegersohn. Den Raumhelm unter den Arm geklemmt, lachte Rhodan in die Kameras, und die Reporter wiederholten zum wer weiß wievielten Mal Wahres und Zusammengereimtes und glänzten ebenso durch Weglassungen, die keinem auffielen, der Major Perry Rhodan nicht persönlich kannte.

»... wohl niemand in Manchester im Bundesstaat Connecticut kann in dieser Nacht die Augen schließen, bevor die STARDUST endlich, auf Flammensäulen reitend, im Himmel verschwinden wird. In Manchester wurde Major Rhodan am 8. Juni 1936 geboren. Wir versuchen innerhalb der nächsten Stunde Nachbarn und Freunde der Familie vor die Kamera zu bekommen. Sie sollen uns erzählen, wie Rhodan als Kind war. Ich habe mir sagen lassen, daß Perry Rhodan schon immer ein besonderes Interesse an Sternen, Astronomie und Raumfahrt hatte. – Ein Onkel bewirtschaftet in Wisconsin eine Farm. Ein anderer Onkel, Kenneth Malone, war bereits 1948 Colonel der Air Force und später maßgeblich am Aufbau der Cape Canaveral Air Force Station beteiligt, aus der die NASA-Basis entstand. Zweifellos war der Einfluß des Colonels auf Perry Rhodan entscheidend für seinen Besuch der Kadettenschule und die Laufbahn als Risikopilot ...«

Der zweite Mann, der hinter Rhodan die STARDUST betrat, war mehr als eine Handspanne kleiner. Er schritt ebenfalls kräftig aus; das Poltern seiner Stiefel auf dem Metallgitter war trotz der großen Distanz zu den Kameras nicht zu überhören. Vor der Luke hielt er inne, drehte sich direkt in die Objektive und bedachte alle Fernsehzuschauer mit einem auf die Fingerspitzen gehauchten Kuß. Sein Grinsen dazu hatte etwas Ansteckendes, beinahe Kumpelhaftes.

Captain Reginald Bull, geboren am 14. Mai 1938 in Flushing, New York, verkündete ein eingeblendetes Schriftband. *Elektronik-Ingenieur an Bord der STARDUST. – Größe: 1,68 Meter. Gewicht: 76 Kilogramm.*

»... wir haben versucht, mehr über Captain Bull in Erfahrung zu bringen, der von seinen Freunden Bully genannt wird, doch standen wir bei seiner Mutter und seiner Schwester vor verschlossener Tür. Nachbarn sagten uns, daß Captain Bulls engste Verwandte den Start zum Mond vor Ort beobachten wollen, also hier in Nevada Fields, wo sich längst etliche tausend Schaulustige eingefunden haben. Ein riesiges Picknick vereint die Menschen, die aus allen Bundesstaaten angereist sind, um bei einem der heutzutage leider selten gewordenen großen geschichtlichen Ereignisse hautnah dabeizusein.

Vielleicht bekommen wir im Laufe der Nacht ja noch Mrs. Eleonore Belle Bull vor die Kameras. Auch den Onkel des Captains trafen wir nicht an, dafür seine Freundin Miriam. Sie verriet uns, daß die beiden sich während der letzten sechs Monate nur ein einziges Mal gesehen haben. Möglicherweise, liebe Zuschauerinnen und Zuschauer unseres Informationsmagazins *VIPs hinterfragt*, erleben wir nach der glorreichen Rückkehr unserer heldenmütigen Raumfahrer eine medienwirksame Verlobung. Miß Miriam wollte das nicht ausschließen, wenngleich sie einräumte, gewisse Differenzen zwischen Reginald Bull und ihr seien auf das harte Training zurückzuführen, das kaum Platz für individuelle Freizeit ließ. – Um es mit anderen Worten zu sagen ...«, der Kommentator lachte leise, »... ich glaube nicht, daß unsere Astronauten hinter Klostermauern eingesperrt waren.«

Auch die anderen beiden Raumfahrer hatten mittlerweile die Rakete betreten. Ihre Konterfeis wurden mit Standbildern eingeblendet.

Captain Clark G. Flipper, Fachgebiete Astronomie und Mathematik, Nebenzweig Physik.

Leutnant Dr. Eric Manoli, Mediziner und Geologe; zugleich der unauffälligste und ruhigste Mann des Teams.

Die Zeit des Wartens auf den Start hatte wieder begonnen. Die Bilder zeigten Impressionen der Rampe und der weit entfernt hinter sicherer Absperrung wartenden Zuschauermenge, und der Kommentator klammerte sich nach einer Weile fast schon hilfesuchend an die technischen Details der STARDUST.

Der Countdown näherte sich langsam dem Ende.

Captain Reginald Bull

Juni 1971

»Endmeldung STARDUST an Zentrale«, hörte ich Perry Rhodans Stimme im Helmlautsprecher. »An Bord alles wohlauf. Wir melden uns ab bis zum Brennschluß von Stufe eins.« Sein Blick schweifte über die Kontrollen, streifte Clark, er nickte dem Doc zu und grinste mich herausfordernd an, als wollte er sagen: »Ab hier gibt es kein Zurück mehr, Bully! Erfüllen wir den Menschen und uns den größten Traum!«

Das Gurgeln und Brodeln der Pumpen einige Dutzend Meter unter uns durchschlug die Isolierungen. In wenigen Augenblicken würden wir auf einem gigantischen Flammenbündel in den Himmel steigen, von gewaltigen Kräften in die Liegen gepreßt und mit verzerrten Gesichtern darauf wartend, daß der unerträgliche Andruck endlich wieder nachließ, während zugleich Millionen Menschen in aller Welt gebannt auf ihre Fernsehgeräte starrten und live erlebten, wie ein weißglühender Feuerball im wolkenlosen Sternenhimmel kleiner und kleiner wurde, der Flammenstrahl in den dünneren Luftschichten auffächerte und schließlich erlosch.

Unmögliche Gedanken schossen mir durch den Sinn, Erinnerungen an längst vergessen Geglaubtes; es war, als würde ein zum Tod Verurteilter in Sekundenschnelle noch einmal sein Leben vor sich ablaufen sehen. Hätte ich etwas anders oder besser machen können? Verdammt – ich hatte nicht vor, auf dem Weg zum Mond oder zurück den Löffel abzugeben. Überhaupt sollte ich mich eher auf unsere triumphale Rückkehr konzentrieren, auf die dann fällige Parade durch die Straßenschluchten New Yorks, die tonnenweise herabregnenden Konfetti und – na ja, eben die schönen Seiten des Lebens. Perry war nicht verheiratet, ich ebenfalls nicht, und ich hatte keineswegs die Absicht, was mich anbelangte, daran etwas zu ändern.

Im Geschichtsunterricht würden künftig die Filme, die wir während unserer Ausflüge auf dem Erdtrabanten aufzeichnen sollten, zum Standardprogramm gehören. Das Bild der sichelförmig aufgehenden Erde, strahlend blau im gleißenden Sonnenlicht und wie ein Juwel über den kahlen Kratern und Felsformationen des Mondes ... Was wir zu sehen erwarteten, würde die Strapazen der Ausbildung und den langen Verzicht auf ein geregeltes Privatleben wert sein.

Die chemisch angetriebene erste Raketenstufe zündete. Jeder von uns hatte schon eine Reihe Starts und Landungen mitgemacht – Erdumkreisungen, Aufenthalte in der Raumstation im Orbit, sogar einen Flug in die Mondumlaufbahn –, doch diesmal war es anders.

Zieht euch schon mal warm an, ihr kleinen grünen Männchen da oben – wir kommen!

Die Augen geschlossen, versuchte ich mir vorzustellen, wie die Zündungsdruckwelle über das Startgelände hinwegfegte und die STARDUST, von Versorgungsleitungen und Halteklammern losgelöst, majestätisch langsam, geradezu gemächlich, anruckte. Für bange Sekunden mochte es nach einer beängstigenden Neigung des Rumpfes aussehen, doch ich hatte nie daran gezweifelt, daß Computer und schwenkbare Steuerbrennkammern uns wie immer sicher auf Kurs bringen würden.

Das Atmen wurde zur Qual. In meinen Schläfen rauschte das Blut, und eine unheimliche Last drohte meinen Brustkorb zu zerquetschen.

Der Brennschluß der ersten Stufe folgte, begleitet von Augenblicken der Stille und diese nur durchbrochen von meinem eigenen gequälten Atmen. Planmäßige Flughöhe achtundachtzig Kilometer – lächerliche achtundachtzig Kilometer, verglichen mit den rund 380.000 Kilometern, die noch vor uns lagen. Geschwindigkeit 10.115 Stundenkilometer, zu wenig, um den Anziehungsbereich von Mutter Erde zu verlassen.

Zündung der zweiten Stufe. Das neu entwickelte kernchemische Triebwerk erreichte eine Ausströmgeschwindigkeit von 10.102 Metern pro Sekunde. Die maximale Endbeschleunigung betrug beachtliche 9,3 Gravos.

Du hättest abspecken sollen, Bully.

Fast glaubte ich, Perry Rhodan lästern zu hören. Doch die Worte entstanden nur in meiner Einbildung. Ich war nicht dick, wie er mir seit geraumer Zeit einzureden versuchte – was er als Speck ansah, waren in Wirklichkeit trainierte Bauchmuskeln. Und vielleicht ein klein wenig zum Zusetzen, sollte unsere Mission länger dauern als geplant. Aber dick? Warum fragte er nicht General Pounder, ob ich dann für die Mondmission ausgewählt worden wäre …

Von einem Augenblick zum anderen wich die erdrückende Schwere.

Brennschluß und Abtrennung der zweiten Stufe. Schwerelosigkeit! Mein Magen rebellierte nicht nur, er war im Begriff, sich umzustülpen. Brennend stieg die Magensäure in der Speiseröhre hoch. Ich durfte mich auf keinen Fall übergeben, eine solche Schweinerei hätte in der Enge des geschlossenen Helms fatale Folgen gehabt.

Jemand hustete krampfhaft. Es war der Doc selbst. »Wir haben das Schlimmste hinter uns«, stieß er abgehackt hervor.

Hastig schluckend versuchte ich, die Magensäure zurückzuhalten. Nur nicht reden, auch wenn es schwerfiel.

»Bully, was ist los mit dir?«

Ich mußte irgendwas essen, um die aufgewühlten Magennerven zu beruhigen. Leider verboten die verfluchten Vorschriften so ziemlich alles vor dem Ende der Beschleunigungsphase.

»Dicker, hat es dir die Sprache verschlagen?«

Wie durch einen fahlen Schleier hindurch sah ich Perrys Konturlager umklappen. Die Armaturen folgten der Bewegung.

»Alle Systeme arbeiten einwandfrei. Bully, du bist nicht zum Vergnügen an Bord – ausschlafen kannst du später.«

»Da soll gleich dieser und jener ...«

Mein Sessel schnellte hoch, doch die Gurte hielten mich zurück. Nur mein Magen ruckte nach vorne, wurde von den Muskeln aufgefangen und zurückgefedert. Das war ein Gefühl, als würden sich die Gedärme verknoten. »Was haben diese Büroheinis mit uns gemacht? Sag mir das, Perry! Die Sesselfurzer wissen überhaupt nicht, wie sich unsereins fühlt. Keine Ahnung haben die in der Bodenstation, aber uns ein neues Triebwerk unterjubeln, das können sie. Ich fühle mich, als hätte mich jemand an die Wand geklatscht und dort kleben lassen.«

»Es war härter als sonst«, gab Perry Rhodan zu. »Immerhin wurden wir vorübergehend auf 15,4 Gravos beschleunigt.«

Clark G. Flipper blutete aus den Mundwinkeln. Er war leichenblaß, und wenn ich seinen Zustand richtig einschätzte, ging es ihm dreckiger als mir.

Alle Vorschriften konnten mir gestohlen bleiben, ich löste meine Gurte. Die Magnetsohlen knallten auf den Boden und halfen mir, mich an die Schwerelosigkeit zu gewöhnen.

Flippers Sichtscheibe verschmierte allmählich von innen. Doch so schlimm, wie es aussah, war seine Verletzung zum Glück nicht. Unser Astronom schien sich nur kräftig auf die Zunge gebissen zu haben.

»Bist du nicht satt geworden, Flipp? Oder war die Henkersmahlzeit vor dem Start nicht dein Geschmack? Freie Auswahl, Junge, wie vor dem Gang aufs Schafott!«

Er grinste mich schief an, als ich seinen Helm abnahm, brachte aber nur ein schmerzerfülltes Stammeln über die Lippen. Blutstropfen schwebten wie Perlen an einer unsichtbaren Schnur davon, bevor sie an der nächsten Konsole zerstäubten.

Während Perry Rhodan der Bodenstation Meldung machte, nahm ich die Ausgleichsberechnungen vor. Mit knapp vier Sekunden voller Schubkraft würden wir den Zeitverlust ohne neues Flugfenster ausgleichen können.

Endlich begann das kernchemische Atomstrahltriebwerk der letzten Stufe zu arbeiten. Diese Technik war unabdingbar für die Eroberung des Weltraums. Wenn wir weiter hinauswollten als bis zur Mondbahn, mußten wir eines Tages ein reines Ionentriebwerk besitzen, das unsere Raketen bis nahe an die Lichtgeschwindigkeit beschleunigen konnte. Dann dauerten Reisen zum Mars, zur Venus oder gar bis in den Asteroidengürtel nicht länger, als wir heute für den Flug zum Mond benötigten. Vom Beschleunigungs- und Bremsmanöver einmal abgesehen.

Du bist ungeduldig, Bully, stellte ich für mich selbst fest. *Bis vor wenigen Tagen war der Flug zum Mond für dich das Höchste, und schon willst du mehr. Vielleicht werden deine Kinder eines Tages auf dem roten Planeten spazierengehen, warum nicht, aber vorerst mußt du dich auf das Machbare beschränken. Die Landung auf dem Mond ist für uns vier ein kleiner Schritt, doch ein großer für die Menschheit.*

Hinter uns die Erde – ein aus dieser Distanz zerbrechlich anmutender blauer Ball in der matten Schwärze des Weltraums. Die Sterne funkelten nicht, aber ihre Zahl war weitaus größer, als man selbst von den höchsten Berggipfeln aus je bewundern konnte. Sie schienen zum Greifen nahe und waren dennoch unendlich weit entfernt.

Wie klein und bedeutungslos wurden auf einmal all die selbstgemachten Probleme, mit denen wir Menschen uns herumschlugen. Die Erde war verletzlich, filigran das dünne Band der Atmosphäre, die alles Leben vor der tödlichen kosmischen Strahlung schützte.

Ich nahm mir einige Atemzüge Zeit, diesen Anblick zu genießen, und ich glaube, den anderen erging es ähnlich. Für einen Augenblick innehalten und die eigene Bedeutungslosigkeit spüren ... Die Erde konnte wirklich nicht alles sein, da draußen mußte es mehr geben, als wir in unseren kühnsten Träumen zu ahnen wagten. Sehr viel mehr.

Irgend jemand beobachtete mich. In dieser Sekunde – ich fühlte es.

War das *Gott?* Oder wenigstens seine Nähe?

Die Russen hatten nach ihren Erdumkreisungen behauptet, Gott hätten sie nicht gesehen. Das waren Phrasen, Propaganda, nicht mehr und nicht wert, sich darüber den Kopf zu zerbrechen.

»Seit wann so nachdenklich, Dicker?« fragte Perry wie beiläufig.

»Unser Reginald schlägt sich mit tiefschürfenden Gedanken herum«, nuschelte Flipper. »Ihn interessiert, ob es eine Frau im Mond gibt.«

Für die Bemerkung schenkte ich ihm mein mitleidigstes Lächeln.

»Clark G. Flipper«, sagte ich, »du hast dich noch nicht fest genug auf die Zunge gebissen. Beim nächstenmal helfe ich nach.«

»Was ist los bei euch da oben?« wollte die Bodenstation wissen. »Gibt es keine Arbeit an Bord?«

»Frühstückspause«, konnte ich mir nicht verkneifen. Soeben war die Sonne hinter dem Erdball aufgegangen.

Es kann angenommen werden, daß Erde und Mond annähernd zur gleichen Zeit entstanden, vor schätzungsweise 4,6 Milliarden Jahren. Daß über die frühe Geschichte des Mondes heute mehr bekannt ist als über die der Erde, liegt daran, daß die Oberfläche des Trabanten sich seit drei Milliarden Jahren nicht mehr verändert hat, während die Erde einem steten Wandel unterlag: Kontinente verschoben sich, Gebirge wurden abgeschliffen, und neue Bergzüge wuchsen aus der Tiefe empor.

Es muß eine wilde Zeit gewesen sein, als vor allem Wasserstoff und Helium die Urmaterie für die Sonne, ihre Planeten und die vielen Monde bildeten, die sich zu einer rotierenden Scheibe zusammenballte. Im Inneren dieser Wolke wurde die Sonne geboren, im äußeren Bereich formten sich die Planetenkerne.

Millionen Jahre vergingen. Die wirbelnden Gasmassen verstärkten den Druck auf das Zentrum der Wolke und zündeten die Sonne. Tödliche Ultraviolettstrahlung umflutete die Planeten, gemeinsam mit dem heftigen Sonnenwind fegte sie Gas- und Staubreste der Urwolke davon.

Weitere Hunderte von Millionen Jahren waren die Planeten dem Ansturm größerer Körper ausgesetzt, deren Einschläge tiefe Krater rissen ...

Zum Greifen nahe sah ich die Krater und Mare-Becken des Mondes vor mir. Die von Licht und scharfkantigen Schatten geprägte schroffe Landschaft unter der STARDUST war ein wahrhaft erhebender Anblick. Noch knapp 90 Kilometer hoch, begannen wir die fünfte Umkreisung auf einer von Pol zu Pol führenden Route. Die westlichen Ausläufer des Mare Nubium kamen in Sicht, kurz darauf der große Walter-Krater.

Störgeräusche prägten zunehmend den Funkkontakt mit der Bodenkontrolle. Als General Pounder sich zum letzten Mal meldete, bevor wir für kurze Zeit in den Funkschatten eintraten, wünschte er uns für die Landung viel Glück: »... laßt euch nicht unterkriegen. Ende.«

Die vier Teleskopbeine der STARDUST wurden ausgefahren, die Auflageteller mit jeweils vier Quadratmetern Kontaktfläche entfaltet.

Das Warten ohne Funkverbindung zehrte an den Nerven.

Dann, endlich, wieder Kontakt.

Kurskorrektur.

Gegenschub.

Hundertmal geübt, aber doch anders. Das Triebwerk brüllte auf. Der nächste Bremsstoß sollte die Umlenkung bringen und anschließend die vertikale Ausrichtung der Heckdüsen. Mit einer Fallgeschwindigkeit von maximal vier Metern in der Sekunde würde die STARDUST aufsetzen. Inmitten der bizarren, in Licht und Schatten erstarrten Felslandschaft.

Die Funkverbindung wurde zum ultrahohen Pfeifen und Kreischen. Ich glaubte zu spüren, daß die Rakete zu taumeln begann. Das war weder Einbildung noch eine Störung meines Gleichgewichtssinns. Beim erstenmal im Raum war es mir so ergangen, hatte ich vorübergehend die Orientierung verloren und mich krampfhaft an den Haltestangen festgeklammert. Das Gefühl, in endlose Tiefe zu stürzen, ist schrecklich.

Hektisch flackerten die Warnsignale. Unsere Zeit wurde knapp.

»Kein Zündimpuls!« schrie ich, während Perrys Faust auf den Katastrophenschalter krachte und Magnetbänder uns an die herumkippenden Sitze fesselten. »Wir fallen über den Landepunkt hinaus. Die Störungen verhindern den Empfang ... Wieso in drei Teufels Namen auf unserer Frequenz?«

Viel zu schnell kam die zerklüftete Mondoberfläche näher. Auch wenn uns der Aufprall nicht töten würde – zu Fuß nach Hause zu gehen behagte mir nicht.

Es war fast schon eine Reflexbewegung, mit der Perry die STARDUST aus der Fernsteuerung löste.

»Bordcomputer übernimmt Landeautomatik. Die Berechnungen laufen – sind beendet. Landung wird eingeleitet ...«

»Notlandung« wäre treffender formuliert gewesen. »Absturz« zweifellos auch. Aus den Augenwinkeln heraus sah ich die scharfkantigen Ränder eines Kraterwalls. Wie Haifischzähne ragten sie auf. Gleichzeitig brach ein gräßliches Tosen und Bersten über uns herein, ein schwerer Schlag stauchte uns in die Pneumoliegen.

Das harte Rütteln und Vibrieren der Außenhülle schien nicht aufhören zu wollen. Untermalt wurde es vom Gurgeln der Landebein-Hydraulik. Wir hatten kaum noch Höhe. Unwillkürlich spannte ich die Muskeln an. Was Perry unternahm, war ein verzweifelter Versuch, das nahezu unkontrollierbar gewordene Schiff auf Biegen und Brechen aufzusetzen. *Runter kommen sie immer.* Diese tiefschürfende Weisheit galt also nicht nur für Testflugzeuge aller Art, sondern auch für Mondraketen.

Der Triebwerkslärm schwoll zur Kakophonie, als die STARDUST von den Steuerdüsen herumgerissen wurde. Gleich mußte das gräßliche Kreischen berstenden Stahls zu hören sein, begleitet vom leiser werdenden Fauchen ausströmender Atmosphäre. Danach blieb nur noch der Sauerstoff in den Rückentornistern unserer Raumanzüge. Wie lange würde es dauern, bis eine eilig zusammengestellte Rettungsmannschaft eintraf?

»Achtung, Bodenkontakt!« rief Perry Rhodan. »Jetzt!«

Das Tosen und Bersten, Knistern und Krachen vermischte sich zu einem atemberaubenden Stakkato. Der Aufprall preßte mich erst auf die Pneumoliege und gleich darauf in die Gurte – aber irgendwie hatte Perry es geschafft.

Stille ...

»Du hast schon sanftere Landungen hingelegt«, sagte ich, und meine Anspannung wich endlich einem Gefühl innerer Zufriedenheit. »Trotzdem: Willkommen auf Luna Space Port. Bitte bleiben Sie angeschnallt, bis wir die Terminals erreicht haben. Wir hoffen, Sie hatten einen angenehmen Flug und beehren uns bald wieder. Wenn Sie aussteigen, lassen Sie kein Gepäck an Bord zurück ...«

Ein schrilles, beinahe hysterisches Lachen erklang.

»Captain Flipper!« tadelte Perry Rhodan scharf. »Nehmen Sie sich zusammen!«

Das Lachen brach ab.

»Okay, Flipp, vergiß es! – Aber stell bitte umgehend fest, wo der Störsender steht. Die Unterlagen sind auf den Magnetbändern des Bordrechners gespeichert. Falls Russen oder gar Chinesen glauben, sie könnten uns auf die Weise ausschalten, sollen sie ihr blaues Wunder erleben.«

Die STARDUST hatte das vorgesehene Landegebiet weit verfehlt und war knapp zweiundachtzig Kilometer vom lunaren Südpol entfernt niedergegangen. Als schmale Sichel lugte die Sonne über den nahen Horizont; die Erde war gar nicht mehr sichtbar. Dementsprechend gab es weiterhin keinen Funkverkehr mit der Bodenstation. Falls man uns nicht für tot hielt, mit der STARDUST auf der Rückseite des Mondes zerschellt oder in die Tiefe des Weltraums abgetrieben, arbeitete das Bodenpersonal in Nevada Fields längst mit Hochdruck daran, uns Hilfe zu schicken. Vordringlich ging es für uns darum, den Funkkontakt wiederherzustellen.

Unser geländegängiges Kettenfahrzeug quälte sich durch den Mondstaub. Immer wieder wurden wir von unüberwindbar steilen Kraterrändern zu Umwegen gezwungen. Ich verdrängte meinen Ärger mit der Feststellung, daß Menschen unsere Spuren in Jahrtausenden noch deutlich sehen würden.

»Das ist nicht gerade die Gegend, in der ich Urlaub machen möchte. Keine Palmen, kein blaues Meer, nur Dreck – ein verflucht langer Geröllstrand.«

Obwohl Flipp behauptet hatte, der Störsender stünde ziemlich weit entfernt, wühlte das Unbehagen in meinen Eingeweiden. Ich fühlte mich beobachtet, starrte durch die Luftkuppel nach draußen und sah doch nichts anderes als eine bizarre, in scharf abgegrenzten Schatten gefangene Landschaft.

»Schlecht gefrühstückt, Bully? Du verbreitest eine permanente Unruhe ...«

»Ach?« Meine Stimme klang rauh und belegt. »Jemand beobachtet uns.« Es fiel mir schwer, meine Empfindungen einzugestehen. Zumindest sie waren meine ureigenste Angelegenheit. Und woher ich das wissen wollte? Ich hatte keine Ahnung.

Perry Rhodan grinste breit, als er sich mir zuwandte. »Auf dem Mond wimmelt es von Leuten, die uns auf die Finger schauen.«

»Spar dir deinen Spott! Sonst sage ich überhaupt nichts mehr.«

Das schaffst du nicht! behauptete Perrys Blick. Ich preßte die Lippen aufeinander und schwieg. Wieder spürte ich, daß da etwas war, wenngleich Perry es in seiner Dickhäutigkeit und Ignoranz nicht wahrnahm. Irgendwo da draußen, in der Weite des Weltraums ... Eine unbegreifliche Macht, die uns kannte ...

Vor uns wuchs der Husemann-Krater auf. Ungefähr fünfzehn Kilometer Luftlinie vom Pol entfernt, waren wir gezwungen, den auf der Strecke liegenden Leibniz-Bergen auszuweichen. Zum wiederholten Mal tippte ich auf die Karte, auf der die eingezeichneten Linien wie das Gekritzel eines Irrsinnigen wirkten. Wortlos reichte Perry mir die Wasserflasche. Ihr Inhalt schmeckte längst schal und brackig; in der Direkteinstrahlung meinte es die Sonne zu gut.

Unser neuer Kurs tangierte den Kreis, den Clark G. Flipper auf die Karte gezeichnet hatte. Mir gefiel das nicht.

Für die notdürftige Reparatur der angebrochenen Landestütze und die Erkenntnis, daß die übrigen Schäden an der STARDUST uns länger als befürchtet auf dem Mond festhalten würden, hatten wir fünf Tage gebraucht. Weitere vierundzwanzig Stunden waren für die Montage und Ausrüstung unseres Mondmobils draufgegangen. Und seit zwei Tagen kurvten wir durch die gottverlassene Einöde, in der nicht einmal Geier über unseren Köpfen kreisten. Bald würden wir die Vorräte rationieren müssen.

Ich schmeckte Blut auf den aufgeplatzten Lippen, aber gerade das spornte mich an. So schnell gab ein Reginald Bull nicht auf. Wer wie ich im Moloch New York aufgewachsen war und nachts auch schon mal mutterseelenallein auf einer Bank im Central Park geschlafen hatte, der schreckte vor ein bißchen Felswüste nicht zurück. Vielleicht sollte ich der

Nachwelt mehr als nur unsere »Stars and Stripes« hinterlassen. Ich dachte an die Linien von Nazca, die aus einem niedrigen Erdorbit gut zu erkennen waren. Ähnliches auf dem Mond, in Form großer Lettern in den Staub eingekratzt:

Bully was here.

Beeindruckend. Um nicht zu sagen, ein Vermächtnis, das meiner wert war. Ich lehnte mich zurück, schloß die Augen und träumte. *Bull City, eine ausgedehnte Kuppelstadt auf dem Mond, von blauschwarz schimmernden Solarzellen umgeben wie eine Blüte von ihren Blättern. Von hier aus rattern Kolonnen von Mondmobilen nach Norden, einer neuen Zeit entgegen. Prospektoren, Abenteurer, Landvermesser ...*

Der Panzer ruckte mit heulenden Elektromotoren an und schreckte mich unsanft auf. Perry hatte einen Kraterwall umfahren und beschleunigte auf die vor uns liegende geröllübersäte Ebene hinaus. Staubfontänen wirbelten hinter den rasenden Ketten auf.

»Wenn du weiter so aufs Gas trittst, Perry, haben wir bald die Bullen am Hals.« Ich gähnte herzhaft.

»Schlaf dich aus, Dicker!« Rhodan grinste schräg. »Ich wecke dich, sobald wir am Ziel sind.«

»Falls ich dich ablösen soll ...«

»Das war ein Befehl!«

Träge flossen die Stunden dahin. Nicht mehr allzuweit entfernt stand der Störsender, vermutlich eine unbemannte Kapsel der Asiatischen Föderation oder des Ostblocks. Das war eine Schweinerei ersten Ranges, doch wir würden die Welt erfahren lassen, was gespielt wurde.

Endlich schob sich die Erde über den nördlichen Horizont, ein blaues Juwel in der samtenen Schwärze des Alls. Ihr Anblick trieb mir Feuchtigkeit in die Augenwinkel, denn ein klein wenig fühlte ich mich wie der verlorene Sohn, der nach langer Zeit in die Heimat zurückkehrt. Ich schluckte heiser und griff nach der Wasserflasche, doch die letzten Tropfen reichten nicht einmal, die Lippen anzufeuchten.

Erdaufgang über einem erstarrt wirkenden Meer aus blendender Helligkeit und scharf abgegrenzten tiefschwarzen Schatten – der Anblick war unbeschreiblich schön. Wie klein wirkten schon aus dieser lächerlich geringen Distanz alle Sorgen, Ängste und Nöte. Wir Menschen nahmen uns viel zu wichtig. Ich fragte mich nur, ob es wirklich erst der Mondlandung bedurft hatte, das zu erkennen.

Perry hielt unser Fahrzeug auf einem kleinen Plateau an und fuhr die Richtstrahlantenne aus. Ich schaltete die volle Reaktorleistung auf den Sender.

Was würden wir hören? Daß General Pounder uns nicht helfen konnte?

Unsinn. Jeder Astronaut kannte das Notfallprogramm. Irgendeine lausige Rakete würde in Kürze starten, um uns abzuholen.

»Major Perry Rhodan, Kommandant der STARDUST-Expedition, ruft Bodenkontrolle Nevada Fields! Bitte melden. – Major Perry Rhodan, Kommandant der STARDUST-Expe...«

Ein Lichtblitz ließ mich zusammenzucken, ein grünes Flimmern, das sich zu einem intensiven Leuchten verstärkte und irrlichternd über die Sichtkuppel huschte. Die Antenne glühte so gleißend hell auf, daß ich instinktiv die Augen schloß und schützend die Hände hochriß. Das Krachen aus dem Funkgerät wurde zum Knistern schmorender Isolationen, gleichzeitig wogte der Qualm brennender Kunststoffe durch die Kabine.

Irgend etwas hatte die Antenne im wahrsten Sinne des Wortes weggeschmolzen; der Teleskopstab erinnerte an eine abgebrannte Tropfkerze. »Großer Gott«, flüsterte ich und hatte in dem Moment das Gefühl, jedes laute Wort müsse unseren Gegner erneut auf den Plan rufen, »was war das?«

Perry sagte etwas von einer nicht eben humorvollen Art von Funkstörung, von einem vollautomatischen Peiler, der auf unseren ersten Funkimpuls reagiert hatte. Das war Wahnsinn. Ebenso wie das Abbild eines glockenförmigen Etwas, das sich grün fluoreszierend in mein Gedächtnis eingebrannt hatte. So etwas gab es nicht. Auch keinen grellen Blitz, der unsere Antenne wie Wachs geschmolzen hatte.

Perry setzte sogar noch einen drauf. Er war bereit, seinen Kopf zu verwetten, daß wir die STARDUST keinen Kilometer hoch bekommen würden. Weil jemand bestrebt zu sein schien, uns auf dem Mond festzuhalten.

»Daran glaubst du selbst nicht«, protestierte ich. Nach allen hinter uns liegenden Strapazen war ich an einem Punkt angelangt, an dem mir langsam einiges egal wurde. Zudem meldete sich mein Magen mit unüberhörbarem Rumoren. »Ich verschlucke eine Schachtel rostiger Reißnägel, wenn die Chinesen eine solche Waffe erfunden haben. Das wäre eine überwältigende Sache. Okay, okay, ich bin ja schon ruhig. Also, was geschieht nun?«

Perrys Lächeln bedeutete für mich höchste Alarmstufe. Er war wirklich verrückt genug, unseren Gegnern auf die Finger zu klopfen. Dabei hatte er auch noch verdammt recht. Sofern wir nichts unternahmen, würden wir über kurz oder lang verdursten, verhungern oder ersticken. Ich begann mich zu fragen, welche Reihenfolge ich bevorzugte. Und falls wir mit der STARDUST einen Startversuch wagten ... Immer noch ungläubig, starrte ich zu den tropfenförmigen Antennenresten hinauf, die mir ganz und gar nicht gefallen wollten.

Mit acht Stunden reiner Fahrzeit konnten wir den Landeplatz unserer »Freunde« erreichen. Damit rechneten die Burschen bestimmt nicht; sie würden die Augen ganz schön weit aufreißen.

Nach einer Irrsinnsfahrt über knapp dreißig Kilometer reagierten die Infrarot-Taster auf eine starke Wärmestrahlung in der Nähe, exakt innerhalb des Gebietes, das Captain Flipper als Standort des Störsenders errechnet hatte. Ein zerklüftetes Ringgebirge ragte vor uns auf, sechshundert Meter hoch und mit dem Kettenfahrzeug beim besten Willen nicht zu bewältigen. Von der Erde aus gesehen lag der mächtige Krater an der Grenze zur Mondrückseite.

Perry wirkte verbissen. So hatte ich ihn selten gesehen. Er fragte nicht, ob ich eine halsbrecherische Klettertour für sinnvoll hielt, er setzte einfach voraus, daß ich ihm folgte. Ungefährlich war das Gelände weiß Gott nicht, und trotz der geringen Schwerkraft konnte ein Sturz tödliche Folgen haben. Sobald scharfkantiges Geröll den Raumanzug aufschlitzte, halfen die besten Reparaturmechanismen wenig.

Gut zwanzig Minuten später hielt ich das Schweigen nicht mehr aus. »Wenn die Chinesen oder Russen uns schon abmurksen wollen, solltest du ihnen nicht auch noch die Drecksarbeit abnehmen.«

Perry bedeutete mir, den Mund zu halten. Wir befanden uns noch immer am Fuß des Ringgebirges, jedoch ein beachtliches Stück weiter nördlich. In unmittelbarer Nähe mußte die asiatische Rakete gelandet sein.

Dann sah ich sie.

»Nein«, stöhnte ich entsetzt, »das nicht, das wirklich nicht . . .«

Eine Fata Morgana, eine Spiegelung der grellen Sonne auf dem Ringgebirge? Oder ließen mich Durst und Hunger inzwischen phantasieren? Sekundenlang schloß ich die Augen – aber als ich sie wieder öffnete, war das Ding immer noch da. Es war groß, nein, riesig sogar und schwer zu begreifen.

Die Kerle beeinflussen uns, versuchte ich mir einzureden. *Ich habe zwar keine Ahnung, wie sie das schaffen, aber das kann nur ein Trugbild sein. Im Osten experimentieren sie schon lange mit parapsychischen Fähigkeiten.*

Mein Puls raste, das Herz hämmerte schmerzhaft gegen die Rippen. Ich taumelte, ging einige schnelle Schritte und konnte mein Gleichgewicht nicht mehr halten. Zeitlupenhaft langsam brach ich in die Knie und fing mich gerade noch mit beiden Händen ab, bevor ich mich überschlagen hätte. Ein heiseres Lachen kam über meine Lippen, und die Anzugheizung produzierte eine solche Hitze, daß die Helmscheibe beschlug.

»Nicht die Nerven verlieren!« warnte Perry. »Beruhige dich, um Himmels willen! Wenn sie das grüne Leuchten auf unsere Antennen legen, ist es vorbei. Beruhige dich!« Er redete schnell und kaum verständlich; er hatte gewußt, was uns erwartete, vor Stunden hatte er schon gewußt, daß dieses Raumschiff niemals in Asien gebaut worden war. Daß es überhaupt nicht von der Erde stammte.

Wenn ich ehrlich zu mir selbst sein wollte, mußte ich eingestehen, daß ich ebenfalls etwas Ähnliches geahnt, den Gedanken aber weit von mir geschoben hatte. Weil das zu phantastisch war. Spätestens seit dem grün flimmernden Kraftfeld, das Parabol-Richtstrahler in blasenwerfenden Schrott verwandelte, hatte ich es jedoch gewußt. Kein Mensch konnte eine solche Erscheinung erzeugen.

»Sie haben eine Bruchlandung gebaut«, stellte ich endlich fest. »Sie haben den halben Kraterwall mit solcher Wucht abrasiert, daß sich mir schon bei der Vorstellung der Magen umdreht. Wer ist das, Perry? Wie sehen sie aus? Woher kommen sie? Und ...«, das Mißtrauen brannte wie Feuer auf der Seele, »... vor allem: Was wollen sie hier?«

Obwohl mein Nacken schmerzte, starrte ich immer noch in die Höhe. Wie gerne hätte ich den Blick abgewandt, allein schon um nachzuschauen, ob es noch etwas anderes gab als dieses gewaltige, im Licht der schräg einfallenden Sonnenstrahlen blaßrot schimmernde Gebirge aus Stahl – nur, ich konnte es nicht, ich war wie gebannt und erwartete, daß jeden Augenblick ein Heer unglaublich bizarrer, skurriler Aliens aus dem Schiff hervorbrach. Doch nichts dergleichen geschah, alles blieb ruhig – viel zu ruhig, wie ich sofort befand. Über dreißig Kilometer Distanz hinweg hatten die Unbekannten unsere Antenne zerstört, sie hatten es tun müssen, um unsere Rückmeldung zur Erde zu verhindern, das ergab Sinn, jedenfalls aus ihrer Sicht.

Falls irgendwann Außerirdische auf der Erde landen, verehren wir sie entweder als Götter, oder wir bringen sie um. Mir fiel im Moment nicht ein, wer diesen Satz geprägt hatte, aber treffender hätte derjenige es kaum ausdrücken können. Nur war das mit dem Umbringen so eine Sache; wer Raumschiffe wie dieses baute, verstand es wohl, sich vor primitiven Schußwaffen zu schützen.

Meine Kehle war endgültig ausgelaugt, die Zunge klebte wie Sandpapier am Gaumen. *Wer Raumschiffe wie dieses baute ...*, genau das war mir eben durch den Sinn geschossen; dabei genügte schon dieses eine, um mir erschreckend deutlich klarzumachen, daß unsere STARDUST nichts weiter war als ein blechernes Kinderspielzeug. Mehr von diesen Ausmaßen wollte ich überhaupt nicht sehen.

Als Gestalt gewordener Alptraum stand das gigantische Schiff hinter dem durchbrochenen Kraterwall. Es ruhte auf kurzen, säulenartigen Landebeinen, von denen nicht ein einziges abgeknickt oder auch nur verbogen war. Ihre kreisförmige Anordnung im unteren Viertel des Schiffsrumpfs erschien ebenso optimal wie die Kugelform selbst.

Größtes Volumen bei geringster Oberfläche, folgerte ich. Das bedeutete, die Fremden dachten wirtschaftlich.

Endlich schaffte ich es, nicht mehr nur in die Höhe zu starren, hinauf zu dem matten Rund, das im Schlagschatten mit dem Weltraum zu verschmelzen schien. Perry und ich waren unglaublich nahe an diesem Schiff hinter der sichthindernden Kraterwand hervorgekommen. Langsam ließ ich den Blick tiefer wandern, aber ich sah nur blaßroten Stahl, eine glatte Oberfläche ohne nennenswerte Einzelheiten. In Äquatorhöhe umgab ein dicker, wulstartiger Ring das Schiff. Dort lagen die Düsenöffnungen, düster gähnende Scheunentore, aus denen jede Sekunde vernichtende Flammenströme hervorbrechen konnten. Ich versuchte mir vorzustellen, welcher Feuerwall beim Start dieses Schiffes Hunderte Meter weit auseinanderfluten würde.

»Absolute Kugelform, die ideale Bauweise für ein Großraumschiff, vorausgesetzt, man besitzt die entsprechenden Triebwerke.« Obwohl ich mich wieder in der Gewalt hatte, klang meine Stimme heiser. »Bei allen Mondkälbern, das Ding durchmißt mindestens fünfhundert Meter! Wie bringt man eine solche Masse in die Luft – oder besser gesagt, in den Weltraum? Ich habe so eine vage Vorstellung von den Maschinen, die da drüben eingebaut wurden.«

Hörte Perry mir überhaupt zu? Die Spiegelung auf seiner Helmscheibe zeigte das Kugelschiff und überdeckte seine Gesichtszüge. Trotzdem glaubte ich zu erkennen, daß sein Blick begehrlich geworden war. Oder adaptierte ich unwillkürlich meine eigenen Empfindungen? Einmal in einem solchen Koloß fliegen, das wäre Wahnsinn. Wieviel Zeit brauchte dieses Schiff für die Entfernung vom Mond zur Erde? Zwei, drei Stunden vielleicht, bestimmt nicht mehr. Falls überhaupt. Tief atmete ich durch.

»Dabei waren wir eben noch stolz auf unseren Erfolg«, brachte ich leise hervor. »Wir haben mit einem winzigen Seelenverkäufer den Mond erreicht. Vor uns aber liegt die Milchstraße. Hast du eine Ahnung, Perry, was wir stolzen Menschlein im Verhältnis zu denen da drüben sind, wie immer sie aussehen mögen?«

»Wenn du Affen sagst, explodiere ich!« sagte Perry Rhodan eisig.

»Ich hatte einen ähnlichen Ausdruck auf der Zunge.« Ich grinste schwach. »Du bist ziemlich stolz, was?«

»Ich bin stolz darauf, ein Mensch zu sein, wenn du das meinst. Auf unser Volk, unsere rasante Entwicklung und die Zukunft, die sich uns eröffnet. Wir haben den Mond bezwungen, und eines Tages werden wir Menschen genauso die Sterne erobern. Dieses Raumschiff beweist noch lange nicht, daß seine Erbauer einen größeren IQ als wir haben. Vielleicht fiel ihnen das Erbe von zehntausend Generationen in den Schoß. Also sag lieber nicht, daß du dir zumindest wie ein Halbaffe vorkommst.« Perry war zornig geworden.

»Damit lösen wir unsere Probleme nicht«, wehrte er ab, als ich meine Waffe tätschelte. »Für mich ist das da keine Überraschung.« Mit einer knappen Armbewegung deutete er auf die riesige Kugel, die so reglos wirkte, als stünde sie seit Jahrtausenden am Kraterrand. »Jeder, der die Erde verläßt, sollte zuvor in Erwägung gezogen haben, daß wir nicht die einzigen intelligenten Lebewesen im Universum sind.«

»Trotzdem wäre mir wohler, wenn wir es nur mit einer kümmerlichen Rakete der Asiatischen Föderation zu tun hätten«, murmelte ich. »Von ihnen weiß ich wenigstens, daß sie keine acht Beine und haarige Beißzangen haben. Von Giftstacheln ganz zu schweigen. Und was geschieht nun? Abgesehen davon, daß ich nicht ewig hier herumstehen will, erwacht in mir langsam eine gewisse Neugierde.«

»Langsam« war untertrieben. Ich brannte darauf, die Fremden zu sehen. Anschließend konnte ich immer noch entscheiden, ob ich bleiben oder lieber die Beine in die Hand nehmen würde.

Mich überlief es abwechselnd heiß und kalt.

Konnten Wesen, die ein solches Raumschiff bauten, Eroberungsgelüsten folgen? O doch, sie konnten. Gerade dieses Raumschiffs wegen. Falls sie über jene Waffensysteme verfügten, die mir durch den Kopf spukten, hatten wir ihnen herzlich wenig entgegenzusetzen.

»Daß die Unbekannten eine Bruchlandung gebaut haben, macht sie ungemein menschlich, findest du nicht?« wollte Perry wissen. Er grinste über seine eigene Feststellung. »Deshalb werden wir uns die Sache aus nächster Nähe ansehen.«

»Bist du wahnsinnig?« zischte ich, erschrocken über mich selbst und Perrys Forderung. Dabei hatte er nur meine Überlegungen ausgesprochen. Wir konnten uns nicht zurückziehen und so tun, als wäre nie etwas gewesen, aber wir durften auch nicht ewig abwarten. Abgesehen davon hatten wir ohnehin nur eine geringe Chance, den Mond zu verlassen.

Ein leises Lachen erklang aus dem Helmfunk, ein kurzes, kaum hörbares Geräusch, doch es war da.

»Perry, hast du das auch vernommen?« flüsterte ich. »Da benutzt einer unsere Frequenz ...«

»Natürlich hören sie mit. Sie haben unsere kümmerlichen Helmsender nur nicht zerstört, weil sie genau wissen, daß wir damit nicht bis zur Erde durchkommen. Das ist eine überwältigend einfache Logik. Also vorwärts, Bully, gehen wir! Du wirst sehen, man erwartet uns bereits.«

Ich starrte wieder zu der Kugel aus Stahl hinauf und biß meine Unterlippe blutig. »Ich habe kein Verlangen danach, intelligenten Tintenfischen oder ähnlichen Monstren mit einem vertrauensseligen Grinsen in die Fangarme zu laufen. Ich bleibe!«

Perry, du elender Hund! dachte ich bitter. *Das darf doch nicht wahr sein.* Er scherte sich einen Dreck um mein Zögern, ja er drehte sich nicht einmal um, weil er genau wußte, daß ich keine andere Wahl hatte, als ihm zu folgen.

Ich denke nicht daran, dich da rauszuhauen. Sollen sie dich ruhig kassieren, die Tintenfische oder wie immer sie aussehen. Du wirst schon merken, was du davon hast.

Verdammt, wie komme ich nur darauf, daß ich dich einfach deinem Schicksal überlassen kann? Darüber reden wir später. Irgendwann lasse ich mich nicht mehr ausnutzen, du wirst es erleben, dann bleibe ich wirklich stehen.

Zögernd schloß ich zu ihm auf.

Die Landebeine der Kugel erwiesen sich als massige Säulen mit enorm großen Auflagetellern. Ihre Übereinstimmung mit der STARDUST-Konstruktion war deutlich. Das hieß, die Fremden dachten in ähnlichen Bahnen wie wir Menschen.

Je näher wir kamen, desto ehrfurchtgebietender erschien mir das Kugelraumschiff. Der Äquatorwulst entpuppte sich als mächtiger Ring mit gut und gerne siebzig Metern Breite, und die glasiert wirkenden, stellenweise glatten Bodenflächen unterhalb der furchteinflößenden Düsenöffnungen waren irgendwann weißglühend verflüssigt worden und wieder erstarrt.

Perry schätzte das Gewicht des Schiffes auf mindestens zwei Millionen Tonnen – im Vergleich dazu hatte das Startgewicht unserer STARDUST läppische 6850 Tonnen betragen – und fragte sich, welcher Kräfte es bedurfte, eine derartige Masse zu beschleunigen.

»Schwarzpulverraketen dürften genügen«, stieß ich hervor. Allmählich konnte ich meinen Zorn nicht mehr unterdrücken. Die Fremden hatten zu erkennen gegeben, daß sie über uns Bescheid wußten, nun beachteten sie uns nicht mehr. Was waren wir für sie? Versuchskaninchen? Ein anderer Ausdruck spukte unter meiner Schädeldecke: Laboraffen. Erwarteten die Kerle, daß wir irgendeinen Knopf drückten? Aber welchen, bei allen Mondgeistern? Und unsere Belohnung – wie mochte die Banane aussehen, die sie für uns bereithielten?

Ich starrte hinauf zum unteren Rund der Kugel, die mich schier erdrückte. Das war kein Raumschiff mehr, sondern längst eine kleine Stadt. Ironisch sagte ich: »Unter Ihrem Schiff stehen zwei wilde Eingeborene, hungrig, durstig und mit staubigen Schuhen. Mein Name ist Reginald Bull. Sie waren so nett, uns zur Notlandung zu zwingen. Wir kommen, um uns für Ihre Fürsorge zu bedanken. Wirklich. Außerdem haben wir die Rechnung dabei.«

Meine Finger verkrampften sich um die Rak-Automatik. Besonders geeignet, dort oben anzuklopfen, waren die Explosivgeschosse nicht. Wir trugen Waffen, weil General Pounder mit einem Zwischenfall gerechnet hatte, allerdings kaum mit einer 500-Meter-Katastrophe.

Urplötzlich hüllte uns greller Lichtschein ein. Obwohl sich mein Zeigefinger um den Abzug verkrampfte, beherrschte ich mich. Eine innere Stimme redete mir ein, daß ich tot sein würde, sobald ich nur einen einzigen Schuß abfeuerte.

In der Kugelwand war eine immense Öffnung entstanden. Eine Art Rampe schob sich heraus und faltete sich bei Bodenberührung zu einem glatten Band auf. Stufen gab es nicht. Trotzdem erkannte der untersetzte rothaarige Laboraffe die stumme Einladung.

»Das war wohl eine der leichten Übungen?«

Perry trat vor mir auf die im Winkel von mindestens 45 Grad in die Höhe führende Metallfläche. Eine unsichtbare Kraft hob ihn an und ließ ihn nach oben schweben.

Sekundenlang glaubte ich, erneut ein dumpfes, amüsiertes Lachen zu vernehmen. Diesmal kam es nicht aus dem Funkempfang, sondern schien direkt in meinen Gedanken zu entstehen. Es dröhnte durch meinen Schädel.

Wer bist du?

Das Lachen schwoll zum Tosen eines Orkans an, der jede Zelle meines Körpers erschütterte. Vergeblich riß ich die Arme hoch, um die Finger in die Schläfen zu krallen. Meine Hände krachten gegen den Helm und glitten an dem unzerbrechlichen Material abwärts.

Im gleichen Augenblick war mir, als erwache ich aus einer seltsamen Trance. »Raumkoller« sagten die Psychologen dazu. Wir Menschen schienen nicht dazu geschaffen zu sein, länger als einige Tage in einen Raumanzug eingesperrt zu sein. Und die Schwerelosigkeit, dieses quälende Gefühl, stetig am Rand der Orientierungslosigkeit zu balancieren, tat ein übriges dazu.

Perry hatte mein Zögern nicht bemerkt. Ich kniff die Augen zusammen, schüttelte mich und schritt entschlossen vorwärts.

»Nach oben«, murmelte ich und holte noch einmal tief Luft. »Hinein ins Vergnügen.«

Augenblicke später sagte eine deutlich akzentuierte Stimme in reinstem Oxford-Englisch: »Sie können Ihre Schutzanzüge öffnen. Die Luft ist für Sie atembar.«

Sie nannten sich Arkoniden und stammten von einer Welt namens Arkon, mehr als 34.000 Lichtjahre von unserer kleinen gelben Sonne entfernt.

Vierunddreißigtausend... Nur mit Mühe unterdrückte ich einen Hustenanfall. Auch Perry war sichtlich blaß geworden.

Sie lügen, war mein erster Gedanke. Wie stolz waren wir eben noch darauf gewesen, eineinviertel Lichtsekunden ohne nennenswerten Zwischenfall überwunden zu haben – und nun behaupteten diese Fremden, seit Jahrtausenden die überlichtschnelle Raumfahrt zu beherrschen. Zu einer Zeit bereits, als wir Menschen uns noch mit Feuersteinbeilen gegenseitig die Schädel eingeschlagen hatten. Was hatte sich seitdem auf unserer Welt verändert? Doch nur die Wahl der Mittel, aber sonst...

Ich schwitzte in der technisch-nüchtern anmutenden Zentrale des großen Schiffes. Auf gewisse Weise schien ich mich in die Kulisse eines bombastischen Science Fiction-Films verirrt zu haben. Ich stand da wie ein Kind, das zum erstenmal die Glitzerwelt von Las Vegas sieht, und bemühte mich, die Augen nicht zu weit aufzureißen. Die Fremden sollten nicht erst auf die Idee kommen, daß wir aus der Provinz stammten. Staunen konnte ich hinterher immer noch, sobald wir wieder in der kargen Schlichtheit, um nicht zu sagen Primitivität, unseres Mondpanzers saßen.

Ich versuchte, mich gelassen und gleichgültig zu geben, gar nicht sonderlich beeindruckt – und möglichst viel von der funktionellen Technik für immer in meinem Gedächtnis zu speichern. Niemand konnte heute schon sagen, wofür das gut sein würde. Dabei war ich mir bewußt, daß alles, was ich sah, nur Äußerlichkeiten waren. Was immer dieses Kugelschiff bewegte und in Funktion erhielt, lag für mich unerreichbar hinter den blanken Verkleidungen. Mein berufliches Interesse schrie nach mehr, nach Details, Schaltplänen, technischen Daten des Antriebs, der Energieversorgung, nach der Leistungsfähigkeit des Bordrechners und anderem.

Schon die Frage, weshalb die vergleichsweise dünnen Landestützen nicht unter der enormen Masse der 500-Meter-Kugel abknickten, barg genügend Brisanz. Der rötliche Stahl mußte von außergewöhnlicher Festigkeit sein. War er molekularverdichtet? Gelegentlich geisterte dieses

Schlagwort durch die Entwicklungsabteilungen unserer Raumfahrt. Wann würden wir Menschen in der Lage sein, derartige Raumschiffe zu bauen? Was Perry Rhodan und ich hier erlebten, war unser Gestalt gewordener Traum. Ich zwickte mich kräftig ins Ohrläppchen. Es tat weh, also träumte ich wohl doch nicht.

Perry hatte mein kurzes Zweifeln bemerkt und warf mir einen bedeutungsvollen Blick zu. Er gab sich Mühe, mich weitestgehend aus dem Gespräch mit den Arkoniden herauszuhalten. Nur so erhielt ich Gelegenheit, mir vieles einzuprägen, was sonst in der Aufregung an mir vorübergegangen wäre. Hinterher würde ich Skizzen anfertigen, Beschreibungen, Spekulationen zu Papier bringen. Es juckte mich in den Fingern, die eine oder andere Verkleidung abzulösen und nachzuschauen, was dahinter verborgen lag. Ein Gewirr von Kabeln, Leitungen, Rohren oder nur elektronische Schaltkreise, Computerchips, die leicht zugänglich und austauschbar waren?

Mehr als vier Personen hatten wir noch nicht zu Gesicht bekommen. Zwei Männer dösten in ihren zu Liegen umfunktionierten Sesseln, ohne Perry und mich überhaupt zu registrieren. Verklärt beobachteten sie schnell wechselnde geometrische Figuren auf einer Reihe von Bildschirmen. Auf mich wirkte der Vorgang wie eine psychedelische Gehirnwäsche, aber die Arkoniden gingen darin auf wie New Yorker Kids vor dem Flipper.

»Ein Großteil der Bevölkerung unserer Welten liegt täglich vor den Schirmen und genießt die fiktiven Simulator-Spiele.« Crest sagte es mit bebender Stimme. Seine Bewegungen wirkten hilflos und schwach; er war krank.

Crest – die Arkoniden kannten anscheinend keine Unterscheidung von Vor- und Familiennamen – war sehr hager und überragte Perry um Kopfeslänge. Unter seiner hochgewölbten Stirn lagen zwei Augen von großer Ausdruckskraft, ihre albinotische Rotfärbung strahlte etwas Fremdes und Unwirkliches aus. Dementsprechend war sein Haar fast weiß, wenngleich die samtene Hautfarbe eher an einen Südseeinsulaner erinnerte.

Auf der Erde, in einer x-beliebigen Großstadt und unter schrägen Typen, wäre Crest niemandem aufgefallen. Unbewußt hatte ich es beim Anblick des Raumschiffes zwar gehofft, es aber dennoch für wenig wahrscheinlich gehalten, daß die Fremden menschenähnlich sein würden. Was ihr Äußeres anbetraf, gab es kaum nennenswerte Unterschiede zu uns. Nur die drückende Schwüle und das bläulich schimmernde Licht waren Indizien dafür, daß ihre Welt anders als die Erde sein mußte. Vermutlich kreiste der Planet um einen sehr hellen, heißen und blau strahlenden Stern. Warum auch nicht? Ich empfand das bereits als selbstverständlich und vergaß schier, daß wir bis vor wenigen Stunden keine Ahnung von der Existenz außerirdischer Intelligenzen gehabt hatten.

Das ist falsch, berichtigte ich mich. *Wir haben sie bewußt ignoriert, weil wir vor einer solchen Begegnung immer zurückschreckten.* Gleichzeitig fühlte ich mich wie Alice im Wunderland. Wenigstens ein klein wenig.

Das 500-Meter-Schiff hieß AETRON. Crest bezeichnete es als Forschungskreuzer, der mit fünfzigköpfiger Besatzung aufgebrochen war, um den legendären Planeten des ewigen Lebens zu finden. Nach dem Ausfall des Überlichttriebwerkes hatten sie auf dem Mond notlanden müssen. Das war vor ungefähr vier Monaten gewesen.

»... wie lange gedenken Sie zu bleiben?« platzte ich heraus.

Crest hustete gequält. Sein Lächeln wirkte wie eine Maske, die seinen wirklichen Gemütszustand verbarg.

»Bilden Sie sich tatsächlich ein, es würde uns leichtfallen, in der Nähe primitiver Kreaturen der Entwicklungsstufe C zu verweilen?« stieß Thora eisig hervor. Sie war die Kommandantin des Schiffes, hochmütig, eingebildet, arrogant – mir gingen die Adjektive aus, aber ich war überzeugt davon, daß man sie zur Zeit der Inquisition auf dem Scheiterhaufen verbrannt hätte. Andererseits war sie schön, hochgewachsen, schlank, mit langem weißblondem Haar und goldroten Augen, die leider zuviel Gift verspritzten.

»Wenn Sie uns für derart primitiv halten, warum haben Sie uns dann in Ihr Schiff geholt?« fragte Perry.

»Das hat Sie nicht zu interessieren.«

Ich ertappte mich dabei, daß ich Miriam mit Thora verglich. Miriam war nicht so aufregend exotisch, aber beileibe nicht so unterkühlt. Ich wußte schon gar nicht mehr, wie es war, sie im Arm zu halten. Bis auf einige wenige Telefonate in den vergangenen Wochen hatten wir uns auseinandergelebt.

»Es geschah auf meine Veranlassung«, erklärte Crest. »Meine Erkrankung erlaubt mir, das Gesetz zu umgehen. Wir dürfen mit unterentwickelten Geschöpfen Kontakt aufnehmen, sobald unsere Existenz ...«

»Ich verstehe«, unterbrach ihn Perry. »Sie benötigen Hilfe. Haben Sie keine Ärzte an Bord, Sir?«

»Es gibt kein Mittel gegen seine Krankheit«, sagte Thora schroff. Das klang endgültig. »Gehen Sie nun! Crest hat Sie gesehen, und damit ist mein Wohlwollen erschöpft.«

In diesen Minuten schrieben wir an Bord des riesigen Kugelraumschiffs Geschichte. Falls man die Schmierenkomödie so nennen konnte. Die Lethargie der Besatzung entpuppte sich als Dekadenz; Crest selbst, wissenschaftlicher Kommandant der AETRON, bestand aus übertriebener

Höflichkeit und Zurückhaltung, und die im Vergleich zu ihm junge Frau entpuppte sich als eingebildete Kratzbürste erster Rangordnung.

Langsam, mit einem amüsierten Lächeln um die Mundwinkel, legte Perry Rhodan seinen Helm auf die nächste Konsole.

»Sie weigern sich?« fragte Crest fassungslos. »Wissen Sie noch immer nicht, mit wem Sie es zu tun haben?«

»Doch, doch, sehr genau! Ich besitze zufällig ein gut funktionierendes Gehirn. Obwohl sich Ihre Kommandantin alle Mühe gibt, diese Tatsache abzustreiten. Es ist unübersehbar, daß ich es mit einem Raumschiff voll Schlafmützen zu tun habe. Schon die beiden Männer da drüben würden auf der Erde zur Behandlung in eine Nervenklinik eingewiesen.«

Das hatte gesessen. Ich sah Thora blaß werden und hinter ihr zwei menschenähnliche Maschinen auftauchen. Roboter!

Perry hob die Waffe, die man uns unverständlicherweise gelassen hatte. Sein Finger lag am Druckpunkt.

»Sie wagen es ...?« Thora verkrampfte sich. »Wenn Sie mir nicht sofort aus den Augen gehen, lasse ich Sie vernichten.«

»Nicht nötig. Wir starten mit der STARDUST nach Abschluß aller Reparaturen. Oder ziehen Sie die Möglichkeit vor, uns ein zweites Mal zu begegnen?«

Thora schnaubte zornig: »Ich gestatte nicht, daß Sie den Kreaturen des dritten Planeten von unserer Anwesenheit berichten.«

»Wollen Sie uns verhungern, verdursten und ersticken lassen? Wir können Mondgestein nicht in Wasser und Nahrungsmittel verwandeln; immerhin haben wir eben erst mit der Eroberung des Raumes begonnen.«

Crest stieß einen schrillen Ausruf aus. »Wiederholen Sie das bitte! Womit haben Sie begonnen?«

»Mit der Eroberung des Raumes«, sagte Perry ungerührt. »Was ist ungewöhnlich daran? Eines Tages werden wir ebensolche Riesenschiffe besitzen wie Sie. Wahrscheinlich sogar wesentlich schneller, als Sie jemals für möglich halten.« Er ließ die Waffe sinken, als sich zwischen Crest und der Kommandantin ein hitziger Disput entwickelte.

Das war die idiotischste Situation meines Lebens, und eigentlich hätten wir wirklich verschwinden sollen, solange uns noch Zeit dazu blieb. Aber Perrys Argumente überzeugten mich. Er sah ungeheuerliche Möglichkeiten auf uns zukommen, deren bloße Andeutung irdische Regierungschefs schon in Schreikrämpfe hätte ausbrechen lassen. »... wir stehen hier in Vertretung der Menschheit, und diese Menschheit muß eines Tages groß, einig und stark sein. So sehe ich die Zukunft. Kannst du das nachvollziehen, Bully?«

Und ob ich das konnte. Andererseits hing ich zuallererst an meinem eigenen Leben. Wem half es, wenn ich von einer arkonidischen Energiewaffe getötet wurde, weil Thora sich provoziert fühlte?

Die Kommandantin zog bei dem Streit mit Crest den kürzeren. Wütend verschwand sie in Begleitung ihrer Roboter.

Crest hatte uns Menschen soeben in Entwicklungsstufe D eingereiht und bezeichnete uns als jung, tatendurstig und aufnahmefähig. Er sprach davon, daß seine Rasse früher ebenso eroberungsfreudig, hart und wissenshungrig gewesen sei. Aber schon vor einigen tausend Jahren hatte sich der Niedergang des Tai Ark'Tussan, des Großen Imperiums, abzuzeichnen begonnen. Die Kämpfe um die absolute Macht ließen das Reich immer schneller auseinanderbrechen; mehr als fünfzig raumfahrende Rassen führten fürchterliche Kriege in den Tiefen der Milchstraße. Wir Menschen spürten nichts davon, weil unsere Sonne fern vom Geschehen in einem unbedeutenden Seitenarm der Galaxis lag.

Nach der Notlandung auf dem Mond hatte das Forschungsschiff nicht mehr starten können, weil es keine Ersatzteile gab. Die dekadente Besatzung hatte diese einfach vergessen.

»Wir werden alles anfertigen«, versprach ich spontan. »Zeigen Sie uns, wie es gemacht wird, und Sie bekommen jedes benötigte Werkzeug. Wir holen Ihnen die Sterne vom Himmel, wenn Sie uns nur sagen, was wir dazu brauchen.«

Mit Hilfe eines gewöhnlichen Transportfelds zur Bewegung materiell stabiler Körper hatte Thora die STARDUST von ihrem Landeplatz geholt und neben dem Kugelschiff abgesetzt. Das verdankten wir Crest. Dr. Manoli war ziemlich schnell mit dem arkonidischen Wissenschaftler verschwunden, um ihn eingehend zu untersuchen, während Flipper sich fassungslos in der kreisrunden Zentrale des fremden Riesenraumschiffs umsah.

Perry verhandelte mit Thora. Ihre Macht war wohl überall akzeptiert worden, deshalb reizte Perrys Verhalten sie zur Weißglut. Die beiden redeten über Tauschgüter für Entwicklungswelten: Werkzeugmaschinen mit Vollrobot-Steuerung, tragbare Elementtaster und Schwerkraft-Neutralisatoren ...

»Was haben Sie eigentlich für sogenannte wirkliche Intelligenzbestien?« forschte Perry. Gleich darauf winkte er ab. »Ich kann es mir vorstellen. Sorgen Sie nur dafür, daß die STARDUST ausgerüstet wird – und vergessen Sie nicht die Spezialgeräte.« Er entsann sich, daß die Nutzlast sechzig Tonnen keinesfalls überschreiten durfte. »Entfernen Sie alles, was sich noch im Laderaum unseres Schiffes befindet! Oder, noch besser, stellen Sie uns eines Ihrer Beiboote zur Verfügung. In einer Stunde erreichen wir damit die Erde.«

»Eine lächerliche Vorstellung ist das«, sagte Thora herablassend. »Wir brauchten nicht einmal fünf Minuten, um genau zu sein. Aber darüber diskutieren wir nicht. Nichts außer Crest und einigen Geräten wird je Ihren Planeten erreichen. Ich leite doch keinen Zoo.«

»Wir wurden von Crest aufgrund unserer Leistungen aufgestuft.«

»Ihr Glück, andernfalls gäbe es keine Grundlage für Verhandlungen. Trotzdem wird kein Beiboot Ihre Welt anfliegen. Ich kann und will die Schaltungen der Bordpositronik nicht löschen. Wir hatten eine andere Aufgabe zu erfüllen.«

»Welche? – Verraten Sie mir das großzügig?«

Thora rümpfte die Nase. »Es genügt, wenn Sie wissen, daß wir nicht auf Ihrem kahlen Mond landen wollten. Auf Ihrer zerstrittenen Welt ebensowenig. Mein Ziel lag einige Lichtjahre entfernt.«

Doc Manoli kam zurück. Er hatte alle Möglichkeiten unseres Bordlabors ausgereizt und festgestellt, daß Crest an Leukämie erkrankt war. Auf der Erde gab es ein Serum dagegen, es war vor zwei Jahren in Australien entwickelt worden. Die Frage war nur, wie der hagere Arkonide darauf reagieren würde. Eine Heilung war ebenso möglich wie eine Katastrophe.

Zum erstenmal zeigte Thora den Anflug einer menschlichen Regung.

»Sie wollten wissen, was wir in diesem abgelegenen Raumsektor suchen. Ich sage es Ihnen. Wir Arkoniden sind bestrebt, Leben und Werk unserer großen Geister zu erhalten. Deshalb fliege ich einen Planeten an, dessen Bewohner das Geheimnis der biologischen Zellerhaltung kennen. Crest gehört nicht nur wie ich zur Dynastie Zoltral, er ist unser bedeutendster Wissenschaftler und noch nicht von der allgemeinen Dekadenz erfaßt. Retten Sie ihn! Tun Sie alles, was denkbar ist! Ich werde Ihnen jede Unterstützung geben, Major Rhodan. Aber vergessen Sie nicht, daß eine einzige meiner Energiekanonen ausreicht, um einen kleinen Kontinent in einen glutflüssigen Ozean zu verwandeln. Vergessen Sie das niemals!«

Nach vierzehnstündiger Flugzeit tauchte die STARDUST in die obersten Schichten der Erdatmosphäre ein. Als Ursache unseres langen Schweigens meldete Perry einen teilweisen Energieausfall in der Funkanlage. Außerdem schützte er Komplikationen bei den Triebwerksschaltungen vor.

»... nähere Angaben nach der Landung.«

Wir drangen in den Erfassungsbereich der Großstationen Alaska und

Grönland ein, aber irgend etwas stimmte nicht. Die Kontrollsymbole über Perrys und meiner Liege zeigten Abweichungen.

Soweit es mit dem Raumanzug möglich war, drehte ich den Kopf. Manoli und Flipper reagierten noch nicht, beide warteten angespannt auf die in wenigen Minuten vorgesehene weiche Landung. Und Crest – er hatte einen Platz auf der Notliege erhalten – wirkte gleichermaßen müde wie gelangweilt.

Beinahe schon andächtig betätigte Perry Rhodan eine Reihe von Kippschaltern. Die Fernsteuerung durch die Bodenkontrolle, seit knapp zwei Minuten aktiv, brach zusammen.

Bremsverzögerung ...

Umlenkungsschub der Steuerdüsen ...

Was hatte er vor? Ich verstand nicht ganz. Wollte Perry die Landung in Nevada Fields hinauszögern?

»Was soll ...?« begann ich, wurde aber vom Funkempfang unterbrochen.

»Major Rhodan, hier spricht General Pounder«, erklang es aus dem Helmlautsprecher. »Wieso unterbrechen Sie die Fernsteuerung? Rhodan, melden Sie sich! Major ...!«

Ein starres, fast bitteres Lächeln hatte sich um Perrys Mundwinkel eingegraben, als er entschlossen die Funkanlage abschaltete.

»Bist du verrückt geworden?« schimpfte ich. »Wenn der General das spitzkriegt, kostet dich das deinen Rang – und die Pension dazu. Was hast du vor? Rück endlich raus mit der Sprache, oder ich steige vorzeitig aus!«

Er antwortete nicht. Dafür löste er das Notsignal aus, ein normales, unkodiertes SOS.

Unsere Kursabweichung war extrem. Wenn ich mich nicht täuschte, überflogen wir soeben die nordsibirische Taimyr-Halbinsel.

»Weißt du, was die aus uns machen werden?« schimpfte ich los. »Kleinholz machen die. Dort unten heulen längst die Alarmsirenen, und sobald die Abfangjäger aufsteigen, gute Nacht. Die STARDUST ist das gefundene Fressen für die Föderation. Pounder wird sich das nicht gefallen lassen. Willst du einen Weltkrieg anzetteln, Perry?«

Sibirien lag unter uns. Südkurs.

Die STARDUST war in den Gleitflug übergegangen. Der Reibungswiderstand an den Deltatragflächen zehrte die immer noch hohe Geschwindigkeit weiter auf. Wir zogen einen deutlichen Schweif ionisierter Gase hinter uns her.

Nordchina. Die Wüste Gobi.

Einigermaßen sanft landete Perry die STARDUST auf dem steinigen Gelände nahe dem Goshun-See inmitten der wilden Zentral-Gobi, unweit der mongolischen Grenze. Unsere Position betrug etwa 42 Grad nördlicher Breite und 102 Grad östlicher Länge. Dies war eindeutig Hoheitsgebiet der Asiatischen Föderation.

»Verräter!« brüllte Captain Flipper und wollte sich auf den Kommandanten stürzen; er erstarrte, als er unvermittelt in Rhodans Waffenmündung blickte. Ich wäre der einzige gewesen, der Perry noch hätte in den Arm fallen können – aber ich tat es nicht. Vielleicht weil ich spürte, daß endlich Bewegung in die Weltgeschichte kam.

»Wir sind zu Hause«, seufzte der Major. »Warum willst du jetzt noch dein Leben riskieren, Flipp?«

»Zu Hause? Hast du wirklich zu Hause gesagt?« Nur die auf ihn gerichtete Waffe hielt Flipper zurück. »Du schmutziger Verräter hast das Schiff in Asien gelandet. Wie lange war das schon geplant? Du willst die STARDUST den Chinesen ausliefern, beste Technik der U. S. Space Force. Und wieviel bekommt der Starpilot für die Drecksarbeit? Sag's mir, danach kannst du mich erschießen. Das würdest du doch ohnehin gern tun. Ein Mitwisser weniger wäre gut für dich, oder?«

»Halt die Luft an!« stieß Perry ärgerlich hervor. »Wenn du gehen willst, bitte, ich halte dich nicht zurück. Das gilt für jeden von euch.«

»Und warum bist du wirklich hier gelandet?« Irgendwie mußte ich der Situation die Brisanz nehmen, bevor sie endgültig eskalierte. Ich ahnte vage, was Rhodan beabsichtigte, und mir war klar, daß er niemals Verrat üben würde. Zudem konnte ich mich nicht entsinnen, daß er jemals etwas grundlos getan hatte.

»Die STARDUST ist gänzlich unbedeutend«, behauptete er. »Die maßgeblichen Köpfe in Moskau, Peking und Washington glauben zwar, sie wäre ein Weltwunder, aber wenn sie wüßten, was wir auf dem Mond gesehen haben, würden sie anders denken. Nur Crest zählt. Er ist der Vertreter einer weit überlegenen Wissenschaft, in seinem Gedächtnis sind Wunder verborgen, die unsere Raumfahrt von heute auf morgen mindestens fünf Jahrtausende überspringen lassen. Es wäre der größte Fehler aller Zeiten, ihn einer einzigen Nation auszuliefern.«

»Das mag ja gut gedacht sein ...«, begann Dr. Manoli, eine harsche Handbewegung Rhodans schnitt ihm das Wort ab.

»Es geht um die Einheit auf unserer Erde. Für mich sind alle Menschen gleich, egal welche Hautfarbe, welchen Glauben und welche Ideologie sie haben. Die ewig in die Irre Geleiteten werden endlich erwachen und diejenigen, die ohnehin gutwillig sind, sich aber nie durchsetzen konnten, werden Grund haben, aufzuatmen. Wären wir in Nevada Fields gelandet, wäre Crest bereits isoliert und ein Gefangener im Hochsicherheitstrakt. Niemand würde sich darum kümmern, ob er krank und hilfsbedürftig ist.

Es ginge nur noch darum, ihm sein Wissen zu entreißen und es gegen die anderen Nationen einzusetzen. Unter dem Deckmantel der Selbstverteidigung natürlich.«

»Edel und gut sei der Mensch«, zitierte ich seufzend. »Dir ist hoffentlich bewußt, daß es auch hier in längstens einer Stunde sehr heiß hergehen wird. Alle werden sich auf uns einschießen.«

»Sollen sie. Genau hier, in der Wüste, wird in der Zukunft eine riesige Metropole stehen. Hier werden eines Tages überlichtschnelle Raumschiffe gebaut und wird der Kern für eine geeinte Menschheit geschaffen werden.« Er schaute mich auffordernd an. »Wie entscheidest du dich, Bully?«

Entweder war er verrückt geworden – oder ein Visionär. Ich lachte gepreßt. Die freie Entscheidung hatte er mir doch längst abgenommen. Vielmehr: Ich hatte mich schon entschieden, andernfalls wäre es meine verdammte Pflicht gewesen, ihn von der Landung in Asien abzuhalten – wenn es sein mußte, mit Gewalt.

»Die Menschen meinen es nicht immer nur böse«, antwortete ich, »sie schauen lediglich auf ihren Vorteil. Aber du hast recht, es ist besser, daß Crest ein freier Mann bleibt.«

»Ich habe darum gebeten, mich keinesfalls einer staatlichen Organisation auszuliefern«, wandte der Arkonide ein, der den Wortwechsel aufmerksam verfolgt hatte. »Major Rhodan hat diesen Landeplatz auf mein Verlangen hin ausgewählt.«

»Wie wollen Sie sich schützen?« schrie Flipper außer sich. »Das ist doch alles nur fauler Zauber. Als Offizier der Space Force habe ich einen Eid auf die Verfassung geschworen und ...«

»Das habe ich ebenfalls, aber unter den gegebenen Umständen bin ich nur noch Mensch und keiner Landesverfassung mehr verpflichtet. Künftig sind wir gezwungen, in kosmischen Maßstäben zu denken. Oder hast du noch immer nicht begriffen, wie unsagbar lächerlich unsere planetaren Streitigkeiten sind, verglichen mit der Macht des Großen Imperiums? Die Fremden sprechen nur von der dritten Welt des solaren Systems, keinesfalls von irgendeiner Nation. Aus galaktischer Sicht sind wir Erdbewohner, keine Amerikaner, Russen, Chinesen oder Deutsche. So einfach ist das.«

»Das hättest du uns schon auf dem Mond erzählen müssen, Alter«, schimpfte ich. »Ich habe doch gespürt, daß da irgendein Geheimnis war. Aber okay, sei's drum. – Crest, ehe uns die ersten Truppeneinheiten die Hölle heiß machen, müssen Sie sich um einen realen Schutz bemühen. Gute Worte allein halten keine einzige Kugel ab.«

Wir öffneten die Schleuse und atmeten die heiße und trockene Wüstenluft, die dem Arkoniden gutzutun schien. Im Augenblick lag eine fast überirdische Stille über diesem Teil der Wüste – nur, für wie lange noch?

Im Laderaum der STARDUST begann ein rätselhaftes Aggregat der Arkoniden zu summen. Vorübergehend erschien es mir, als würde ein hauchfeiner Schleier den Blick zum Horizont trüben. Aber das waren einfach die überreizten Nerven. Mit beiden Händen massierte ich meine Schläfen.

Hoch im strahlenden Blau des Himmels zogen zwei silberne Punkte ihre schnelle Bahn, die ersten Jäger der Asiatischen Föderation.

Den klobigen Raumanzug hatte ich abgelegt. Gedankenverloren tastete ich über die Schulterstücke meiner Kombination, hakte die Finger ein und riß beide Rangabzeichen ruckartig herunter. So, wie es vor einigen Minuten Perry Rhodan vorgemacht hatte.

Zwei Fetzen Stoff und ein bißchen glänzendes Metall – was war das schon? Ich ließ die Schulterstücke fallen und schaute zu, wie der Wind sie über den karstigen Boden verwehte.

Zum erstenmal im Leben fühlte ich mich wirklich frei.

Vermutlich ein trügerisches Gefühl …

Was ist Schicksal? Eine Aneinanderreihung von Zufällen?

Aber gibt es wirklich Zufälle? Ich glaube nicht daran. Vielleicht war die Zeit ganz einfach reif für die Begegnung. Und wenn nicht wir, dann hätten andere Astronauten den notgelandeten Forschungskreuzer der Arkoniden auf dem Mond entdeckt. – Für mich erweist sich wieder einmal das als richtig, was ich schon immer behauptet habe, was aber kaum jemand hören wollte: Nur Ereignisse, die ein Mensch nicht begreift, bezeichnet er als Zufall.

Lichtjahreweit suchen irdische Teleskope den Weltraum nach Anzeichen fremder Lebensformen ab; die Wissenschaftler streiten sich über eine plausible Antwort auf die Frage, ob Leben auch anderswo entstanden sein kann, sie wissen nicht einmal mit Sicherheit zu behaupten, ob andere Sonnen überhaupt Planetensysteme besitzen oder ob unser Sonnensystem einzigartig im Kosmos ist – dabei lag die Antwort auf all die brennenden Fragen monatelang vor unserer Haustür, und niemand hat sie gesehen. Wenn das kein Witz ist, weiß ich nicht.

Vielleicht gibt es wirklich jemanden, der auf uns armselige Menschlein herabblickt und sich einen Spaß daraus macht, Zufälle zu inszenieren.

Gott?

Mag sein. Aber nicht in der Vorstellung, daß wir ihn irgendwo da oben finden werden. Das wäre zu banal. Ich glaube vielmehr, daß ein Stück von Gott in jedem von uns ist, in allem, was lebt, egal ob Pflanze, Tier oder Mensch. Die Arkoniden muß ich natürlich auch dazuzählen und die anderen raumfahrenden Völker, von denen Crest andeutungsweise gesprochen hat. Wahrscheinlich hat jede Rasse ihre eigene Religion, Götter, die sie verehrt, deren Namen aber doch nur unterschiedliche Bezeichnungen für einen gemeinsamen Schöpfer sind.

Was schreibe ich da eigentlich? Ich sollte den Zettel zerreißen und in den Abfall werfen. Ein Reginald Bull hat sich nie für feingeistige Ergüsse geeignet, und das wird auch in Zukunft nicht anders sein, nur weil Crest Perry und mich mit diesem komischen Kasten verkabeln will, den er Indoktrinator nennt. Das Ding sieht aus wie ein elektrischer Stuhl, da hätte ich gleich freiwillig in Sing-Sing einziehen können. Wir werden 24 Stunden schlafen, behauptet

Crest, und danach auf Segmente arkonidischen Wissens Zugriff haben. »Hypnoschulung« nennt er das. Ich fühle mich eher wie ein Luftballon, der bis zum Platzen aufgeblasen werden soll. Aber meinetwegen, einen Versuch ist es allemal wert. Und hinterher – peng!? Ich werde viele Schubladen brauchen, um das neue Wissen zu verstauen.

Die Schrift wird krakeliger und wirkt nur noch wie schnell hingeschmiert: Einige Skizzen verzieren das Blatt: eine Rakete und ein Kugelraumer auf dünnen Landestützen. Dazwischen das Abbild einer Spiralgalaxis.

Ich hab' das Zeug doch gelesen, damals, auf dem College. »Galaxy« und »Worlds Beyond« hießen die Magazine, für die der kleine dicke Rothaarige fast sein ganzes Taschengeld ausgab und die er später bei seinen Mitschülern gegen Schokolade wieder eintauschte. Also Augen zu und durch, Bully, das anstehende Wissen wird dich schon nicht erschlagen. Vor allem kann dir niemand mehr nehmen, was du erst einmal hast.

Schade nur, daß es so spät kommt. Ich hätte einige Prüfungen mit glänzenden Noten abschließen können.

Auszug aus der Sammlung »Anekdoten, Aphorismen und Bonmots führender Persönlichkeiten des Raumfahrtzeitalters«. Leihgabe des Instituts zur Dokumentation terranischer Lebensweise des 20. und 21. Jahrhunderts, Rastatt/Terra. Reginald Bull, September 1971.

Trägermaterial: Spezialbriefpapier von Bord der STARDUST, zusammengeknüllt. Echtheitsnachweis zunächst durch graphologisches Gutachten bestätigt, ergänzt durch positronische Urheberbestätigung: Vizeadministrator des Solaren Imperiums, Reginald Bull, 4. März 3457 n. Chr.

Im Mahlstrom der Sterne

17. August 3580

Imperium-Alpha war seit Jahrhunderten das Nervenzentrum des menschlichen Sternenreichs. Dabei kam dem Namen an sich keine andere Bedeutung zu als die einer der beliebten Kodebezeichnungen militärischer Ränge. Perry Rhodan hatte stets darüber gelächelt, Bully selbst sich immer mit einem Achselzucken darüber hinweggesetzt.

»Laßt den Militärs ihr Spielzeug«, hatte er gesagt, »dann kommen sie wenigstens nicht auf den Gedanken, anderes kaputtzumachen.« Reginald Bull war eben geradeheraus, mitunter launig, manchmal derb. Er ließ sich nichts aufzwingen, und daran hatte sich in den sechzehn Jahrhunderten seit der Mondlandung der STARDUST herzlich wenig geändert.

Der Rauch im Antigravschacht reizte zum Husten. »Ich hoffe«, stieß Reginald Bull schwer atmend hervor, »du hast wenigstens einen guten Wein kalt gestellt.«

»Hätte ich das tun sollen?« gab der Roboter zurück.

»Nein, natürlich nicht. Nimm nicht alles wörtlich, Breslauer.« Bully reagierte gereizt. Nach dem ersten Entsetzen spürte er die Abgründe, die sich aufgetan hatten. Aphilie – die Verwandlung fühlender Menschen in kalte Kreaturen, die weder Mitleid noch Nächstenliebe kannten und erschreckenden Gesetzmäßigkeiten gehorchten.

Bis zu diesem Tag hatte er selbst dazugehört, war nichts anderes gewesen als ein funktionierender Roboter aus Fleisch und Blut und hatte nie die Möglichkeit besessen, die Veränderung an sich selbst einzugestehen. Die anderen, die als verrückt bezeichnet wurden, waren die Normalen, weil sie immer noch leben, lieben und lachen konnten. Doch ihre Zahl schrumpfte schnell.

Reginald Bull spürte Tränen in den Augenwinkeln. Er zwinkerte, kniff die Augen zu und wischte letztlich mit dem Handrücken über sein Gesicht.

»Du weinst?« fragte Breslauer.

Was ging es den Roboter an, wie er sich fühlte? »Es ist der Qualm«, log Bully. »Er beißt in den Augen. Sieh endlich zu, daß wir hier wegkommen ...«

... ehe wir gezwungen sind, Aphiliker zu töten, schoß es ihm durch den Sinn. Die Menschen konnten nichts dafür, daß sie so geworden waren und die wenigen Immunen verfolgten. Als Ursache allen Unheils galten fünf- und sechsdimensionale Strahlungskomponenten der Sonne Medaillon, die Erde und Mond seit rund 120 Jahren umkreisten. Dagegen gab es kein Mittel ...

Bull brauchte Kontakt zur OGN, der Organisation Guter Nachbar, der Immunengruppe auf Borneo. Der 17. August des Jahres 3580 würde eines Tages als Beginn der Befreiung in den Annalen der Geschichte Einzug halten. Sofern er es schaffte, lebend aus Imperium-Alpha zu entkommen. Er hatte dieses gigantische Nervenzentrum wachsen und sich ausdehnen sehen, er kannte besser als jeder andere das verschachtelte Gewirr aus Tiefbunkern und Kommandozentralen, Liften, Transportbändern und Rohrbahnschächten. Die Grundfläche der obersten Etage maß fünfzig mal fünfzig Kilometer, zwölf Hauptetagen waren angelegt, und die Räumlichkeiten reichten tief in die Erde hinab.

Terrania City wurde als das Herz des Solaren Imperiums bezeichnet, gewachsen in der Wüste Gobi, rund um den Goshun-Salzsee. Folglich war Imperium-Alpha so etwas wie die Seele. Hier hatte mit der Landung der STARDUST die neue Geschichte der Menschheit begonnen. Bis vor wenigen Jahrzehnten hatten Denkmäler und Kunstwerke die Vergangenheit wachgehalten, die meisten waren mittlerweile von den Aphilikern geschleift worden.

Fabriken für die autarke Lebensmittelversorgung fanden sich ebenso in den ausgedehnten Tiefbunkern wie mächtige Kraftwerke zur Deckung des immensen Energiebedarfs. Gestaffelte Schutzschirme riegelten Imperium-Alpha bei Bedarf ab, die ausfahrbaren Panzerforts verfügten über eine Feuerkraft, wie sie sonst nur von zweihundert Großkampfschiffen aufgebracht werden konnte. Oft genug in der Geschichte des Solaren Imperiums hatte sich die Notwendigkeit dieser Riesenanlage mit ihrem weitreichenden Hyperfunksender, dem Giganttransmitter und den umfangreichen Nachschublagern erwiesen.

In den Gängen, Hallen und Schächten, den Zwischendecken und Leitungskanälen konnten sich ganze Kompanien verbergen, und die Suche nach ihnen würde Wochen dauern. Um wieviel schwieriger mußte die Jagd nach einer einzelnen Person ausfallen, die noch dazu von sich behaupten konnte, die unterirdischen Anlagen fast wie die eigene Westentasche zu kennen. Reginald Bull dachte indes nicht daran, sich zwischen Frischwassertanks und Aufbereitungsanlagen, im Ortungsschutz von Energiewandlern oder in Wartungsschächten zu verbergen, deren einziger Sinn offenbar darin bestand, vorhanden zu sein.

Das Schicksal hatte in Gestalt seines persönlichen Roboters Breslauer eingegriffen und die Fehlfunktion des Zellaktivators korrigiert. Eine leichte Schwingungsstörung des lebenserhaltenden Gerätes hatte ihn zum Aphiliker werden lassen, während die anderen Unsterblichen verschont geblieben waren. Lange Zeit hindurch hatte er geglaubt, die reine Vernunft empfangen zu haben; er hatte schon zu Anfang die Macht an sich gerissen und die Freunde aus besseren Tagen vor die Wahl gestellt: Hinrichtung oder lebenslange Verbannung von der Erde.

Alles, was geeignet gewesen wäre, auch in Zukunft Probleme zu bereiten, war mit einem geschickten Schachzug bereinigt worden. Die »Gruppe Rhodan«, mehr als eintausend Männer und Frauen, Terraner und Nichtterraner, unter ihnen die Mutanten ebenso wie einfache Immune, hatte am 10. Juli des Jahres 3540 für immer die Erde verlassen. Keinem war ein Haar gekrümmt worden. Das hatte jene Massen beruhigt, denen damals noch nicht die Gnade der reinen Vernunft zuteil geworden war und die eine endgültige und sofortige Beseitigung des Sicherheitsproblems niemals gutgeheißen hätten.

... *endgültig und sofortig.* Angewidert verzog Reginald Bull das Gesicht. Das war die Terminologie der Lieblosigkeit, deren er sich bedient hatte, ohne ihre Perversion überhaupt zu begreifen.

Er war froh, daß Breslauer ihm endlich die Augen geöffnet hatte. Homo sapiens hatte schon viel erdulden müssen, aber dieser Wahnsinn, der sich tagtäglich von neuem manifestierte, war unbeschreiblich.

Vor weniger als dreißig Minuten hatte Reginald Bull noch an der Spitze der Aphiliker gestanden, war ihr Bruder-eins gewesen und hatte für die Erde eine neue Zeitrechnung eingeführt. Die Zeit der Lieblosigkeit – welche Ironie schwang für ihn jetzt darin mit. Aber endlich würde er das tun, was er immer schon getan hatte: die Ärmel hochkrempeln und kämpfen. Für alle Menschen, für eine lebenswertere Zukunft. Und dafür, daß die Erde eines Tages an ihren angestammten Platz in der Milchstraße zurückkehren konnte.

Ihm war bewußt, daß er fast allein stand.

Perry Rhodan und die anderen galten als verschollen und tot. An Bord des größten Fernraumschiffes, das Menschen je gebaut hatten, waren sie in den Tiefen des unbekannten Universums verschwunden. *Ich wollte es so*, dachte Bull betroffen. *An dieses Raumschiff klammerten sich die Hoffnungen all jener Unbelehrbaren, die das Heil der Menschheit ausschließlich in der Rückkehr in die heimische Milchstraße sahen.*

Ohne die SOL täglich vor Augen, waren die gefühlsmotivierten Schwärmer bald verstummt und ebenfalls zu Kindern der Vernunft geworden. Niemand spekulierte noch, daß Rhodan nichts Eiligeres zu tun gehabt hatte, als die Milchstraße anzufliegen, die versprengten Reste der Menschheit zu einen und sie zu einem Kreuzzug gegen die aphilischen Machthaber auf der Erde ins Feld zu führen. Die SOL war in Vergessenheit geraten. Auch Reginald Bull hatte kaum mehr an das Hantelschiff aus hellrotem, zugleich einen blaßblauen Schimmer ausstrahlendem Ynkelonium-Terkonit-Verbundstahl gedacht. Zweieinhalbtausend Kilometer durchmaßen die beiden Kugelzellen, jede ein eigenständiges Superschlachtschiff. Miteinander verbunden gewesen waren die SOL-Zellen 1 und 2 durch ein zylindrisches Gebilde, gleichsam den Mittelstab der Hantel, mit einer Länge von eintausendfünfhundert Metern und identischem Durchmesser.

Reginald Bull wußte, daß nie Hilfe aus der Milchstraße eintreffen würde. Er hatte dafür gesorgt, daß alle galaktischen Positionsdaten aus den Speichern der SOL und ihrer Beiboote gelöscht worden waren. Wenn er etwas tat, machte er es gründlich und ohne Kompromisse.

»Kampfroboter!« meldete Breslauer. Es war zu spät, den Antigravschacht durch den nächsten Seitenausstieg zu verlassen ...

Die beiden in der Tiefe erschienenen TARA-III-UH eröffneten kompromißlos das Feuer. Eine Flammenwand hüllte die Flüchtlinge ein, lichtschnell und absolut tödlich und selbst für das geübte Auge kaum zu erfassen. Das Aufblitzen der Waffenmündungen wurde im selben Sekundenbruchteil zum alles umfassenden glühenden Wabern. Doch der Tod kam nicht an Bully heran, das Feuer floß an einer unsichtbaren energetischen Wand auseinander. Er hätte nur den Arm auszustrecken brauchen, um den hochgespannten, das Inferno absorbierenden Schutzschirm zu berühren. Noch atmete er kühle Luft, aber die Thermostrahlen heizten den Schacht auf, und Breslauer war alles andere als ein Kampfroboter, der den entfesselten Gewalten lange widerstehen konnte. Die bereits düsterrot glühende Schachtwand begann blasenwerfend abzuschmelzen.

Punktbeschuß. Die Thermostrahlen der Angreifer vereinigten sich auf dem Schutzschirm. Ungläubig registrierte Reginald Bull die beginnende Verfärbung des Abwehrfeldes; Strukturrisse begannen sich abzuzeichnen, verzweigten sich, griffen die energetische Struktur an.

»Weg hier!« hörte er sich brüllen, aber Breslauer reagierte nicht.

Reginald Bull, Deserteur

Juni 1971 – Mai 1972

Sowohl die Asiatische Föderation als auch der Ostblock sahen die STARDUST von Anfang an als amerikanischen Stützpunkt an. Unerträglich wurde die Situation, als Peking in ultimativer Form von Washington die bedingungslose Übergabe forderte, die Regierung der Vereinigten Staaten hingegen versicherte, nichts von einem Stützpunkt in der Gobi zu wissen, und ein Treffen der Regierungschefs vorschlug. Der Atomkrieg rückte zum Greifen nahe.

Um zu beweisen, daß wir jede Nation bestrafen konnten, die eine Atomrakete startete, kündigte Perry Rhodan am 30. Juni 1971 weltweit eine Demonstration unserer Macht an. In der Sahara, nördlich des Ahaggar-Gebirges, brannte ein Energiestrahl, der seinen Ursprung auf dem Mond hatte, einen fünfzig Kilometer durchmessenden Krater in den Wüstensand. Ich glaube, daß Thora nur zu gern bereit gewesen war, Crests Bitte nachzukommen. Wahrscheinlich hatte sie gehofft, wir halbintelligenten Menschenaffen würden kreischend zurück auf unsere Bäume fliehen.

Mit einem den Chinesen abgenommenen Armeehubschrauber und Clark Flipper als Passagier, der nichts anderes mehr wollte, als endlich zu seiner hochschwangeren Frau zurückzukehren, flog ich am 7. Juli nach Australien. Mit einem Psychostrahler, einer kleinen Handwaffe regelbarer Intensität, die bis zu zwei Kilometern Distanz einen Menschen geistig lähmen konnte, hatte Crest einen undurchdringlichen Wall um Flipps Erinnerungsvermögen gelegt. Weder an den Mondflug noch an die Arkoniden und ihr Forschungsraumschiff erinnerte er sich. Es war sein eigener Wunsch gewesen. Nur der Name seiner Frau und ihre Adresse waren fest in seinem Bewußtsein verankert.

Mir wurde danach erst richtig bewußt, welches Machtmittel allein dieser unscheinbare Strahler bedeutete; solche Erfindungen durften niemals in die falschen Hände geraten. Posthypnotische Befehle, verbunden mit künstlicher Amnesie, verwandelten Menschen in Roboter. Ein entsetzlicher Gedanke. Schon ein einziger Psychostrahler im Besitz eines Wahnsinnigen konnte zur unüberschaubaren Gefahr mutieren; wir verfügten über drei dieser silbernen Stäbe. Von den anderen Errungenschaften ganz zu schweigen. Auf unseren Schultern lastete eine schwere Verantwortung, aber irgendwie fühlte ich mich wie der edle Ritter, der Unterdrückten und Geknechteten zu Hilfe eilte.

Erinnerungsfetzen, vage Bilder aus meiner frühen Schulzeit, zogen während des Fluges vor meinem inneren Auge vorüber. Da war Tess, ein sommersprossiges, von ewigen Zahnlücken geplagtes Mädchen, meine allererste heimliche Liebe. Zumindest hatte ich es damals so empfunden, aber wir waren wohl eher eine Schicksalsgemeinschaft gewesen. »Feuergesicht« hatten die anderen sie genannt. Und »Rothaar«. Dabei hatte ich ihre zu einem strengen Nest zusammengebundenen roten Haare stets ausgiebig bewundert. Als die Burschen zwei Klassen über uns angefangen hatten, Tess »Teufelskind« hinterherzuschreien, war ich ausgerastet.

In der Erinnerung spürte ich immer noch die Tritte und Fausthiebe, die ich mir eingehandelt hatte, als ich gleich mit drei älteren Jungs abrechnen wollte. Ich sah auch wieder Mutters Tränen und die Verbitterung in ihrem Gesicht, als sie mir das Blut von den Lippen wusch und mein dick geschwollenes Auge mit Eis kühlte. Über mein zerfetztes Hemd hatte sie nie ein Wort verloren und den Triangel in der Hose mit einem ledernen Herzen übernäht.

Den ausgeschlagenen Backenzahn hatte Mutter erst Tage später bemerkt. Warum sie nicht geschimpft, sondern sich neben mich gesetzt und mir zugehört hatte, hatte ich erst sehr viel später wirklich verstanden. Ich hatte ihr von Prinz Eisenherz in den Sonntagsseiten erzählt und daß ich manchmal träumte, wie er Abenteuer zu bestehen.

Nun gab mir der Psychostrahler die Möglichkeit, zu verwirklichen, was ich mir als Kind sehnsüchtig gewünscht hatte. Leider sah ich die Welt längst mit anderen Augen und nicht mehr so verklärt wie einst. Perry Rhodan hatte recht, auch wenn ich vielleicht ein klein wenig seiner Nachhilfe bedurft hatte. Die Chance, die wir auf dem Mond erhalten hatten, war einmalig. Wir waren es der Menschheit schuldig, nicht mehr lockerzulassen.

In Darwin lieferte ich Flipp, dessen ununterbrochenes Gerede über seine Frau und die bevorstehende Geburt mir allmählich auf die Nerven ging, im Hotel ab. Dann suchte ich Dr. Frank Haggard auf, der vor zwei Jahren das Leukämie-Serum entwickelt hatte. Er verstand nicht sofort, was ich von ihm erwartete. Erst als ich ihm einen handlichen arkonidischen Energiespeicher als Bezahlung für seine Dienste anbot, ein Gerät, das ihm mindestens die nächsten hundert Jahre als unabhängiger Stromlieferant dienen konnte, wurden wir uns einig.

Am nächsten Tag verscherbelte ich weitere unbedeutende Geräte aus dem Fundus der Arkoniden an die Direktoren mehrerer Industriewerke, nichts Weltbewegendes, doch ausreichend, daß ich mich mit Kisten voll elektronischer Spezialteile und einer beachtlichen Summe Bargeld eindecken konnte. Nicht weniger karg als das Staatsgebiet der Dritten Macht war ihr finanzielles Polster gewesen. Der Gedanke, mit Hilfe des Psychostrahlers den gesamten Tresorbestand irgendeiner Staatsbank abzuheben, war an sich verlockend, aber eben auch kriminell. Wie oft hatte ich mir so etwas gewünscht, vor allem, wenn ich meinem Bankberater gegenübergesessen und er scheinbar sinnend auf die Wand hinter mir gestarrt und dazu Notizen gemacht hatte.

»Ein nagelneuer Chevy, Mr. Bull? Außerdem mit Sonderausstattung? Hm ... Als Astronaut leben Sie gefährlich – wer sagt mir, daß Sie nicht eines Tages oben bleiben?« Gleichzeitig hatte er die Augen verdreht, als müsse er das Auto aus eigener Tasche bezahlen, und sich mit zwei Fingern die Nasenspitze massiert. »Wissen Sie, Mr. Bull, die Sache ist nämlich nicht so einfach, wie immer alle glauben: Ohne zusätzliche Lebensversicherung wären wir gezwungen, im Falle – Sie wissen schon – Ihr Auto zu veräußern. Das bringt in der Regel nicht den ausstehenden Betrag. Sie werden also diese Lebensversicherung abschließen, und danach können wir die Finanzierung durchziehen ...«

»Gar nichts werde ich«, hatte ich dem Pfennigfuchser in aller Freundlichkeit erklärt. »Und Ihre Versicherungspolice können Sie sich sonstwohin schieben – Sie wissen schon!«

Captain Flipper gab ich 5000 Dollar, von denen er eine Passage nach New York buchte. Und Dr. Haggard beschaffte eine Jacht für unsere Rückfahrt. In den Nachrichten gab es wenig Neues über die STARDUST und den Truppenaufmarsch in der Gobi. Ich gewann den Eindruck, daß die offizielle Berichterstattung bewußt unterdrückt wurde.

Die Soldaten kamen völlig überraschend. Ihre entsicherten Waffen redeten eine unmißverständliche Sprache. Es war eine eigenartige Erfahrung, wie ein Schwerverbrecher behandelt zu werden.

»Sie heißen Reginald Bull?«

Ich zuckte mit den Achseln. »Ist das verboten?«

»Sie gehören zu den Anhängern Perry Rhodans?«

Ich vergrub die Hände in meinen Taschen.

»Jeder Widerstand ist sinnlos!« herrschte mich der Offizier an. »Dr. Haggard wurde bereits verhaftet. Auch Captain Flipper steckt in einer netten kleinen Zelle.«

»Der arme Kerl bekommt ein Kind«, seufzte ich.

»Wer?«

»Captain Flipper.«

Mein Gegenüber hielt mich offensichtlich für verrückt. Und wennschon. Inzwischen war es mir gelungen, die Intensität der silbernen Stabwaffe in der Hosentasche zu justieren. Nur mit Mühe verkniff ich mir ein schadenfrohes Grinsen. In Gedanken sah ich den Offizier mit ausgestreckten Armen Kniebeugen machen – Sekundenbruchteile später begann er mit dem Training und schien alles um sich her vergessen zu haben. Diese Psychostrahler waren eine tolle Erfindung.

Was wir erlebten, war die Apokalypse, die Hölle auf Erden. Wir standen im flackernden Widerschein gewaltiger Entladungen, die ausgereicht hätten, ein kleines Gebirge einzuebnen, aber wir spürten nicht einmal einen Windhauch. Lediglich Crests merkwürdige Apparatur summte lauter als zuvor – böswilliger, so schien es mir, wie ein angreifender Bienenschwarm. Dennoch schützte dieses Aggregat unser Leben, indem es einen normalerweise unsichtbaren Energieschirm projizierte. Die energetische »Käseglocke« leuchtete mittlerweile in einem fahlen Grün, an den Einschlagstellen der Geschosse glühte sie grellviolett.

Um zwei Uhr nachts aus tiefem Schlaf aufgeschreckt, hatte ich jäh an das Ende der Welt geglaubt, zumindest unseres kleinen Reiches inmitten trostloser Einöde. Weite Kieswüsten, ausgedehnte Sanddünen, schroffe Gebirge und eintönige Steppe, die Gobi hatte hundert verschiedene Gesichter, die ich in den beiden Monaten seit unserer Rückkehr vom Mond zwar kennen-, aber noch lange nicht liebengelernt hatte. Dies war eine archaische Welt mit einem unglaublichen Reichtum an Farben und Formen, außerdem lagen hier die weltweit bedeutendsten Saurierfundstätten.

Vielleicht waren wir ebenfalls Fossilien – und wußten es nur noch nicht. In fünfzigtausend Jahren würden Archäologen unter dem dann möglicherweise fruchtbaren Boden auf unsere versteinerten Knochen stoßen und auf die innerlich verrottete stählerne Rakete.

Ich möchte nicht in einem Schaukasten ausgestellt werden. Aber falls ich das nicht verhindern kann, dann wenigstens mit einem goldenen Namensschild: Bully.

Es fiel mir schwer, in dem kargen Land die Keimzelle einer neuen Nation zu sehen, geschweige denn die Wiege der vereinten Menschheit. Perry Rhodans amüsiertes Lachen, als ich ihn an den berühmt-berüchtigten Dschingis-Khan erinnert hatte, klang mir noch immer in den Ohren. *Er* wollte nicht mit dem Mongolenfürsten verglichen werden, dessen Reiterheere einst ein riesiges Reich erobert und das Abendland in Furcht und Schrecken versetzt hatten. »Wir erobern nicht, Dicker«, hatte er geantwortet, »wir überzeugen. Das ist unser Vorteil.«

Insgeheim gab ich ihm recht. Trotzdem brauchte Perry jemanden wie mich, der seine Euphorie zügelte und seinen überschäumenden Glauben an das Gute im Menschen auf den Boden der Tatsachen zurückholte. Die Suppe hatten wir uns zusammen eingebrockt, wir mußten sie demzufolge gemeinsam auslöffeln.

Das neueste Gesicht der Wüste behagte mir noch weniger als das alte. Seit Perry nach der Landung die Gründung der neutralen »Dritten Macht« bekanntgegeben hatte, bestand der Einschließungsring durch die Landstreitkräfte der Asiatischen Föderation. Während der letzten Wochen waren weitere Divisionen eingetroffen. Die schwersten Werferbatterien standen dreißig Kilometer entfernt. Unser Wunsch nach der Aufnahme diplomatischer Beziehungen zur Asiatischen Föderation wurde nach wie vor ignoriert.

Langrohrgeschütze und Raketenbatterien fielen in das Trommelfeuer ein. Insgesamt sechstausend feuerspeiende Mündungen. Außerdem die Stalinorgeln und die dicken Brummer, deren brisante Last aus Sprengbomben und Phosphorgranaten bestand, die die Schwärze der Nacht in ein Flammenmeer verwandelten. Die Wüste brannte, der Himmel ebenfalls.

Vor vierzehn Tagen waren europäische Beobachtungsteams eingetroffen, ein erster Hinweis auf einen möglichen Schulterschluß zwischen Ost und West. Schön zu wissen, daß Perrys Hoffnungen wenigstens in einer Hinsicht Erfolg zeitigten: die Welt vereint gegen uns.

Die Nacht loderte in schrecklichem Feuer. Mit sturer Ignoranz bissen sich die Militärs an unserer Energiekuppel die Zähne aus. Eigentlich war es ein einfaches Prinzip, auf dem der Schutz basierte, die Erzeugung eines exakt berechneten elektromagnetischen Feldes, das auftreffende Geschosse vorzeitig zur Explosion brachte und ihre Energien absorbierte. Das aber nur bis zu einem gewissen Sättigungsgrad, denn eine Kapazitätsüberlastung bewirkte feldenergetische Rückschläge zu den Projektoren, die im schlimmsten Fall durchbrannten und ihrer Position entsprechend Lücken im Schirmfeld entstehen ließen. So ungefähr hatte es Crest erklärt.

Überlastungen wurden durch Punktbeschuß erreicht. Ob wissentlich oder nicht, die asiatischen Truppen waren im Begriff, genau das zu praktizieren. Ein Ausfall des Schirmfeldes hätte auf jeden Fall das schnelle Ende der Dritten Macht bedeutet. Es war ein lächerliches Wüstenterritorium von dreizehn Quadratkilometern Ausdehnung, auf das wir Anspruch erhoben.

Seit einer Stunde dauerte das Trommelfeuer an. Ich fragte mich, wie lange der arkonidische Reaktor die zur Abwehr benötigten Energien liefern würde. Zweifellos schluckte der Schirm Megawattzahlen, die bestenfalls ein komplettes irdisches Atomkraftwerk hätte liefern können.

Inmitten der Explosionen zeichnete sich endlich wieder ein Stück Nachthimmel ab. Energieschleier verwehten und zerstoben wie Polarlichter in bunten Fahnen.

Ungewohnt klar hing das Band der Milchstraße über der Gobi. Ich fragte mich, welcher der funkelnden Sterne Arkons Sonne sein mochte. Einer der hellsten Kugelsternhaufen des nördlichen Sternhimmels, im Sternbild Herkules gelegen, war M 13, die galaktische Heimat der Arkoniden. Ungefähr einhunderttausend Sonnen gehörten zu jener Region, fast jede mit Planeten, sehr viele von ihnen bewohnt. Das waren Gegebenheiten, die wir uns auf der Erde bislang nicht hatten vorstellen können, die aber hoffentlich bald Allgemeingut sein würden.

Das Trommelfeuer begann von neuem. Die flüchtige Pause schien nicht mehr gewesen zu sein als ein Atemholen, bevor der Sturm um so wütender über uns hereinbrach. Die Angreifer setzten auf Zermürbungstaktik. Niemand verkraftete auf Dauer dieses unaufhörliche Dröhnen, das Stakkato der Explosionen und den dumpfen Donner der Bomben. Dazu der Wall aus Feuer, der schon viele Nächte zum Tag gemacht hatte, vereint mit den unaufhörlichen Beben. Ich war überzeugt davon, daß die Angreifer unterirdische Sprengungen vornahmen, um zusätzliche Stoßfronten zu erzeugen.

An diesem Tag, wir schrieben den 26. August 1971, trieben sie es auf die Spitze.

»Ihr könnt uns kreuzweise.« Ich verstand meine eigenen Worte nicht. Auf dem Absatz machte ich kehrt und betrat wieder das große Zelt, in dem ein Behandlungsraum für Crest abgetrennt worden war. Nicht einmal das Trommelfeuer hatte den Arkoniden aus seinem Tiefschlaf aufschrecken können. Er schien auch die zweite Injektion des Serums einigermaßen gut überstanden zu haben. Das war meine größte Sorge gewesen. Falls Crest uns unter den Händen starb, würde Thora zur Furie werden. Für sie waren wir unverändert Wilde, die ein unglaublicher Zufall von ihren Bäumen heruntergetrieben hatte. Mir wäre bedeutend wohler gewesen, hätte ich diese Frau einige tausend Lichtjahre entfernt gewußt. An ihr wollte ich mir jedenfalls nicht die Finger verbrennen.

Die weltpolitische Lage spitzte sich rasant zu.

Peking drohte Washington mit dem Abbruch aller diplomatischen Beziehungen, da weder der Kongreß noch der Präsident daran dachten, ihrer

Übergabeaufforderung nachzukommen. Die Sowjetunion wurde gleichzeitig bedrängt, hinsichtlich des amerikanischen Stützpunktes in der Wüste Gobi unmißverständlich Stellung zu beziehen. Wir erhielten die ultimative Aufforderung, den Energieschirm bis zum nächsten Tag um zwölf Uhr abzuschalten.

In einer Note an Peking wiederholte ich unser Angebot einer diplomatischen Lösung. Zudem ließ ich wissen, daß wir jede kriegerische Auseinandersetzung zwischen den Nationen mit allen uns zur Verfügung stehenden Mitteln verhindern würden.

»Befördere mich aber deshalb nicht gleich zum Außen- und Verteidigungsminister!« Ich grinste Perry Rhodan an. »Mir genügt es, wenn ich das Kommando über ein eigenes Raumschiff bekomme.«

»Mehr willst du nicht?«

Ich zuckte mit den Achseln. »Falls du einen Brandy spendierst, sage ich nicht nein. Der ewige Sand kratzt im Hals. Ein Vollbad wäre übrigens auch nicht zu verachten.«

Perry brachte eine angebrochene Flasche Carlos I zum Vorschein. Das erinnerte mich an den Abend im »White Horse House«, vor allem an Captain Flipper. Auf gewisse Weise hatte ich das Gefühl, daß Flipper die Bindung mit seiner Frau zu früh eingegangen war. Selbst ein so unwiederholbares Erlebnis wie den Mondflug hatte er nicht richtig genossen, weil er in Gedanken immer auf der Erde geblieben war.

Ich wollte es anders machen. Seit Wochen träumte ich davon, zu den Sternen zu fliegen. Erst war es nur der Mars gewesen, danach Jupiter und Saturn, unterdessen landete ich in meinen Tagträumen auf weit entfernten Planeten. Ausgedehnte Pilzwälder ließen mir das Wasser im Mund zusammenlaufen. Ich sah Saurierherden zwischen Riesenfarnen dahintrampeln ...

»Träumst du, Dicker?« schreckte mich Perrys Stimme auf. »Ich sagte: Trink einen Doppelten, als Ersatz für das fehlende Vollbad.«

Crest schlief erschöpft. Die tief eingegrabenen Linien in seinem Gesicht erschienen nicht mehr so kantig. Das Serum wirkte. Vielleicht hatte ihm auch schon der »Luftwechsel« gutgetan. Tag für Tag mit einer arroganten Person wie Thora konfrontiert zu sein zermürbte den stärksten Mann.

»Wie geht es weiter?« wollte Dr. Haggard wissen. »Auf Dauer haben Sie gegen den Rest der Welt schlechte Karten.«

»Sie kennen Perry Rhodan nicht so lange wie ich«, widersprach ich. »Wenn er sagt, der Mond besteht aus grünem Käse, dann ist das auch so.«

»Und?« fragte Haggard.

»Was und?«

»Sie waren oben.« Sein Kopf ruckte in die Höhe. »Besteht er aus ... grünem Käse?«

»Perry hat das nie behauptet«, seufzte ich und fragte mich zugleich, warum manche Menschen jede Bemerkung wörtlich nahmen.

Ich trat hinaus vor das Zelt. Die Nachtluft war kühl und wirkte belebend. Ein Sternenhimmel in selten gesehener Klarheit spannte sich über die Gobi. Ich schloß die Augen und lauschte, versuchte das Durcheinander in meinen Gedanken zurückzudrängen und nur für den Augenblick zu leben.

»Hörst du sie«, fragte unvermittelt eine Stimme hinter mir, »die Verlockung der Sterne? Ihre Melodie ist verführerisch.«

Ich hatte nicht bemerkt, daß mir jemand gefolgt war. Zögernd, beinahe widerwillig, wandte ich mich um. Aber da war niemand. Ich schüttelte den Kopf und massierte mit beiden Händen mein Gesicht. Erst allmählich akzeptierte ich die Müdigkeit, die mir in den Knochen steckte. *Wenn du anfängst, Stimmen zu hören und Dinge zu sehen, wo gar nichts ist, kannst du zwei Dinge tun, Junge*, hatte mein Onkel früher hin und wieder behauptet, bevor ich zur Space Force gegangen war. *Entweder du säufst weiter, hast am anderen Tag einen fürchterlichen Brummschädel und kannst dich an nichts mehr erinnern, oder du hörst schlagartig auf damit und weißt wenigstens, wen du vor den Kopf gestoßen hast.*

»Und warum hältst du dich nicht daran?«

»Ich halte mich ... He, verdammt, ich bin wirklich überarbeitet.« Redete ich schon mit mir selbst? Mehr als fünfzig Meter hatte ich mich vom Zelt entfernt und stand allein hier draußen.

»Glaubst du das wirklich? Du siehst die Dinge nur mit deinen Augen, mein Freund.«

Und wennschon ... Mein tiefer Atemzug wurde zum herzhaften, nicht enden wollenden Gähnen. Was um alles in der Welt hatte Perry in den Brandy gemischt? Mit Daumen und Zeigefinger massierte ich meine Nasenwurzel. Ein paar Zahnstocher, um die Augenlider offenzuhalten, wären nicht zu verachten gewesen.

»Warum ignorierst du mich?«

Weil ... Ach, Unsinn. Ich ging weiter, schritt hastiger aus als zuvor. Fast lief ich vor mir selbst davon.

»... vor deinem Unvermögen, die Dinge richtig wahrzunehmen, Dikker. So nennt Perry dich doch, oder?«

Eine technische Spielerei. Natürlich. Perry Rhodan hatte mich zum Versuchskaninchen degradiert. Irgendwo – vergeblich versuchte ich, einen Schatten, einen Reflex, eine Bewegung vielleicht, zu entdecken – schwebte eine arkonidische Miniatursonde, und der Bursche amüsierte sich köstlich über mein verblüfftes Gesicht.

»Laß den Unfug, Perry! Mir ist heute nicht nach Scherzen.« Ich wollte zum Zelt zurück, aber ich hatte noch keine zehn Schritte getan, als hinter mir erneut die Stimme erklang.

»Reginald Bull, lauf nicht vor dir selbst davon. Hörst du?«

»Ach ...« Auf dem Absatz wirbelte ich herum – und erstarrte mitten in der Bewegung. Im ersten Moment glaubte ich, Crest zu sehen, aber die einsame Gestalt war kein Arkonide. Ein alter Mann, vielleicht ein wenig größer als ich, mit markanten, von der Erfahrung eines langen Lebens geprägten Gesichtszügen. Halblang und wirr hing ihm das graue Haar in die Stirn, schlohweiße Bartfäden standen in dünner Strähne vom Kinn ab. Er hatte asiatisch hoch angesetzte Wangenknochen, doch nur leicht schräg stehende Augen.

»Wer sind Sie?« herrschte ich ihn an. »Woher kommen Sie?«

Mein Verstand wollte mir einreden, daß der Alte aus dem Nichts heraus erschienen war. Ansonsten hätte ich ihn schon sehr viel eher sehen müssen.

»Liebst du sie?«

Ich stand da wie angewurzelt. »Wen? Miriam? Ich habe sie lange nicht ...«

Der alte Mann lachte. »Ich rede nicht von einer Frau, mein alter Freund, sondern von den Sternen.«

Ich war verrückt – die einzige vernünftige Erklärung, die mir in den Sinn kam. Wahrscheinlich hatten die chinesischen Truppen ein Nervengift versprüht. Ich mußte die anderen warnen, ich ...

»Du hast meine Frage noch nicht beantwortet.«

»Ich wüßte nicht ...«

»Liebst du die Sterne?«

»Ja, verdammt! Wer tut das nicht. Genügt das? – Und jetzt sagen Sie endlich, wer Sie sind. Und woher Sie kommen. Für welchen Geheimdienst arbeiten Sie?«

Der Alte spuckte in den Sand. »Du kennst mich, du weißt es nur noch nicht. Ich habe viele Namen, denn ich komme aus dem Morgen und von gestern – such dir aus, was dir am besten gefällt!«

Ich war nicht verrückt. Der Alte war es schon eher. Verzweifelt fragte ich mich, wie es ihm gelungen sein mochte, die Energiekuppel zu durchdringen. Wenn sie für ihn kein Hindernis darstellte, dann womöglich ebensowenig für Einzelkämpfer der Asiatischen Föderation. Und genau das durfte nicht geschehen.

»He!« rief ich. »Was soll das heißen: morgen oder gestern? Ich habe keinen blassen Schimmer ...«

Er lachte nur. »Irgendwann, Bully, wirst du verstehen.« Damit wandte er sich um und schritt langsam auf den Energieschirm zu.

Ich folgte ihm. »Bleiben Sie stehen, alter Mann! Ich bin nicht Ihr Bully, ich ...«

»Wo rennst du hin?« Verwunderung schwang in Perry Rhodans Stimme mit. Er hatte eben das Zelt verlassen und blickte genau zu uns herüber.

Meine Finger umklammerten den Unterarm des Alten. Ich spürte Knochen und wenig Fleisch unter der Kleidung. »Reden wir endlich Klartext!« stieß ich hervor. »Wer hat dich geschickt? Suche gar nicht erst nach Ausflüchten, dann kann ich nämlich sehr unangenehm werden.«

»Führst du Selbstgespräche, Dicker, oder mit wem redest du?« Perry kam auf mich zu, von dem Ziegenbärtigen schien er keine Notiz zu nehmen. Wollte er nicht oder konnte er nicht, oder ...? Unwillkürlich verstärkte ich meinen Griff, zumal der Alte ein spöttisches Lächeln zeigte, das mir völlig mißfiel. Blicke einer durch, was sich hinter der Stirn eines Asiaten zusammenbraut.

»Ich weiß nicht, wie er es geschafft hat, aber er ist durchgekommen.«

Perry blieb zwei Schritte vor mir stehen. Skeptisch musterte er mich. »Wer hat was geschafft?« wollte er wissen.

Ich setzte zur Antwort an, zog es dann aber vor zu schweigen. Perry sah den Alten nicht, das wurde mir schlagartig klar.

»Er ... ich ...«

»Wenn dir nicht gut ist, Dicker, solltest du einen unserer Ärzte konsultieren. Ich bin überzeugt davon, sie kriegen dich wieder hin.«

Zum zweitenmal versuchte ich eine Erwiderung – schwieg aber verbissen. Ich hatte den Mann nicht festhalten können. Er war fort, als hätte er in der Tat nie existiert.

»Du wirkst verwirrt, Bully.«

Ich nickte zögernd. »Mag sein. Vielleicht. Mir geistert so vieles durch den Kopf. Wir versuchen die Welt zu verändern, Perry. Das ist Idealismus pur. Okay, dagegen habe ich nichts. Aber ich fürchte, guter Wille allein hat noch nie lange geholfen. Ob wir es wahrhaben wollen oder nicht, die Erde steuert einem Atomkrieg entgegen. Wir können nichts daran ändern.«

Ich schaute wieder zu den Sternen auf. Die Welten da oben schienen nicht besser zu sein als unsere. Crest hatte von fürchterlichen Kriegen gesprochen, die im Weltraum tobten. Demnach war eine Aufnahme in die Völkerfamilie der Milchstraße wenig erstrebenswert. Wer hatte schon Interesse daran, vom Regen in die Traufe zu geraten?

Trotzdem glaubte ich, den Ruf der Sterne zu hören, ein Gefühl innerer Unruhe und Abenteuerlust, das mich ruhelos vorwärts trieb.

So wie ich in diesem Moment blickten seit Jahrtausenden Menschen in den Nachthimmel und spürten dessen grenzenlose Verlockung.

Zum erstenmal hatten wir wirklich die Chance, unsere Träume wahr zu machen. Ich hatte mich längst entschieden. Nicht mit dem Verstand, sondern aus dem Bauch heraus, indem ich meinen Gefühlen folgte.

Peking, 12 Uhr mittags. 22. Juli. Die Hand verharrte über einem roten Knopf. Sie zögerte Sekundenbruchteile, die über Leben und Tod entscheiden konnten. Dann berührte der Daumen das kühle Plastik und drückte es ruckartig tief in die Fassung.

Silberne Torpedos jagten auf Flammenbündeln in den strahlend blauen Himmel. Ihre ballistischen Flugbahnen zielten auf die großen Metropolen der Welt, auf Militärbasen und gegnerische Atomsilos.

Langsamer folgten die Bomber, die mit ihrer tödlichen Last hoch in die Stratosphäre stiegen und ebenfalls programmierten Kursen folgten.

Flottenverbände änderten ihren Kurs und liefen unter Vollast feindliche Gewässer an.

Exakt eine Minute und achtzehn Sekunden nach den Chinesen öffnete der amerikanische Präsident seinen Atomkoffer und befahl den Gegenschlag. Wie Sternschnuppen zogen die Interkontinentalraketen ihre Flammenbahnen durch die Nacht – ein grausiges Arsenal, das ausreichte, die Menschheit viele Dutzend Male auszulöschen. Gleichzeitig stiegen die Abfangjäger auf. Jeder Pilot wußte, daß es ein Flug ohne Rückkehr sein würde. Wer wollte schon in verbranntem, strahlenverseuchtem Territorium landen? Die Männer und Frauen waren ausgebildet worden, dem Tod ins Auge zu schauen – in der Gewißheit, daß jede frühzeitig zerstörte Rakete einem kleinen Landstrich des Vaterlandes den unmittelbaren Feuersturm ersparte.

Am längsten zögerten die Verantwortlichen im Ostblock. Erst als die Radartaster die auseinanderstrebenden Raketen wie Asteroidenschwärme auf die Weltkarte projizierten, ihre Ziele in Moskau und Leningrad, Berlin, Paris, London und entlang den nordamerikanischen Küsten, starteten auch die russischen Todesboten.

»Hol's der Teufel, Brüderchen.« Iwan Martinowitsch Kosselow, sowjetischer Geheimdienstchef, drehte die bauchige Flasche in seiner Hand so, daß er das handgeschriebene Etikett lesen konnte, dann schlug er ihr an der Kante seines Schreibtisches den Hals ab. »Mit Wodka in der Kehle ist jeder gute Kommunist gegen Strahlung immun.«

Und stand nicht in den Kirchenbüchern geschrieben, »die Letzten werden die Ersten sein«? Sowjetische U-Boote kreuzten längst in den flachen Küstengewässern vor Nordamerika, Europa und China. Die Einheiten der modernen, nuklear angetriebenen Yankee-Klasse hatten ihre jeweils sechzehn ballistischen SS-N-6-Flugkörper bereits abgefeuert, jeder bei einer Reichweite von 2950 Kilometern mit einem nuklearen Gefechtskopf bestückt.

Kosselow lächelte und nahm einen tiefen Schluck aus der Flasche. Der Wodka schmeckte ihm nicht. Er entsann sich seiner Ausbildung auf einem dieselangetriebenen Angriffsunterseeboot der Foxtrott-Klasse. Achtundsiebzig Mann Besatzung in einer Konservendose von 91,5 Metern Länge, das war schon immer eine qualvolle, stickige Enge gewesen, ohne Platz für falsche Romantik. Aber gerade die Mannschaften an Bord der Unterseeboote würden den weltweiten Atomschlag am längsten überleben. Eine verflucht zweifelhafte Ehre.

Die Hand um den zersplitterten Flaschenhals verkrampft, trat Kosselow ans Fenster und blickte starr in die Dämmerung hinaus. Es würde nicht mehr lange dauern, bis die ersten Explosionen ihre Rauchpilze in die Atmosphäre schickten.

Inzwischen war es zu spät, um zu bedauern.

Viel zu spät.

Ich hörte, wie Dr. Haggard neben mir scharf einatmete. Dann erstarrte er schier, den Blick auf den Monitor gerichtet, der völlig konfus die Hektik im Studio eines amerikanischen Nachrichtensenders wiedergab. Niemand hielt noch auf Konventionen. Ich hörte hysterisches Schreien und zorniges Gebrüll. Da waren totenblasse Gesichter mit Tränen in den Augen ...

Perry Rhodan hatte mir die Hand auf die Schulter gelegt. Er drückte fest zu, als wolle er sich an mir aufrichten.

Ich selbst schloß die Augen und hoffte, dieser Alptraum möge endlich aufhören. Wenn ich aufwachte, lag Miriam neben mir im Bett und ...

»Woran denkst du, Bully?«

Perrys Frage in dem Moment erschien mir schrecklich profan. »An die Zukunft«, antwortete ich. »An die Zukunft der Menschheit im Weltraum. Vorausgesetzt, Thora hält ihr Wort und hilft uns.«

»Ich zweifle nicht daran.«

Was sollte ich darauf erwidern? Einzig und allein Crests Schicksal schien diese Frau nicht kaltzulassen. Die paar Milliarden halbintelligenter Affen, die es im Laufe ihrer Evolution zu einer bescheidenen technischen Entwicklung gebracht hatten, interessierten sie doch kaum. Ähnlich intensiv berührte die Straßenbauarbeiter im brasilianischen Dschungel das Schicksal Tausender Ameisenvölker, die unter den Rädern der mächtigen Planierraupen zermalmt wurden.

Perrys Finger verkrampften sich in meine Schulter. Hinter mir stieß Eric Manoli einen gurgelnden Aufschrei aus.

Das Bild auf dem Monitor wechselte abrupt. Entweder hatte die Regie auf einen Satelliten umgeschaltet, oder die neue Aufnahme kam von Bord eines Spionageflugzeugs.

Zwei Interkontinentalraketen befanden sich im Erfassungsbereich. Sie schmierten ab, stürzten in steiler werdendem Winkel in die Tiefe. Wolkenbänke verschluckten sie.

Ich hielt den Atem an und zählte in Gedanken bis zehn.

Nichts geschah. Weder flammte in der Tiefe die urwüchsige Gewalt atomarer Explosionen auf, noch ließ der elektromagnetische Puls die Übertragung zusammenbrechen.

Weitere Bilder ...

Monument Valley. Grelles Scheinwerferlicht verharrte zitternd über einem kleinen Krater. Das deformierte metallene Etwas, das sich metertief in den Boden gewühlt hatte, trug chinesische Schriftzeichen.

Los Angeles. Die Fassade eines siebenstöckigen Wohnhauses war aufgerissen und halb in sich zusammengesackt. Einzelne Wohnungen lagen offen, aus geborstenen Leitungen ergossen sich dünne Wasserfontänen in die nur langsam verwehenden Staubwolken. Schreie, verwackelte Aufnahmen, herabstürzende Mauerbrocken – der Kameramann kämpfte sich ins Innere des Gebäudes vor. Augenblicke später verharrte das Bild zitternd auf dem Schrott einer Atomrakete. Ein Kommentator setzte zum Reden an, doch nach wenigen Worten versagte ihm die Stimme.

Die Aufnahmen waren bezeichnend für die Szenen, die sich in diesen Minuten überall auf der Welt abspielten.

Es war vorbei.

Vorerst ...

Trotzdem empfand ich keinen Triumph, nur eine grenzenlose Leere. Nicht menschliche Vernunft hatte im letzten Augenblick über die Todessehnsüchte einiger weniger Wahnsinniger gesiegt, sondern arkonidische Supertechnik.

Um so mehr gab es für uns zu tun.

»Mister Wong«, sagte ich, bemüht, mir meine Verärgerung nicht anmerken zu lassen, doch am liebsten hätte ich mit meinen Verhandlungspartnern endlich Klartext geredet. »Wir sitzen seit zweieinhalb Stunden beisammen ...«

»Fast drei Stunden, Mister Bull.« Das Lächeln des Chinesen war entwaffnend und sollte mich aus dem Konzept bringen.

Ich nickte knapp. »Wenn Sie es sagen, dann eben drei Stunden. Das ändert leider nichts daran, daß wir uns bislang keinen einzigen Schritt aufeinander zubewegt haben.«

»Was sicherlich nicht unsere Schuld ist«, erklang es zu meiner Rechten. Suzy Marei hieß die Sprecherin des Wirtschaftsausschusses, so zumindest war sie mir vorgestellt worden. Indes wurde ich den Verdacht nicht los, daß ihre Funktion vor allem darin bestand, ausländische Geschäftspartner auf charmante Weise zu Zugeständnissen zu bewegen. Ihr Gesicht war ebenmäßig, wie aus Elfenbein geschnitzt, und das stufenförmig geschnittene schwarze Haar kontrastierte perfekt zu ihrer hellen Haut. Sie war schlank, für eine Chinesin großgewachsen und überragte mich beinahe um Haupteslänge. Das enganliegende grüne Seidenkleid, das ihren Körper in vollendeter Form modellierte, trug sie am Hals hochgeschlossen, allerdings mit einem pikanten Ausschnitt.

Ich bemühte mich, Suzy nur in die Augen zu schauen. »Wie Konfuzius schon sagte«, gab ich mit mühsam bewahrter Freundlichkeit zurück, »es gehören immer zwei dazu.«

»Aber Mister Bull.« Der Dritte im Bunde, Marschall Roon, Befehlshaber der AF-Landstreitkräfte, lehnte sich zurück und legte die Fingerspitzen aneinander. Scheinbar versonnen musterte er mich über seine Fingerkuppen hinweg. »Sie sind Amerikaner, deshalb sehe ich großzügig darüber hinweg, daß Sie unserem ehrwürdigen Konfuzius falsche Worte in den Mund legen. Ich hätte eher erwartet, Sie zitieren Ihren Tellerwäscher.«

»Wen?« Ich notierte einige Zahlen auf dem vor mir liegenden Schreibblock, multiplizierte, strich alles wieder durch.

»Rockefeller, Mister Bull«, sagte Roon nachsichtig.

Und Wong, Mitglied des Politbüros, fügte hinzu: »Ihr Angebot ist lächerlich gering. Ich bedauere.«

»Dann bedauere ich ebenfalls. Meine Herren ...«

Ich war wütend. Was glaubten diese Halsabschneider, wen sie vor sich hatten? Krösus? Der Preis, den sie für lumpige 160 Quadratkilometer Wüste verlangten, war Irrsinn. Dafür hätte ich halb Manhattan kaufen können, aber nicht taubes und staubiges Brachland.

»Morgen ist ein neuer Tag, Mister Bull.« Wong erhob sich geschmeidig und verneigte sich knapp in meine Richtung.

»Sagt das Konfuzius?« fragte ich, ohne meinen Ärger länger zu verbergen.

»Das sagt die Partei.« Roons Blick durchbohrte mich wie ein kraftvoll geschleuderter Wurfstern. Mein Freund war der Marschall gewiß nicht. Die Dritte Macht hatte seinem Ansehen geschadet. Zumindest sah er das so. Ich spürte es an seinen Gesten, seinen Worten, seinen giftigen Blicken. Aber ich konnte mir meine Verhandlungspartner nicht aussuchen. Wenn Perry und ich unsere Ideen endgültig etablieren wollten, brauchten wir das Land.

Ich dachte an die blamable Show, die Roon beim Angriff auf die STARDUST geboten hatte – vor allem, als Perry seinen Hubschrauber wegen unerlaubter Landung auf dem Gebiet der Dritten Macht konfisziert hatte.

Meine zweite Begegnung mit dem Marschall war auf dem Rückweg von Australien gewesen. Unter dem Einfluß des Psychostrahlers hatte er mir trotz seines beachtlichen Truppenaufmarsches in Hongkong Fahrzeuge und freies Geleit beschafft.

»Selbstverständlich sind Sie heute abend unser Gast, Mister Bull«, sagte Wong gepreßt. »Die besten Plätze in der Staatsoper sind reserviert.«

Den bevorstehenden Abend verband ich mit stilisierter Schauspielkunst, schriller Fünftonmusik und grellbunten Kostümen, alles Dinge, die mir persönlich nicht sonderlich viel gaben. Andererseits würde es mir schwerfallen, bei diesen Darbietungen einzuschlafen und meine Gastgeber tödlich zu beleidigen.

Der Abend ging doch schneller vorbei als befürchtet. Mir dröhnte der Schädel. Sobald ich die Augen schloß, sah ich immer noch die akrobatischen Verrenkungen der Tänzer und ihre kalkweißen Gesichter im Scheinwerferlicht.

»Wir sind durchaus gewillt, der Dritten Macht das Land mit fünfzig Kilometern Radius um den Landeplatz der STARDUST als souveränes Territorium zu verkaufen«, begann Suzy Marei völlig unerwartet in ebenso akzentfreiem Englisch, wie es die anderen Gesprächspartner sprachen. »Nur müssen Sie einsehen, daß wir die Seele unseres Reiches nicht für ein Butterbrot verramschen können. Zumal wir ein abschreckendes Beispiel vor Augen haben. Für uns ist ein Teil von New York auf gestohlenem Boden gewachsen.«

»Lernt man das in der Kulturrevolution?« konnte ich mir nicht verkneifen.

»Wohl nur im Kapitalismus«, konterte die Chinesin.

Sie komplimentierten mich in die Hotelbar und ließen mich unmißverständlich wissen, daß sie eine Ablehnung meinerseits als Beleidigung empfunden hätten.

Wong erwies sich als ebenso trinkfreudig wie Marschall Roon. Nach dem vierten Whisky entledigte ich mich endlich der Krawatte, die mir schon den ganzen Abend über lästig gewesen war. Wie Diplomaten sich mit so einem Strick um den Hals wohl fühlen konnten, würde mir ewig ein

Rätsel bleiben. Lieber ölverschmierte Hände bis hinauf zu den Ellbogen; das zeugte von Arbeit, auf die man stolz sein durfte.

Halb zwei Uhr morgens war es, als Suzy sich verabschiedete. Ich hauchte ihr einen Kuß auf den Handrücken, wobei es mir völlig gleichgültig war, in welches Fettnäpfchen ich damit trat. Ein klein wenig, zumindest hinsichtlich Größe und Statur, erinnerte mich Suzy an Thora. Dabei hatte ich gar nicht an die arrogante Ziege denken wollen.

Ihre Überheblichkeit hatte die Arkonidin den Forschungskreuzer gekostet. Mehr als Schrott war nach der Explosion der Meso-Katalyse-Bombe von dem stolzen 500-Meter-Raumer nicht geblieben. Drei lausige Mondraketen der unterentwickelten Menschen hatten es geschafft, Thoras Weltbild anzukratzen.

Ihre starre Gleichgültigkeit war gespielt gewesen, das glaubte ich nach wie vor. »Sie kennen das Tai Ark'Tussan nicht«, hatte sie Perry entgegengeschleudert. »Wir verlieren an jedem Tag Raumschiffe. Das ist nichts Besonderes.«

Lediglich ein 60-Meter-Beiboot war Crest und ihr geblieben – für uns Quasi-Neandertaler immer noch ein monströses Schiff, aber eben nur ein Abklatsch des Forschungskreuzers.

Drei Uhr war es, als ich die Hotelbar endlich verließ und mit dem Lift nach oben fuhr. Ein rotfleckiges Stoppelgesicht starrte mir in der verspiegelten Kabine entgegen. Die dunklen Schatten unter den Augen wollten mir absolut nicht gefallen.

»Die versuchen, dich morgen über den Tisch ziehen«, sagte ich zu meinem Spiegelbild. »Unsere Dritte Macht hat keinen Geldscheißer, oder?«

Ich hatte mehr getrunken als beabsichtigt. Meine Beine fühlten sich schwammig an. Als der Lift ruckartig hielt, taumelte ich nach vorne und gleich darauf hinaus auf den breiten Korridor mit seinen übermannshohen Vasen und den vergoldeten Drachenskulpturen.

Trotz Thoras Protest hatte Crest Perry und mich einer hypnotischen Schulung am Indoktrinator des Beibootes unterzogen. Wir verfügten über Kenntnisse, die von den fähigsten irdischen Wissenschaftlern bestenfalls erst in Ansätzen diskutiert worden waren; eine neue und phantastische Welt hatte sich aufgetan. Ich beherrschte die Reinheitsformeln für die Erzeugung von Arkonstahl zur Schiffspanzerung ebenso wie die Erweiterung thermodynamischer Leitsätze. Ohne besondere Mühe hätte ich zu sagen vermocht, wieviel Energie sich aus einem Kubikzentimeter der Masse eines Braunen Zwerges gewinnen ließ – rein theoretisch natürlich, denn noch fehlten die Grundlagen, die eine solche Massegewinnung überhaupt erst ermöglichten.

Obwohl mein Hirn vollgestopft war mit abgehobenen Theorien, schien immer noch ausreichend Platz für ein leichtes Schwindelgefühl. Und das lästige Summen unter der Schädeldecke gab es ebenfalls weiterhin. Insgeheim war meine größte Sorge gewesen, daß der arkonidische Apparat mich veränderte, daß ich mich in einen knöchernen, trockenen Professor verwandelte, dessen Zerstreutheit die schönen Dinge des Lebens schlichtweg ignorierte. Nein, ich konnte mir den Reginald Bull nicht vorstellen, der über Formeln brütete, den Tag in Büros oder Labors verbrachte, mittags in der Kantine aß und sich nach achtzehn Uhr in die vollgestopfte U-Bahn quetschte. Das war nicht mein Leben, ich wollte keine eingefahrenen Geleise, die mit jedem Tag tiefer wurden.

Ich brauchte Abwechslung, mußte mir den Wind um die Nase wehen lassen und das Gefühl haben, ich könnte alles hinter mir lassen. Frau und Kinder, ein trautes Heim womöglich, mit Meerschweinchen, Hund und Goldfischen im Teich, das war bestenfalls fürs Alter geeignet. Aber vorher ...?

Schritte folgten mir, verhielten hinter der nächsten Abbiegung. Schlagartig war ich nüchtern. Eine Nachlässigkeit durfte ich mir nicht erlauben. Es gab genug Leute, die nach dem Besitz arkonidischer Machtmittel strebten. Andererseits konnten Perry Rhodan und ich uns nicht in einem gläsernen Käfig verkriechen. Wenn wir die Dinge bewegen wollten, mußten wir raus.

Ich hörte, daß jemand mit einem Schlüssel über ein Türschloß kratzte. Gespielte Hilflosigkeit? Gleich darauf wurde eine Tür geöffnet, fiel dumpf klappend wieder ins Schloß.

Ich lauschte in die nachfolgende Stille und stand unvermittelt im Dunkeln. Es war ein Fehler gewesen, den Psychostrahler nicht mitzunehmen, doch ich hatte die Grundstücksverhandlungen ohne faule Tricks über die Bühne bringen wollen. Das war ich mir und der Dritten Macht schuldig.

Schatten huschten heran. Drei, vier Personen mußten es sein. Ich stand mit dem Rücken zur Wand, die Fäuste halb erhoben und bereit, die Angreifer mit wilden Hieben zu Boden zu schicken.

Urplötzlich flammte das Licht wieder auf. Die Schemen zerflossen, entpuppten sich als Dekorationsgegenstände, und ich beschloß, nie wieder Reisschnaps und Whisky durcheinanderzutrinken, denn die Mischung beeinträchtigte das Sehvermögen kolossal.

Sekunden später betrat ich meine Suite: ein fast schon luxuriöses Bad, ein großer Wohnbereich und das Schlafzimmer mit französischem Bett und reich verziertem Deckenspiegel. Die hinter dem Spiegel verborgene Miniaturkamera und die Mikrophone hatte ich dank meiner Ausrüstung rasch entdeckt und unschädlich gemacht. Was aber bestimmt nicht bedeutete, daß keine neuen Wanzen vorhanden waren.

Ein dezenter Duft hing im Raum. Das waren keine Räucherstäbchen. Französisches Parfum, stellte ich überrascht fest.

Und dann sah ich sie – gekleidet in einen Hauch von seidigem Nichts, rot wie die personifizierte Verführung. Ein Sektkühler stand auf der Ablage neben dem Bett, dazu zwei Gläser.

»Suzy, Sie …«

»Komm«, hauchte ihr Mund. »Darauf habe ich lange gewartet.« Sie streifte einen Träger über die Schulter und entblößte ein weiteres Stück makelloser Haut.

»Vermutlich haben Sie sich im Zimmer geirrt.« Meine Stimme sollte abweisend klingen, sie tat es nicht. Deutlich spürte ich das Vibrieren, die Erregung, die sich meiner bemächtigte. Von Miriam hatte ich nichts mehr gehört; die einzige Frau, die ständig in meiner Nähe lebte, hieß Thora und hatte, ganz im Gegensatz zu der Chinesin, auf mich die Wirkung einer kalten Dusche. Irgendwo tief in meinem Unterbewußtsein nagte jedoch die erschreckende Feststellung, daß ich die Arkonidin möglicherweise ganz attraktiv fand, es mir nur nicht eingestehen wollte; der Alkohol verdrehte die Tatsachen.

Der zweite Träger rutschte über den Arm.

Bully, du Idiot, greif zu! schoß es mir durch den Sinn. *Du bist Diplomat, und das gehört zum Geschäft.*

»Zeichnen die Kameras schon auf, Miß Marei?« fragte ich statt dessen verärgert. »Was gedenken Ihre Auftraggeber mit dem Filmmaterial zu erpressen?«

Sekundenlang ließ ihr Porzellangesicht Enttäuschung erkennen, als hätte sie sich wirklich auf die Nacht mit mir gefreut. Dann öffnete sie mit schnellen Handgriffen den Champagner und schenkte ein.

»Kommen Sie, Mr. Bull! Trinken wir auf alles, was das Leben lebenswert macht.«

Was hätte ich dafür gegeben, ihre Gedanken lesen zu können. So wie John Marshall und einige der anderen Männer und Frauen, deren besondere geistige Fähigkeiten zur Gründung des Mutantenkorps geführt hatten. Ihre Unterstützung konnte gar nicht hoch genug eingeschätzt werden. Sooft ich darüber nachdachte, erschien es mir, als hätte das Schicksal in Person zu unseren Gunsten eingegriffen, doch die Wurzeln des Geschehens reichten zurück bis in jene Zeit, als die erste Atombombe über Hiroshima abgeworfen worden war und die Epoche der Massenvernichtungswaffen begründet hatte, zugleich aber auch der Forschung bis hin zu den kleinsten Bausteinen der Materie, die der Entwicklung der Menschheit auch ohne das Zusammentreffen mit den Arkoniden auf dem Mond die Richtung in den Weltraum gewiesen hätte.

Mit dem verführerischsten Lächeln, seit Eva den Apfel vom Baum der Erkenntnis gepflückt hatte, hielt Suzy mir ein Glas entgegen. »Diese Nacht gehört uns beiden«, flüsterte sie.

Meine Müdigkeit war wie weggeblasen. Suzy Marei war mehr als eine Sünde wert. Aber ich traute dem Frieden nicht. Als Modell hätte die Frau im Westen eine Blitzkarriere hinlegen und sich dumm und dämlich verdienen können; daß sie ausgerechnet auf mich wartete, konnte nur einen knallharten politischen Hintergrund haben.

»Was erhoffen Sie sich von dieser Farce?« fragte ich zögernd, immer noch das Glas ignorierend. »In Wahrheit halten Sie mich doch für einen typisch amerikanischen Holzfäller, der die Feinheiten Ihrer Kultur niemals begreifen wird. Was bietet die Partei dafür, daß Sie mit mir ins Bett steigen? Beförderung, ungehinderte Auslandsreisen, ein Stück Land?«

Ihr Lächeln veränderte sich. Ich glaubte eine Mischung aus Ärger und Verwirrung zu erkennen, hatte aber einige Probleme damit, meinen Blick wirklich auf ihr Gesicht zu konzentrieren. Ich schwitzte. Jemand mußte die verdammte Heizung angestellt haben.

Sanft glitten Suzys Finger über meinen Nacken, ihr Parfum hüllte mich in eine Wolke verführerischer Düfte, und mir brach endgültig der Schweiß aus allen Poren.

Ich war auch nur ein Mensch und weiß Gott kein Eunuch. Daß ich seit Monaten keine Frau angefaßt hatte, war nicht gerade auf meinen eisernen Willen zurückzuführen, sondern auf einen Mangel an Gelegenheiten. Was hatte die Chinesin verbrochen, daß ich sie derart kalt abblitzen ließ? Ich war stets bereit zu einem kleinen Wagnis, und im Grunde suchten wir alle nach menschlicher Wärme und dem Gefühl der Geborgenheit.

»Wer hat Sie beauftragt ...?«

Zwei Finger legten sich auf meine Lippen. »Sprich jetzt nicht davon, Mr. Bull. Das würde den Zauber zwischen uns zerstören.«

Sie reichte mir ein Glas, der Hauch von Seide glitt endgültig zu Boden.

Ich hätte mich ohrfeigen können für das, was ich jetzt tat, aber ich konnte nicht anders. Ich trank den Champagner in einem Zug und ging zurück zur Tür. »Ich bin in Peking, um über den Kauf eines nahezu wertlosen Wüstenareals zu verhandeln«, erinnerte ich sie. »Was mich behindern könnte, muß hintanstehen. Weder Konfuzius noch Rockefeller haben den Spruch geprägt: Erst die Arbeit, dann das Vergnügen. Aber ich lebe nun mal danach. Vielleicht, Miß Marei, sehen wir uns unter anderen Umständen wieder.«

»Wo gehen Sie hin? Mr. Bull ...?«

Auf gewisse Weise floh ich vor mir selbst. Vor allem versuchte ich mir einzureden, ich sei ein Riesenrindvieh. Leider hinderte mich das nicht daran, mit dem Aufzug nach unten zu fahren. Die Bar war verlassen und dunkel, ich suchte mir eine gemütliche Sitzecke, legte die Beine hoch und war kurz darauf eingeschlafen.

Seltsamerweise träumte ich nicht von bildhübschen Chinesinnen, sondern von John Marshall, den ich um seine Fähigkeit des Gedankenlesens beneidete. Bis vor kurzem war er Angestellter der Zentralbank in Brisbane gewesen, bis seine besondere Fähigkeit bei einem Überfall publik geworden war. Marshall hatte Alarm ausgelöst, als zwei bewaffnete Bankräuber noch in der Reihe der Kunden gestanden hatten, und die Polizei war frühzeitig genug eingetroffen, um Schlimmeres zu verhindern. Schon in der Schule, so hatte er mir erzählt, hatte er stets alle Antworten gewußt, damals aber eher instinktiv, ohne sich seiner besonderen Begabung wirklich bewußt zu sein.

Ich wachte auf, als eine Putzkolonne anmarschierte. Draußen dämmerte erst der Morgen, ein wolkenverhangenes, trübes Grau hing über der Metropole. Keiner der dienstbaren Geister bekam mich zu Gesicht, als ich mich dezent über das Treppenhaus zurückzog.

Meine Suite war verlassen, das Bett scheinbar unberührt. Die Orchideenblüte auf dem Kopfkissen begann bereits zu welken. Ich nahm mir Zeit, mich nach Wanzen oder Kameras umzusehen, fand jedoch absolut nichts.

Daß ich nur zwei Stunden Schlaf abbekommen hatte, warf mich nicht um. In der Hinsicht war ich einiges gewohnt. Abwechselnd heiß und kalt geduscht, danach zehn Minuten Konzentrationstraining, und ich war fast wieder der alte.

Ein Hoteldiener ließ mich wissen, daß der ursprünglich für elf Uhr angesetzte Termin auf den Nachmittag verschoben worden sei. Keine Begründung, nichts. Mir blieb gar keine andere Wahl, als abzuwarten, Perry Rhodan und ich waren auf das Wohlwollen der Chinesen angewiesen. Wo sonst wären die Voraussetzungen für die Hauptstadt einer geeinten Erde ähnlich günstig gewesen wie in der Wüste Gobi? Keine Region in den Staaten kam dafür in Betracht. Europa war zu dicht besiedelt, die Sahara hatte für meinen Geschmack zuviel Sand und war obendrein mit ihrer Äquatornähe zu heiß.

Über mein arkonidisches Bildfunkgerät, das ich am Handgelenk trug und das nicht größer als eine Armbanduhr war, informierte ich Perry.

»Du brauchst Verstärkung?« wollte er wissen.

»Quatsch. Ich brauche Geld.«

»Wenn es weiter nichts ist. Halte die Chinesen für eine Weile hin, dann sind zumindest solche Probleme aus der Welt geschafft.«

»Sag das noch mal!« Ich glaubte, mich verhört zu haben. »Die Halsabschneider wollen *nur* läppische zehn Milliarden Dollar, das sind mehr als 60 Dollar für den Quadratmeter Felswüste. Fünf Cent wären schon überbezahlt.«

Perrys Lachen klang mir in den Ohren. »Ich denke, das bekommen wir auf die Reihe«, behauptete er großspurig. »Der britische Innenminister ist zur Begnadigung von Homer G. Adams bereit. Na ja, ein klein wenig Nachhilfe durch arkonidische Psychotechnik war erforderlich.«

»Adams?« Ganz folgenlos schien die Nacht doch nicht an mir vorübergegangen zu sein. Offensichtlich hörte ich schlecht. Der Name Adams war mir jedenfalls nicht geläufig.

»Homer Gershwin Adams«, erläuterte Perry in schulmeisterlichem Tonfall. »Der wohl erfolgreichste Börsenspekulant und Finanzmakler überhaupt. Er muß ein Genie sein.«

»Das wage ich anzuzweifeln. Sagtest du nicht eben, er sitzt im Knast? Mann, Perry, haben wir es nötig, so tief nach unten zu steigen?«

»Zwanzig Jahre wegen illegaler Transaktionen. Adams ist kein Krimineller, er hatte schlichtweg Pech.«

»Wortklauberei.« Ich konnte nicht anders, ich mußte hell auflachen. »Aber niemand soll von mir behaupten, ich wäre ein Gegner der Resozialisierung. Also, was ist mit diesem Adams?«

»Viele Berichte über ihn schreiben ihm ein fotografisches Gedächtnis zu. Es sieht so aus, als würde er nie auch nur eine Kleinigkeit vergessen. Adams ist ein kleiner, verwachsener Mann mit schütterem Haar und zu groß wirkendem Schädel ...«

»... also völlig unauffällig«, platzte ich heraus. »Und wenn er wirklich nichts vergißt, können wir beruhigt davon ausgehen, daß er seinen Fehler kein zweites Mal macht.«

»Dein Sarkasmus ist unangebracht, Dicker. Welche Laus ist dir über die Leber gelaufen?« Durchdringend blickte mich Perry von der winzigen Bildfläche des Funkgeräts her an. »Ich verbürge mich dafür, daß Adams loyal sein wird. Über dich mache ich mir im Moment mehr Sorgen.«

»Vergiß es«, schlug ich vor. »Ich hab's auch schon vergessen.«

»Ein Frauengeschichte?« argwöhnte er. »Hast du dich von den Chinesen einwickeln lassen?«

»Eben nicht. Aber das ist das erste Mal, daß ich bereue, etwas nicht getan zu haben.«

Zwei steile Falten erschienen auf Perrys Stirn. Er gab sich Mühe, nicht zu amüsiert in die Optik zu blicken. »Das vergißt du schnell, sobald sich die Zeiten für uns normalisieren.«

»Du bist wirklich ein Freund«, konterte ich. »Glaubst du, ich hätte nicht bemerkt, mit welchem Blick du Thora manchmal hinterherschaust? Aber das wird die ewig unerfüllte Sehnsucht nach dem Exotischen bleiben.«

Bevor Perry Rhodan darauf reagieren konnte, unterbrach ich die Bildfunkverbindung. Da mir noch Zeit blieb, wollte ich mich auf die neuen Verhandlungen vorbereiten.

Daß Suzy Marei nicht ausgetauscht worden war, überraschte mich, ihr tiefgründiges Lächeln noch viel mehr. Völlig verblüfft war ich, als die Chinesin sich während der Verhandlungen auf meine Seite schlug. Daß wir an diesem Tag zu einem Ergebnis kamen, war überwiegend ihr Verdienst, obwohl auch sieben Milliarden Dollar für Brachland nicht gerade als Butterbrot durchgehen konnten.

»Nichts ist wirklich wertlos, sobald jemand Interesse zeigt«, klärte Wong mich auf. »Kein Kapitalist handelt aus Selbstlosigkeit.«

Ich verneigte mich vor ihm. ». . . was ich von Ihnen ebensowenig behaupten kann, Mr. Wong.«

»Das wichtige ist, Mr. Bull, daß keiner sein Gesicht verloren hat«, warf Suzy ein. »Ich freue mich darauf, Sie wieder begrüßen zu dürfen, wenn die Verträge unterschrieben werden.«

»Die Freude ist ganz meinerseits.«

Die sieben Milliarden US-Dollar waren nicht sofort fällig, mir war eine Ratenzahlung von monatlich fünfhundert Millionen Dollar zugestanden worden. Das änderte zwar herzlich wenig an der Tatsache, daß das Geld schlichtweg noch nicht vorhanden war, verschaffte der Dritten Macht aber Zeitgewinn. Homer G. Adams würde beweisen müssen, daß er die Vorschußlorbeeren wirklich verdiente, mit denen Perry ihn bedachte.

Eine Sicherheit hatten die Chinesen verlangt. Wenigstens für die erste Rate. Das war eine Farce. Aber was war das nicht? Die Worte meines Ex-Bankberaters klangen mir wieder in den Ohren. Vielleicht hätte ich doch die Lebensversicherung abschließen sollen . . .

Innerhalb kurzer Zeit entwickelten sich die Dinge wie von Perry angekündigt. Homer G. Adams, kurzerhand zum Finanzminister der Dritten Macht ernannt, eröffnete in New York die GCC, die General Cosmic Company Ltd., eine Agentur für betriebliche Rationalisierung und modernste Fertigungsmethoden, die eigentlich nichts anderes tat, als arkonidische Technik bestmöglich zu vermarkten. Er schaffte es, nicht nur den Aktienhandel an der New York Stock Exchange, sondern an nahezu allen bedeutenden Börsenplätzen in den freien Fall zu bringen und mit einem »Taschengeld« von wenigen Millionen US-Dollar ganze Industrien aufzukaufen. Das Schauspiel einer fiktiven Invasion wirkte sich auf die übersensiblen Geld- und Kapitalmärkte verheerend aus.

Zugleich, vor der Öffentlichkeit weitgehend verborgen, spielte sich eine wirkliche Invasion ab. Die automatischen Notrufe des auf dem Mond zerstörten Kreuzers hatten die wespenähnlichen Individualverformer angelockt, die typisch menschlichen Urängsten entsprachen, waren sie doch in der Lage, die Körper ihrer Opfer zu übernehmen.

Unser Sieg über die Invasoren machte uns bewußt, wie verletzlich die Erde geworden war. Es stand zu befürchten, daß auch andere Völker aus dem Sternenreich der Arkoniden dem Notruf folgten.

»Das Schicksal mußte uns ausgerechnet in den entlegensten Winkel der Galaxis verschlagen, damit wir erkennen, wie schlecht es um das Tai Ark'Tussan wirklich bestellt ist.« In Crests Stimme schwang unüberhörbare Ironie mit. »Wer könnte uns also übelnehmen, daß wir so schnell wie möglich nach Arkon zurückkehren wollen? Andererseits sieht es auch so aus, als hätten wir einen Bundesgenossen gefunden, wie wir uns keinen besseren wünschen können. Die irdische Menschheit wird ihren Weg gehen, davon bin ich inzwischen überzeugt.«

Thora schwieg dazu. Ihr lag nur daran, die irdische Technik rasch auf ein Niveau zu heben, das den Bau eines fernflugtauglichen Raumschiffs erlaubte.

»Ich glaube, sie vergleicht uns nicht mehr mit Kletteraffen«, wandte ich mich an Perry Rhodan. »Aktuell sieht sie in uns selbstbewußte Schoßhunde, in dir ganz besonders.«

»Langsam, Dicker«, mahnte mein Freund. »Du schießt weit übers Ziel hinaus.«

»Meinst du? Tut mir leid, aber ich habe schließlich Augen im Kopf. Wenn ich dir sage, daß bei euch Welten aufeinanderprallen, solltest du mir das glauben.«

Neben mir, in der durchaus geräumigen Kabine des arkonidischen Beibootes, stand eine Schale mit frischem Obst. Fahrig griff ich hinein, zupfte eine Handvoll Trauben ab und begann sie einzeln zu essen.

»Futter dir meinetwegen keinen Kummerspeck an«, sagte Perry. »Thora wähnt sich immer noch so hoch über uns Menschen wie ...« Während ich den Rest der Weintraube aus der Schale nahm, suchte er nach einem passenden Vergleich. »... wie du über Lucy«, vollendete er schließlich.

Ich vergaß zu kauen. Dann spuckte ich Schale und Kerne zielsicher in den Abfallvernichter. »Lucy?« Ich kniff die Brauen zusammen. »Du kannst mir manches nachsagen, Perry, aber laß bitte das Urzeitskelett aus dem Spiel. Ein bißchen mehr Fleisch sollte eine Frau schon auf den Rippen haben.«

»Major Rhodan!« erklang eine eisige Stimme über die Bordsprechanlage. »Wissen Sie, daß Ihre Artgenossen wieder eine Schweinerei ausgeheckt haben? Ein weiteres primitives Raumschiff wie Ihre STARDUST fliegt den Trabanten an. – Ich erwarte Sie sofort in der Zentrale!«

Ich schnippte mit den Fingern und grinste noch eine Spur breiter, aber auch besorgter. *Schoßhund!* formten meine Lippen spöttisch und lautlos.

»Major Rhodan, kommen Sie bitte in die Zentrale!«

Daß Thora sich zu einem milderen Tonfall und einem »Bitte« herabließ, hatte ich nicht erwartet.

»Mach den Mund wieder zu, Dicker!« sagte Rhodan amüsiert. »Und falls du irgendwann alles Obst vertilgt hast, solltest du nachkommen.«

»Ich lass' dich schon nicht allein, Chef.« Lediglich einen rotbackigen Apfel schnappte ich mir noch.

Zwanzig Minuten später startete die GOOD HOPE, so hatten wir das 60-Meter-Kugelschiff getauft, mit Maximalschub. Es war der größte Beiboottyp der arkonidischen Flotte, aber eben nur mit begrenzter Reichweite. Mit einer Anfangsbeschleunigung von beinahe 500 Gravos peitschten die aus den Ringwulstdüsen austretenden Korpuskularwellen das Schiff in den Raum. Auf den großen Bildschirmen der kreisrunden Zentrale war zu sehen, daß die Erde rasend schnell zurückfiel. Weiße Wolkenbänke hingen über graugrünem Land, ein im Entstehen begriffener Taifun wurde sichtbar, gleich darauf zeichnete sich das dünne, bläulich schimmernde Band der Atmosphäre ab, so verletzlich, wie man es vom Boden aus niemals wahrnahm. Die Erde wurde zum flachgedrückten Ball in der samtenen Schwärze des Weltraums.

Die Instrumente zeigten nach wie vor diesen ungeheuren Andruck, den arkonidische Absorber im gesamten Schiffsbereich bis auf normale Erdschwere kompensierten.

Ich stand schräg hinter Thora und jonglierte gedankenverloren mit dem angebissenen Apfel. Schließlich wandte ich mich an Perry, der im Sessel des Kopiloten Platz genommen hatte. »Wenn mir das vor einem Jahr jemand prophezeit hätte ... Wir sind tatsächlich im Begriff, Jahrtausende technischer Entwicklung aufzuholen. In unserer guten alten STARDUST wären wir bei der Beschleunigung nicht einmal mehr Apfelmus.« Nach dem nächsten Bissen kniff ich ein Auge zu und warf das Kerngehäuse zielsicher in den nächsten Abfallschacht.

»Halbe Distanz zum Mond«, meldete Thora. »Mister Bull, falls Sie und Major Rhodan das Schiff wirklich fliegen wollen, sollten Sie endlich Ihren Platz einnehmen.«

Ich wischte mir die Finger an der Jacke ab. »Auf zum nächsten Dressurakt«, sagte ich. »Das ist für uns Steinzeitwilde noch die leichteste Übung.«

»... ich bin kein Philosoph, viel eher schon ein Mann der Praxis. Man kann die bestehende Ordnung verändern, indem man über lange Zeit hinweg Fakten analysiert und versucht, zu einem halbwegs logischen Ablauf zu gelangen – man kann aber auch ganz einfach die Ärmel hochkrempeln und die Dinge anpacken, denn nur durch Nachdenken wird niemand einen einzigen Stein bewegen können, es sei denn, er verfügte über die Gabe der Telekinese und weiß, sie richtig und sinnvoll einzusetzen.«

Ein strahlend blauer Himmel wölbte sich über Galakto-City. Die Schwebegleiter der großen Fernsehanstalten hingen über dem prachtvoll dekorierten Platz im Zentrum der Stadt. Großbildschirme an den Fassaden der kühn geschwungenen Gebäude hatten erst Perry Rhodan und Crest gezeigt, und nun war die Reihe an Bully, den Festtag mit einer einprägsamen Rede zu schmükken.

»Wir haben die Ärmel hochgekrempelt und nicht lange gezögert, als sich uns diese einmalige Chance bot, das Wissen unserer arkonidischen Freunde zu übernehmen.

Wir haben richtig gehandelt!

Deshalb wird der heutige Tag unauslöschbar in die Geschichte eingehen als der Augenblick, in dem endgültig alle Rivalitäten begraben wurden. Es gibt keine Nationalstaaten mehr, keine schwarzen, weißen oder gelben Menschen – es gibt nur noch Terraner und ihren unbeugsamen Willen, endlich eine menschenwürdige Zukunft zu schaffen.

In den vergangenen Jahren wurden Träume verwirklicht. Wir Terraner haben das vollbracht, was keinem einzigen Staat auch nur ansatzweise möglich gewesen war, wir haben unsere Wüsten bewässert und in blühende Gärten verwandelt; wir steuern das Wetter und können Dürrekatastrophen, Überschwemmungen oder Tornados verhindern; und wir haben viele der alten Krankheiten besiegt.

Ab heute gibt es keine Staaten mehr, auch keine Terranische Weltregierung, die für kurze Zeit die Koordination vorantrieb ...

Ab heute sind wir das Solare Imperium. Eine Keimzelle erst, doch sie wird sich weiterentwickeln und wachsen und eines nicht mehr fernen Tages andere

Völker als gleichberechtigte Partner aufnehmen. Wir haben eine Station auf der Venus, vor vier Jahren landete das erste Auswandererschiff auf dem Mars – und wer erinnert sich nicht an die Siedlertrecks, die einst in einer gewaltigen Anstrengung Amerika durchquerten? –, im Wega-System besteht eine diplomatische Mission, und in Kürze werden die ersten Schiffe zu bislang unbesiedelten Sonnensystemen in der Weite der Milchstraße aufbrechen. Die Listen auswanderungswilliger Terraner wachsen mit jedem Tag. Bald werden diese Namen Seite an Seite mit den ersten Marskolonisten genannt werden, mit den Familien Henderson, Schulze, Thommes, Hainu und allen anderen, die ich jetzt nicht einzeln aufzählen werde.

Wir Menschen haben uns für den Weg in den Weltraum entschieden, weil es der einzige ist, der uns eine bedeutungsvolle Zukunft verheißt.

Es gibt wahnsinnig viel zu tun. Jedes Lichtjahr, das wir weiter in die unbekannte Tiefe vorstoßen, wird uns neue Wunder offenbaren. Aber auch Schrecken wird es geben, dessen müssen wir alle uns bewußt sein. Euphorie ist ebensowenig angebracht wie Panikgefühle – gefragt sind ein gesunder Verstand und der Wille zuzupacken.

Viel zuviel habe ich schon geredet. Wer mich kennt, weiß, daß lange offizielle Reden nicht unbedingt meine Sache sind. Deshalb mache ich es kurz: Ich wünsche dem Solaren Imperium der vereinten Menschheit ein langes und von Kriegen verschontes Leben.«

Bully hatte sich schon vom Mikrofonwald abgewandt, zögerte dann aber und trat noch einmal an die Rampe. Er sah die Kameras, hörte das Klicken Hunderter Fotoapparate und setzte ein breites Lächeln auf. In gespielter Nachdenklichkeit massierte er mit Daumen und Zeigefinger der rechten Hand sein Kinn, dann, unvermittelt, reckte er die Faust in die Höhe.

»Terraner!« rief er, fuhr sich gleichzeitig mit der Linken unter den Hemdkragen und lockerte die eng sitzende Krawatte, die ihm von Anfang an lästig gewesen war. »Gemeinsam zu den Sternen!«

Die Antwort war ein zigtausendstimmiger Chor. »Zu den Sternen!«

Auszug aus der Sammlung »Anekdoten, Aphorismen und Bonmots führender Persönlichkeiten des Raumfahrtzeitalters«. Offizielle Redensammlung anläßlich der Proklamation des Solaren Imperiums, Galakto-City/Terra. Archivnummer 1990aD/AT-3kpl.

Reginald Bull, 1. Januar 1990. Trägermaterial: Positronische Dauerspeicherung, ursprünglich auf Videoband konserviert.

Anmerkung: Stegreifrede des Vizeadministrators. Es besteht das von keiner Seite bestätigte Gerücht, daß Reginald Bull das dreizehnseitige Rede-Manuskript eines Ghostwriters unmittelbar vor Beginn des Festakts zerrissen haben soll. Bei Beginn der Archivierung lebten nur noch zwei

Personen, die dies bestätigen könnten, es aber niemals getan haben: Perry Rhodan und Reginald Bull selbst.

p.p.a. – von Anfang an verkörperte Bull den hemdsärmeligen Kumpeltyp, der spontan und ungezwungen auftrat, mitunter sogar derb, und der auf seine ganz besondere Weise den Gegenpol zur Feinsinnigkeit Rhodans bildete.

Im Mahlstrom der Sterne

17. August 3580

Jeden Augenblick konnte dieses Leben zu Ende sein. Es mutete seltsam an, doch Reginald Bull empfand weder Furcht noch Panik, lediglich eine tiefgehende Trauer; er würde der Menschheit nicht mehr helfen können.

War dies das Ende des Weges? Die Erde – herausgerissen aus ihrer kosmischen Heimat und in eine nahezu völlig unbekannte Region verschlagen, in der ein unglaubliches energetisches Chaos herrschte. Dieser »Mahlstrom« war eine 156.000 Lichtjahre messende Brücke zwischen zwei auseinanderstrebenden Galaxien, die vor etwa zwei Milliarden Jahren kollidiert waren und sich durchdrungen hatten. Staub-, Gas- und Materiemassen aus beiden Sterneninseln bildeten eine schlauchartige Verbindung, die von den Menschen der Erde als »Nabelschnur« bezeichnet wurde.

Erde und Mond, in einer künstlichen Bahn um die Sonne Medaillon gefangen, näherten sich unaufhaltsam dem Schlund, der engsten Einschnürung der Materiebrücke und dem Zentrum aller Turbulenzen.

Wie dürre Spinnenfinger wuchsen die Narben beginnender Strukturrisse über das Schirmfeld. Es war geradezu gespenstisch, hilflos mit ansehen zu müssen, wie die entstehenden Lücken sich blutrot verfärbten.

Ein einziger Lidschlag dehnte sich zur Ewigkeit ...

Heftiger Explosionsdonner ließ Bully zusammenfahren. Eine zweite Detonation und die nachfolgende Druckwelle fegten Breslauers zusammenbrechendes Schirmfeld endgültig hinweg.

Energetische Wirbel ringsum; gedankenschnell verwehende Schleier, die ihn zu streifen schienen; alles stand kopf. Breslauer wurde zum Spielball der Gewalten, krachte dröhnend gegen die Schachtwand und sank von neuem rasend schnell in die Tiefe.

Vergeblich versuchte Reginald Bull, das heillose Chaos seines Gleichgewichtssinnes zu ordnen. Alles drehte sich, rotierte, explodierte. Die Schwerkraft spielte verrückt. Sekundenlang hatte Bully das Gefühl, in die Höhe zu stürzen, danach raste er wieder kopfüber in ein schwarzes Nichts, in dem ein zitternder Scheinwerferfinger den Weg wies.

»Gleich sind wird in Sicherheit«, verkündete Breslauer.

»Und die Kampfroboter?« stieß Bull würgend hervor.
»Schrott. Freunde haben rechtzeitig eingegriffen – nichtaphilische Roboter.«
Benommen taumelten sie aus dem Schacht. Reginald Bull wurde nicht gewahr, wohin sie liefen, er hatte völlig die Orientierung verloren.
»Wo ... befinden wir uns?« stieß er keuchend hervor.
»Ganz unten, Sir.«
Bully lachte schrill. Er hatte Imperium-Alpha verlassen, nicht aber seinen Lebensabend hier verbringen wollen. Breslauer legte zudem ein Tempo vor, daß er nur mühsam Schritt halten konnte.
»He, du, Blechkiste, nimm endlich Rücksicht auf einen alten Mann!«
Breslauer dachte gar nicht daran. »Auf wen bitte?« erkundigte er sich höflich, jedoch ohne sich umzuwenden, geschweige denn innezuhalten.
»Auf mich!«
Keuchend blieb Bully stehen und stützte sich mit beiden Händen und der Stirn an der kühlen Wand ab. Ein klein wenig brachte das seine Lebensgeister zurück. Auch die Impulse des Zellaktivators wirkten belebend.
Immer noch fiel es ihm schwer, sich seinen ungefähren Standort zu vergegenwärtigen. Aber wenn er sich nicht täuschte, lagen vor ihm eine Reihe großer Hallen und daran anschließend die Klär- und Reinigungsanlage.
Vergeblich lauschte er in die menschenleere Weite, sein eigener hastiger Atem übertönte die Stille. Imperium-Alpha verfügte über eine autarke Sauerstoffversorgung. Nicht einmal der Verlust der Erdatmosphäre hätte negative Folgen gezeigt. Ähnlich verhielt es sich mit der Wasserversorgung.
Warum er ausgerechnet jetzt diese Gedanken wälzte? Mit der nötigen Ausrüstung hätte er vielleicht eine Möglichkeit gefunden, die Sicherheitssperren zu umgehen und der Klimaanlage ein schnell wirkendes Narkotikum beizumischen, doch auf eine solche Aktion war er nicht vorbereitet gewesen.
Breslauer beschleunigte plötzlich und verschwand in einem Seitenkorridor. Heiseres Schimpfen erklang, und als der Roboter Augenblicke später wieder zum Vorschein kam, zerrte er einen zerlumpt aussehenden Mann hinter sich her.
Bully kniff die Brauen zusammen.
Unsinn! sagte er sich. *Das kann überhaupt nicht sein.*
Und doch ...
Der Mann wirkte auf seltsame Art und Weise zeitlos. Sein zerknittertes, schmutzverkrustetes Gesicht, die dunklen, tief in den Höhlen liegen-

den Augen, deren Blick unstet und zugleich stechend schien ... Das Haar stand in wirren Strähnen ab, es war lang, reichte bis über die Schultern und hätte unverfilzt und frisch gewaschen wohl eine wallende Mähne ergeben. Dazu der grauscheckige Vollbart, immer wieder zusammengedreht und in vielen Spitzen endend.

Das war das eine Bild.

Das andere war seltsam deckungsgleich. Zumindest was die Runzeln und Falten anbetraf, diesen Ausdruck zeitlosen Alters. Bully blinzelte verwirrt, schüttelte den Kopf, schaute noch einmal hin.

Dieser alte Mann, behauptete sein Verstand, lebte seit Jahren in den unteren Etagen von Imperium-Alpha. Vielleicht ein Immuner, der allen Nachstellungen entgangen war.

Sein Unterbewußtsein gaukelte ihm ein anderes Gesicht vor. Auch das hatte er oft genug gesehen, zumeist im Zusammenhang mit markanten Wendepunkten:

Das Gesicht des Unsterblichen von Wanderer.

Oder: die Superintelligenz ES, das geistige Potential eines uralten Volkes, zu dessen Mächtigkeitsballung die Milchstraße gehörte.

Die erste offizielle Begegnung mit dem Geisteswesen, das der Menschheit, um ihre Fähigkeiten zu beweisen, eine Frist von zwanzigtausend Jahren gesetzt hatte, war im Jahr 1976 erfolgt. Bully spürte Bitternis in sich aufsteigen. Eintausendsechshundertundvier Jahre waren seitdem erst verstrichen, noch nicht einmal ein Zehntel der gesetzten Frist, aber dennoch sah es so aus, als würde die Menschheit frühzeitig ihrer Chancen beraubt.

Nach uns werden andere kommen, dachte Bully bitter. *Trotzdem ist es ein Scheißspiel.*

Reginald Bull, potentiell Unsterblicher

1975 und 1976

Weihnachten 1975. Wieder ein Christfest, das ich nicht zu Hause im Kreise der Familie verbrachte. Ich dachte an Mutter, Schwester und die anderen Verwandten, die jetzt im Häusermeer New Yorks den Plastikbaum aus der längst verschlissenen Schachtel hervorzogen und mit Wachskerzen, Zuckerstangen und Marzipankringeln behängten. Wie gerne wäre ich an diesem Tag zu Hause gewesen und nicht irgendwo in der Milchstraße, ungefähr zweieinhalbtausend Lichtjahre von der Erde entfernt. Eigentlich eine unvorstellbare Entfernung.

Vorübergehend spielte ich mit dem Gedanken, den Bordrechner anzuweisen, mir die heimische Sonne auf den Zentralbildschirm zu holen. Das Licht, das ich dann zu sehen bekam, hatte Sol vor zweieinhalb Jahrtausenden ausgesandt, zu einer Zeit, da Jesus Christus noch nicht geboren und in Griechenland durch gleiches Recht für alle Staatsbürger die Demokratie geschaffen worden war. In China hatte zu jener Zeit Kung-tse, wir nannten ihn Konfuzius, seine religiös vertiefte Ethik begründet, den Glauben an menschliche Humanität und Sittlichkeit.

Mit einem neuen Schiff, der STARDUST II, waren wir auf dem einzigen Planeten einer einsamen, sterbenden Sonne gelandet, den wir Tramp nannten. Minus fünfzehn Grad Celsius zeigten die Außenthermometer. So kalt war es in New York bestimmt nicht. Die Wetterkontrolle würde lediglich Werte um den Gefrierpunkt zulassen.

Tramp wirkte marsähnlich. Drei Viertel der Oberfläche bestanden aus roten Wüsten. Es gab keine Ozeane, die Vegetation war spärlich genug, und die höchsten Erhebungen stiegen sanft ein paar hundert Meter weit an. Längst hatte die Erosion markante Strukturen nivelliert. Dieser Planet lag im Sterben, und die Suche nach Leben, das größer war als im Sand verborgene Mikroben, erübrigte sich wohl.

Dennoch hatte eine Reihe rätselhafter Botschaften uns zu diesen Koordinaten geführt.

Am 29. Juli 1972 war Perry in seiner Eigenschaft als erster Präsident der Dritten Macht mit einem persönlichen Appell an alle Regierungen der Erde herangetreten, eifersüchtige Eigenbröteleien zu unterlassen.

Die Bedrohung durch die Individualverformer war unmißverständlich gewesen – wir Menschen standen im Begriff, uns der galaktischen Völkerfamilie anzuschließen, doch auf diesem Weg lauerten ungeahnte Gefahren ebenso wie die Erkenntnis, daß nur eine geeinte Menschheit eine Chance haben konnte.

»... unser Weg ins All ist weit und dunkel«, hatten die Medien Perry Rhodan zitiert. »Jeder muß mithelfen, diesen Weg mit sicherem Schritt zu finden!«

Nicht einmal drei Jahre hatte es gedauert, die Vision unserer Stadt der Zukunft zu verwirklichen. In der Wüste Gobi war Galakto-City entstanden, mit zweihundertunddreißigtausend Einwohnern bereits, die sich aus allen Nationen der vereinten Erde zusammensetzten; Industrieanlagen; Raumschiffswerften und nicht zuletzt Raumhäfen, die schon heute für eine größere Anzahl von Raumschiffsgiganten Platz boten. Für all dies trug ich als Sicherheitsminister die Verantwortung – ein schöner Titel, doch so richtig wohl fühlte ich mich nicht.

Am 25. Mai 1975 hatten wir schwere Erschütterungen des Raum-Zeit-Kontinuums angemessen, hervorgerufen durch die Materialisation von einhundertzwanzig großen Raumschiffen aus dem Überlichtflug. Ausgangspunkt der Schockwellen war das Wega-System gewesen, das mit siebenundzwanzig Lichtjahren Entfernung nach kosmischen Maßstäben vor der Haustür unseres Sonnensystems lag. Da eine Entdeckung der Erde zu befürchten stand, hatten wir uns entschlossen, frühzeitig zu handeln.

Zum erstenmal war das Überlichttriebwerk der GOOD HOPE eingesetzt worden. Natürlich konnte irdische Mathematik die Überwindung der Lichtgeschwindigkeit nicht erfassen. Für uns ebenso gewöhnungsbedürftig war der Wahnsinnswert von 500 Kilometern pro Sekundenquadrat, mit dem der Kugelraumer beschleunigte. Rein rechnerisch bedeutete das ein Erreichen der Lichtgeschwindigkeit nach läppischen zehn Minuten.

»Schade, daß der gute Albert Einstein das nicht mehr erleben durfte«, hatte ich nach unserer ersten Transition festgestellt. Inzwischen waren wir daran gewöhnt. Transition bedeutete, den Körper zu verlieren, nicht mehr aus Fleisch und Blut zu existieren, sondern für eine nicht meßbare Zeitspanne als überdimensional-energetische Schablone, eine gigantische Datenfülle, die am Zielort Atom für Atom wieder zusammengebaut wurde, angefangen von der großen Zehe bis hin zur letzten Haarwurzel. Oder umgekehrt. Das interessierte noch wenig. Wichtig war doch nur das Ergebnis, daß jeder von uns hinterher wieder er selbst war, daß alles richtig zusammengesetzt und alle Körperteile genau da waren, wo sie hingehörten.

Im System der Wega hatte eine Raumschlacht zwischen den dort heimischen Ferronen und den echsenartigen Topsidern getobt, die ebenso wie die Individualverformer dem Notruf des zerstörten Arkonidenkreuzers gefolgt waren. Bei den Positionsberechnungen mußte den Echsen indes ein lächerlich kleiner Fehler unterlaufen sein, der die Erde vor einem schlimmen Schicksal bewahrt hatte.

Natürlich hatten wir auf seiten der Verteidiger eingegriffen. Erst ein unerwartet materialisierendes arkonidisches Schlachtschiff der Imperiums-Klasse, ein achthundert Meter durchmessender Gigant, hatte der GOOD HOPE schwere Schäden zugefügt und uns zur Notlandung gezwungen.

Irgendwie bewegte mich auch jetzt, fast ein halbes Jahr später, noch ein eigenartiges Gefühl der Hochstimmung. Die Echsen hatten den Arkoniden den 800-Meter-Kugelraumer geklaut – wir hatten den topsidischen Flottenadmiral »überredet«, sein Flaggschiff von der Besatzung räumen zu lassen. Für solche Bubenstücke war ich immer zu haben.

STARDUST II hatten wir unser erbeutetes Schiff nicht ohne Stolz getauft. Und nun stand der Koloß auf einer kahlen und kalten Wüstenwelt, vielleicht dem Endpunkt der Suche nach dem Planeten des ewigen Lebens.

Vor zehn oder zwölf Jahrtausenden hatten die Ferronen Schiffbrüchigen geholfen, die angeblich länger als die Sonne lebten. Jene Unbekannten hatten eine rätselhafte Spur hinterlassen. »Finde die Welt, auf der die Koordinaten liegen. Wisse, daß du nicht heimkehren kannst, wenn du den rechten Weg nicht kennst. Weit ist dein Ziel!« Diese Worte waren der bislang letzte Hinweis.

In meiner Studienzeit hatte ich einige Vorlesungen in Philosophie belegt. Obwohl ich schon immer eher praktisch veranlagt gewesen war, mit einer unbestreitbaren Vorliebe für alles, was man anfassen konnte. Mit dem Schweißapparat konnte ich ebenso gut umgehen wie mit Trennscheiben – Arbeiten, die mittlerweile Roboter in unermüdlicher 24-Stunden-Schicht erledigten. Auch mein Elektronikstudium war meilenweit neben den Geisteswissenschaften angesiedelt gewesen. Trotzdem sah ich in dieser letzten Botschaft etwas sehr Prägnantes, vor allem empfand ich ihre Logik als äußerst bestechend. Um nicht zu sagen, ich hatte das unbestimmte Gefühl, daß uns jemand gehörig auf den Arm nahm.

In New York fiel jetzt Schnee, die Wetterkontrolle hatte weiße Weihnachten angekündigt. Abrupt fuhr ich mit meinem Kontursessel herum. »Wißt ihr, was ich vermisse, Leute?« fragte ich laut.

Schweigen. Niemand kam auf das Naheliegende.

»Falls mir jemand eine Tasse Glühwein aufdrängt, lehne ich nicht ab«, sagte ich seufzend. »Und mindestens ebenso lieb wären mir Marzipankringel und Butterplätzchen.«

Einer unserer Kadetten schaltete eine Telekomverbindung zur Schiffsküche. »Sie bekommen zwei Scheiben Christstollen mit Marzipanfüllung, Sir!« verkündete er nach kurzem Wortwechsel triumphierend.

Fast war ich den Tränen nahe, massierte mit zwei Fingern meine Augenwinkel.

»Sir?« erkundigte sich der junge Mann zögernd. »Mr. Bull, Verzeihung, habe ich etwas falsch gemacht?«

»Nein«, wehrte ich ab. »Mir war nur nicht bewußt, daß unsere Vorräte rationiert sind. Seit wann eigentlich?«

Erst lachte nur einer. Aber sehr schnell ließen dann auch alle anderen ihrer Heiterkeit freien Lauf. Mich steckten sie ebenfalls an. Nach der Anspannung der letzten Wochen und Monate tat es sogar gut, über sich selbst lachen zu können.

Mitten hinein in die allgemeine Heiterkeit platzte Perrys Funknachricht. Er war mit drei Shifts aufgebrochen, unseren Flugpanzern, um die Hügelregion im Nordosten zu erforschen, und stellte fest, daß Unbekannte mit telekinetischen Fähigkeiten ihm den Aufenthalt zu verleiden versuchten.

Stunden später meldete Perry ein Rudel biberähnlicher Tiere. Er beschrieb sie als putzige Gestalten mit dickem Hinterleib und löffelförmigem Schwanz, insgesamt einen Meter groß, mit runden Ohren und spitz zulaufendem Maul.

Ich übergab die zweite Nachtwache an Thora. Wir wechselten einige belanglose Worte, deren tieferer Sinn mir erst nachträglich bewußt wurde. Als ich schon in meiner Kabine auf dem Bett lag und, die Hände hinter dem Kopf verschränkt, zur Deckenprojektion des nächtlichen Sternenhimmels über Tramp aufblickte, glaubte ich, so etwas wie Sorge um Perry Rhodan herauszuhören. Das waren völlig neue Töne.

»Na ja«, murmelte ich für mich selbst, »so unrecht hat sie nicht einmal. Perry ist im Grunde seines Herzens der Risikopilot geblieben, und das wird sich nie ändern. Er könnte in einem weichen Bett schlafen, aber er zieht es vor, sich in der Wildnis die Hörner abzustoßen.«

Warum wohl nicht bei Thora? fügte ich in Gedanken hinzu. Ich hatte gelegentliche Blicke zwischen den beiden bemerkt, sogar hin und wieder eine flüchtige Berührung, wenn sie sich unbeobachtet wähnten, aber ganz so, als schrecke jeder noch vor sich selbst zurück.

Die Arkonidin war durchaus eine schöne Frau. Für meinen Geschmack etwas zu mager und viel zu arrogant, aber Perry und sie konnten dennoch ein ansehnliches Paar abgeben – falls sie es jemals schafften, sich zusammenzuraufen.

Mit einem bitterbösen Gedanken schlief ich ein. Trotz Weihnachten. Für sie waren wir Tiere, also mußte Thora jede körperliche Beziehung mit einem Menschen entsetzt von sich weisen. Oder hatte sie endlich akzeptiert, daß Perry ihr ebenbürtig war?

Immer noch starrte ich zu der Projektion des Sternenhimmels empor. Alle meine Jugendträume waren plötzlich wahr geworden. Trotzdem erschien es mir immer noch, als müsse die bunte Seifenblase im nächsten Moment zerplatzen und mich auf den Boden der Tatsachen zurückfallen lassen.

Wie oft hatte ich in sternenklaren Nächten zum funkelnden Band der Milchstraße aufgeschaut und mich gefragt, wie Leben da oben wohl beschaffen sein mochte. War es so wie wir oder ganz anders? Zerbrechliche Kreaturen auf Siliziumbasis; ätherische Geschöpfe, die in der Atmosphäre ihres Planeten schwebten; klobige Monster, die in der Giftsuppe einer Urwelt auf Beutejagd gingen? Ich hatte pseudowissenschaftliche Abhandlungen verschlungen, daß irgendwann in ferner Zukunft, wenn die Sonne zu einem matten roten Riesenstern geworden sein würde, längst Insekten die Herrschaft über die Erde an sich gerissen hatten. Halbintelligente Ameisenheere in düsteren Endzeitvisionen; unüberschaubare Heuschreckenschwärme, die den Tag zur Nacht werden ließen und das letzte zögerlich sprießende Grün von der Oberfläche vertilgten ...

Es ist seltsam, daß der Mensch nie mit dem zufrieden ist, was er besitzt. Nichts hatte ich mir sehnlicher gewünscht, als eines Tages zu den Sternen zu fliegen, weiter hinaus als die lausigen dreihundertachtzigtausend Kilometer bis zum Mond. Ich hatte mich für das Marsprojekt beworben in der Hoffnung, dann noch nicht zu alt zu sein für das Auswahlverfahren. Zugleich hatte ich darauf spekuliert, Alter mit Erfahrung zu kompensieren.

Der Mars war für mich ebenso wie für viele Astronautenkollegen schon gleichbedeutend mit dem tiefen Weltraum gewesen. Mehr hatten wir ohnehin nicht erwarten dürfen, bestenfalls eine Umkreisung der Venus – aber der Asteroidengürtel, Jupiter, Saturn oder deren Monde, das war von Anfang an späteren Generationen vorbehalten geblieben.

Vergeblich versuchte ich, bekannte Sternbilder aus der beinahe schon erdrückenden Fülle ferner und fernster Sonnen herauszufiltern. Es war unmöglich. Zweieinhalbtausend Lichtjahre Distanz zur Erde hatten nicht nur den Beobachtungswinkel verschoben, sondern die Hauptebene der Milchstraße weit deutlicher hervortreten lassen. Das Sternengewimmel war unbeschreiblich, wirkte an manchen Stellen schon wie eine undurchdringliche Mauer. Anderswo stanzten Dunkelwolken und fein ziselierte Gasnebel Löcher in die Lichtfülle.

Mein Blick wanderte hinüber zur Leuchtanzeige der terranischen Uhr. Längst nicht mehr alles an Bord der STARDUST II entstammte arkonidischer Produktion. Seit der Hypnoschulung kannte ich die arkonidische Zeitrechnung und wußte, daß ein Erdenjahr nur 0,846 Arkonjahren entsprach, daß die Arkoniden ihr Jahr in zehn Perioden zu jeweils sechsunddreißig Tagen unterteilten und es zudem fünf separate Tage zum Jahreswechsel gab, mit denen alte Fruchtbarkeitsgötter geehrt wurden. Aber was konnten Menschen schon mit einer Datumsbezeichnung wie 11. Prago der Hara 18.953 da Ark anfangen? Wenn ich mich nicht bei der gedanklichen Umrechnung verschätzt hatte, bezeichnete dieser Riesenbandwurm den Start unserer guten alten STARDUST.

00.42 Uhr. Der 25. Dezember.

Die Uhr war auf die Zeit von Galakto-City eingestellt. Woran sollten wir uns sonst orientieren? »Wo das Herz schlägt, ist das Zentrum«, hatte ich immer gesagt. »Und unsere Wüstenstadt ist das Herz des Solaren Imperiums.«

War es der Duft des frischen Christstollens, der mich nicht einschlafen ließ? Normalerweise hätte ich bleischwer in die Kissen fallen müssen. Ich hatte mir gleich drei Scheiben des Gebäcks mit in die Kabine genommen, als erstes Frühstück für den kommenden Morgen. Das Aroma von Rosinen, Mandeln und Zitronat hing trotz der effektiven Luftumwälzung verführerisch im Raum.

Ohne das Licht anzumachen, tastete ich neben mich, brach mir eine halbe Scheibe ab und begann zu kauen.

Auf Tramp graute jetzt der Morgen. Was würden Perry und seine Begleiter finden? Nur einige Herden verspielt-harmloser Bibermäuse oder wirklich die Welt des ewigen Lebens, derentwegen Crest und Thora auf dem irdischen Mond gestrandet waren?

Wäre nicht die Kette kosmischer Rätsel gewesen, diese eigenwillige Schnitzeljagd, die wir dank der Mutanten bislang ganz passabel überstanden hatten, ich hätte die Behauptungen der Arkoniden in die Rubrik »Phantastereien« eingeordnet. Zu sehr erinnerte mich alles an ähnliche Sagen oder Legenden auf der Erde. An Shangri-La zum Beispiel, jenes nebelumwobene Paradies irgendwo im Himalaya oder in der Mongolei. Sogar mit unseren Raumschiffen hatten wir es nicht entdeckt. Oder, angeblich im Norden Südamerikas gelegen, das sagenhafte Goldreich Eldorado. Welchen Spuren Heerscharen von Abenteurern auch nachgegangen waren, bis heute waren alle ins Leere gelaufen.

Oder sollte ich die bislang wenig erfolgreiche Suche der Arkoniden mit der irdischen Gralssuche vergleichen? Es gab ebenso viele Interpretationen dafür wie Beschreibungen des Grals selbst als Kelch, Becher, Kessel oder Schale. Auf jeden Fall stand der Heilige Gral sinnbildlich für die Suche nach dem letzten Ursprung, nach Wiedergeburt oder dem Quell der ewigen Jugend.

Erstaunliche Parallelen waren das, doch weshalb sollte sich in der Milchstraße nicht im Großen fortsetzen, was auf der Erde quasi im Kleinen in vielen Variationen verbreitet war? Wahrscheinlich hatten die Arkoniden der von uns entdeckten robotgesteuerten Venusfestung vor zehntausend Jahren den Keim für all diese Legenden auf die Erde gebracht. Atlantis selbst war bis heute ein solches Rätsel; das Robotgehirn auf der Venus hatte von arkonidischen Siedlern auf der Erde gesprochen. Floß demnach in menschlichen Adern arkonidisches Blut?

Diese tiefschürfenden Erkenntnisse würden mich am nächsten Tag mit schwarz geränderten Augen und hoffnungslos übermüdet in der Zentrale erscheinen lassen. Was war das nur für eine Nacht? Meine Überlegungen sprudelten wie eine Gebirgsquelle, ließen sich nicht abstellen. Wahrscheinlich tat ich besser daran, aufzustehen und mir den Sonnenaufgang über den Hügeln anzuschauen. In der kalten und klaren Atmosphäre von Tramp mußte das Feuer der sterbenden Sonne ein überwältigendes Schauspiel abgeben. Auch die hellsten Milchstraßensterne würden zu sehen sein.

Meine Gedanken schweiften zu Miriam ab. Ich hatte in den vergangenen vier Jahren keine Zeit gefunden, mich mit ihr in Verbindung zu setzen. Nun ja – mir steckte plötzlich ein Frosch im Hals, der sich nicht vertreiben ließ –, möglicherweise kam mir diese Ausrede gerade recht. Dem armen kleinen Astronauten der U. S. Space Force hätte Miriam bei entsprechender Mitgift-Lebensversicherung und der Publicity wegen keinen Korb gegeben, heute, als Perry Rhodans Stellvertreter bei der Dritten Macht, wäre sie wohl wie der Teufel hinter der armen Seele hinter mir hergewesen.

Und Denise? Das mit ihr hatte ich nur als eine kurze, heftige Affäre angesehen. Auf Dauer wäre mir Denise zu anstrengend geworden.

01.28 Uhr. Seufzend wälzte ich mich auf die Seite, aber auch das brachte nicht die wahre Erfüllung. Meine eigenen schweren Atemzüge schreckten mich aus dem ersten beginnenden Schlaf auf.

Ich fühlte mich beobachtet. Als wären da irgendwo unsichtbare Augen, deren Blick mir durch und durch fuhr.

»Licht!« stieß ich seufzend hervor und setzte mich auf. Die Automatik aktivierte eine gedämpfte, der Morgendämmerung entsprechende Helligkeit. Die Leuchtplatten in der Decke fielen nur bei genauem Hinsehen auf.

War ich krank? Manchmal fragte ich mich, ob ich unter einer Art Verfolgungswahn litt. Begonnen hatte das Gefühl, beobachtet zu werden, während des Mondflugs. Ebensogut entsann ich mich an den Greis mit dem chinesischen Ziegenbärtchen und an zwei weitere Vorfälle, in denen ich von einer Sekunde zur anderen geglaubt hatte, jemand stünde plötzlich neben mir.

Bislang hatte ich nicht einmal Perry Rhodan davon erzählt. Das war etwas, das ich mit mir selbst ausmachen mußte. Natürlich würde mir jeder, der von diesen Halluzinationen erfuhr, zu einer umfassenden neurologischen Untersuchung raten. Doch genau davor schreckte ich zurück. Ich hatte mir lange genug den Kopf zerbrochen und mich in fachspezifische medizinische Artikel eingelesen. Im Schrank langen außerdem mindestens fünfhundert auf Mikrofiche verfilmte Seiten einer Abhandlung über »Neurologische Störungen und Bewußtseinstrübungen, bedingt durch Einwirkung kinetischer Kräfte auf Schädelknochen und Hirnhäute«.

Für mich lag die Diagnose bereits auf der Hand: Nervenabrisse oder winzige Blutungen infolge hoher Andruckkräfte. Das Beschleunigungsvermögen der STARDUST war um ein mehrfaches höher gewesen als das früherer Trägerraketen. Dagegen muteten selbst einige hundert Flugstunden in überschallschnellen Jägern wie ein Kinderspiel an.

Aber ein Reginald Bull zog sich nicht in sein Schneckenhaus zurück, um Dinge auszusitzen; das hatte ich nie getan, sondern auch den unangenehmsten Situationen immer ins Auge geschaut. Alles andere hätte ich mir selbst als Feigheit vorwerfen müssen.

Diesmal war es anders.

Ich war feige.

Ja, verdammt, ich wollte nicht hören, daß einer dieser hochstudierten Neurologen mich am Erdboden festnagelte: *»Mr. Bull, Sie riskieren einen lebensbedrohenden Schlaganfall, sobald Sie Ihre perforierte Hirnhaut und die brüchigen Blutgefäße weiterhin unkontrollierbarem Andruck aussetzen.«*

»Die arkonidischen Absorber …«

»Wir reden über ein medizinisches Problem, Mr. Bull, nicht über eine angebliche Supertechnik, die jederzeit versagen kann. Es ist Ihre Gesundheit, mit der Sie spielen. Verzichten Sie ab sofort auf weitere Weltraumflüge! Auf der Erde gibt es hinreichend Probleme, für deren Lösung Sie sich einsetzen können. Andernfalls, Mr. Bull, kann ich für ihre Gesundheit nicht garantieren!«

Mein Blick schweifte durch die Kabine – natürlich war ich allein, wie hatte ich das auch anzweifeln können? – und blieb wie magnetisch angezogen auf dem Christstollen hängen.

»Gutes Essen ist der Sex des Alters.« Ich erinnerte mich nicht mehr, wer das zu mir gesagt hatte, aber ein wahrer Kern steckte dahinter. Wobei gut und viel sich keineswegs ausschließen mußten.

Ich griff nur nach der abgebrochenen halben Scheibe, damit Perry nicht unbedingt neuen Anlaß bekam, mich »Dicker« zu nennen. Momentan fühlte ich mich in meiner Haut durchaus wohl, und ein dünnerer Bully, so einer, der in der Sonne keinen Schatten mehr warf, sobald sie ihn im Profil sah, nein, das wäre nicht mehr ich gewesen. 1,68 Meter und 76 Kilogramm, daran hatte ich mich gewöhnt und betrachtete das als mein Idealgewicht. Es würde immer Leute geben, die das störte, aber meine Freunde suchte ich mir selbst aus. Ich rege mich doch auch nicht auf, wenn einer dürr wie eine Zaunlatte daherkommt.

Trotz meines Heißhungers kaute ich auf dem Stollen herum wie auf einer Kante trockenen Brotes. Immerhin begannen Miriam und Denise in meinen Gedanken zu verblassen, was den Spruch mit dem Sex und dem Essen zu bestätigen schien. Ich war jetzt siebenunddreißig, sah aber keine Gefahr, daß ich mein Leben als Junggeselle beschließen würde. Andererseits hatte ich fest vor, meine Freiheit möglichst lange zu genießen.

Da war ein Prickeln unter der Schädeldecke. Ein verhaltenes, wie mir schien, amüsiertes Lachen.

Übermüdung! redete ich mir ein. *Bully, du hättest mit der Expedition rausgehen und dir diese komischen Mausbiber ansehen sollen. Das Wacheschieben an Bord ist nichts anderes als ein öder Schreibtischjob.*

Das Lachen irritierte, und von dem lähmenden Stadium zwischen Müdigkeit und Wachsein konnte mich nur eine kalte Dusche erlösen.

Wie lange ich mich in der Naßzelle von prickelnden Wasserstrahlen und belebender Ultraschallmassage durchwalken ließ, wußte ich danach nicht zu sagen, jedenfalls fühlte ich mich wieder einigermaßen fit.

Der Teller neben dem Bett war leer. Dabei hätte ich schwören können, daß da noch zwei Scheiben Stollen gelegen hatten.

Eine Krümelspur zog sich quer über das zerwühlte Bettlaken bis hinüber an die andere Kabinenseite. Ich brauchte eine Weile, um zu verstehen, was ich sah – das heißt, ich wußte nur, daß die Krümel nicht von selbst über den Tellerrand marschiert sein konnten.

Das Summen des Telekoms ließ mich herumfahren.

»Gespräch annehmen.«

Thoras Konterfei erschien auf dem Schirm. »Rhodan hat angerufen«, platzte sie heraus, ohne sich für die Störung zu entschuldigen. »Es hat Probleme gegeben, möglicherweise ein neuer Hinwei. . .«

Ein leicht belustigter Zug begann sich um ihre Mundwinkel abzuzeichnen. Es war das erste Mal, daß ich Thora derart hintergründig lächeln sah, aber den Grund dafür ...

... die Kabinenaufnahme stand auf Weitwinkel. Thora sah mich auf dem Schirm so, wie Gott mich geschaffen hatte.

»Und?« rutschte es mir heraus. »Wie groß ist der Unterschied zwischen Menschen und Arkoniden wirklich?«

Die Antwort hörte ich nicht. Falls Thora überhaupt antwortete. Sie hatte die Telekomverbindung von sich aus abgebrochen.

»Wer schafft mir endlich diesen gräßlichen, hartköpfigen Terraner vom Leib?« schnaubte die Arkonidin wutentbrannt.

Sie meinte Perry, aber mich taxierte sie mit dem Blick einer leidenschaftlichen Insektensammlerin, die ein außerordentlich seltenes Exemplar einer noch selteneren Spezies entdeckt hatte und im Begriff war, es mit einer hauchdünnen Nadel aufzuspießen. Als Sammlerstück, das in einer Vitrine langsam verstaubte, eignete ich mich indes überhaupt nicht.

»Machen Sie's doch selbst, Thora – oder lassen Sie Rhodan entscheiden!« sagte ich scharf. »Er wird den Befehl zum Rückzug erst in wirklich aussichtsloser Lage geben. Muß ich Sie daran erinnern, daß wir Crest und Ihnen nur einen Gefallen tun?«

Ihre Züge verhärteten sich.

»Mr. Bull hat recht, Thora«, wandte Crest ein. »Wir suchen schon viel zu lange nach dem Planeten des ewigen Lebens ...«

»Ich verzichte auf die Hilfe dieser nackten Wilden!« unterbrach sie den Wissenschaftler schroff. »Primitivlinge sind sie allemal.«

Crest wandte sich mir zu. »Was haben Sie Thora angetan, Mr. Bull?«

»Ich?« hörte ich mich sagen, ohne es eigentlich wirklich zu wollen. Ich hatte keinen Anlaß, mich zu verteidigen. »Nichts. Ganz bestimmt. Glauben Sie, ich würde freiwillig in ein Schlangennest greifen?«

An Bord der STARDUST II war es mittlerweile zu bedrohlichen Erscheinungen gekommen, als wäre der Zwischenfall mit dem zerbröselten Weihnachtsstollen, dem im übrigen sämtliche Rosinen abhanden gekommen waren, nur der harmlose Anfang gewesen. Vor einer halben Stunde hatte einer der wartungsfreien Schwerkraftgeneratoren verrückt gespielt und wechselnde Schiffssektoren mit Schwerefeldern bis zu 15 Gravos belastet. Etliche Mannschaftsmitglieder lagen seitdem mit Knochenbrüchen und Gehirnerschütterungen in der Medostation.

Perry Rhodans Gruppe hatte nach dem Angriff feindlicher Roboter zwei Tote zu beklagen. Fellmer Lloyd redete seither von Gehirnwellenmustern, wie sie unterschiedlicher nicht sein konnten, die einen von einem nahezu lächerlichen Spieltrieb kündend, die anderen von abgrundtiefem Haß gegen alles besessen, was nicht auf diese Welt gehörte. Letztlich war es aber gelungen, in eine unterirdische Fabrikanlage vorzudringen und die etwa einen halben Meter hohen, ellipsoiden Roboter zu bergen – tot, zerstört, wie immer man das sehen mochte. An Bord sollten ihre Erinnerungsspeicher untersucht werden, denn vermutlich waren die gesuchten Unsterblichen die Schöpfer dieser Roboter.

Zwei Tage lang herrschte leidlich Ruhe, doch als der Alarm losheulte, waren alle Ängste und Befürchtungen wieder da.

Im Arsenal hatte sich eine Arkonbombe aus der Halterung gelöst und schwebte frei im Raum. Arkonbomben waren die schrecklichsten Waffen, die die Milchstraße kannte, dazu ersonnen, ganze Welten zu vernichten, indem sie alle Elemente mit einer Ordnungszahl höher als zehn in unlöschbarem Atombrand verzehrten. Oder, wenn der Zünder anders justiert wurde, Elemente ab einer höheren Ordnungszahl.

Der Zünder der Bombe im Arsenal stand auf 26 – Eisen! Und die Wandungen der STARDUST II enthielten mehr Eisen als ein irdisches Walzwerk. Sobald die Bombe aktiv wurde, war unser Schiff unrettbar verloren.

»Die Orterstationen mit doppelter Besatzung!« befahl ich. »Außerdem brauche ich Patrouillentrupps, die das Schiff durchsuchen ...«

»In dieser Situation gebe ich die Befehle!« fuhr Thora dazwischen. »Der Raumer muß sofort evakuiert werden!«

»Wohin sollen wir gehen?« fragte ich zurück. »Wenn ich mich nicht irre, besteht die Oberfläche des Planeten zu drei Vierteln aus eisenoxydhaltigem Sand. Der brennt wie Zunder, wenn die Bombe hochgeht.«

Bisher hatte ich den Problemen noch einigermaßen gleichmütig zugesehen und mit einem lachenden, aber auch einem weinenden Auge akzeptiert, daß Unbekannte so mit uns umspringen konnten. Wir hätten den Planeten verlassen müssen, und genau darauf zielten die Attacken wohl ab. Dann wären wir aber auch raus gewesen aus diesem Spiel, dessen Einsatz wir offensichtlich nicht mehr selbst bestimmen konnten.

»Falls die Arkonbombe hochgeht, Crest«, wandte ich mich in einem Anflug von Sarkasmus an den arkonidischen Wissenschaftler, »werden wir alle eine Art von Unsterblichkeit erlangen. – Was ich schon lange fragen wollte, Thora, bei der Gelegenheit fällt es mir wieder ein: Messen Sie die Entwicklungsstufe eines Volkes eigentlich daran, welche Art von Bomben es produziert? Hatten Sie uns deswegen zuerst nur in C eingestuft?«

Inzwischen war es Perry gemeinsam mit dem Teleporter Tako Kakuta und dem Telekineten Tama Yokida gelungen, die Arkonbombe dem fremden Zugriff zu entziehen und wieder sicher zu befestigen.

Crest und Thora wollten Tramp augenblicklich verlassen. Für beide war das Maß des Erträglichen überschritten.

»Ihr Verlangen nach Rückzug mag berechtigt sein, Crest«, wehrte ich ab. »Wir würden es uns trotzdem nie verzeihen, nicht wenigstens noch einen weiteren Vorstoß unternommen zu haben.«

Langsam – gedankenverloren, wie mir schien – nickte er. »Ich habe noch kein Volk getroffen, das wie Ihre Menschheit ist. Zielstrebig, hart, lernbegierig und nicht zu stoppen. Dabei waren sie bis vor kurzem im Begriff, sich selbst auszulöschen. – Nun haben sie ein neues Ziel. Wenn die Menschen der Erde ihre Energie gemeinsam in eine Richtung bündeln, werden sie ihren Weg gehen, weiter als jedes andere Volk vor ihnen.«

Er verstummte und beobachtete die Bildschirme, auf denen die mit Waffen und anderen Gerätschaften vollgepackten Shifts zu sehen waren, die als Köder ausgeschleust wurden. Trotzdem hatte ich das Gefühl, daß Crest noch nicht alles gesagt hatte, was ihn bewegte.

Hastig kontrollierte ich die einzelnen Schiffssektionen. Zumindest im Augenblick gab es keinen Grund zur Beunruhigung.

»Sie haben noch etwas auf dem Herzen, Crest. Heraus mit der Sprache!« forderte ich den Arkoniden anschließend auf.

Er zögerte.

»Das Tai Ark'Tussan zerfällt, Mr. Bull, das Ende erscheint mir unaufhaltsam. Früher hätten wir uns niemals ein Schlachtschiff der Imperiums-Klasse stehlen lassen; die Flotte eines einzigen Sonnenkurs, auch eines unbedeutenden Sektors, hätte die Topsider zur Räson gebracht. Einem Volk wie den Terranern traue ich zu, unser Imperium zu zerschlagen. Ich hoffe, wir werden nie gegeneinander kämpfen müssen.«

Nein, das waren nicht die übertriebenen Befürchtungen eines alten Mannes. Crest war viel zu sehr Realist, um sich von vagen Gefühlen treiben zu lassen.

»Warum sagen Sie das?« wollte ich wissen.

»Weil ich die Menschen als unsere Erben sehe, egal auf welche Weise. Und weil ich Vertrauen in Sie setze.«

Unsere Techniker hatten die ellipsoiden Roboterwracks analysiert. Empfand ich es schon als Überraschung, daß diese Blechkisten ein organisch gewachsenes Gehirn besaßen – deshalb hatte Fellmer Lloyd ihre Haßstrahlung espern können –, so warf mich die Altersangabe fast um. Fünfunddreißigtausend Erdenjahre. Demnach waren diese Maschinen älter als die arkonidische Zivilisation. Sie waren darauf programmiert, jeden Fremden auf ihrer Welt anzugreifen und zu vernichten.

Perry startete zur zweiten Expedition. In einem offenbar von den possierlichen Mausbibern gegrabenen Stollen, der letztlich einen höhlenartigen Raum bildete, fand er, was wir uns von Tramp erhofft hatten: ein Modell der Milchstraße, das leider allzu rasch in einem Funkenregen verging. Es blieb gerade noch Zeit, die Darstellung mit einigen Aufnahmen zu dokumentieren.

Ein einziges der Fotos zeigte uns, mit allen Tricks arkonidischer Entwicklungstechnik überhaupt erst sichtbar gemacht, einen unscheinbaren Lichtpunkt in der Bildmitte, von dem aus ein leuchtender Streifen zu einem helleren Stern führte. Dieser entpuppte sich als sonnenloser Planet, der nur den Schein benachbarter Sonnen reflektierte – die Welt des ewigen Lebens?

Den Stern am anderen Ende des Striches identifizierten wir als ...

... die Wega.

Unser Ziel war also eine Welt, die sich einsam und ohne Sonne durch die Galaxis bewegte. Und endlich kannten wir ihre ungefähre Position. Wenn das zu Beginn des neuen Jahres kein Fortschritt war.

Zweitausendvierhundert Lichtjahre trennten uns von der Wega, etwa ebensoweit war es bis ins Solsystem. Derartige Zahlen hätte ich noch vor kurzem für absurd gehalten, heute beschleunigten sie nicht einmal mehr meinen Blutdruck. Meinetwegen mochten es 24.000 Lichtjahre sein, für einen 800-Meter-Koloß wie die STARDUST II war das eine wie das andere ein Katzensprung.

Transitionen in Planetennähe verboten sich schon aus rein pragmatischen Erwägungen heraus. Die hyperenergetischen Stoßfronten verursachten tektonische Erschütterungen, wobei Welten mit glutflüssigem Kern und intaktem Magnetfeld besonders intensiv betroffen waren. In Korrelation mit einem solaren Echo, und dieses war abhängig von Masse und Aufbau der Sonne, schaukelten sich kurzfristig Gravitationsstörungen und Partikelfelder auf, die zum planetaren Krustenaufbruch führen, im schlimmsten Fall sogar einen Polsprung einleiten konnten. Zwei Fälle waren in arkonidischen Archiven dokumentiert und im Standard-Ausbildungswerk »Hyperphysikalische Grundlagen überlichtschneller Raumfahrt unter ökonomischem Aspekt« enthalten. Auszugsweise besaßen Perry und ich dieses Wissen seit unserer Hypnoschulung.

Als die STARDUST II entmaterialisierte, spürte ich, daß etwas schieflief.

Fehltransition!

31.560 Lichtjahre.

Die Sterne auf dem Hauptbildschirm funkelten höhnisch, als wüßten sie, daß im Augenblick der Transition die Justierung verändert worden war. Andererseits waren wir von der Welt der verspielten Mausbiber schon viel zu weit entfernt gewesen, als daß eines dieser Tiere ...

Der Alarm aus der Küche kam für mich nicht mehr völlig überraschend. Ich hastete los.

»Schafft mir das Mistvieh vom Hals!« hörte ich den Koch schon von weitem schreien. »Das Biest muß mit den Expeditionskisten an Bord gekommen sein, und nun frißt es alle Vorräte weg.«

Ich wußte nicht, ob ich lachen oder weinen sollte. Perry schien es ähnlich zu ergehen, aber das Zucken um seine Mundwinkel kündete wohl eher einen Heiterkeitsausbruch an. Andererseits gab es herzlich wenig Grund dafür. Mir ging es nicht um die Vorräte, ich war jedoch auf Anhieb überzeugt davon, daß dieser Mausbiber unseren Fehlsprung verursacht hatte. Und der hätte böse ins Auge gehen können; Rematerialisation im Innern einer Sonne zum Beispiel oder im Zentrum eines vernichtenden Hypersturms.

Unschuldig hockte die Riesenmaus mit ihrem breiten Hintern zwischen tiefgefrorenen Früchten, balancierte eine angefressene Möhre zwischen den schlanken Vorderpfoten und knabberte munter weiter.

»Du faßt es nicht ...«, ächzte ich und ballte die Hände.

Ruckartig fuhr der Kopf mit dem blitzenden Nagezahn hoch.

So nicht, schoß es mir durch den Sinn. *Nicht mit uns. Was glaubst du wohl, wer du bist?*

Das Tier blinzelte mir derart vertraulich zu, als wolle es sich auch noch für das Futter bedanken. Einige der umstehenden Besatzungsmitglieder – die Nachricht von unserem pelzigen Mitesser verbreitete sich wie ein Lauffeuer – begannen verhalten zu lachen. Aber ob dieses Mausbibervieh Männchen machte oder nicht, die STARDUST war in einer unbekannten Region der Milchstraße materialisiert. Wenn Perry nicht die Konsequenzen zog, ich würde es auf jeden Fall tun.

»Du Mistvieh!« Die Finger im Nackenfell verkrallt, zerrte ich den quiekenden Nager hoch. »Erst fliegst du unser schönes Schiff in die dickste Butter der Milchstraße, dann frißt du uns auch noch das Gemüse weg. Rauswerfen in die Sahne werde ich dich! Und von wegen Tierschutz oder so, eine anständige Abreibung hast du dir auf jeden Fall verdient.«

Ich bin kein Schläger, ganz bestimmt nicht. Das hatte ich mir schon damals abgewöhnt, als ich wegen Tess meinen Backenzahn verlor und mich damit trösten mußte, daß es schließlich nicht mein einziger Zahn war. Doch im Moment sah ich rot. Das Vieh hätte uns mit seiner Dummheit umbringen können.

»Laß verdammt noch mal die Pfoten von allem, was dich nichts angeht!«

Ich hatte die Linke im Nackenfell vergraben, mit der Rechten schlug ich zu. Mehrere kräftige Hiebe auf das fette Biberhinterteil ließen meine Wut schnell verrauchen. Das jämmerliche Quietschen tat ein übriges dazu.

Irgendwie hatte ich wohl doch nicht fest genug zugepackt, denn der Mausbiber fiel zu Boden und floh mit einem weiten Satz in den Kühlraum. Falls ihm der Hintern so weh tat wie mir die Hand ...

Was war plötzlich anders? Die Perspektiven verschoben sich; Perry sperrte den Mund auf und schaute zu mir hoch.

Hoch?

»He, was soll das?« Vergeblich mit Armen und Beinen rudernd, versuchte ich, meinem Flug eine andere Richtung zu geben. »Ich bin doch kein Luftballon! Laßt mich sofort wieder runter! – Tama Yokida, Anne Sloane, das ist kein Spaß!«

Vergeblich rief ich nach den beiden Mutanten. Bis jetzt befanden sie sich noch gar nicht zwischen den Schaulustigen. Dafür begann ich mich zu fragen, wie viele Männer und Frauen wirklich zur Besatzung gehörten. Alle starrten mehr oder weniger offen grinsend zu mir hoch. Worauf warteten sie eigentlich?

Das Mausbibervieh war schuld. Natürlich. Diese Ratten verfügten über telekinetische Kräfte, mit denen sie uns schon auf Tramp in Atem gehalten hatten.

Ich schwebte geradewegs auf die mächtigen Kochkessel zu. Unter mir brodelte eine dicke Erbsensuppe, genug, um die halbe Mannschaft zu verköstigen.

»Mit mir könnt ihr alles machen, was?« herrschte ich die Gaffer an. »Aber das glaubt ihr nur, das ...«

»Wegen der Fleischeinlage gibt es heute doppelte Portionen«, prustete Perry Rhodan los. »Leute, besorgt euch schon mal Messer und Gabel.«

»Ha, ha, sehr witzig.« Mir gefiel dieser Spaß auf meine Kosten überhaupt nicht. Vor allem würde ich dem Mausbibervieh eine Lektion erteilen, die sich gewaschen hatte. »Holt mich endlich hier herunter! Es muß doch jemanden geben, der mit der Ratte fertig wird.«

Ich sank tiefer.

»Nein, nicht da! Was soll das?« Vergeblich mit Armen und Beinen strampelnd, landete ich in einem Wasserkessel. Und das vermaledeite Ding war mit kaltem Wasser gefüllt. Ich fühlte mich wie eine dieser Witzfiguren, ein Missionar im Suppenkessel halbnackter Barbaren.

»Vielleicht hat Thora wirklich recht: Ihr seid und bleibt Barbaren!«

Mein Zähneklappern war kaum zu überhören. Perry lachte immer noch, aber wenigstens streckte er mir helfend die Hand entgegen. Für einen Moment spielte ich mit dem verlockenden Gedanken, ihn zu mir hereinzuziehen.

Der Mausbiber knabberte, von alldem unbeeindruckt, an einem Pakken gefrorener Erdbeeren. Er wirkte so unschuldig, daß ich ihm am liebsten sofort das Fell über die Ohren gezogen hätte, hätte Perry Rhodan mich nicht zurückgehalten.

»Du verschwindest erst mal in deiner Kabine zum Trockenlegen!« befahl er spöttisch. »Und für die Zukunft rate ich dir davon ab, unseren blinden Passagier zu vermöbeln. Er wehrt sich.«

»Willst du ihn an Bord lassen? Als Maskottchen?« Ich schielte zu dem Mausbiber hinüber, der Nagezahn-Plüschtiger schielte giftig zurück und zwinkerte mir erneut zu. Siedendheiß lief es mir den Rücken hinab. Ein entsetzlicher Gedanke, daß das Vieh womöglich intelligent sein könnte. Das hätte mir gerade noch gefehlt. Gleichzeitig wußte ich aber bereits, daß ich es nicht übers Herz bringen würde, den kleinen Kerl irgendwo auszusetzen, wo er mutterseelenallein auf sein Ende warten mußte. Ein Rückflug nach Tramp war zumindest momentan unmöglich.

Wegen der großen, bittenden Augen gab Perry dem Mausbiber den Namen »Gucky«.

Wie wir nach und nach erfahren sollten, war das Kerlchen hoch intelligent und nicht nur ein ausgezeichneter Telekinet und Gedankenleser, sondern zugleich Teleporter. Daß er später zum selbsternannten »Retter des Universums« avancierte, hätte mir in dem Moment niemand erzählen dürfen. Naß, frierend und vorübergehend mißlaunig, hätte ich den Betreffenden in eine Zwangsjacke stecken lassen.

Daß Gucky für das Krümelchaos in meiner Kabine verantwortlich gewesen war, gestand er mir erst sehr viel später. Die Rosinen, zumindest behauptete er das, hatten ihm überhaupt nicht geschmeckt.

Die Fehltransition hatte uns nach Tuglan geführt, eine arkonidische Kolonialwelt, auf der wir in der Maske von Arkoniden halfen, einen Aufstand gegen des Große Imperium niederzuschlagen. Als wir Ende Januar 1976 endlich das Wega-System erreichten, stand die Sonne im Begriff, sich zur Nova aufzublähen und die Welten der Ferronen zu verschlingen.

Der Energiehaushalt eines Sterns macht nicht innerhalb weniger Wochen derart radikale Veränderungen durch. Es lag auf der Hand, daß wir ein neues Puzzleteil auf unserer Suche nach dem Planeten des ewigen Lebens gefunden hatten.

Oder spielte jemand mit uns? Ein Unbekannter, der noch verrückter war als der Mausbiber?

Ich entsann mich der Witzzeichnung, die vor unserem Start zum Mond in Nevada Fields kursierte. Die Piloten, die nicht für die erste Mondlandung ausgewählt worden waren, hatten uns auf ihre derbe Art damit Glück wünschen wollen. Eine Kopie der Zeichnung hatte ich noch an Miriam geschickt, an meine Schwester ebenfalls, und ich hatte daruntergeschrieben: *Letzter Gruß vor dem Mondflug.*

Auf der Zeichnung war die typische Mondlandschaft zu sehen. Ein kleines, harmloses Würmchen ringelte sich aus einem der Krater, und ein Astronaut schaute interessiert auf dieses erste außerirdische Leben hinab. »Wovon das arme Würmchen sich wohl ernährt ...?« fragte er dabei.

Den Namenszug auf dem Raumanzug hatte ich mit »Bull« überschrieben. Warum? Ich wußte es nicht. Einfach aus einer Laune heraus.

Als köstlich hatte ich den restlichen Körper des Wurmes hinter dem Astronauten empfunden, um einiges größer, beinahe riesig, und das Maul mit furchterregenden Hauern gespickt.

Ungefähr wie dieser Mann im Raumanzug fühlte ich mich, als auf den Bildschirmen unser Ziel sichtbar wurde. Ich war fasziniert von dem Anblick, doch nach rechts oder links schauen konnte und wollte ich nicht.

Wir wußten, daß die Wega früher 43 anstatt der heute 42 Planeten besessen hatte, und der Schluß, daß die verschwundene Welt identisch mit dem Planeten des ewigen Lebens war, lag nahe. Der sonnenlose Himmelskörper wanderte auf einer elliptischen Umlaufbahn durch die Galaxis. Mich verblüffte, daß einer der beiden Ellipsenbrennpunkte unser heimisches Solsystem bezeichnete. An einen Zufall glaubte niemand an Bord der STARDUST II.

Mir war aufgefallen, daß nicht nur Thora, sondern überraschenderweise auch Crest sich seit dieser Erkenntnis deutlich zurückhielten. Es mußte einen Grund dafür geben, meiner Ansicht nach einen äußerst schwerwiegenden. Sol – aber nicht Arkon. Der zweite Brennpunkt lag nicht einmal in der Nähe des Kugelsternhaufens. Hatten der oder die Unbekannten damit ein Zeichen gesetzt?

Wir würden es hoffentlich in Kürze erfahren.

Ein wahrhaft homerisches Gelächter begrüßte uns, als die STARDUST an den Zielkoordinaten materialisierte. Dieses brüllende Lachen war nicht wirklich zu hören, sondern entstand überlaut in unser aller Unterbewußtsein. Beinahe schon eine Massenpsychose.

»Nervös, Dicker?«

»Ich? Wieso?« Perrys Frage irritierte, zumal ich es nicht schaffte, den

Blick vom Hauptbildschirm abzuwenden. Erst als ich mich unbewußt von neuem am Hinterkopf kratzte, verstand ich die Anspielung.

Vor uns hing ein – ja, was war das eigentlich? – Monstrum an Häßlichkeit, Genialität oder Zeugnis pervertierter galaktischer Baukunst im Raum. Als hätte jemand einen Planeten in Scheiben geschnitten.

Wir näherten uns einer dieser Scheiben, wobei von anderen nichts zu sehen war. Vielleicht existierte nur diese eine.

Das Ding war flach, ein kreisrundes, riesenhaftes Stück Land, das von einem glockenförmigen Energieschirm eingehüllt wurde. Ich sah Berge und Meere, Gebirgszüge, Wälder und Brachland. Hier fand die mittelalterliche Vorstellung ihre Entsprechung: Jeder, der dem Rand der Welt zu nahe kam, würde unweigerlich hinunterfallen. Oder zumindest beinahe. Zweifellos gab es schützende Energiefelder.

»Nachtigall, ick hör' dir trapsen«, stieß ich hervor und erschrak über den belegten Klang meiner Stimme.

»Wie bitte?« kam es von Perry.

Ich kratzte mich nicht mehr, sondern winkte ab. »Vergiß es. Nach dem Krieg hatte ich eine deutsche Freundin. In Berlin sagt man so.«

»Du ...? Nach dem Krieg ...?«

Sein spöttischer Unterton war nicht zu überhören. Aber was wußte er denn schon von Tess, meiner rothaarigen Kameradin, die mit ihren Eltern in die Staaten emigriert war? Damals hatte ich mich zum erstenmal gefragt, wozu Kriege gut sein sollten. Ich muß ehrlich sein, eine vernünftige Antwort hatte ich nie gefunden, immer nur Ausflüchte oder Vorwände.

Vergeblich wartete ich darauf, daß sich das dröhnende Gelächter auf die eine oder andere Weise wiederholte. Unsere Telepathen spürten nur noch ein leises Raunen. Betty Toufry, mit nicht einmal zehn Jahren das jüngste Mitglied des Mutantenkorps, sprach davon, daß sich viele Millionen Menschen unterhielten. Aber wo zum Teufel steckten sie?

Ein schneebedecktes Riesengebirge wuchs vor uns auf. In den Tälern wucherte tropisch dichter Urwald. Vulkankegel ragten in die Höhe. Falls plötzlich Lava über die Hänge gequollen wäre, hätte mich nicht einmal mehr das gewundert.

Flugsaurier zogen tief unter dem Kugelraumer weite Kreise. Sie erinnerten mich an das gefährliche Viehzeug, das die Venus bevölkerte. Dazwischen bunte, zartgefiederte Vögel – Tiere mit Schwanzfedern, die jeden Paradiesvogel in den Schatten gestellt hätten. Schmetterlingsähnliche Kreaturen mit Schlangenleibern machten Jagd auf die Vögel.

»He, Leute«, entfuhr es mir, »verrate mir einer, was das hier sein soll! Ein galaktischer Gemischtwarenhandel?«

»Eine Art Zoo«, meinte Perry. »Flora und Fauna in heimischer Umgebung.«

Wasser unter uns, ein ausgedehnter Ozean. Die Küstenlinien erschienen mir wie mit einem Skalpell gezogen.

Dann Pilzwälder in gigantischer Ausdehnung, die gemeinsam mit violetten, korallenroten, blauen Riesenfarnen dem Licht einer künstlichen Sonne entgegenstrebten.

Urzeitliches Brüllen, diesmal nicht nur in meinen Gedanken, ließ mich herumfahren. In der nebenan liegenden Ortungszentrale war ein schleimiges Monstrum materialisiert. Peitschende Tentakel begannen, unser schönes Schiff in Schrott zu verwandeln.

Perry hetzte zum offenen Schott hinüber. »Fiktiv-Transmitter!« schrie ich ihm hinterher. »ER hat uns das Vieh an Bord gesetzt!« ER oder ES, ich hatte die Bezeichnung von unseren Telepathen übernommen. Und Fiktiv-Transmitter, das war für mich die vollkommene Transportmethode, ein Transmitter, der keiner Empfangsstation bedurfte. Die STARDUST war von einem solchen Gerät vom vierzehnten Planeten der Wega in die Raumregion von Tramp versetzt worden.

Mit ihren lausigen Thermostrahlern feuerten unsere Männer auf das Monstrum. Das war ungefähr so, als würden sie eine Zehnmeterqualle mit einem Feuerzeug quälen. Abgesehen von gräßlichem Brandgestank erreichten sie nichts.

Ich zerrte einen schweren Desintegrator aus dem Waffenschrank. Das Ding wog knapp einen Zentner, doch ich hatte genug von den geschmacklosen Späßen des Unbekannten und seinem Herumtrampeln auf meinen Nerven.

»Verdammt, macht euch nicht so dick! Zur Seite! Hier kommt die Kavallerie!« Ich hatte Mühe, mich nach vorne zu zwängen. Mehrere Männer packten mit an, und Sekunden später zeugten von dem schleimigen Biest nur verwehende Molekülschwaden.

Die Aufregungen rissen dennoch nicht ab.

Reginald Bull, redete ich mir ein, *du bist jetzt siebenunddreißig Jahre alt und entweder schon am hellichten Tag stockbesoffen oder senil, wenn nicht an der Grenze zur Schizophrenie.* Da ersteres leider nicht zutraf und zweites mir in beiden Versionen nicht gefiel, blieb nur eine einzige mögliche Schlußfolgerung: Die Konturen der nordamerikanischen Black Hills waren echt, ebenso die tobende Schlacht zwischen indianischen Ureinwohnern und den bärtigen weißhäutigen Menschen in dunkelblauen Kavallerieuniformen.

Spuk, das Ganze. Zumindest sah es danach aus, als nach unserer Landung ein Offizier den Colt auf Perry richtete, ich auf sein Pferd schoß und innerhalb weniger Augenblicke die ganze Szenerie verflog. Nur der Peacemaker, Baujahr 1867, tadellos erhalten und mit sechs 45er Patronen in den Kammern, lag im Gras.

»ES« spielte mit uns, und uns blieb keine andere Möglichkeit, als das Spiel nach »seinen« Regeln zu beenden. Wie hätten wir bluffen sollen und womit? Unser einziger Trumpf waren die Mutanten.

Zweiter Landeplatz der STARDUST II auf der achttausend Kilometer durchmessenden und sechshundert Kilometer dicken Scheibenwelt, der wir den Namen Wanderer gegeben hatten, war das Zentrum einer architektonisch kühnen Maschinenstadt. Strahlend blau, mit zarten weißen Wattebäuschen übersät, präsentierte sich der Himmel über uns. Sekundenlang schloß ich die Augen und fühlte mich wie zu Hause – ich glaubte sogar, amerikanische Großstadtluft zu atmen.

»Wir sind am Ziel.« Perry vertauschte den Funkhelm mit der zerknautschten Schirmmütze, die ebenfalls das Emblem der Dritten Macht trug. »Etwas, das länger als die Sonne lebt, erwartet uns. Crest, Ihre Träume könnten sich erfüllen. Sie begleiten uns. Thora natürlich ebenfalls.« Er blickte in die Runde und grinste schräg. »Eine Bande von Straßenräubern würde vertrauenswürdiger wirken. Wie lange ist es her, daß wir uns zum letzten Mal gewaschen haben?«

»Unrasiert und fern der Heimat!« kommentierte ich. »Wann, zum Teufel, hätten wir bei dem ständigen Theater baden sollen?«

»Denken Sie sich nichts dabei, Mr. Bull, ich bemerke Sie kaum«, warf Thora bissig ein. »Ein Mikrofilter in meiner Nase hält den Gestank fern. Jeder adlige Arkonide trägt auf Planeten mit barbarischen Einwohnern solche Filter.«

Ich starrte sie an, schnappte nach Luft, klappte den Mund wieder zu – und spürte, wie mir die Röte ins Gesicht schoß.

»Was bilden Sie sich eigentlich ein, Sie ... Sie Sternenziege! Und wenn Sie die letzte Frau in diesem Kosmos wären, ich würde mir lieber was abschneiden, als Sie anzurühren. Oder resultiert Ihre Überheblichkeit aus Minderwertigkeitsgefühlen? Das wird es sein, sicher, jetzt hab' ich's endlich kapiert: blond und schön und außerirdisch, eine aggressivere Mischung gibt es gar nicht.«

Ich hatte mich in Rage geredet und hätte Thora wohl endlich noch eine ganze Menge Beleidigungen an den Kopf geworfen, doch ihr helles, amüsiertes Gelächter traf mich wie eine eiskalte Dusche. Ich war darauf gefaßt gewesen, daß sie mir die Augen auskratzen oder mich mit der Waffe bedrohen würde, aber daß sie einfach nur dastand und lachte, überstieg mein Begriffsvermögen.

»Mach endlich den Mund zu, Dicker!« Perry grinste spöttisch.

»Ich glaub', ich bin im falschen Film.« Nach Fassung ringend, sah ich mich nach der nächstbesten Sitzgelegenheit um. »Ihre Unnahbarkeit kann lachen! Wirklich und wahrhaftig.«

Thora hatte sich wieder gefangen und lächelte mich an. Das ließ den Kloß noch anwachsen, der mir im Hals steckte.

»Okay, keine Müdigkeit vorschützen«, kommandierte Perry. »Bully, du stellst das Landekommando zusammen. Gucky und Marshall sind auf jeden Fall mit von der Partie ...«

Thora nickte knapp. Hatte sie ihre gräßliche Arroganz wirklich abgelegt? Solange sie die blütenweiße Uniform einer arkonidischen Großkampfschiffskommandantin mit dem violetten Schulterumhang trug, wirkte sie auf mich eisig.

Von Heiterkeitsausbrüchen jeglicher Art hatte dieser Tag wahrlich genug zu bieten. Schon wieder erklang das brüllende, grenzenlose Gelächter, das die künstliche Welt zu erschüttern schien.

Es reicht! dachte ich. *Bin ich in ein Irrenhaus geraten, oder was ist los?*

Der Unbekannte spielte nicht nur mit uns, sondern auch mit der Zeit. Wir hatten nicht einmal herausfinden können, ob General Custers kämpfende Truppe erst aus der Vergangenheit herangeschafft worden war, als wir sie gesehen hatten – eigentlich ein irrwitziger Gedanke, aber mittlerweile erschien so ziemlich alles denkbar. Der Colt war jedenfalls echt, ein Original, keine billige Kopie. Zu allem Überfluß hatte uns ein verwahrloster Revolverheld bedroht und war von Perry mit dem 45er erschossen worden. »Nur in meiner Zeit kannst du mir etwas tun, Bruder.« Seine mürrisch hervorgestoßenen Worte klangen mir noch in den Ohren. Der Kerl hatte sich anschließend verflüchtigt.

»Treten Sie ein!« erklang eine dunkle Stimme, diesmal wirklich akustisch zu hören. »Willkommen!«

»Die Sache mit dem Colt war nicht übel«, sagte Perry. »Der Herr haben einen skurrilen Humor, oder täusche ich mich da?«

Obwohl der Unbekannte wieder zu lachen begann, wußten wir, daß wir endlich das Ziel vor uns hatten.

ES war nicht menschlich.

ES schien nicht einmal ein organisches Lebewesen zu sein. Vielleicht hatte ES vor sehr langer Zeit einen Körper besessen, bis ES im Laufe von Jahrmillionen dessen überdrüssig geworden war.

Wir hatten eine riesige gewölbte Halle betreten, in der es nichts gab außer undefinierbaren Aggregaten. Und über den Boden wehende Nebelschleier, die langsam ineinanderfließend rotierten und Kugelform annahmen.

»ES ist ein psychisch lebendes Gemeinschaftswesen, das Milliarden Einzelbewußtseine in sich vereint.« John Marshall mußte fast brüllen, um das dröhnende Lachen zu übertönen. »Nehmen Sie ruhig an, ein ganzes Volk hätte seine Stofflichkeit aufgegeben, um nur noch in geistiger Form zu existieren.«

Eine eigenwillige, schwer zu beschreibende Stimmung erfüllte die Halle. Da war ein Hauch von Zeitlosigkeit, intensiver, als wir es in unseren kühnsten Phantasien erwartet hatten, aber eben auch ungeahnte Beklemmung.

Ich beobachtete die Nebelkugel – nur einschätzen konnte ich sie nicht. Die Fremdartigkeit der energetischen Erscheinung wurde durch die Kugelform gemildert. Zugleich glaubte ich eine Vertrautheit zu spüren, wie sie sonst nur unter alten Freunden herrschte. Eine Erklärung dafür hatte ich nicht.

Allzu große Kritiklosigkeit kann ähnlich gefährliche Auswirkungen zeigen wie zu große Skepsis. Wenn nur dieses verdammte Gefühl nicht gewesen wäre, ES schon alle Zeit zu kennen. Trotzdem zögerte ich, meine Bedenken auszusprechen. Zögerte ich wirklich, oder wurde ich auf mentalem Weg davon abgehalten? Es war schlimm, mit ansehen zu müssen, wie die eigenen Zweifel sich langsam aufschaukelten – ich wollte es nicht, doch je mehr ich mich dagegen sträubte, desto größer wurden meine Bedenken.

»Nun gehen Sie schon!« forderte Perry den Arkoniden auf. »Wenn jemand das Recht hat, als erster zu gehen, dann sind Sie das.«

Crest machte einen Schritt ...

Ich sah ihn schaudern. Mir lief ein eisiges Prickeln den Nacken hinab. Was immer geschah, wir hatten keinen Einfluß darauf, selbst wenn wir uns einbildeten, das Geschehen lenken zu können.

Crest machte einen zweiten Schritt – und wurde von einer unsichtbaren Gewalt zurückgestoßen. Gurgelnd landete er vor Thoras Füßen. Nein, sie zog nicht die Waffe, sie stand wie zur Salzsäule erstarrt.

»Sie waren nicht gemeint, Arkonide!« rief ES dröhnend. »Ihrem Volk gab ich vor zwanzigtausend Jahren die Chance, doch es hat meine Hoffnungen nicht erfüllt. Als dem Vertreter einer degenerierten Art kann ich Ihnen die biologische Lebensverlängerung nicht zugestehen; Ihre verfügbare Spanne ist ungenutzt verstrichen.«

Welche Schmach für Crest. Erst recht für Thora. In dem Moment tat sie mir sogar leid.

»Gehen Sie nach vorne, Mister Rhodan, Sir!« Beinahe feierlich sagte Betty Toufry die Worte. »ES meint Sie, nicht den armen, alten Mann. Gehen Sie, Sir.«

Nur Perry hatte noch immer nicht begriffen. Ich hätte ihn am liebsten in den Hintern getreten, leider stand ich ein paar Meter zu weit entfernt. Mein Gott, war der Chef wirklich so begriffsstutzig, eine solche Chance ungenutzt verstreichen zu lassen? Wenn er nicht sofort ging, dann würde ich ...

»Alles zu seiner Zeit, Reginald Bull«, wisperte eine gedankliche Stimme unter meiner Schädeldecke. Ich kannte diese Stimme, mir fiel nur spontan nicht ein, woher.

»Sieh dich um, mein Freund!«

Ich erschrak. Perry Rhodan schien mitten in der Bewegung erstarrt zu sein, den Mund halb geöffnet. Sein Blick ging starr geradeaus. Er atmete nicht einmal. Alle anderen waren ebenfalls zu reglosen Statuen geworden. Sogar Thoras locker fallendes weißblondes Haar wirkte plötzlich wie Draht. Meine Hand glitt tiefer, berührte ihre Schulter. Stein. Ich spürte weder Wärme noch Kälte, nur einen unglaublich festen Widerstand.

Das Lachen in meinen Gedanken klang durchaus menschlich. »Gefällt dir dieser Zustand, mein Freund? Endlich kannst du tun, was du sonst nie gewagt hättest.«

»Was hast du mit Thora gemacht? Wer bist du überhaupt?« Meine Rechte zuckte zum Holster, die Finger verkrampften sich um den kühlen Griff des Thermostrahlers.

»Ich habe deinen Zeitablauf beschleunigt, Reginald Bull. Um den Faktor fünftausend. Deinen Freunden ist nichts geschehen, wenn du das befürchtest. Und wer ich bin? Du kennst mich. Ich beobachte dich schon lange. Ich habe dich auserwählt ...«

Also doch! »Zeig dich!« stieß ich keuchend hervor und hastete zwischen den erstarrten Gefährten hindurch. Wie Schachfiguren standen sie da, unbeweglich auf den nächsten Zug wartend. Aber wer waren die Spieler?

»Eine gute Frage, Reginald Bull. Sie zeigt mir, daß ich die richtige Wahl getroffen habe.«

»Wer?« Nein, er würde mich nicht aus der Fassung bringen. Ich dachte gar nicht daran, hier loszubrüllen. »Also gut«, sagte ich. »Wir spielen das Spiel nach deinen Regeln, auch wenn ich davon nicht gerade begeistert bin. – Du bist ES?«

Aus den Augenwinkeln heraus gewahrte ich eine Bewegung, einen Schatten, der hinter Crest erschienen war. Auf dem Absatz fuhr ich herum – und wußte zugleich, daß ich mich zum Narren halten ließ. »Okay, ich werde mich jetzt hier hinsetzen und warten«, sagte ich. »Egal über wieviel Zeit du verfügst, du bist am Zug.«

Endlich erklangen leise schlurfende Schritte hinter mir und ein rhythmisch tackerndes Geräusch. O ja, ich kannte den alten Mann, der da an einem

Stock auf mich zuhumpelte. Nur war er bei unserer Begegnung in der Wüste Gobi noch nicht so gebrechlich gewesen. Er trug einen weit fallenden, mit undefinierbaren Schriftzeichen bestickten Umhang. Sein Gesicht erschreckte mich, es wirkte mumienhaft vertrocknet, die Lippen waren blutleer und aufgeplatzt, und nur das verzehrende Feuer in den Augen zeigte, daß überhaupt noch Leben in ihm war.

»Du ... Sie sind ES?« rutschte es mir heraus. »Aber ... wofür haben Sie ausgerechnet mich ...? Ich verstehe nicht. Was soll der Humbug?«

»... auserwählt? Zähme deinen jugendlichen Wissensdrang.« Wie ein Blinder hob er seinen Stock, stieß dann aber zielsicher gegen meine Brust. »Es ist eine große Aufgabe, mein Freund. Rede zu niemandem darüber – vor allem: Lauf nicht vor dir selbst davon! Andernfalls werdet ihr Menschen das Ende der Frist niemals erleben.«

»Was für eine Frist?« begehrte ich auf.

»Geduld, mein ungestümer Freund, übe dich in Geduld.«

In Gedankenschnelle verwitterten seine Züge vollends, löste sich die Haut von den Knochen, zerfiel alles zu Staub. Ich rang nach Atem. Zurück blieb ein ebenso rasch verwehendes amüsiertes Lachen. Der Alte war nur eine Projektion gewesen.

Gleichzeitig schreckte Perry aus seinem ungläubigen Zögern auf. Falls es wirklich irgend etwas gab, was interessanter war als dieses unsterbliche Energiewesen aus Milliarden Einzelbewußtseinen, dann wollte ich nicht mehr Bull heißen. Ekkel meinetwegen. Der Name war mir noch in Erinnerung; ein sturer Vorgesetzter bei der Air Force, der am liebsten vierundzwanzig Stunden Bereitschaft gesehen hätte, an sieben Tagen in der Woche.

Der leuchtende, rotierende Ball senkte sich langsam tiefer, bis er ungefähr auf gleicher Höhe mit Perrys Gesicht war.

»So sieht er also aus, der verwegene Eingeborene von Terra, einer kleinen Welt im System einer winzigen gelben Sonne. Er ist hart gegen sich selbst, ein Idealist durch und durch, aber er träumt vom Aufbau. Er will Großes erreichen, ohne zu wissen, was wirklich Größe ist. Und er sieht in mir den Anker für alle seine Träume.« Der Tonfall war spöttisch geworden. »Hallo, alter Freund!«

Gucky quietschte los: »ES spielt mit euch, Chef, genausogern wie ich. ES spielt mit der Zeit, einfach mit allem ...«

»Sie wollen das Große Imperium der Arkoniden übernehmen, es befrieden, neu ordnen, ist es nicht so? Allein die Keimzelle des Tai Ark'Tussan, der Kugelsternhaufen Thantur-Lok, umfaßt einhunderttausend dichtgedrängt stehende Sonnen, aber er durchmißt nur knapp einhundert Lichtjahre. An der Basis erreicht das Imperium hingegen einen Durchmesser von annähernd dreißigtausend bis fünfunddreißigtausend Lichtjahre. Sie können wirklich ermessen, mein Freund, was das bedeutet?«

Und ob, wollte ich rufen, *die Erde ist doch nur ein Staubkorn im Sternenmeer der Milchstraße. Und diese? Verrate mir, Unsterblicher, wie viele Galaxien unser Universum bilden.*

Du wirst sie sehen, Reginald Bull. Nicht heute, nicht morgen, aber irgendwann. Dir bleibt genügend Zeit, wenn du sie sinnvoll nutzt.

Die Galaxien sehen ... Ein schöner Traum, aber leider unerfüllbar.

»Ich werde es schaffen«, behauptete Perry Rhodan in dem Moment und schreckte mich aus meinen Gedanken auf.

ES seufzte. »Ich sah galaktische Hochzivilisationen kommen und gehen, einige von ihnen förderte ich, bis ich die Sinnlosigkeit erkannte. Es mag sein, daß ich Abwechslung benötige. Vor den Arkoniden existierte eine andere hochstehende Kultur und vor dieser wieder eine andere. Ihre Welt ist mir bekannt, Perry Rhodan. Deshalb gebe ich Ihnen und Ihrer Menschheit die gleiche Chance, die ich den Arkoniden zugestand. Für mich werden diese zwanzigtausend Jahre nur ein kurzer Augenblick im Lauf der Geschichte sein, danach werde ich vermutlich wieder auf jemanden warten müssen, der meine Spuren begreift und die Lösung findet. Ich danke Ihnen für das unterhaltsame Spiel, alter Freund; Sie haben sich wacker geschlagen. Vor allem wenn ich bedenke, daß Sie den Weltraum erst vor wenigen Jahren betreten haben. Die technischen Einrichtungen meiner künstlichen Welt stehen zu Ihrer Verfügung. Herausfinden, was Sie damit anfangen können, müssen Sie jedoch selbst.«

Ein Hauch von Wehmut schwang in der verwehenden Stimme mit: »Erwarten Sie von der Unsterblichkeit wirklich die Erfüllung? Alle organischen Lebewesen glauben das, bis sie die fürchterliche Enttäuschung erkennen. Ich bin überzeugt, auch Sie werden einmal froh sein, Ihren Geist vom Körper befreien zu können – aber noch bleibt bis zu diesem Wendepunkt viel Zeit, zumindest für Ihre Begriffe. Ich werde Sie weiterhin beobachten, alter Freund.«

Zwanzigtausend Jahre, hatte ES gesagt. Siedendheiß überlief es mich. War das die Frist, von der der alte Mann gesprochen hatte? Das bedeutete, daß irgendwann innerhalb dieser kleinen Ewigkeit ... Meine Gedanken überschlugen sich. Bei solchen Überlegungen konnte ich nicht mehr ruhig bleiben; ich bebte innerlich und war zum Zerreißen gespannt. Zwanzigtausend Jahre – rückwirkend betrachtet war das noch länger als vom Mesolithikum, der Mittelsteinzeit, bis heute. Kein Mensch konnte eine solche Zeitspanne leben. Dazu waren wir nicht geschaffen. Dieses ganze Geschwätz war Irrsinn. Wir wurden zum Narren gehalten.

Die Energiekugel verwandelte sich in die rotierende Spirale einer

Galaxis und erlosch. Gleichzeitig erschien wie aus dem Nichts heraus ein Mann, durchaus menschlich, hochgewachsen und schlank. Bekleidet war er mit einer schmucklosen einteiligen Kombination undefinierbarer Färbung.

»Ich bin für Sie konstruiert und Ihnen zugeteilt worden«, sagte das Wesen sachlich. »Wenn Sie mir einen Namen geben wollen ...«

»Ein Robot?« fragte Perry.

»Gewissermaßen, Sir, doch keine Maschine in Ihrem Sinne. Mein Gehirn ist eine halborganisch-inpotronische Verbindung, sechsdimensional. Wünschen Sie nun das Physiotron zu betreten?«

»Ein Homunkulus«, sagte Rhodan spontan. »Ich werde dich Homunk nennen. Aber was ist ein Physiotron?«

»Die Zelldusche, Sir. Wahrscheinlich glauben Sie, die biologische Erhaltung könnte nur durch Injektion oder Bestrahlung erreicht werden. In diesem Fall befinden Sie sich im Irrtum. Im Physiotron erhalten Sie für jede Zelleinheit eine Konservierungsaufladung für den Zeitraum von exakt zweiundsechzig Jahren Ihrer irdischen Zeitrechnung. Anschließend tritt ein sofortiger beschleunigter Verfall ein, wenn Sie nicht vor Ablauf der Frist hierher zurückkehren und sich einer weiteren Zelldusche unterziehen.«

Ich mußte an mich halten, um nicht lauthals herauszuplatzen. »Nein!« hätte ich am liebsten geschrien. »Das kann nicht wahr sein!«

War es wirklich nur die Furcht vor der Verwirklichung eines ewigen Menschheitstraums, die mich so reagieren ließ, oder Angst vor der Verantwortung, die uns damit aufgebürdet wurde? In dem Moment klammerte ich mich an Goethes Faust wie ein Ertrinkender an einen letzten Halm: *Die Botschaft hör' ich wohl, allein mir fehlt der Glaube*, hämmerte es in meinem Innern.

»Alle zweiundsechzig Jahre«, murmelte Perry und atmete tief ein. Aus unseren vagen Hoffnungen war abrupt Ernst geworden. Zudem hatte ich erst das zweifelhafte Vergnügen gehabt, diesen beschleunigten Verfall mitzuerleben. Ich fühlte mich abgeschreckt. Hatte ich den ziegenbärtigen Alten als Warnung zu betrachten? Aber deshalb auf die Chance der Unsterblichkeit verzichten?

Bully, du alte Schwatztante, schoß es mir durch den Sinn, *beiß dich einmal auf die Zunge und halte den Mund! Es reicht, wenn du selbst mit dieser Vorstellung leben mußt. Zieh da keine anderen mit rein!*

Ich war ein Narr, ich träumte von der relativen Unsterblichkeit, doch der Roboter hatte nicht mich, sondern Perry aufgefordert. Würde er der einzige sein, oder kamen auch andere an die Reihe?

Laß dich nicht verrückt machen, Bully, mahnte ich mich. *Entweder gilt das auch für dich, dann hast du es möglicherweise verdient, obwohl du keine Ahnung hast, warum, und wenn nicht ... was ändert sich dann an deinem bisherigen Leben? Du wirst älter werden, irgendwann Kinder in die Welt setzen und eines Tages auf dein Leben zurückblicken und feststellen, daß es trotzdem aufregender war als alles, was man dir an der Wiege prophezeit hat. Hast du nicht schon heute mehr gesehen und erlebt als alle Generationen vor dir?*

Ich konzentrierte mich wieder auf den Roboter, der mit Perry redete: »... es ist Ihre Angelegenheit, diesen Planeten zur richtigen Zeit wiederzufinden. Ich stehe Ihnen unbegrenzt mit allen Einrichtungen zur Verfügung, nur müssen Sie mich aufsuchen. Darf ich nun bitten? Ihre Zeit wird knapp werden.«

Ich starrte beiden hinterher, bis sie zwischen den bizarren Aggregaten verschwanden.

»Wir warten, Leute.« Was sollte ich sonst sagen? Keiner redete, jeder hing seinen ganz persönlichen Empfindungen nach. Ich ahnte, was in ihnen vorging, und sie glaubten vermutlich zu wissen, was ich dachte. Der eine oder andere starrte zu Boden; John Marshall, immer der korrekte Banker, der er einmal gewesen war, ließ sich nach einer Weile im Schneidersitz nieder. Meditierte er mit geschlossenen Augen, oder versuchte er, sich in Perrys Gedanken einzuklinken?

Crest schien um Jahre gealtert zu sein. Ich erschrak, als ich seine matten und müden Augen sah. Sein Leben lang war er einer Hoffnung nachgejagt, und nun, da sich sein Paradies als wahr erwiesen hatte, blieb es ausgerechnet für ihn verschlossen. Eine solche Enttäuschung zu überwinden, dazu gehörte menschliche Größe.

»Es ist gut, wie es ist, Mr. Bull«, sagte er leise. »Einige Jahre habe ich dank des Serums noch zu leben. Und wenn ich sterbe, dann in der Gewißheit, daß das Imperium nicht zerfallen wird. Die Menschen werden uns beerben, auch wenn Thora das noch nicht verstehen will.«

»Sie werden es erleben, Crest«, antwortete ich. »Ich wünsche es Ihnen.«

Thora wirkte weiterhin unnahbar. Die Lippen fest zusammengepreßt, starrte sie wortlos durch mich hindurch. Die menschliche Ader, die sie kurz offenbart hatte, entsprach doch nicht ihrem Naturell.

Wie lange war Perry schon weg? Zehn Minuten oder länger?

Würde er verändert zurückkommen? Jünger, ohne die Lachfalten um die Augen und die kleine Narbe auf dem rechten Nasenflügel? Erst allmählich wurden mir die vielen offenen Fragen bewußt. Unsterblichkeit für zweiundsechzig Jahre – schön und gut, doch bezog sich das auch auf Krankheiten? Menschen hängen am Leben, denn alles andere wäre kaum im Sinne der Evolution, und sie klammern sich um so fester daran, je länger dieses Dasein von der Natur programmiert war. Bedeutete das aber zugleich, daß wir – daß Perry – künftig schon bei jedem harmlosen Schnupfen in Panik geraten würden? Und dann die Gefahr eines schwerwiegenden Unfalls. Wer unsterblich war, würde wahrscheinlich stundenlang am Straßenrand stehen, bevor er es wagte, eine stark frequentierte Straße zu überqueren, und setzte sich dabei unwissentlich dem Risiko eines herabfallenden Dachziegels aus. Also lieber erst gar nicht aus dem Haus gehen? Von solchen kleinlichen Gedanken mußte ich mich losreißen. Unsterblichkeit war nichts für Menschen mit Ängsten, sie erforderte ein neues Denken und eine wesentlich veränderte Sicht des Lebens, ungefähr so wie der Witz mit dem Astronauten und dem Mondwürmchen.

Gucky grinste mich mit seinem blitzenden Nagezahn an. Sein Biberschwanz klatschte im Takt auf den Hallenboden.

Hast du wieder in meinen Gedanken spioniert, du kleine Kröte? Das ist geheim, klar? Wenn ich dich noch einmal erwische, werfe ich sämtliche Erdbeeren aus dem Schiff.

Der Mausbiber grinste immer noch. Entweder hatte ich mich geirrt, oder er war der hartgesottenste Halunke, den ich kannte.

Endlich kam Perry in Homunks Begleitung zurück. Der Reihe nach schaute er uns an. Vergeblich versuchte ich, eine Veränderung an ihm zu entdecken. Er sah aus wie immer, keine Spur jünger.

»Mir wurde freigestellt, auch anderen Personen die Zellkonservierung zu ermöglichen«, sagte er bedeutungsschwer. »Das gilt leider nicht für Arkoniden.«

Sein Blick brannte sich an mir fest. Spürte er, daß ich plötzlich fröstelte? Heiß und kalt lief es mir über den Rücken.

»Vorwärts, Bully!« sagte er knapp. »Du bist dran!«

»... unsere Träume und Sehnsüchte gelten den Sternen, und das nicht erst seit heute, sondern schon seit Jahrtausenden, seit Menschen erstmals bewußt in sternenklaren Nächten zum funkelnden Firmament aufsahen. Vieles von dem, was noch vor Jahren phantastisch anmutete, ist heute Realität, aber dessenungeachtet gibt es mehr als je zuvor zu tun. Wir selbst sind es, die uns die Grenzen stecken – ich fordere hiermit alle Terraner an diesem geschichtsträchtigen Tag auf, die Grenzen niederzureißen. Jene Grenzen, die in unseren Köpfen existieren und ein Erbe vergangener, von gegenseitigem Mißtrauen und Egoismus geprägter Jahrhunderte sind, aber auch die, die uns von anderen gesetzt werden, sei es, weil sie nicht verstehen wollen, daß das Universum groß genug ist, oder weil sie unsere Fehler wiederholen.

Nichts hindert uns mehr daran, nach den Sternen zu greifen. Wir Terraner gehen einen Weg friedlicher Forschung, wollen Seite an Seite mit anderen Völkern die Wunder der Milchstraße entdecken und eines Tages den Sprung zu fernen Sterneninseln wagen. Der erste Schritt, heißt es, sei immer der schwerste – wir haben ihn längst hinter uns.

An dieser Stelle sage ich, daß alles, was menschlicher Geist sich vorstellen kann, eines nicht mehr fernen Tages wirklich machbar sein wird. Was für uns heute selbstverständlich ist, die überlichtschnelle Raumfahrt, die zeitlose Ortsversetzung durch Transmitter, wurde vor nicht einmal zweihundert Jahren mitleidig belächelt und als hirnverbrannte Fiktion abgetan.Längst haben wir den Weltraum als neue und faszinierende Dimension akzeptiert, und die Entwicklung der Menschheit wird weiterhin mit diesem atemberaubenden Tempo voranschreiten. Deshalb erwarte ich, daß jeder von uns den Gedanken friedlicher Koexistenz hegt und umsorgt wie ein zartes und zerbrechliches Pflänzchen und ihn hinausträgt in die endlosen Sternenräume. Dann ist mir um die Zukunft Terras und der Terraner nicht bange, dann können wir mit Fug und Recht von uns behaupten, daß unsere Zukunft die Sterne sind...«

Auszug aus der Sammlung »Anekdoten, Aphorismen und Bonmots führender Persönlichkeiten des Raumfahrtzeitalters«. Die kurze, aber prägnante und in der Folge vielzitierte Einweihungsrede des Chefs der neuen

Explorerflotte, Reginald Bull, anläßlich der offiziellen Übernahme der Explorerflotte, Terrania.

Reginald Bull, 9. August 2130.

Trägermaterial: Positronische Speicherung. Jederzeitiger Zugriff für Studienzwecke möglich. Abrufkode */*RB#Explo1/**.

Im Mahlstrom der Sterne

17. August 3580

Verwirrt schüttelte Reginald Bull den Kopf. Für einen kurzen Augenblick hatte er geglaubt, ES zu sehen, hatte jenes wahrhaft homerische Gelächter wieder vernommen, das der Unsterbliche von Wanderer so oft hatte hören lassen.

Mittlerweile hielt Bully nichts mehr von solchen Späßen, schon gar nicht, wenn sie sich gegen die Menschheit richteten.

Heute bin ich nicht mehr beeindruckt, dachte er bitter. *Wenn du uns helfen kannst, ES, dann tue es! Aber zieh dir nicht meine Feindschaft zu. Ich kann sehr nachtragend sein, weißt du das, uralter Freund?*

Niemand antwortete ihm, nur sein Gegenüber blickte ihn matt an. Reginald Bulls Lippen bebten, als er den Mann anherrschte: »Wer sind Sie? Was haben Sie hier unten verloren?«

»Major Rondrogen«, antwortete der Verwahrloste schwach. »Solare Abwehr.«

Da war es wieder, dieses jäh erwachte Mißtrauen, das ihm die gerade erst zurückgewonnene Kraft aus den Adern saugen wollte. Bully hatte das untrügliche Empfinden pechschwarzer Gewitterwolken, die sich über ihm zusammenballten.

»Was ist das für ein Scheißspiel?«

»Ich verstehe nicht«, sagte Breslauer.

»Du bist auch nicht gemeint«, herrschte Bull den Roboter an. »Ich will von ihm wissen, was hier abläuft. Er ist doch kein Aphiliker!« Mit einer kantigen Kopfbewegung deutete er auf den verwahrlosten Mann.

»Doch, doch«, sprudelte Rondrogen hervor. »Ich bin aphilisch.«

Er war nicht mehr bei Sinnen. Vermutlich hatten ihm die Einsamkeit und die stete Furcht, von Aphilikern aufgespürt zu werden, einen Knacks verpaßt. Bully konnte sich vorstellen, daß der Mann seit Jahren keinen anderen Menschen mehr gesehen und nur noch mit sich selbst geredet hatte. Diese verfluchte Sonne Medaillon würde alles zerstören, wofür Menschen je gekämpft hatten.

»Seit wann hausen Sie hier unten?« fragte er schon ein wenig versöhnlicher.

»Fünf Wochen – oder sind es Jahre? Ich weiß nicht. Mein Gedächtnis läßt mich manchmal im Stich.«

»Wovon leben Sie?«

»Dies und das ...« Rondrogen zuckte mit den Achseln. »Was so abfällt für mich. Es gibt überall etwas, vor allem in den Schiffshangars.« Er kicherte leise und wühlte mit den Händen durch sein verfilztes Haar.

In Bully wuchs das Verlangen, die Wahrheit aus dem Mann herauszuprügeln. Das Gefühl, beobachtet zu werden, ließ sich nicht mehr leugnen, so intensiv wie im Augenblick hatte er es nie zuvor wahrgenommen. Als greife eine fremde Macht nach seinem Bewußtsein.

ES! riefen seine Gedanken. *Bist du hier, dann zeig dich! Mach der Tragödie endlich ein Ende!*

Unvermittelt trat Rondrogen auf ihn zu und umarmte ihn zitternd. Ein fürchterlicher Gestank hüllte Bully ein, eine Mischung aus Schweiß, Magensäure und Schmierstoffen. Wie lange mochte der ehemalige SolAb-Agent kein Wasser mehr gesehen haben?

Reginald Bull fühlte sich schrecklich unwohl, als müsse er die eigene Haut abstreifen wie eine Schlange ihr zu klein gewordenes Schuppenkleid. Oder wie ein Schmetterling, der unter Anstrengung die Puppenhülle sprengt, um endlich seine prachtvollen Flügel auszubreiten und in den lauen Sommerhimmel aufzusteigen. Das war wieder der Bully, der das Blut des ausgeschlagenen Backenzahns geschmeckt und sich geschworen hatte, niemals mehr der Unterlegene zu sein. Endlos lange Jahrhunderte lag das alles zurück. Nachts war er schweißgebadet aufgeschreckt, hatte sich mies und elend gefühlt und sich in den Kissen vergraben, aber er hatte an sich gearbeitet. Mit einer unglaublichen Zähigkeit.

Letztlich hatten ihm nur noch die Tränen seiner Mutter weh getan. »Versprich mir, daß du nie eine Waffe in die Hand nehmen wirst!« hatte sie von ihm verlangt. »Wer eine Waffe trägt, wird auch durch die Waffe umkommen.« Sie war verbittert gewesen, weil der Krieg ihr viele liebe Menschen genommen hatte.

Im Keller, hinter einem engen, muffigen Bretterverschlag, hatte er einen alten Kartoffelsack aufgehängt und mit Sand und Splitt gefüllt. An diesem Sack hatte er seinen Frust und seine Verbitterung ausgelassen und sich die Fingerknöchel grün und blau geschlagen. Aber er war stolz auf sich gewesen. Der kleine, fast schon pummelige Bully hatte sich Muskeln antrainiert und Monate später den drei Schlägern auf den Cent alles heimgezahlt. Er hatte sie zu Boden geschickt, ohne selbst eine Schramme davonzutragen, und sich Respekt verschafft.

Nur für Sekundenbruchteile waren die Erinnerungen aufgeflammt. Sie hinterließen das unangenehme Gefühl, daß es derzeit viel weniger gab, auf das er stolz sein konnte. Er hatte es nicht geschafft, die Lieblosigkeit auf der Erde aufzuhalten, war im Gegenteil selbst der glühendste Verfechter der Aphilie gewesen.

»Meine Ortungen zeigen eine größere Anzahl von Kampfrobotern«, warnte Breslauer. »Wir sollten ...«

»... schnellstens von hier verschwinden. Na, dann los!«

Zehn Minuten später erreichten sie die Peripherie des großen Klärwerks. Auf dem Areal von mindestens vier Quadratkilometern wurden alle Abwässer der Hauptstadt gereinigt, die Feststoffe in Energie umgewandelt und das gewonnene klare Wasser ins Hauptversorgungssystem eingespeist. Mit seinem Handabdruck öffnete Bully einen Reparaturschacht.

»Ich war da noch nie drin«, murmelte Rondrogen.

... eher schon in einem der Fäkalienkanäle, schoß es Bull durch den Sinn. Fahrig wischte er sich mit der Hand über die Stirn. Daß er derart gereizt reagierte, war früher nicht der Fall gewesen. Hatte ihn die Aphilie dauerhafter verändert, als er es sich eingestehen wollte?

»Die Kampfroboter riegeln diesen Sektor hermetisch ab«, meldete Breslauer. »Daß wir noch entkommen können, wird immer unwahrscheinlicher.«

Reginald Bull griff nach der nächsten Halterung und zog sich in die Wartungsröhre. »Vorwärts, Rondrogen! Du auch, Breslauer. Der letzte macht die Tür zu!«

Nach einem schweißtreibenden Aufstieg endete der Schacht scheinbar im Nichts. Der Widerschein von Breslauers Scheinwerfer zeigte von Moderflecken überzogene Stahlwände. Zahlreiche Röhren führten von hier aus weiter, doch waren alle zu eng, die Flüchtlinge aufzunehmen.

Bully machte den Roboter auf einen breiteren Stollen aufmerksam.

»Das ist ein Staugang, Sir«, erklärte Breslauer. »Die Großfilteranlagen pumpen hin und wieder Wasser durch diese Stollen ab.«

»Also eine Art Glücksspiel.« Bully nickte grimmig. »Sie müssen mir nicht folgen, Rondrogen, falls Sie befürchten ...«

Der Major winkte wortlos ab. Seine verbissene Miene ließ erkennen, daß er unter keinen Umständen umkehren würde. Er hatte endlich neue Hoffnung geschöpft, und die Bedrohung durch die aphilischen Kampfroboter bestand überall.

Minuten später, sie hatten den Staugang betreten, hallte ein klatschendes Geräusch durch die Stahlröhre. Es wurde von einem dumpfen Gurgeln verdrängt, dann schwoll das Tosen der heranschießenden Wassermassen zum Orkan. Bully schaffte es nicht einmal mehr, sich herumzuwerfen, bevor die gischtende, schäumende Flut ihn von den Beinen fegte. Innerhalb von Augenblicken verlor er jede Orientierung, er wurde gegen die Wand geschleudert, schrammte daran entlang und konnte den übermächtigen Zwang, tief einzuatmen und frische Luft in seine gequälten Lungen zu pumpen, kaum noch unterdrücken.

Ebenso abrupt, wie es begonnen hatte, wurde das Tosen leiser. Reginald Bull hatte den Eindruck, in endlose Tiefe zu stürzen.

Hart klatschte er ins Sammelbecken. Wasser drang ihm in Mund und Nase ein, doch er unterdrückte weiterhin den quälenden Atemreiz. Sein Schädel drohte zu zerspringen, in den Lungen tobte ein Eissturm. Letztlich konnte er nicht mehr anders, riß hustend und würgend den Mund auf – und durchstieß gleichzeitig die Oberfläche.

»Sind Sie da unten, Sir?« hallte Breslauers Stimme heran. »Bitte antworten Sie!«

»Ja, verdammt! Ich hab's überlebt. Aber was ist mit dem Major? Häng nicht da oben herum, sondern hilf mir suchen.«

Der Wasserfall ebbte schon wieder ab. Daß das Sammelbecken vorher nicht abgelassen worden war, mochte Zufall sein, doch gerade dieser Zufall, erkannte Bully, hatte ihm das Leben gerettet.

Rondrogen hatte sich das Genick gebrochen. Unnötig zu fragen, ob das schon in der Röhre passiert war oder erst beim Aufprall auf die Wasserfläche. Wassertretend wischte Bully die Feuchtigkeit aus seinen Augenwinkeln. »Leben Sie wohl, Major!« murmelte er, die Zähne zusammengebissen. Das war wieder so ein sinnloser Tod. Zu fragen, warum Leben so enden mußte, hieß, sich in einem hoffnungslosen Konflikt zu verfangen. Niemand konnte die Frage nach dem Sinn des Daseins beantworten. Nicht einmal ES.

»Verfluchte Aphilie!« Reginald Bull schickte seinen ohnmächtigen Zorn in die Finsternis des Sammelbeckens hinauf. Ein vielfaches Echo entstellte seine Stimme bis zur Unkenntlichkeit.

Breslauer zerrte ihn aus dem Wasser. »Die Kläranlage ist umstellt«, behauptete der Roboter. »Hier sind wir vorerst aber noch einigermaßen sicher.«

Zum zweitenmal drangen sie in den Staugang ein – und schafften es diesmal ohne Zwischenfall bis zum Großfilter. Die Erklärung, weshalb sie nicht angegriffen wurden, lag auf der Hand, als sie die Mikrokameras entdeckten. Es gab keinen Ort mehr, den sie unbemerkt erreichen konnten.

Die Flucht war sinnlos gewesen und von Anfang an zum Scheitern verurteilt. Reginald Bull hatte es nur nicht einsehen wollen, weil er trotz allem an das Gute im Menschen glaubte und die Erfahrungen seines langen Lebens ihn gelehrt hatten, daß es immer einen Ausweg gab, mochte er noch so unscheinbar sein.

Die Aphiliker hatten ihn eine Rücktrittserklärung verlesen lassen, eine offizielle Information, während der kein Bürger den Empfänger abschalten durfte. Er hatte die Gelegenheit genutzt und war vom vorgeschriebenen Text abgewichen, hatte wenigstens mit zwei Sätzen versucht, sein Patenkind Michael Rhodan zu informieren, der mit der Organisation Guter Nachbar gegen die Aphilie kämpfte.

Gewaltsam war er von der Kamera weggezerrt worden, ein Sprecher hatte die begonnene Erklärung an seiner Stelle fortgeführt: »... mein angegriffener Gesundheitszustand zwingt mich dazu, die Regierungsgeschäfte niederzulegen ...« Lächerlich. Wer nur entfernt Ahnung von der Wirkung eines Zellaktivators hatte, wußte, daß das eiförmige Gerät eine fast vollständige Immunität gegen Viren, Bakterien und Gifte verlieh, daß die Wundheilung stark beschleunigt und verbrauchte Kräfte rasch regeneriert wurden.

Die Aphiliker hatten ihn ins medizinische Zentrum von Imperium-Alpha verlegt. Bull gab sich keinen Illusionen hin. Was ihn erwartete, würde alles andere als angenehm werden.

»Mit Ihrem unlogischen Verhalten bei Terra-TV haben Sie Milliarden Menschen einen schweren Schock versetzt«, begann der Chefpsychologe. »Die Angst, es könnten andere Regierungsmitglieder ebenso erkranken, sitzt tief.«

»Nicht mein Problem«, meinte Bully achselzuckend.

Die Aphiliker waren immer noch versessen darauf, den ersten »Verrückten« nach ihrem Willen umzuformen. Falls ihnen das ausgerechnet beim ehemaligen Regierungschef gelang, hätten sie das als enormen Erfolg vorweisen können.

Bully dachte an Mike. Hatte er die Botschaft verstanden? Michael Rhodan hatte schon immer überraschende Dinge getan. Ein heimliches Lächeln stahl sich auf Reginald Bulls Züge, als er an die ersten Auftritte von Roi Danton dachte, den König der Freihändler. Die Maske als affektierter Stutzer mit Dreispitz und Degen war wirkungsvoll gewesen und Mike auf den Leib geschneidert, er würde sie wohl sein Leben lang nicht wieder ablegen können.

Der Psychologe deutete das Lächeln falsch. »Natürlich könnten wir Sie mit einem Schlag von der Krankheit befreien«, sagte er scharf betont. »Ohne Ihren Zellaktivator würden Sie wieder normal werden.«

»Ich würde nach zweiundsechzig Stunden rapide altern und sterben.«

»Ihr Aktivator hat Sie immer vor dem Irrsinn bewahrt«, folgerte der Psychologe. »Die entscheidende Veränderung kann demnach erst kürzlich eingetreten sein. Sobald wir herausgefunden haben, wodurch das Gerät verändert wurde, erfahren wir mehr über die Krankheit an sich. Und wenn wir erst wissen, wie die Impulse des Zellaktivators beeinflußt werden müssen, damit Sie wieder einer von uns werden, können wir alle anderen Kranken ebenfalls behandeln. Nach der Befragung werden wir Ihnen den Aktivator jeweils für kurze Zeit abnehmen, um ihn zu untersuchen. Sie geraten dabei nicht in Lebensgefahr.«

Während Bull über die Erfolgsaussichten der Aphiliker nachdachte, heulte der Alarm auf. Unbekannte hatten alle Nervenzentren von Imperium-Alpha blockiert. Doch darüber hinaus schien nichts geschehen zu sein. Im medizinischen Zentrum ging alles seinen gewohnten Gang – bis Roboter einen gebrechlich wirkenden Mann in die Räume schleppten.

»Wir wollen nicht gestört werden!« schnaubte der Psychologe – und sackte von einem Paralysatorschuß getroffen zu Boden.

»Hallo, Dicker!« rief der vermeintliche Patient Bully zu.

Reginald Bull schaute ungläubig auf. Vierzig Jahre waren unter den herrschenden Gegebenheiten eine lange Zeit. Doch die Stimme war unverkennbar. Obwohl sie sich auseinandergelebt hatten und über Jahre hinaus Gegner geworden waren.

»Michael?« fragte Bully zögernd.

»Mais oui, Monsieur.« Roi Dantons Stimme hatte einen tadelnden Tonfall. »Vergessen Sie bitte nicht, daß Sie es mit einem Edelmann zu tun haben. Wenn schon, dann Sire bitte!«

Reginald Bull verbiß sich einen Jubelschrei. Dafür war nicht der richtige Zeitpunkt.

»Willkommen bei der Organisation Guter Nachbar«, seufzte Roi. »Wir müssen uns beeilen. Ein Transmitter ist für die Flucht justiert. Laß uns verschwinden, solange noch Verwirrung herrscht.«

Nahezu ungehindert erreichten sie die Transmitterzentrale. »Die Sonderschaltung wird jeden Augenblick enden«, drängte Danton. »Vorwärts!« Er zündete eine Mikrobombe und warf sie zwischen die Kontrollanlagen. »Dreißig Sekunden bleiben uns, bis der Laden hochgeht. Niemand darf uns folgen oder gar den Empfänger anpeilen. – Was ist los mit dir?« rief er ungeduldig, als Bully unerwartet stehenblieb.

»Vierzig verdammte Jahre lang habe ich die Immunen bekämpft, Mike. Sie werden mich nicht akzeptieren.«

»Mon Dieu, quel fou!« rief der Mann in gespieltem Entsetzen. Er packte Bully und zog ihn auf den aktivierten Transmitterbogen zu. »Wir gehen jetzt heim, alles andere wird sich erweisen.«

Nacheinander verschwanden sie zwischen den Säulen, bevor die Transmitteranlage in einer räumlich begrenzten Explosion verging.

Der Schmerz überfiel ihn ohne Vorwarnung, als das Entstofflichungsfeld seinen Körper auflöste, um ihn in einem übergeordneten fünfdimensionalen Impuls abzustrahlen. Was üblicherweise ein zeitloser Vorgang war, den ein menschliches Gehirn nicht wahrnehmen konnte, begann sich über diesen Punkt hinaus auszudehnen.

Sekunden schon …

Halb entstofflicht hing er zwischen den Dimensionen, ohne eine Möglichkeit, den Vorgang beeinflussen zu können. Es gab kein Zurück – aber der Schritt nach vorne blieb ihm ebenfalls verwehrt.

Panik wallte in ihm auf. Er begann sich zu fragen, wie es Mike gelungen sein konnte, in Imperium-Alpha einzudringen; vielleicht hätte er schon sehr viel eher darüber nachdenken sollen. Die Aphiliker handelten logisch und ohne Emotionen, das wußte er aus eigener Erfahrung. Spätestens nach der mißlungenen Fernsehansprache hätten sie gewarnt sein müssen. Möglicherweise war ihnen da schon klargeworden, daß Reginald Bull auf den Beistand der *Verrückten* hoffte. Perry Rhodans Sohn kannte die Zugangskodes für Imperium-Alpha, die Aphiliker hätten die Gelegenheit nutzen können, sich zweier gefährlicher Gegner auf elegante Weise zu entledigen.

Reginald Bull war von der Krankheit in den Wahn getrieben worden.

Auch Roi Danton war krank gewesen, sehr viel länger schon als Bull. Eine Bombe, ausschließlich dafür gedacht, ihre Fluchtroute zu verschleiern, hatte vorzeitig gezündet und den Transmitter zerstört. Das war ein bedauerlicher Unfall, aber leider nicht zu ändern.

War die Flucht nur deshalb so überraschend leicht geglückt, weil die Aphiliker den Transmitter manipuliert hatten? *Mörder!* schrien Bullys Gedanken. *Ihr verfluchten Mörder werdet die Menschheit zugrunde richten.*

Wie lange hielt dieser Zustand inzwischen an? Es war ihm unmöglich, die Zeit zu definieren, denn außer den eigenen hektischen Überlegungen gab es keinen Bezugspunkt.

War er nichts als ein Hauch von Energie, eingefangen von Magnetfeldern zwischen den Dimensionen? Dagegen sprach, daß er sich sehen konnte, als nebliges, durchscheinendes Etwas mit menschlichen Umrissen. Doch das war keine optische Wahrnehmung, die Bilder entstanden in ihm, in seinem Geist.

Und die Umgebung? Nichts. Keine Konturen, keine Farben, aber Stille. Ein ungreifbares, unbegreifliches Medium, vielleicht nur die Trägerwelle, ein überlichtschneller Impuls.

War da nicht eine Berührung?

Wer bist du?

Ich bin – du.

Phantasierte er? Zerfiel sein Bewußtsein, so, wie sich seine Beine allmählich aufzulösen begannen? Die Hände ebenfalls, die Arme ... Reginald Bull starrte auf die an den Ellbogen endenden Stümpfe.

Zurück! hämmerten seine Gedanken. *Ich muß zurück!*

Ein Schatten streifte ihn, ein sich verdichtender Schemen, ein Gesicht.

Sein Gesicht!

Reginald Bull hätte schwören können, daß sein eigenes Ich ihn angegrinst hatte. Überdeutlich hatte er es gesehen: die roten, kurzgeschnittenen Haare mit den leichten Geheimratsecken, deren Ausweitung mit der ersten Zelldusche gestoppt worden war; die Narbe vom Haaransatz quer über die Stirn bis zur linken Augenbraue; ebenso die schlecht verheilte Narbe auf der linken Wange. Beides hätte er sich mit einer einfachen Bioplastbehandlung entfernen lassen können, doch er hatte nie den Wunsch dazu verspürt. Die Narben gehörten zu ihm wie der Zellaktivator und seine Erinnerungen. Beides ...

Er materialisierte.

Für Sekundenbruchteile begleitete ihn noch das fahle Flackern des erlöschenden Transmitterfeldes, danach herrschte Dunkelheit.

»Mike?«

Keine Antwort.

»Verdammt, Michael, wo steckst du?«

Hart und schneidend stieß Bully die Worte hervor. Fast wie früher, als Michael Rhodan die unmöglichsten Streiche ausgeheckt hatte. Ein aufgewecktes Kind war er von Anfang an gewesen, manchmal zu lebhaft, und zum Beispiel die Sache mit dem Spielzeugroboter ...

Von irgendwo über ihm drangen verhaltene Vibrationen herab, begleitet von einem fernen Rumoren. Die Assoziation startender Raumschiffe lag nahe.

Und noch etwas registrierte Reginald Bull: Die Schwerkraft hatte sich verändert. Sie war höher als gewohnt. 1,2 bis 1,3 Gravos, schätzte er. Das bedeutete, er befand sich nicht mehr auf der Erde, erst recht nicht auf dem Mond.

Reginald Bull, Chef der Explorerflotte

2153

Es gibt Tage, an denen man sich schon am Morgen wünscht, besser nicht aufgestanden zu sein. Der 11. Februar 2153 war ein solcher Tag. Ich hatte schlecht geschlafen, war dummerweise mit dem linken Fuß zuerst aus dem Bett, hatte mich in der Dusche fast verbrüht und einen nach Desinfektionsmittel schmeckenden Kaffee zum Frühstück bekommen, mit dem ich den Säulenkaktus in der Besucherecke gegossen hatte. Das stachlige Ding hielt hoffentlich mehr aus als ich. Andernfalls mußte ich mich nach neuem Grünzeug fürs Büro umschauen.

Seit zweieinhalb Stunden saß ich am Schreibtisch und spürte meinen Frust wachsen. Nur Mist flatterte herein. Überwiegend Statistiken, die kein Mensch sehen wollte. Was würde passieren, falls ich die Dateien schon beim Eingang löschen ließ? Vermutlich überhaupt nichts. Leider nistete in meinem Hinterkopf ein hartnäckiges Kerlchen namens Vernunft. Jeden Tag redete es mir von neuem ein, daß der Bürokrieg zum Leben gehörte. Und ich war so dumm und ließ mich immer wieder von ihm einwickeln.

Mißmutig betrachtete ich das Dutzend Folienausdrucke vor mir. Kostenerhöhungen von nicht unerheblichem Ausmaß; das Angebot einer mir unbekannten Springersippe über Zulieferungen für die Explorerwerft ... Mehrmals mußte ich hinschauen, bis ich die Kalkulation halbwegs nachvollziehen konnte. Das waren Dumpingpreise par excellence, zu niedrig, um nur entfernt realistisch zu sein. Das roch geradezu nach Provokation. Aber was steckte dahinter?

Überprüfung der Warlak-Sippe, notierte ich handschriftlich auf die Folie. *Rückmeldung bis spätestens 28. Februar. Solarmarschall Bull.* Das war ein Routineauftrag für die SolAb. Danach würden wir weitersehen.

»Sir«, meldete sich das Vorzimmer. »Die planetare Verwaltung von Zirkonia II auf Hyperfunk, Kanal drei. Es scheint wichtig zu sein.«

»Was ist nicht wichtig?« seufzte ich.

»Mit Verlaub, Sir. Zirkonia II liefert derzeit fünfunddreißig Prozent des Erzes für die Herstellung ...«

»... unseres Arkonstahls«, unterbrach ich. »Ich weiß.«

»Ich wollte es nur erwähnt haben.«

»Danke, Miß Wasteland, ich weiß Ihre Fürsorge zu schätzen.« Zweifellos schmollte mein Vorzimmerengel jetzt. Aber spätestens die nächste Schachtel Pralinen, die ich ihr hinlegte, würde alles vergessen lassen.

Von unguten Vorahnungen geplagt, nahm ich das Hyperfunkgespräch an. Fünf Minuten später fragte ich mich, weshalb ich mich nicht einfach um den Posten eines Raumschiffskommandanten bewarb, mir den Sonnenwind um die Nase wehen ließ und ansonsten weit weg war vom Schuß. Auf Zirkonia II hatten tektonische Beben die Erzminen verschüttet. Weitere Verschiebungen waren zu erwarten. Bis die Erzförderung wieder in Gang kam, würde mindestens ein Jahr verstreichen.

Vorerst konnten wir die ausbleibenden Lieferungen verschmerzen. Aber nach drei Monaten würden sich Engpässe für das Neubauprogramm einstellen. Es sei denn, kurzfristig waren andere Partner für die Rohstofflieferung zu gewinnen.

»Miß Wasteland, bitte beschaffen Sie mir eine Liste aller Erzkontrakte und eventueller Überhangkapazitäten. Auch die Planeten, die Sphinx, Arkon und andere beliefern.«

»Bis wann, Sir?«

»Gestern.«

Ich hörte noch ihr gequältes Aufstöhnen. Das war Fettnäpfchen Nummer zwei gewesen. Wie schon gesagt ... Meine Stimmung glich den tief hängenden Wolkenbänken, die Terrania mit einem eigentümlichen Licht überzogen. Tristes Grau, nur hie und da von einzelnen Sonnenstrahlen durchbrochen. Es regnete leicht.

»Miß Wasteland ...«

Sie reagierte nicht mehr, hatte offenbar das Vorzimmer verlassen. Ich nahm die Statistikfolien und legte sie ordentlich zusammen, um sie anschließend in dem Schrankteil verschwinden zu lassen, dessen Korpus die holographische Wiedergabe eines Black Hole zierte. Sooft ich das Oberflächendesign betrachtete, glaubte ich einen ehrfürchtigen Schauer zu spüren. Mehr denn je besaßen Black Holes eine unbeschreibliche Faszination. Diesen ungeheuer starken Gravitationsquellen konnte nicht einmal das Licht entfliehen.

Was lag jenseits eines solchen gefräßigen Monstrums mit bis zu einer Milliarde Sonnenmassen? Eines Tages, davon war ich längst überzeugt, würden wir es herausfinden. Neugierde war seit jeher einer der prägenden Wesenszüge des Menschen, ohne den Amerika nicht besiedelt worden wäre und nie jemand versucht hätte, auf dem Mond zu landen.

Eine Weile beobachtete ich die animierte Akkretionsscheibe, die Spirale glühender Materie, die dem Zentrum des »Nichts« zustrebte. Zweifellos würde ich zugegen sein, wenn unsere Raumer erstmals ein solches Schwarzes Loch vermaßen. Das war einer meiner neuen Träume, seitdem sich die alten erfüllt hatten.

Die Abbildung erlosch, als die Sensoren meine Annäherung registrierten. Viel Platz war in dem Fach nicht mehr; ich brachte die Folien gerade noch unter. Was ich hier stapelte, war für mich aus dem Sinn, wie Materie, die in ein Black Hole stürzte. Regelmäßig wurden die mindestens ein Jahr alten Positionen vernichtet.

»Miß Wasteland . . .!« rief ich erneut, ebenso vergeblich wie zuvor. Mit schnellen Schritten durchmaß ich das Büro – die Verbindungstür glitt vor mir zur Seite – und wäre um ein Haar mit dem Besucher zusammengeprallt, der mutterseelenallein im Vorzimmer stand.

»Wer sind Sie?« platzte ich überrascht heraus.

Er trug einen fleckigen Arbeitsoverall, nicht gerade das beste Stück, doch auf der linken Brustseite prangte das Emblem der lunaren Flottenwerft. Ein eigenartig metallischer Geruch hing in der Luft, vermischt mit dem Aroma synthetischer Schmierstoffe und kaltem Rauch.

Der Mann war knapp einen Kopf größer als ich. Den Schädel hatte er kahlrasiert und mit farbigen Ornamenten verziert; der gefärbte Zwei-Wochen-Vollbart paßte jedoch nicht dazu.

»Mr. Bull . . .« Er stockte und wich meinem forschenden Blick aus.

»Der bin ich. Wenn Sie mir verraten, mit wem ich das Vergnügen . . .«

Eine dezente Röte überzog schlagartig sein Gesicht. »Verzeihung, Mister Bull – ich meine natürlich, Solarmarschall. Ich . . . äh . . .«

Daß ich großzügig abwinkte, brachte ihn endgültig aus dem Konzept. Ich begann neugierig zu werden. »Wie kommen Sie überhaupt hier herein? Ich nehme an, Sie waren angemeldet.«

»Nein, das nicht. Die Dame . . .«

»Miß Wasteland«, half ich ihm aus.

Er nickte knapp. »Ja, ich glaube, so war ihr Name. Sie hat mich hier hereingeschickt und gesagt, ich solle warten, bis der Alte bessere Lau. . .« Nicht nur seine Wangen glühten plötzlich in hellem Feuer. Am liebsten wäre er im Erdboden versunken.

»Das hat sie Ihnen gesagt?«

Er preßte die Lippen aufeinander. Dann setzte er zum Reden an, brachte aber nur ein »Es tut mir leid« hervor.

»Sie müssen sich nicht andauernd entschuldigen«, wehrte ich ab. »Ich wüßte nur gerne, Mister, was Sie wirklich bei mir wollen.«

Entgeistert starrte er mich an. So ein Blick konnte den stärksten Mann verunsichern. Für was hielt er mich eigentlich? Für ein zweiköpfiges Mondkalb?

»Myers«, sagte er. »Sam Myers. Das ist mein Name.«

Ich dachte es mir. Die Antwort lag mir auf der Zunge, ich schluckte sie trotzdem unausgesprochen hinunter. »Ich bin ein Mensch aus Fleisch und Blut«, sagte ich statt dessen, weil ich das untrügliche Gefühl hatte, daß Myers vor seiner eigenen Courage zurückschreckte. »Überwesen gibt es in diesen Büros nicht. Also heraus mit der Sprache. Wo drückt der Schuh?«

»Können wir ...? Ich meine, es hört doch niemand mit?«

Auf dem Weg zu mir hatte er mindestens drei Sicherheitssperren passiert. Daß er es geschafft hatte, die Büroetage zu erreichen, bedeutete, daß er weder Waffen noch etwas, das sich als Waffe verwenden ließ, bei sich trug. Außerdem war er noch nicht mit dem Gesetz in Konflikt gekommen. Der positronische Abgleich mit den SolAb-Dateien war zu achtundneunzig Prozent zuverlässig.

»Ich bin einer Sache auf die Spur gekommen, Solarmarschall Bull.« Sein Tonfall hatte plötzlich etwas Verschwörerisches. »Ich weiß nur noch nicht, ob Sabotage im Spiel ist oder lediglich Schlamperei.«

Ich dirigierte ihn in mein Büro und überzeugte mich davon, daß der Abhörschutz aktiviert war.

»Also, ich bin ganz Ohr. Was immer Sie zu sagen haben, Mr. Myers, es bleibt zwischen uns beiden. Sie kommen von den Mondwerften ...«

»Ich bin Leitender Techniker im Explorer-Zusatzprogramm, Sir. Eigentlich war es nur ein Zufall, aber gestern habe ich entdeckt, daß verschiedene Bauteile Fehler aufweisen. Im positronischen Bereich, Sir, quasi Sollbruchstellen. Sie verstehen?«

Ich schüttelte den Kopf. »Das hätten Sie auch über Hyperkom ...«

»Auf dem Mond haben die Wände Ohren«, platzte er heraus. Seine Gesichtsfarbe hatte sich weitgehend normalisiert, trotzdem war er anhaltend nervös. Unaufhörlich knetete er seine Finger. »Die Bauteile, Sir, wurden falsch programmiert. Es fällt nicht auf. Und wenn ich vorhin sagte *Sollbruchstelle,* dann meine ich das genau so. Monatelang funktioniert alles perfekt, doch bei extremer Belastungssituation geht jäh die Kontrolle über die Konverter verloren. Ich vermute, der jeweiligen Mannschaft bleibt danach nicht einmal mehr Zeit, die Beiboote zu erreichen.«

Ich lehnte mich zurück, verschränkte die Hände vor dem Bauch und musterte meinen Besucher eindringlich. »Das sind schwere Anschuldigungen, die Sie vorbringen«, sagte ich, »Sabotage, selbst Schlamperei. Wer ist die Herstellerfirma?«

»Ferguson & Ferguson, Sir. Mir ist bewußt, daß es sich um den angesehensten Lieferanten positronischer Bauteile auf der Erde handelt.«

Dazu konnte ich nur nicken. Ich entsann mich noch gut meines ersten

Kontakts mit dem Seniorchef Anno 2114, zum fünfzigjährigen Firmenbestehen. Die kleine Firma war im Besitz des Patents für U-L-Kondensatoren gewesen, jene für die Antiflex-Brillen wichtigen Bauteile. Wir hatten sie in Millionenstückzahl gebraucht, um der Laurin-Gefahr begegnen zu können.

»Sie haben Beweise?«

Myers zog einen flachen Schaltblock aus einer Tasche seines Overalls hervor und reichte ihn mir. Das war ein Bauteil, wie sie sich zu Hunderten in modernen Raumschiffen fanden, hauptsächlich in der Steuerung der Impulstriebwerke oder für die Beschickung der Speicherbänke. Anzusehen war dem Ding herzlich wenig.

Abschätzend wog ich den Block in der Hand. »Seit wann werden die Fehlschaltungen eingebaut?«

»Es handelt sich um eine völlig neue Lieferung, Sir. Bisher sind drei Einheiten davon betroffen, zwei Flottenneubauten und ein Explorer.«

»Gut.« Ich nickte knapp. »Vielmehr ... Aber den Ausdruck erspare ich uns. Sie werden mit der Solaren Abwehr zusammenarbeiten, Myers. Kein Wort zu irgendwem; ich nehme an, das muß ich nicht erst betonen. – Auf jeden Fall danke ich Ihnen für Ihre Feststellung. Wir werden herausfinden, was dahintersteckt. Und ich kann Ihnen versichern, daß die Administration sich dankbar erweisen wird. Wann werden Sie wieder in der Werft erwartet?«

Mein Vorzimmerengel streckte den Kopf zur Tür herein. Erst sah ich nur das graue, zu einem Nest aufgesteckte Haar, dann Miriam Wastelands Unschuldsmiene. »Verzeihung, ich dachte nur, der Besucher ...«

»Wir haben uns schon bekannt gemacht«, sagte ich und fügte rasch hinzu, ehe sie sich dezent zurückziehen konnte: »Miß Wasteland, beordern Sie einen Teleporter zu mir und schalten eine Visiphonverbindung zu Mercant.«

Nach nicht einmal einer halben Minute hatte ich Allan D. Mercant in der Leitung. Er hörte wortlos zu und nickte knapp. »Ich setze meine besten Agenten darauf an. Sie schicken mir den Mann rüber?«

»Sobald ein Teleporter da ist.«

Sam Myers gab sich merklich Mühe, das Gespräch zu überhören. Mir war es vor meinem ersten Teleportersprung ähnlich ergangen. Intensiv widmete er sich den Kakteen.

Er schaute erst auf, als ich das Gespräch mit Mercant beendet hatte. »Der Säulenkaktus, Sir, wird bald üppig blühen. In meiner Unterkunft auf der Mondbasis pflege ich einige kleinere Exemplare, sie sind genügsam, aber längst nicht so saftig grün. Gibt es einen speziellen Dünger?«

»Nichts Besonderes«, antwortete ich. »Nur jeden Morgen eine Tasse heißen Abspülkaffee.«

»Den Kaffee kriegen die, die sich nicht wehren können, den Schnaps trinkt er selbst«, erklang hinter mir eine piepsige, respektlose Stimme. »Wissen Sie, Sam – Sie haben doch nichts dagegen, wenn ich Sie Sam nenne, nicht wahr? Schließlich hüpfen wir beide gleich ein wenig durch die Gegend – wissen Sie, eigentlich ist Reginald Bull ganz umgänglich. Er will Sie bestimmt nicht erschrecken.«

»Gucky!« platzte ich heraus. »Ich habe dich nicht rufen lassen, damit du Konversation machst.«

Er teleportierte und trat Myers fast auf die Füße. Der Techniker stieß ein erschrecktes Gurgeln aus und taumelte rückwärts. Nur Guckys telekinetischer Zugriff verhinderte noch, daß er ziemlich unsanft mit dem bewunderten Kaktus Bekanntschaft schloß.

»Hopsa«, grinste der Mausbiber und griff mit seiner Rechten nach Myers' Hand.

Der Mann fiel ins andere Extrem. Sein Gesicht war plötzlich kreidebleich. »Sir, Mr. Bull, vielleicht sollte ich lieber einen Transmitter ...«

»Das ist doch Quatsch!« stieß Gucky schrill hervor. »Jeder teleportiert irgendwann zum erstenmal.« Er reckte mir seinen Nagezahn entgegen. »Mercant, stimmt's? Sind schon unterwegs.«

Natürlich hatte er die Gedanken des Technikers gelesen. Mit einem dumpfen Geräusch stürzte die Luft in das entstandene Vakuum, das die beiden in Sekundenbruchteilen verschwundenen Körper hinterlassen hatten.

Ich preßte die Lippen aufeinander, vergrub mein Gesicht in den Händen und fuhr mir dann mit den Fingern durchs Haar. Myers hatte recht, der Säulenkaktus war wirklich eine Pracht. Eine Carnegiea gigantea mit mehreren seitlichen Austrieben, die mich seit Jahrzehnten in den wechselnden Büros begleitete. In meiner Zeit als Vizeadministrator auf Arkon und Oberbefehlshaber der ehemals arkonidischen Schlachtflotte war das Prachtstück wie ein Stück Heimat gewesen. Seither gediehen auf Arkon I, der Kristallwelt mit ihren prächtigen Parklandschaften und dem Regierungszentrum, viele dornige Botschafter Terras.

Als ich von Arkon weggegangen war, um mich allen anderen Aufgaben zum Trotz meinem Lieblingskind, dem konstanten Aufbau der Solaren Explorerflotte, zu widmen, war eine weiträumige gläserne Kuppel im Entstehen begriffen gewesen, in der inzwischen einige zehntausend Kakteen eine neue Biosphäre gefunden hatten. *Amalie* war das Areal getauft worden. In memoriam Tante Amalie und ihre einzigartige Kakteenzucht. Wenn sie das noch hätte erleben dürfen, ich glaube, in ihrer überschwenglichen Freude hätte sie mich mit ihrer Leibesfülle halb erdrückt. Vielleicht war ich sogar erblich belastet. Auf jeden Fall erinnerte ich mich noch immer gerne an die Besuche bei ihr zurück, obwohl in ihrer kleinen Wohnung eine gewisse Vorsicht stets angebracht gewesen war.

Mein Bedarf an Überraschungen war für diesen Tag bereits gedeckt. Doch als der Summer des Visiphons erklang, ahnte ich, daß es noch schlimmer kommen würde. Perry Rhodan war der Anrufer. Ich brauchte ihn nur anzusehen, um zu wissen, daß er eine Hiobsbotschaft überbrachte.

»Vor fünf Minuten kam ein verstümmelter Hyperfunkspruch herein«, sagte er. »Ein Notruf. Über mehrere Relaisstationen und ziemlich schwach. Wir müssen davon ausgehen, daß die EX-411 in einer Sonne verglüht ist.«

»Verdammt!«

Ich stand da und schnappte nach Luft und drosch mit der zur Faust geballten Rechten in die linke Handfläche. Für einen Moment wünschte ich mir den alten mit Sand und Splitt gefüllten Kartoffelsack zurück, um mich daran abzureagieren.

Die EX-411. Nach der aktuell gültigen Bezeichnung stand die 4 für die Serie, ein 500-Meter-Raumer, und die 11 war schlichtweg die fortlaufende Numerierung, also das elfte in Dienst gestellte Schiff.

Ihr Ziel hatte in der galaktischen Zentrumsregion mit ihrer überaus dichten Population gelegen. Vor Jahren war die STARLIGHT, das erste Passagierschiff mit dem neuen Linearantrieb, im Sternendschungel verschollen. Nur wenige Überlebende, unter ihnen der Chef der Solaren Abwehr Allan D. Mercant, waren zur Erde zurückgekehrt. Mercant hatte von einer eigenwilligen Sternenkonstellation aus sechs blauen Riesensonnen gesprochen, die zusammen die Eckpunkte eines geometrisch exakten Sechsecks bildeten. Ein monströser Transmitter, der Raumschiffe bis in die Nachbargalaxis Andromeda versetzen konnte – das hatte zumindest ein Galaktischer Mediziner behauptet.

Egal ob es sich um eine Legende, um Hirngespinste oder sonstwas handelte, mehrere Explorer hatten den Auftrag, die Wahrheit herauszufinden. Besonders intensiv wurde die Suche jedoch nicht betrieben. Zum einen waren die Koordinaten verlorengegangen, zum anderen gab es Wichtigeres, als Gerüchten nachzujagen.

Der Weg nach Andromeda – das klang verlockend, aber auch allzu phantastisch. Ich hoffte auf einen Zufallstreffer. Um das galaktische Zentrumsgebiet zu kartographieren, hätte die gesamte Explorerflotte Jahrhunderte benötigt. Solch ein Gewaltakt war in keiner Weise vertretbar. Bevor wir von Andromeda träumen durften, mußten wir die Milchstraße besser kennenlernen. Terranische Schiffe hatten erst einen verschwindend kleinen Bruchteil des endlosen Sternenmeeres erkundet, und selbst die auf jahrtausendelanger Erfahrung basierenden arkonidischen

Sternenkataloge bestanden genaugenommen aus einem Labyrinth weißer Flecke.

Mir ging jede Verlustmeldung eines Schiffes an die Nieren, und das würde sich nie ändern. Hinter jedem Raumschiffsnamen standen menschliche Schicksale, Hunderte Familien waren jedesmal betroffen. Wie konnte man das in nüchternen und, in meinen Augen, kalten Statistiken ausdrücken? *Vernichtet im Kampf, keine Überlebenden*, lasen sich die Anmerkungen. Oder: *Verschollen. Offizielle Todeserklärung der Besatzung nach dreißig Jahren. Darunter jeweils die Namen in alphabetischer Reihenfolge.*

Achthundert Männer und Frauen hatten an Bord der EX-411 Dienst getan, und jeder einzelne hatte die Risiken gekannt. Niemand wurde gegen seinen Willen oder seine Überzeugung zur Explorerflotte versetzt. Aber der Reiz des Neuen und Unbekannten war stärker als alle Warnungen.

Ich holte mir das Flottenarchiv auf den Monitor.

Vor fünfeinhalb Monaten hatte die EX-411 das Sonnensystem verlassen. Sie gehörte zu einer neuen Baureihe mit modifizierten Linearkonvertern. Zudem hatte das Schiff eine überwiegend astronomische und astrophysikalische Ausrüstung mitgeführt. Die Mannschaftsliste las sich schon bei flüchtigem Überfliegen wie ein »Who is who« wissenschaftlicher Kapazitäten. Knapp ein Viertel der Besatzung besaß mindestens den Doktortitel. Astrophysiker, Hyperphysiker, Chemiker, Astronomen ... Ein Name stach mir in die Augen. Ich hätte ihn beinahe überlesen, aber dann sprang mein Blick noch einmal zurück.

Bull, stand da.

Michael Slovan Bull.

Ich las erneut und hoffte, die Buchstaben würden eine andere Kombination eingehen, irgendeine, die unverfänglich war, die mich zwar ebenfalls schmerzte, aber nicht so sehr wie der Verlust eines Verwandten. Ich kannte Michael nicht persönlich, er war eine Art Groß-Großneffe väterlicherseits. In meinem umfangreichen Privatarchiv war seine Geburtsanzeige gespeichert, ebenso einige Fotos, davon eines, das ihn im zarten Alter von vier oder fünf zeigte, und ein anderes, an das ich mich noch besser erinnerte. Immerhin stand darauf ein schlanker, hochgewachsener, beinahe schlaksiger junger Mann in der Kadettenuniform der Solaren Flotte vor den Landestützen einer Gazelle. Das Bild mußte auf einer Siedlungswelt aufgenommen worden sein.

Auf der Rückseite hatte Michael mir handschriftliche Grüße geschickt: *Meinem berühmten Großonkel Reginald. Vor vier Wochen ging endlich mein Traum in Erfüllung, ich bin Kadett. Vielleicht lernen wir uns eines Tages persönlich kennen. Ich würde mich freuen. Weißt Du, Großonkel, wie oft ich in den laminierten alten Zeitungsartikeln von der Mondlandung der STARDUST und über die Dritte Macht lese? Meinen Kameraden erscheint das wie eine lange zurückliegende Welt, aber ich habe einen Bezugspunkt. Die Sterne gehören uns. Dein Michael Slovan Bull.*

Schon zu meiner Zeit hatten die Kinder ihre Eltern überragt. Ich war vermutlich die rühmliche Ausnahme. Wenngleich ich an meinen Vater nicht mehr als eine verwaschene Erinnerung hatte, die nur von den Fotos im Familienalbum herrührte. Sein Grab lag in der Normandie. Gefallen im Kampf gegen die Nazis.

Kurzum, Michael Slovan sah mir nicht gerade ähnlich. Einzig und allein sein roter Stoppelhaarschnitt zeigte die Verwandtschaft.

... hatte sie gezeigt. Der Junge – seine Kadettenzeit lag mindestens sieben Jahre zurück – lebte vielleicht nicht mehr.

Ich schaltete den Monitor ab und ließ Miß Wasteland wissen, daß ich mindestens dreißig Minuten lang nicht gestört werden wollte. Dann ließ ich mich in den nächsten Sessel fallen und starrte den Kaktus an.

Warum hatte ich nie versucht, von mir aus Kontakt aufzunehmen? Weil ich zu beschäftigt gewesen war? Eine faule Ausrede. Alle Menschen haben gleich viel Zeit, jeder vierundzwanzig Stunden am Tag. Es kommt nur darauf an, wie man sie einteilt. Daran änderte auch die Zelldusche, die ich mittlerweile zum drittenmal erhalten hatte, herzlich wenig.

Vieles schoß mir durch den Sinn. Ich stützte die Ellbogen auf die Sessellehnen und vergrub das Gesicht in den Handflächen. Eine ganze Weile saß ich nach vorne gekauert da und ließ meine Gedanken treiben. Eigentlich hatte ich das Gefühl, gar nichts zu denken und nur einer eigentümlichen Leere in mir zu lauschen, doch zum erstenmal wurde mir wirklich bewußt, wie sich die Väter und Mütter, Geschwister und Lebensgefährten all jener fühlen mußten, die nie von den Sternen zurückgekehrt waren. Oft genug waren es die Besten, die draußen blieben, deren Schicksal nie geklärt wurde. Ein klein wenig Hoffnung blieb zwar meist, doch sie schwand mit den Monaten und Jahren, die in öder Routine verstrichen. Es heißt auch heute noch, daß die Zeit Wunden heilt, doch ich glaube, das tut sie nicht, sie schüttet sie nur zu.

Meinem berühmten Großonkel Reginald ... Über meinen ungezählten Verpflichtungen vergaß ich meine privaten Interessen. Vielleicht war gerade jetzt der Zeitpunkt gekommen, das zu ändern – ein Wink des Schicksals, mich zu besinnen, ehe wir alle uns auseinandergelebt hatten.

Das neueste Schwesterschiff der EX-411, das die Bezeichnung EX-414 tragen würde, stand in den lunaren Werften vor der Vollendung. Die Indienststellung mit der offiziellen Schiffstaufe war für den 15. Februar angesetzt.

In dem Moment wußte ich, was ich seit Jahren vermißte. Mir fehlte ein eigenes Kommando. Wie gerne hätte ich den Schreibtisch mit einem Kontursessel in der Hauptzentrale eines Raumschiffs vertauscht.

Die täglichen administrativen Geschäfte konnte ich meinen Stellvertretern überlassen. Wichtige Entscheidungen standen nicht an, und unentbehrlich war ich schon gar nicht. Darauf hatte ich stets geachtet. Es entsprach nicht meinem Naturell, mich so in die Tretmühle einzubinden, daß ich zu meinem eigenen Gefangenen wurde.

Allen Hiobsbotschaften dieses Tages zum Trotz wich das bedrückende Gefühl, mit dem ich aufgestanden war, endlich einer verhaltenen Zuversicht. Grimmig grinste ich in mich hinein. Es wurde Zeit, mir wieder den Wind um die Nase wehen zu lassen. Ein Reginald Bull ist kein Bürohengst. Er war nie einer und wird wohl auch nie einer sein.

Miß Wasteland blickte überrascht auf, als ich das Vorzimmer stürmte. »Die halbe Stunde ist noch nicht um, Sir.«

»Ich weiß. Nicht einmal zehn Minuten.«

Sie schaute mich aus großen Augen an. »Die Liste der Erzkontrakte, Sir. Bis auf einige kleine Firmen außerhalb der arkonidischen Einflußsphäre habe ich alle beisammen. Soll ich sie auf Ihre Positronik überspielen?«

»Geben Sie mir einen Speicherchip«, bat ich. »Ach ja, noch etwas: Für heute keine Termine.«

Sie schaute mich fragend an. »Wo kann ich Sie erreichen, Sir?«

»Gar nicht.« Ich schüttelte den Kopf. »Nur im äußersten Notfall, sollte die Erde in die Sonne stürzen oder sonstwas in der Größenordnung.«

»Aber ...« Sie erschrak sichtlich. »Ihr Armbandkom, Sir?«

»... ist gut aufgehoben.« Ich hatte das Multifunktionsarmband abgenommen, weil ich ungestört, einfach nur für einige Stunden ich selbst sein und in meine Vergangenheit eintauchen wollte. Das Gerät hing an den Kaktusdornen.

»Wie gesagt, Miß Wasteland ...« Ich nahm den Chip an mich, den sie mir entgegenhielt. »Wimmeln Sie alle Vertreter ab, die uns ihren Kram verkaufen wollen. Und falls die Erde untergeht, finden Sie mich auf dem Mond.«

»Sir«, sie schluckte schwer, »mit Verlaub gesagt: Damit sollten nicht einmal Sie Scherze machen.«

Sie hatte recht. Im Gehen wandte ich mich noch einmal um. »Wissen Sie, wie oft in meiner Jugend von obskuren Sekten das Ende der Welt prophezeit wurde? Schon eine partielle Sonnenfinsternis veranlaßte Spinner, den Untergang unserer Zivilisation zu predigen. Zum Glück sind die Menschen heute aufgeklärter.«

Warum entsann ich mich gerade jetzt dieser Dinge? Tief in meinen Gedanken glaubte ich ein amüsiertes Lachen wahrzunehmen.

ES?

Aber da war nichts mehr. Nur Miß Wastelands forschender Blick.

»Sir, wie war das damals, ich meine, in Ihrer Jugend?« Sie betonte das Wort so eigenartig, als sei ich plötzlich ein Methusalem. »In Geschichte und Soziologie war von Kriegen die Rede, die Menschen sollen sich gegenseitig allein ihrer Hautfarbe wegen ermordet haben. Das muß eine verrückte Zeit gewesen …«

»Zumindest eine Epoche des Lernens«, bestätigte ich. »Und sie liegt noch gar nicht so lange zurück. Es sei denn, Sie halten mich bereits für ein Fossil.«

»Nein, nein, um Himmels willen, das habe ich nicht behauptet.« Miß Wasteland schüttelte so heftig den Kopf, daß sich ihr Haarknoten löste. Vergeblich versuchte sie, die üppige Fülle zu bändigen.

»Ehrlich gesagt, wenn Sie das Haar offen über die Schulter tragen, gefallen Sie mir noch besser. – Für wie alt halten Sie mich eigentlich?« Damit brachte ich sie endgültig aus dem Konzept. Sie wollte spontan antworten, biß sich aber auf die Zunge. Ich konnte sehen, daß sie zu rechnen begann, gleich darauf nahm sie die Finger zu Hilfe.

»Zweihundertvierzehn«, half ich ihr. »Glauben Sie nun, daß ich ein alter Mann bin? Von mir haben Sie nichts zu befürchten – also tragen Sie Ihr Haar künftig ruhig offen. So steht es Ihnen bedeutend besser.«

Mit offenem Mund starrte sie mir hinterher, bis ich das Vorzimmer auf den Ringkorridor hinaus verließ, an den der Kurzstreckentransmitter angrenzte.

Ein kurzes, kaum wahrnehmbares Ziehen begleitete meinen Transmittersprung. Nur das Flackern des in sich zusammenfallenden Materialisationsfeldes und eine trübrötliche Notbeleuchtung empfingen mich.

Die Luft hatte ein beißendes Aroma von Chemikalien und Desinfektionsmitteln. Zudem waren dumpfe Vibrationen wahrzunehmen, die sich innerhalb weniger Sekunden noch steigerten.

Testlauf der Impulstriebwerke, resümierte ich. Und der eigenartige Beigeschmack der Atmosphäre stammte von der Reinigung aller Sauerstofftanks, der Schächte und Rohrleitungen der Luftumwälzung, die sich wie ein verzweigtes Aderwerk durch Zwischendecks und Schachtwandungen zogen.

Fünfhundert Meter durchmaß das Schiff und war damit so groß wie der arkonidische Forschungskreuzer, den wir damals auf dem Mond entdeckt hatten. Dreiunddreißig Hauptdecks gab es, viele in kleinere Zwischendecks aufgeteilt. Rings um den Schiffsäquator lag der mit siebzig Metern Tiefe mächtige Ringwulst mit den Impulstriebwerken und insgesamt achtzehn Abschnitten, in denen die Öffnungen der Projektionsfelddüsen das Bild beherrschten.

Die Hauptzentrale mit den Kontroll- und Steueranlagen lag auf Deck 15 auf der oberen Ringwulstebene, im Zentrum des Schiffes. Unmittelbar darüber befanden sich die Funk- und die Ortungszentrale. Die tiefer liegenden Etagen waren vollgestopft mit Maschinenräumen, mit Speicherbänken und Konvertern und nicht zuletzt den Reaktorkraftwerken, die das Schiff zumindest kurzfristig mit Energiemengen versorgen konnten, die Großstädte wie New York oder Tokio wochenlang am Leben erhalten hätten.

Der Transmitter, durch den ich das Schiff betreten hatte, stand unterhalb der Hauptzentrale. Erst wenige Explorer waren mit den Gitterkäfigen ausgerüstet worden, die einen zeitlosen Transport von Mensch und, in beschränktem Umfang, Material ermöglichten. Irgendwann in der Zukunft würden verbesserte Geräte an Bord unserer Raumschiffe nicht mehr wegzudenken sein und die blitzschnelle Verbindung zwischen neuralgischen Punkten sicherstellen. Transmitter waren den schnellsten Laufbändern überlegen. Ebenso den Antigravschächten, insgesamt fünfundzwanzig, die jedes Schiff von Nord nach Süd durchzogen. Die wichtigste Verbindung war gewissermaßen der zentrale Antigrav, der im kleinen Laderaum mit der Bodenschleuse begann, die Hauptzentrale durchstieß und in der oberen Beobachtungskuppel endete. Während die Flottenneubauten am Nordpol mit weitreichenden Geschützsystemen bestückt waren, hatte ich die meisten Explorer mit zusätzlichen astronomischen Instrumentarien ausrüsten lassen. Derartige Unterscheidungsmerkmale drückten sich derzeit in vierstelligen Schiffsnummern aus.

Neuland betrat ich mit dem Einbau von Transmittersystemen nicht. Aus uralten Archiven auf Arkon hatte ich in Erfahrung gebracht, daß die Flotten des frühen arkonidischen Imperiums ebenfalls mit Bordtransmittern ausgerüstet gewesen waren. Jedoch war die Transmittertechnik im Tai Ark'Tussan seit langer Zeit nicht mehr eingesetzt worden. Der Verbannung der Geräte aus dem arkonidischen Alltag lag die Erkrankung eines längst verstorbenen Imperators zugrunde, eine heimtückische Allergie gegen Transitionen oder mit diesen vergleichbare Transmitterdurchgänge. Jener Imperator, später vom Großen Rat wegen Unfähigkeit abgesetzt, hatte die Herstellung und Verwendung von Transmittern bei Todesstrafe verboten – ein imperialer Erlaß, der nie aufgehoben worden war.

Das Dröhnen der im Leerlauf arbeitenden Triebwerke wurde ohrenbetäubend. Fast eine Minute lang durchschlug der infernalische Lärm alle Schallisolierungen. Als danach abrupt Ruhe eintrat, fühlte ich mich wie taub.

Bis zu fünfzehn Meter hoch ragten massige Maschinenblöcke vor mir auf. Die Luft roch nach Graphit und anderen Schmierstoffen, eine elektrostatische Aufladung war deutlich wahrnehmbar. Ich spürte es, als ich mir unbewußt mit der Hand übers Haar fuhr.

Nicht immer war es in den rechtwinklig angelegten Wartungsgängen so ungefährlich wie im Augenblick. Während des normalen Betriebs trugen die Techniker Schutzanzüge, die sie vor den Aufladungen, vor allem aber vor beschleunigten Partikeln schützten, die wie kleine Geschosse wirkten. In der Folge eines Hypersturms hatte ich erlebt, daß sich hochenergetische Entladungen als geisterhaft fahle Erscheinungen zwischen den Aggregaten zusammenballten, fünfdimensionale Überschlagsenergien, die sich in Wechselwirkung mit den Speicherbänken zwar nur für Sekundenbruchteile manifestierten, die aber von einem Menschen, der mit ihnen in Berührung geriet, nicht einmal ein Häufchen Asche zurückließen.

Seit den ersten Zwischenfällen umgaben Gitternetze gefährdete Aggregate. Sie waren mit einem konzentrischen Antennensystem gekoppelt, das die hyperstatische Aufladung weitgehend verhinderte.

Die Wartungseinstiege waren bereits versiegelt. Großflächige Kontrolldisplays zeigten den Ladezustand der Speicherbänke, ließen Zu- und Abfluß und Komprimierungseinheiten erkennen. Mit arkonidischen Maßeinheiten hatte kein Besatzungsmitglied Schwierigkeiten. Ohnehin handelte es sich um Werte, für die keine irdische Sprache Entsprechungen kannte.

In der Betriebsphase arbeiteten jeweils mindestens zehn Techniker in Sechsstundenschicht in den Maschinenräumen. Momentan lag alles verlassen vor mir. Keine Schritte polterten die schmalen Stahlleitern hinauf, niemand hastete die Gitterbrücken entlang oder setzte einen der antigravgesteuerten Reparaturkäfige in Bewegung.

Ich folgte dem fünfzig Meter von der doppelwandigen Außenhülle entfernt verlaufenden Ringkorridor. Nach wie vor blieb ich allein, von den beiden schwebenden Reinigungsrobotern abgesehen, die mich nicht beachteten.

Mein Zorn auf diesen Tag begann langsam zu verblassen. Hier fühlte ich mich wohl, in unmittelbarer Nähe der geballten Kraft, die unsere Schiffe zu den Sternen trug. Die Luft an Bord wurde ebenso gefiltert und mit Aromastoffen versetzt wie in meinem Büro, doch in den Maschinenräumen des Kugelraumers war davon wenig zu bemerken. Ich glaubte, den Stahl auf den Lippen zu schmecken, roch Ozon und Legierungen und

Chemie – weit intensiver als an Bord der STARDUST, deren Atmosphäre mir im Gegensatz zu diesen Weltraumschiffen im nachhinein geradezu steril erschien. Trotzdem brachte ich die Männer und Frauen der EX-411 nicht mehr aus dem Kopf.

Ich erreichte die Kalupschen Kompensationskonverter, das Hauptaggregat unseres neuen Überlichtantriebs, der die zeitweise recht unangenehmen Nebenerscheinungen der Transitionstriebwerke vergessen ließ. Wichtigster Aspekt dieser Neuentwicklung war die Tatsache, daß eine völlige Ent- und Wiederverstofflichung sowie die Nutzung des fünfdimensionalen Hyperraums als Transportmedium unterblieben. Vielmehr bedeutete der Linearflug die geradlinige Fortbewegung eines Raumschiffs in einem dem Einstein-Raum dimensional übergeordneten Kontinuum mit hoher, praktisch nur durch technische Vorgaben beschränkter Überlichtgeschwindigkeit. Die energetische Dimension des als Zwischen- oder Linearraum bezeichneten Kontinuums lag über dem Einstein-Raum, jedoch unterhalb des Hyperraums.

Professor Arno Kalup war unser größter Wissenschaftler und Hyperphysiker – und das sowohl von seiner fachlichen Qualifikation als auch wegen seiner 1,90 Meter Körpergröße. Er hatte das bereits im Jahr 2044 von den Druuf erbeutete Triebwerk entscheidend verbessert. Die Druuf waren ein Volk von Insektenabkömmlingen. Sie entstammten einem anderen Universum, in dem die Zeit um den Faktor 72.000 langsamer ablief als für uns. Ein Naturereignis hatte sie in die Lage versetzt, in unser Raum-Zeit-Kontinuum einzudringen. An den Überlappungszonen beider Zeitebenen waren ganze Planetensysteme entvölkert worden. Die Druuf hatten sich vom Überwechseln der betroffenen Intelligenzen in ihr Kontinuum eine allmähliche Zeitangleichung erhofft. Schon vor rund 10.000 Terra-Jahren hatte diese Gefahr existiert und unter anderem den Untergang des sagenumwobenen Kontinents Atlantis verschuldet.

Meine Gedanken schweiften weiter zu Atlan, dem potentiell unsterblichen Arkoniden, Träger eines eiförmigen Zellaktivators, der die permanente Funktion einer Zelldusche ausübte. Die Jahrtausende seit dem Untergang von Atlantis hatte er in einer Station auf dem Meeresgrund verbracht. Teils im Tiefschlaf. Doch hatte er auch oft lenkend in die Geschicke und die Entwicklung der Menschheit eingegriffen.

Zuletzt am 18. Februar 2040 war Atlan von seinem Roboter Rico aufgeweckt worden. Entgegen seinen Befürchtungen, die Erde könnte im Atomkrieg untergegangen sein, hatte er eine völlig veränderte Situation vorgefunden. Sein Versuch, mit einem terranischen Raumschiff endlich nach Arkon zurückzukehren, war verhindert worden.

Auf der Wüstenwelt Hellgate war es zwischen Atlan und Perry Rhodan zu einem entscheidenden Duell gekommen, aus dem Perry als Sieger hervorgegangen war. Seitdem hatte sich Atlan immer wieder als Freund der Menschen erwiesen. Ihm verdankten wir es auch, daß eine Großoffensive der Druuf von einer arkonidischen Raumflotte abgewehrt worden war.

Ich stand im Begriff, mich in bitteren Erinnerungen zu verlieren. Die turbulenten Jahre zwischen 2040 und 2045 hatten vor allem für Perry Rhodan tiefgreifende persönliche Katastrophen bereitgehalten. Aber daran wollte ich jetzt gar nicht denken, weder an den Tod seiner Frau noch an das Zerwürfnis mit seinem Sohn.

Tief in mir nagte die Gewißheit, daß nicht nur Perry in familiärer Hinsicht manches falsch gemacht hatte. Mir erging es offenbar keinen Deut anders. Alle Verwandten, die mir einmal nahegestanden hatten, lebten nicht mehr, der Kontakt zu ihren Kindern und Kindeskindern beschränkte sich auf gelegentliche Weihnachtsgrüße, die inzwischen spärlich gesät waren. Wann hatte ich das letzte Hypergramm erhalten? Wenn ich mich recht entsann, war das Foto von Michael Slovan in der Kadettenuniform das letzte Lebenszeichen eines entfernten Verwandten gewesen.

Es war aber nicht allein der Fluch der Unsterblichkeit, der Bindungen über kurz oder lang zerbrechen ließ. Auch meine Arbeit hatte schuld daran. Meine Tage waren ausgefüllt. Als Freunde konnte ich unsere Mitstreiter des Mutantenkorps bezeichnen, vielleicht sogar einige Raumschiffskommandanten, aber darüber hinaus ...?

Vergiß Michael, versuchte ich mir einzureden. *Du schaffst dir nur neue Probleme, wo vorher keine waren.* Aber selbst wenn ich die Augen schloß, sah ich sein Bild vor mir, dieses Lebensfreude versprühende Lachen, sein zentimeterkurzes rotes Haar.

Meine Gedanken schweiften weiter zurück, die einzige Möglichkeit, mich kurzfristig abzulenken.

Aus der bereits 1990 geeinten Menschheit war das Solare Imperium entstanden. Bis dahin hatten wir unseren Einflußbereich mit äußerster Vorsicht ausgedehnt, hatten verborgene Kolonien gegründet und für das Mutantenkorps weitere parapsychisch begabte Menschen angeworben.

Nicht zuletzt war dieses übervorsichtige Taktieren eine Folge unseres Vorstoßes nach Arkon gewesen. Perry Rhodan und ich hatten Crest und Thora in ihre Heimat zurückbringen wollen, doch es war bei dem Versuch geblieben. Niemand hatte ahnen können, daß sechs Jahre vorher der letzte regierende Imperator von einem gigantischen Robotgehirn abgelöst worden war. Zehntausend Quadratkilometer groß war das Positronengehirn, das als »Großer Koordinator« die Geschicke des Imperiums geleitet hatte. Vorausblickende Arkoniden hatten in ferner Vergangenheit eine

Schaltung installiert, die wirksam geworden war, als die Degeneration ein bedrohliches Ausmaß angenommen hatte. Das Adelsgeschlecht Zoltral, dem Crest und Thora angehörten, war entmachtet.

In der Maske arkonidischer Kolonisten waren wir auf Arkon gelandet. Ein Musterungs-Koordinator hatte das große Potential der Terraner erkannt und uns als Besatzung an Bord eines 1500 Meter durchmessenden Superschlachtschiffs der UNIVERSUM-Klasse gebracht.

Sooft ich daran zurückdachte, mußte ich lachen. So etwas hieß, den Bock zum Gärtner zu machen.

Natürlich hatten wir den Kugelraumer in unseren Besitz gebracht und auf den treffenden Namen TITAN getauft. In dem Sinne war unser Sündenregister ellenlang: Amtsanmaßung, Vorspiegelung falscher Tatsachen, Diebstahl, Betrug. Allerdings durften wir moralisch auf mildernde Umstände hoffen, und mittlerweile redete ohnehin niemand mehr davon. Wir hatten uns in der Situation eines David befunden, der irgendwie mit dem übermächtigen Goliath fertig werden mußte. Aus menschlicher Sicht hatten wir die Verpflichtung besessen, alles in unserer Kraft Stehende zu unternehmen, damit Terra keine bedeutungslose Kolonie, womöglich gar eine Sklavenwelt wurde.

Letzten Endes gab uns die Geschichte recht. Sollte ich jemals erneut vor der Wahl stehen, entweder die Vernichtung meines Heimatplaneten in Kauf zu nehmen oder moralisch einwandfrei zu handeln, ich würde nichts anders machen. Perry Rhodan ebenfalls nicht.

Mit der TITAN hatten wir sogar eine Zeitlang für den Robotregenten von Arkon gearbeitet und dafür die Zusicherung erhalten, daß er uns das Schiff überließ. Die Koordinaten der Erde hatte von uns niemand erfahren.

Wir waren mit verbrecherischen Experimenten der Aras konfrontiert worden, der Galaktischen Mediziner, die seit Jahrtausenden das Monopol für den Handel mit Medikamenten und Drogen besaßen. Und mit den ebenfalls menschenähnlichen Springern, deren mit allen Mitteln betriebenes Ziel gewesen war, die Erde in eine Kolonialwelt zu verwandeln.

Quasi in letzter Sekunde hatten es unsere Mutanten damals geschafft, die Daten der einzigen Schiffspositronik zu verändern, in der ein Springerpatriarch die Koordinaten des Solsystems gespeichert hatte. Von den angreifenden Raumflotten war daraufhin der dritte Planet der Sonne Beteigeuze, eine unbewohnte Dschungelwelt, im Atombrand einer Arkonbombe vernichtet worden.

Mit unserem letzten Bluff hatten wir auch die Vernichtung der TITAN während einer Transition vorgetäuscht. Ich hörte immer noch Perrys Notruf in mir nachklingen: »Hier Perry Rhodan, System Terra. Die Springer haben unsere Heimatwelt vernichtet. Ich versuche zu fliehen und transitiere nach ...«

Für mehr als ein halbes Jahrhundert war die Erde von der galaktischen Bühne verschwunden – Zeit genug für die Menschheit, sich für den Zeitpunkt ihrer »Wiederauferstehung« vorzubereiten.

Im Jahr 2040, als wir mehr oder weniger freiwillig auf die galaktische Bühne zurückgekehrt waren, hatte das Solare Imperium schon über den Nahbereich des Solsystems hinaus Fuß gefaßt. Längst flogen Siedlerschiffe teils weit entfernte Sonnen an, auf vielen Planeten waren menschliche Kolonien entstanden.

»Hilf mir, Onkel Reginald!«

Siedendheiß durchfuhr es mich, ich wirbelte auf dem Absatz herum. Aber da war niemand, ich stand immer noch allein zwischen den mächtigen Aggregatblöcken der Kompensationskonverter.

»Onkel Reginald ...! Bitte!«

Die Stimme klang qualvoll. Und so deutlich, als stünde Michael nur wenige Meter von mir entfernt. Ich ertappte mich dabei, daß ich suchend um mich schaute. Zugleich schimpfte ich mich einen senilen alten Narren. Mein Groß-Großneffe war tot, an Bord der EX-411 gestorben. Ich mußte mich damit abfinden. Daß ich mich zu Lebzeiten nicht um ihn gekümmert hatte, konnte ich nicht mehr nachholen. Wie so vieles im Leben, über das man sich erst Gedanken zu machen beginnt, wenn es längst nicht mehr zu ändern ist.

Die Stimme wisperte unter meiner Schädeldecke fort.

Du kannst dein Blut nicht verleugnen, Bully. Erinnere dich an mein Bild! Wer außer uns hat dieses rote Stoppelhaar? – Ich bin nicht tot, aber ich werde es bald sein, wenn du mir nicht hilfst. Du allein kannst mir beistehen ...

Die Kühle der Konverterverkleidung tat gut. Fest preßte ich meine Stirn dagegen, stützte mich mit den Händen ab und fragte mich, was mit mir geschah. Als zweiter Mann des Imperiums durfte ich mir psychische Schwachheiten nicht erlauben. Auf meinen Schultern lastete die Verantwortung für einige Milliarden Menschen, für ihre Zukunft und Sicherheit, und auch wenn ich diese Verantwortung mit Perry teilte, wurde sie dadurch nicht weniger bedeutend. Als ich zu diesen Pflichten ja sagte, hatte ich gewußt, daß ich meine persönlichen Bedürfnisse aufgab und mich in den Dienst der Menschheit stellte. Das war schon in dem Moment gewesen, als ich wie Perry Rhodan meine Achselstücke abgerissen hatte, damals, in der Wüste Gobi, als noch niemand geahnt hatte, daß es je einen Raumkadetten namens Michael Slovan Bull geben würde.

Ich stieß ein kurzes, heiseres Ächzen aus. Er hatte mich Onkel genannt. Aber das war ich nicht. Ich war nur ein paar Jährchen älter als er.

Es tut mir leid, Junge, schoß es mir durch den Sinn. *Vielleicht hätten wir Freunde werden können, doch das Schicksal meinte es eben anders. Wie so oft im Leben.*

Die Lippen fest aufeinandergepreßt, die Stirn immer noch am kühlen Stahl, versuchte ich krampfhaft, meine Gedanken in andere Bahnen zu lenken. Wenn mich jemand so gesehen hätte, ich war überzeugt, das Bild wäre durch alle Medien gegeistert. *Solarmarschall Bull im Zwiespalt. Zerrissen zwischen Pflicht und der Sorge um einen Verwandten.*

»Wirklich ein Scheißtag…« Ich stieß mich ab, machte ein paar Schritte, als versuche ich, vor mir selbst davonzulaufen, und blieb ebenso abrupt wieder stehen. Mein Gesicht brannte wie Feuer; ich verkrampfte die Finger auf der Stirn und ließ sie langsam massierend abwärts gleiten. Das Aroma von Schmierstoffen war plötzlich überaus intensiv.

Ich starrte die Handflächen an. Schwarz. Den Dreck hatte ich mir an der Aggregatverkleidung geholt. Sekundenlang war ich verblüfft, dann begann ich zu lachen. Stoßweise. Es war wie die Befreiung von einem Alpdruck. Zweifellos hatte ich mit allen zehn Fingern schwarze Streifen über mein Gesicht gezogen.

Das war wie früher, als ich noch eigenhändig an Triebwerksblöcken hantiert hatte. Jederzeit konnte ich hingehen und den Thermalkonverter oder den Stützmassen-Injektor eines Impulstriebwerks auseinandernehmen und anschließend ohne Plan auch wieder zusammenbauen. Was die arkonidischen Hypnoschulungen vermittelt hatten, ging nicht so schnell wieder verloren. Es fiel mir leicht, die Funktionsweise eines »nur« lichtschnellen Triebwerks im Detail darzustellen – so, daß eine Rekonstruktion mit den geeigneten Materialien möglich war.

Myonkatalysiertes Deuterium wurde als Kernbrennstoff zur kalten Fusionszündung in den Brenner eingespritzt. Über den Thermalumformer, der aus einer Hyperquarz-Legierung in Wabenbauweise bestand und durch den thermischen Einfluß zur Quintronen-Emission angeregt wurde, gelangte die Stützmasse zum Impulskonverter. Nach mehrstufiger Verdichtung, Gleichrichtung und Strukturumformung zum sogenannten Impulsstrahl trat die Korpuskelwelle aus. Beschleunigung, wie gesagt, bis annähernd einfach Licht, wobei dann schon deutliche Dilatationseffekte auftraten.

Das Erreichen von Überlichtgeschwindigkeit war ursprünglich nur mittels Transition möglich gewesen. Weit effektiver präsentierte sich das von den Druuf erbeutete Prinzip des Linearflugs. Eingehüllt in ein Feld aus sechsdimensional übergeordneten Feldlinien, die der Kalupsche Kompensationskonverter erzeugte, wurde ein Raumschiff von allen äußeren Einflüssen abgeschirmt. Es drang nicht in den Hyperraum ein, sondern nur in die untergeordnete Halbraumzone; die körperliche Belastung der Besatzung durch Ent- und Rematerialisierungsschock gehörte somit der Vergangenheit an.

Im März 2102 war das erste verbesserte terranische Lineartriebwerk im Langstreckenflug erprobt worden. Arno Kalup selbst hatte seine Konstruktion an Bord des Forschungskreuzers FANTASY getestet. Seither war der Siegeszug des belastungsfreien Überlichtflugs nicht aufzuhalten. Sehr viele Raumschiffe wurden zwar noch mit beiden Antriebssystemen ausgerüstet, vor allem die Schulschiffe konnten auf umfassende Ausbildungsmöglichkeiten nicht verzichten, aber ich stand bedingungslos hinter dem Linearantrieb.

Polternde Schritte hoch über mir schreckten mich aus meinen Überlegungen auf. Gleich darauf hörte ich Stimmen. Eine Gruppe von Offizieren und Technikern kam die Nottreppe zwischen den Gleichrichtern herab. Ich sah sie, ehe sie mich entdecken konnten. Zumindest einen von ihnen kannte ich: Oberst Mike Nisset, ein hochgewachsener, schlanker Mann, der sich jahrelang als Ausbilder in der Solaren Flotte einen Namen gemacht hatte, ehe er vor knapp zwei Jahren zur Explorerflotte gewechselt war. »Um mich auf meine alten Tage noch ins Abenteuer zu stürzen«, war sein ganzer Kommentar dazu gewesen. Das konnte jeder sehen, wie er wollte, schließlich hatte Oberst Nisset gerade erst seinen vierzigsten Geburtstag gefeiert.

Als er auf das letzte Treppenpodest einbog, bemerkte er mich. Seine Augen weiteten sich in ungläubigem Erstaunen.

»Mann«, stieß er hervor, »alle Sektionen werden bis zur Übergabe hermetisch abgeriegelt. Wie kommen Sie hier ...?« Er stockte, kniff die Brauen zusammen und blickte mich durchdringend an. Dann kam er auf mich zu. »Verzeihung, Solarmarschall, ich habe Sie nicht sofort erkannt – der Schmutz im Gesicht. Wenn Sie Ihren Besuch angemeldet hätten ...«

»Mir lag nicht daran, mit Brimborium empfangen zu werden«, wehrte ich ab. »Sie sehen ja, Oberst, mitunter mache ich gerne unbemerkt Stichproben.«

Er nickte verstehend und reichte mir ein Reinigungstuch, das er aus seiner Uniform zum Vorschein brachte. Das speziell präparierte pflanzliche Vlies absorbierte sogar gröbsten Schmutz – eine terranische Erfindung und von einer ursprünglich kleinen Firma produziert, die sich in den vergangenen Jahrzehnten zum Großkonzern gemausert hatte. Ihren Sitz hatte die *Stars Clean Company* längst auf die Venus verlegt, weil die dortigen Umweltbedingungen ein hervorragendes Pflanzenwachstum ermöglichten. Wöchentlich wurden mehrere Schiffsladungen exportiert. Wenn ich mich nicht irrte, hatte die SCC vor fünf Monaten ein Frachtabkommen mit einer Springersippe geschlossen. Der Börsenkurs war daraufhin eingebrochen, hatte sich aber wieder erholt. Überzeugt davon, daß das Kursfeuerwerk erst noch kommen würde, hatte ich mir zwei Wochen nach dem Tiefststand SCC-Werte ins Depot geholt.

Mittlerweile waren alle Mitglieder des Inspektionstrupps herabgestiegen. Zwei Leutnants nahmen Haltung an und salutierten militärisch exakt. Ich nickte ihnen zu und winkte gleichzeitig ab. Derart förmlich mußten wir im Maschinenraum nicht miteinander umgehen.

Fragend schaute ich den Oberst an, während ich mir den letzten Schmutz von den Händen wischte.

»Dies wird mein Schiff, Sir«, sagte er, zwar zurückhaltend leise, aber mit deutlichem Stolz in der Stimme. »Ich habe das Kommando seit kurzem in der Tasche.«

»Gratuliere, Oberst Nisset. So schnell erfüllen sich also Wünsche. Vielleicht beneide ich Sie sogar um dieses Kommando. Ein moderner 500-Meter-Kreuzer ist ein Prachtstück, passen Sie gut darauf auf. Und natürlich auf die Crew.«

»Das werde ich, danke, Sir. Der Start zum Jungfernflug ist für den 1. März vorgesehen. In dieser Woche wird die Mannschaftsliste komplettiert.«

»Sollten Sie noch einen hervorragenden Techniker brauchen ...«

»Leider nein, Sir, das hat die Verwaltung längst erledigt. Aber Sie werden keine Probleme haben, den Mann auf einem anderen Explorer zu verpflichten. Wer ist es?«

»Er steht vor Ihnen, Oberst.«

Das Wechselspiel seiner Miene war sehenswert. Erst wirkte er ungläubig, dann überrascht, gleich darauf begann er breit zu grinsen. »Ich verstehe, Sir.« Er holte tief Luft. »Mir erging es keinen Deut anders. Zehn Jahre Schreibtischarbeit waren für mich mehr als genug. Natürlich ist auf der Vier-Vierzehn immer ein Platz für den Solarmarschall frei.«

»Fürchten Sie nicht, ich könnte Ihr Angebot annehmen, Oberst Nisset?« fragte ich amüsiert.

»Doch«, sagte er spontan.

Ich mußte mir das Grinsen verbeißen. Weil ich ahnte, was gleich kommen würde. Der Kommandant konnte seine Antwort so nicht stehenlassen. Sie war schlichtweg mißverständlich.

»So habe ich es nicht gemeint«, fügte er hinzu. »Ich wollte sagen: Nein, natürlich nicht. Ich ...« Er schüttelte den Kopf. »Sie lassen Ihren Verhandlungspartnern keine Chance, Solarmarschall?«

»Nur wenn es unbedingt sein muß«, antwortete ich. »Trotzdem würde ich Sie gerne auf Ihrer Inspektion begleiten, Oberst.«

Schwarz wölbte sich der Himmel über mir, nur hie und da schimmerten durch Lichtbrechung an der Panzerplastkuppel erzeugte Reflexe. Selbst das Licht der Sterne dämpften sie.

Freitragend überspannte die Kuppel das Kraterrund mit einem Durchmesser von wenig mehr als einem Kilometer. Lediglich der Ringwall war naturbelassen, wenngleich in regelmäßigen Abständen die rot schimmernden Schirmfeld-Projektoren zu erkennen waren, die im Falle eines Falles zusätzlichen Schutz gewährleisten sollten. Die Gefahr, daß Kleinstmeteoriten das Panzerplast durchschlugen, war zwar gering, aber dennoch latent vorhanden.

Graubraun wie der Rest des Kraters erstreckte sich die Zentrumsebene vor mir. Verstreut liegende mannsgroße Felsbrocken warfen lange Schlagschatten. Von meinem Standort aus sah ich Sol als schmale Sichel über den Kraterrand lugen. Die Kuppelwandung dämpfte das Sonnenlicht auf ein erträgliches Maß.

Deutlich erkennbar waren die Nahtstellen der Kuppel. Das Öffnen und Schließen der »Käseglocke«, wie sie im Raumfahrer-Jargon genannt wurde, bewirkten schwere Hydrauliken.

11.35 Uhr Standardzeit.

An der entgegengesetzten Kraterseite zündeten Feuerwerksraketen. Der bunte Sternenregen schien für eine Weile unter der Kuppel festzukleben.

»Die Landeplattform wird geöffnet!« erklang eine Lautsprecherstimme. »Bitte verlassen Sie die Zentrumsebene! – Ich wiederhole: Die Landeplattform wird geöffnet ...«

Vibrationen durchliefen den Felsboden, ein helles Summen hing in der Luft. Im Zentrum des Kraters entstand eine dunkel gähnende, sich rasch ausweitende Öffnung. Wie die Lamellen eines altmodischen Fotoapparats glitten Stahlsegmente untereinander und verschoben sich zu den Seiten hin.

Die Öffnung durchmaß bereits mehrere hundert Meter, als ich in der Tiefe einen ersten rötlichen Schimmer erkannte: die obere Polrundung der EX-414.

Immer mehr Leute erschienen entlang dem Kraterwall. Die Werftarbeiter in neonfarbigen Overalls setzten wie üblich farbige Akzente. Weniger auffällig waren die künftigen Besatzungsmitglieder in ihrer Zivilkleidung. Ich schätzte, daß ungefähr fünfhundert Personen gekommen waren, um dem »Stapellauf« des Forschungskreuzers beizuwohnen.

11.44 Uhr. Eine flirrende Energiebarriere sicherte die Kraleröffnung ringsum ab. Gleichzeitig wurde der auf einer Antigravplattform verankerte 500-Meter-Kugelraumer angehoben. »Go! Go!«-Rufe brandeten auf.

Langsam stieg der stählerne Koloß in die Höhe.

Die polare Beobachtungskuppel war auf Transparentmodus geschaltet. Für wenige Augenblicke konnte ich Teile der umlaufenden positronischen Systeme erkennen, dann hob sich der Einschnitt bereits über mein Sichtfeld hinaus.

Die langgestreckten Hangars für atmosphäregebundene Fluggleiter, Gazellen und Shifts zogen vorbei. Zwei Decks tiefer lagen die ersten Geschützkuppeln. Von den flottenüblichen Thermo- und Impulsgeschützen war nur jedes zweite installiert. Entsprechendes galt für die knapp fünfzig Meter näher zum Äquator hin angeordneten Desintegratoren sowie die von irdischen Wissenschaftlern entwickelten Narkosestrahler, die zur serienmäßigen Ausstattung unserer Raumschiffe gehörten. Hochempfindliche Antennensysteme und Sensorphalangen nahmen den Platz der fehlenden Geschütze ein.

Immer näher kam die Rundung des Schiffskörpers. Noch schimmerte der Stahl gleichmäßig matt, aber schon in wenigen Monaten würden Mikrometeoriten ihre unvermeidlichen Spuren hinterlassen haben. Das war die »Patina«, die Raumschiffe früher oder später annahmen, vergleichbar den Seepocken und Jakobsmuscheln, die sich vor Jahrhunderten an den Rümpfen unserer Ozeanschiffe festgesetzt hatten.

Ich kannte Veteranen in der Solaren Flotte, die sich erst dann wirklich mit einem Raumer verbunden fühlten, wenn sie ihre Finger in die »Wunden« der Außenhülle legen konnten. Das waren Männer, die seit vierzig, fünfzig Jahren dem Ruf der Sterne folgten und nicht mehr in der Lage waren loszulassen, die sich unwohl fühlten, sobald sie länger als zwei oder drei Wochen auf einem Planeten leben mußten.

Der Ringwulst wurde sichtbar, dessen oberer Ansatz zugleich den Boden der großen Hangars markierte. Die sechzig Meter durchmessenden Kaulquappen standen hier – wie schon in der arkonidischen Flotte stellten die Kugelraumer vom Typ der GOOD HOPE auch bei uns das größte Beiboot dar.

Punkt zwölf Uhr Standardzeit saugten sich die Dichtungen der Lastenplattform am Rand des Kraterwalls fest und stellten eine hermetische Verbindung her.

Ein zweites Feuerwerk überschüttete die EX-414 mit irrlichterndem Farbenspiel. Der Brauch hatte sich frühzeitig eingebürgert, und heute wußte niemand mehr, wer damit begonnen hatte. Gehässige Zungen behaupteten, daß die Werftarbeiter böse Geister vertreiben wollten. Vielleicht steckte sogar ein Körnchen Wahrheit darin, hauptsächlich sollte das Feuerwerk jedoch die Freude über das fertiggestellte Schiff ausdrücken, wenn die Bauarbeiten ohne Unfall verlaufen waren. Die Anfänge unseres eigenen Schiffbaus waren von Unfällen mit Toten und Schwerverletzten überschattet gewesen. Inzwischen führten Roboter die meisten Fertigungsschritte aus, der Mensch war zum Kontrolleur geworden, der überwiegend aus sicherer Distanz seine Arbeit verrichtete.

Die Überführungscrew der Werft würde den Raumer nach Terrania fliegen, um Wasser, Lebensmittel und andere Vorräte zu bunkern. Der Kernbrennstoff Myon-Deuterium und Wismut als Stützmasse lagerten schon an Bord. Feldverstärkte Drucktanks ermöglichten eine Gesamttonnage, die bei normalem Betrieb für eineinhalb bis zwei Jahre ausreichte.

Von allen Seiten strömten die Wartenden dem Schiff entgegen. Mehrere Techniker schwebten bereits im Antigrav zur Bodenschleuse hinauf.

Auch die Taufe hatte ihren Ursprung in der christlichen Seefahrt. Jugendlichen im Alter zwischen zehn und sechzehn kam diese Aufgabe zu. Zusammen mit ihren Eltern und Geschwistern wurden sie auf Flottenkosten von Terrania aus zur Mondbasis geflogen. Die drei Tage Mondaufenthalt galten als Erlebnis, für das Jugendliche in aller Welt Schlange standen. Längst hatten wir Auswahlverfahren einführen müssen, bei denen es Wissensfragen aus den Bereichen Geschichte, Astronomie und galaktisches Zusammenleben zu beantworten galt.

Die heutige Preisträgerin und Taufpatin war ein vierzehnjähriges Mädchen aus dem nördlichen Europa: Margret Smörje, ein Blondschopf mit losem Mundwerk und dem Wunsch, nach einem Studium der Sozialwissenschaften in den konsularischen Dienst einzutreten. »Diplomaten werden immer gebraucht«, hatte sie mir frei von der Leber weg erzählt. »Niemand kann sie durch Roboter ersetzen.«

Zumindest in den Flottenarchiven würde die EX-414 den zusätzlichen Namen »Margret« erhalten. Aufmunternd nickte ich dem Mädchen zu, als es den venusischen Edelchampagner hob und noch einmal in die Runde schaute. Ihre Mutter stand zwei Schritt hinter ihr und schien das alles für unbegreiflich zu halten, ihr Vater diskutierte angeregt mit mehreren Werftarbeitern. Oberst Mike Nisset und seine Führungsoffiziere salutierten.

Im unpassendsten Moment summte mein Armbandkom. Ich versuchte das Gerät zu ignorieren, wenigstens die zwei Minuten, bis Margret den Taufspruch zu Ende gebracht hatte, aber das Summen blieb hartnäckig. Die Kennung der Administration blinkte auf dem winzigen Monitor.

Halb umgewandt und den Arm zum Mund emporgehoben, zischte ich: »Solarmarschall Bull.«

Perrys Konterfei schaute mich an. Sein Blick war ernst. Bedeutungsvoll. Was immer er von mir wollte, ich ahnte, daß es eine Überraschung werden würde.

»Dicker«, begann er, »auf einigen Umwegen traf eine Nachricht der TOC XVIII ein. Springer der Toccram-Sippe haben zwölftausend Lichtjahre vom Zentrumsgebiet entfernt die Überreste einer Kaulquappe aufgespürt.«

Eines normalen Beibootes wegen hätte er mich nicht angerufen. Ich spürte meine Knie weich werden. *Michael Slovan?* hämmerte es unter meiner Schädeldecke.

»Red schon!« herrschte ich Perry an. »Eine Spur der EX-411?«

»Die Kennung auf einem Wrackteil scheint eindeutig zu sein, Bully. Es kann sich wohl nur um ein Beiboot des Explorers gehandelt haben.«

»Überlebende? Ich muß das wissen, Perry, verstehst du?«

»Alles Material ist noch nicht ausgewertet, Dicker.«

»Ich komme«, platzte ich heraus. »Bin schon so gut wie auf der Erde.«

Wenn das wahr war – und welchen Grund hatte ich, daran zu zweifeln? –, hielt ich es nicht mehr im Solsystem aus, dann mußte ich mich an der Suche beteiligen. Das war ich mir selbst schuldig.

»Ich habe gewußt, daß du das sagen würdest«, vernahm ich Perrys Stimme wie aus weiter Ferne. »Gucky holt dich ab.«

Er war schon da. Der Mausbiber materialisierte keine fünf Meter entfernt. Margret Smörje riß Mund und Augen auf und starrte den Ilt an wie ein Weltwunder. Gucky winkte ihr zu.

»Deine Verehrerinnen fallen reihenweise um, sobald sie mich sehen«, quietschte er schrill. »Was sagst du dazu, Dicker?«

»Ich lasse dir den Mohrrübenbezug sperren.«

»Könnte es sein, daß ich dich während der Teleportation zufällig verliere?« drohte der Ilt. Ich wollte meine Hand zurückziehen, aber er hielt mich telekinetisch fest.

Die Umgebung wechselte. Zwischenstation an Bord eines Raumschiffs, irgendwo zwischen Erde und Mond. Dann eine der Erdorbit-Stationen und schließlich Perrys geräumiges Büro. Ich sah das eingefrorene Hyperkom-Hologramm eines rotbärtigen, verwitterten Springerpatriarchen und im Hintergrund das Modell unserer guten alten STARDUST.

»Willst du wissen, was Margret gedacht hat?« plapperte Gucky drauflos. »Sie hat gedacht, daß ich süß bin, ein Traum von einem Mausbiber. Von dir hat sie plötzlich nur noch den Bauch gesehen und sich gefragt, ob du den ganzen Tag am Futtern bist.«

Ich holte aus. Aber meine Hand zuckte ins Leere. Wo Gucky eben noch gestanden hatte, stürzte die Luft ins Vakuum.

Die Position 118 umfaßt mehrere Schaustücke, deren Zusammengehörigkeit im Ausstellungskatalog durch Unterteilung in die Buchstaben »a« bis »c« dokumentiert wird. Alle drei Objekte sind aufgrund ihrer handschriftlichen Beschaffenheit für das Psychogramm des Terraners Reginald Bull von großer Bedeutung. Graphologische Auswertungen zeigen bei jeder Position die tiefgehende Betroffenheit des damals amtierenden Solarmarschalls. Eine nachvollziehbare Zerrissenheit zwischen Pflichtgefühl und Privatsphäre ist unverkennbar.

Erläuternder Begleittext zur Person »Reginald Bull« anläßlich der geschichtlichen Wanderausstellung »Terra und das Solare Imperium im Wandel der Jahrhunderte«, die auf allen bedeutenden terranischen Siedlungsplaneten zu sehen war. Gestartet wurde die Ausstellung im Jahr 1 der Neuen Galaktischen Zeitrechnung (NGZ) auf der Handelswelt Olymp, das entsprach dem Jahr 3588 n. Chr.

Bei Position 118-a handelt es sich um eine der damals gebräuchlichen Hologrammkarten, die sowohl in materieller Form als auch via Hypergramm in makelloser Nachdruckqualität dem Empfänger übermittelt wurden. Die Vorderseite zeigt die Gesamtdarstellung der Milchstraße von einem fiktiven Standort aus gesehen, etwa mit vierhunderttausend Lichtjahren Distanz oberhalb der Ekliptik, bei einem Betrachtungswinkel von 35 Grad. Das Bild lebt von seinem bestechenden Detailreichtum der Spiralnebel und peripheren Kugelsternhaufen.

Durchdrungen wird die Abbildung von einem symbolisierten Kreuz christlicher Darstellung, einer leuchtenden Aura gleich, die ihre Position bei unterschiedlichem Blickwinkel unverrückbar behält. Stets sichtbar, und zwar gleichwohl in Interkosmo wie in altterranischem Englisch, sind die Worte: »Ich bin bei Euch, vom Anfang bis zum Ende – denn die Schöpfung ist mein. Aber sucht mich nicht in dieser Welt.«

Die Rückseite trägt Reginald Bulls handschriftliche Kondolenz:

»Lieber Ladislaus Beckett, es sind wohl immer die traurigen, zum Nachdenken und zur Besinnung Anlaß gebenden Ereignisse, die Menschen zusammenführen. Nur diese Momente zwingen zum Innehalten in der täglichen Pflicht, die doch nichts anderes ist als der Zwang, den wir selbst uns auferlegen. Das war im zwanzigsten Jahrhundert schon so und ist heute um keinen Deut anders. Vielleicht, wenn die Menschheit sich weiterentwickelt und die von ES gesetzte Zwanzigtausend-Jahre-Frist einen Höhepunkt unserer Evolution bringen wird – ich verliere mich schon wieder in Details, die keinen wirklich interessieren. Nur uns potentiell Unsterbliche, die wir uns die Aufgabe gesetzt haben, die Menschheit ans Ziel zu führen.

Ich weiß, daß Dir das kein Trost sein kann, Ladislaus Beckett. Du hast einen Sohn verloren, das älteste Deiner Kinder; er starb unter Umständen, die wir vielleicht nie in Erfahrung bringen werden. Trotzdem bin ich sicher, daß er nicht leiden mußte. Die Sterne waren Michael Slovans Traum, sie haben ihn zu sich geholt. Ich bin überzeugt davon, daß er dort, wo er jetzt ist, glücklich ist.

Noch etwas, Ladislaus Beckett: Kein Mensch ist wirklich tot, solange wir ihn in unserer Erinnerung immer bei uns tragen. Darum bittet Dich Dein alter Verwandter Reginald Bull.

Terrania, am 14. Februar 2153 A. D.«

Position 118-b. Eine Notizfolie mit dem eingeprägten Holo-Logo der Explorerflotte. Solarmarschall Bull hat in schwungvollen Kreisen einen grob skizzierten Stammbaum erstellt und um Bemerkungen ergänzt. Obwohl die Zeichnung zeitlich vor der Kondolenzkarte einzuordnen ist, wird sie erst an zweiter Stelle geführt.

Archibald Slovan Bull gehörte zu den ersten ins Prokyon-System ausgewanderten terranischen Siedlern, die den Planeten Ondhubar urbanisierten. In gerader Abstammungslinie war A. S., wie er von Freunden genannt wurde, der Urururenkel des Thomas W. Bull, eines Onkels väterlicherseits von Reginald Bull.

Gemeinsam mit seinen Söhnen gründete A. S. ein agrar-robotisches Unternehmen, das innerhalb weniger Jahrzehnte zu einem beachtenswerten Industriekonzern heranwuchs. Während des Posbikrieges wurde Ondhubar zerstört, von den Archibald-Slovan-Bull-Werken blieben nur Ruinen.

Ladislaus Beckett Bull, einziger Überlebender des Ondhubar-Familienzweigs, investierte alle Kraft in den Wiederaufbau des Planeten und der Firma. Mit irischer Verbissenheit und Sturheit, so wurde ihm nachgesagt, schaffte er das unmöglich Scheinende.

Was seine Familie anbelangte, war Ladislaus Beckett nicht mit so glückli-

cher Hand gesegnet: Die erste Frau verließ ihn in den Aufbaujahren nach dem Posbikrieg, sie hatten wohl zu jung geheiratet. Seine zweite Frau suchte nach fünfjähriger Ehe und zwei Söhnen die Trennung und verschwand mit fünfeinhalb Millionen Solar spurlos. Über ihren Verbleib konnten nicht einmal Mutmaßungen angestellt werden.

Notiz des Solarmarschalls, schwungvoll eingerahmt: »Ein typischer Bull?«

Einer der Söhne war Michael Slovan Bull. Für die Firmennachfolge schien er sich nie interessiert zu haben.

Position 118-c. Diese erscheint insofern bedeutungsvoll, als der Solarmarschall in Stichpunkten galaktisches Geschehen und familiäre Bindungen in Bezug setzt. Da unter anderem die persönliche Tragödie um Perry Rhodans Sohn angesprochen wird, erscheint dieser Beleg nur nach ausdrücklicher Genehmigung durch den Hanse-Sprecher.

Eine Bemerkung Perry Rhodans in diesem Zusammenhang muß hier wiedergegeben werden, weil sie für seine Motivation bezeichnend ist: »Wer vor dem, was er durch eigenes Handeln oder durch Unterlassung bewirkt, davonläuft, sollte die Finger von der Politik lassen oder besser noch sich in einem Schneckenhaus verkriechen.«

Notiz Reginald Bull:

»Nachkommen in die Welt zu setzen ist die natürlichste Sache der Welt. Genetisch ist die Arterhaltung in allen Lebewesen verankert. Manchmal glaube ich, es wäre längst an der Zeit, offiziell den Fortbestand meiner Bull-Linie zu sichern. Aber noch brauche ich keinen Erben, heute nicht und vermutlich auch in fünfhundert Jahren nicht.

In gewisser Weise habe ich meinen Freund Perry bewundert, daß er wirklich den Mut hatte, Thora von Zoltral zu heiraten. Das war selbst für mich eine Überraschung – andererseits: Zusammengerauft hatten die beiden sich schon lange vorher.

Groß war die Freude, als beider Sohn Thomas geboren wurde. Ich erinnere mich noch gut an das brüllende Kerlchen, das seinem Vater gleich nach der Geburt auf die Hand gesch... Na ja, Gucky hat sich jedenfalls hinterher prächtig amüsiert. Vielleicht war es ein Fehler, Thomas eine falsche Identität zu geben, um ihm, unbeeinflußt durch die Position seines Vaters und die für viele Menschen weiterhin exotische Abstammung der Mutter, eine normale Jugend zu ermöglichen. Mit einundzwanzig wurde der Raumkadett Thomas Cardif zum Leutnant befördert. Thora war zu jenem Zeitpunkt längst überzeugt, daß sie und Perry sich an ihrem Sohn versündigt hatten. Mit einer Gazelle flog sie auf eigene Faust los – und wurde von Springern entführt. Erst auf Siliko V, einer arkonidischen Robotfestung, begegnete sie Cardif. Als der junge Leutnant seine wahre Herkunft erfuhr, schwor er seinem Vater Rache für das vermeintlich an ihm begangene Unrecht. Die Konfrontation zwischen Rhodan und seinem Sohn war unvermeidlich.

Heute bin ich überzeugt davon, daß Perry völlig überzogen reagierte. Angesichts Cardifs kompromißloser Haltung kommandierte er ihn unter Berufung auf den Diensteid ins Solsystem ab und stellte ihn dort quasi unter Hausarrest.

Als Thora den Kontakt zu Thomas suchte, muß sie ihre unheilbare Erkrankung schon gespürt haben. Kurze Zeit später gaben ihr die Ärzte um Professor Eric Manoli nur noch ein halbes Jahr zu leben. Daß Thora zu Verhandlungen mit dem Robotregenten über den Ankauf von Kampfraumschiffen nach Arkon fliegen konnte, verlieh ihr noch einmal neuen Lebensmut. Sie starb durch einen Ara, der in ihr eine Verräterin sah und sich während eines Verhörs einer Waffe bemächtigte.

Eine Zeitlang glaubte ich, Perry Rhodan würde an seinem Schmerz zerbrechen; ich konnte ihn nicht aus seiner Lethargie herauslösen. Tagelang hielt er Totenwache, während auf dem Mond, in dem Krater, in dem Thora von Zoltral einst hatte notlanden müssen, ihr Mausoleum entstand.

Was ich nie wieder erleben möchte, waren die abgrundtiefe Verzweiflung und der Schmerz, den mein Freund Perry empfand, als er an Thoras Grab seinem Sohn gegenüberstand. Welche Überwindung muß es den mächtigsten Mann des Imperiums gekostet haben, einen blutjungen Leutnant, immerhin sein eigen Fleisch und Blut, um Verzeihung zu bitten. Diesen flehenden Ausdruck in Perrys Augen habe ich später nie wieder gesehen. In dem Moment muß er trotz Zelldusche um Jahre gealtert sein.

Cardif übersah den Blick und die ihm entgegengestreckte Hand. Er reagierte nicht einmal, als ich ihm zornbebend fast das Handgelenk brach. Er hatte den gleichen verdammten Dickschädel wie seine Eltern.

Wenn ich daran denke, daß Thomas Cardif in seinem Wahn das Solare Imperium an den Rand des Untergangs trieb, wird mir heute noch übel. Er war es, der Perry Rhodan in eine Falle lockte und dessen Rolle weiterspielte, ja er schreckte nicht einmal davor zurück, ES zu erpressen und sich einundzwanzig Zellaktivatoren aushändigen zu lassen. Letztlich wurde ihm der eigene Aktivator, von ES auf die Zellschwingungen des richtigen Perry Rhodan eingestellt, zum Verhängnis. Cardif starb an explosivem Zellwachstum.

Und nun frage mich auch nur einer, weshalb ich vor einer festen Bindung zurückschrecke. Perrys Fehler werde ich bestimmt nicht wiederholen. Aber es gibt noch etwas, wovor ich mich fürchte, Michael Slovans anzunehmender Tod zeigt es mir deutlich. Das Schicksal läßt die Bäume nicht in den Himmel wachsen. Wie wird das sein, die eigenen Kinder altern und sterben zu sehen, während ich selbst mich nicht verändere? Ich kann nicht davon ausgehen, daß ES weitere Zellaktivatoren verteilt oder die Möglichkeit einer Zelldusche schafft. Aber was wäre dann? Eine Invasion von Bulls, die alle Welten der Milchstraße wie eine Heuschreckenplage überziehen? Es reicht schon, wenn hinter vorgehaltener Hand über unseren zehntausendjährigen Arkoniden Atlan gespöttelt wird, daß alle blonden Menschen seine Gene in sich tragen. So oft und so nachhaltig hat er bestimmt nicht in die Geschichte eingegriffen. Oder verschweigt er uns einiges?

Schluß jetzt, bevor ich mich in Spott und Sarkasmen ergehe. Ich weiß nicht, was mir bevorsteht, und ich will es gar nicht wissen. Nur eines stimmt momentan: Ich kenne keine Frau, mit der ich mehr als einige Wochen verbringen möchte. Also wird es zumindest auf absehbare Zeit keinen Reginald Bull junior geben.«

Auszug aus der Sammlung »Anekdoten, Aphorismen und Bonmots führender Persönlichkeiten des Solaren Imperiums«.

Handschriftliche Notizen aus Reginald Bulls persönlichem Fundus.

Im Mahlstrom der Sterne

20. August 3580 – 1. September 3580

Angespannt lauschte Reginald Bull in die Dunkelheit. *Fehlsprung!* hämmerte es unter seiner Schädeldecke. *Da holt Mike dich endlich aus dem Saustall raus, und dann spinnt die Transmitterjustierung. So viele Zufälle gibt es gar nicht.*

Er war gemeinsam mit Michael Rhodan alias Roi Danton durch den Transmitter gegangen, sie hätten folglich zusammen den Empfänger verlassen müssen. Daß dem nicht so war, ließ eine Fehlschaltung vermuten. Der spektakulärste Transmitterunfall hatte Alaska Saedelaere zu einem Außenseiter werden lassen. Vier Stunden hatte sein Transmitterdurchgang damals gedauert, und als er endlich den Empfänger verlassen hatte, war jeder dem Wahnsinn verfallen, der sein Gesicht sah. Beim Zusammenstoß mit einem Cappin im Hyperraum hatte sich ein Fragment des anderen Wesens in seinem Gesicht festgesetzt. Alaska selbst schilderte diesen Organklumpen als überaus farbenprächtig und von seltsamen Bewegungen getrieben. Eine Maske schützte seither alle, die mit Alaska Saedelaere zu tun hatten, vor dem Irrsinn.

Unwillkürlich tastete Bull über sein Gesicht. Doch da war kein wabbeliger Schleimklumpen, in dem die Finger versanken. Alles war noch da, wo es hingehörte, aber trotzdem – das Gefühl, sich selbst begegnet zu sein, das eigene Ebenbild im Hyperraum berührt zu haben, hielt sich hartnäckig. Bully fröstelte, sobald er versuchte, sich Einzelheiten der unheimlichen Begegnung ins Gedächtnis zu rufen.

Im Augenblick fehlte ihm jede Möglichkeit, die Wahrheit herauszufinden. Er wußte noch nicht einmal, wohin es ihn verschlagen hatte. Dabei hätte alles weit schlimmer kommen können. Die Materialisation auf einer Methan-Ammoniak-Wasserstoff-Welt hätte er um höchstens zwei bis drei Minuten überlebt, von einem Schwerkraftriesen wie dem heimischen Jupiter ganz zu schweigen. Nicht weniger unangenehm, hätte der Empfangstransmitter auf dem Grund eines Ozeans gestanden; die Fischwesen als dessen Erbauer mochten noch so friedliebend sein, ihm selbst wäre damit verdammt wenig geholfen gewesen ...

Reginald Bull stieß einen unwilligen Laut aus. Sich auszumalen, was alles hätte geschehen können, war absolut nicht seine Sache. Vielleicht hatten die Aphiliker beabsichtigt, ihn auf der Flucht sterben zu lassen und anschließend seinen Tod zu verkünden. Ihr Plan war nicht aufgegangen. Oder ...?

»Mike!?« stieß Reginald Bull noch einmal hervor. »Monsieur Danton? Mon Dieu, seid Ihr taub?«

Nach wie vor keine Antwort.

»Himmeldonnerwetter! Du warst acht oder neun, Mike, als ich dich zum letzten Mal suchen mußte. Also laß die Kindereien, komm her, oder ich versohle dir den Hintern!«

Er mußte sich damit abfinden, daß Roi Danton und er getrennt worden waren. Bully schnippte mit den Fingern. »Licht!« stieß er hervor. Beides blieb wirkungslos. »Okay, wenn der Zimmerservice hier derart miserabel ist, muß ich mich selbst darum kümmern. Aber beschwere sich hinterher keiner über Schäden.«

Er war eingesperrt. In einem annähernd quadratischen Raum mit dreißig Metern Seitenlänge. Das fand er schnell heraus. Seine Finger tasteten über rauhe, fugenlos aufeinandergeschichtete Quadersteine. Was er vermißte, war eine Öffnung, wenigstens die Andeutung einer Tür oder irgend etwas Ähnliches. Vielleicht über ihm. Falls die Erbauer der Anlage Flugwesen waren. Was machte es für einen Sinn, einen Transmitter in einem unzugänglichen Raum zu installieren? Niemand, der hier ankam, konnte die Halle verlassen.

Oder, der Gedanke lag nahe, hatten Unbekannte den Transmitter eingemauert, um das Höllending unschädlich zu machen? Dann schlugen die Intelligenzen außerhalb der Steinmauer sich womöglich noch mit Schwertern die Schädel ein.

Bis auf die im Meterabstand zu tastenden feinen Fugen war der Boden völlig glatt. Es gab keine hohl klingende Stelle, ebensowenig an den Wänden. Reginald Bull hatte sich längst die Knöchel blutig geschlagen. Wenn er wenigstens eines der Mehrzweckwerkzeuge bei sich getragen hätte, die sich als Laserschneider ebenso eigneten wie um altmodische Kabelverbindungen anzustechen und sich positronisch in den Datenfluß einzuklinken. Doch die Aphiliker hatten ihm alles abgenommen und ihm nicht einmal den Armbandkom gelassen. Außer dem, was er am Leib trug ... Die Schuhe! Bully stöhnte gequält auf. Elegantes Zuchtleder mit flacher Sohle, nicht eben geeignet, um Hohlräume damit abzuklopfen, aber immerhin konnte er sie in die Höhe werfen, um vielleicht den Deckenabstand zu bestimmen.

Sechs Meter, schätzte er danach, kaum mehr. Es schien sich um ein spitz zulaufendes Gewölbe zu handeln.

»He! Hallo!« rief Reginald Bull. »Wo bleibt die Bedienung?«

Die Akustik war ebenso miserabel wie der Service. Schätzungsweise zwei, drei Stunden später gab er den Versuch auf, den Raum zu verlassen. Der einzige Weg nach draußen führte über den Transmitter, aber der ließ sich nicht aktivieren. Ein heftiger Tritt gegen die altertümlich wirkende Gitterkonstruktion des Transmitterkäfigs brachte auch kein Ergebnis.

»Gut«, murmelte Bully im Selbstgespräch. »Ich gebe dir noch eine Chance, du Mistkasten, danach trete ich fester zu. Und wenn das nicht hilft, werde ich ernsthaft wütend. Dann mache ich es wie mein berühmter Vorfahr.«

Weder gutes Zureden noch massive Tritte halfen. Reginald Bull begann einzusehen, daß er sich aus eigener Kraft nicht befreien konnte. Ihm blieb keine andere Wahl, als auf ein Wunder zu hoffen.

Mit untergeschlagenen Beinen ließ er sich nieder. »Ich spiele nicht mehr mit. Hört ihr da draußen? Sitting Bull hat gesprochen.«

Schweißüberströmt schreckte er hoch. Die Luft war schal, stickig und warm wie in einem Backofen. Schatten huschten durch die Dunkelheit. Vergeblich versuchte er, wenigstens einen der Schatten zu fixieren. Es fiel ihm schon schwer, die Augen offenzuhalten.

Die Schatten narrten ihn. Geisterhafte Schemen, Reflexe auf der Netzhaut, nichts sonst. Er war immer noch allein. Seit zwei oder drei Tagen mindestens. Seine Knochen schmerzten, die Zunge klebte rauh und aufgequollen am Gaumen, und sobald er versuchte, mit sich selbst zu reden, brachte er nur ein heiseres Krächzen hervor.

Von irgendwo erklang ein Rascheln.

Stimmen?

Vergeblich lauschte er in die Dunkelheit. Da war nur das Rauschen des Blutes in seinen Schläfen. Und das monotone Pochen unter der Schädeldecke, das ihn in den Wahnsinn treiben wollte.

Halb zusammengerollt, die Arme unter den Kniekehlen verschlungen, lag er auf dem Steinboden. In Embryohaltung. Instinktiv, ohne es bewußt zu wollen. Er hatte schlecht geträumt, konnte sich aber nicht erinnern. Er wußte nur vage, daß er davongelaufen war, weiter und immer weiter, ohne innezuhalten. Irgendwann hatten ihn die Kräfte verlassen, er war zusammengebrochen ...

... und hochgeschreckt.

Gierig atmete er ein – und fragte sich in dem Moment, ob er ersticken oder verdursten würde. Noch zögerte der Zellaktivator sein Sterben hinaus. Aber für wie lange? Die Folgen des Flüssigkeitsverlustes würden nicht ewig auf sich warten lassen. Nur das gräßliche Magenknurren konnte er ignorieren in der Hoffnung, einige Pfunde weniger auf die Waage zu bringen.

Die Geräusche ringsum schienen lauter zu werden. Ein Rascheln in den Wänden, für das es keine Erklärung gab.

Oder doch?

»Mike?« Heiser stieß er den Namen hervor, begann keuchend zu husten. Sekundenlang fürchtete er, ersticken zu müssen, danach hatte er es endlich geschafft, sich auf die Knie aufzurichten. Der Hustenreiz ebbte sofort ab.

Das eigene hastige Atmen übertönte alle Geräusche. Er wurde wieder ruhiger, schloß die Augen und lauschte; er schaffte es sogar, die Luft drei, vier Herzschläge lang anzuhalten.

Dumpfe, knarrende Töne drangen von außen in sein Gefängnis. Das waren keine menschlichen Laute, vielmehr erinnerten sie ihn an rostige Türangeln. Über ihm begann ein rhythmisches Hämmern und Schaben – vor allem dieses Schaben jagte ihm einen Schauder den Rücken hinab. Es klang nicht, als setze jemand Werkzeuge ein, um die Steinwand zu durchbrechen; es klang, als würde sich dieser Jemand langsam hindurchfressen.

Steine polterten aus der Höhe herab. Ein erstickender Geruch nach Staub und Moder breitete sich aus.

Die Brocken, die sich von der Decke lösten, wurden größer. Schwankend kam Bully vollends auf die Beine und wich bis an den Transmitterkäfig zurück. Jeder Atemzug wurde jetzt von unwiderstehlichem Hustenreiz begleitet.

Der muffige Geruch, die groben Steinblöcke ... Reginald Bull fühlte sich, als wäre er lebend in einer altägyptischen Grabkammer eingesperrt gewesen. Sehr gut möglich, daß Grabräuber im Begriff waren, zu ihm vorzudringen. Wobei sie bestimmt nichts von ihm wußten.

Eine fahle, flirrende Lichtbahn fiel aus der Höhe herab und entriß ein unregelmäßiges Stück der gegenüberliegenden Wand der Finsternis, kaum größer als eine menschliche Handfläche.

Michael Rhodan hätte sich längst zu erkennen gegeben; Bully glaubte nicht daran, daß sein Patensohn erschienen war. Diese Hoffnung war ohnehin Selbstbetrug gewesen. Das Empfangsgerät konnte ebensogut zehn wie zehntausend Lichtjahre von der Erde entfernt stehen. Vor allem hatte Mike keine Möglichkeit, seiner Spur zu folgen. Der Transmitter in Imperium-Alpha war so präpariert gewesen, daß die Koordinaten der Wiederverstofflichung nicht angemessen werden konnten.

Bully fragte sich, ob er während der Transportvorgangs wirklich seinem Ebenbild begegnet war. Er hatte nicht phantasiert, der andere schien so real gewesen zu sein wie er selbst. Ein Robotdouble? Womöglich hatte Mike den Betrug noch gar nicht bemerkt, und die Aphiliker schlugen gleich zwei Fliegen mit einer Klappe. Sie hatten mit dem Doppelgänger den perfekten Maulwurf in die Organisation Guter Nachbar eingeschleust, und sie konnten den falschen Reginald Bull der Öffentlichkeit jederzeit als reumütig und geläutert vorstellen. Das alles sah aphilischer Logik ähnlich.

Es gab nur zwei Details, die nicht in das Schema passen wollten. Zum einen konnte sich Bully absolut nicht vorstellen, wie die Techniker in Imperium-Alpha das Kunststück geschafft haben sollten, seine Atomschablone gegen die des Robotdoppelgängers auszutauschen. Bisher war terranisches Know-how dazu nicht in der Lage. Zum anderen hatte es – zumindest bis vor wenigen Tagen – kein robotisches Double gegeben.

Eine kleine Geröllawine prasselte aus der Höhe herab. Immer mehr Lichtstrahlen durchbrachen den wogenden Staub.

Aus trockenen Augen, in denen der Staub wie Feuer brannte, starrte Bully in die Höhe. Schatten begannen sich abzuzeichnen: dürr, verzerrt und schnell. Zugleich wurde das durch Mark und Bein gehende Schaben lauter, wie Metall, das unaufhörlich über den Fels kratzte.

Dünne, lange Gliedmaßen schoben sich von außen durch die Öffnung. Greifklauen! Mehrere Gelenke ermöglichten ihnen nahezu jede Bewegung. Sie begannen, die Decke von der Innenseite her aufzureißen.

Noch konnte Bully das Aussehen der Unbekannten nicht erkennen, aber den Klauen und der Panzerung der Gliedmaßen nach zu schließen, waren sie insektenartig. Arachnoide möglicherweise.

Ein Teil des Gewölbes brach herab, ein dröhnender Felssturz, der das ohnehin spärliche Licht wieder verschluckte. Gesteinssplitter prasselten gegen den Transmitter. Eine Staubwoge wälzte sich heran, und aus dieser Masse heraus griff etwas undefinierbar Fremdes nach dem Terraner.

Keuchend, halb erstickt von den Staubwolken, versuchte er noch, sich zur Wehr zu setzen. Aber für jeden Greifarm, den er von sich stieß, schienen zwei neue heranzuschnellen. Unnachgiebige Klauen preßten ihm die Arme an den Leib und zerrten ihn hoch, dem fahlen Lichtschimmer entgegen.

Eine eisige Bö peitschte ihm entgegen. Es schneite. Dicke, gelblich gefärbte Schneeflocken beschränkten die Sichtweite auf wenige Meter.

Fast kopfüber hing Reginald Bull in den Fängen einer Kreatur, deren dürre, von Borsten überzogene Fangarme das einzige waren, was er wirklich erkennen konnte. Irgendwo über ihm pendelte ein undefinierbarer Leib, nicht besonders groß, aber von mindestens acht langen Gliedmaßen in der Schwebe gehalten.

Mit weit ausgreifenden Schritten hetzte das Wesen mit ihm über eine schneebedeckte, leicht hügelige Ebene. Die Kälte stach wie mit Nadeln durch seine dünne Kleidung.

Nicht allzuweit entfernt, dem Donnern der Triebwerke nach zu schließen, nur wenige Kilometer, startete ein Raumschiff. Grellrote Flammenbündel durchschnitten für einige Sekunden das Schneetreiben.

»He«, krächzte Bully heiser, »ich kann gut allein laufen. Verstehen Sie das?«

Keine Reaktion. Neben ihm stakten weitere dieser Wesen, dreieinhalb bis vier Meter hohe Schemen, durch den Schnee.

Nacheinander donnerten Raumschiffe in den Himmel. Der heranflutende Lärm hatte etwas von einem Weltuntergang an sich. Ein sengender Orkan fegte über die Ebene hinweg und zerriß das Schneetreiben.

Die langbeinigen Wesen mochten noch so fremdartig wirken, auch in ihrer Zivilisation galten gewisse Gesetzmäßigkeiten. Daß die kleine Flotte im Alarmstart abgehoben hatte, war unverkennbar.

Dicht an den Boden gepreßt, ließen die Fremden den Orkan über sich hinwegtoben. Reginald Bull lag halb unter zuckenden Gliedmaßen und einem nachgiebigen Körper begraben. Vergeblich versuchte er, sich aus dem festen Griff zu befreien. Erst allmählich wurde ihm bewußt, daß das Spinnenwesen ihn gegen die entfesselten Gewalten abschirmte.

Sie erinnerten ihn an irdische Weberknechte. Einige Minuten lang hatten sie dicht an den Boden gepreßt verharrt – als sie sich ruckartig mit eckiger Gewandtheit wieder erhoben, stemmte Bully sich mit aller Kraft gegen den festen Griff.

»Es reicht!« stieß er wütend hervor, bevor er abermals kopfüber in den Fängen hing. »Ich kann ganz gut auf eigenen Beinen stehen.«

Der ovale Leib über ihm vollführte etliche bizarre Verrenkungen, bis ihn schließlich zwei der vier Augenpaare betrachteten. Dunkel glänzende, von hoher Intelligenz zeugende Augen. Aufmerksam verfolgte das Wesen jede seiner Bewegungen, nachdem es ihn sanft auf die Füße gestellt hatte.

»Na also«, seufzte Bully. »Es geht doch. Fragt sich nur, wie wir uns miteinander verständigen sollen. Einen Translator besitzt ihr wohl nicht?«

Auf vier Hinterbeinen richtete sich der Weberknecht auf, die anderen Gliedmaßen deuteten in verschiedene Richtungen.

Der Orkan hatte die Wolken auseinandergerissen. Die Sonne stand knapp eine Handbreit über dem Horizont und ließ ein phantastisches Panorama erkennen. So weit das Auge reichte, erstreckte sich die Hügellandschaft; Licht und Schatten verwandelten sie in ein riesiges Schachbrett. Auf den ersten Blick glaubte Bully, daß träge Nebelschwaden die Senken ausfüllten, dann erst erkannte er die kokonartigen Bauten, wie in Wattegespinste gehüllt und miteinander über breite Fadengeflechte verbunden.

In unzähligen schwefelgelben Schattierungen, konzentrisch ineinander liegend, erhellte eine ferne und kleine Sonne den Horizont. Mit zunehmender Höhe wurden die Farben dunkler und letztlich von der Weltraumschwärze abgelöst sowie einem schmalen Band funkelnder Sterne, das sich quer übers Firmament zog.

Außerhalb des Sternenbandes zeichneten sich nur vereinzelte Lichtpunkte ab – ferne Galaxien vielleicht, kaum einzelne Sonnen. Dies war immer noch der Mahlstrom der Sterne, nur aus einer anderen Perspektive als von Terra aus gesehen, aber immerhin die kosmische Region, in der Erde und Mond nach der fehlgeschlagenen Versetzung durch den Archimedes-Sonnendreieck-Transmitter materialisiert waren.

Nachdem die technisch überlegenen Laren aus der fernen Galaxis NGC 3190 versucht hatten, die Milchstraße in das sogenannte Konzil einzugliedern, war die Situation der Menschheit zunehmend prekärer geworden. Perry Rhodan hätte ihre Marionette als Statthalter sein sollen, er hatte sich zunächst auch nach außen loyal gegeben, doch insgeheim gegen die humanoiden Invasoren gearbeitet.

Bei einer Sabotageaktion auf Luna war der Arkonide Atlan, der im Untergrund den Kampf für Freiheit und Unabhängigkeit führte, von den Laren erkannt und zum Tod verurteilt worden – Rhodan hatte das Urteil scheinbar vollstreckt.

Die Stärke der Laren hatte sich vor allem auf ihre Flotte der Strukturvariablen Energiezellen-Raumer, kurz SVE-Raumer, gegründet, deren Hülle aus formgerichteter, gebündelter Energie allen Erfordernissen entsprechend verändert werden konnte. Ihre Energie hatten diese Schiffe direkt aus dem Hyperraum abgezapft. Als die Terraner endlich über Waffen gegen die SVE-Raumer verfügten, hatten die Laren das Doppelspiel der Menschen durchschaut.

Für das Solsystem war daraufhin das Antitemporale Gezeitenfeld aktiviert worden, das den Raumsektor um eine kurze Zeitspanne permanent in die Zukunft versetzt hatte, mit konstant bleibender Distanz zur realen Gegenwartsebene.

Dennoch hatte sich die Situation der Terraner weiter verschlechtert. Neunzehn Jahre nachdem im Zentrum der Milchstraße Schiffe der Explorerflotte einen aus drei roten Riesensonnen bestehenden Sonnentransmitter entdeckt hatten, startete eine neue Expedition zum Archimedes-Sonnendreieck-Transmitter.

Eine der drei Sonnen wurde von einem Weißen Zwergstern umlaufen, den die Wissenschaftler über den Transmitter ins Sonnensystem versetzen konnten. Nach lemurischem Vorbild bildeten Sol und Kobold gemeinsam daraufhin ebenfalls einen Sonnentransmitter: Twin-Sol.

Die knarrenden Stimmen der Weberknechte schreckten Bully aus seinen Überlegungen auf. Sie redeten auf ihn ein, seit sein Blick auf der mächtigen Steinpyramide ruhte, jedoch wurde ihm erst langsam bewußt, daß das Bauwerk größer war als die Cheopspyramide. In weitem Umkreis erhob sich kein anderes Gebäude. Es gab keinen Zweifel, die Spinnenartigen hatten ihn dort herausgeholt, wobei ihm der Begriff »befreit« noch ein wenig schwerfiel. Hatte er nicht vor kurzem erst den muffigen Transmitterraum mit einer altägyptischen Grabkammer verglichen? Natürlich versuchte das Unterbewußtsein immer zuerst, markante Details von etwas Neuem zu bekannten Mustern zusammenzufügen, um es begreifbarer zu machen.

Reginald Bull taxierte die Steinpyramide, deren Verkleidung im oberen Bereich längst abgerutscht war und in halber Höhe wie ein Gürtel um das Bauwerk lag. Seine Gedanken glitten zur Erde zurück.

Um das Antitemporale Gezeitenfeld zu sprengen, unter dessen Schutz das Solsystem ihrem Zugriff entzogen war, hatten die Laren Zeittaucher eingesetzt, vor allem ein Spürgerät zur Ermittlung der Intervalle, mit denen das Solsystem in der Zeit pendelte, aber auch eine Waffe, die bei entsprechendem Kontakt eine Lücke im Gezeitenfeld schaffen sollte. Weitere Zeittaucher hatten sich in Produktion befunden, und ein vermehrter Einsatz dieser zylinderförmigen Objekte hätte zwangsläufig über kurz oder lang zum Erfolg geführt.

Den Menschen der Erde war in letzter Konsequenz nur noch die Flucht geblieben, um sich dem Zugriff der Invasoren zu entziehen.

Im März des Jahres 3460 war das gewaltigste Unternehmen der Menschheitsgeschichte in Angriff genommen worden: der Transport von Erde und Mond durch den Sol-Transmitter zum Archimedes-Sonnendreieck.

Beide hatten ihr Ziel erreicht, waren danach aber unter dramatischen Umständen erneut entmaterialisiert worden.

Die Situation in der heimatlichen Galaxis mochte sich inzwischen völlig verändert darstellen. Es stand zu vermuten – auch wenn Bully auf Anhieb eine Reihe von Gründen nennen könnte, die dagegen sprachen –, daß die Laren die Herrschaft an sich gerissen und die Milchstraße endgültig dem Konzil eingegliedert hatten.

Einhundertzwanzig Jahre waren vergangen, seit Atlan versucht hatte, die Erde wiederzufinden. Der Arkonide war von der Annahme ausgegangen, daß die Erde in einem lemurischen Sonnentransmitter in der Nachbargalaxis Andromeda materialisiert war. In beiden Galaxien gab es immer noch Hinterlassenschaften der Lemurer – der sogenannten Ersten Menschheit –, die vor fünfzigtausend Jahren die führende Macht der Milchstraße gewesen waren und die zu Recht als Vorfahren der Terraner und anderer humanoider Völker wie Arkoniden, Akonen, Springer und Aras galten.

Die Keimzelle des lemurischen Sternenreichs, Tamanium genannt, war vor fünfmal zehntausend Jahren Lemur gewesen – die Erde.

Atlan war in Andromeda mit Archivdaten konfrontiert worden, deren Auswertung ergab, daß rund 22.000 lemurische Raumschiffe im Gercksvira-Sonnentransmitter spurlos verschwunden waren. Die Einflüsse einer unbekannten Energieform schienen das Desaster ausgelöst zu haben.

Von zwei terranischen Transmitterspezialisten stammte die Vermutung, Erde und Mond könnten bei ihrem Transmittersprung ins galaktische Zentrum ebenfalls den Gercksvira-Transmitter aktiviert haben und durch übergeordnete Energiefelder in die gleiche kosmische Region verschlagen worden sein wie die nie wieder aufgetauchte lemurische Flotte.

Im Jahr 50.080 v. Chr. hatte sich das Tamanium der Großinvasion der unbesiegbar scheinenden Bestien – der Vorfahren der Haluter – gegenübergesehen. In einem erbitterten Krieg um die eigene Existenz hatte sich ein Großteil der überlebenden Lemurer durch die von ihnen geschaffenen Sonnentransmitter nach Andromeda retten können. Ihre eigene hochstehende Technik hatte es ihnen ermöglicht, innerhalb relativ kurzer Zeit die dort beheimateten Völker zu unterwerfen oder zu vertreiben wie im Falle der Wasserstoff-Ammoniak-Methan atmenden Maahks.

Die Zweite Menschheit auf der Erde, die Terraner, entwickelte sich im Laufe von Jahrzehntausenden aus den Lemurern, die auf ihrer Heimatwelt zurückgeblieben waren, sehr viel später vermischt mit dem Blut von

Arkoniden, die nach dem durch die Druuf verursachten Untergang von Atlantis die Erde nicht mehr hatten verlassen können.

Bully streckte einen Arm aus und deutete auf die Pyramide. Die Weberknechte reagierten sofort auf seine Bewegung, doch was sie knarrend von sich gaben, verstand er nicht. Das Wesen, das ihn bisher getragen hatte, schob sich halb über ihn und begann, sekundenlang heftig zu zittern.

Reginald Bull schaute schräg nach oben. »Ich glaube nicht, daß die Pyramide von euch stammt. Sie hat absolut keine Ähnlichkeit mit den Kokonbauten.«

Der Weberknecht senkte sich weiter herab. Bully sah die unterschiedlich großen und ausdrucksstarken Augen dicht vor sich. »Meinetwegen«, ächzte er. »Ich versuche es so lange, bis wir uns verstehen. Die Pyramide«, er deutete erneut auf das steinerne Monument, »wurde von Lemurern errichtet? Von Raumfahrern der verschollenen Flotte? Aber davon wißt ihr wohl nichts mehr. Le – mu – rer!« Langsam und betont brachte er jede Silbe hervor.

Das Knarren rostiger Türangeln wurde lauter. Fast alle Weberknechte zeigten jäh dieses undefinierbare Zittern ihrer langen Gliedmaßen. Furcht, Erregung, Zustimmung – Reginald Bull konnte es nicht feststellen.

Mit gespreizten Fingern setzte er sich beide Hände auf den Brustkorb. »Ich«, sagte er, ebenso überdeutlich wie zuvor. »Re – gi – nald Bull.«

Das Knarren ebbte ab.

»Mein Name ist Re-gi-nald.«

Sie schwiegen.

»Leute, so können wir uns nicht unterhalten.« Bull deutete zum funkelnden Band der Sterne empor. »Ich will dorthin zurück, zur Erde. Ihr habt Raumschiffe, also müssen wir uns einig werden.«

Mindestens fünfundzwanzig Weberknechte zählte er, die sich um ihn her drängelten. Fast schien ihm, als wolle jeder zwischen den Beinen des anderen hindurch wenigstens einen Blick auf ihn erhaschen. Einige streckten vorsichtig ihre Vordergliedmaßen aus, zögerten aber, ihn zu berühren.

Seufzend holte Bully Luft. »Wenn ich mich nicht irre, haltet ihr mich für einen Lemurer. Richtig? Und was ist mit der Pyramide? Ist sie ein Mausoleum oder ...?«

Das Knarren wirkte entnervend. Als Bully einigermaßen passabel die Geräusche nachahmte, sanken die achtbeinigen grazilen Geschöpfe vor ihm in die Knie. Wenigstens ihre Gesten waren eindeutig: Sie wollten, daß er sie begleitete.

Ihre Gebäude waren wie Kokons oder auch das Innere von Schneckenhäusern, spiralförmig gewunden und ineinander verschachtelt. Fenster gab es nicht, nur unterschiedliche Zugänge, aber das bleiche Material, dessen Festigkeit mit molekülverdichteten Kunststoffen mithalten konnte, absorbierte das Sonnenlicht und gab es als gelblich fahlen Schein nach innen ab. Die Augen der Weberknechte mochten weitaus lichtempfindlicher sein als die eines Menschen, möglicherweise sahen diese Wesen sogar im Infrarotbereich.

Der Raum, in den sie Bully geführt hatten, war schwer zu definieren. Säulen wuchsen förmlich aus dem Boden, verjüngten sich bis in eine Höhe von fünf Metern und weiteten sich danach wieder aus, um nahtlos und breitflächig in die Decke überzugehen. Das Ganze machte einen organisch gewachsenen Eindruck. Aus jedem Blickwinkel erschien dem Terraner der Verlauf der Außenwände anders, mal gleichmäßig gekrümmt, dann wieder von überraschenden Ausbuchtungen durchzogen, als sei alles irgendwie in Bewegung.

Zwischen den miteinander verflochtenen Säulen ragten zweiundzwanzig pilzförmige Erhebungen aus dem Boden auf. Sie bildeten ein ovales Rund. Fast eineinhalb Meter hoch ragten die halbkugelförmigen Kappen auf, von löchrigen Stielen gehalten. Daß es sich um Sitzgelegenheiten handelte, erkannte Reginald Bull erst, als ein Weberknecht seinen Leib auf die Kappe schob und die Klauen aller acht Beine in die Vertiefungen stieß. Es war ein bizarrer Anblick, die Gliedmaßen schräg in die Höhe gereckt und erst über den Leibern abgewinkelt zu sehen.

Ein »Liegepilz« blieb frei. Eindeutige Gesten forderten Bully auf, es den Spinnenartigen gleichzutun.

»Zeit fürs Mittagessen?« konnte er sich nicht verkneifen. »Leute, was immer das hier werden soll, meine Kehle ist trocken wie die Sahara im Hochsommer.«

Warm und anschmiegsam fühlte sich die Sitzkappe unter seinen Händen an, andererseits hatte er gerade des weichen Materials wegen Schwierigkeiten, sich hochzuziehen. In der Mitte des Ovals begann die Luft zu flirren. Ein Hologramm entstand aus ersten vagen Umrissen heraus, ein Abbild der Pyramide, nur nicht in allen Details scharf gezeichnet. Es hatte den Anschein, als überlappten sich mehrere Konturen.

Die Darstellung ließ erkennen, daß sich die Hügel vor dem Steinmonument mit Weberknechten belebten. Tausende mochten es sein, die wie auf ein geheimes Kommando hin ihre Leiber senkten und die Gliedmaßen abspreizten. Kein Zweifel, es war eine andächtige Haltung, in der sie vor der Pyramide verharrten.

»Ein Heiligtum?« vermutete Bully. »Das Bauwerk ist für euch eine Art

Tempel. Waren die Lemurer für eure Vorfahren Götter, die von den Sternen kamen und euch die Raumfahrt gelehrt haben?«

Diesmal gab es keine geräuschvolle Reaktion auf die Erwähnung der Lemurer. Reginald Bull hatte den Eindruck, daß die Weberknechte kaum noch wahrnahmen, was um sie herum geschah, und sich viel mehr auf das Hologramm konzentrierten. Erzeugten sie das Bild mit ihren vereinten Gedanken?

Wie Schuppen fiel es ihm von den Augen. Die Versammlung sollte ihm zeigen, daß eine Kommunikation möglich war. Noch einmal versuchte er, sich auf den eigenwilligen Hocker hochzuziehen. Das Bild, das er bot, als er bäuchlings auf der nachgebenden Kappe lag, war vermutlich das Lächerlichste, was er jemals getan hatte; er fühlte sich wie ein Fisch auf dem Trockenen, der zappelnd in sein angestammtes Element zurückzukommen versuchte. Mit den Füßen fand er keinen Halt, auch mit den Händen konnte er keine der im Stiel befindlichen Öffnungen erreichen, er schaffte es lediglich, sich an der Unterseite der Kappe festzuhalten. Einigermaßen mühsam hob er den Kopf in den Nacken, um das Hologramm wieder zu sehen.

»Und jetzt?« ächzte er gepreßt. Bequem war die Bauchlage überhaupt nicht. Vor allem machte sich das quälende Wühlen und Nagen in seinen Eingeweiden wieder deutlicher bemerkbar. »Was muß ich tun, um euch zu sagen, daß ich am Verdursten und Verhungern bin?«

Das Abbild der Pyramide begann zu verblassen.

Schwärze.

Übergangslos die Wiedergabe einer fahlen gelborangefarbenen Sonne. Drei Planeten umkreisten das Gestirn; von der inneren Welt starteten Raumschiffe. Kuppelförmig waren sie, als hätte man eine Kugel zwischen dem Äquator und dem oberen Drittel abgeschnitten. Acht seitliche, beweglich angeflanschte Ausleger, in denen die Triebwerke untergebracht waren, ließen keine Zweifel aufkommen, wem diese Raumschiffe gehörten.

Das Bild erlosch innerhalb von weniger als zwanzig Sekunden.

Danach kam nichts mehr. Oder doch? Reginald Bull kniff die Brauen zusammen, um besser erkennen zu können, was sich da abzeichnete. *Ein munter plätscherndes, kristallklares Bächlein. Hohes Gras wucherte am Bachrand.* Er schluckte krampfhaft, hatte das Gefühl, daß die Zunge längst zu einem dicken Knebel angeschwollen war, der ihn zu ersticken drohte. *Kräftig blauer Himmel hinter dem Gras, das sanft im Wind wogte. Wolkenschleier trieben in großer Höhe dahin. Auf dem Gras plötzlich spinnenartige Tiere – Weberknechte. Flink turnten sie über blühenden Klee. Auf einem der Steine im Bachbett ein Vogel, er hatte die Tiere bemerkt, breitete die Schwingen aus …*

Nein! schrie alles in Bully. *Nicht das zeigen!*

Spielte ihm sein Unterbewußtsein diesen bösen Streich? Er wollte sich keinen Ärger einhandeln, sondern friedlich mit den Arachnoiden auskommen.

Ich habe Durst! Nur dieser eine Gedanke beseelte ihn noch. Schier unerträglich wurde das Pochen, das vom Zellaktivator auszugehen schien. Sein Herzschlag begann zu rasen, die Umgebung verschwamm vor seinen Augen.

Wasser!

Das letzte, was Reginald Bull bewußt wahrnahm, war das zum reißenden Strom anschwellende Bächlein. Tosende Wassermassen fegten die Steine, die Pflanzen, die Tiere hinweg. Dann schwanden ihm die Sinne.

Bully spürte noch, daß er seitlich vom Pilz rutschte, aber schon nicht mehr, daß hilfreiche Gliedmaßen ihn auffingen.

Nach zwei Tagen konnte er mit der knarrenden Sprache der Weberknechte noch immer wenig anfangen. Einige Begriffe hatte er erlernt, sie standen für die Arachnoiden selbst – eine Lautfolge, die er aber nicht einmal in geläufige Konsonanten übertragen konnte –, für diese Welt und den Mahlstrom. Ebenso für die Pyramide aus Stein. Sie war wirklich ein Heiligtum. In allen Gebäuden gab es Nachbildungen, gerade eine Handspanne hoch, und oft genug hatte er gesehen, daß die Arachnoiden diese Miniaturen ehrfürchtig berührten.

Ebenso zuvorkommend, zugleich mit einer gewissen Zurückhaltung, behandelten sie ihn. Nach seinem Zusammenbruch hatte er ausreichend Wasser und Nahrung bekommen. Das Wasser schmeckte schweflig. Nach wie vor kostete es ihn Überwindung, davon zu trinken. Mit angehaltenem Atem kippte er die brackige Brühe durch seine Kehle. Wahrscheinlich wimmelte es darin von Keimen, die jeden Menschen in Null Komma nichts aufs Krankenlager geschickt hätten; er verdankte es nur der entgiftenden Wirkung des Zellaktivators, daß er außer dem krampfhaften Würgen, das nach jedem Schluck seine Kehle hochstieg, keine schlechtere Erfahrung machen mußte.

Auch auf dem Essen kaute er lustlos herum und wünschte sich statt dessen einige Konzentratriegel. Das welke Grünzeug schmeckte wie vorverdaut, und als Bully am zweiten Tag eher zufällig eine Trocknungsvorrichtung für die bizarren Blätter entdeckte und die giftgrünen Raupen, die zu Zehntausenden in dem Gestell herumwimmelten, ahnte er, daß seine Vermutung ins Schwarze getroffen hatte.

Mittlerweile war er überzeugt, daß die Spinnenartigen ihn erwartet hatten – zumindest jemanden, der im Inneren der heiligen Pyramide erscheinen sollte. Zu einem annähernd genau definierten Zeitpunkt. Andererseits schien es eine gewisse Fehlinterpretation gegeben zu haben. Die Weberknechte hatten den Zugang zu spät geöffnet – und falls sie noch einige Tage länger gewartet hätten, wäre ihnen nur eine ausgetrocknete Mumie in die Hände gefallen. Was Bully zu der Frage veranlaßte, wer den Transmitter installiert hatte und wozu. Vor allem wann.

Daß die Arachnoiden ihn für einen Lemurer hielten, lag auf der Hand. Trotzdem hatte er noch nicht herausgefunden, ob die Lemurer für sie Götter gewesen waren – gelandet auf dieser Welt, als die Spinnenartigen gerade begonnen hatten, ihre Zivilisation aufzubauen. Solche Entwicklungen schienen eine beliebte Spielart der Evolution zu sein; auch die Erde war davon nicht verschont geblieben, wie das Schicksal von Atlantis und der arkonidischen Siedler aus der Venusfestung bewies.

Natürlich wurden Raumfahrer von jungen Intelligenzen als Götter angesehen, die auf Flammensäulen reitend aus dem Himmel herabstiegen. Zurück blieben verklärte Vorstellungen von übernatürlichen Wesen in plumpen Anzügen, von vielrädrigen, zwischen den Wolken schwebenden Wagen und lichtumfluteten Gestalten. Alles das war mit moderner Technik erklärbar. Es schien gerade so, als müßten solche Begegnungen sein, um die Sehnsucht nach den Sternen zu wecken und tiefgreifende Entwicklungen in Gang zu setzen.

Egon holte ihn zu einer neuen Sitzung im Kommunikationsoval. Reginald Bull hatte den Arachnoiden, der ihn aus der Pyramide gerettet hatte, kurzerhand Egon genannt. Den richtigen Namen, eine zungenbrecherische Lautfolge, brachte er nicht über die Lippen. Egon wiederum gab sich merklich Mühe, mit seinen Lautbildungsorganen diese vier Buchstaben zu formen, produzierte aber ebenfalls nur ein völlig unzulängliches Husten.

Im dritten gedanklich-holographischen Kontakt wollte Bully die Position der Arachnoiden-Welt im Mahlstrom herausfinden und damit die ungefähre Entfernung zur Erde. 156.000 Lichtjahre maß die Abriß-Nabelschnur zwischen den vor Jahrmilliarden zusammengestoßenen Galaxien, das war eine Entfernung, die sich mit den Raumschiffen der Weberknechte zumindest in mehreren Etappen bewältigen ließ.

Inzwischen hatte der Terraner gelernt, die bildliche Wiedergabe seiner Gedanken zu kontrollieren. Minutenlang zeigte er das Schema des Sonnentransmitters, in dem Erde und Mond entmaterialisiert waren, dann übergangslos das Sternengewirr des Mahlstroms und hoffte, daß seine neuen Freunde verstanden. Transmitter kannten sie nicht. Insofern mußte sein Erscheinen in der Pyramide wirklich wie eine göttliche Fügung wirken. Er konzentrierte sich auf die Kunstsonnen, die die Erde eine Zeitlang begleitet hatten, um sie vor Auskühlung und ewiger Dämmerung zu bewahren, und schließlich den roten Stern Medaillon, um den Terra heute seine Bahn zog. Die Wiedergabe zeigte das kraterzernarbte Gesicht Lunas und die prachtvoll aufgehende Sichel des blauen Planeten ...

... und verwischte, obwohl Bully sich intensiv konzentrierte. Erst nach einigen Augenblicken, als das stilisierte Abbild einer kleinen gelben Sonne mit zehn Planeten erschien, erkannte er, daß die Weberknechte die Kontrolle übernommen hatten. Zwei Welten waren vergleichsweise riesig, eine davon mit einem ausgeprägten mehrgliedrigen Ringsystem: Jupiter und Saturn.

Siedendheiß überlief es Reginald Bull. Die Arachnoiden kannten das Solsystem. Jedoch mit zehn Planeten. Zeut, die ehemalige Nummer fünf zog in ihrer Gedankenprojektion noch seine Bahn zwischen Mars und Jupiter.

Während der Kampfhandlungen zwischen der Ersten Menschheit und den Halutern war der Planet fünfzigtausend Jahre vor Beginn der christlichen Zeitrechnung zerstört worden. Die sich ausbreitende Staub- und Trümmerwolke hatte über Jahrtausende hinweg gewaltige Kratereinschläge auf den benachbarten Welten verursacht. Auf der Erde war durch die Reduzierung der Sonneneinstrahlung die Würm-Eiszeit ausgelöst worden und damit der Untergang der letzten Reste lemurischer Zivilisation. Der Asteroidengürtel zeugte heute noch von dem Krieg in grauer Vorzeit.

Diese Darstellung konnte nur von jenen Lemurern stammen, die durch eine Fehlfunktion des Gercksvira-Sonnentransmitters in den Mahlstrom verschlagen worden waren.

Reginald Bull hatte auf Hilfe von den Arachnoiden gehofft und mußte nun erfahren, daß sie von ihm, dem vermeintlichen Lemurer, Beistand erwarteten. Sehnsüchtig hatten sie sein Erscheinen erwartet. Weil uralte Legenden davon sprachen, daß einer der Götter zurückkehren würde, wenn die Not am größten war.

Hunderttausend und mehr Sonnen mit Planetensystemen umfaßte der Mahlstrom. Außerdem Gas- und Staubwolken, Dunkelwelten, Kometen, deren Bahnen sich für ewig im Nichts verloren, Asteroiden und ausgebrannte Sonnen. Das schlauchförmige Gebilde, das die wieder auseinanderdriftenden Galaxien in ihren Schwerkraft- und Magnetfeldern hinter sich herzogen, war ein unvorstellbares energetisches Chaos, in dem sogar hochgezüchtete Ortungstechniken weitgehend versagten.

Die Erde war nahe einer der engsten Einschnürungen materialisiert, weil die dortigen energetischen Verhältnisse wie ein Empfangstransmitter wirkten. In einigen Jahrmillionen würde der Mahlstrom exakt an jener Position den Schwerkräften nicht mehr standhalten und auseinanderreißen.

Unglaubliche Materiemengen wurden von der Engstelle angesogen und verschwanden. Auch die Sonne Medaillon und die Erde näherten sich dem Schlund. Bislang konnte niemand sagen, ob die völlige Vernichtung drohte.

Das Sonnensystem der Arachnoiden bewegte sich auf exzentrischer Bahn durch das Chaos und näherte sich zwei roten Riesensternen. Beide Sonnen besaßen Planeten, die von einem ebenfalls raumfahrenden Volk besiedelt waren. Eine kriegerische Rasse, die seit Monaten Raumschiffe der Arachnoiden aufbrachte und vernichtete. Während Reginald Bull aus der Pyramide befreit worden war, hatten die Angreifer erstmals mit einer größeren Flotte versucht, den äußeren Planeten des Systems zu erobern. Vergeblich zwar, aber sie würden wiederkommen, sie hatten bisher allen Vorstößen innerhalb kürzester Frist weitere folgen lassen.

Die Darstellung verwehte. Eine neue Projektion überlagerte Bullys Bemühungen, die Arachnoiden zur Suche nach der Erde aufzufordern.

Er sah eine Flotte verschachtelt wirkender Schiffe vor der Kulisse des Sternenbandes.

Raumer der Arachnoiden, die sich den Angreifern entgegenwarfen, verglühten im konzentrierten Feuer.

Als die Projektion endgültig zusammenbrach, erklang aus der Ferne ein durchdringendes Heulen. Es wurde lauter, steigerte sich zum schrillen Diskant und glitt gleich darauf in niedrige Frequenzbereiche ab. Unmittelbar darauf begann es von neuem.

Raumalarm!

So unterschiedlich in ihrem Aussehen raumfahrende Völker auch waren, ihre akustischen Warnsignale ähnelten sich zumeist.

In das Heulen mischte sich ein fernes, dumpfes Dröhnen. Es klang rhythmisch, kam näher ... Im Salventakt feuerten Raumschiffsgeschütze in den unteren Schichten der Atmosphäre.

In Panik versuchten die Weberknechte, ins Freie zu gelangen, ihre langen Beine verhakten sich ineinander, sie stürzten und hatten Mühe, wieder hochzukommen, weil andere von hinten nachdrängten. Irgendwie schafften sie es dennoch, und als Reginald Bull hinter ihnen das Gebäude verließ, brannte schon das halbe Firmament. Höchstens fünfzig Kilometer entfernt zogen zwei Raumschiffe vor der fahlen Sonnenscheibe vorüber. Wie Blitze wirkten ihre Energieschüsse auf die Distanz.

An der Grenze zum Weltraum tobte eine erbitterte Abwehrschlacht. Kurz hintereinander flammten zwei neue Sonnen auf, die ihre Gluten in explodierenden Feuerbällen verschleuderten. Feuer und Rauch regneten über einem weiten Landstrich ab.

In der Ferne, mit bloßem Auge nur als winzige Leuchtpunkte zu erkennen, stiegen weitere Raumschiffe über den Horizont herauf. Die Schiffe der Arachnoiden konnten sie nicht zurückdrängen.

Reginald Bull protestierte heftig, als Egon zwei Gliedmaßen um ihn schlang, ihn hochhob und mit weit ausgreifenden Sätzen davonhastete. Der Arachnoide beachtete seinen Widerstand überhaupt nicht. Wollte er ein Raumschiff erreichen und in den Weltraum fliehen? Die vergleichsweise schwerfällig beschleunigenden Raumer der Arachnoiden hatten schlechte Chancen gegen die Übermacht der Angreifer.

Weitere Glutbälle flammten über dem Horizont auf – ein ebenso atemberaubendes wie tödliches Feuerwerk. Wie viele Raumschlachten er schon miterlebt hatte, konnte Reginald Bull nicht sagen, auf jeden Fall waren es zu viele gewesen. Selbst kleinere Gefechte, Geplänkel nur, gingen mit Tausenden Toten einher. Eine der Parteien wähnte sich immer im Recht und die moralische Entschuldigung für das grauenvolle Sterben auf ihrer Seite. Mit jedem Schiff, das aufflammend verglühte, wurden Hunderte Schicksale von einer Sekunde zur anderen ausgelöscht.

Er selbst, Bull, hatte an den Grenzen des Solsystems die Solare Flotte übermächtigen Gegnern entgegengeworfen. Die Namen der Gefallenen waren Legion, die vergossenen Tränen hatte nie jemand gezählt. Und keiner hatte je die Notwendigkeit der Opfer angezweifelt.

In aufwallendem Zorn biß Bully die Zähne zusammen. Zum wer weiß wievielten Mal fragte er sich voll Bitternis, ob Intelligenzen überhaupt zu friedlichem Zusammenleben fähig waren. Wurden alle nur von der Gier nach Macht beseelt und dem Egoismus, anderen überlegen zu sein?

Ein Schatten streifte ihn und glitt rasend schnell weiter. Zum erstenmal, seit er losgelaufen war, hielt Egon inne. Schätzungsweise zehn Kilometer hatte er in der kurzen Zeit zurückgelegt, kaum weniger schnell als die Gleiter, die noch vereinzelt am Himmel hingen.

Das Raumschiff der Angreifer, das eben in geringer Höhe über sie hinweggezogen war, näherte sich der Pyramide. Bully konnte das steinerne Bauwerk in knapp vierzig Kilometern Entfernung nicht mehr erkennen, wohl aber einen hellen Widerschein, der sich kuppelförmig aufwölbte. Ein Energieschirm. Also war der Empfangstransmitter nicht das einzige technische Artefakt der Lemurer. Er hätte sofort nachforschen müssen, jetzt war es zu spät dazu; ein unentschuldbares Versäumnis.

Aus schweren Strahlgeschützen eröffneten die Angreifer das Feuer auf den Schutzschirm. Sekundenbruchteile danach glühte die Pyramidenspitze in grellem Weiß. Ein irrlichterndes, funkelndes Etwas löste sich von dem Bauwerk und schlug aufglühend in das Schirmfeld eines Raumers ein. Plötzlich war da nur noch blendende Helligkeit – selbst auf die Distanz hin brannte sie sich schmerzhaft in die Netzhaut ein –, und als sie langsam erlosch, war das Raumschiff verschwunden.

Egon produzierte eine Reihe von Krächzlauten, die Bully als Jubel verstand. Die Götter hatten eingegriffen, sie ließen ihre Kinder nicht im Stich. Er wußte es besser: Das Abwehrgeschütz in der Pyramidenspitze konnte vielleicht einige der Angreifer vom Himmel holen, doch massivem Beschuß würde es nicht standhalten. Schon stießen weitere Raumschiffe herab, ihre Geschützbatterien feuerten im Salventakt.

Hell lodernde extreme Entladungen umflossen den Schutzschirm der Pyramide. Zwei weitere Raumer verglühten im Abwehrfeuer.

Die Apokalypse weitete sich aus. Heftiger werdende Beben erschütterten den Boden, und schon der Schalldruck schien zerstörerische Wirkung zu entwickeln. Ganz zu schweigen von der sengenden Hitze, die mit Orkangewalt über das Land fegte und jeden neuen Atemzug zur Qual werden ließ.

Mit tosenden Triebwerken versuchte ein Raumschiff der Arachnoiden Höhe zu gewinnen. Kaum mehr als zwanzig Kilometer über der Stadt wurde es angegriffen. Mehrere Triebwerksausleger rissen ab oder verglühten in einer Reihe kleinerer Explosionen, das Schiff begann zu taumeln. Ein letztes Aufbäumen, der vermutlich verzweifelte Versuch der Besatzung, über freies Gelände zu gelangen, wurde von neuen Thermosalven vereitelt. Überdeutlich konnte Bully erkennen, wie Rumpfsegmente aufplatzten. Kurz vor dem Aufschlag zerbrach das Schiff.

Obwohl Reginald Bull sich zu Boden geworfen hatte, das Gesicht zwischen den Armen vergraben und die Lider krampfhaft geschlossen, glaubte er, den atomaren Blitz noch wahrzunehmen. Grelle Schlieren fraßen sich in seine Gedanken vor. Der Sturm fegte nun von der Stadt aus heran.

Augenblicke trügerischer Ruhe folgten. Als hätten die entfesselten Gewalten den Atem angehalten, um die Opfer zu beklagen. Feuer und Asche vermischten sich zu einem hoch in die Atmosphäre aufsteigenden Explosionspilz. Bald würde radioaktiver Fallout einsetzen und diesen Teil des Planeten unbewohnbar machen.

Angst, daß er in diesem Chaos umkommen könnte? Nein, die hatte er nicht. Furcht und Panik waren schlechte Ratgeber und hinderten nur daran, klare Gedanken zu fassen. Zu oft hatte er sich schon in ähnlichen Situationen befunden und alle überlebt. Was ihn aber keineswegs zum Leichtsinn verleitete. Gerade der konnte tödlich sein. Eines Tages, davon war er überzeugt, würde er völlig überraschend dem Tod ins Auge sehen. Und dann würde er nicht kneifen. Er hatte sein Leben gelebt, es war nicht immer schön und angenehm gewesen, aber er konnte von sich sagen, daß er vieles bewegt hatte, Dinge, von denen er früher nicht einmal geträumt hätte. Daß die Menschheit am Scheideweg stand, war nicht seine Schuld. Niemand hatte die Invasion der Laren vorhersehen können, schon gar nicht, daß die Flucht der Erde durch den Sonnentransmitter nicht in der Zentrumsregion der Milchstraße enden würde, sondern in einer Region des Kosmos, die krasser kaum sein konnte.

Aber selbst der Untergang der Erde – Reginald Bull schluckte krampfhaft – war nicht gleichbedeutend mit dem Ende der Menschheit. Zu viele Planeten waren schon besiedelt worden. Es gab Umweltangepaßte wie die Siganesen, deren Durchschnittsgröße mit jeder Generation schrumpfte, aber auch die Ertruser, deren Heimat eine Schwerkraft von 3,4 Gravos aufwies. Die Riesen von Ertrus wurden zweieinhalb Meter groß, maßen in den Schultern beachtliche 2,10 Meter oder mehr, und mit ihren 16 Zentnern Lebendgewicht kamen sie daher wie der sprichwörtliche Elefant im Porzellanladen. Zumindest Bully zog diesen Vergleich; außer ihm kannten nur noch wenige solche Sprichwörter, die anderen Aktivatorträger natürlich, einige Historiker und Studenten altterranischer Lebensart.

Reginald Bull ließ es geschehen, daß Egon ihn wieder anhob und nahezu parallel zu den brennenden Stadtgebieten der untergehenden Sonne folgte. Die in der Ferne aufragenden Bergzüge wurden von den Angreifern noch nicht beschossen.

Bully schätzte, daß die Weberknechte im schnellen Lauf zweihundert Stundenkilometer und mehr erreichten. Mit ihm als zusätzlicher Last war Egon vielleicht halb so schnell. Andere Flüchtlinge hetzten in die gleiche Richtung. Tausende langbeiniger, graziler Leiber suchten ihr Heil in der Flucht.

Die Chancen der Ersten Menschheit im Krieg gegen die Haluter mochten schlechter gestanden haben als die der Menschen gegen die Laren – dennoch hatte sie überlebt, nicht als Lemurer, aber als Akonen, Arkoniden, Springer, Aras, Terraner ... Ihr genetisches Material war sogar vielfältiger geworden, unanfälliger gegen einzelne Katastrophen. Vielleicht war das die eigentliche Evolution.

Egon änderte die Richtung. Bully bemerkte es, weil der Hauptteil der

Fliehenden zurückblieb. Aus Richtung der Pyramide erklang ein prasselndes Stakkato von Explosionen, der halbe Horizont zeigte sich unvermittelt in grellweißes Licht getaucht. Für einen Augenblick sah es so aus, als wäre eine Arkonbombe gezündet worden, deren Justierung mindestens alle Elemente ab der Ordnungszahl 15 erfaßte. Es mußten die Schwefelverbindungen in der Atmosphäre sein, die in rasend schnellem Vorgang abbrannten. Dann dauerte es lediglich einige Tage, möglicherweise auch nur Stunden bis zum völligen Untergang des Planeten ...

Reginald Bull reagierte erleichtert, als das weiße Leuchten ebenso rasch in sich zusammenfiel, wie es sich auflodernd ausgedehnt hatte. Vermutlich existierte die Pyramide nicht mehr. Zwei Raumschiffe näherten sich aus ihrer Richtung und begannen eine unbegreifliche Jagd auf die fliehenden Arachnoiden.

Egon schrie auf, als Thermosalven in der Nähe einschlugen. In vollem Lauf warf er sich herum ...

Feuer war plötzlich überall, eine sengende, alles verschlingende Glut. Haltsuchend riß Bully die Arme hoch, als er herumgewirbelt wurde und in die gleißende Helligkeit eintauchte.

Schwärze verschluckte alle Wahrnehmungen.

Er lag auf dem Rücken und starrte hinauf zu dem kantigen Raumer, dessen Aufbauten das brennende Land spiegelten. Für die Dauer eines gequälten Atemzugs hatte er das Bedürfnis, sich einfach fallenzulassen – aber das war nicht der Reginald Bull, der lieber kämpfend starb, als sich ewig mit dem Vorwurf zu belasten, im entscheidenden Moment versagt zu haben; er stand noch unter dem Einfluß der Bewußtlosigkeit. Mit einer derben Verwünschung auf den Lippen versuchte Bully, den Rest der Benommenheit von sich abzuschütteln. Es gab wohl keine Stelle an seinem Körper, die nicht schmerzte. Er mußte mehr als nur einige Meter weit durch die Luft gewirbelt worden sein, und die leicht erhöhte Schwerkraft des Planeten hatte den Aufprall nicht eben sanft ausfallen lassen.

Immer noch starrte er dem Raumschiff hinterher, dessen Geschütze Tod und Verderben spien. Feuer war überall. Und dicker, schwerer Rauch, der sich wie ein alles verschlingender Moloch heranwälzte.

Die vermeintliche Stille wich einem anschwellenden Prasseln und Knistern, dem Widerhall vieler kleiner Explosionen. Der stechende Geruch von verbranntem Fleisch würgte ihn; Bully wälzte sich herum, stemmte sich auf den Armen hoch – und erbrach sich. Überall lagen tote Weberknechte, viele bis zur Unkenntlichkeit verbrannt, andere, die nur in die

Ausläufer des Thermostrahls geraten waren, entsetzlich entstellt, ihre verkohlten Gliedmaßen scheinbar anklagend in die Höhe gereckt.

Langsam fuhr Reginald Bull sich mit beiden Händen von der Stirn aus abwärts übers Gesicht. Die Augenbrauen waren verkohlt und lösten sich ab, die Gesichtshaut brannte wie Feuer. Er spürte nicht nur das bloße Fleisch unter den Fingern, sondern auch Blut über die Wangenknochen rinnen.

Der Brandgestank machte jeden Versuch zunichte, das Geschehen sachlich zu analysieren. Die Emotionen ließen sich nicht zurückdrängen. Schier übermächtig wurde der Schrei nach Vergeltung, das Verlangen, die Schiffe der Angreifer verglühen zu sehen. In ohnmächtigem Zorn ballte Bully die Hände. Zwei terranische Kreuzer wünschte er sich in dem Moment. Vernunft sät man eben nicht nur mit Worten, sondern auch mit demonstrierter Stärke. Auge um Auge, Zahn um Zahn, so stand es schon in der Bibel, und diese Aussage hatte selbst im Raumfahrtzeitalter ihre Gültigkeit nicht verloren. Leider. Einige Meter entfernt zuckten Gliedmaßen. Ein verhaltenes Gurgeln erklang, als ein Arachnoide versuchte, sich schwankend hochzustemmen.

Bully richtete sich endgültig auf. Doch als er versuchte, Egon zu helfen, wurde er schroff zurückgestoßen.

Augenblicke später stand der Spinnenartige schwankend auf nur sechs Beinen. Die beiden anderen baumelten als verbrannte Stümpfe herab.

Nicht einen Blick hatte Egon für den Tod und die Verwüstung ringsum. Mit einem knappen Stoß seines Körpers drängte er Bully weiter, in die Richtung, in die sie zuvor schon gelaufen waren.

»Wir sind nirgends sicher«, stieß der Terraner hervor. »Hier vielleicht noch am ehesten.«

Egon starrte ihn aus seinen dunklen Augen an, als könne er die Worte in Interkosmo verstehen, der Hauptverkehrssprache fast aller galaktischen Völker, dann taumelte er weiter, drehte sich erst gut zwanzig Meter entfernt um und pendelte zaghaft von einer Seite auf die andere.

»Wenn Sie ... wenn du meinst«, ächzte Bull. »Ist schließlich auch egal, wo sie uns erwischen, ob hier oder ein paar Kilometer weiter. Was spielt das für eine Rolle?«

Egon trabte weiter. Trotz seiner Verwundung war er um einiges schneller als Bully. Mehrmals hielt er inne und wartete, bis der Terraner nahezu aufgeschlossen hatte. Aber seinen Weg verfolgte er unbeirrbar.

Die Hügellandschaft wich bizarren Felsformationen. Weit entfernt stürzte ein Raumschiff ab, das Dröhnen von Explosionen pflanzte sich minutenlang durch die Atmosphäre fort.

Einige von Egons Brandwunden waren aufgebrochen und hatten zu bluten begonnen. Nur wenige Meter vor einer schroffen Felswand knickte er endgültig ein.

Mit jedem Schritt, den Bully näher kam, veränderte sich für ihn der optische Eindruck des Felsens. Erst wie rauher, verwitterter Stein wirkend, begann sich ein Stück der Oberfläche zu glätten und zeigte plötzlich Konturen, Licht und Schatten mehrfach nebeneinander, eine große Spirale, das Abbild einer Galaxis.

Nicht irgendeiner Galaxis ...

Oft genug hatte Reginald Bull diese Darstellung schon gesehen, die Milchstraße in der unendlichen Schwärze des intergalaktischen Raumes, dazu die vorgelagerten Magellanschen Wolken mit der schwach schimmernden Materiebrücke und die vielen Kugelsternhaufen im Halo.

Dies war unverkennbar die heimische Milchstraße, die Anordnung der einzelnen Spiralarme, der strahlend helle Zentrumsbereich mit seinen Milliarden Sonnenmassen ...

»Das ist meine Heimat«, stieß Bully hervor. Was er am allerwenigsten hier zu sehen erwartet hatte, war ein Abbild der Milchstraße. Sechs oder sieben Meter stand er noch entfernt, konnte aber nicht erkennen, ob das Bild holographischer Natur war oder eine Art metallisch geprägtes Relief.

Halb wandte er sich dem Arachnoiden zu, der bebend verharrte. *Geh! Du weißt, was zu tun ist!* schien Egons Haltung auszudrücken. Bully preßte die Lippen aufeinander – und schwieg.

Von fern brandete erneut das Tosen von Schiffsgeschützen heran. Ein zweites Strahlengewitter schickte sich an, auch jene Regionen in Schutt und Asche zu legen, die die erste Angriffswelle leidlich überstanden hatten.

Zu sehen war vorerst nur ein grelles Flackern am Horizont. Auch Egon hatte sich kurz umgewandt und versuchte danach mühsam, sich hochzustemmen. Als Bull ihm helfen wollte, ließ er sich fallen. Seine Glieder zuckten abwehrend. Zudem stieß er jenes Knarren aus, das der Terraner als Umschreibung für »Lemurer« interpretierte, mittlerweile ebenso als Synonym für »Götter«.

Niemand, der die Milchstraße nicht exakt kannte, konnte die Abbildung geschaffen haben. Schon bei oberflächlicher Betrachtung entdeckte Bully Details wie offene Sternhaufen oder diffuse Nebel allein im Bereich des Orionarms. Die kleinsten Objekte durchmaßen aber noch einige Dutzend Lichtjahre – es wäre müßig gewesen, die Erde oder eine der benachbarten Sonnen zu suchen, die Wega zum Beispiel oder Beteigeuze.

Bull streckte einen Arm aus. Er spürte nichts, als die Finger die Abbildung berührten und in das gleißende Sternenmeer eindrangen.

Was lag dahinter? Ein Kraftfeld, womöglich ein zweiter Transmitter?

»Ich wünschte, Egon, wir könnten uns vernünftig unterhalten.« Bis zum Ellbogen war der Arm bereits verschwunden, als Bully ihn ruckartig zurückzog. Die Hand, die Finger, alles war noch da. Der Arachnoide beobachtete ihn aufmerksam, seine abgehackten Lautäußerungen forderten Bully zum Weitermachen auf.

Raumschiffe kamen näher. Das Aufblitzen ihrer schweren Thermogeschütze schien niemals enden zu wollen. Zwei, drei Minuten noch, schätzte Reginald Bull, dann mußten die Angreifer heran sein.

Abermals durchstieß er die Darstellung, sein Arm drang fast bis zur Schulter darin ein. Er spürte Widerstand, kühlen Stahl, der durchaus ein Portal im Fels sein konnte. Nichts anderes hatte er erwartet. Er brauchte nur noch den Sesam-öffne-Dich. Zweifellos erwartete der Arachnoide, daß er es schaffte.

Die Raumschiffe feuerten ununterbrochen. Sie näherten sich auf geradem Kurs. Zu spekulieren, ob sie einem Zufall oder ihren Ortungen folgten, war müßig; wer in den meterdicken Strahlbahnen starb, fragte nicht mehr, ob zufällig oder nicht.

Die Abbildung der Milchstraße erlosch. Für einen Augenblick sah Bully fugenlosen, rötlich schimmernden Stahl vor sich, eine Platte, die ihn an ein Hangarschott erinnerte, dann entstand das Hologramm erneut, diesmal auf dem Stahl.

Erst auf den zweiten Blick registrierte Bully die Veränderungen. Winzige Farbnuancen markierten unterschiedlich große Sektoren innerhalb der Milchstraßenebene. Die meisten dieser Bereiche konzentrierten sich im Orion- und im Perseusarm, aber auch einige Kugelsternhaufen waren davon erfaßt. M 13 zum Beispiel.

Die Aufforderung war unverkennbar. Irgendwo in dem Hologramm lag der Öffnungsmechanismus für das Schott verborgen. Die Erbauer dieser Anlage mußten überzeugt gewesen sein, daß eines Tages Menschen der Erde hier stehen würden ...

Menschen oder Lemurer!

Hatte jemand wissen können, daß er eines Tages ...? Unsinn. Er mußte sich darauf konzentrieren, den Zugang zu öffnen. Alles andere war nebensächlich – auch die angreifenden Raumschiffe. Bully spürte, daß sich seine Nackenhaare sträubten. Die Feuerwalze war nur noch wenige Kilometer entfernt.

Wie um alles in der Welt fand er den Schlüssel für die Anlage?

Hatten die farbigen Sektoren eine Bedeutung? Oder sollten sie nur ablenken? Vergeblich versuchte Bully sich ins Gedächtnis zu rufen, wann er eine ähnliche Abbildung der Milchstraße schon gesehen hatte.

Wie viele Farbfelder mochten es sein? Fünfzig ...?

Mehr! Zweifellos. Mindestens doppelt so viele.

Verzerrt spiegelte der Stahl das näher kommende Verderben. Rot glühende Blitze verbrannten das Land.

Kaum mehr als zehn Kilometer ...

Er hatte gewußt, daß er eines Tages sterben würde. Aber nicht auf einer namenlosen Welt im Mahlstrom, irgendwo fernab der heimatlichen Galaxis. Da war kein Zorn, kein Hadern mit dem Schicksal, nur das Gefühl grenzenlosen Bedauerns, daß es so enden mußte. Viel hätte er dafür gegeben, wenigstens die Menschen der Erde in Sicherheit zu wissen, doch in nicht mehr ferner Zukunft würde die Erde in den Schlund stürzen und von den Kräften der Engstelle zerrieben werden. Das war es, was er bedauerte, die ohnmächtige Hilflosigkeit angesichts der Erkenntnis, daß alles umsonst gewesen sein sollte.

Er hatte immer geglaubt, die Fäden in der Hand zu halten und die Entwicklung voranzutreiben, doch die Erkenntnis, daß er nichts anderes als eine Marionette des Schicksals war, ließ Bitternis zurück.

Zum Davonlaufen war es zu spät. Höchstens noch zwanzig Sekunden blieben, dann mußten die Raumer über ihm sein. Ringsum tobte ein Orkan. Niemand würde je erfahren, wo und unter welchen Umständen er ums Leben gekommen war, er teilte das Schicksal von Millionen Menschen vor ihm.

Reginald Bull starrte das Hologramm an, verbissen, fast schon hypnotisierend ...

Jäh fiel es ihm wie Schuppen von den Augen. Die Sektoren nachzuzählen, blieb keine Zeit, aber es mußten einhundertundelf sein: die Tamanien des lemurischen Imperiums, die einzelnen Sternenreiche, die vor über 50.000 Jahren ihre Einflußsphäre gebildet hatten.

Ein dröhnendes Lachen irritierte Bully. Einen Herzschlag lang glaubte er, dicht neben sich jemanden lachen zu hören. Aber da war niemand, und der Arachnoide wirkte angesichts des nahenden Todes wie erstarrt. Wahrscheinlich narrte ihn die tobende Geräuschkulisse des Feuersturms.

Einhundertundelf Tamanien zum Zeitpunkt des Haluterkrieges. 49.983 Jahre vor Christi Geburt war das Große Tamanium untergegangen, das seine Ausdehnung innerhalb von wenig mehr als 400 Jahren verdoppelt hatte.

War das der Schlüssel? Bully durfte nicht zögern. Einige Zentralplaneten einzelner Tamanien kannte er. Nummer siebenundachtzig war das Akon-System. Und Sol als Keimzelle das Erste Tamanium.

Nur mehr zwei bis drei Kilometer hinter ihm verwandelten Thermoschüsse Gestein in glutflüssige Seen.

Wenige Sekunden noch.

Reginald Bulls Rechte stieß vor und drang in das Sternengewimmel des Orionarms ein, in dem Sol ein winziger Lichtpunkt von Milliarden war und ohne Hilfsmittel nicht aufzuspüren. Das erste Tamanium maß hingegen schon mehrere Zentimeter. Seine Hand schloß sich um die Darstellung, als wolle er sie zwischen den Fingern zerquetschen.

Fast gleichzeitig war da nur noch sengende, alles verbrennende Glut...

... begleitet von einer Lichteruption, deren Helligkeit alle Materie auflöste.

Reginald Bull, der Abenteurer

2153

Übergangslos brach das Chaos über uns herein. Ohne Rücksicht darauf, daß ich eben erst im Logbuch vermerkt hatte, an Bord gebe es keine besonderen Vorkommnisse. Der Zielstern im Zentrum des Hauptbildschirms, eine Zwergsonne unterhalb der Hauptreihe des Hertzsprung-Russell-Diagramms, war seit mehreren Stunden Überlichtflug unser einziger Orientierungspunkt.

Innerhalb eines Augenblicks explodierte der Stern in grellweißer Lichtflut. Bestenfalls Sekundenbruchteile hielten die automatisch vorgeschalteten Filter, dann brach die Helligkeit mit verheerender Gewalt über die Zentrale herein – ein einziges grelles Aufblitzen, in dem sich jede Materie aufzulösen schien.

Gellende Schreie gingen im Aufheulen des Alarms unter. Instinktiv hatte ich die Hände vors Gesicht gerissen, dennoch tobten Feuergluten meine Sehnerven entlang. »Abbrechen!« wollte ich schreien. »Rücksturz!« Wahrscheinlich brachte ich nur ein unverständliches Krächzen hervor.

Etwas Unheimliches griff nach mir. Ich spürte es an der Stille, die mich einhüllte. Bleiern schwer war die Luft. Und heiß. Der nächste Atemzug würde mich innerlich verbrennen.

Ich atmete nicht mehr.

Schwerelosigkeit herrschte. Die künstliche Schwerkraft war ausgefallen. Vergeblich versuchte ich, die ansonsten allgegenwärtigen Vibrationen der Energieerzeuger wahrzunehmen.

Der Drang einzuatmen wurde unerträglich. Aber immer noch spürte ich die Hitze. War das Schiff in der Sonnenkorona aus dem Zwischenraum gefallen? Dann gab es keine Rettung mehr, wir würden verbrennen ...

Die Schmerzen wurden unerträglich.

Grell und heiß.

Unsichtbare Kräfte drohten mich zu zerreißen.

Dann war nichts mehr.

Ein fernes, leises Dröhnen fraß sich durch die Stille. Es wiederholte sich rhythmisch, von gedämpftem Gurgeln und Plätschern begleitet.

Schleifende Geräusche mischten sich hinein – wie grobe Kiesel, die, von einer Flutwelle hochgehoben, aneinander rieben. Dazu die schier unerträgliche Wärme ...

Vor meinem inneren Auge entstand das Bild eines palmengesäumten Kiesstrandes. Die Sonne brannte aus dem Zenit herab, das türkisfarbene Meer rollte mit gischtenden Wogen heran. Donnernd überschlugen sich die Wellen am Strand, rissen Steine und Muscheln mit, und die Schaumkronen verwehten in der auflandigen Brise.

Ich spürte die Nässe auf der Haut, aber ich weigerte mich, aus dem wohligen Empfinden aufzuwachen. Zu lange hatte ich in der Hektik des Alltags solche Momente der Ruhe und Entspannung entbehrt. Erst Arkon, dann die Explorerflotte ...

Heftiger peitschte mir die Gischt ins Gesicht. Das Gefühl klebriger Nässe begann unangenehm zu werden. Außerdem wehte beißender Rauch heran ...

... wie von schmorenden Kunststoffen und brennenden Kabelverbindungen.

Ich wollte mich hochstemmen, doch eine unsichtbare Faust hielt mich zurück. Die Gurte! Palmen, Meer und Strand verwischten in Gedankenschnelle und wichen einem von flackernden Reflexen durchbrochenen Halbdunkel, in dem Rauchwolken sich träge mit der Nässe aus den Sprinklerdüsen vermischten.

Vor mir glommen Bildschirme in düsterem Rot. Wie Dämonenaugen starrten sie mich an. Das Rot zerfiel in körnige Schleier, verwehte, entstand von neuem, begleitet von dem fernen Rumoren, das mir im Zustand weichender Bewußtlosigkeit wie Brandungsrauschen erschienen war.

Die Protuberanzen einer Sonne?

Meine Rechte krachte auf das Gurtschloß. Ich hastete hinüber zum Kommandantenpult. Oberst Nisset war noch bewußtlos, aber seine Augenlider flatterten bereits. Im Hintergrund der Zentrale erklang qualvolles Stöhnen. Mir blieb keine Zeit, mich um die Crew zu kümmern. Mit wenigen Griffen löste ich Nissets Gurte und zerrte ihn aus dem Sessel.

»Schadensmeldung!«

Die Automatik reagierte nicht. Meine Finger huschten über die Sensorfelder und aktivierten neue Schaltbilder.

Beinahe die Hälfte aller Programme war nicht verfügbar. Keine Internkommunikation, kein Zugriff auf die Linearkonverter. Wenigstens der Energieschirm stand noch. Neunundachtzig Prozent Belastung, steigend. In drei bis vier Minuten würde die Kapazitätsgrenze erreicht sein, dann gab es bestenfalls noch zehn Prozent Reserve. Aber die Speicherbänke zeigten alles andere als Grünwerte.

Wir mußten weg hier, zumindest den Kurs ändern. Wenn ich die miserable Bildwiedergabe richtig interpretierte, driftete das Schiff in stumpfem Winkel gegen dichter werdende Plasmafronten.

Fünfundneunzig Prozent ...

Mehr als eine Nußschale in der heranbrandenden harten Strahlung war unser 500-Meter-Kugelraumer nicht. Das vermeintliche Brandungsrauschen, das von den Schirmfeldprojektoren durchschlug, dröhnte lauter.

Im Bereich der Hauptortung implodierten Aggregate. Ich sah den flackernden Widerschein aufzüngelnder Flammen, konnte mich aber nicht darum kümmern. Die Sprinkleranlage hatte die Überhitzung nicht verhindern können.

Poltern hinter mir, Stöhnen und gequältes Husten.

»Wer immer wach ist, das Feuer löschen!« stieß ich hervor.

»Aye, Sir!«

Endlich hatte ich die Triebwerkskontrollen auf einem der kleinen Monitoren. Die zur Verfügung stehende Energie war lächerlich gering, sie hätte kaum für einen Start von der Erde gereicht. Im nächsten Moment wollte mir die Positronik weismachen, daß wir nicht einmal mehr über Impulstriebwerke verfügten.

»Verfluchter Blechkasten! Willst du mich verscheißern?« Meine Faust donnerte auf die Konsole hinab. Ich konnte gerade noch erkennen, daß die Belastungsanzeige des Schirmfeldes in den Warnbereich kletterte, bevor das Logo der Explorerflotte erschien. Höhnisch grinste mich die Graphik an, danach war das Hauptkontrollpult tot.

Wenn wenigstens mein Schlag ursächlich gewesen wäre, hätte ich es noch einmal auf die gleiche Weise versuchen können. Zur Zeit der U. S. Space Force hatten solche Reparaturmethoden noch hin und wieder Erfolg gezeitigt, leider nicht bei einem hochmodernen Raumschiff, dessen Bauteile völlig andere Belastungen wegstecken mußten.

Oberst Nisset kam soeben schwankend auf die Beine. »... kein Zugriff auf die Impulstriebwerke!« informierte ich ihn knapp.

Wieviel Zeit blieb noch? Vermutlich zuwenig. Das Dröhnen der Brandungswellen hatte sich zum prasselnden Stakkato verändert, mit dem Überschlagsenergien vom Schirmfeld aus die Schiffshülle trafen. Dem Stabilitätsverlust würden Strukturlücken folgen, in die das Plasma vorstieß und den Schirm endgültig zusammenbrechen ließ. Was die sonnenheißen Energien von der EX-414 übriglassen würden, brauchte ich mir nicht erst auszumalen.

Die Verkleidung des Hauptschaltpultes polterte herab, als ich die Magnethalterungen löste. Vor mir lag ein unüberschaubarer Wust von Schaltelementen in Mikrobauweise. Ein bestialischer Gestank schlug mir aus den verschmorten Bereichen entgegen.

»Befehlen Sie die Crew in die Beiboote, Oberst!« kommandierte ich, während ich zwei Spezialmeßgeräte aus ihren Halterungen löste.

»Sir, ich ...«

»Wollen Sie, daß alle draufgehen?« herrschte ich ihn an. »Die Besatzung ist wichtiger als alles andere.«

»Wir müssen in den Maschinenraum, Sir. Von dort aus ...«

Im Prinzip hatte er recht. Aber wenn die Anzeigen korrekt gewesen waren, kamen wir an die Doppelkontrollen nicht mehr ohne Spezialanzüge ran. Im Gegensatz dazu war das Problem, das sich mir hier stellte, geradezu banal. Ich bildete mir ein, die Hauptzentrale demontieren und anschließend funktionsgerecht wieder zusammenbauen zu können – sofern mir genügend Zeit dafür zur Verfügung stand, einige Wochen mindestens.

»Haben Sie nicht verstanden, Nisset?« herrschte ich den Oberst an. »Schaffen Sie die Mannschaft raus!«

Er brüllte Befehle und sagte dann in aller Seelenruhe: »Ich bleibe, Sir. Das ist meine verdammte Pflicht ebenso wie Ihre.«

Funken sprangen über, wo eigentlich keine Energie fließen sollte. Mit einer blitzschnellen Drehung löste ich mehrere siganesische Module aus einem Verteiler-Verbundblock. Das waren Schaltkreise, die Aktivierungsimpulse hinsichtlich ihrer inneren Logik und der Zugriffsberechtigung prüften. Banalitäten, die niemand bewußt beachtete, aber vermutlich hatte ihre Blockierung den Ausfall des Hauptschaltpults verursacht.

Ich war gezwungen, mehrere Überbrückungen anzubringen. Für die erste gab es drei Möglichkeiten. Falls ich eine falsche wählte, erhielt ich keine zweite Chance.

Wenige Millimeter noch. Durch die transparente Ummantelung sah ich meine Hand vor dem Steckkontakt verharren. Alles um mich her versank in Bedeutungslosigkeit, ich spürte die heftigen Erschütterungen des Schiffes, registrierte sie aber nur unbewußt. Ein ungutes Gefühl ließ mich innehalten.

Die zweite, seitlich versetzte Isolierröhre trug die Kennung 13.6.W.E. Angesichts dieser Ziffern- und Buchstabenkombination entschied ich aus dem Bauch heraus, daß sie mir Glück bringen würde. Daß mir dabei der Schweiß in den Augen brannte, war eine lästige Nebenerscheinung.

Wie lange hantierte ich schon an den Schaltungen? Vierzig Sekunden? Fünfzig? Sie erschienen mir wie eine Ewigkeit.

Beinahe hätte ich laut gelacht. Sekunden verloren also auch für einen

Unsterblichen nicht an Bedeutung. So, wie ein Millionär auf jeden einzelnen Soli angewiesen ist. Ein schöner Vergleich. Ich würde ihn mir merken und in mein Büro hängen – und in der Folge wohl hundertmal die gleiche dumme Frage beantworten müssen.

Die letzte Überbrückung ... Mit dem Handrücken versuchte ich, mir den Schweiß aus den Augen zu wischen. Es half wenig.

Die Platinen verschmolzen bei Berührung der Steckkontakte selbsttätig zu einer unlösbaren Einheit. Schnell hintereinander befestigte ich zwölf Stück im Halbkreis; ihr Brennpunkt war auf den facettenartig geschliffenen Hyperkristall justiert, dessen Aufladung niederfrequente Pulsation erzeugte und einfach lichtschnelle Positronen in ein energetisch-neutrales Feldgitter emittierte. Die Zustände »on« und »off« wurden um ein halbes Dutzend nur hyperphysikalisch mögliche Definitionen erweitert ...

Die bislang heftigste Erschütterung durchlief den Explorer. Im selben Sekundenbruchteil, in dem ich den letzten Kontakt aktivieren wollte, fühlte ich, daß ich abrutschte, aber der Gedanke wurde mir nicht einmal bewußt. Ich spürte einen fürchterlichen Schlag im Arm und im Oberkörper, ich wurde durch die Luft geschleudert, schlug hart irgendwo auf – und kämpfte mühsam gegen die Schwärze an, die mich überwältigen wollte. Ich konnte mich nicht bewegen, nicht einmal schreien, wurde von heftigen Krämpfen geschüttelt und sah aus schräger Perspektive heraus, daß Oberst Nisset versuchte, den letzten Kontakt herzustellen.

Sein Schrei gellte mir in den Ohren, trotzdem schien er es irgendwie geschafft zu haben. Ich konnte die Kommandantenkonsole nicht sehen, brachte es nicht einmal fertig, mich herumzuwälzen, doch ich registrierte die gleichmäßigen Vibrationen, die nur von den auf Vollast geschalteten Impulstriebwerken stammen konnten.

Lächelnd schüttelte der Mann im weißen Kittel den Kopf. Es war ein verkniffenes, eisiges Lächeln, das mich in Rage versetzte. Ich hatte keine Lust, meine Zeit in der Krankenstation zu verbringen.

»Im Bett sterben die Menschen, Doc«, stieß ich ungehalten hervor. »Sie wollen bestimmt nicht, daß Reginald Bull in Ihrer Obhut ...«

Mich aufzuregen war sinnlos. Er hörte mir überhaupt nicht zu, sondern studierte die Daten, die auf seinen Handscanner übertragen wurden. Von dem ganzen überflüssigen Christbaumbehang, den er mir verpaßt hatte.

»Mir fehlt nichts!« sagte ich scharf. »Falls Sie anderer Meinung sind, Doc, spucken Sie's endlich aus.«

Dafür bedachte er mich mit einem skeptischen Augenaufschlag. »Sie stehen unter Beobachtung, Solarmarschall«, sagte er leise. »Wenn ich mich nicht irre, sind Sie dem Tod gerade noch von der Schaufel gesprungen.«

Seufzend verdrehte ich die Augen. »Ob gerade noch oder mit Schwung, ist doch völlig unerheblich. Einzig und allein das Ergebnis zählt, und ich bin gesprungen. Definitiv. Wenn Sie mich schon beobachten müssen, Doc, tun Sie das anderswo. Ich laufe Ihnen nicht davon. So groß ist das Schiff nicht.«

»Ihr Blutdruck steigt an, Solarmarschall.«

»Sagen Sie einfach Mister Bull«, schnaufte ich. »Das ist mir lieber.«

»Wie Sie wünschen, Solarmarschall.«

Ich war nahe daran, mir alle Kontakte und Sonden von der Haut zu reißen, aufzustehen und aus der Medoabteilung hinauszumarschieren.

»Und warum tun Sie's nicht, Sir?« wollte der Weißkittel wissen.

»Was?« Nicht einmal auf die Seite wälzen konnte ich mich, weil Fesselfelder mich auf dem Bett fixierten. Schutz gegen Wundliegen, sagten die Mediziner dazu. Sensoren im Laken registrierten jede Druckveränderung, die Schweißabsonderung der Haut und andere Details und veranlaßten millimeterweise Anpassungen der Matratze.

»Sie spielten eben mit dem Gedanken, meinen ärztlichen Rat zu ignorieren und Ihren eigenen Dickkopf durchzusetzen«, sagte der Mediziner. »Ist es nicht so? Ich habe den Anstieg Ihres Blutdrucks und des Hautwiderstands auf dem Display. Die Werte waren eindeutig.«

»Wer für den Anstieg meines Blutdrucks verantwortlich ist, können Sie sich hoffentlich denken«, schimpfte ich. »Aber wenn Sie es nicht anders wollen, Doc: Ich befehle Ihnen ...«

Wieder schüttelte er den Kopf. Der Bewegung haftete etwas Trauriges an. »Ihre Befehlsgewalt, Solarmarschall, endet draußen vor dem Schott zur Medostation. Hier drinnen sind Sie nur Patient, leider ein besonders schwieriger.«

»Wenigstens in der Hinsicht sind wir uns einig.«

Er stutzte. »Eine Stunde noch, Solarmarschall – das sollte von einem Mann in Ihrem ... Amt nicht zuviel verlangt sein.«

»Sie wollten Alter sagen, nicht wahr?« konterte ich. »Ich hab's Ihnen angesehen, Doc. Falls Sie es genau wissen wollen: Ich bin zweihundertundvierzehn und fühle mich noch topfit. So ein bißchen Überschlagsenergie bringt mich nicht um.«

»Wirklich? Der Energiehaushalt Ihrer Zellen war völlig reduziert – ein anderer an Ihrer Stelle hätte nicht überlebt. Und trotz rascher Stabilisierung aller Vitalfunktionen: Eine Stunde bleiben Sie liegen. Keine Minute weniger.« Sprach's, drehte auf dem Absatz um und ließ mich allein mit den medizinischen Kinkerlitzchen und einem Deckenbildschirm, der mich leer und höhnisch anglotzte.

»Bildübertragung aktivieren!« stieß ich hervor. »Einklinken in die Hauptzentrale!« Die Worte waren in den Wind gesprochen. Wohl oder übel mußte ich mich damit abfinden, von allem abgeschnitten zu sein.

Ich starrte zur Decke hoch und ließ die Gedanken treiben.

Seit neuneinhalb Tagen war die EX-414 im Raum. Achthundert Mann Besatzung: Wissenschaftler, Raumfahrer und Spezialisten der USO. Da wir in fremdes Gebiet eingedrungen waren und zudem nicht wußten, wie weit die Springer der Toccram-Sippe mit dem vermuteten Verlust der EX-411 zu tun hatten, bedeuteten die Agenten der United Stars Organisation so etwas wie eine Rückversicherung. Der Arkonide Atlan hatte nach seinem Verzicht auf den Titel des Imperators von Arkon im Jahr 2115 die USO als galaktische Polizeitruppe gegründet, die Schutzfunktionen für alle der Galaktischen Allianz zugehörigen Welten ausübte.

Die Allianz selbst existierte seit dem 10. September 2113 terranischer Zeitrechnung. Damals war das Schutz- und Wirtschaftsbündnis zwischen den drei größten galaktischen Machtblöcken, Terra, Arkon und Akon, vertraglich fixiert worden. Inzwischen gehörten auch Völker wie Springer und Aras dem Bündnis an, ebenso die zu Terras Freunden avancierte Roboterzivilisation der Posbis. Die annähernd würfelförmigen, mit Auswüchsen und Aufbauten übersäten Raumschiffe der positronisch-biologischen Roboter wurden immer öfter in der Milchstraße gesehen. Ihre Heimat war die Hundertsonnenwelt, ein tief im intergalaktischen Leerraum liegender Planet, der von ungefähr zweihundert Atomsonnen Wärme und Licht erhielt.

Im Jahr 2106 waren am Rand der Milchstraße erstmals unsichtbare Fremde erschienen, sechs Jahre später hatte die von ihnen ausgehende Gefahr bedrohliche Ausmaße angenommen. In die Zeit fielen auch die ersten Begegnungen mit den Posbis, die mit ihren Fragmentraumschiffen den Leerraum durchstreift hatten. Roboter und Unsichtbare, von uns Laurins genannt, hatten sich erbitterte Raumschlachten geliefert.

Ich dachte zurück an die stockenden Verhandlungen zwischen Terra und den Akonen des Blauen Systems, die durch das unerwartete Auftauchen von Fragmentraumschiffen neu in Gang gekommen waren. Um unseren Willen zur Verständigung zu beweisen, hatte eine mit Terranern bemannte arkonidische Flotte unter Atlans Befehl gegen die tropfenförmigen Raumer der Laurins gekämpft, die nahe dem Kugelsternhaufen M 13 Fragmentraumschiffe angegriffen hatten. Während die Unsichtbaren sich zurückzogen, war unsere Flotte von fünfhundert aus dem Überlichtflug kommenden Posbiraumern unter Feuer genommen worden. Anschließend hatten die Posbis M 13 heimgesucht und zahlreiche Welten des Großen Imperiums zerstört.

Die Geschichte der Begegnung mit den positronisch-biologischen Robotern war eine Geschichte gegenseitiger Mißverständnisse, zeigte aber auch, daß letztlich ein friedliches Zusammenleben möglich war. Und nur das war es, was wirklich zählte, der Beweis, daß auch völlig andersgeartete Zivilisationen nebeneinander Platz im Kosmos hatten. So bitter dieser Friede erkauft worden war, die Opfer waren nicht vergebens gewesen.

Nicht nur einmal hatte ich mit dem Gedanken gespielt, alles hinzuschmeißen und mich aus der Verantwortung zurückzuziehen. Das war immer dann der Fall gewesen, wenn neue Hiobsbotschaften von zerstörten Raumschiffen berichtet hatten.

In vielerlei Hinsicht hatte ich mir in den vergangenen hundert Jahren ein dickes Fell zugelegt. Überzogener Bürokratie konnte ich ebenso mit selbstkritischem Spott begegnen wie mitunter auftretenden nationalistischen Tendenzen, die zum Glück seltener wurden. Die Menschen hatten endlich gelernt, mit ihren Brüdern und Schwestern anderer Hautfarbe oder anderer Glaubensrichtung ebenso ungezwungen umzugehen wie mit rotbärtigen Springern, eierköpfigen, haarlosen Aras oder den Echsenwesen von Topsid. Und das waren nur einige Beispiele.

Wir Menschen verdienten heute wirklich den Namen »Terraner«, wir beanspruchten unseren Platz auf der kosmischen Bühne, und dazu gehörte als allererste Verhaltensregel Toleranz. Ein Gandhi oder Martin Luther-King meiner Zeit hätten an der neuen Menschheit bestimmt die Verwirklichung ihrer großen Ideale entdeckt.

Was hieß *meine Zeit?* Ob das zwanzigste oder inzwischen das zweiundzwanzigste Jahrhundert, mit jedem identifizierte ich mich. Und den übrigen Unsterblichen erging es keinen Deut anders. Oft genug kreisten unsere Gespräche um dieses Thema, wenn wir am Goshun-See beisammensaßen. Es gab eben mehr als nur große Politik und galaktisches Geschehen.

Daß das Geisteswesen ES uns die potentielle Unsterblichkeit gewährt hatte, war nicht nur die Erfüllung persönlicher Träume, wie uns hin und wieder vorgehalten wurde. In erster Linie bedeutete die Chance auf ein langes Leben Verpflichtungen, die wir vorher nicht gekannt hatten. Nahezu täglich neue Probleme und ein wahrhaft mörderisches Streßpotential waren damit verbunden. Auch das mußte man sehen.

Wenn mir ein Raumfahrer in meiner Stammkneipe am Raumhafen von Terrania lässig auf die Schulter klopfte und leicht angesäuselt den neidvollen Wunsch äußerte, so ein Glück möchte er ebenfalls haben, wenigstens für einige Jahrzehnte, weil er ja bescheiden sei, war ich manchmal nahe daran, ihm den Inhalt meines Glases ins Gesicht zu schütten, einfach nur, um ihn zu ernüchtern.

Unser Privatleben war kaum als solches zu bezeichnen. Natürlich himmelten Frauen den Solarmarschall Bull an, das war die Verlockung, die Macht schon immer ausgeübt hatte, und mein Bauchansatz und das rote Stoppelhaar, die mir einst manche spöttische Bemerkung eingetragen hatten, wurden in der Folge beinahe schon zum Schönheitsideal.

Warum fragte mich eigentlich niemand wirklich nach meinen Wünschen? Es wäre bestimmt nicht lustig, wenn alle mit einigen Kilo Übergewicht und meinem Gesicht durch die Gegend liefen. Wobei ich überhaupt nicht anders sein wollte. Wozu fasten, wenn jeder neue Planet lukullische Köstlichkeiten bereithielt – na ja, es gab manches, was ich allem Heißhunger zum Trotz angewidert auf die Seite geschoben hatte, so dezent, daß meine Gastgeber keinen Grund fanden, beleidigt zu reagieren. Schon die unterschiedlichen Kulturen der Erde hatten jede Menge Fettnäpfchen bereitgehalten, aber die Milchstraße war in der Hinsicht um vieles heikler. Ich brauchte nur an die Delikatesse der Unither zu denken, den heißen Grats-Drink. Möglicherweise reinigten sie mit der Brühe ihren Rüssel, oder sie empfanden bei der Grats-Jagd in den kochenden Geysiren von Unith eine besondere Selbstbestätigung, jedenfalls hatte ich das dampfende Zeug in die Kategorie Suizidhilfsmittel eingereiht.

Fünf Minuten erst? Sollte ich mein Leben von A bis Z Revue passieren lassen, um auch die noch ausstehenden fünfundfünfzig Minuten einigermaßen passabel über die Runden zu bringen? Für einen Augenblick wurde ich abgelenkt, weil ich unter meinem Steißbein eine leichte Bewegung spürte. Die Matratze formte sich um und bildete eine flache Kuhle. Mal abwarten, wie groß die Vertiefung am Ende der Stunde sein würde.

Reine Schikane war das, sonst nichts. Hätte ich Claudrin geheißen oder Krefenbac oder meinetwegen auch Frigg, kein Mediziner hätte ein solches Theater veranstaltet. Wahrscheinlich war das der Preis des Ruhms.

Massagefelder begannen meinen Nacken zu stimulieren. Das Prickeln war sogar angenehm. Der Mediziner hatte mir erklärt, daß für das Schiff keine Gefahr mehr bestand und daß die Crew unter Hochdruck herauszufinden versuchte, wo wir uns befanden. »Herrliche« Aussichten waren das. Vermutlich hatte der weiße Zwergstern den Linearraum beeinflußt und uns vom Kurs abgebracht. Aber gerade diese Sonne war unser Etappenziel gewesen, weil die Springer in unmittelbarer kosmischer Nachbarschaft das Beiboot der EX-411 entdeckt hatten. Oder vielmehr Wrackstücke, die angeblich zu einer Kaulquappe gehörten.

Ich schloß die Augen und muß wohl eingeschlafen sein. *»Großonkel Reginald«, wisperte eine markante Stimme, »ich hatte gehofft, daß du kommen würdest – nur eher, als noch Zeit für uns war …«*

Eine vielfältige Geräuschkulisse irritierte mich. Dieses Fauchen, Blubbern und Zischen schien von überall her zu kommen, ich konnte es nicht einordnen.

»Michael!« hörte ich mich rufen. »Wo bist du, Junge?«

Keine Antwort.

Dafür wich der dichte Dunst, der mich umwaberte. Für einen Augenblick sah ich brodelnden, dampfenden Dschungelboden, Baumriesen und, hinter treibenden Nebelfetzen für Sekunden im Sonnenlicht aufblitzend, zwei schlanke Felsnadeln.

Jemand räusperte sich verhalten. Als ich die Augen aufschlug, lachte mich der Mediziner an. »Sehen Sie, Solarmarschall, es war doch gar nicht so schlimm.« Er desaktivierte die letzten Körpersensoren.

»Was haben Sie mit mir angestellt?« herrschte ich ihn an.

»Nichts, Sir. Trotzdem haben Sie tief und fest geschlafen. Ihr Körper hatte die Erholung einfach nötig.«

»Erzählen Sie mir keinen solchen Unfug, Doc. Ihre Fürsorge in allen Ehren, aber Sie übertreiben. Ich kann endlich gehen?«

»Natürlich, Sir. Sie sind absolut wiederhergestellt.«

»Das war mir von vornherein klar.« Ich setzte mich am Rand der Liege auf. »Nur ihr Mediziner wollt immer alles ganz genau wissen.«

Der Hauptbildschirm zeigte ein dichtes Sternenmeer, eine schier undurchdringliche Mauer flammender Sonnen, farbiger Gasnebel und Dunkelwolken, deren Ausläufer wie Krakenarme um sich griffen. Einige Sonnen standen bestenfalls Lichttage entfernt.

Nahezu im Zentrum des Schirms zeichnete sich ein großer Stern ab, der seine Protuberanzen weit in den Raum spie. Von der lodernden Materie stürzte nur wenig in die Korona zurück. Ein weitaus kleinerer, aber massereicher dunkler Begleiter wirbelte die flammenden Gase in enger Spiralbahn mit sich. Es war ein faszinierender Anblick von unglaublicher Schönheit.

Die Männer und Frauen der Zentralebesatzung nahmen Haltung an; ich winkte mürrisch ab. »Weitermachen!« kommandierte ich, blickte knapp um mich und wandte mich an den jungen Funker, der im Augenblick etwas gelangweilt wirkte: »Bitte Meldung, Leutnant Reich!«

»Äh, Sir, Solarmarschall …« Nach einem tiefen Atemzug wirkte der junge Leutnant – ich wußte, daß er erst zwei Wochen vor dem Start sein

Patent erhalten hatte – schon deutlich gefaßter. »Kein Hyperfunkempfang, Sir! Das Schiff steht in einer Zone erhöhter Turbulenzen.«

»Die Frequenzscanner zeichnen auf?«

»Selbstverständlich, Sir. Nur, mir persönlich wäre es wohler, wenn wir endlich aus der Störzone raus wären.«

Ich zog die Brauen hoch und gab mir Mühe, nicht allzu amüsiert zu wirken. »Ihnen persönlich also, Leutnant Reich?« fragte ich.

»Jawohl, Sir. In der Suppe – ich meine natürlich, in dem Chaos von Hyperstrahlung – kann kein klarer Impuls durchkommen. Wenn wir die Vier-Elf bald finden wollen, dürfen wir nicht stundenlang abwarten, ohne die Beiboote einzuset...« Endlich schien er sich bewußt zu werden, daß er im Begriff stand, zumindest indirekt den Oberst zu kritisieren. »Verzeihung, Solarmarschall«, stieß er hastig hervor, »ich muß die Scanner beaufsichtigen.«

»Meines Wissens kommen alle Suchparameter vollpositronisch«, sagte ich. »Daran dürfte sich wohl während der letzten Stunde wenig geändert haben. – Wie viele Besatzungsmitglieder befinden sich auf der EX-414?«

Dem Leutnant wurde mein Blick unangenehm, das konnte ich spüren. Dennoch wagte er nicht, mir auszuweichen. Wenn der Junge gewußt hätte, wie lästig es mir war, als hohes Tier behandelt zu werden. Respekt hatte unbestritten Vorteile, aber zum einen konnte er einsam machen, und ich wollte lieber dem Volk aufs Maul schauen, als abgehoben in höheren Dienstrangsphären zu schweben, zum anderen saßen wir ohnehin alle in einem Boot und waren aufeinander angewiesen.

Der Umgangston bei der Space Force war auch nicht rauher gewesen als heute an Bord der Kugelraumer. Mir war ein ehrliches »Leck mich am Arsch« schon damals lieber gewesen als ein verklemmtes Drumherumreden um den heißen Brei. Nach jedem reinigenden Gewitter wurde die Luft klar und frisch. Aber genau dieses rauhe Kumpelhafte, das absolut kein Blatt vor den Mund nahm, vermißte ich. Es war nicht verschüttgegangen, doch in Gegenwart des Solarmarschalls hütete sich jeder, Mißverständliches in den Mund zu nehmen.

»Achthundert, Sir«, schnarrte der Leutnant beinahe schon mechanisch auf meine Frage nach der Zahl der Besatzungsmitglieder.

»Achthundertundvierzehn, um genau zu sein«, berichtigte ich. »Und jeder dieser Männer und Frauen hat vermutlich seine eigene Vorstellung von Schiffsführung ...«

Er verstand, was ich andeutete. »Natürlich, Sir«, schnarrte er, kaum weniger markant, als befände er sich noch an Bord eines Ausbildungsraumers. »Ich bedauere meine Äußerung. Wenn Sie Konsequenzen daraus ziehen ...«

»Unsinn!« erwiderte ich heftig. »Mir mißfallen Leute, die mit ihrer Meinung hinter dem Berg halten, weil sie nirgends anecken wollen. Ist das deutlich?«

In Leutnant Reichs Gesicht arbeitete es sichtlich. »Ja, Sir!« stieß er hervor. »Ich meine, äh, nicht so ganz ...«

Wir wurden allmählich zum Blickfang. Jovial klopfte ich Reich auf die Schulter. »Machen Sie weiter, Leutnant – fischen Sie einen Notruf der Vier-Elf auf. Dann können Sie stolz auf sich sein.«

Mit den Aufzeichnungen der Hauptpositronik hatten unsere Astronomen und Hyperphysiker das Geschehen weitgehend rekonstruiert. Demnach hatte sich unser Zielstern im nachhinein als eruptiv veränderlicher entpuppt. Innerhalb weniger Sekunden war ein steiler Helligkeitsanstieg um knapp elf Größenklassen zu verzeichnen gewesen, was rund dem 120.000fachen seiner Ausgangshelligkeit entsprach.

Die im Zwischenraum erfolgten Spektralmessungen hatten eine expandierende Gashülle erkennen lassen; ihre Expansionsgeschwindigkeit mußte mindestens 5500 Kilometer pro Sekunde betragen haben, also mehr als allgemein bei Novae. Andererseits war die abgestoßene Masse mit etwa 0,06 Promille gering. Der Strahlungsdruck der nahen Sonnen verhinderte zudem, daß sich eine nachweisbare Kugelschale aufbaute, die uns während des Anflugs gewarnt hätte.

Inzwischen war der Stern auch als starker Hyperstrahler identifiziert. Die Eruption hatte sich überwiegend im fünfdimensionalen Bereich ereignet und auf uns wie ein Fiktivtransmitter oder eine Zwangstransition gewirkt.

»Mir gefällt das ebensowenig«, sagte Oberst Nisset, als er meine Skepsis registrierte. »Aber die Tatsachen sprechen für sich.«

»Wir wurden also aus dem Zwischenraum in die fünfte Dimension geschleudert«, folgerte ich, »mit der Rematerilisation an einem Zielpunkt, der nicht durch komplizierte Berechnungen ermittelt wurde, sondern schlicht und einfach durch die Energiemenge, die uns erwischt hat.« Ich atmete tief ein und kratzte mich am Haaransatz. »Vielleicht sollte ich gar nicht darüber nachdenken, wie gering die Kapazität der Konverter für eine Transition ist und wieviel Energie von der Sonne eruptiert wurde.«

»Das hätte ins Auge gehen können«, bestätigte der Oberst.

»Unsere Position steht fest?«

»43,7 Lichtjahre vom Zielstern Richtung galaktisches Zentrum. Geringe Kursabweichung von vier Komma drei Bogensekunden. Die Schäden im Bereich des Schutzschirms sowie der Kompensationskonverter werden in zehn bis zwölf Stunden durch Komplettaustausch der betroffenen Bauteile behoben sein. Wir entfernen uns derzeit mit knapp fünfundachtzig Prozent Lichtgeschwindigkeit von der Doppelsonne. Reparaturteams sind im Begriff, sämtliche Systeme zu prüfen. – Das ist vorerst alles, Sir.«

Aus den veranschlagten zwölf Stunden waren zunächst zwanzig geworden, danach sechsunddreißig. Die Techniker gaben ihr Bestes, aber sie schafften es nicht, die immer neu auftretenden Schwierigkeiten in den Griff zu bekommen.

Die einzigen an Bord, die diesen Verzögerungen positive Seiten abgewannen, waren unsere Astronomen. Ihre Freischichten fuhren sie auf ein Minimum zurück, gerade genug, um Mahlzeiten einzunehmen oder eine Mütze voll Schlaf zu erhaschen. Für sie war die Zentrumsregion eine Fundgrube mit unaufhörlich Neuem. Allein die Sterne und ihre Planeten im Umkreis von einigen hundert Lichtjahren zu vermessen, zu registrieren und in die weißen Regionen unserer Sternkarten zu übernehmen wäre Arbeit für Jahre gewesen.

Der Anruf aus dem Observatorium erreichte mich in meiner Kabine. Ich hatte geduscht und wollte mich für kurze Zeit aufs Ohr legen. Chefastronom Tangleis blickte bedeutungsvoll vom Monitor herab. »Mister Bull«, begann er, »Sie sollten sich das ansehen!«

Die üppige Sternenfülle erschien wie eine strahlende, unüberwindliche Mauer. Zum Teil standen die Sonnen nicht einmal Lichttage weit auseinander.

Ich ließ den Eindruck auf mich wirken. Er war gigantisch. Unbeschreiblich schön. Als hätte der Schöpfer sein Füllhorn auf einmal ausgeleert. Selbst in Jahrtausenden würden wir Menschen unsere Milchstraße nur bruchstückhaft kennen. Unter diesem Gesichtspunkt gewann die 20.000-Jahre-Frist, die ES der Menschheit gesetzt hatte, eine ganz andere Bedeutung als bisher.

Spontan versuchte ich das vor meinem inneren Auge entstehende Bild zu verdrängen. Es erschien mir nicht nur banal, sondern völlig deplaziert. Doch kein anderer Vergleich hätte meine Empfindungen so wiedergeben können: *Die Sahara. Hohe Dünenkämme, von denen der Wind Sandschleier verwehte. Schwerfällig stapfte ich einen Hang hinauf, nur um zu erkennen, daß dahinter neue Dünen lagen, ein neuer Horizont – endlos. Sand, wohin ich blickte.*

Ich sank auf die Knie und schöpfte mit beiden Händen und schaute zu, wie die goldgelben Körner wie Staub zwischen den Fingern hindurchrieselten. Das wenige, was in meinen Händen zurückblieb, kannten wir bis heute von der

Milchstraße. Sie war wie eine der Dünen, nicht einmal eine besonders große. Eine unter Milliarden.

Die Unendlichkeit machte schaudern. Und ehrfürchtig.

Ich glaube, erst in dem Moment konnte ich wirklich ermessen, welche Empfindungen Perry Rhodan bewegt hatten, als der Unsterbliche von Wanderer ihn auf die Reise zum Barkon-System mitgenommen hatte. Die Sonne mit ihren Planeten war vor einer Million Jahren aus der Milchstraße herausgerissen worden. In einer Vision hatte Perry den Planeten Barkon und seine Bewohner sterben sehen, als sie versucht hatten, ihre Welt zurück in die Galaxis zu bringen. Nur ein winziger Fehler war für das Scheitern ihres Vorhabens verantwortlich gewesen.

Zweihunderttausend Lichtjahre hatten Perry Rhodan und ES in einem kleinen Raumschiff des Unsterblichen von Wanderer bis Barkon zurückgelegt und den Planeten zwei Monate vor der Katastrophe erreicht. Perrys Schilderung später war von einem seltsamen Zwiespalt aus Furcht und Euphorie bestimmt worden, die mir nicht logisch erscheinen wollte. Angesichts der unermeßlichen Sternenfülle, auch wenn sie nur auf dem Kabinenmonitor stand, begann ich seine Gefühle endlich nachzuvollziehen.

Wie hatte ES zu ihm gesagt? »Man muß nur die Zeit beherrschen, um auch Herr über den Raum zu sein.« Im Moment sah ich das sogar als die einzige Möglichkeit an, jemals mehr als nur zwei oder drei benachbarte Galaxien zu erforschen.

Mit dem Flug nach Barkon hatte ES bewiesen, daß eine Beeinflussung der Zukunft unter gewissen Voraussetzungen möglich war. Barkon war vor dem sicheren Untergang gerettet worden.

Zugleich hatte der Unsterbliche von Wanderer möglicherweise eines seiner Spiele gespielt. »Du wirst den Barkoniden später wieder begegnen«, hatte er Perry wissen lassen. »Nein, frage nicht, sondern warte den Zeitpunkt ab. Vielleicht wirst du sogar bereuen, ihnen geholfen zu haben.«

»Haben Sie es entdeckt, Sir?« Tangleis' forschender Tonfall schreckte mich aus meinen Gedanken auf.

Wie winzig war allein das Große Imperium der Arkoniden, verglichen mit der Sternenvielfalt des galaktischen Zentrums. Und wie unbedeutend die Erde, ein Nichts, gemessen an den Dimensionen der Schöpfung.

»Wovon reden Sie, Engelbert?« Ich kannte den Chefastronomen von Symposien, so gut sogar, daß ich das verräterische Vibrieren in meiner Stimme nicht zu kaschieren brauchte. Er durfte ruhig wissen, daß ich ergriffen war, denn er war es keinen Deut weniger.

»Ziemlich genau bei zwei Uhr«, sagte er. »Im äußeren Bildbereich.«

Rechts oben also. Ich blinzelte und schaute genauer hin, entdeckte die Überreste eines Ringnebels, mehrere rote Riesen und einige blaue Sterne. Sechs, um genau zu sein. Sie standen in exakt gleichem Abstand zueinander und bildeten die Eckpunkte eines Sechsecks. Die leicht verzerrte Symmetrie lag daran, daß ich sie nicht exakt senkrecht zur gemeinsamen Ebene sah.

»Distanz?« platzte ich heraus.

»Zwölf Lichtjahre«, antwortete Tangleis ebenso schnell.

Eine solche Konstellation war wohl einmalig im Universum. Vor allem konnte sie nicht natürlich entstanden sein. Keine Sekunde lang zweifelte ich daran, daß Allan D. Mercant von diesem Sechseck gesprochen hatte. Dabei war meine Skepsis nicht geringer gewesen als die aller anderen, die seinen äußerst knappen Bericht kannten. *Massenpsychose* hatte ein Erklärungsversuch gelautet. Oder auch *Raumkoller*. Bis dato gab es keine Sternkarte, in der dieses Sonnensechseck erwähnt war.

Ich hätte die Archive Arkons durchsuchen lassen sollen, aber ich hatte, ehrlich gesagt, Mercants Erzählung in den Bereich von Legenden verwiesen, ähnlich den angeblichen Tatsachenberichten über das Bermuda-Dreieck oder den Schneemenschen im Himalaja, und diese Liste ließ sich beliebig fortsetzen, sowohl unerklärliche Phänomene auf der guten alten Erde betreffend als auch im Weltraum. Es gab Dunkelwolken, die wir getrost als Sargasso des Weltalls bezeichnen konnten, in denen, wenn wir allen Aufzeichnungen Glauben schenken durften, Hunderte Raumschiffe spurlos verschollen waren. SolAb-Agenten waren auf meine Bitte hin zwei markanten Fällen nachgegangen, in denen 200-Meter-Frachter des Tai Ark'Tussan mit überaus wertvoller Fracht in einer Region intensiver Sternentstehung verschwunden waren. Es lagen jeweils Notrufe vor, deren Interpretation auf unheimliche Naturkräfte schließen ließ.

Langer Rede kurzer Sinn: Die SolAb-Recherchen hatten in beiden Fällen Antis als reale Gefahr entlarvt. Eine Gruppe der von den Akonen abstammenden Antimutanten, deren umweltbedingte Mutation hauptsächlich die Gehirnstruktur und damit ihre geistigen Fähigkeiten betraf, hatte sich mit großem Erfolg der Piraterie verschrieben. Ebenso erfolgreich hatten wir diesem Treiben ein Ende bereitet.

»Sir«, sagte Tangleis, »darf ich Ihr Schweigen so interpretieren, daß wir das Sonnensechseck untersuchen werden?«

Was bildete er sich eigentlich ein? Wir hatten diesen Sektor angeflogen, um Überlebende der EX-411 zu retten oder zumindest ihr Schicksal zu klären. Die sechs flammenden Sonnen liefen uns nicht weg – ohne die unbeabsichtigte Transition hätten wir die Konstellation ohnehin kaum entdeckt. Ob es unseren Astronomen und den Wissenschaftlern gefiel oder nicht, wir mußten zurück in die Nähe unseres kleinen weißen Zielsterns, zu dem Wrack der Kaulquappe, falls es sich wirklich um ein Beiboot des Explorers handelte.

Das schroffe und zurechtweisende »Nein!«, das mir schon auf der Zunge lag, schluckte ich dennoch unausgesprochen hinunter. Auf dem Absatz wirbelte ich herum, mein Blick huschte durch die Kabine und blieb letztlich auf dem noch unberührten Bett hängen. Ich wußte selbst nicht, was ich eigentlich suchte, doch da war wieder das eigenartige Gefühl, beobachtet zu werden.

Es mochte Einbildung sein, der Versuch, dem Zufall im nachhinein einen nach höherer Absicht aussehenden Sinn zu verleihen, jedenfalls konzentrierten sich meine Überlegungen darauf, daß auch die EX-Vier-Elf in dieser Region materialisiert war und anschließend Kurs auf das Sonnensechseck genommen hatte. Das Wrack der Kaulquappe besagte noch lange nicht, daß der Explorer zerstört worden war. In dem Fall hätte ich durchaus die Chance gehabt, Michael Slovan Bull über kurz oder lang in die Arme zu schließen.

»Mr. Tangleis«, hörte ich mich sagen, »wenn Sie weitere Neuigkeiten haben, finden Sie mich ab sofort wieder in der Zentrale.« Dann unterbrach ich die Verbindung.

»Und jetzt?« fragte ich laut in den Raum hinein und kam mir gerade deswegen denkbar ungeschickt vor. »Welche Art von Spiel ist es diesmal?« Breitbeinig stand ich da, die Arme vor dem Bauch verschränkt, und blickte unter zusammengekniffenen Lidern um mich. Aber ES manifestierte sich nicht. Nicht einmal das gewohnte homerische Gelächter erklang wie jedesmal, wenn sich der Unsterbliche von Wanderer über einen gelungenen Spaß amüsierte.

Vielleicht irrte ich mich, und es gab absolut nichts in die Geschehnisse hineinzugeheimnissen. Und wennschon. Falls ich mich lächerlich machte, dann nur vor mir selbst. Und das war etwas, das sich mit einem Achselzucken abtun ließ.

Wo lag mein Denkfehler?

Ich fand keinen.

Vor der EX-411 waren schon andere Explorer auf der Verlustliste erschienen. Aber nur bei diesem Schiff hatte ich einen Grund, persönlich die Suche zu leiten: Michael Slovan Bull.

Ein halbes Jahr oder länger wegzubleiben, hätte ich mir nicht erlauben können. Insofern war die Nachricht von den Wrackteilen, die die vermutlich letzte Position der EX-411 bezeichneten, gerade richtig gekommen. Daß ein Strahlungsausbruch der Zielsonne unser Schiff um einige hundert Lichtjahre im Raum versetzte und wir danach das Sonnensechseck vor uns sahen, war für mich der letzte Beweis, daß mehr hinter dem Geschehen steckte.

Ein gigantischer Transmitter? Ausreichend, um ganze Raumflotten zu versetzen? Ich spürte meine Erregung wachsen.

Welche Geheimnisse warteten auf uns?

Erneut hatte es Schwierigkeiten bei den Überlicht-Konvertern gegeben. Nach Auskunft der Techniker verzögerte sich der Eintritt in die nächste Überlicht-Etappe um weitere vier Stunden. Mittlerweile glaubte ich aber nicht einmal mehr daran. Wahrscheinlich würde nach Ablauf von mindestens zwei Dritteln der Frist die nächste Verlängerung anstehen. Und danach erst der Testlauf, der die homogene Struktur des Kompensationsfeldes nachweisen mußte. Auf keinen Fall würde ich Schiff und Mannschaft dem Risiko eines erneuten Konverterausfalls aussetzen.

In der Hauptzentrale hatte die Notbesatzung Dienst. Der I. O. salutierte knapp. »Keine ungewöhnlichen Vorkommnisse, Sir!«

Ich nickte ihm zu, blieb vor dem erhöhten Kommandantenpult stehen und ließ das flammende Sternenmeer auf dem Hauptbildschirm auf mich wirken. Trotz 85 Prozent Lichtgeschwindigkeit schien das Schiff im Raum stillzustehen. Ein roter Riese, dreieinhalb Lichttage querab, war kaum größer geworden. Die Distanzortung hatte fünf Planeten in seinem Schwerefeld festgestellt, aber keine Anzeichen intelligenten Lebens. Die Daten waren in Kürzeln eingeblendet.

Das Aroma überaus starken Kaffees schlug mir entgegen. Ein paar Meter entfernt saß Leutnant Reich vor der Funkortung, neben sich einen Becher mit dampfendem Inhalt. Er schaltete hastig, hob den Becher an die Lippen und nahm einen Schluck und schob den Kaffee wieder zur Seite. Daß ich auf ihn zuging, bemerkte er nicht einmal.

Minutenlang schaute ich ihm über die Schulter. Diagramme und Oszillationen mischten sich auf den Monitoren; dazwischen die typischen Spitzen hyperenergetischer Streustrahlungen. Reich jonglierte mit Frequenzfiltern, die störende Impulse aussonderten.

Mehrmals sank sein Kopf vornüber, aber jedesmal durchzuckte es ihn heftig, und dann nippte er wieder an dem abkühlenden Kaffee, der wohl stark genug war, Tote aufzuwecken. Der leere Becher wanderte schließlich in den Abfallschacht, das heißt, der Leutnant traf knapp daneben. Sein unwilliges Brummen kam aus tiefer Seele.

Er zuckte zusammen, als ich den Becher aufhob und entsorgte. Einige Spritzer Kaffee blieben auf der Konsole zurück, ich wischte sie mit den Fingerspitzen weg und roch daran. Die Brühe war entsetzlich stark.

»Sir, ich ...«

»Wenn ich richtig informiert bin, Leutnant, sollte Ihr Dienst seit zwei oder drei Stunden beendet sein. Wieso pumpen Sie sich mit Kaffee voll?«

»Ich hab' da was entdeckt.«

»Kennen Sie die Dienstordnung nicht, Leutnant? Eintrag ins Protokoll und Kontrolle durch Ihre Ablösung.«

»Natürlich, Sir – Solarmarschall. Aber Daniel ...«

»Wer?«

Es fiel ihm schwer, die Augen offenzuhalten. Sein Blick war stier. »Meine Ablösung, Sir. Der Kadett fühlte sich nicht wohl, und da, ich meine ...«

»... da dachten Sie, Leutnant, Sie arbeiten einfach bis zum Umfallen weiter. Ist es nicht so?«

»Sie haben natürlich recht, Sir.« Er klangt bereits zerknirscht. »Aber da Ruhephase angeordnet ist ...«

»... spielt es ohnehin keine Rolle, ob Sie aus dem Sessel kippen oder nicht. Wissen Sie, was ich mich immer öfter frage, Leutnant? Ich frage mich, wem dieser disziplinlose Haufen untersteht, der sich Explorerflotte nennt.«

Er setzte zu einer Erwiderung an, doch erst jetzt schien er in seiner Müdigkeit wirklich begriffen zu haben. Er schnappte nach Luft wie ein Fisch auf dem Trockenen, sein Gesicht lief feuerrot an.

»Behalten Sie die Antwort für sich, Leutnant«, platzte ich heraus. »Mir ist eine Besatzung, auf die ich mich im Ernstfall hundertprozentig verlassen kann, wesentlich lieber als ein Haufen sturer Quadratschädel, die alle Vorschriften wörtlich nehmen. – Aber nun melden Sie schon, was Sie entdeckt haben, Leutnant, und danach verschwinden Sie in Ihre Koje, bis Sie die Augen wieder ohne Zahnstocher offenhalten können.«

Er riß sich zusammen. Seine Finger huschten über die Schaltflächen, verharrten nur einige Male zögernd und vollendeten innerhalb von fünf Minuten die Selektion. Kein Wort fiel währenddessen. Der Leutnant hatte zu Recht das Gefühl, dem Solarmarschall seine Qualifikation beweisen zu müssen – und »der Solarmarschall« erkannte schon nach den ersten neuen Graphiken, daß die Funkortung eine schwache Quelle von Hyperfunkimpulsen angepeilt hatte, die von Störungen bis zur Unkenntlichkeit entstellt wurden.

Virtuos reizte der Leutnant die Palette aller Hilfsmittel aus; ich hätte nichts anders gemacht. Die Funkimpulse lagen in einem von vielen raumfahrenden Völkern genutzten Frequenzbereich. Hier war die seit der Entstehung des Kosmos vorhandene natürliche Hintergrundstrahlung vergleichsweise gering.

Der Sender stand nur zweieinhalb Lichtjahre entfernt, nahezu exakt in Richtung Sonnensechseck.

Eine verzerrte Stimme war zu vernehmen. Erst nur schwer verständlich, doch kristallisierte sich rasch heraus, daß sie englisch sprach. Eine weibliche Stimme. Kommandant der EX-411 war Major Hannah Angel gewesen, eine militärisch versierte Biochemikerin.

Es waren nur zwei Sätze, die unaufhörlich, aber mit sinkender Leistung wiederholt wurden: »Hier sind die Überlebenden der EX-411. Wir brauchen dringend Hilfe ...«

Für einen Moment schloß ich die Augen. Überdeutlich entsann ich mich des Traums, während ich in der Medostation gelegen hatte. *Großonkel Reginald, ich hatte gehofft, daß du kommen würdest* ... Lebten Sie noch? Der Funkspruch allein ließ es nicht erkennen.

»Respekt, Leutnant!« Mit einem anerkennenden Schlag auf die Schulter schreckte ich ihn aus einem Sekundenschlaf auf. »Künftig dürfen Sie Dienst schieben, soviel Sie wollen.«

Ich wandte mich an den Ersten Offizier: »Machen Sie den Technikern Dampf unter den Hintern, Lenich! Und falls das nicht klappt, will ich in zwanzig Minuten eine Kaulquappe mit Rettungsmannschaft zur Verfügung haben!«

Ich flog den 60-Meter-Kugelraumer selbst und beschleunigte mit Höchstwerten, kaum daß wir den Hangar verlassen hatten. Schnell verschmolz der Explorer hinter uns mit der Anonymität der Sterne.

Das Beiboot verfügte noch nicht über das moderne Lineartriebwerk. Die Transitionsberechnungen hatte ich schon mit der Hauptpositronik des Mutterschiffs durchgeführt, sie waren wegen der geringen Distanz ohnehin nur Routine. Nach wenig mehr als fünf Minuten war die erforderliche Eintauchgeschwindigkeit erreicht.

Ein kurzes, schmerzhaftes Ziehen im Nacken, das Empfinden einer aufkommenden Ohnmacht, die sich dann aber doch nicht einstellen wollte – das war alles, was ich von der Transition über zweieinhalb Lichtjahre wahrnahm. Nicht einmal die Wiedergabe auf den Bildschirmen schien sich verändert zu haben, der Wall aus Sternen, Nebeln und Dunkelwolken mutete so undurchdringlich an wie zuvor.

Lediglich eine kleine Sonne, die vorher nicht zu sehen gewesen war, stand nun im Zentrum des Schirms. Und einige andere Sterne hatten sich seitlich verschoben.

Distanz noch achtzehn Lichtminuten.

Die Ortungen arbeiteten auf Hochtouren, erfaßten insgesamt drei

Planeten, der innerste auf einer derart engen Umlaufbahn, daß er eine Gluthölle mit Seen aus geschmolzenem Blei und zähflüssigem Gestein sein mußte.

Mit dreiviertel der Lichtgeschwindigkeit flog die Kaulquappe in das System ein. Auf Daten der Funkortung wartete ich noch vergeblich. Gerne hätte ich den jungen Leutnant eingesetzt, aber in seinem erschöpften Zustand wäre er nur eine Belastung gewesen.

»So schwer kann es nicht mehr sein, den Standort des Notsenders aufzuspüren.« Ich begann ungeduldig zu werden.

»Die Antennen fangen nicht den leisesten Blip auf, Sir. Nur das Hintergrundrauschen.«

»Dranbleiben! Mit allen Mitteln!« Ich hatte es geahnt.

Der äußere Planet stand knapp einhundertfünfzig Millionen Kilometer entfernt; ich holte eine Vergrößerung auf den Schirm. Keine sonderlich große Welt. Dichte graue Schleier verwehrten den Blick auf die Oberfläche. Zweifellos Schnee- und Eiswolken, denn die Entfernung zur Sonne ließ die Oberflächentemperatur kaum über den Gefrierpunkt ansteigen. Die zugeschalteten Distanztaster zeigten eine Welt mit bis zu acht Kilometer hohen Gebirgsmassiven, aber auch zu Eis erstarrte Binnenmeere.

Nummer zwei stand am weitesten entfernt, am Rand des Bereichs, den ich noch als Ökozone definierte. Rein gefühlsmäßig sah ich in dieser Welt unser Ziel. Aber hatte die Besatzung der EX-411 überhaupt eine Wahl gehabt? War das Schiff abgeschossen worden, hatte sich an Bord ein schwerer Unfall ereignet, oder war der Explorer gelandet und aus unbekanntem Grund am Start gehindert worden? Wir würden es herausfinden.

Keine unbekannten Raumschiffe im Umkreis von mehreren Lichtmonaten. Kein Hyperfunkverkehr. Aber der Notruf war ebenfalls nicht mehr zu empfangen.

Wir passierten die äußere Welt im Abstand von weniger als hunderttausend Kilometern – ein in Agonie erstarrter Planet ähnlich dem heimischen Pluto. Ich ließ unsere beiden Zweimannjäger ausschleusen. Sie sollten die Eiswelt nach Hinweisen auf die Vermißten absuchen. Uns blieben dann immer noch die Shifts als Beiboote.

Allmählich wurde es Zeit, die Kaulquappe abzubremsen. Bewußt verzichtete ich darauf, einen Funkspruch abzusetzen, um die Vermißten aufzuspüren. Das Ausbleiben des Notrufs ließ darauf schließen, daß der Sender zerstört oder ohne Energie war – wer hätte uns also antworten können? Abgesehen davon bestand die Gefahr, daß wir einen unbekannten Gegner auf uns aufmerksam machten.

In einhundert Kilometern Höhe schwenkte ich in einen polaren Orbit ein. Die Tag-/Nacht-Periode des Planeten betrug wenig mehr als achtzehn

Stunden. Innerhalb dieser Frist würden wir alle Regionen überflogen haben. Nur hatte ich nicht die Absicht, wirklich so lange zu warten.

Die Atmosphäre war atembar, der leicht erhöhte Sauerstoffanteil, aber auch die größere Konzentration von Edelgasen und Schwebeteilchen stellten kein Problem dar. Die üblichen Robotsonden stießen in die tiefen Schichten vor und kehrten mit Laborproben zurück. Alle anschließenden Tests mit Nährlösungen und spektrometrische Untersuchungen würden Aufschluß über das Vorhandensein gefährlicher Keime geben, wobei eine mehr als fünfzigprozentige Sicherheit bei diesen ersten Analysen nie zu erreichen war. Ein Restrisiko blieb immer, das durch vorbeugende Stimulanz des Immunsystems ebenso wie durch eine »Entgiftung« der zurückkehrenden Landungstrupps klein gehalten wurde.

Die Durchschnittstemperatur unter der dichten Wolkendecke lag bei dreißig Grad Celsius und ließ eine dampfende Treibhaus-Atmosphäre erwarten. Falls irgendwo dort unten intelligente Wesen lebten, hatten sie das technische Zeitalter bisher nicht erreicht; wir orteten weder energetische Streustrahlung noch Funkwellen.

Großflächige Erzvorkommen narrten die Massetaster. Mehrmals glaubten wir, die EX-411 entdeckt zu haben, doch jedesmal ließ die Feinanalyse unsere Hoffnung wie eine Seifenblase zerplatzen.

Nach fünf Stunden traf endlich das Mutterschiff ein; es übernahm unseren Orbit, während ich mit der Kaulquappe die Wolkendecke durchstieß. Einige Jäger schwärmten aus und drehten nach Westen ab.

Ein sturmgepeitschter Ozean lag unter uns, aber schon in Sichtweite der nächste Kontinent. Die üppige Vegetation der Küstenregion wuchs sich rasch zu ausgedehntem tropischen Urwald aus. Im Süden ragten Bergzüge empor.

Mit knapp Mach 2 glitt die Kaulquappe der Dämmerungszone entgegen, die wie eine düster dräuende Wand am Horizont aufwuchs. Heftige Turbulenzen gingen der Nacht voraus, begleitet von sintflutartigen Wolkenbrüchen.

Minuten später hüllte uns die Dunkelheit ein. Die Relieftaster zeigten unveränderte Geländeformationen, während im Infrarotbereich der Dschungel zu einer amorphen Masse zu verschmelzen schien.

Die Energieortung erfolgte überraschend. Es gab keine genau definierbare Quelle; die Messung erstreckte sich über mehrere tausend Quadratkilometer Ausdehnung, und die Werte waren viel zu gering, um an Kraftwerke oder ähnliches denken zu lassen. Trotzdem verringerte ich die Geschwindigkeit weiter.

»Was ist das?« stieß der Zweite Pilot neben mir überrascht hervor.

Das blaue Leuchten, das eben über den Horizont heraufgestiegen war und das ich für eine atmosphärische Erscheinung gehalten hatte, schien das Land zu bedecken wie ein dichter Pflanzenteppich. Es war ein faszinierender Anblick, mit zunehmender Dunkelheit immer neue blaue Kreise entstehen zu sehen. Sie berührten einander, überlappten und verdrängten sich und schienen höher zu wachsen, so, wie Blüten sich der Sonne entgegenstreckten, nur daß diese Erscheinungen offensichtlich die Dunkelheit suchten.

Es war ein unruhig wogendes Meer, in dem geisterhaft zuckende Entladungen häufiger wurden und, wo sie zusammenstießen, in funkensprühenden Entladungen vergingen. Über allem hingen düstere Wolkenbänke, deren Ränder im Sternenschein fahl glommen und wie ein ausgedünntes Spiegelbild des blauen Leuchtens wirkten.

»Das sind chemische Vorgänge«, hörte ich einen Mann des Landungstrupps hinter mir sagen. »Bei Tag sehen wir vermutlich meterhohe trichterförmige Pflanzen, bleich, möglicherweise transparent, auf jeden Fall ohne Chlorophyll. – Ich würde gerne einige Proben zur Untersuchung mitnehmen.«

Beinahe hätte ich die Anzeige der Relieftaster übersehen. Das Land war eben und eintönig, stieg nur nach Südosten terrassenförmig an. Etwa fünfzig Kilometer querab existierte eine größere Erhebung, eigentlich nur ein gut dreißig Meter hoch aufragender Hügel, aber nicht er fesselte meine Aufmerksamkeit, sondern die beiden schlanken und ein mehrfaches höheren Felssäulen, die wie einsame Türme in die Höhe ragten.

Ein Déjà-vu-Erlebnis? Auf den ersten Blick erschien mir diese Formation so vertraut, als hätte ich sie schon ungezählte Male gesehen. Auch ohne die Vergrößerung zu bemühen, wußte ich genau, daß kantige Felsblöcke die Nadeln abdeckten, zweifellos hartes Gestein, das die Verwitterung der darunterliegenden Schichten aufgehalten hatte. Sobald die Blökke eines Tages kippten, würden auch die Säulen erodieren.

Aber woher ...? O ja, ich entsann mich. Einige Stunden lag der Traum zurück. Zwei Felsnadeln inmitten dampfenden Dschungels ...

Nur einen Augenblick lang zögerte ich. Obwohl die Ortungen beim geringsten Anzeichen eines Schiffswracks sofort Alarm geschlagen hätten und sogar eine flache Gazelle inmitten der endlosen Ebene wie ein unübersehbares Monument gewirkt hätte, änderte ich den Kurs.

Wie Meeresbrandung schwappte das blaue Leuchten am Hügel empor. Unaufhörlich. Ohne diese düstere Insel wirklich erobern zu können. Es zeichnete kaum Schatten, aber die wenigen dunklen Reflexe reichten aus, tiefe Schründe im Gestein erkennen zu lassen ...

... und die Bewegung.

Tiere! Eine unüberschaubare Herde; grazile, schlanke Wesen, die auf vier gelenkigen dünnen Beinen zwischen den Felsen kletterten. Ihr Rumpf war röhrenförmig und kurz. Der Hals, fast ebenso lang, endete in einer Schädelkapsel, deren beide Hälften braun schimmernde Augen bildeten. Zwischen ihnen ragte ein dünner, gelenkiger Rüssel hervor, der Hals und Rumpf noch an Länge übertraf.

Sie weideten das blaue Leuchten ab. Deutlich war auf dem Hauptbildschirm zu sehen, wie eines der Tiere seinen Rüssel in einen der blauen Kreise versenkte, dessen Konturen daraufhin verblaßten.

Fluchtbewegung kam auf. Die Kaulquappe erschreckte die Tiere. Gerade noch dreihundert Meter hoch, zog ich das Beiboot an den Felsnadeln vorbei. Es war eine vage Hoffnung gewesen, die Vermißten hier zu finden, aber wahrscheinlich würde ich einsehen müssen, daß wir zu spät gekommen waren.

Ein Thermoschuß zuckte so plötzlich in den Nachthimmel, daß ich Sekunden brauchte, um meine Überraschung zu überwinden.

Der Schuß war aus dem Bereich der linken Felssäule abgefeuert worden, nur wenige Meter über der Hügelkuppe. Er wiederholte sich nicht.

Die starken Suchscheinwerfer unterhalb des Ringwulstes flammten auf. Sie entrissen die Felsen der Finsternis, zeigten rotbraun marmoriertes, tief ausgewaschenes Gestein und eine weit größere Anzahl dieser grazilen Kreaturen, als ich vermutet hatte. Es mußten Hunderte sein, die sich aneinanderdrängten. Das blaue Leuchten verblaßte im Licht zur Bedeutungslosigkeit und ließ in der Tat fleischige Pflanzenteile erahnen.

Mit einigen Kilometern Distanz hatte ich das Beiboot zum Stillstand gebracht und an den Zweiten Piloten übergeben. Als ich im Laufschritt die Zentrale verließ, registrierte ich, daß die Landestützen ausgefahren wurden.

Von der Zentrale bis zur Hauptschleuse auf dem oberen Ringwulstniveau waren es wenig mehr als zwanzig Meter. Ich schaffte es in der Zeit gerade, die Handschuhe überzustreifen und den Raumanzug zu schließen. Den Transparenthelm klappte ich erst nach vorne und verriegelte ihn, als ich schon gemeinsam mit zehn Männern des Landekommandos in der Schleusenkammer auf den Luftaustausch wartete. Sie waren keine Raumsoldaten, den Status gab es bei der Explorerflotte nicht, hatten aber dennoch eine militärische Ausbildung genossen. In gewisser Weise waren diese Männer und Frauen Allroundtalente, die nicht nur Waffen zu handhaben wußten, sondern auch eine naturwissenschaftliche Grundausbildung vorweisen konnten.

Einer der Jetpiloten, die momentan noch den äußeren Planeten nach

Spuren des vermißten Kugelraumers absuchten, hatte sein Studium der Xenobiologie mit Auszeichnung bestanden und war anschließend den Werbeaufrufen der Explorerflotte gefolgt. Um das Angenehme mit dem Nützlichen zu verbinden, hatte er mir gesagt. Welcher junge Mensch träumte nicht davon, zu den Sternen zu fliegen? Der Personalbedarf für unsere neuen Schiffe war jedenfalls enorm, der Andrang junger Männer und Frauen, die ihre Zukunft zwischen den Sternen sahen, ebenfalls.

Mit dem massiven Ausbau der Explorerflotte hatten wir im Jahr 2130 begonnen. Jedoch waren die ersten Forschungsflüge schon Ende des einundzwanzigsten Jahrhunderts absolviert worden, damals bereits unter der Bezeichnung »Explorer«, nur mit mehr oder weniger konfuser Numerierung. Vorwiegend hatte es sich um Testflüge zur Erarbeitung eines schlüssigen Konzepts gehandelt, beginnend bei den wissenschaftlich geprägten Besatzungen bis hin zur unumgänglichen Bewaffnung der Schiffe.

Die Planung, das konnte ich mit Fug und Recht behaupten, war in jeder Hinsicht aufgegangen. Noch in Jahrhunderten würden terranische Explorer in die Tiefe der Milchstraße vorstoßen und mit immer neuen Puzzleteilen zurückkehren und diese in unser Bild vom Universum einfügen. Eines fernen Tages würde der Mensch die Schöpfung in ihrem ganzen Ausmaß verstehen. Aber genau vor diesem Tag war mir bange. Was würde geschehen, sobald es keine Fragen mehr zu beantworten gab? Die Lust am Unbekannten, die Neugierde war stets die Triebfeder menschlicher Evolution gewesen, wahrscheinlich sogar der Motor allen Lebens. Alles zu wissen bedeutete zweifellos nicht nur Stagnation, sondern wohl auch Degeneration.

Unnötige Gedanken waren das hier und heute. Schließlich begannen wir gerade erst, einen Zipfel aller Geheimnisse zu lüften.

Das Innenschott hatte sich geschlossen, die Luft wurde abgesaugt. Ich registrierte das kurze Arbeiten des Antigravs. Offenbar brachte der Pilot die Kaulquappe zentimetergenau zu Boden, bemüht, möglichst wenig fluoreszierende Vegetation zu zerstören.

Flüchtig dachte ich zurück an einige frühere Explorerflüge. Die EX-27 zum Beispiel, die 2070 verschollen und deren Spur erst mehr als fünfunddreißig Jahre später entdeckt worden war. Oder die EX-55, mit der Mausbiber Gucky und der Telepath und Chef des Mutantenkorps, John Marshall, Epsilon Virginis II erreicht und die havarierte CHEYENNE repariert hatten.

Das Außenschott glitt auf. Vor mir funkelten die Felsnadeln im Scheinwerferlicht. Ringsum wogte das fahle Blau, das erst in einiger Distanz an Intensität gewann. Trotz der dämpfenden Lichtfülle war der Eindruck weit imposanter als auf den Bildschirmen.

Das aktivierte Tornisteraggregat trug mich aus der Schleuse. Zweihundert Meter bis zu den Felsen. Ich registrierte, daß das Leuchten an den Landestützen der Kaulquappe emporleckte; das Schiff war trotz des Antigravs mindestens zweieinhalb Meter tief in den Untergrund eingesunken.

Unter mir die Vierfüßer, die mich an irdische Wasserläufer erinnerten. Geschmeidig bewegten sie sich zwischen den Blütenkelchen und reckten mir ihre Saugrüssel entgegen. Dicht an dicht drängten sie sich um die Hügelkuppe und brandeten wie eine lebendige Flut gegen die Felsen an. Ich sah diese Geschöpfe übereinanderklettern, als wollten sie auf die Weise die steilen und ausgewaschenen Wände überwinden.

Noch immer kein zweiter Thermoschuß, der die Position der Schiffbrüchigen verraten hätte. Auch über Helmfunk meldete sich niemand. Ich vernahm nur knappe Kommentare des Landungstrupps.

Ich hatte mir die an der Basis etwas massigere linke Felsnadel ausgesucht, weil dort die Tiere besonders aufgeregt schienen, und landete etwa zwanzig Meter über der Hügelkuppe auf einem schmalen Felsband. Prompt wandten sich etliche Vierbeiner mir zu. Das Kratzen und Schaben ihrer offenbar klauenbewehrten Beine, das die Außenmikrophone des Raumanzugs auffingen, klang zunehmend bedrohlicher. Nicht weit entfernt polterten Steine über die Felsflanke und rissen einige Tiere mit sich, die es geschafft hatten, den steilen Hang zu bezwingen.

Ein gellender Aufschrei ließ mich herumfahren. Es war der Todesschrei eines Menschen.

In den Schlagschatten der anderen Felsnadel wehrte sich eine humanoide Gestalt gegen mehrere Angreifer. Nur Sekunden dauerte der Kampf, ich sah die menschliche Silhouette in einem fahlen Blau aufleuchten, das sich rasend schnell zu intensivem Feuer steigerte. Wer immer das Opfer gewesen war, es verbrannte von innen heraus, während es schlaff wie eine Puppe in die Tiefe stürzte. Weitere Menschen lösten sich aus den Schatten und versuchten, vor den Tieren in die Höhe zu fliehen.

Auch mich hatten die Biester fast erreicht. Ich riß den Strahler vom Holster und feuerte nach unten, aber die Vierbeiner absorbierten die tödliche Energie, schienen sie sogar gierig aufzusaugen. Den ersten nach mir tastenden Rüssel trat ich wütend zur Seite. Ein flüchtiges blaues Aufblitzen umfloß mein Bein, konnte den Raumanzug aber nicht durchdringen.

Der Antigrav trug mich weiter in die Höhe.

»Nicht die Thermostrahler!« hörte ich eine Warnung im Helmfunk. »Schaltet um auf Desintegratormodus, das hält die Viecher auf Distanz.«

»Wo bleiben die Flugpanzer? Herrgott, wie lange dauert das?«

Die Shifts würden nicht kommen. Zumindest nicht sofort. Ungläubig starrte ich zur Kaulquappe hinüber. Sie war bis über die Bodenschleuse in den Untergrund eingebrochen und in bedrohliche Schräglage geraten. Armdicke Wurzelstränge wogten am Rumpf empor und woben ein dichter werdendes Geflecht. Schon drangen die ersten Strünke in die Düsenöffnungen der Ringwulsttriebwerke ein.

»Starten!« brüllte ich, aber der Pilot hatte schon vorher reagiert. Sonnenheiße Korpuskelwellen brachen aus den Düsen hervor und fluteten als Feuerwalze auseinander. Ihr Fauchen und Dröhnen steigerte sich zum ohrenbetäubenden Orkan, sekundenlang sah es sogar so aus, als würde das Beiboot sich zögernd aufrichten, doch trotzten die Pflanzen nicht nur den energetischen Schubkräften, sondern sie zogen die Kaulquappe zunehmend tiefer hinab. Nach allen Seiten peitschte die Glut, während der Untergrund zu brodeln begann. Im dem Bereich wurde das fluoreszierende blaue Leuchten intensiver, als hätten die Triebwerksenergien es zu raschem Wachstum angeregt.

Landestützen knickten ein und splitterten, mehrere Düsenkammern im Ringwulst rissen auf, aber die befürchtete Explosion blieb aus. Der Pilot hatte den Gewaltstart im letzten Moment abgebrochen.

Die Kaulquappe sank, während die Pflanzen sich unaufhaltsam über den Rumpf schoben. In wenigen Minuten würde von dem Beiboot nichts mehr zu sehen sein. Deshalb also waren keine Wrackteile der EX-Vier-Elf geortet worden.

»... was ist los bei euch?« Verzerrt und kaum verständlich erklang Oberst Nissets Stimme im Helmempfänger. »Wir messen starke Entladungen ...« Die Verbindung brach zusammen. Zugleich registrierte ich erleichtert, daß einige Schotten im oberen Kugelbereich des Beibootes geöffnet wurden. Die ersten Crewmitglieder verließen das sinkende Schiff.

Die Vierbeiner mit Wasserläufern zu vergleichen war gar nicht so falsch gewesen. Der Boden in diesem Bereich des Planeten schien die Konsistenz von Treibsand zu haben, in dem die Kaulquappe unaufhaltsam versank.

Einige Tiere hatten mich fast erreicht. Ich streckte sie mit dem Desintegrator nieder. Andere drängten nach, schoben sich über die zuckenden Leiber ihrer Artgenossen hinweg und griffen, ohne zu zögern, an.

Eine Handvoll Sterne fiel vom Himmel. Gedankenschnell wurden sie größer, ich konnte Triebwerksfahnen erkennen, und schließlich fegten Jäger über uns hinweg. Der donnernde Schall brandete erst Sekunden später heran. Ich sah die schlanken Maschinen in weitgezogenen Kurven zurückkehren ...

... und ich sah die Tiere keine vierzig Meter von mir entfernt dicht an dicht in die Höhe streben, ungefähr dort, wo Felsbrocken schon etliche von ihnen nach unten gerissen hatten.

Die Jäger dröhnten vorbei. Ihre starr eingebauten Buggeschütze feuerten in die Ebene hinaus.

Mit dem Flugaggregat folgte ich dem ansteigenden Felsband. Da war ein V-förmiger Einschnitt im Stein, dreißig, vierzig Meter hoch, aber nicht sonderlich breit. Die Tiere drängten sich davor, behinderten sich gegenseitig, einige versuchten, weiter nach oben zu klettern und den Zugang auf die Weise zu erzwingen. Die es fast schon geschafft hatten, holte ich mit mehreren Schüssen zurück.

Wer immer sich in der Felsspalte gegen die Angreifer zur Wehr setzte, er hatte offensichtlich nichts Wirkungsvolleres als Steine zur Verfügung. Der Einschnitt lag in Finsternis; aus der Höhe herab gewahrte ich lediglich im Infrarotscan drei menschliche Gestalten. Sie wichen langsam zurück, weil die Tiere sich von den Steinwürfen nicht mehr beeindrucken ließen.

Die drei hatten keine Chance mehr. Lediglich einige Minuten lang würden sie die Tiere vielleicht noch auf Distanz halten können.

Ich ließ mich in der Spalte nach unten sinken. Zwei angreifende Vierbeiner knickten unter meinen Desintegratorschüssen ein, die nachfolgenden stiegen einfach über sie hinweg. Zwar ortete ich einen tragbaren Schirmfeldprojektor, mit dem die Schiffbrüchigen bis vor kurzem den Zugang zur Felsspalte abgeriegelt hatten, doch seine Energie war bis auf ein Minimum aufgezehrt.

Irrlichternde Entladungen zuckten auf, als eines der Tiere über dem Projektor zusammenbrach und zwischen den Polen verkohlte.

Die drei Schiffbrüchigen bemerkten mich erst, als ich neben ihnen landete. Sie trugen verdreckte, zerschlissene Bordkombinationen, nicht einmal Raumanzüge, und einer von ihnen ...

... siedendheiß durchfuhr es mich, eine Mischung aus ungläubiger Freude und Entsetzen. Ich kannte dieses Gesicht, auch wenn ich es nie anders als auf holographischen Fotos gesehen hatte. Das markante, trotzig vorgereckte Kinn und die ausdrucksstarken Augen waren unverkennbar. Trotz des Drecks und der Blutkrusten.

»Michael!« entfuhr es mir.

Er starrte mich an, überrascht und verständnislos, und schien mich hinter dem geschlossenen Helm nicht zu erkennen. Im selben Sekundenbruchteil wandte er sich schon wieder um, raffte Steine auf und schleuderte sie den herandrängenden Tieren entgegen. Nicht einmal mit dem Desintegrator konnte ich sie zurückdrängen, bestenfalls vorübergehend aufhalten.

»Ich trage euch nach oben!« rief ich. »Komm her, Michael!«

Er starrte mich ungläubig an. Dann schien er im schwachen Widerschein meines Helmscheinwerfers den Namenszug auf dem Raumanzug entziffert zu haben. »Hannah zuerst, Onkel Reginald!« stieß er keuchend hervor. »Ich komme schon klar.«

Nur mehr wenige Meter trennten uns von den Angreifern. Für Diskussionen blieb keine Zeit. Ich warf Michael den Desintegrator zu, packte die Frau um die Hüfte und beschleunigte. Der Aufstieg dauerte ein paar Sekunden länger, weil das Tornisteraggregat die doppelte Last zu tragen hatte. *Hannah* hatte Michael die Frau genannt – *Hannah Angel, die Kommandantin der EX-411?* Mehr als ihr dreckverklebtes rotbraunes Haar und ein verschwollenes, zugleich ausgezehrtes Gesicht registrierte ich von ihr nicht. Wortlos setzte ich sie über dem Einschnitt ab und ließ mich sofort wieder absinken ...

... und erstarrte. Die grazilen Rüsseltiere drangen ungehindert in den Felsspalt ein. Ich sah die beiden Männer unter krampfartigen Zuckungen zusammenbrechen und unter den langbeinigen Leibern verschwinden und war mit bloßen Händen verdammt hilflos. »Nein!« hörte ich mich schreien. »Michael ...!« Selten hatte ich mich so ohnmächtig gefühlt und noch dazu verhöhnt. Zuckend reckten sich mir etliche Rüssel entgegen, einige Tiere begannen, an den fast senkrechten Wänden emporzuklettern.

Vor meinem inneren Auge sah ich die EX-414 aus allen Geschützen feuernd über dieser Region des Planeten schweben. Tief fraßen sich die Thermostrahlen in die Planetenkruste vor und vernichteten die Leuchtpflanzen und die Tiere, die in einer unüberschaubaren Stampede vor den tödlichen Gluten flohen. Ein Jägergeschwader raste über die Ebene hinweg und legte einen Bombenteppich.

Auf gewisse Weise genoß ich diese Vorstellung. Sie beruhigte mein aufgewühltes Inneres und den Schrei nach Vergeltung. Obwohl ich deswegen vor mir selbst erschrak. Auge um Auge, Zahn um Zahn – ich war nie blutgierig gewesen, eher ein Mann von Kompromissen, der unter noch so widrigen Umständen Zugeständnisse herbeizuführen versuchte, aber diesmal wußte ich nicht, ob ich losbrüllen oder wild um mich schlagen sollte.

Du kannst gar nicht wissen, ob sie tot sind, mahnte eine innere Stimme. Ich ignorierte sie, weil ich spürte, daß ich zu spät gekommen war. Um lächerliche Sekunden. Was bedeuteten sie für einen Unsterblichen?

Was bedeutete Verwandtschaft? Ich hatte vieles falsch gemacht, hatte Blutsbande ignoriert, weil ich mir einredete, daß Generationen zwischen mir und den Nachfahren meiner Schwester oder den anderen Bull-Familienlinien lagen. Dabei hatte ich nie herauszufinden versucht, ob dem wirklich so war.

Alibi-Überlegungen waren das, der Versuch, mein Gewissen zu beruhigen. Ich wußte von vornherein, daß es nie anders werden konnte. Das war wie mit den Vorsätzen, die Menschen zu Silvester faßten und die spätestens am 2. Januar der Vergangenheit angehörten. Kaum jemand schaffte es auf Dauer, den inneren Schweinehund zu überwinden, und falls doch, forderten über kurz oder lang die täglichen Pflichten ihr Recht ein. Aus diesem Kreislauf gab es kein Entrinnen.

Jenseits des schmalen Felseinschnitts gewahrte ich eine Antigravplattform. Schwere Desintegratoren stoppten den Vormarsch der Tiere. Die materiezersetzende Wirkung fraß tiefe Höhlungen in den Fels, versetzte die Vierbeiner aber nur in eine vorübergehende Starre. Mit Energiefeldprojektoren sicherten die Landungstruppen die Felsnadel ab.

Ich kniete neben Michael Slovan nieder. Er lebte noch. Sein Gesicht war schmerzverzerrt, der Oberkörper großflächig verbrannt, und die Augen starrten scheinbar ins Leere. Mit ihren Rüsseln saugten die Tiere nicht nur die chemische Pflanzenenergie auf, sie gaben sie in heftigen Entladungen auch wieder ab. Zudem hatte ein langsam verhärtendes Sekret nicht nur die Kleidung, sondern auch Haut und Muskelgewebe angegriffen.

»Wo bleibt der Arzt?« keuchte ich. »Beeilt euch, verflucht! Der Junge stirbt mir doch unter den Händen.«

Michaels Blick fraß sich an mir fest. Ich hatte den Eindruck, daß er mich trotzdem nicht erkannte. Erst als ich den Helm zurückklappte, erschien ein Aufleuchten in seinen Augen. Mit bebenden Lippen versuchte er Worte zu formen, doch wurde nur ein lautloses Stöhnen daraus.

»Nicht anstrengen, Michael«, sagte ich leise. »Schone deine Kräfte! Später haben wir genügend Zeit, miteinander zu reden.«

Der Hauch eines Lächelns umfloß seine Mundwinkel. Aber das war oberflächlich. Unter diesem Lächeln zeichnete sich Verzweiflung ab. Ebenso die Furcht vor dem Tod. Langsam hob Michael den rechten Arm. Ich griff nach seiner Hand, die sich zitternd und schwach um meine Finger schloß.

»Du schaffst es, Junge – du bist stark genug!« Ich biß die Zähne zusammen, denn ein Beben durchlief den ausgemergelten Körper. Langsam, wie unter dem Einfluß unerträglicher Müdigkeit, fielen Michaels Lider zu. Sein Atmen war kaum noch wahrzunehmen. »Reiß dich zusammen!« Mit der flachen Hand schlug ich ihn ins Gesicht. Er durfte nicht einschlafen, nicht jetzt. »Kein Bull läßt sich so schnell unterkriegen! – Komm schon, Junge, bleib hier! Bleib ...!«

Nochmals schlug ich zu, fester als zuvor. Vergeblich. Michaels Rechte erschlaffte in meiner Hand. Er atmete nicht mehr. Auch der Medorobot, der Augenblicke später kam, konnte dem jungen Leutnant nicht mehr helfen.

Ich verfluchte diese Welt. Ich stand am Rand des Felsabbruchs und starrte hinaus auf das blaue Leuchten, über dem Space-Jets und Kaulquappen schwebten. Von meinem 60-Meter-Beiboot war gerade noch die obere Polkuppel zu sehen. Die letzten Besatzungsmitglieder verließen das versinkende Schiff – zumindest hoffte ich, daß alle anderen schon in Sicherheit waren.

Sekunden später schwappte das blaue Leuchten über dem Schiff zusammen. »Wasserläufer« huschten umher. Ein trügerisches Bild des Friedens.

Ich würde nicht versuchen, die Kaulquappe zu bergen, ich wollte nur noch weg von dieser Welt.

Stumm starrte ich auf das rot-weiß gestreifte Banner mit dem Sternensymbol und dem Emblem der Explorerflotte. Ein bunt bedruckter Fetzen Stoff als letzter Gruß war alles, was von einem jungen Leben blieb. Dazu zwei Holographien und die Erinnerung. Denkbar wenig. Doch das war nie anders gewesen. Vermutlich machte ich mir diesmal mehr Gedanken darüber, weil ich selbst betroffen war. Aber genau so sollte es nicht sein.

Die Frage nach einem tieferen Sinn wurde zum Stochern in offenen Wunden. Das Schicksal kannte keinen Sinn, bestenfalls eine Abfolge von Zufällen, die von namhaften Kosmopsychologen neuerdings als »das Leben an sich« bezeichnet wurden. Mir behagten solche Äußerungen nicht. Trotzdem mußte ich genau daran denken, als ich vor Michaels Sarg stand. Einer von acht ... Im Logbuch waren die Namen der Toten verzeichnet, und wenn ich mir vorzustellen versuchte, daß sie noch leben könnten, wären wir allein eine Stunde eher gekommen, spürte ich unbändigen Zorn in mir aufsteigen.

Wir hatten nur vier Überlebende der EX-411 geborgen, unter ihnen die Kommandantin Major Hannah Angel, eine überaus attraktive Frau Ende Dreißig. Als erste hatte sie mir ihr Mitgefühl ausgesprochen, vor allem ihr Bedauern darüber, daß sie sich mir nicht massiv widersetzt hatte.

»Michael Slovan war ein patenter junger Mann, der geborene Raumfahrer«, hatte sie gesagt. »Ich glaube, er war mit Leib und Seele den Sternen verschrieben – wie man es von Ihnen auch hin und wieder hört, Solarmarschall.« Ich hatte abgewinkt, aber sie hatte mich nachdenklich angeschaut, und der Blick ihrer tiefgründigen grünen Augen war mir durch und durch gegangen. »Michael glaubte wohl, daß er sich revanchieren mußte, dafür, daß ich ihm vor zehn Tagen das Leben gerettet habe.

Ihm und zwei anderen, die inzwischen ebenfalls tot sind. Unser Flug stand von Anfang an unter keinem guten Stern. Der Explorer wurde vom Strahlungsausbruch eines Zwergsterns überrascht und manövrierunfähig. Obwohl wir mit allen Mitteln versuchten, die zerstörten Wandlerbänke und Kompensatoren wenigstens provisorisch wiederherzustellen, gelang es nicht, den Sturz in die Sonne aufzuhalten. Letztlich blieb uns keine andere Wahl, als allein mit den Kaulquappen den Rückflug zu versuchen.« Sie hatte mich durchdringend angeschaut. »Was ist mit den anderen? Haben sie es wenigstens geschafft?«

»Es ist noch zu früh, die Hoffnung aufzugeben. Obwohl uns ausgerechnet die Wrackteile einer Kaulquappe auf Ihre Spur geführt haben.«

Daran dachte ich, während ich stumm die Särge betrachtete und spürte, daß Major Angel neben mich trat. Flüchtig wandte ich den Kopf, unsere Blicke trafen sich erneut, ruhten sekundenlang ineinander und lösten sich wieder. Hannah Angels Miene wirkte verhärtet, als scheue sie davor zurück, Gefühle zu zeigen. Aber wenn ich ehrlich war, mir erging es keinen Deut besser. Ich biß die Zähne aufeinander und versuchte, der Beklemmung zu trotzen, die mir das Wasser in die Augen trieb.

Neben jedem Sarg nahmen sechs Männer und Frauen des Landungstrupps Aufstellung. Ich war kein Freund übertriebenen militärischen Zeremoniells, doch der Anblick hatte zumindest für den Augenblick etwas Versöhnliches. Wie erstarrt standen sie da in ihren Borduniformen, die Augen geradeaus und die rechte Hand auf die linke Brustseite gelegt, während Oberst Nisset die Zeremonie mit einer Würdigung der Verstorbenen begann.

Meine Gedanken schweiften ab. Hannah Angel hatte mir vor Stunden das Logbuch der Mission übergeben. Demnach war die Kaulquappe infolge eines Konverterschadens für längere Zeit am Überlichtflug gehindert worden, und sogar nach durchgeführter Reparatur war nur eine einzige Transition möglich gewesen. Major Angel hatte entschieden, Kurs auf das Sonnensechseck zu nehmen, weil eine derart extreme Konstellation die Aufmerksamkeit eventueller Suchmannschaften wecken mußte. Alles Weitere ließ sich mit knappen Worten zusammenfassen: Rücksturz schon nach einem Teil der programmierten Etappe; Notlandung auf einem Planeten, der erträgliche Bedingungen bot; Verlust der Kaulquappe in der ersten Nacht, die Überlebenden zogen sich in den Bereich der Felsnadeln zurück. Anfangs hatten sie sich mit ihren Waffen und Energieschirmen die Tiere vom Hals halten können, aber die Energien waren bald aufgezehrt gewesen, ebenso die spärlichen Wasservorräte und die Konzentratnahrung.

Major Angel hatte den letzten Strahlschuß abgegeben, als unser Beiboot erschienen war. Zu dem Zeitpunkt hatte keiner der Schiffbrüchigen mehr an Rettung geglaubt.

»... darum sollen wir erkennen, daß unser Leben vergänglich ist und nichts für die Ewigkeit geschaffen wurde. Wie die Sonnen eines Tages verglühen und erlöschen, so verweht auch der menschliche Geist, zerfällt der Körper in die Materie, aus der er geboren wurde. Vielleicht sehen wir uns wieder – am Ende von Raum und Zeit. Wir wissen es nicht, werden es zu Lebzeiten auch nie erfahren. Doch nur ein Volk, das seine Toten ehrt und aus ihren Erfahrungen lernt, wird Bestand haben. In diesem Sinne, Freunde und Kameraden, geht mit Gott. Solange wir euch in unseren Gedanken tragen, seid ihr nicht wirklich tot.«

Der Oberst salutierte. Derart philosophische Gedankengänge hätte ich von ihm nicht erwartet, aber mitunter täuscht sich auch ein Reginald Bull in dem, was Menschen bewegt. Aus den Hangarlautsprechern erklang dezent das Oratorium des marsianischen Komponisten Claude a Hainu *Victory in space and time.*

»Kadett Gilc Rathol ...«

Ich salutierte ebenfalls und sah zu, wie der Sarg mit dem Banner in die geöffnete Schleusenkammer schwebte.

»Leutnant Harkan Ölyürk ...«

Gemeinsam würden die Toten ihre letzte Reise antreten und zeitlos durch den Raum gleiten, bis das Schwerefeld einer Sonne die Särge erfaßte und sie in der Korona oder in der Atmosphäre eines Planeten verglühten. Hier, im Kernbereich der Milchstraße, würden bis dahin wohl nur wenige Jahre oder Jahrzehnte vergehen, denn die Sterne standen unglaublich dicht.

»Leutnant Michael Slovan Bull ...«

Lebe wohl! Ich starrte dem Sarg hinterher, bis das Innenschott sich schloß. Wenig später sah ich auf dem Bildschirm der Außenbeobachtung acht winzige Punkte davonwirbeln. Sekundenlang noch von den Scheinwerferbatterien des Explorers angestrahlt, verloren sie sich vor dem Sterngewimmel.

Nur zögernd löste ich mich aus der Starre und wischte mir mit dem Handrücken die Nässe aus den Augenwinkeln. Der Hangar leerte sich bereits, die Mannschaften folgten dem Kommandanten, doch unvermittelt legte sich eine Hand auf meinen Unterarm.

»Ich weiß, was Sie fühlen, Solarmarschall«, sagte Hannah Angel. »Es tut mir leid.«

»Nichts, rein gar nichts braucht Ihnen leid zu tun, Major.« Einen Moment lang war ich versucht, ihre Hand wegzuschieben, aber irgendwie gefiel mir ihre Berührung. Zum erstenmal schaute ich die Frau mit anderen Augen an. Sie war attraktiv und hatte sich trotz des aufreibenden Dienstes in der Flotte und der Verantwortung ihrer Position ihre Weiblichkeit bewahrt.

Fast auf den Zentimeter so groß wie ich, nicht gerade schlank, aber auch keineswegs muskulös, wirkte sie kräftig und durchtrainiert. Über ihre Maße machte ich mir im Moment keine Gedanken, dafür war weder der richtige Ort noch der Zeitpunkt. Immerhin registrierte ich die leicht schräg stehenden Wangenknochen und die vollen Lippen. Das Haar trug sie eigenwillig geschnitten: links zentimeterkurz, zum Nacken hin länger werdend, auf der rechten Kopfseite eine Handspanne messend und geschwungen in die Stirn gekämmt.

Vielleicht, schoß es mir durch den Sinn, *sagt die Frisur mehr über ihren Charakter aus als ihre Personaldatei.* Sie mochte ebenso stürmisch wie zurückhaltend sein, in sich gekehrt, doch zugleich ein Vulkan an Leidenschaft.

Leise schlurfende Schritte schreckten mich aus den absolut unpassenden Überlegungen auf. Mir war nicht aufgefallen, daß jemand den Hangar betreten hatte.

»Wer sind Sie?« fragte Major Angel, ehe ich mich umdrehen konnte. Ein amüsiertes Lachen antwortete ihr, das mir durch und durch ging.

Ich wirbelte herum.

»Überrascht?« Der alte Mann stand gerade vier Meter entfernt. Schlohweißes Haar umrahmte sein faltiges, offenbar von der Raumstrahlung gegerbtes Gesicht. Die tiefen Runzeln waren mehr geworden, seit ich ihn zuletzt gesehen hatte, und sein Kinnbart stand strähnig ab, als hätte er sich eben noch die Haare gerauft. Die fast blutleeren Lippen verzogen sich zu einem hämischen Grinsen. »Hast du mich wirklich nicht erwartet, Bully? Nicht einmal ein klein wenig? Schade, ich hätte dir mehr Voraussicht zugetraut.«

»Was willst du?« herrschte ich ES an. Niemand sonst schaffte das Kunststück, in dieser Gestalt und aus dem Nichts heraus in einem Raumschiff zu erscheinen.

Ruckartig hob er den knorrigen Stock, auf den er sich eben noch gestützt hatte, und schien mich damit durchbohren zu wollen. Major Angels Blick pendelte zwischen ihm und mir, die Hand hatte sie zurückgezogen; ihre Mimik war eine einzige unausgesprochene Frage.

»Ich kann nicht behaupten, daß der Empfang sonderlich herzerfrischend wäre«, meckerte der Alte. »Was ist mit dir, Reginald Bull? Freust du dich wirklich nicht, mich zu sehen?«

»Ich habe andere Probleme«, murrte ich.

»O ja, natürlich.« Die Stimme klang plötzlich spöttisch. »Kleinkram, mit dem Sterbliche sich umgeben, um geschäftig zu wirken. Wann wirst du endlich lernen, in großen und wirklich kosmischen Zusammenhängen zu denken?«

Was sollte ich darauf erwidern? Der Alte hatte einen eigenwilligen, um nicht zu sagen schrulligen Humor. Vielleicht war es die Einsamkeit von Jahrzehntausenden, die ihn so geprägt hatte. Seufzend sagte ich, halb an Major Angel gewandt: »Dieser sarkastische weißhaarige Herr ist ES, der Unsterbliche von Wanderer. Und ...«

»Mir ist Major Hannah Angel durchaus bekannt«, fiel ES mir ins Wort. Er lachte, als er sich an die Frau wandte, diesmal jedoch nicht dröhnend wie meist, sondern merklich zurückhaltend. Ich empfand das Gelächter als spöttisch. »Ich kenne den Dicken schon – Perry Rhodan nennt ihn so, und ich glaube, er sollte sich wirklich eine Fastenkur gönnen –, seit er in den Windeln lag. Bully weiß es nur nicht, oder er will es nicht wissen, so genau kann man das bei ihm nie sagen.«

»Was soll der Auftritt?« herrschte ich ES an, obwohl man auf die Weise nicht mit dem Herrn der Unsterblichkeit reden konnte. »Wenn du vorhast, mich zu kompromittieren ...«

»Vielleicht habe ich einen Narren an dir gefressen, Reginald Bull«, fiel er mir ins Wort. »Und möglicherweise sind wir uns sogar ähnlicher, als du denkst. Wenn ich dich nicht gelenkt hätte, was wäre wohl aus dir geworden? Weißt du es, oder willst du es erfahren?«

Irgend etwas geschah mit mir, bevor ich antworten konnte.

Das Gefühl, haltlos durch Raum und Zeit zu wirbeln, erzeugte Übelkeit. Aber nur für Sekundenbruchteile, dann war ich am Ziel.

Wo?

Kalter Rauch und der Geruch von gebratenem Fisch hingen in der Luft. Staub flirrte in den Sonnenstrahlen, die durch die halb geschlossenen Jalousien hereinfielen und vage Kreise auf den verblichenen Teppich zeichneten. Ich hatte die Füße auf den Tisch gelegt, hielt ein halb geleertes Whiskyglas auf dem Bauch und blickte schläfrig in die Glotze. Eigentlich interessierte mich das Spiel der Chicago Bulls nur am Rande, ich starrte auf den Bildschirm, weil ich endlich Ruhe haben wollte. Das war meine einzige Chance.

»Reginald!« keifte sie schon wieder aus dem Kinderzimmer. »Reginald, du fauler Sack, hilf mir endlich! Dein Jüngster hat schon wieder in die Windeln geschissen.«

Mein Jüngster? Jack Daniel war ebenso ihr Kind wie meines, und ich bereute längst, Tess in den letzten fünfzehn Monaten überhaupt angefaßt zu haben. Sechs Monate wurde Jack Daniel übermorgen, aber wenn ich es recht bedachte, raubten mir schon die anderen drei Gören den letzten Nerv.

»Re – gi – nald!« kreischte Tess. »Hilf mir endlich! Kinder zeugen und saufen, ist das alles, was du kannst?«

Wenn ich damals geahnt hätte, was für mich heute Alltag war, ich hätte mich in die Navy geflüchtet, nach Vietnam oder sonstwohin, aber niemals hätte ich meine Jugendliebe geheiratet. Der Ring am Finger war mehr als eine Fessel, er war eine Zwangsjacke, ein mittelalterliches Folterinstrument, mit dem Dummheit bestraft wurde.

Jacky und John tobten herein, die Zwillinge, gegen die jeder ausgewachsene Hurrikan wie ein laues Lüftchen anmutete. Sie waren jetzt acht. Jacky hing der Rotz im Gesicht, John blutete aus etlichen Kratzern im Gesicht. »Gib her!« kreischte Jacky. »Gib mir das Heft, oder ich petze es Mum!«

John lachte wie irr und tanzte um den Tisch herum wie ein indianischer Medizinmann. Ich reagierte wie elektrisiert, als ich sah, was er da wie eine Trophäe durch die Luft schwenkte: eines meiner antiquarischen Science Fiction-Magazine, die ich mehr hütete als meinen Augapfel. Ohne sie hätte ich dieses Leben schon lange nicht mehr ertragen. Nur weil ich mich hin und wieder in Traumwelten flüchten konnte, hielt ich es in der engen und muffigen Vierzimmerwohnung in einer nahezu lichtlosen Seitenstraße nahe den Docks überhaupt noch aus.

Es hatte eine Zeit gegeben, da hatte ich wirklich und wahrhaftig geglaubt, eines Tages Astronaut zu sein und die Erde von oben zu sehen, vielleicht sogar den Mond zu betreten und im ewigen Staub meine Fußabdrücke zu hinterlassen. Aber das hatten andere für mich besorgt: Neil Armstrong und Edwin Aldrin hatten die amerikanische Flagge am Landeplatz von Apollo 11 aufgestellt.

Das Magazin zerfledderte. »John«, schrie ich, »gib das her! Sofort!«

Er lachte, ohne in seinem Regentanz innezuhalten. Das Whiskyglas polterte zu Boden und zerbrach, der Rest der goldgelben Flüssigkeit und die Eiswürfel verteilten sich über den ohnehin schäbigen Teppich. Ein paar Flecken mehr oder weniger, was machte das schon?

Jacky verstellte ihrem Bruder den Fluchtweg, deshalb bekam ich John am Arm zu fassen und zerrte ihn herum. »Laß mich los, Dad!« kreischte er. »Ich habe nichts getan, das war Jacky!« Ich schlug zu. Wahrscheinlich schmerzte mich der Schlag mehr als den kleinen Rabauken, aber das hätte ich schon lange tun sollen, anstatt alles in mich hineinzufressen. John schrie und brüllte wie am Spieß. Mir rutschte die Hand ein zweites Mal aus. Danach war Stille, ich konnte es selbst nicht fassen. John lag reglos am Boden, alle viere von sich gestreckt. Sein Gesicht konnte ich nicht sehen, aber vermutlich feixte er hämisch und heckte schon den nächsten Streich aus. Diese Stille war ungewöhnlich.

»Reginald!« Tess erschien unter der Tür. Wie eine Walküre stand sie da und hielt Jack Daniel nackt im Arm; sein Hintern war verschmiert, und zu allem Überfluß begann er auch noch zu pinkeln. »Mußt du den Whisky über den Teppich kippen? Du säufst zuviel, Dickwanst. Ich frage mich, wie ich so blöd sein konnte, dich zu heiraten …«

»Du …?« Entgeistert starrte ich sie an und registrierte nur am Rande, daß William zwischen ihren Beinen hindurchrobbte und gleich darauf mit Jacky und John zusammen durchs Zimmer tobte. *»Du* fragst *dich …?«* Meine Stimme kippte, ich konnte nur noch Luft holen, und plötzlich war da der unwiderstehliche Wunsch, die nächste Flasche Whisky in einem Zug hinunterzukippen, um diesem Drama ein Ende zu bereiten.

Etwas klirrte ohrenbetäubend. Jacky begann wie am Spieß zu schreien. Das war einer ihrer grundlosen Tobsuchtsanfälle. Sie konnte das perfekt, sich minutenlang am Boden wälzen und brüllen. Meist standen dann unsere Nachbarn auf der Matte, und wenn ich an den muskelbepackten Kiffer von nebenan dachte … »Hört endlich auf damit!« keuchte ich. »Ich hab's satt, endgültig satt! Ist das klar?«

»Schrei die Kinder nicht an!« schnappte Tess. Damit kam sie mir gerade recht; ich dachte nicht daran, wieder klein beizugeben.

»Es schneit«, jubelte John gleichzeitig und meinte die alte Galaxy-Ausgabe, die bis heute alle Höhen und Tiefen überlebt hatte, nun aber in tausend Fetzen durch den Raum wirbelte.

Meine Faust donnerte auf die Kommode neben mir. Das Holz knirschte verdächtig, die beiden verstaubten Bilderrahmen mit den Porträts von Tess' lausiger Verwandtschaft kippten und zerschellten auf dem Boden. »Ruhe!« brüllte ich, daß die Wände wackelten. Genau das hätte ich schon lange tun sollen; ich war viel zu gutmütig, aber irgendwann reichten auch meine Nerven nicht mehr aus, um das Chaos länger zu ertragen. »Wer noch einen Mucks von sich gibt, den klatsche ich an die Wand und lasse ihn dort kleben.«

»Hä?« machte John überrascht. Zwei, drei endlos lang anmutende Sekunden hielt er inne, dann zerrte er Jacky an den Haaren, und seine Zwillingsschwester begann hemmungslos zu heulen.

»Ruhe!« schrie ich außer mir. Ich dachte an Jack the Ripper.

Mit den Fingern wischte Tess über Jack Daniels Hintern, rümpfte angewidert die Nase und versuchte prompt, ihre Hand am Türrahmen zu säubern. »Da siehst du, was du in deinem Jähzorn wieder angerichtet hast«, warf sie mir vor. »Damals in der Schule dachte ich, du könntest kein Wässerchen trüben.«

»Damals warst du auch ganz nett«, konterte ich.

Wütendes Hämmern an der Eingangstür ließ mich herumfahren. Es klang, als dresche Fred Feuerstein höchstpersönlich mit beiden Fäusten dagegen. Nur brüllte ein dumpfer Baß nicht »Wiiilllmaaa!«, sondern schlicht und einfach »Bull!«

»Wir sind nicht da«, ächzte ich. »William, bleib weg von der Tür! Hörst du nicht?«

Zu spät. Unser Ältester hatte wieder einmal nichts eiliger zu tun, als die Tür weit aufzureißen. Der Kiffer von nebenan paßte gerade hindurch. Zwei Meter groß war er allemal, und was ihm an Hirnmasse fehlte, steckte im Bizeps und den Oberschenkeln – die Natur sorgte eben immer für einen Ausgleich.

»Was soll der Lärm, he?« Er schob Tess zur Seite und massierte demonstrativ seine Pranken. »Du weißt, Nachbar, daß ich tagsüber meinen Schlaf brauche. Oder hast du das vergessen? Ich helfe deinem Gedächtnis gern auf die Sprünge.«

Schönheitsschlaf? schoß es mir durch den Sinn. Mit seinem gelben Pferdegebiß hätte er gut daran getan, vierundzwanzig Stunden am Tag zu schlafen. Vergeblich schaute ich mich nach einem Fluchtweg um oder etwas, das ich zur Verteidigung benutzen konnte. Warum war es nur plötzlich so verdammt ruhig?

»Eh, Dicker ...« Mit zwei Fingern stieß er mich an, ich taumelte rückwärts und versuchte, auf den Beinen zu bleiben. Die unrasierte, narbenübersäte Visage verzog sich zu einem herausfordernden Grinsen. Um seinen Hals baumelte eine rostige Kette, kein Schmuckstück, sondern vielleicht einmal zu einem Sicherheitsschloß gehörend, und zu allem Überfluß war daran ein handflächengroßes Peace-Symbol aufgefädelt.

»Bleib mir vom Leib!« ächzte ich. »Sonst werde ich ungemütlich – und dann setzt es einiges.«

Er starrte mich an und begann zu lachen. Lauthals und schallend.

Sein Gesicht veränderte sich. Die Narben erwiesen sich als Falten, die Licht und Schatten sammelten, der Bart färbte sich bleich. Ich blinzelte verwirrt, meine Hände zuckten hoch zu den Schläfen, und die Finger verkrampften sich um die Stirn.

Ich benötigte einige Augenblicke, um den Eindruck des vermeintlich Erlebten abzuschütteln. Zu realistisch war alles gewesen, schlimmer als ein Traum. Ich, verheiratet mit Tess, meiner rothaarigen Jugendliebe aus längst vergangenen Tagen? Oder – der Gedanke war erschreckend und erfüllte mich mit Panik – war alles andere die Vision gewesen und meine Ehe mit Tess die Realität?

Im Widerstreit der Empfindungen starrte ich den alten Mann an und fühlte die Furcht in mir wachsen, daß mir die Wahrheit nicht gefallen könnte.

»ES«, sagte ich, »solche Spiele schätze ich nicht besonders. Und höre endlich auf, so dröhnend zu lachen. Mir ist nicht nach Gelächter zumute, das solltest du eigentlich wissen. – Was willst du von mir, außer mich damit zu erschrecken, was aus Tess und mir geworden wäre? Das ist Kinderkram.«

Der Alte vollführte eine entschieden ablehnende Handbewegung. »Du bist ungehalten, mein zweitältester Freund. Gut, damit mußte ich rechnen.«

Major Hannah Angel hustete. Sie hatte die Arme vor dem Leib verschränkt und blickte ziemlich unwirsch drein. »Hat einer der Herren die Güte, mich aufzuklären?« fragte sie. »Vor allem habe ich das Gefühl, viel Falsches über ES gelernt zu haben. Ich hielt ES für eine vergeistigte Intelligenz, für ein Superwesen, das hoch über uns Menschen steht, aber die Wirklichkeit ...«

»... enttäuscht Sie, Major?«

»Ja«, sagte sie freiheraus. »Genau so ist es.«

Ich mußte zugeben, die Frau gefiel mir. Sie hatte alle Eigenschaften, die ich am anderen Geschlecht so schätzte, sie war intelligent, schön und mutig. Vor allem sprach sie auch aus, was sie dachte.

Vor unseren Augen begann die Gestalt des greisen Mannes zu verwehen. Eine Spirale bildete sich, ein Abbild der Milchstraße. Eineinhalb Meter über dem Boden begann sie zu rotieren.

»Ich bin hier, mein Freund, weil die Zukunft es erfordert«, hallte die Stimme des Alten durch den Hangar. »Die Zeit kennt viele Möglichkeiten, mit dem richtigen Werkzeug läßt sie sich formen wie rotglühender Stahl, aber nicht alles, was daraus entstehen kann, ist gut. Dieser Kosmos, mein Freund, gilt als ein Ort der Gegensätze. Licht und Schatten symbolisieren den ewigen Widerstreit, doch beide entstehen aus einer gemeinsamen Kraft. Stelle dir vor, es gäbe noch einen zweiten Reginald Bull, der anders wäre als du, dein Zwilling zwar, aber auch dein Gegenteil.«

Impulsiv wollte ich den Kopf schütteln, dann dachte ich an den anderen Bully, dessen Vision ich eben erlebt hatte. Gefallen hatte mir der üble Bursche überhaupt nicht, höchstens als abschreckendes Beispiel.

»Du willst damit sagen, daß ein zweites ES existiert, ein anderes Ich von dir, möglicherweise ein Anti-ES?« fragte ich überrascht. »Und wer bist du?«

Ich hatte gehofft, das spöttische Lachen nicht mehr hören zu müssen, doch schon schwoll es wieder unter meiner Schädeldecke an.

»Verzeih, mein Freund, ich amüsiere mich. Eine derart philosophische Frage kann nur ein Reginald Bull stellen. Ich bin der, der am Zug ist – ich bin ES. Glaub es oder nicht, du wirst ohnehin vergessen. Wichtig war die

Rettung aller Überlebenden der EX-411. Ohne die markante Konstellation des Sonnensechsecks wäre das nie geschehen, aber der Sonnentransmitter bedeutet den Weg nach Andromeda, und diesen Weg zu gehen, ist es noch zu früh. Deshalb muß ich euch die Erinnerung ebenso wie die gespeicherten Koordinaten nehmen.«

»Warte!« rief ich. Die rotierende Spirale dehnte sich aus. Da waren ein fahles Aufblitzen und das Raunen von Milliarden menschlicher Stimmen, als die verwehende Energie mich streifte ...

Der Major lächelte traurig. Ich hatte meine Hand auf ihre gelegt und spürte ihre Nähe überaus intensiv.

»Alles tut mir leid«, wiederholte sie. »Leutnant Bull ist für mich in den Tod gegangen. Das wollte ich nicht. Falls Sie mich dafür hassen ...«

»Kein Wort mehr!« herrschte ich sie an. »Sie können nichts ändern, ich kann es ebensowenig. Wir haben die Toten dem Weltraum übergeben, doch das Leben geht weiter.«

»Das klingt abgedroschen.«

»Genau das ist es auch.« Ich nickte knapp. »Vor allem für einen Unsterblichen.«

Ein Kugelraumschiff mit 500 Metern Durchmesser ist optisch ein monströses stählernes Gebirge und rechnerisch ein Volumen von unglaublichen fünfundsechzigeinhalb Millionen Kubikmetern. Die Grundfläche allein der Äquatorebene mißt mit einhundertsechsundneunzigtausend Quadratmetern – auf ein paar Kommastellen mehr kommt es kaum an – auch nicht gerade wenig. Ein Raumer wie die EX-414 weist in der Regel dreiunddreißig Hauptdecks auf, von weiteren Unterebenen vor allem im Bereich der Labors, Werkstätten und Kabinen ganz zu schweigen.

Gut, lassen wir das, schließlich ergibt sich ein Ausgleich der Quadratmeterfläche über die Hangars, deren Höhe mehrere Decks umfaßt, vor allem die Hangars der 60-Meter-Kaulquappen. Das Ringwulstvolumen habe ich nicht berücksichtigt, denn außer Technikern trifft man in den verschachtelten Wartungsgängen ohnehin niemanden an.

Ein Großteil der zur Verfügung stehenden Fläche ist unzugänglich. Ich denke da an die Konverterbänke und Generatoren, die Treibstofftanks mit den Stützmassevorräten, überwiegend auf Supraleitfähigkeit abgekühlt, und in den isolierten Lagerräumen herrscht ohnehin ein künstliches Vakuum, damit nicht unaufhörlich meterdickes Eis von den Wänden geschabt werden muß. Trotz ausgeklügelter Reinigungs- und Wiederaufbereitungssysteme darf auch das Volumen der Sauerstoff- und Wassertanks nicht unterschätzt werden. Biologische und energetische Filtersysteme arbeiten in mehreren Stufen, hinzu kommen die hydroponischen Gärten, bis zum letzten Zentimeter ausgenutzt und in weiten Bereichen nur für die speziell konstruierten flugfähigen Gärtnerroboter zugänglich, außerdem die Kühlräume mit ihren tiefgefrorenen Vorräten an Fleisch, Fisch und Gemüse. Natürlich gibt es für den Notfall auch Lager ausschließlich mit Konzentratnahrung, Vitaminen und Ballaststoffen in Pillenform. Gerade Explorer sind auf jahrelange Forschungs- und Erkundungsmissionen ausgelegt, und die achthundertköpfige Besatzung eines 500-Meter-Schiffes will zufriedenstellend verpflegt sein.

Es ist eine irrige Annahme, an Bord trete man sich gegenseitig auf die Füße. Obwohl nur ein Bruchteil der Fläche für die Routinearbeiten zur Verfügung steht, ist das nicht einmal auf dem Hauptdeck der Fall. Es gibt Bereiche, in die sich tagelang keine Mannschaften verlaufen, Kontroll- und Überwachungsaufgaben obliegen dort ausschließlich der Hauptpositronik.

Eine Woche nahm der Rückflug ins Solsystem in Anspruch. Vor allem im Sternendickicht des Milchstraßenkerns war eine Vielzahl von Orientierungsaustritten erforderlich, die wir Richtung Orionarm durch größere Etappen wettmachten. Überraschend oft begegnete ich während der Zeit Major Angel. In der neuen Bordkombination, die Wunden unter aufgesprühtem Plasma verborgen, machte sie eine verflucht gute Figur.

Sooft ich in meiner Koje lag, dachte ich an sie. Wie lange hatte ich keine Frau mehr in den Armen gehalten? Die Zelldusche hatte zwar meinen Alterungsprozeß gestoppt, keineswegs aber die Ausschüttung gewisser Hormone. Ich ertappte mich dabei, daß ich Hannah Angel nicht mehr mit den Augen des Vorgesetzten musterte. Die hochgeschlossene Kombination gefiel mir nicht; der Major vergeudete seine Reize unter dem lusttötenden Flottenschnitt.

Ich hatte immer versucht, selbst zu erobern. Frauen, die sich mir in die Arme warfen, waren mir suspekt, es blieb der fahle Geschmack, daß sie nicht Reginald Bull meinten, sondern den Solarmarschall. Obwohl Major Angel als Schiffskommandantin eine nicht zu unterschätzende Position erreicht hatte, argwöhnte ich nach dem siebten oder achten Zusammentreffen, daß sie dem Zufall nachhalf. Zudem war da ein mulmiges Gefühl, das ich mir nur schwer erklären konnte. In einer der letzten Nächte mußte ich schlecht geträumt haben. Ein Alptraum. Von Tess und einer Schar rotzfrecher Kinder. Mein Gott, wie viele Jahrzehnte hatte ich schon nicht mehr an sie gedacht? Erinnerungen verblaßten eben mit der Zeit.

Am vierten Tag – nach Problemen mit einem Kompensationskonverter lag ein längerer Aufenthalt im Normalraum hinter uns – platzten meine Überlegungen wie Seifenblasen. »Solarmarschall«, begann Major Angel,

»ich wollte schon oft mal mit Ihnen reden. Wann kann ich wieder mit einem eigenen Kommando rechnen? Mir sind vergleichbare Fälle bekannt ...«

»Sie wollen wieder fliegen, Major?«

»Natürlich!« platzte sie heraus.

»Die Entscheidung liegt bei der Kommission.«

»Rekonstruktion der Geschehnisse, Unbedenklichkeitszeugnisse, psychologische Gutachten – all der Quatsch frißt unnötig Zeit und macht selbst gute Leute mürbe.«

Sie sprach mir aus der Seele. Im Zeitalter lichtschnell arbeitender Positroniken hätte man eigentlich annehmen dürfen, daß Bürokratie auf der Liste der aussterbenden Gewohnheiten stand. Leider schien genau das Gegenteil der Fall zu sein. In manchen Bereichen machte sich eine lähmende Nostalgie breit, die allen Versuchen widerstand, sie auszumerzen. Das würde wohl erst mit NATHANS endgültiger Fertigstellung anders werden. Vor über zwanzig Jahren hatten wir den Bau der lunaren Hyperinpotronik NATHAN begonnen, deren Kapazität eines Tages die des ehemaligen arkonidischen Robotregenten übertreffen sollte. Schon jetzt waren in vielen Bereichen deutliche Verbesserungen zu spüren. NATHAN regulierte das Wetter auf der Erde und überwachte den Raumschiffs- und Güterverkehr zwischen den inneren Planeten. Ebenso wurde bereits eine ungeheure Fülle von Verwaltungsvorgängen erledigt, und das alles wäre ohne unsere Freundschaft mit den Posbis nicht in diesem Umfang möglich gewesen. Innerhalb des riesigen Areals auf Luna gab es eine Konzentrationskuppel mit organisch lebendem Plasma von der Hundertsonnenwelt, das Vorgänge über die rein mechanische Ebene hinaushob und positronisch nur schwer erfaßbaren emotionalen Prozessen unterzog.

»Ich denke, Major, Ihre Wartezeit wird kürzer ausfallen. Schließlich konnte ich mich persönlich von den Umständen überzeugen«, sagte ich spontan. »Aber warum besprechen wir das zwischen Tür und Angel? Was halten Sie von morgen, 20.30 Uhr in Messe B? Ich hoffe, Sie sind einem guten Glas Wein nicht abgeneigt?«

Ein Lächeln huschte über ihr Gesicht. »Ich weiß nicht, worüber ich mich mehr freuen soll, Solarmarschall, über Ihre Hilfe, mir ein neues Kommando zu verschaffen, oder über die Einladung.«

»Warum nicht über beides?« schlug ich vor.

»Danke, Sir!« Sie nahm Haltung an, lächelte und ging. Ich schaute ihr nach, bis sie in einem Seitengang verschwand, und ertappte mich prompt dabei, daß ich sie mit der Tess aus meinem Alptraum verglich. Trotzdem würde ich die Situation nicht ausnutzen. Hannah Angel war für mich tabu. Vorerst.

Zwei Monate waren vergangen. Zwei Wochen davon hatte ich endlich in einen Besuch auf Ondhubar investiert. Es war ein Canossagang gewesen, Ladislaus Beckett Bull die Nachricht vom Tod seines Sohnes zu überbringen, und ich hätte wer weiß was dafür gegeben, unter anderen Umständen in den Archibald-Slovan-Bull-Werken aufkreuzen zu können.

Lange hatte Ladislaus Beckett wortlos und wie versteinert vor dem Panoramafenster seines Büros gestanden und hinausgestarrt auf sein kleines Firmenimperium. Meine Anwesenheit schien er völlig vergessen zu haben. Als er sich endlich wieder umwandte, hatte ich das Gefühl gehabt, einen um Jahrzehnte gealterten Mann zu sehen.

»Beruflich habe ich alles erreicht, was ein Mann sich wünschen kann«, hatte er gesagt. »Dafür habe ich mein Leben lang geschuftet wie ein Verrückter, Reginald. Meine ganze Kraft und Zeit habe ich in den Wiederaufbau des Planeten und der Werke gesteckt, und der Erfolg gibt mir recht. In einigen Jahren wollte ich mich zur Ruhe setzen und ernten – es ist mein Traum, mit einer Privatyacht die Milchstraße zu durchkreuzen. Weißt du, Reginald, anfangs war ich mehr als schockiert, als M. S. keine Ambitionen zeigte, in die Firma einzusteigen. Irgendwann habe ich dann gelernt, mich damit abzufinden, und während seiner Kadettenzeit entdeckte ich selbst den Reiz der Sterne. Weißt du, wie das ist, wenn man unvermittelt einen Raumfahrer in der Familie hat? Was rede ich?« Er räusperte sich linkisch. »Ausgerechnet *du* giltst auf Ondhubar als das Paradebeispiel des Raumfahrers schlechthin.«

Ich winkte ab.

»Doch, das ist so«, beeilte er sich zu versichern. »Du hast keine Ahnung, wie das ist, hier draußen am Arsch der Welt – ich meine natürlich, am Rand des Solaren Imperiums. Was vom Solsystem kommt, wird begierig aufgenommen. Und, na ja, der Name Bull tut ein übriges dazu.«

Daran dachte ich, als ich den beiden startenden Raumschiffen nachblickte, die in der blutroten Abenddämmerung verschwanden.

Eine laue Brise wehte vom Goshun-See herüber. Einige Augenblicke lang blieb ich stehen und ließ das Panorama auf mich wirken. Ich genoß es, Terrania mit jedem Jahr weiter in die Wüste hinauswachsen zu sehen. Etliche Millionen Einwohner, Umschlagplatz für Waren aus Hunderten Lichtjahren Entfernung, Verwaltungszentrum des Sternenreichs der Menschen – wer hätte das auch geahnt, als wir die STARDUST in der hitzeflirrenden Wüste gelandet hatten?

Ich beschleunigte meine Schritte wieder. Raumfahrerkneipen hatten mich immer angezogen, das war damals so gewesen und heute keinen Deut anders. Wer ganz oben sitzt, sage ich immer, der verliert sehr schnell den Kontakt. Wie kann ich Entscheidungen treffen, wenn ich das Ohr nicht am Puls des Volkes habe? Ich muß einfach wissen, worüber geredet wird, was der Mann auf der Straße von der großen Politik hält. Und wo sonst, wenn nicht in den urigen, rauchigen Kneipen am Rand der Raumhäfen, ist man wirklich mittendrin? Kaum einen kümmert es, ob du Lagerarbeiter bist oder Schiffskommandant, Hauptsache, du spinnst das Raumfahrergarn noch ein wenig dicker als die anderen.

Ich ließ mich hin und wieder im *Venus-Empire* sehen, einem von Grünzeug überwucherten pyramidenförmigen Bau. Von innen bot sich ein herrlicher Blick über den Südteil des Raumhafens mit der Frachterabfertigung. Rund um die Uhr herrschte hektische Geschäftigkeit.

Laura eilte mir entgegen, als ich den Antigravlift auf der vierten Etage verließ. Ihr gehörte der Schuppen, auch wenn sie nicht müde wurde zu betonen, daß die General Cosmic Company das Gelände nur in Erbpacht zur Verfügung gestellt hatte und eine fünfundvierzigprozentige Beteiligung hielt.

Laura war Afroterranerin, eine robuste, fast schwarzhäutige Schönheit mit drahtigem Silberhaar. Sie hatte mich noch nie mit einem Titel angeredet. »Hallo, Bully!« platzte sie heraus. »Seit Wochen vermisse ich dich in den TV-News. Sauregurkenzeit? Und vergessen hast du mich auch fast.«

»Manchmal schadet es nichts, sich rar zu machen.«

Sie schürzte die Lippen und schüttelte den Kopf. »Das sehe ich anders. Ein guter Charakterkopf...« Irritiert hielt sie inne. Mein Schmunzeln war wohl eine Spur zu deutlich ausgefallen. »Habe ich etwas Falsches gesagt?« fragte sie rasch.

»Wir sollten uns über Nebengeschäfte unterhalten«, sagte ich.

Laura stutzte und kratzte sich am Hinterkopf. »Ehrlich, Reginald, die Kosten fressen mich auf – dazu Homer G. Adams und sein Gewinnabführungsvertrag...«

Ich schüttelte den Kopf. Sie hatte Reginald gesagt, nicht wie üblich Bully. Demnach wußte sie genau, daß ich die Situation kannte.

»Wie oft war ich in den letzten fünf Jahren hier?« wollte ich wissen.

Laura verdrehte die Augen und schien nachzurechnen.

»Streng dich nicht an! Es waren exakt zwanzig Besuche. – Und wie viele Barhocker haben inzwischen den Besitzer gewechselt?«

»Woher weißt du...?«

»Laura«, sagte ich vorwurfsvoll. »Für wie leichtgläubig hältst du mich eigentlich?«

Sie seufzte zerknirscht. »Darf John Marshall das – in meinen Gedanken spionieren?« Der Chef des Mutantenkorps verkehrte ebenfalls gelegentlich im *Venus-Empire*.

»Das würde Marshall nie tun«, nahm ich den Telepathen in Schutz.

»Der Mausbiber also?« vermutete Laura.

»Von mir erfährst du keinen Namen. Auch die Finanzbehörden erfahren nichts über deinen lukrativen Nebenerwerb, der an den Büchern vorbeiläuft. Unter der Bedingung, daß das sofort aufhört. Die Leute, die einen Barhocker kaufen, auf dem angeblich der Solarmarschall gesessen hat, halte ich sowieso für etwas, äh, sonderlich.«

Sie schnappte nach Luft. »Das ist Erpressung«, ächzte sie.

»Das ist unbürokratisch, nicht mehr, aber auch nicht weniger.«

»Ein Viertel Gewinnbeteiligung für einen guten Zweck?« fragte sie lauernd. »Für den Fonds der Raumfahrerhinterbliebenen?«

Ihre Hartnäckigkeit ließ mich vermuten, daß Gucky nicht die volle Wahrheit gesagt hatte. Der Ilt hatte von fünfzig verkauften Barhockern gesprochen, jeder mit hundert Solar Gewinn.

»Alles für den Fonds«, sagte ich. »Dann hast du meine Genehmigung, die bestellten zweitausend Barhocker noch loszuschlagen. Andernfalls ...«

Laura seufzte ergeben. »Ich hab's geahnt, daß die Zeiten für Geschäfte schlecht sind. Innovative Ideen sind einfach nicht mehr gefragt. In Ordnung, Reginald.« Sie streckte mir die Hand entgegen. »Deine Getränke gehen heute auf Kosten des Hauses.«

»Das kommt überhaupt nicht in Frage«, wehrte ich ab. »Hinterher bin ich für deinen Konkurs verantwortlich. Eigentlich wollte ich dich einladen, mit mir gepflegt essen zu gehen. Sechs Monate ist es her ...«

»Achteinhalb«, berichtigte Laura.

»Übermorgen?«

»Einverstanden«, sagte sie und fügte in verschwörerischem Tonfall hinzu: »Irgendwann werde ich dann wohl auch meinen Freund mitbringen. Jedes halbe Jahr miteinander ausgehen mag für einen Unsterblichen interessant sein, aber *ich* werde dabei älter, Bully, vergiß das nicht.«

Laura hatte recht. Ab und an brauchte ich einen solchen Anstoß, um mich daran zu erinnern, daß eben nicht alles so selbstverständlich war, wie es schien. Wir kannten uns seit Jahren, doch was in den ersten Wochen nach einer heißen Affäre ausgesehen hatte, war längst in Routine erstarrt. Die Chance einer festen Beziehung war dagewesen, leider hatten wir unterdessen diesen Punkt überschritten. Wir waren Freunde geworden, mehr nicht.

Unter einem Strauch venusischer Gigantnüsse saß eine Gruppe Arkoniden. Die Arroganz in ihren Blicken war kaum zu überbieten. Sie hatten Vurguzz vor sich stehen und schon zu tief ins Glas geschaut. Daß die exotischen Nußblüten über ihren Köpfen sich im Zeitraffertempo öffneten, registrierten sie nicht einmal. Dabei gehörte wirklich einiges dazu, die Gigantnüsse zum Blühen zu bringen; was immer Laura in die Hand nahm, wuchs.

Zwei Topsider hatten sich ebenfalls ins *Venus-Empire* verirrt. Was die Echsen vor sich stehen hatten, erinnerte an die Versuchsanordnung eines Chemikers: ein System kleiner, durch Röhren miteinander verbundener Glaskugeln, in denen Rauch wogte und giftgrüne Flüssigkeit kondensierte.

Ein verhaltenes Räuspern ließ mich innehalten. Halb hinter einem üppigen Vorhang aus Schlingpflanzen verborgen stand ein Tisch für zwei Personen. Ein Platz war leer, vom anderen lachte mir ein bekanntes Gesicht entgegen.

»Major Angel ...«

»Solarmarschall.« Sie erhob sich und streckte mir die Hand entgegen. »Ich würde mich freuen, wenn Sie mir Gesellschaft leisten.«

Ich hielt ihre Hand einige Sekunden länger als nötig. »Ist das jetzt Zufall?« wollte ich wissen.

In geradezu entwaffnender Offenheit schüttelte die Frau den Kopf. »Sie haben heute morgen das *Venus-Empire* erwähnt. Ich dachte mir, da ich Ihnen Dank schulde ...«

Ich hatte sie über Interkom angerufen. Weil ich gestern abend erfahren hatte, daß das übliche Verfahren gegen sie aufgrund meiner Intervention eingestellt worden war. Major Hannah Angel traf kein Verschulden am Verlust der EX-411, einem neuen Kommando stand nichts entgegen.

»Ein schönes Lokal«, sagte sie übergangslos. »Gepflegter als die übrigen Kneipen; die persönliche Handschrift ist deutlich. Sie sind mit der Inhaberin befreundet, Sir?« Sie biß sich sofort auf die Unterlippe. »Verzeihung, es lag mir fern, in Ihre Privatsphäre einzudringen.«

»Schon gut, Major.« Ich hatte mir den freien Stuhl geangelt und setzte mich. »Wir waren vor einigen Jahren fast liiert, aber – das ist Vergangenheit. Wie kommen Sie darauf?«

Sie lächelte. »Ein Gespräch zwischen Frauen, Solarmarschall. Ich wollte von Miß Laroom wissen, ob Sie einen Stammplatz bevorzugen.«

»Und?«

»Die Antwort war *ja*.«

Ich nickte knapp. »Haben Sie kein Interesse, in die USO einzutreten, Major?«

»Danke, aber das liegt mir nicht.«

Ihr Glas war leer. Offenbar saß sie schon geraume Zeit hier.

»Was möchten Sie trinken, Major?« erkundigte ich mich.

Die Frau vollführte eine entschieden ablehnende Handbewegung. »Ich lade Sie ein, Solarmarschall. Nein, bitte schlagen Sie es mir nicht ab, ich wäre wirklich beleidigt. Falls Sie Wein trinken, empfehle ich den Venusischen Festungsberg – das letzte Venusjahr soll exzellent gewesen sein.«

»... wobei die Quantität weniger als fünfzig Prozent des Üblichen erreichte«, sagte ich. »Wir hatten das Problem, daß Magmaströme ein ausgedehntes Areal mit Rebstöcken vernichtet haben.«

»Wir ...?« fragte der Major überrascht. Also wußte sie doch nicht alles. Laura Laroom hatte ihr nicht verraten, daß wir uns quasi geschäftlich kennengelernt hatten, über einen Lieferkontrakt für venusischen Wein.

Wer sich der Mühe unterzog, die Besitzverhältnisse der Venus-Terra-Kelterei zu prüfen, stieß sehr schnell auf meine zwanzigprozentige Beteiligung. Kurz nach der Jahrtausendwende, als die Besiedlung der Venus in ein ernstzunehmendes Stadium eingetreten war, hatte ich die ersten Weinstöcke von der Erde exportieren lassen. Es war eine vergleichsweise ruhige Zeit gewesen. Nach zwei Fehlschlägen hatte ich mich mit einem Winzer aus der Rheinpfalz zusammengetan, und Silvester 2015 hatten wir endlich den ersten Venuswein vorweisen können. Die Geschäftsführung war vollständig an Markus Eberle übergegangen, ich hatte mir lediglich die Beteiligung vorbehalten.

»2015«, sinnierte Major Angel und drehte ihr Glas genießerisch. »Für mich ist das Geschichte. Ich könnte Ihnen stundenlang zuhören, Solarmarschall. Halten Sie mich bitte nicht für unverschämt, aber die Unsterblichkeit, ist das nicht die Erfüllung all dessen, was ein Mensch sich nur erträumen kann? Wie ist das, heute schon zu wissen, daß man in tausend Jahren sagen kann: *Ich war damals dabei und kenne das aus eigener Erfahrung?* – Zweimal durfte ich Atlan erleben. In einer TV-Diskussion, da wirkte er eher wie ein Geschichtenerzähler, aber später auch in der Offiziersschule, aus allernächster Nähe. Der Hauch von Zeitlosigkeit, der ihm anhaftete ... Ich war begeistert von dieser Begegnung und muß heute noch eingestehen, daß ich mich daran orientiert habe. Wer kann schon von sich behaupten, daß er Atlantis gesehen und die großen Persönlichkeiten der Menschheit gekannt hat.«

Was hatte der zehntausendjährige Arkonide, über das andere Männer nicht verfügten? Major Angel, eine Frau, die, wenn ich sie richtig einschätzte, mit beiden Beinen fest auf dem Boden stand, verlor sich wie ein Schulmädchen in Schwärmereien; ihre Wangen nahmen einen rosigen Schimmer an.

Unvermittelt hob sie den Blick. »Verzeihung, Solarmarschall, wenn ich von Atlan rede, während wir beide, ich meine ... Ich bin Ihnen zu Dank verpflichtet, Sir, und ... Meine Güte, Sie müssen glauben, daß ich nicht weiß, was ich will.« Viel zu hastig trank sie. Unsere Blicke ruhten sekundenlang ineinander. Sie gefiel mir, auch wenn Ihre Nervosität immer deutlicher wurde. Ich stützte die Ellbogen auf den Tisch, verschränkte die Hände und legte das Kinn auf beide Daumen. Wortlos schaute ich Hannah Angel an, ließ mich von dem Flackern in ihren Augen fesseln.

»Ich hätte nicht geglaubt, daß es so schwer sein könnte, mit einem Unsterblichen privat beisammenzusitzen«, stieß sie hervor.

» ... was hoffentlich nicht an mir liegt.« Ich lächelte. Obwohl Laura plötzlich einige Meter entfernt stand und mich amüsiert fragend musterte. Sie schien die Spannung bemerkt zu haben, die zwischen dem Major und mir entstanden war.

Hannah schüttelte den Kopf. »Ich bitte um Verzeihung, Solarmarschall.«

»Reginald«, sagte ich.

Sie riß die Augen auf und schnappte nach Luft.

»Und noch etwas, Hannah«, fuhr ich fort: »Unsterblichkeit halte ich inzwischen für den Anfang eines langen Leidensweges. Vor allem ist sie mit dem Ende der Vorstellung verbunden, daß sie wirklich etwas Erstrebenswertes sei.«

Zweimal hatte ich mich mit Hannah innerhalb der folgenden Woche zum Essen getroffen und eine wesentlich lockerere, gelöstere Seite an ihr kennengelernt. Mit ihr zu plaudern hieß, immer wieder Neues zu entdecken; vor allem waren wir uns in mancher Hinsicht ähnlich. Ob es unsere Vorliebe für zeitgenössische arkonidische Fünftonmusik betraf, die seit Jahren von terranischen Musikern in freier Interpretation abgewandelt wurde, ob für einen guten Tropfen oder ein gepflegtes Essen ...

Trotzdem fehlte etwas. Ich kaute auf meiner Unterlippe, während ich die festlich gedeckte Tafel musterte. Porzellan, Besteck, Gläser, sogar an Blumen hatte ich gedacht. Fünf schwarzviolette Rosen aus dem Garten – die letzten, die noch brauchbar gewesen waren, weil ich dummerweise vergessen hatte, die automatische Bewässerung anzuschalten.

Die Glasfront zum Garten stand offen. Die Luft schmeckte nach Gräsern und Blüten, hatte aber auch ein salziges Aroma, das der laue Wind vom Goshun-See herübertrug. Die Abenddämmerung hing über der Gobi und versprach Linderung nach der Hitze des Tages.

Das Summen des Türmelders schreckte mich aus meinem Grübeln auf. Zu zeitig für Hannah, zumal der Lieferservice das Essen noch nicht gebracht hatte. Vielleicht John Marshall? Er und Gucky hatten an diesem Abend bei mir aufkreuzen wollen, ein Termin, den ich völlig verschwitzt hatte, als ich Hannah einlud. Ich hatte den Chef des Mutantenkorps nicht mehr persönlich erreicht, um ihm abzusagen, und nur meine Nachricht hinterlassen. Zudem hatte ich mit Gucky meine Probleme gehabt. Unverschämter hätte der Ilt gar nicht grinsen können.

»Hat's dich erwischt, Dicker?«

»Nein.«

Sein Nagezahn hatte spöttisch aufgeblitzt. »Daß du lügst, sehe ich dir an der Nasenspitze an, Bully. Ganz ohne deine Gedanken zu lesen. Ich nehme an, du brauchst einen Anstands-Ilt.«

»Untersteh dich! Wenn ich auch nur deine Schwanzspitze sehe ...«

»Keine Sorge. Ich verstecke mich im Schrank.«

Mit der Faust hatte ich ihm gedroht und war das Risiko eingegangen, im nächsten Moment unter der Decke zu schweben, von telekinetischen Kräften neben den Leuchtplatten festgenagelt.

»Du meinst es wirklich ernst, Dickerchen? Wie lange ist es her, daß du zuletzt eine solche Anwandlung hattest?«

»Raus!«

»Schade.« Gucky hatte die Arme verschränkt und mit dem Biberschwanz auf den Boden geklopft. »Ich dachte, wir wären Freunde, aber ich habe mich wohl getäuscht. Sei trotzdem vorsichtig, Bully.«

»Wieso?« Sein Blick hatte mir gar keine andere Wahl gelassen, als die Frage zu stellen.

»Hast du ein Kätzchen auf dem Schoß, bist du bald die Mäuse los!« Sprach's und war teleportiert, bevor ich ihm irgend etwas hatte an den Kopf werfen können. Das war vor nunmehr zehn Stunden gewesen, und seitdem hatte ich Gucky nicht mehr zu Gesicht bekommen. Obwohl sein Bungalow in Blickweite lag.

Das Menü wurde geliefert. Zwei Spezialroboter belegten meine Küche mit Beschlag. Kurz darauf wehten verlockende Düfte durch die Räume. Ich hatte Mühe, mein Magenknurren zu ignorieren.

Die untergehende Sonne färbte den Himmel gelblichrot. Trotzdem würde die Dunkelheit nur unvollkommen sein, weil die Lichter der Millionenmetropole Terrania das Firmament weithin erhellten.

Kerzen! Endlich fiel mir auf, was fehlte. Doch Hannah kam, ehe ich das Versäumnis ausbügeln konnte.

»Donnerwetter!« entfuhr es mir. Das war so gar nicht die strenge Kommandantin, sondern eine Frau aus Fleisch und Blut. Das Haar hatte sie künstlich bis zur Schulter verlängert und mit eingebetteten Mikrochips in einen holographischen Regenbogen verwandelt. Das Wickelkleid besaß metallischen Schuppencharakter, war bodenlang, dafür aber am Brustansatz knapp gehalten.

Ich ließ den Aperitif bringen.

»Es freut mich, Hannah, daß du gekommen bist.«

»Auf einen schönen Abend«, sagte sie.

Wir tranken, ich küßte sie auf die Schulter, und dann blickten wir hinaus in die beginnende Nacht. Zwei Kugelraumer zogen über das Wohngebiet hinweg.

»Dein Grundstück bietet einen atemberaubenden Rundblick«, sagte Hannah leise. »Auch wenn es pathetisch klingt: Ich glaube, den Herzschlag des Solaren Imperiums zu fühlen.«

»In gewissem Sinne ist es so«, antwortete ich. »Die Ruhe des Sees und die Hektik der Stadt vermischen sich, aber dennoch sind auch die Sterne da. Sooft meine Verpflichtungen es erlauben, sitze ich auf der Terrasse und lasse die Gedanken treiben.«

»Herrlich«, seufzte Hannah sehnsüchtig. »Ein kleines Paradies – nur ein bißchen arg verwildert.«

»Was ...?«

»Der Garten, Bully. Die Rosen sind vertrocknet, dafür blüht das Unkraut ziemlich üppig.«

»Hauptsache ... Ach was, vergiß es einfach.«

Amüsiert schürzte Hannah die Lippen. »Du wolltest sagen: Hauptsache, es blüht überhaupt etwas? Oder interpretiere ich das falsch?«

»Ich bin kein Gärtner.«

»Es gibt spezielle Roboter.«

Ich zuckte mit den Achseln. Was sollte ich dazu sagen? Mir behagte es nicht, in der Sonne zu liegen, während Roboter herumwuselten, Unkraut jäteten, Laub zusammenkratzten und die Bäume beschnitten. Sobald ich Muße hatte, wollte ich meine Ruhe.

»Das Gestrüpp schaut fürchterlich aus.« Hannah Angel hatte die Gemüsebeete entdeckt. »Was wächst dort? Dornenhecken?«

»Mohrrüben«, sagte ich.

Hannah schüttelte den Kopf.

»Das Dornengestrüpp ist zur Tarnung gegen einen neugierigen Mausbiber«, beharrte ich. »Im letzten Jahr war dort drüben ohnehin der Abfallhaufen.«

Hannah schaute mich forschend an. »Mohrrüben brauchen Pflege«, behauptete sie. »Ist der Boden zu hart oder kommt Unkraut auf, wachsen sie nicht gut.«

»Meine Sorte schon.« Ich redete ins Leere, Hannah war spontan nach draußen gegangen. Ich folgte ihr, aber bis ich sie einholte, hatte sie das Beet schon erreicht und zerrte das Gestrüpp zur Seite. Als hätte das ausgerechnet jetzt sein müssen. Wenn wir Pech hatten, wurde Gucky aufmerksam. Ich traute dem Kerl nicht, er war ohnehin viel zu neugierig.

»Das Kraut welkt.«

»Ich habe eine unterirdische Bewässerung installieren lassen.«

Bevor ich es mich versah, ging Hannah in die Hocke und riß ein ganzes Büschel von dem Grünzeug aus. »Und?« wollte sie wissen.

»Die Mohrrüben stecken noch fest«, vermutete ich.

»Wenn ich nicht wirklich wüßte, daß du als Solarmarschall mehr taugst denn als Gärtner ...« Sie lachte hell. »Ich streite nicht einmal ab, daß die Mohrrüben gewachsen sind – aber jemand hat sie bereits ausgegraben und nur das Kraut wieder in den Boden gesteckt.«

Wortlos griff ich ebenfalls zu. Das Grün langte sich bereits schlaff an, vor allem hing es wirklich nur lose in den Löchern, in denen vor keinesfalls allzu langer Zeit noch meine Aussaat herangewachsen war.

»Diese Ratte«, ächzte ich.

»Wer?«

»Gucky, wer sonst? Wenn ich den erwische ...« Ich machte mir gar nicht erst die Mühe, das Beet wieder mit den dornigen Ästen zu bedecken, der Mausbiber sollte morgen ruhig sehen, daß ich ihm auf die Schliche gekommen war.

Bis ich mit Hannah an der Tafel saß und ein Roboter das Menü auftrug, war mein Zorn schon wieder verraucht. Ich hätte wissen müssen, wie unmöglich es war, vor Gucky irgendwas geheimzuhalten.

Das Essen schmeckte vorzüglich. Als wir zum Abschluß mit einem Glas Champagner anstießen, erklang hinter mir eine schrille Stimme: »Ich wußte nicht, Dicker, daß du noch Besuch hast. Entschuldige, daß ich so hereinplatze ...«

Vor Schreck hatte ich mir den Champagner übers Hemd geschüttet. *Verschwinde!* dachte ich wütend. *Du wußtest genau, daß ich nicht allein bin.*

Gucky scherte sich einen Dreck darum. Wie ein Pfau stolzierte er zu Hannah. »Gestatten, Gucky!« sagte er und fügte nach einem raschen Seitenblick hinzu: »Ich bin der beste Freund des Solarmarschalls – und vermutlich auch sein einziger. Obwohl er das nie einsehen wird.«

»Auf jeden Fall bist du der unverschämteste Mausbiber, den ich kenne«, platzte ich heraus. »Siehst du nicht, daß du störst?«

»Aber Bully«, wehrte Hannah ab. »Ich wollte den berühmtesten aller Mausbiber schon lange kennenlernen.«

Gucky ließ den Nagezahn blitzen. *Darf sie schon Bully zu dir sagen?* fragte sein Blick. An Hannah gewandt, sagte er: »Interessiert Sie die Geschichte der Ilts, Major Angel? Dann kann ich Ihnen einiges erzählen ...«

Ich war abgemeldet. Gucky quatschte drauflos, als gelte es, eine Weltmeisterschaft zu gewinnen. In den schillerndsten Nuancen schilderte er das Leben auf seiner Heimatwelt Tramp, dabei war der Planet nur eine marsähnliche Welt gewesen, ohne Meere und lediglich mit spärlicher Vegetation überzogen. Die steten kalten Winde und die dünne Atmosphäre hatten ihn nicht gerade aus der Masse anderer bewohnbarer Planeten hervorgehoben.

Zweimal versuchte ich den Mausbiber zu unterbrechen, jedesmal schob er mich dezent mit seinen telekinetischen Kräften zur Seite. Eigentlich kein Wunder, daß er von Gott und der Welt erzählte: Hannah hatte ihn auf ihren Schoß gehoben und kraulte mit beiden Händen sein Nackenfell. Das war der größte Fehler, den sie machen konnte, unter solchen Umständen hielt Gucky stundenlang aus. Langsam, aber sicher begann es in mir zu kochen.

Ich holte eine Flasche Vurguzz aus der Bar, dazu ein einziges Glas, setzte mich an die Tafel, die der Roboter abgeräumt hatte, und schenkte mir ein. Brennend floß der Alkohol durch die Kehle und breitete sich mit wohltuender Wärme im Magen aus. Das Teufelszeug half gegen Erkältung ebenso wie gegen Einsamkeit, die giftgrüne Farbe hatte etwas Beruhigendes.

Gucky kam soeben auf den Handelsraumer POTOMAC zu sprechen, der im Dezember 2044 aus dem Bereich des Planeten Tramp unerklärliche Energieausbrüche gemeldet hatte. Gucky hatte daraufhin mit einer Space-Jet seine Heimat angeflogen und festgestellt, daß der Planet die Umlaufbahn verlassen hatte und sich der Sonne näherte. Schuld daran waren Experimente der wespenartigen, halborganischen Orghs gewesen.

Hannah warf mir einen um Verständnis heischenden Blick zu. Ich nickte und schenkte mir noch einmal ein.

Bei der Landung war die Space-Jet schwer beschädigt worden. Zu seinem Entsetzen hatte Gucky feststellen müssen, daß die meisten erwachsenen Ilts nicht mehr lebten – sie waren den Invasoren im Weg gewesen. Sein Versuch, wenigstens einige junge Mausbiber zu retten und Kontakt mit einem Orgh aufzunehmen, war Auslöser eines heftigen Energieausbruchs gewesen und damit der endgültigen Vernichtung Tramps.

Ich erinnerte mich an mein Entsetzen, als Perry Rhodan mich mitten in der Nacht aus dem Schlaf riß. Und nicht nur mich, auch den Chef der Solaren Abwehr, Allan D. Mercant, sowie eine Riege von Wissenschaftlern. Die routinemäßige Nachkontrolle aller positronischen Logbücher unserer Schiffe hatte in einem Fall alarmierende Geschehnisse im Bereich des Planeten Tramp ergeben. Zu allem Überfluß hatte sich Terranias Hyperfunkstation in unsere Alarmkonferenz eingeschaltet und einen ausgedehnten Energieausbruch auf Tramp gemeldet. Der Planet schien in Flammen zu stehen. Mit seinem Auseinanderbrechen war innerhalb weniger Stunden zu rechnen gewesen.

Mir war das Blut in den Adern versackt. Ich hatte Perry angestarrt und er mich, und dann hatte er Alarm für die Flottenkontrolle gegeben. Alarmorder an den Leichten Kreuzer BURMA, der zu jener Zeit dem sterbenden Planeten am nächsten stand.

Perry und ich hatten geglaubt, Gucky mit seinem Heimaturlaub eine Freude zu bereiten – doch in jenem Moment hatte ich mich so elend gefühlt wie selten zuvor, ich hätte heulen können. Perry Rhodan wohl auch. »Mußt du es mir noch schwerer machen?« hatte er mich angeschnauzt.

Wenn du wüßtest, du Lausbiber, wie sehr ich mich seinerzeit um dich gesorgt habe, schoß es mir durch den Sinn. *Dafür versaust du mir heute den Abend mit Hannah.*

Damals hatte jede Sekunde gezählt. Ohne die DRUSUS wären Gucky und die von ihm geretteten achtundzwanzig Iltkinder auf ihrer explodierenden Heimat umgekommen. Mittlerweile siedelten die Rabauken auf dem Mars. Genau das war der richtige Ausdruck für Ooch und Wullewull, Biggi, Axo, Gecko und wie sie alle hießen – die Letzten ihrer Art.

Im gleichen Jahr war der alternde Crest im Kampf mit drei Unithern getötet worden. Sie hatten in ihm nur den Vertreter der arkonidischen Kolonialmacht gesehen, die ihre Heimatwelt Unith unterjochte und ausbeutete.

Der Vurguzz in der Flasche verdunstete schier; es war unerträglich warm geworden. Mit vier Fingern fuhr ich mir unter den Hemdkragen und lockerte ihn.

»Ich denke, Gucky, du solltest un..., meinen Gast nicht länger langweilen«, sagte ich.

»Hannah krault so wunderbar herrlich«, protestierte er.

»Ich habe mich entschlossen, künftig Mausefallen zu vergraben«, fuhr ich ungerührt fort. »Falls ich überhaupt je wieder Mohrrüben aussäe.«

»Das kannst du nicht tun, Bully!«

»Wieso nicht? Schmecken meine Möhren besser als die in deinem Garten? Wohl kaum. Aber geklaute allemal.«

»Das siehst du falsch«, piepste der Ilt.

»Ach?«

»Die Würmer waren drauf und dran, das herrliche Gemüse zu durchbohren. Das kann ich doch nicht zulassen – sag selbst!«

Ich kann nicht zulassen, daß du mir den Abend versaust! dachte ich intensiv. *Entweder verschwindest du, oder ich erzähle Hannah einige Geschichten ...*

Der Kleine grinste mich an, teleportierte endlich von Hannahs Schoß und trat mir bei der Materialisation heftig auf die Füße. »Dein Name stimmt«, wandte er sich noch einmal um, »du kraulst wirklich wie ein Engel. Aber ich will nicht, daß du dir die Finger verkrampfst. Bis zum nächstenmal, Miß Major.« Sprach's und teleportierte erneut. Nur das leise Geräusch, mit dem die Luft in das entstandene Vakuum stürzte, war noch zu vernehmen.

»Schenk mir einen Vurguzz ein!« bat Hannah. Über den Rand des Glases hinweg musterte sie mich interessiert. »Du bist eifersüchtig?« fragte sie freiheraus. »Nach allem, was ich über dich gehört habe ...«

»Von wem?«

Sie hob die Schultern. »Die Leute erzählen, daß du nichts anbrennen läßt.«

»Das Geschwätz glaubst du? Terraner reden viel, wenn der Tag lang ist.«

Nachdenklich schaute sie mich an. »Das sieht mir auch so aus.«

Zehn Minuten später hielt ich Hannah in den Armen. Sie küßte mich mit einer Leidenschaft, die ich selten erlebt hatte. Ihr Körper bebte. Sie verkrallte die Finger in meinem Nacken und strich langsam abwärts, daß es mir abwechselnd heiß und kalt das Rückgrat entlangschoß.

Ihr Schuppenkleid raschelte zu Boden.

Kurz darauf lagen wir im Bett. Ich ließ meine Hände auf Wanderschaft gehen und dachte nur flüchtig daran, daß Gucky jeden Moment wieder materialisieren konnte. Wir hatten uns oft genug in der Wolle, trotzdem zweifelte ich nicht daran, daß er um diese Zeit telepathisch sondierte, bevor er mit einer Teleportation hereinplatzte.

Ich drehte mich auf den Rücken und starrte zur Decke hinauf. Daß Hannah sich an mich schmiegte, nahm ich zwar wahr, reagierte aber kaum darauf. Geistesabwesend fuhr ich mit der Linken durch ihr Haar und löste unversehens einen der Mikrochips.

»Du bist nicht bei der Sache, Reginald«, seufzte sie. »Vielleicht sollte ich besser gehen.«

»Unsinn.« Ich ließ meine Rechte über ihren Rücken wandern, rein mechanisch allerdings, und spürte, wie ich langsam die Lust verlor.

»Was ist los mit dir?« Hannah stemmte sich auf den Unterarmen hoch und funkelte mich mißtrauisch an. »Streß? Oder ...?«

»Ich mußte an unsere erste Begegnung denken.«

»Glaubst du, ich liege nur aus Dankbarkeit neben dir?« Eine steile Falte erschien über Hannahs Nasenwurzel. »Wenn das so ist ...«

Als sie aufstehen wollte, zog ich sie zurück. »Ich mag dich«, sagte ich.

»Ach!«

»Ich glaube fast, ich könnte mich in dich verlieben.« Ich biß mich auf die Zunge. Was ich jetzt auch sagte, ich würde es nur noch schlimmer machen. Ich *hatte* mich in Hannah Angel verliebt, aber ich sah zugleich das Bild der vier hoffnungslos verzogenen Kinder vor mir, dieses Chaos, das mein Familienleben sein sollte.

»Du glaubst fast, du könntest ...?« ächzte Hannah. »Aber nach meinen Gefühlen fragst du gar nicht, du ... du ... Solarmarschall.«

Wie aus weiter Ferne hörte ich ihre Stimme. Sie stand endgültig auf und streifte ihr Kleid über. Ich wollte sie zurückhalten, ihr sagen, wie sehr ich mich auf ihre Nähe freute – ich konnte es nicht. Weil ich diese verdammten Szenen nicht los wurde, die ES mir gezeigt hatte, und sie zu allem Übel auf Hannah bezog. Es war wie ein suggestiver Zwang.

»Du fragst nicht einmal, ob wir uns wiedersehen? Schade, denn *ich* weiß, daß ich mich in dich verliebt habe. Aber vielleicht bist du wirklich zu alt für mich. Wir gehören verschiedenen Zeitaltern an, Reginald. Danke für den Abend.«

Sie ging ...

... und ich hätte den Unsterblichen von Wanderer dafür ohrfeigen können. Ausgerechnet die Frau, die ich seit Jahrzehnten am meisten begehrte, hatte ich seiner blöden Vision wegen gehen lassen.

Ich nahm mir Urlaub. Einfach so! Ich tobte mich im Garten aus und vernichtete das ohnehin nutzlose Dornengestrüpp mit dem Desintegrator, grub das Mohrrübenbeet eigenhändig um und schnitt die Rosen zurück, damit sie neu austreiben konnten. Danach war mir keineswegs wohler, denn ich hatte auch während der körperlichen Arbeit unaufhörlich an Hannah Angel denken müssen. Mehrmals war ich nahe daran gewesen, sie anzurufen und mich bei ihr zu entschuldigen – wofür eigentlich? –, war aber stets im letzten Moment zurückgeschreckt.

Als ich am vierten Tag wieder in der Administration erschien, fand ich Hannahs positronische Abmusterung. Der erste Teil war offiziell gehalten:

Aufgrund unvorhersehbarer Umstände, deren Erläuterung mir an dieser Stelle nicht möglich ist, sehe ich mich bis auf weiteres nicht in der Lage, ein Kommando für die Explorerflotte auszuüben. Ich bitte deshalb, mein Entlassungsgesuch mit sofortiger Wirkung zu bewilligen.

Keiner dürfte diesen Schritt mehr bedauern als ich selbst.

Ad astra!
Major Hannah Angel

Eine zweite Notiz war ausschließlich für meinen persönlichen Zugriff bestimmt:

Ich habe auf Deinen Anruf gewartet, Solarmarschall – und nicht nur das, ich habe ihn förmlich herbeigesehnt. Weil ich bedauere, was geschehen ist. Aber den ersten Schritt mußt Du tun.

Ich liebe Dich, Reginald Bull, und genau deshalb sehe ich mich gezwungen, Dein Angebot eines neuen Kommandos auszuschlagen. Falls Du mich wirklich magst, kannst Du verstehen, daß ich erst mit mir selbst ins reine kommen muß, ehe ich für uns beide eine Entscheidung treffen kann. Andererseits hast Du mir diese Entscheidung bereits abgenommen: Du hast Dich nicht gemeldet.

Ich weiß nicht, ob wir uns wiedersehen werden, ich habe jedenfalls ein lukratives Angebot seitens der Industrie vorliegen, das ich annehmen werde. Die Sterne, Reginald, lassen mich nicht los.

Vielleicht kann ich Dich irgendwann vergessen. Obwohl ich mich frage, wie das möglich sein soll. Du weißt es nicht, aber ich hätte gerne unsere Kinder aufwachsen und ebenfalls nach den Sternen greifen sehen.

Schade
Hannah

Ein ernstzunehmender Zwischenfall zwischen zwei Explorern und den Schiffen einer Springersippe, der sich beinahe zur Raumschlacht um eine erst vor wenigen Jahren besiedelte Agrarwelt ausgeweitet hätte, machte meine Anwesenheit im knapp zweitausend Lichtjahre entfernten Kurtos-System erforderlich.

Achtzehn Tage war ich von der Erde fort, erst danach konnte ich mich wieder um Hannahs Verbleib kümmern. Sie schien spurlos verschwunden zu sein, hatte keines der abgehenden Raumschiffe benutzt, aber auch keine Transmitterpassage gebucht.

Über die lunare Hyperinpotronik NATHAN fand ich schließlich ihre Spur. An Bord eines Frachters der Ferguson & Ferguson-Tochterfirma *Interstellar Bionetics Research* hatte sie Gladors Stern angeflogen, 10.251 Lichtjahre von Sol entfernt. Einzige bewohnte Welt des Systems war Siga, bereits im Jahr 2003 von terranischen Auswanderern in Besitz genommen. Schon nach der Geburt der ersten zwergwüchsigen Kinder war der Planet 2018 für die weitere Besiedlung gesperrt worden. Jede neugeborene Generation wurde kleiner. Wenn der Trend anhielt, und dafür gab es eine Fülle medizinischer Gutachten, würde der Schrumpfungsprozeß irgendwo zwischen zehn und zwanzig Zentimetern Körpergröße zum Stillstand kommen.

Die Menschheit hatte also längst begonnen, sich zu einer wahren Vielvölkergemeinschaft zu entwickeln. Das war der Preis, den wir für die Eroberung des Weltraums zu zahlen hatten: Anpassung an veränderte Umweltbedingungen. Andererseits wurden dadurch aber auch die letzten unverbesserlichen Nationalisten gezwungen, ihre Verbohrtheit abzulegen. Es gab nicht mehr nur Schwarz und Weiß und Gelb, die genetische Vielfalt im Homo sapiens erwies sich als weitaus umfangreicher. Wenn ich es richtig sah, veränderten nicht nur wir Menschen die Umweltbedingungen manches Planeten durch Terraforming – andere Schwerkraftverhältnisse, atmosphärische Besonderheiten oder veränderte Strahlungsverhältnisse, die wir erst identifizieren konnten, wenn es längst zu spät war, eine Entwicklung rückgängig zu machen, prägten den Menschen an sich. Charles Darwin hätte seine Freude daran gehabt, die neue Evolution hin zum wirklich kosmischen Geschöpf mitzuerleben. Wer weiß, vielleicht würde es eines Tages sogar Menschen geben, für die der Weltraum keine absolut lebensfeindliche Umgebung mehr bedeutete, die im Vakuum überleben konnten wie Aminosäuren und Sporen, die der Strahlungsdruck der Sonnen durch die Unendlichkeit trieb.

Auf Siga hatte Hannah Angel das Kommando über ein firmeneigenes 100-Meter-Forschungsschiff übernommen. Ihr Auftrag lautete, kosmische Lebensbausteine aufzuspüren und zu isolieren. Die *Interstellar Bionetics Research* erhoffte sich aus möglicherweise jahrmillionenalten Genen eine Revolution medizinischer Behandlungsweisen. Falls sozusagen der Urstoff allen galaktischen Lebens aufgespürt werden konnte ... Doch vorerst konnte nicht einmal mehr die MEDICINE MAN gefunden werden. *Verschollen im Sternendschungel ohne Positionsangabe,* hieß es lapidar in einer Firmenverlautbarung. Ein verstümmelter Notruf war alles, was vorlag. Darin war von einem heftigen Hypersturm die Rede. Der Notruf war mitten im Wort abgebrochen.

Es stand anzunehmen, daß die MEDICINE MAN den entfesselten hyperenergetischen Gewalten zum Opfer gefallen war. Sie war weiß Gott nicht das erste Raumschiff, das spurlos und für immer verschwand. Seitens der *IBR* war bereits die offizielle Verlustmeldung eingereicht worden, für mein Dafürhalten zu früh, doch nach dem Gesetz korrekt. Fünfzehn Jahre später würde dann die Besatzung des 100-Meter-Schiffes endgültig für tot erklärt werden.

Ich wartete ... gab der Explorerflotte Anweisung, nach eventuellen Wrackteilen der MEDICINE MAN Ausschau zu halten ... und fand mich nach einigen Jahren damit ab, daß ich Hannah Angel nie wiedersehen würde.

Längst hatte ich mich an den Tod als ständigen Begleiter gewöhnen müssen. Freunde und Mitarbeiter wurden alt und starben, andere rückten für sie nach. Das war der Lauf des Lebens, der nur für uns Unsterbliche aufgehalten schien, aber gerade deshalb immer mehr in den Vordergrund trat. Irgendwann würde ich die Gesichter vergessen, später auch die zu diesen Gesichtern gehörenden Namen.

»Dreitausenddreihundertunddreiundfünfzig Personen standen auf der Gästeliste für Perrys zweite Hochzeit, davon wurden achtundzwanzig nach Überprüfung durch die Abwehr wieder gestrichen. Rund vier Milliarden Solar werden die Feierlichkeiten mit allem Drum und Dran verschlingen, obwohl die bevorstehende Eheschließung zwischen Perry und Mory Abro bis drei Tage vor der Trauung geheimgehalten wurde.

Mory war die rechte Hand ihres Vaters, der dem verbrecherischen Obmann von Plophos, Iratio Hondro, einen verzweifelten Kampf geliefert hat. Schon deshalb hat sich Solarmarschall Allan D. Mercant auf Attentate von Akonen, Arkoniden oder Springern vorbereitet. ›Bomben als Hochzeitsgeschenk finde ich unpassend‹, mußte ich ihm widerwillig beipflichten, ›darum habe ich selbst nie ans Heiraten gedacht.‹

Einige meiner Freunde nennen mich längst einen eingefleischten Junggesellen. Ich rege mich schon gar nicht mehr darüber auf. Wahrscheinlich beneiden sie mich um meine Freiheit. Was ich niemandem, nicht einmal Perry, auf die Nase binden werde, ist die Tatsache, daß ich Hannah Angel nicht vergessen kann. Inzwischen sind 176 Jahre vergangen, mehr als ein Menschenleben. Die Galaxis hat enorme Umwälzungen erfahren, aber wir leben immer noch. Unkraut vergeht nicht, sage ich dazu. Natürlich habe ich andere Frauen kennengelernt, und ebenso natürlich wurde mit der einen oder anderen mehr daraus, doch irgendwie vergleiche ich jede mit Hannah. Das Gefühl, etwas versäumt zu haben, läßt sich nicht vertreiben, es schlummert mitunter jahrzehntelang, aber es erwacht immer wieder im unpassendsten Moment.

Vielleicht sollte ich es wie Perry machen. Er hat den unschätzbaren Vorteil, daß Mory Abro ebenfalls einen Zellaktivator besitzen wird, ich weiß nur noch nicht, ob ich ihn deshalb beneiden soll. Die beiden werden zwar sehen, wie die Zeit vergeht, aber sie werden nicht miteinander alt werden. Wie lange hält das eine Liebe aus? Hundert Jahre, zweihundert gar? Ich kann mir vorstellen, daß die Probleme dabei kaum weniger beklemmend ausfallen werden, als würde einer von ihnen normal altern. So etwas ginge dreißig, vierzig Jahre lang gut, doch hilft irgendwann die beste kosmetische Chirurgie nicht mehr weiter. Und was danach kommt, stellt wohl jede Liebe auf eine unerträgliche Zerreißpro-

be. Aber gerade deshalb: Perry Rhodan, mein Freund, und Mory Rhodan-Abro, ich wünsche euch alles erdenkliche Glück, auch ohne die extreme Show, die hier auf Plophos abgezogen wird.

Raumschiffspulks der plophosischen Heimatflotte formieren sich in zehn Kilometern Höhe zu euren Namen – ein durchaus eindrucksvolles Schauspiel, aber wie so vieles andere eigentlich unnötig. Ich weiß, daß gleich Space-Jets im Tiefflug über den Raumhafen hinwegdonnern und im Formationsflug den Namen PERRY RHODAN schreiben werden. Mory hat noch keine Ahnung, welches Geschenk sie von dir erhalten wird – ich rechne es dir verdammt hoch an, Perry, daß du mich frühzeitig eingeweiht hast. Der Zellaktivator des verstorbenen Iratio Hondro für deine Frau; kann man jemandem ein phantastischeres Geschenk machen als das ewige Leben? Ich wünsche mir, ich werde es eines Tages auch schaffen, einer Frau dieses eigentlich unscheinbare eiförmige Gerät um den Hals zu hängen – dagegen verblaßt jeder Schmuck.

Aber was soll's, solche Gedanken sind angesichts eines Jahrhundertereignisses völlig fehl am Platz. Die halbe Milchstraße wohnt der Übertragung bei, und die meisten Zuschauer werden sich insgeheim wünschen, sie könnten an eurer Stelle sein. Na ja, vielleicht nicht die halbe Milchstraße, aber doch einige hundert Sonnensysteme, die Kamerateams entsandt haben. Du weißt so gut wie ich, Perry, daß es Neider geben wird, die Mory den Zellaktivator nicht gönnen, auch dann nicht, wenn sie den Namen Rhodan-Abro trägt. Wir haben erlebt, wie Menschen reagieren, wenn sie glauben, die Unsterblichkeit für sich erringen zu können. Haß, Neid und Mißgunst blühen. Dabei sind die Abenteurer und Glücksritter noch berechenbar. Schwieriger wird es bei denen, die glauben, einen rechtmäßigen Anspruch auf einen Zellaktivator erworben zu haben, weil sie irgendwann etwas Bewegendes geleistet haben. Sie werden sich übergangen und zurückgesetzt fühlten.

Ich hoffe und wünsche, Perry, daß ich mich irre und daß Mory und dir eine recht große Kinderschar vergönnt sein wird. Vor allem soll sich das nicht wiederholen, was mit Thomas Cardif geschah. Kurzum: Ewiges Glück dem Brautpaar – aber das werde ich euch anschließend persönlich aussprechen.«

Optisch-akustische Aufzeichnung für die persönliche Verwendung. Nachträglicher Kommentar Solarmarschall Reginald Bull, ausdrücklich gekennzeichnet als situationsbezogene, spontane Reflexionen. Aufgenommen mittels einer miniaturisierten Kamera im Kragenspiegel der Uniform.

Tondokument freigegeben von Reginald Bull ausschließlich für Studienzwecke an der Universität von Terrania für die Studiengänge »Terranische Geschichte« sowie »Psychologie des Solaren Imperiums«. Eine Anfertigung von Kopien ist ausgeschlossen, ebenso die öffentliche Verbreitung der Aufzeichnung. Nicht betroffen von dieser Einschränkung sind die optischen Sequenzen, die zum geringen Teil einmaliges, in den allgemein zugänglichen Archiven nicht vorhandenes Bildmaterial zeigen.

»... es war schlicht, aber ergreifend. Milliarden Menschen haben euer Jawort aus dem Galaktischen Dom gehört, der allen ursprünglich terranischen Religionen als Gotteshaus dient. Es ist richtig und notwendig, daß der Großadministrator Zeichen setzt, die keine Glaubensrichtung ausgrenzen. Damit wird der 28. September 2329 nicht nur zu einem unvergeßlichen Tag für euch beide.

Drei Fragmentraumer der Posbis sind gelandet. Außer ihnen gibt es keine nichtmenschlichen Gäste. Obwohl nie zuvor Posbi-Schiffe über Plophos erschienen, konnte ich keine Unruhe feststellen; die seit gestern im Eugaul-System verbreiteten Informationen haben ihre Wirkung nicht verfehlt. Jeder weiß, daß das Zentralplasma der Hundertsonnenwelt unser einziger Bundesgenosse ist, dessen Treue wir unter keinen Umständen anzweifeln werden.

Wen ich zwischen den mehr als dreitausend Gästen im Flügelsaal des Regierungspalastes vermisse, das ist Gucky. Atlan argwöhnt ebenfalls, daß der Ilt mal wieder das Protokoll umwerfen wird. Die anderen Mausbiber sind da, ich sehe auch Iltu, die inzwischen Guckys Frau ist, nur er selbst... Vielleicht hätte ich eher... Hoppla, ist das wirklich Gucky, der da vor dem Brautpaar materialisiert, oder brauche ich Korrekturlinsen? Der Gartenzwerg zieht seine eigene Show ab. Auf jeden Fall ist er in völlig ungewohnter blütenweißer Kleidung erschienen, die mich zum Teil an einen Wickelrock erinnert. Auf seiner Brust blitzen drei aufpolierte Orden, keine Ahnung, wo der Bursche die herhat, und er verbeugt sich so tief vor Mory und Perry, als hätte er endlich perfektes Benehmen gelernt. Ich will es ja nicht verschreien, aber wir werden sehen, ob das anhält – so recht vorstellen kann ich es mir jedenfalls noch nicht...«

Da die Feierlichkeiten direkt im Zusammenhang mit den vorangegangenen geschichtlichen Ereignissen standen, erhalten diese Notizen als Anhang eine kurze Übersicht der Geschehnisse, die in den Geschichtsdateien mittlerweile als »Das Zweite Imperium« abgehandelt werden. Betroffen ist der Zeitraum der Jahre 2326 bis 2329, denen rund zwei Jahrhunderte des Aufbaus und der Konsolidierung vorangingen, seit am 1. Januar 2115 das Solare Imperium und das Tai Ark'Tussan der Arkoniden zum Vereinten Imperium zusammengeschlossen wurden und Perry Rhodan als gewählter Regierungschef den Titel des Großadministrators erhielt. Details sowie ausführliche Datenangaben können unter den jeweiligen Stichworten abgerufen werden.

Vierhundertzweiundsechzig Welten sind von terranischen Auswanderern besiedelt. Gesetzlich verankert ist, daß jeder Kolonie nach dreißig Jahren Aufbauarbeit die politische Selbständigkeit verliehen wird, wobei das betreffende Sonnensystem Mitglied des Vereinten Imperiums und der Galaktischen Allianz bleiben muß.

Die imperiale Flotte umfaßt dreihunderttausend bewaffnete Raumschiffe. An die drei Millionen Handelsschiffe sind registriert, angefangen mit den dicken 800-Meter-Fachtern bis hinab zu den 60 Meter durchmessenden Kugelraumern, die schnelle Kurierflüge für die Kleingüterindustrie anbieten. Die Explorerflotte zählt bereits 9618 Schiffe, die unbekannte Regionen der Milchstraße erkunden. Auf dem irdischen Mond wurde nach zweihundert Jahren Bauzeit die Riesenpositronik NATHAN vollendet, die dank des Plasmazusatzes der Posbis gefühlsbedingte Entscheidungen fällen kann. Die United Stars Organisation, kurz USO genannt, stützt ihre Einsatzkraft auf mehr als einhundert Geheimstationen. Der Arkonide Atlan als Regierender Lordadmiral hat die USO als übergeordnete Schutzmacht und Polizeitruppe der Galaktischen Allianz aufgebaut, mit dem Selbstverständnis einer »galaktischen Feuerwehr«, die vor allem an jenen Brennpunkten eingreift, an denen es der Solaren Abwehr nur schwer möglich ist. Die Zentrale der USO befindet sich in Quinto-Center, einem zweiundsechzig Kilometer durchmessenden kleinen Mond, der in den interstellaren Raum versetzt wurde.

Im März des Jahres 2326 teilt der Unsterbliche von Wanderer überraschend mit, daß die Zelldusche nicht mehr gewährt werden kann. In der Milchstraße wurden fünfundzwanzig Zellaktivatoren ausgestreut. Zellschwingungsaktivatoren, um die exakte medizinische Bezeichnung zu verwenden, bewirken eine permanente Aktivierung des genetischen Kodes, verleihen die relative Unsterblichkeit und machen damit eine Zelldusche überflüssig. Nur Gewalteinwirkung sowie Verlust oder Beschädigung des Zellschwingungsaktivators können seinen Träger töten, wobei nach zweiundsechzig Stunden ein rapider Alterungsprozeß einsetzt, der unweigerlich und sehr schnell zum Tod führt.

Schon im Jahr 2103 hatte ES einundzwanzig Zellaktivatoren ausgegeben, damals an Thomas Cardif, den Sohn von Perry Rhodan und Thora, der ein Gerät selbst übernommen und die übrigen den Antis ausgehändigt hatte. Das war im Juli gewesen, im Oktober hatte Atlan Cardifs falsches Spiel aufgedeckt. Ein Angriff der Terraner auf den Planeten Trakarat, das geistige Zentrum des Báalol-Kultes der Antis, zwang diese, den zu ihnen geflohenen Thomas Cardif ebenso wie den auf Trakarat gefangenen richtigen Perry Rhodan auszuliefern. Bei der Begegnung von Vater und Sohn löste sich der Zellaktivator von Cardifs

Brust und ging auf Rhodan über, auf dessen Zellschwingungen er von ES justiert worden war.

Oberst Nike Quinto, damals Chef der Abteilung III, einer Spezialabteilung der Solaren Abwehr, machte Reginald Bull gegen Jahresende auf den Verbleib der übrigen zwanzig Zellaktivatoren aufmerksam. Reginald Bull schaffte es, die lebenspendenden Geräte aufzuspüren. Nachdem die im Besitz der Aktivatoren befindlichen Antis sich gegenseitig umgebracht hatten, gab Bull die Zellaktivatoren an ES zurück.

Eine ähnliche Situation war nun geschaffen. ES' Botschaft war in vielen Bereichen der Milchstraße gehört worden und hatte einen Run auf die Unsterblichkeit ausgelöst. Jeder Träger eines der 25 Aktivatoren konnte die Unsterblichkeit erlangen – sie waren nicht wie Perry Rhodans und Atlans Zellschwingungsaktivatoren auf die individuellen Zellschwingungen justiert. Glücksritter jagten dem ewigen Leben nach, Mißgunst und Neid waren allgegenwärtig, aber auch Spezialisten der USO beteiligten sich an der Suche.

Es waren die so gegensätzlichen Agenten Melbar Kasom und Lemy Danger, die den ersten Aktivator aufspürten, der von einer Strahlung umgeben war, die wahnsinnige Wut hervorrief. Melbar Kasom, aufgewachsen auf dem Riesenplaneten Ertrus bei einer Schwerkraft von 3,4 Gravos, 2,51 Meter groß und in den Schultern 2,13 Meter breit, brachte stattliche 16,3 Zentner auf die Waage. Sein Partner Lemy Danger stammte vom Planeten Siga und zählte mit 22,21 Zentimetern Körpergröße bei einer Schulterbreite von 63 Millimetern und einem Gewicht von 852,18 Gramm zu den kleinsten Menschen jener Zeit. Beide gingen in die Annalen des Solaren Imperiums ein. Den von ihnen entdeckten Zellschwingungsaktivator erhielt Solarmarschall Reginald Bull, der als nächster einer Zelldusche bedurft hätte.

Bis zum Juni des Jahres 2326 gelangten insgesamt neunzehn Zellaktivatoren in terranischen Besitz. Die Telekinetin und Aktivatorträgerin Anne Sloane, Angehörige des Mutantenkorps, wurde während eines Einsatzes auf dem Planeten Eysal im galaktischen Zentrumsbereich von einem USO-Spezialisten aus dem Volk der Antis ihres Aktivators wegen getötet. Wieder waren es Lemy Danger und Melbar Kasom, die versuchten, den inzwischen von einem Oberpriester der Antis getragenen Zellaktivator zurückzuholen. Die Verfolgung endete in einem mit fremdartiger Technik ausgestatteten Labyrinth unterhalb eines Anti-Tempels.

Als Lemy Danger den Zellaktivator versehentlich durch einen Strahlschuß zerstörte, gaben die Maschinen des Labyrinths hyperenergetische Stoßwellen ab, die andernorts ein verhängnisvolles Geschehen in Gang setzten. Auf Zannmalon, einem Planeten im galaktischen Randgebiet, waren Wissenschaftler auf die Überreste eines monströsen wurmähnlichen Wesens gestoßen sowie auf dessen »Eier«. Die hyperenergetischen Stoßwellen ließen raupenähnliche Kreaturen schlüpfen, die sich durch Teilung rasch vermehrten und eine zähe Flüssigkeit absonderten. Auf insgesamt 276 Planeten schlüpften Hornschrecken, wie sie bald genannt wurden, die ihre Welten in kürzester Zeit kahlfraßen. Die während des Teilungsvorgangs abgesonderte farblose Flüssigkeit, das Molkex, bedeckte bald die Oberfläche der verwüsteten Planeten. Selbst die Hornschrecken lösten sich schließlich zu Molkex auf, aus dem als Endprodukt der Metamorphosekette die über zwanzig Meter langen und drei Meter dicken Schreckwürmer entstanden.

Bei der Annäherung an einen von Hornschrecken heimgesuchten Springerplaneten wurde der Posbi-Fragmentraumer BOX-394 von einem unbekannten Raumschiff angegriffen, das keine Schutzschirme aktivierte, den Beschuß mit den nach dem Prinzip eines Fiktivtransmitters arbeitenden Transformkanonen, die Fusionsbomben ins Ziel abstrahlten, aber dennoch unbeschadet überstand. Raumschiffe dieses Typs wurden auch beobachtet, wie sie auf anderen Planeten Schreckwürmer und Molkex an Bord nahmen.

Auf der Wasserwelt Euhja erfolgte der erste Kontakt zwischen Terranern und einem Schreckwurm. Es stellte sich heraus, daß diese Wesen hoch intelligent und eigentlich friedliebend waren. »Peterle« gab das Kollektivwissen seiner Art preis und schloß mit den Terranern ein Bündnis gegen seine Herren, die »Huldvollen« und Herrscher über das »Zweite Imperium« in der galaktischen Eastside, von denen die Schreckwürmer ihrer besonderen Vermehrungsweise wegen ausgenutzt wurden.

Schon vor dem Auftauchen der ersten Hornschrecken hatte die EX-2215 im galaktischen Zentrumsbereich das System EX-2215-485 entdeckt, dessen einziger Planet, der Methanriese Herkules, größer als die eigene Sonne war. Auf dieser sonderbaren Welt hatten die Terraner neben einem der ausgestreuten Zellaktivatoren auch das 1,2 Millionen Jahre alte Planetarium des Volkes der »Oldtimer« entdeckt. Die Stoßfronten hatten auf Herkules eine gespeicherte Botschaft ausgelöst. Demnach war vor rund 1,2 Millionen Jahren ein riesiges, mehrdimensionales Geschöpf in der Milchstraße erschienen, das Suprahet, das Tausende von Sonnensystemen verschlungen hatte. Lediglich die Oldtimer hatten ihm Widerstand entgegensetzen und eine Überladungszone schaffen können, an der das Suprahet explodiert war.

Der Physiker und Astronom Till Leyden erkannte, daß entgegen den Erwartungen der Oldtimer die Explosion des Suprahet nicht im Hyperraum verpufft war, sondern Molkex stabilisiert hatte, aus dem die Planeten Herkules und Tombstone bestanden. Tombstone, im galaktischen Ostsektor gelegen, war zur Geburts- und Heimatwelt der Schreckwürmer geworden. Über mehr als eine Million Jahre hinweg hatten die Hornschrecken im Laufe ihrer Metamorphose neunzig Prozent der planetaren Masse aufgefressen und da-

mit den heranreifenden Schreckwürmern unaufhaltsam die Lebensgrundlage entzogen.

Vor etwa viertausend Jahren hatten die in der galaktischen Ostseite heimischen Intelligenzen, von den Terranern ihres Aussehens wegen »Blues« genannt, Tombstone entdeckt und die außergewöhnlichen Eigenschaften des Molkex erkannt. Zu jenem Zeitpunkt hatte sich das Ende der Schreckwürmer längst abgezeichnet, denn aus jeder Generation waren höchstens noch zwei Dutzend zur Eiablage fähig gewesen. Die Blues hatten angeboten, die eingeschlechtlichen Schreckwürmer während ihrer Reifezeit zu anderen Welten zu fliegen, und als Gegenleistung mehr als die Hälfte des erzeugten Molkex verlangt, was gleichzeitig die Vermehrung der Schreckwürmer stark hemmte.

Herkules und Tombstone waren Überreste des Suprahet. Während sich auf Tombstone die Schreckwürmer entwickelt und im Laufe der Jahrhunderttausende von der ursprünglichen Planetenmasse nur noch zehn Prozent übriggelassen hatten, war die Herkules-Molkexmasse unverändert geblieben. Bedingt durch die hyperenergetische Stoßfront von Eysal, stand hier das Wiedererwachen des Suprahet unmittelbar bevor. Fünftausend Robotraumer brachten deshalb 300.000 Arkonbomben zur Sonne EX-2215-485, gleichzeitig mit ihrer Zündung detonierten auf Herkules selbst 85.000 Gravitationsbomben, zusammen ein apokalyptisches Vernichtungspotential. Die fünfdimensionale Explosion, die den Riesenplaneten mitsamt seiner Sonne in den Hyperraum schleuderte, war noch in einer Entfernung von zwanzigtausend Lichtjahren zu spüren.

Auf Eysal stießen terranische Wissenschaftler bei der Untersuchung der ausgedehnten unterirdischen Anlagen erstmals auf Vertreter der »Huldvollen«. Die Fremden waren schlank und grazil, durchschnittlich 1,80 Meter bis 2 Meter groß und kurzbeinig. Ihr diskusförmiger, flacher Kopf, ungefähr fünfzig Zentimeter durchmessend und nur zehn Zentimeter hoch, war wie der etwa zwanzig Zentimeter lange schlauchförmige Hals, in dem sich die Mundöffnung mit den Sprechorganen befand, unbehaart und blaßrosa gefärbt. Der übrige Körper war von zartem blauem Pelzflaum bedeckt und ausschlaggebend für den terranischen Namen »Blues«.

Ihre hohe Fruchtbarkeit hatte sie in kurzer Zeit ein ausgedehntes Sternenreich in der galaktischen Eastside aufbauen lassen, obwohl einzelne Völker untereinander in heftigen Bruderkriegen lagen. Das bedeutendste Teilvolk, die Gataser, besaßen als einzige Kampfraumschiffe mit Molkexüberzug.

Als Teil eines Versuchs der Apasos-Blues, die Vorherrschaft und das Molkex-Monopol der Gataser zu brechen, war das Labyrinth auf Eysal von den Apasos eingerichtet worden, die sich in den Besitz mehrerer Schreckwürmer gebracht hatten. Die Anlagen waren jedoch im Laufe der Zeit vergessen und erst durch die Zerstörung des Zellaktivators wieder aktiviert worden.

Terraner und Blues lieferten sich erbitterte Kämpfe, bis es endlich gelang, auf Hormonbasis eine Waffe zu entwickeln, die den Molkex-Panzer von den Schiffen ablöste. Letztlich blieb den Gatasern keine andere Wahl als die Kapitulation und der Friedensschluß mit Terra.

Atlan, der zehntausendjährige Arkonide, hatte es vorausgesagt: »Der größte Gegner des Menschen ist der Mensch selbst!« Nach dem Ende des Krieges gegen die Blues begann die Galaktische Allianz zu bröckeln. Die Akonen entsandten ein Geschwader in die Nähe des Planeten Tombstone und zwangen drei zum Tode verurteilte Männer um den Preis ihres Lebens, nach der Landung auf dem Planeten der Schreckwürmer mit Arkonbomben einen unlöschbaren Atombrand zu entfachen. Tombstone wurde vernichtet. Die bislang von der Macht der Gataser abhängigen blueschen Kolonialvölker erhoben sich in zahlreichen militärischen Konflikten. Springer, Arkoniden und Akonen nutzten die kriegerischen Auseinandersetzungen für Waffenlieferungen an alle Parteien.

Nach einem Anschlag auf das terranische Flaggschiff CREST wurden drei unbekannte Männer gefangengenommen, die sich als Angehörige einer regulären Macht bezeichneten. Aber erst nachdem Solarmarschall Reginald Bull den Hypno-Mutanten André Noir zur CREST flog, gestanden die Gefangenen ihre Herkunft von Plophos, dem dritten Planeten des Eugaul-Systems, der vor dreihundert Jahren von Terranern besiedelt worden war. Ein Angriff von Kugelraumschiffen der Plophoser vernichtete die achthundert Meter durchmessende AMALDO des Solarmarschalls und zwang die CREST zur Flucht. Letztlich stürzte Perry Rhodans Flaggschiff über einer unbekannten Welt ab, Perry Rhodan, Reginald Bull, Atlan, der Ertruser Melbar Kasom und der Hypno André Noir gerieten in plophosische Gefangenschaft.

Iratio Hondro, Obmann von Plophos und Träger eines Zellaktivators, beschuldigte Perry Rhodan diktatorischen Verhaltens gegenüber den terranischen Kolonien. Die Gefangenen wurden auf die Dschungelwelt Greendoor gebracht, einen geheimen Industrieplaneten der Plophoser, wo ihnen für kurze Zeit die Flucht durch Abwässerkanäle gelang. Letztlich blieb aber nur Melbar Kasom in Freiheit.

Bedingt durch die Abwesenheit der drei wichtigsten Männer, Rhodan, Bull und Atlan, beschleunigte sich der Zerfall des Vereinten Imperiums. Immer mehr Kolonialwelten wandten sich von Terra ab; die Akonen kooperierten offen mit den Blues, und die Springer zogen aus den wachsenden Spannungen mit intensivem Waffenhandel Profit. Mit Beginn des 2. November 2328 verbreiteten Unbekannte das Gerücht, Perry Rhodan, Atlan und Reginald Bull hätten den Tod gefunden.

Am 9. November wurde Oberst Arthur Konstantin, Agent der Galaktischen Abwehr, beauftragt, mögliche Zusammenhänge mit dem Kolonialplaneten

Plophos in Erfahrung zu bringen, denn auf der Erde beobachtete man seit einiger Zeit mit wachsender Sorge das diktatorische Regime des zum Staatspräsidenten von Plophos gewählten Iratio Hondro.

Konstantin und seine Helfer wurden enttarnt, konnten aber vor ihrem Tod die Meldung abstrahlen, daß die Gesuchten noch lebten.

Im Dschungel von Greendoor stieß Melbar Kasom auf die Neutralisten, eine Widerstandsorganisation gegen Hondros Regime. Gemeinsam mit fünfhundert Rebellen gelang es ihm, die Gefangenen zu befreien, eine Hyperfunkverbindung zur Erde kam jedoch nicht zustande.

Mausbiber Gucky hatte mittlerweile telepathisch den Unsterblichen von Wanderer um Hilfe gebeten. ES zeigte sich indes enttäuscht über die nur unbedeutende und brüchige galaktische Vereinigung, die von den Menschen geschaffen worden war, und verweigerte sich. Daraufhin landeten terranische Mutanten auf Plophos, wurden aber aufgrund des Eingreifens von Antis vom plophosischen Geheimdienst verhaftet. Lediglich der Ilt konnte sich befreien und zum neuen Flaggschiff THORA zurückkehren.

Bis die THORA Greendoor erreichte, waren Rhodan und seine Begleiter von den Neutralisten schon zu ihrem Hauptquartier auf Badun verschleppt worden, zu Lord Kositch Abro. Spione des Obmanns Hondro spürten die Terraner wieder auf. Eine plophosische Flotte griff den Mond Badun an, was Rhodan und seinen Gefährten ein Entkommen ermöglichte. Melbar Kasom überwältigte die Tochter des Lords, Mory Abro. Bevor das Hauptquartier der Rebellen zerstört wurde, griff eine geheimnisvolle Macht ein und entführte die Gruppe um Perry Rhodan.

An Bord eines unbemannten walzenförmigen Raumschiffs erreichten sie Kahalo im galaktischen Zentrumsbereich und sollten den Bewohnern dieser Welt, die sich selbst Kahals nannten, gegen Invasoren vom Nachbarplaneten beistehen. Zur Überraschung der Eingeborenen erhielten die Terraner Hilfe vom Großen Kahal, der als Heiligtum verehrten Anlage aus sechs jeweils fünfhundert Meter hohen roten Pyramiden, die zusammen ein Sechseck von zwei Kilometern Durchmesser bildeten. Die Angreifer verschwanden in einem fluoreszierenden Leuchten im Zentrum der Anlage.

Das automatische Schiff der Kahals brachte die Terraner anschließend nicht ins Solsystem zurück, sondern zu einer verstrahlten Welt, auf der unheimliches Leben existierte – und drei Pyramiden, die an das Große Kahal erinnerten. Der Versuch, einen Hypersender in Gang zu bringen, aktivierte die Maschinen der Pyramiden, woraufhin extreme Strukturerschütterungen verzeichnet wurden. Eine von Gucky ins Leben gerufene Suchexpedition der Mausbiber wurde durch diese Strukturerschütterungen aufmerksam und entdeckte endlich die Verschollenen.

Seit am 7. November 2328 Arkon die Unabhängigkeit erklärt hatte, be-

stand das Vereinte Imperium nur noch auf dem Papier. Am 27. März 2329 erklärte Perry Rhodan das Vereinte Imperium und die Galaktische Allianz offiziell für beendet und kündigte alle Beistandspakte. Außerdem startete er einen Gegenschlag gegen Iratio Hondro, der zu dessen Flucht nach Last Hope und Opposite führte, wo er den Tod fand. Im Sterben übergab der gescheiterte Obmann seinen Zellaktivator an Rhodan.

Während Perry Rhodan und Mory Abro unter großer Beteiligung der Öffentlichkeit auf Plophos heirateten, materialisierte eine riesenhafte Flotte der Blues im Herzen von M 13. Zwischen 80.000 und 100.000 Raumschiffe der Gataser, nicht nur von den Akonen aufgerüstet, sondern auch von 800 akonischen Einheiten unterstützt, drangen tief in das Arkon-System vor. Die arkonidische Flotte mußte schwere Verluste hinnehmen, und erst als 50.000 Kampfschiffe der Solaren Flotte, 30.000 USO-Raumer und 5000 Schiffe der Plophoser eingriffen, konnten die Blues vernichtend geschlagen werden. Dennoch gelang es einigen gatasischen Raumschiffen, nach Arkon III durchzubrechen und den Planeten zu bombardieren. Arkon III, seit Jahrtausenden die Kriegswelt der Arkoniden, Waffenschmiede und Grundlage ihrer militärischen Großmacht, brach auseinander – Symbol und Fanal zugleich.

Im Mahlstrom der Sterne

2. und 3. September 3580

Reginald Bull begrüßte den Schmerz, dieses feurige Toben in den Adern, wie einen alten Freund. Er lebte noch. Nur Tote empfanden keinen Schmerz mehr, davon war er überzeugt.

Stumm blickte er auf die Bildschirme. Die letzten Augenblicke vor der Versetzung waren angebrochen. Ein kleiner Bildausschnitt zeigte einige hundert Raumschiffe im fahlen Widerschein der blauen Sonnen, nur ein kleiner Konvoi innerhalb der unüberschaubaren Flotte aus zweiundzwanzigtausend Kugelraumern, von denen die 1200 Meter durchmessenden Kampfschiffe das Gros stellten.

Vergeblich versuchte er, sich zu entspannen und sich auf die bevorstehenden Manöver zu konzentrieren. Er konnte es nicht, war nicht einmal in der Lage, seine abschweifenden Gedanken im Zaum zu halten. Woran lag es, daß ausgerechnet jetzt derart unerklärbare Phantasien in ihm hochstiegen? Ein Sprung durch den Sonnentransmitter war nichts Außergewöhnliches...

Turmdicke Thermostrahlen zuckten aus einem glutenden Himmel herab. Sie verbrannten das Land und wirbelten Rauch und Asche auf.

Unwillig schüttelte Reginald Bull den Kopf. Was immer seine Phantasie ihm vorgaukelte, es war jetzt nicht wichtig.

Achtbeinige Kreaturen flohen vergeblich vor der Flammenwand; sie verglühten, wurden von der lodernden Glut verschluckt, die nichts und niemand aufhalten konnte.

Spinnenwesen? Es gab einige kleinere Zivilisationen in der heimischen Galaxis ebenso wie in der Zweiten Insel, auch Hathorjan genannt, aber sie waren unbedeutend, hatten sich nirgendwo weiter als über eine Handvoll Sonnensysteme ausgebreitet. Er war nie einem dieser exotischen Völker begegnet, folglich wies er die vagen Gedankenbilder weit von sich – sie waren kaum etwas anderes als ein Produkt seiner angespannten, überreizten Nerven.

Zweiundzwanzigtausend Kampfschiffe warteten zwischen den fünf blauen Riesensternen, ein beachtliches Aufgebot im Kampf gegen die Haluter, das den vierarmigen Kolossen wenigstens an einem Nebenkriegsschauplatz Paroli bieten sollte.

Er blinzelte verwirrt, als er die Milchstraße als metallisch funkelndes Relief vor sich zu sehen glaubte. Selbst als er sekundenlang die Augen schloß, blieb das Abbild schemenhaft erhalten wie ein Déjà-vu-Erlebnis.

Tief in ihm nagte die Erinnerung, aber gerade diese Ablenkung war Gift. Mit einem zornigen Brummen versuchte er sich wieder auf die flackernde Armada der Kontrollanzeigen zu konzentrieren, seine Finger huschten über Sensorfelder und forderten Bestätigungswerte an. Tief im Schiffsbauch reagierten die Energieerzeuger, die Speicherbänke zeigten volle Kapazität.

Niemand konnte vorhersagen, was nach der Rematerialisation im Empfangstransmitter geschehen würde. Im schlimmsten Fall warteten die Haluter bereits.

Noch zwei Minuten bis zur Abstrahlung; das Signal der Schaltstation Peschnath traf ein. Befehle hallten durch die Zentrale, eine mühsam verhaltene Hektik hing in der Luft, die Anspannung schien fast greifbar.

Was mache ich hier? schoß es Reginald Bull durch den Sinn. In seinen Schläfen dröhnte das Blut wie ein tosender Wasserfall, und das von seinem Zellaktivator ausgehende Pochen spürte er bis in die letzte Faser seines Körpers.

Ich gehöre nicht hierher, nicht in ein lemurisches Schlachtschiff der GOL-KARTH-Klasse!

Zwei Filme schienen gleichzeitig abzulaufen, in überblendeter Fassung, bei der abwechselnd Szenen aus beiden Streifen in den Vordergrund traten.

Das Relief der Milchstraße ... Zögernd streckte er die Hand aus ...

Noch hing das Schlachtschiff zwischen den blauen Sonnen. Auf einem der Bildschirme schimmerte das fahle Sternenband von Andromeda, aber auch das endlose Nichts der intergalaktischen Leere war zu ahnen – Gercksvira lag nur wenige tausend Lichtjahre vom Rand der Sterneninsel entfernt.

Sekundenbruchteile bevor er im Feuer der Angreifer verglüht wäre, mußte er entmaterialisiert worden sein, ausgelöst durch die Berührung des Reliefs.

Ein Transmittersprung? Zweifellos. Andererseits entsann er sich nicht, ein Empfangsgerät verlassen zu haben, und stand übergangslos in der Zentrale eines fremden Raumers.

Die Flotte wartete auf den Abstrahlimpuls. Es war ein erhebender Anblick, zweiundzwanzigtausend massige Kugelraumer nicht nur als sichelförmige Schemen zu sehen, sondern von den fünf Sonnen angeleuchtet in ihrer vollen Größe mit den dicken Ringwulsten. Ein gewaltiges militärisches Potential hatte sich versammelt, eine Flotte, der die heimischen Maahks ebensowenig entgegenzusetzen hatten wie alle anderen

Völker Andromedas. Viele Einheiten gehörten der 1600 Meter durchmessenden GOLKARTH-Klasse an, ebenso viele waren die typischen 1200-Meter-Großkampfschiffe. Dagegen nahmen sich die 800-Meter-Raumer geradezu unbedeutend aus.

Der Alarm heulte durch das Schiff. Rein mechanisch, ohne darüber nachzudenken, griff Reginald Bull nach den Gurten und schloß die magnetische Verankerung. Die Lehne des Kontursessels glitt in eine flachere Position.

Das hier war die Realität, nicht mehr die allmählich vor seinem inneren Auge verblassenden Bilder aus dem Mahlstrom. Jahrtausendealte lemurische Technik auf der Welt der Arachnoiden hatte ihn vor dem Tod bewahrt und nach Andromeda versetzt. Aber das war nur die halbe Wahrheit. Die andere Hälfte war, daß er weit in die Vergangenheit geraten sein mußte.

Er wußte von der Flotte der Lemurer. Sie war in den Mahlstrom verschlagen worden und dort gestrandet, hatte wie Erde und Mond ihr wirkliches Ziel nie erreicht.

Bedeutete dies, daß er in wenigen Sekunden wieder in jenes energetisch-materielle Chaos, den Überrest einer Kollision zweier Galaxien, zurückkehren würde? Welch ein Hohn des Schicksals. Er würde damit vom Regen in die Traufe kommen, denn keines der lemurischen Besatzungsmitglieder hatte den Transitionsschock überlebt.

Eine mechanische Stimme zählte die letzten Zeiteinheiten bis zur Aktivierung des Sonnentransmitters.

Wie ein Blitz aus heiterem Himmel überfiel ihn der Drang, das Schiff zu verlassen. So tief in der Vergangenheit konnte er die Geschichte in Bahnen lenken, die vieles zum Positiven verändern würden. Er hatte den unschätzbaren Vorteil, daß er wußte, was die Zukunft brachte – nein, er kannte sie nur bis zu dem Moment, da die erste Veränderung sich auszuwirken begann. Danach würde auch für ihn vieles unberechenbar sein. Zeitparadoxa hatten die unangenehme Eigenschaft, sich schnell und gründlich zu verselbständigen.

Es war längst zu spät für solche Überlegungen. Reginald Bull schloß die Augen und atmete tief ein. Er ließ sich treiben. Alles andere wäre doch nur Selbstbetrug gewesen. Stille herrschte jetzt. Unheimlich. Als breite sich eine Vorahnung des Kommenden aus.

Die letzten Sekunden dehnten sich zur Ewigkeit.

Bullys Gedanken schweiften zurück. Vor Jahrzehnten, als Erde und Mond durch die Flucht in den Twin-Sol-Transmitter dem Zugriff der Laren entzogen worden waren, im Archi-Tritrans-System aber nur kurzzeitig erschienen, hatte Lordadmiral Atlan den Schluß gezogen, Terra müsse einen der lemurischen Sonnentransmitter des Andromedanebels erreicht haben. Bei seiner Suche war er auf die Graunzer gestoßen, das »lebende Archiv«; die Graunzer hatten ihr von den Lemurern erhaltenes Wissen von Generation zu Generation weitergegeben. Von ihnen wußte er von den 22.000 verschollenen lemurischen Raumschiffen und hatte die Folgerung gezogen, die Erde müsse durch den Sog übergeordneter Kraftfelder in die gleiche Region verschlagen worden sein.

Die Testabstrahlung eines Schiffswracks hatten vier Spezialisten wider Willen mitgemacht. Sie waren tatsächlich im Mahlstrom materialisiert und hatten bei ihrer Suche nach einer Überlebensmöglichkeit einige Schiffe der Geisterflotte aufgespürt.

Alaska Saedelaere, der Transmittergeschädigte, hatte bei seiner Suche nach der verschollenen Flotte gerade noch zwei der Männer retten können. Von Zeus, einem hochentwickelten Rieseninsekt aus der nächsten kosmischen Nachbarschaft der Erde im Mahlstrom, waren die Menschen auf die Geisterflotte hingewiesen worden. Das alles hatte sich lange vor dem Ausbruch der Aphilie ereignet. Die Ankunft der beiden geretteten Spezialisten auf Terra war indes nur ein flüchtiger Hoffnungsschimmer gewesen, der sich sehr schnell wieder verflüchtigt hatte. Atlans Vorhaben, die Position der Erde herauszufinden, mußte fehlgeschlagen sein, andernfalls wären in all den langen Jahren weitere Boten aus der Milchstraße erschienen.

Das Blau der fünf Sonnen auf den Bildschirmen veränderte sich, als verblasse es hinter einem dichten Schleier. Schwärze breitete sich aus wie ein alles verschlingender Moloch. Gierig sprang sie von den Bildschirmen herab und kroch mit tausend Armen durch die Zentrale.

Wo diese Schwärze Materie berührte, begannen Wände, Boden und Schaltpulte sich aufzulösen.

Jemand schrie. Der Schrei brach kläglich gurgelnd ab.

Wie Nebelschwaden kroch das Nichts über das Schaltpult vor ihm, löste die Verkleidung auf und ließ für einen flüchtigen Moment das verwirrende Innenleben aus Steckmodulen, Sensoren und Positronikbauteilen erkennen. Reginald Bull spürte, wie sich seine Haare sträubten, seine Rechte krachte auf das Gurtschloß und löste die Magnetverriegelung – doch wohin sollte er sich wenden? Er verkrallte die Hände in den Armlehnen, als die Schwärze über ihm zusammenschlug.

Gleichzeitig kam der Schmerz. Bully hatte erwartet, daß der Fehlsprung nicht ohne Begleiterscheinung verlaufen würde, er hatte sich unwillkürlich verkrampft, doch dieser Schmerz war heftiger als alle seine Befürchtungen. Jede Zelle seines Körpers schien sich unter dem Ansturm fremder Energien aufzublähen. Eine alles verbrennende Hitze durchpulste ihn …

Kein Zeitgefühl mehr ... nur noch dieser grauenvolle Schmerz.

In der Schwärze wirbelten Feuerräder. Galaxien? Oder entsprang die vermeintliche Wahrnehmung nur den tobenden Nerven, ebenso wie das hallende Gelächter, das die Zellmembranen in pulsierende Schwingung versetzte?

ES?

Unmöglich. Die Aura von Bösartigkeit, die er wahrzunehmen glaubte, gehörte nicht zu dem Unsterblichen von Wanderer.

Anti-ES?

Ausgeschlossen. ES und Anti-ES waren vor langer Zeit eine Wesenheit gewesen. Die Abspaltung ihrer negativen Bewußtseinsanteile hatte Anti-ES geboren, ebenfalls eine Superintelligenz, in der aber alle positiven Beweggründe von ES ins Gegenteil verkehrt worden waren.

Gegenspieler des Unsterblichen von Wanderer im sogenannten Kosmischen Schachspiel, hatte Anti-ES oft gegen die vereinbarten Regeln verstoßen und war dafür von den Hohen Mächten des Kosmos, den Kosmokraten, für zehn Relativ-Einheiten in die Namenlose Zone verbannt worden. Anti-ES konnte keinen Schaden mehr anrichten – nicht Anno 3580 terranischer Zeitrechnung. Aber dies war die Vergangenheit, und sie hatte beiden Wesenheiten gehört.

»Gercksvira« – der Name entstammte der Sprache der Maahks und bedeutete soviel wie »tiefste aller Niederungen« – lag in einer der hellen Zonen des Andromedanebels, in einer Region, in der noch immer Sterne aus Wasserstoff geboren wurden. Andererseits gab es längst genügend alte Sonnen, deren Tod den interstellaren Raum mit schweren Elementen angereichert hatte, deren Konzentration sich störend auf den Sonnentransmitter auswirkte. Die beiden von Saedelaere geretteten Spezialisten hatten von energetischen Störfronten während des Transmittervorgangs gesprochen.

Bullys Gedanken wirbelten durcheinander und verwehten in dem erneut einsetzenden grellen Schmerz, der die Rematerialisation anzukündigen schien.

Den gellenden, unmenschlichen Schrei, den er zu hören glaubte, hatte er selbst ausgestoßen. Dann war nichts mehr.

Nur langsam drang das Pochen des Zellaktivators in sein Bewußtsein vor. Das eiförmige, lebenspendende Gerät, eines der fünfundzwanzig, die von der Superintelligenz ES vor langer Zeit in der Milchstraße ausgestreut worden waren, machte sich ungewöhnlich deutlich bemerkbar, wie es sonst nur nach äußerst kräftezehrender körperlicher Anstrengung oder bei der Absorption von Giftstoffen der Fall war.

Ein unheimliches Knistern und Knacken erfüllte die Stille. Von irgendwo erklang ein qualvolles Stöhnen, jemand atmete kurz und hastig; dann verstummte das Geräusch, verwehte mit einem kaum wahrnehmbaren Seufzen. Ein Mann der lemurischen Besatzung war soeben gestorben.

Bully blinzelte gegen die klebrige Nässe an, die seinen Blick verschleierte. Nur ausschnittweise konnte er die Wiedergabe des großen Hauptbildschirms erkennen – ein eintöniges, wogendes Grau, ein Konglomerat aus Schlieren, Wirbeln und helleren Flecken, die wenigstens ungefähr die Position naher Sonnen ahnen ließen.

Wieder zu Hause! Der Gedanke war absurd. Obwohl die Erde ebenfalls in dieser irrwitzigen Region des Kosmos materialisiert war – in etlichen Jahrtausenden erst materialisieren würde, berichtigte er sich sofort –, konnte die Abrißfront zwischen zwei Galaxien niemals ein Zuhause für Menschen werden. Chaosforscher mochten innerhalb der willkürlich verteilten Materieschleier und Energiewirbel, zwischen wandernden Magnetfeldlinien und aus ihren einstigen Umlaufbahnen herausgerissenen Dunkelwelten ein ewiges Betätigungsfeld finden – für jeden anderen war und blieb der Anblick ein Alptraum.

Für einen Augenblick sträubte sich Bully gegen den Zwang, den Interkom zu aktivieren, dann fiel seine Rechte auf die blinkende Schaltplatte. »Schadensmeldung!« hörte er sich rufen, und die eigene Stimme erschien ihm plötzlich rauh und kratzig. »Höchste Gefechtsbereitschaft! Wir sind in unbekanntem Gebiet materialisiert. Dies ist nicht unser Ziel.«

Er sprach Alt-Lemurisch, das Idiom der irdischen Menschheit, von der Akonen, Arkoniden und letztlich die Terraner abstammten. Warum war der Zentralebesatzung noch nicht aufgefallen, daß er nicht an Bord dieses Schiffes gehörte – schon gar nicht auf den erhöhten Platz des Kommandanten im Rund der Zentrale?

Ich träume, schoß es ihm durch den Sinn. *Dies ist nichts anderes als ein verdammter Traum.* Aber gab es wirklich Träume, in denen das Ohrläppchen heftig schmerzte, sobald man selbst kräftig hineinzwickte?

Die Bestätigungen aus dem Maschinenraum und von den Hangars trafen ein. Keine Schäden, kein Druckabfall. Trotzdem hatte es Tote gegeben. Offensichtlich war ein Teil der Besatzung nach dem Transmitterschock nicht wieder erwacht.

In der Zentrale sah es ähnlich aus. Der Feuerleitoffizier und der Funker hingen vornübergesunken in den Gurten. Einige Männer und Frauen torkelten schwerfällig, wie besoffen durch das Rund.

»Vier Tote!« kam die Meldung. »Der Feuerleitstand muß neu besetzt werden, falls die Haluter angreifen ...«

»Hier gibt es keine Haluter«, wollte Reginald Bull antworten – er brachte den Satz nicht mehr über die Lippen.

Kollisionsalarm heulte auf.

»Ausweichmanöver eingeleitet!« Bulls Stimme übertönte den Diskant der Sirene. »Notfallpositionen einnehmen!«

Die Kontrollen des lemurischen Schlachtschiffs wirkten fremd und vertraut zugleich. Ohne Zögern glitten Bullys Finger über die Klaviatur der sich rasch verändernden Symbolik. Lemurische Schriftzeichen leuchteten auf, Zahlenwerte ...

Vor weniger als einer Minute war das Schlachtschiff im Mahlstrom materialisiert – und mit ihm gemeinsam rund 22.000 weitere Kugelraumer. So dicht, wie sie im Bereich des Sonnentransmitters beieinandergestanden hatten, mußten sie auch jetzt noch stehen, im besten Fall mit jeweils wenigen Kilometern Distanz zueinander.

Trotzdem kein Funkempfang – nur das Prasseln vielfältiger Störgeräusche. Selbst die Ortungen zauberten nicht mehr als verwaschene, zitternde Schemen auf die Schirme, und einer dieser Schemen näherte sich dem Schlachtschiff.

Die Impulstriebwerke an Steuerbord zündeten, peitschten ihre sonnenheißen Korpuskelstrahlen in den Raum. Viel zu langsam nahm das Schiff Fahrt auf und schwang herum. Auf den Bildschirmen erschien ein riesiger Schatten, der inmitten wogender Partikelschleier Gestalt annahm.

Bullys Faust krachte auf die Schaltflächen. Tief im Schiffsinnern steigerte sich das Arbeitsgeräusch der Konverter zum bösartigen Brummen, ihre Vibrationen griffen allen Isolierungen zum Trotz auf die Schiffszelle über.

Der Schatten gewann Gestalt. In Gedankenschnelle füllte er den Schirm aus: ebenfalls ein 1600-Meter-Raumer. Details wurden sichtbar, beleuchtete Luken, halb geöffnete Hangarschotten, die düster gähnenden Ringwulstdüsen, größer als Scheunentore ... Mit angehaltenem Atem wartete Bully auf den Zusammenprall, der bei zwei Raumschiffen dieser Größe verheerende Folgen zeitigen mußte, erneut Hunderte von Toten, vielleicht sogar die völlige Vernichtung. Allein die besonders geschützte Zentralekugel im Schiffszentrum bot bessere Überlebensmöglichkeiten.

Die Triebwerke arbeiteten mit voller Schubkraft. Nach wie vor waren die Schutzschirme beider Raumer nicht aktiviert, aber die Kollision hätten sie ohnehin nicht verhindern können.

Riesenhaft wuchs das andere Schiff auf. Dann – übergangslos – zeigte der Bildschirm wieder das wogende Chaos des Mahlstroms.

Bully stieß den angehaltenen Atem aus. Geringste Distanz zehn Meter, verrieten die Kontrollen. Beide Schiffe waren nicht einmal um eine tausendstel Sekunde dem Zusammenstoß entgangen.

Weitere Ortungsreflexe glitten seitlich vorbei. Das Schlachtschiff hatte Fahrt aufgenommen und drehte in den Grünsektor. Drei, vier, fünf Kugelraumer standen bedrohlich nahe – viel zu nahe, als daß das Schicksal erneut beide Augen zudrücken konnte.

Gegenschub!

Bullys Kiefergelenke schmerzten vom Zähnezusammenbeißen. Viel zu langsam sanken die Anzeigen den Nullwerten entgegen. Das Heulen des Distanzalarms wollte er schon nicht mehr hören. Zwei 1600-Meter-Kolosse knapp voraus, das Schlachtschiff würde exakt zwischen ihnen hindurchfliegen, nur war da leider nicht ausreichend Platz.

Reginald Bull stieß eine wüste Verwünschung aus. Das Bremsmanöver würde ebensowenig ausreichen wie die eingeleitete Kurskorrektur. Entsetzlich langsam wanderten die beiden Raumer aus dem Warnbereich.

Der Aufprall wurde begleitet vom Krescendo berstender Rumpfplatten und splitternder Spanten. Der Lärm übertrug sich über die in den Zwischendecks installierten Leitungs- und Lüftungsschächte und brandete, vielfach gebrochen und leiser werdend, zurück. Der Aufprall selbst war nur als schwache Erschütterung wahrzunehmen, da alle Beharrungskräfte von den Absorbern aufgefangen wurden.

Die untere Rumpfhälfte des anderen Schiffes war aufgerissen und gab den Blick frei in zerfetzte Hangars, offenliegende Decks und zerstörte Maschinenanlagen. Feuer loderten auf, die im Vakuumeinbruch rasch wieder in sich zusammenfielen. Nur die sonnenhelle Glut eines Konverters hatte Bestand und weitete sich aus.

Bully veränderte die Brennweiten der Außenbordoptiken. Ein Meer von Wrackteilen unterschiedlichster Größe folgte dem Schlachtschiff wie ein Kometenschweif. Die eigene Polkuppel war glatt abrasiert, schätzungsweise hundert Meter des oberen Rumpfbereichs fehlten, aber das betraf in erster Linie das Bordobservatorium, eine Reihe von Labors und Freizeiteinrichtungen, in denen sich ohnehin niemand aufgehalten haben durfte.

Kein Atmosphäreverlust im übrigen Schiff, keine durchschlagenden Energien. Mit dem Handrücken fuhr Bull sich über die Lippen und wischte anschließend den Schweiß von der Stirn.

Endlich schienen auch die Kommandanten der anderen Schiffe den Transmitterschock überwunden zu haben. Erste Funksprüche trafen ein. Fast allen war die Ratlosigkeit zu entnehmen – aber auch der unbeugsame Wille, die eigene Stärke zu beweisen.

Die Flotte begann sich neu zu formieren.

Viereinhalb Stunden nach der Aktivierung des Gercksvira-Sonnenfünfecks herrschten anhaltend Aufregung und Unsicherheit an Bord der lemurischen Kriegsschiffe.

Zweihundertachtunddreißig Schiffe umfaßte die Flotte, ausschließlich Einheiten der GOLKARTH-Klasse. Wo das Gros abgeblieben war, stand in den Sternen, die von der momentanen Position aus ohnehin nicht zu sehen waren – niemand hatte auch nur entfernt eine Ahnung, was geschehen sein konnte. Fest stand nur, daß die übrigen Schiffe gleichzeitig abgestrahlt worden sein mußten.

Die Mutmaßungen über den Aufenthaltsort reichten von einer Dunkelwolke im unerforschten Teil der Milchstraße, aus der die Lemurer vor den Halutern geflohen waren, bis hin zu der Materiebrücke zwischen den Magellanschen Wolken und der Milchstraße. Eine völlig unbekannte Region des Kosmos zog kaum jemand in Erwägung. Vergeblich hatte Reginald Bull mehrfach versucht, die Spekulationen dahingehend zu beeinflussen. Schließlich, als zwanzig Schiffe, die knapp eine Million Kilometer weit auseinanderstanden, ihre Ortungen zusammenschlossen, um auf diese Weise die Materieansammlung zu überwinden, hatte er seine Bemühungen aufgegeben.

Wenige Lichtstunden entfernt stand eine einsame Sonne. Sie verfügte über mindestens zwei Planeten, und ihr Strahlungsdruck reichte aus, die kosmische Materie über die äußere Umlaufbahn hinaus auf Distanz zu halten.

Die Flotte beschleunigte. Glühenden Sternen gleich, eingehüllt von flackernden Schutzschirmen, die unter dem Ansturm der Materie- und Gasschleier enorme Energiemengen benötigten, zogen die Schlachtschiffe ihre Bahn.

Reginald Bull hatte die Schiffsführung dem Ersten Piloten übertragen. Das Gefühl, in einem gläsernen Käfig zu sitzen, war unerträglich geworden, und falls ihm die eigene Haut jemals viel zu eng geworden war, dann jetzt. Wie ein Kokon schnürte sie ihn ein und widerstand allen Versuchen, die Fesseln zu sprengen. Ihm wurde eine Handlungsweise aufgezwängt, die er nicht wollte – sobald er im Begriff war, Dinge klarzustellen, die nur er wissen konnte, rannte er gegen unsichtbare Wände an. Wie ein mentaler Zwang waren sie, der ihn in feste Schranken verwies.

Einhundertundachtzehn Tote hatte der Transmitterdurchgang allein an Bord dieses Schlachtschiffs gefordert. Ein hoher Tribut. Reginald Bull hatte die Männer und Frauen in die Kältekammern schaffen lassen. Sie sollten ihre letzte Ruhe zwischen den Sternen von Karahol finden, so der alt-lemurische Name für Andromeda. Dabei wußte Bully, daß es keine Rückkehr gab. Oder irrte er sich? Alaska Saedelaere hatte ebenso wie vor ihm die mutierte Ploohn-Königin Zeus von rund 22.000 lemurischen Kugelraumern gesprochen, demnach war die gesamte Flotte im Mahlstrom materialisiert.

Er verbiß sich an einer Handvoll Fragen, auf die er keine Antwort fand. Trotzdem wollte er diese Antworten! Er würde sie bekommen, und wenn es das letzte war, was er tat. Mit beiden Händen fuhr er sich durchs Stoppelhaar, das in den vergangenen Wochen länger geworden war als üblich, und begann sich ausgiebig den Nacken zu massieren.

Das wogende Grau auf den Schirmen wurde lichter und verwehte innerhalb von Augenblicken wie Nebel in den Strahlen der Morgensonne.

Endlich wieder das gewohnte Schwarz des Weltraums. Weit voraus die noch winzige gelb-orange Scheibe der Zielsonne. Ringsum, wenn auch weit verstreut, eine Handvoll Sterne. Dazwischen düstere Materieschleier, aber auch farbenprächtige Gasnebel und die schmal sichelförmigen Silhouetten der anderen Schlachtschiffe, die im Widerschein der Sonne funkelten.

»Vier Planeten auf teilweise exzentrischen Umlaufbahnen!« Die Stimme des Mannes an den Ortungen riß Bully aus seinen Betrachtungen. »Nummer eins dürfte ein glutflüssiger Riese sein, drei und vier sind erstarrte Eiswelten. Lediglich zwei liegt innerhalb der Ökosphäre.«

»Hinweise auf eine Zivilisation?«

»Wir empfangen schwache hyperenergetische Streustrahlungen. Die Möglichkeit einer Abschirmung ... Energieortung! Bei den Göttern Lemurias, das müssen einige tausend Reflexe sein.«

»Raumschiffe?«

»Ich ... weiß nicht. Es gibt keine Masseanzeige.«

»Auf den Hauptschirm damit!« befahl Reginald Bull.

Eine Legion schwach blinkender Reflexe erschien. Ihre Verteilung mochte rein zufällig sein, und aus einzelnen Zusammenballungen eine Systematik abzuleiten, schaffte nicht einmal die Positronik.

»Sie treiben im Sonnenwind«, behauptete jemand.

»Sie?« Bull wandte sich zu dem Mann um, der die Frage lediglich mit einem Achselzucken quittierte.

Unwillig registrierte er, daß die meisten Schlachtschiffe immer noch beschleunigten und tiefer in das System eindrangen. Die Kommandanten ignorierten die Erscheinung – oder sie vertrauten auf die Schutzschirme. Nur noch wenige Lichtminuten trennten die lemurische Flotte von den Energieballungen. Die Auswertungen zeigten eine schwache fünfdimensionale Amplitude, der Ortungsoffizier sprach prompt von »hyperaktiven Strukturen«.

»Was das auch sein mag, es pendelt zwischen unserem Raum und der fünften Dimension.«

Bully kniff die Brauen zusammen. »Ist es materiell?«

»Pseudo-materiell«, behauptete der Orter Augenblicke später. »Das zu erklären wäre Aufgabe eines Hyperphysikers. Je weiter wir uns nähern, desto deutlicher wird eine schwache Struktur. Was immer das ist – es hat die Schwingung von Hyperkristallen.«

»Kristalline Struktur?«

»Die Daten erlauben keine eindeutige Zuordnung.«

Lichtreflexe trieben durch den Raum, irisierende, an Amöben erinnernde Gebilde. Oder an zuckende Quallen ohne Nesselfäden. Sie durchmaßen nicht mehr als fünf Meter – und neigten zur Gruppenbildung. Mindestens hundert dieser filigran anmutenden Gebilde näherten sich dem beschädigten Schlachtschiff.

Noch widerstrebte es Bull, sie als »Wesen« zu bezeichnen, obwohl er tief in seinem Inneren schon davon überzeugt war. Mehr noch. Seine Gedanken überschlugen sich. Er dachte an Mervan und Abartes, die beiden geretteten Techno-Spezialisten, die über Gercksvira ebenfalls in den Mahlstrom verschlagen worden waren. Sie hatten von Energie-Algen berichtet, die Schiffe der Geisterflotte befallen hatten, von parainstabilen, kommunal orientierten Thermoüberladungsteilern, wenn er sich recht entsann. Eine fürchterliche Wortschöpfung, doch bezog er sie ohne zu zögern auf die näherkommenden quallenartigen Gebilde.

Sie waren tödlich. Sie fraßen sich durch lemurischen Stahl hindurch und teilten sich in rascher Folge.

»Raumschiffe!« erklang eine überraschende Meldung. »Große, plumpe Kästen. Sie verlassen soeben die Atmosphäre des zweiten Planeten.«

»Wir empfangen einfache Symbolgruppen auf Hyperfrequenz!«

»Übersetzung?«

»Noch nicht möglich.«

Die überlichtschnelle Ortung blendete den ersten Aufriß in den Hauptbildschirm ein. Demnach maßen die anfliegenden Raumschiffe rund zweihundert Meter in der Länge bei einem Querschnitt von zehn mal zehn Metern. Sonderlich imposant wirkten sie nicht. Auch ihre Zahl hielt sich in Grenzen: Nur achtzehn Schiffe strebten der kleinen lemurischen Flotte entgegen. Niemand empfand sie als Bedrohung, ebensowenig wie die im Kurs der Kampfschiffe liegenden Energie-Algen.

Reginald Bull biß sich die Unterlippe blutig. Seine Rechte hing über dem Alarmknopf, doch er schaffte es nicht, die Hand zu senken; der eigene Arm gehorchte ihm nicht mehr.

Immerhin glaubte er, die Bauweise der fremden Raumschiffe zu erkennen: *Artmaccs!*

Unnötig zu erwähnen, daß nicht nur Mervan und Abartes, sondern auch Alaska Saedelaere den raupenförmigen Artmaccs begegnet waren. Der Kontakt war nicht gerade friedlich verlaufen, zumal die Raupen einige der verschollenen Kugelraumer für sich in Besitz genommen hatten. Ihre eigene Ausrüstung war schadhaft gewesen, überaltert und nahezu lebensgefährlich. Aber das mußte nicht immer so gewesen sein.

Unverändert schwebte Bullys Hand über der Konsole. Ein innerer Zwang hinderte ihn daran, Befehle zu geben. Nur seine Zornesadern schwollen.

»Die Übersetzung liegt vor!« meldete der Funker.

Monotone, emotionslose Worte folgten. Der Translator hatte es in der Kürze der Zeit nicht geschafft, artikulierte Gefühle zu kopieren.

»... das tapfere Volk der Artmaccs wußte, daß die Kugelschiffe kommen würden. ER, der vom Anbeginn der Sterne bis zu ihrem Verlöschen existiert, prophezeite dies schon vor vielen Generationen.«

Niemand hatte vorhersehen können, daß eine energetische Störung des Sonnentransmitters die lemurische Flotte in den Mahlstrom verschlagen würde, das war ohnehin ein schwer nachzuvollziehender, einmaliger Vorgang.

»ER verlangt, daß die Kugelschiffe auf der zweiten Welt landen!« fuhr die Translatorstimme fort. »ER gewährt euch die Gnade, einen Kontinent zu besiedeln.«

Ein unwilliges Raunen ging durch die Zentrale.

»Nein«, sagte Reginald Bull. »Wir denken nicht daran ...«

Wie eine Farce, ein Possenspiel sogar, mutete die Situation an. Achtzehn lächerlich kleine, kastenförmige Raumschiffe standen einer Flotte von zweihundertachtunddreißig lemurischen Schlachtschiffen gegenüber. Trotzdem wagten es die Fremden, Forderungen zu stellen, die nicht nur an der Grenze zur Überheblichkeit lagen, sondern diese weit überschritten.

Bully hörte sich lachen. Er konnte nicht anders, unterlag einem inneren Zwang, als sei alles was er dachte und tat vorherbestimmt. Seine Irritation wuchs.

»Feuer frei!« Der eigene Befehl erschreckte ihn. »Zielerfassung auf das nächststehende Kastenraumschiff!«

Er handelte gegen seine Überzeugung. Vergeblich versuchte er, den Befehl zurückzunehmen. Er wurde beeinflußt. Obwohl die Mentalstabilisierung sein Gehirn unempfindlich gegen parapsychischen Zwang gemacht hatte. Bitternis stieg in ihm auf. Beinahe hätte er vergessen, daß das

Sternenreich der Menschen in seiner einstigen Form nicht mehr existierte. Ohne die Erde an ihrem angestammten Platz im Solsystem und unter dem anhaltenden Druck der Laren und der Überschweren war das Solare Imperium zum Zerfall verurteilt. Nicht einmal Atlan würde sich dem auf Dauer entgegenstellen können.

Eine Breitseite flammte auf: Meterdicke Thermostrahlen rasten mit Lichtgeschwindigkeit ins Ziel.

Keine Sekunde lag zwischen Abschuß und Einschlag, für das bloße Auge nicht einmal ein Aufflackern in der Schwärze des Weltraums. Nur der sich ausdehnende Glutball hatte etwas länger Bestand. Mit positronischer Unbestechlichkeit hielten die Ortungen fest, daß die schwachen Schutzschirme des Kastenraumers innerhalb eines einzigen Augenblicks überlastet worden und zusammengebrochen waren; die durchschlagende Thermoenergie hatte sich durch die Rumpfhülle gebrannt und vermutlich die Speicherbänke des Schiffes getroffen. Anders war der von innen heraus auflodernde Glutball nicht zu erklären. Wie Irrlichter trieben flackernde Gasschleier auseinander, zwischen ihnen nur wenige größere Wrackstücke.

Wer erwartet hatte, die Kastenschiffe würden sich nach dieser Demonstration in alle Richtungen verlieren, der wurde enttäuscht. Unverändert zielte ihr Kurs auf die lemurischen Kugelraumer.

Wie Lemminge, schoß es Reginald Bull durch den Sinn. *Sie fliegen sehenden Auges in ihren Untergang.*

»Wir erfassen ein fremdartiges Energiespektrum«, erklang es von den Ortungen. »Fünfdimensionale Schwingungen. Als wollten die Kastenraumer in Transition gehen ... aber ihre Eintauchgeschwindigkeit ist viel zu gering.«

Wie viele Energie-Algen füllten inzwischen die optische Wiedergabe mit irisierenden Lichtreflexen? Es mußten einige tausend sein.

Bulls Finger huschten über sich verändernde Schaltflächen und holten eine extreme Vergrößerung auf den Schirm. Ein halb transparentes, zuckendes Gebilde erschien, in der Mitte von einer deutlichen Einschnürung geprägt, die sich in Sekundenschnelle weiter zusammenzog. Fahle Schatten zeichneten sich unter der Hülle ab – wie ein sich teilender Zellkern.

Die Energie-Algen vermehrten sich! Und sie kamen näher.

»Die Biester werden im Schutzschirm verglühen.«

Die lautstark geäußerte Hoffnung erfüllte sich nicht. Schon berührten die ersten Quallen das Abwehrfeld. Wie ein ins Wasser geworfener Stein die bis dahin glatte Oberfläche aufwühlt und konzentrisch Wellen zieht, veränderte sich die zuvor kaum sichtbare Schirmstruktur. Schlieren entstanden und waren als deutliche Eintrübung zu sehen.

»Wir verlieren Energie! Die ... Biester absorbieren das Schirmfeld.«

Auch das Spektrum der Kastenraumer veränderte sich. Die Amplituden öffneten sich in einen Bereich, der überwiegend parapsychische Phänomene klassifizierte.

Die Energie-Algen teilten sich rascher, ihre Zahl hatte sich fast schon verdoppelt.

»Schirmfeldbelastung bei 115 Prozent!«

»Abschalten!« befahl Bull. »Sofort!« Das war verrückt – und er wußte es auch. Nur eine Modulation des Schirmes hätte die Algen vielleicht noch abwehren können – wenigstens für kurze Zeit, bis sie ihre Eigenschwingungen den neuen Gegebenheiten angepaßt haben würden. Bullys Befehl war nicht sein eigener, das erkannte er in dem Moment mit erschreckender Deutlichkeit.

Es war ohnehin zu spät. Wie Kletten hingen Hunderte der Energie-Algen im Schirm; grelle Entladungen schlugen zu den Projektorantennen zurück, die unter der Überlastung schmolzen.

Ein Lichtbogen brach aus dem Hauptkontrollpult hervor, schlug mit peitschendem Knall in die Decke der Zentrale und flutete zurück. Zwei Männer wurden in Gedankenschnelle zu lodernden Fackeln.

Schaurig wimmerte der Intern-Alarm.

Die Geschütze feuerten vergeblich auf die durch den Schutzschirm diffundierenden Energie-Algen. Einige dutzend der zuckenden Gebilde klebten schon, unerreichbar für die Abwehr, auf dem Schiffsrumpf.

Landet die Kugelschiffe auf der zweiten Welt!

Unwiderstehlich der mentale Druck. Vergeblich riß Reginald Bull die Hände hoch und verkrallte die Finger in die Kopfhaut. Alles um ihn herum versank in einem wirbelnden Reigen, Begriffe wie oben und unten, rechts oder links verwischten zur Bedeutungslosigkeit. Einige gequälte Atemzüge lang spürte er noch das harte Pochen des Zellaktivators, dann versank die Kulisse der Raumschiffszentrale in einem brodelnden Meer undefinierbarer Empfindungen ...

Erst allmählich nahm die Umgebung wieder Gestalt an.

Er hing vornübergesunken über der Kontrollkonsole und stemmte sich schwerfällig hoch. Unter seiner Schädeldecke hämmerte unaufhörlich der Landebefehl.

Das Schlachtschiff flog mit Kurs auf den zweiten Planeten.

Schwankend kam Bull auf die Beine. Um sich herum sah er ausdruckslose, bleiche Gesichter. Wie Marionetten wirkten die Männer und Frauen der Zentralebesatzung auf ihn.

Der Waffenleitstand war verwaist. Reginald Bull torkelte hinüber und ließ sich schwer in den Sessel fallen. Das Dröhnen in seinem Schädel ignorierend, aktivierte er die Kontrollen.

Zielerfassung auf Desintegratoren und Thermogeschütze. Zwei Kastenraumer standen nur wenige tausend Kilometer querab.

»Abschalten, Kommandant!« keuchte jemand hinter ihm. »Wir werden nicht kämpfen, wir landen.«

»Ich denke nicht daran. Wir werden angegriffen und ...«

Aus den Augenwinkeln heraus gewahrte er eine auf ihn gerichtete Waffenmündung.

»Ich töte ... Sie ungern ... Kommandant.« Kaum verständlich waren die Worte. Der Blaster zuckte hin und her. »Landen ... Sie!«

Drei Meter trennten Bully von dem Bewaffneten. Er stieß sich ab, schnellte sich nach vorne, die Fäuste geballt ... doch plötzlich war da gleißende Helligkeit. Er taumelte, stürzte und wollte sich herumwälzen, aber seine rechte Seite war taub. Es dauerte einige entsetzlich lange Augenblicke, bis er begriff, daß der Blasterschuß seinen rechten Arm und Teile des Brustkorbs verbrannt hatte. Dann erst kam der Schmerz. Mit einer Heftigkeit, die ihn wie ein Tier brüllen ließ.

Reginald Bull, Retter in der Not

2400 bis 2402

»Ich kann es nicht ändern, Scharlbrolwe, doch Sie werden die nächsten Erlebnisberichte schneller als bisher verfassen müssen. Immerhin leben Sie als Ghostwriter nicht schlecht davon, und solange Gucky unser kleines Geheimnis nicht lüftet, haben wir die nötige Ruhe. Wissen Sie, wie vielen Millionen Lesern wir auf diese Weise galaktische Geschichte nahebringen? Von Technik, Astronomie und Naturwissenschaften ganz zu schweigen. Ich erinnere mich noch gut an meine Jugend, als ich Science Fiction verschlang – geschadet hat es mir bestimmt nicht. Vermutlich hätte ich ohne diese Hefte nie den Wunsch gehabt, selbst zum Mond zu fliegen.

Aber ich schweife ab. Die Zeit für einen Monolog habe ich nicht. Andromeda ruft, Scharlbrolwe, die Nachbargalaxis unserer guten alten Milchstraße! Es gibt das Abenteuer also trotz unserer hochtechnisierten Epoche noch.

Sobald Gucky von der Serie erfährt, wird er uns das Wort im Mund umdrehen. Ich kenne ihn gut genug, um zu wissen, daß er haarsträubende Geschichten lesen will, in denen er oder seine Lausbiberbande im Mittelpunkt stehen; er ist ein eitler, aufmüpfiger und mitunter lästiger Bursche. Trotzdem mag ich ihn. Ich darf ihm das nur nicht sagen.

Wissen Sie, wie das ist, hoch in der Luft zu schweben, ohne Flugaggregat, nur von den launischen Gedanken des Ilts gehalten? Der Magen dreht sich einem um, Scharlbrolwe, und das ist nur der Anfang. Gucky wird unverfroren behaupten, in unseren Tatsachenberichten käme er zu schlecht weg, obwohl ich doch alles tue, ihn als Held im strahlendsten Licht erscheinen zu lassen.«

Mit einem leichten Zungenschnalzen desaktivierte ich die Aufzeichnung. »Gucky, der Retter des Universums« hieß die Mikrobuch-Serie, die seit nunmehr 18 Jahren auf dem Markt war und beileibe nicht nur auf den terranischen Einflußbereich beschränkt. Daß ich es bis heute geschafft hatte, die Existenz der Serie vor dem Mausbiber geheimzuhalten, erfüllte mich mit einer hämischen Genugtuung, denn die Mikrobücher waren in der Flotte weit verbreitet. Ich kannte die Umsatzzahlen. Weil die Agentur Regy Bullna, Inhaber des galaxisweiten Copyrights, eine meiner eigentlich verrückten Ideen war, aus einer Laune heraus geboren, aber durchaus erfolgreich.

Ähnlich gut hatte sich meine Beteiligung an der Vurguzz Company angelassen. *Vurguzz – Himmelstränen aus der Milchstraße.* Ich hatte mir, als ich zu diktieren begann, ein Glas des galaktisch grünen Getränks eingeschenkt und leerte es endlich zur Hälfte. Der Extrakt der Vurga-Beere brannte durch die Kehle. Seltsamerweise wirkte er ernüchternd.

Vierhundertunddreiundsechzig Jahre war ich inzwischen alt, ein biblischer Methusalem. Als Solarmarschall des Solaren Imperiums hatte ich mehr als genug Pflichten zu erfüllen, und häufig ging mein Arbeitstag rund um die Uhr. Dann mußten drei bis vier Stunden Schlaf genügen, was auf Dauer ohne Zellaktivator niemals durchzuhalten gewesen wäre.

»Einige Bemerkungen noch, Scharlbrolwe, ich weiß, daß Sie das Beste daraus machen werden: Zum Solaren Imperium gehören heute 1017 Sonnensysteme mit insgesamt 1112 bewohnten Planeten. Weitere 1220 Welten werden als Nachschubbasen oder militärische Stützpunkte genutzt. Und was vielleicht noch nicht überall durchgesickert ist, im vergangenen Jahr haben wir mit dem Bau der 2500 Meter durchmessenden Ultraschlachtschiffe begonnen – sie werden das modernste, schnellste und schlagkräftigste sein, was unsere Raumfahrttechnik aufzubieten hat.«

Ich kippte den Rest des Vurguzz und blickte auf die Uhr. Noch viereinhalb Stunden bis zum Start meiner kleinen Flotte. Das waren zweihundertundsiebzig verdammt lange Minuten, vergeudete Zeit, wenn ich es richtig sah.

Die Fragen und die Ungewißheit waren wieder da. Quälender als zuvor, geifernd und unnachgiebig.

Verschwindet! dachte ich wütend.

Daß ich vorübergehend die Augen schloß, mein Gesicht in den Handflächen vergrub und mit beiden Zeigefingern die Nasenwurzel massierte, half mir wenig. Wie Motten, die sich gierig aufs Licht stürzten, umschwirrten mich all die bohrenden Fragen.

Lebte Perry noch?

Vor sieben Tagen war er mit der CREST II zum »System der Verlorenen« aufgebrochen, einem lemurischen Sonnentransmitter ungefähr 500.000 Lichtjahre vor Andromeda gelegen. Seitdem fehlte jede Nachricht vom Flaggschiff der Solaren Flotte.

Vergeblich versuchte ich mir einzureden, daß lächerliche sieben Tage ein Nichts waren, verglichen mit den kosmischen Distanzen, die wir zu überwinden hatten.

»Aufzeichnung wiedergeben!« herrschte ich das winzige Diktiergerät an, das nicht größer war als mein Daumen. »Stichwort Sonnensechseck.«

Sobald das Kurierschiff eintraf, würde ich den Text nach Terra zurückschicken. Mit der Anweisung, die üblichen Tantiemen für Gucky anzulegen. Das war Kapital, von dem er nichts wußte, und mir bereitete es ein geradezu diebisches Vergnügen, das vor ihm geheimzuhalten. Herauszufinden, wie weit ich die Dinge auf die Spitze treiben konnte, reizte mich.

Ich konzentrierte mich auf die Wiedergabe der Aufzeichnung. Wenn ich es richtig einschätzte, war das Stoff genug für mindestens sechs Buchausgaben.

»Er nennt sich Icho Tolot und ist ein Gigant aus dem Volk der Haluter. Angeblich hat seine Heimatwelt noch niemand entdeckt. Wer ihm erstmals gegenübersteht ist versucht, in ihm ein vierarmiges Ungeheuer zu sehen, mit dreieinhalb Metern Größe und einer Schulterbreite von zweieinhalb Metern – so massig wie die sagenumwobenen Nordlandbären Terras. Seine drei handtellergroßen Augen funkeln in tiefem Rot, sie können etwa zehn Zentimeter weit ausgefahren werden. Dazu kommt der halbkugelförmige Schädel, der übergangslos auf den Schultern sitzt; der breite und schmallippige Mund entblößt ein Raubtiergebiß, dessen Zähne sogar Felsen und Metalle zerkleinern. Das Gewicht eines solchen Riesen beträgt fast vierzig Zentner.

Atlan kennt die Haluter, er ist ihnen vor zehntausend Jahren schon begegnet. Der Arkonide spricht davon, daß er nie wieder solche Kämpfer gesehen hat; sie können ihr Zellsystem molekular umwandeln, daß es die Härte und Widerstandskraft von Terkonitstahl erreicht, und sie sind schneller und flinker als eine Antilope. Haluter widerstehen ungeschützt den Thermokanonen eines Raumschiffs.

Tolot brachte zwei Besatzungsmitglieder des Schweren Kreuzers OMARON, der durch einen Unfall zerstört wurde, zur CREST. Er spricht davon, daß sein Volk sich schon vor Jahrtausenden verändert hat; die Haluter haben darauf verzichtet, ihr einstiges galaktisches Reich weiter auszubauen und sich zurückgezogen. Angeblich sind sie heute nur noch Beobachter, die von Zeit zu Zeit von einem unbezähmbaren Abenteuerdrang getrieben werden. Drangwäsche nennen sie es, wenn sie sich austoben.

Was Sie einarbeiten müssen, Scharlbrolwe: Guckys erste Begegnung mit Icho Tolot fiel so großspurig aus wie zu erwarten. ›He, Großer, wie ist die Luft da oben?‹ Das bitte wörtlich übernehmen, das bin ich dem Ilt schuldig. Außerdem: ›Ich habe mich dazu entschlossen, dir nichts zu tun. Du darfst mich auf den Arm nehmen.‹ Und vergessen Sie nicht den Namen Guckytos. Tolot duzt den Mausbiber von Anfang an, obwohl das auf seiner Welt nicht üblich ist. Nur an die Namen der besten Freunde hängt ein Haluter die Silbe ›tos‹ an.

Und nun halten Sie sich fest, Scharlbrolwe, und verpacken Sie den Text in Drei-Teufels-Namen vernünftig, falls nicht, haben Sie die längste Zeit für Regy Bullna geschrieben. Ich verrate kein Staatsgeheimnis, wenn ich sage, daß ich seit Jahrzehnten die Vision einer eigentlich unglaublichen Sternkonstellation hatte – sechs flammende Sonnen, heiße blaue Sterne, die zusammen ein exaktes Sechseck bilden. Das Bild verfolgt mich seit der Anfangszeit der Explorerflotte, trotzdem kann ich bis heute nicht sagen, wieso und woher. Wie ein Schatten geisterte es durch mein Unterbewußtsein und hat sich nun endlich als Realität erwiesen.

Ich habe so die leise Ahnung, daß ES dahintersteckt, nur fehlen mir die Beweise. ES könnte mir das Bild des Sonnensechsecks suggeriert haben – vielleicht als Hinweis auf einen vorherbestimmten Weg der Menschheit. Jedenfalls beginnen wir da, wo andere vor uns aufgehört haben, aufhören mußten wahrscheinlich, ich weiß es nicht so genau. Das schreiben Sie jetzt nicht, andernfalls ... Sie wissen schon.

Seit neunzehn Jahren suchen unsere Raumschiffe intensiver nach dem Planeten Kahalo, auf dem wir die Überreste einer unbekannten Kultur entdeckt hatten. Perry ebenso wie ich hatte das Gefühl, Kahalos Technik könnte für die weitere Entwicklung des Solaren Imperiums wichtig sein. Neuerdings verschwanden innerhalb weniger Wochen mehrere Raumschiffe im galaktischen Zentrumsgebiet – eines von ihnen war die OMARON.«

»Den nachfolgenden Text einfügen!« befahl ich dem Diktiergerät. »Es erscheint mir wichtig, in diesem Bereich etwas Lokalkolorit zu vermitteln.«

Lokalkolorit? Für einige Augenblicke war ich versucht, den Begriff zurückzunehmen. Perry Rhodan hätte wohl den Kopf geschüttelt. Meine Ausdrucksweise mochte in der Hinsicht Ecken und Kanten haben, das änderte jedoch nichts daran, daß der Milchstraße im Kosmos kaum mehr Bedeutung zukam als einem Hundert-Seelen-Dorf auf der Erde des 25. Jahrhunderts.

Gerade mal 430 Jahre war es her, daß wir den ersten Schritt in Richtung Sterne getan hatten, und nun schickten wir uns bereits an, die Grenze des intergalaktischen Leerraums zu überschreiten und nach einer zweiten Sterneninsel zu greifen.

War das Größenwahn? Oder schlichtweg Notwendigkeit, weil Menschen immer nur vorwärtsstrebten? Und was würde nach Andromeda folgen?

Mit einem unwilligen Kopfschütteln versuchte ich mich von derart lästigen Gedanken zu befreien. Obwohl ich genau wußte, daß es dazu längst zu spät war. Das »Fieber«, mit dem ich mich damals bei unserer ersten Mondlandung infiziert hatte, steckte immer noch tief in mir.

Es hatte sogar einen Namen: »Abenteuerlust«.

Und es gab auch ein Heilmittel dagegen: Unbeirrbar den einmal eingeschlagenen Weg weitergehen, Lichtjahr um Lichtjahr.

Meine Finger krampften sich um das winzige Stückchen Technik, das einen Kristall als Speichermedium barg. »Okay«, sagte ich, »die trockenen Fakten bekommen Sie von NATHAN, Scharlbrolwe. In den letzten siebzig Jahren wurde das alte Reich der Arkoniden in mehr als tausend Interessensgruppen aufgesplittert. Die Akonen, die wir zweifellos als Stammväter der Arkoniden ansehen können, mischen nach allen Regeln der Kunst mit, um die Kolonien unter ihre Vorherrschaft zu stellen. Und vor allem Springer, Aras und Antis versuchen zu retten, was noch zu retten ist, aber neben ihnen auch an die zweitausend andere Völker, die im Laufe der Jahrtausende ihre eigene Entwicklung genommen haben. Glücklicherweise sind die Blues unseren Schiffen noch hinsichtlich der Transformbewaffnung unterlegen. Nehmen Sie dieses Szenario als Grundlage für die Suche nach dem sagenhaften Kahalo.«

Ich schaltete auf Wiedergabe.

»Auf der Suche nach der OMARON geriet die CREST II mit Icho Tolot an Bord in den Bereich des Sonnensechsecks. Die künstliche Konstellation erwies sich als riesiger Transmitter, der das fünfzehnhundert Meter durchmessende Superschlachtschiff der Imperiumsklasse in das Twin-System im intergalaktischen Leerraum versetzte, neunhunderttausend Lichtjahre von der Erde entfernt. Lassen Sie sich diesen Wert auf der Zunge zergehen, Scharlbrolwe, Sie sind der erste, der darüber berichten wird. ›Rückweg ausgeschlossen‹, werden Sie sagen. Richtig, denn selbst unsere modernsten Raumer haben nur eine Reichweite von maximal sechshunderttausend Lichtjahren.

Es gelang zwar, den Twin-Transmitter umzupolen, aber ehe die CREST II auf diesem Weg in die Milchstraße zurückkehren konnte, wurde die Justierung von Bord eines fremden Raumschiffs aus erneut verändert. Anstatt in der Milchstraße materialisierte das Flaggschiff im Innern der künstlichen Hohlwelt Horror, eindeutig eine Falle für Unbefugte auf der Transmitterstraße.

Die ANDROTEST I, unser erstes vierstufiges Spezialraumschiff, erwartete die CREST bereits, als diese endlich an die Oberfläche der Schreckenswelt vorstieß. Jede einzelne der 300 Meter durchmessenden ANDROTEST-Stufen, aufgebaut auf der Zelle eines Kugelraumers, verfügt über die Reichweite eines kompletten Lineartriebwerks und damit insgesamt eine Million Lichtjahre.

Im Milchstraßenzentrum war inzwischen der Planet Kahalo aufgespürt. Das markante Pyramidensechseck hat zu Recht die Vermutung nahegelegt, daß Kahalo die Schaltstation des Transmitters darstellt. Zur gleichen Zeit materialisierten aus dem Transmitter zwanzig Walzenraumer des Typs, mit dem die CREST im Twin-System konfrontiert worden war. Die Fremden, sie nennen sich Maahks, griffen Kahalo an und wandten sich auch gegen unsere Schiffe, bis wir sie mit einem Flottenverband in die Flucht schlagen konnten.«

Noch einmal schaltete ich das Diktiergerät auf Einfügemodus um. Zum einen, um den Autor auf Daten hinzuweisen, die ich noch nicht genannt hatte, zum anderen, um mir selbst Details ins Gedächtnis zu rufen. Wie es schien, war völlig unerwartet die Vergangenheit erwacht, und wir Terraner würden uns mit ihr auseinandersetzen müssen.

Jemand hatte uns, ob wir wollten oder nicht, den Schwarzen Peter in die Hand gedrückt.

Atlan hatte voll Entsetzen von den Maahks gesprochen, jenen Wasserstoff-Methan-Atmern, die vor zehntausend Jahren das Große Imperium der Arkoniden an den Rand des Untergangs gebracht hatten, jedoch seit dem Ende des Krieges als vernichtet galten. Atlan beschrieb diese Wesen als eiskalte und gefühllose Logiker.

»... vermutlich sind sie ein Hilfsvolk der *Meister der Insel*, der Herren von Andromeda, von deren Existenz die Besatzung der CREST II im Innern der Hohlwelt Horror erfuhr, und erfüllen die Aufgabe von Wächtern der Sonnentransmitter. Die Maahks sind 2,20 Meter große, stämmige Wesen mit einem halbmondförmigen und halslosen Kopf. Vier runde Augen sitzen auf dem oberen Kopfgrat, die eine volle Rundumsicht ermöglichen; die knochenlosen langen Tentakelarme enden in sechsfingrigen Händen.

Die Maahks sind an eine Schwerkraft von 2,9 bis 3,1 Gravos gewöhnt, fühlen sich bei einer Temperatur von siebenundachtzig Grad Celsius wohl und leben in einer Atmosphäre aus Wasserstoff, Ammoniak und Methan. Den Oxidationspartner für den Wasserstoff nehmen sie offenbar mit der Nahrung zu sich, Ammoniak atmen sie aus. Die Methans, wie Atlan sagt, scheinen sehr fruchtbar zu sein; sie legen Eier, säugen aber ihre Kinder. Konfliktstoff, Scharlbrolwe, gibt es genug. Die Kooperation zwischen Akonen und Maahks habe ich fast schon vorausgesehen, den Akonen scheint jedes Mittel recht, sich an uns Terranern für ihre Niederlagen zu rächen.«

Den restlichen Text brauchte ich nicht mehr zu überarbeiten, das war ohnehin nur eine Grobzusammenfassung. Die Einzelheiten, soweit ich sie preisgeben konnte ohne an militärischen, wirtschaftlichen oder sonstigen Geheimnissen zu kratzen, erhielt der Autor auf dem üblichen Weg. Vieles davon griffen die Medien sowieso auf, aber das wenige, das darüber hinaus nirgendwo sonst als in den Büchern stand und das nur aus dem kleinen Kreis Eingeweihter stammen konnte, sofern es nicht einer blühenden Phantasie entsprungen war, erschien für mich wie das Salz in der Suppe. Hier ein paar Körnchen und dort ein paar, eine weitgehend authentische Chronik, die sich, weil Mausbiber Gucky handelnde Person war, längst nicht so trocken und staubig las wie manches Geschichtswerk.

Die Agentur Regy Bullna stiftete den Reingewinn wohltätigen Zwekken wie dem Hinterbliebenenfonds für toterklärter Raumfahrer oder für Maßnahmen psychischer Rekonvaleszenz.

Wer nur einmal eine mörderische Raumschlacht miterlebt hat, für den wandelt sich das verklärte Bild der Raumfahrt. Die in den Medien dargestellten strahlenden Helden sind selten; kaum der Einzelne, sondern vielmehr die Schnelligkeit und Leistungsfähigkeit der Schiffspositroniken entscheiden über den Ausgang eines Gefechts.

Der Vergleich mit der falschverstandenen Seefahrerromantik des 16. und 17. Jahrhunderts liegt nahe. Unaufhörlicher Kanonendonner, der Gestank von Schwefel und beißender Pulverdampf waren meist nur von Filmemachern publicityträchtig in Szene gesetzt. Die Wirklichkeit gehörte Mangelerscheinungen wie Skorbut, schuften bis zur völligen körperlichen Erschöpfung in Sturm und rauher See und bis Taue das Fleisch von den Händen fetzten. Es war unmöglich, in der qualvollen und niedrigen Enge unter Deck, zwischen Feuereimern, Pulverfässern und sich losreißenden Lafetten, auf mehr zu hören als den nackten Instinkt.

Und niemand überlebt den Einschlag eines Thermostrahls in unmittelbarer Nähe ohne geschlossenen Raumanzug. Die Hitze von tausend Grad und mehr läßt Eiweiß im Schock gerinnen und brennt das Fleisch von den Knochen. Explosionsartig heizt sich die Luft in Kammern und Korridoren auf, Glutwalzen rasen durch Seitengänge und Schächte, bevor das eindringende Vakuum alles erstickt.

Ein Schiff wie die CREST II hat eine Besatzungsstärke von zweitausend Mann, ein 800-Meter-Kugelraumer der STARDUST-Klasse noch eintausendvierhundert. Und jedes Menschenleben ist auf Gedeih und Verderb mit dem Schicksal seines Schiffes verbunden.

»Im Weltraum hört dich niemand schreien!« Der Ausspruch stammt nicht einmal von mir, sondern von Gucky, als er nach der Vernichtung einer Maahk-Festung zusammen mit den beiden Teleportern Ras Tschubai und Tako Kakuta neun Tage lang in der interstellaren Weite trieb, fernab jedes Sonnensystems.

Verfluchtes Warten …

Wieso hatte ich mich von Perry nur dazu überreden lassen, der CREST II erst nach einer Frist von acht Tagen zu folgen, falls von ihm keine Nachricht kam? Drei Schiffe, hatte er gesagt. Aber nicht mit mir, nicht mit einem Solarmarschall, der gelernt hat, mißtrauisch zu sein.

Ich ließ das Aufzeichnungsgerät in der Brusttasche meiner Uniform verschwinden. In Kürze mußte der Kurier mit den Berechnungen der Schaltphasen des Sonnensechsecks eintreffen. Wir hatten eine Sperrschaltung in Betrieb genommen, die eine zweite Invasion aus Richtung Andromeda verhindern sollte. Jedes Schiff, das durch den Sonnentransmitter über dem Pyramidensechseck von Kahalo materialisierte, wurde nun zurückgeschleudert. Die Inpotronik NATHAN auf Luna hatte die Aktivphasen errechnet; fünfmal täglich konnte der Transmitter von Kahalo für insgesamt fünfzig Sekunden empfangen.

Du bist unruhig, Bully, gestand ich mir. *Nimm dich zusammen und laß dir vor allem nichts anmerken.*

Zum wiederholten Mal blickte ich hinaus über die weite Savannenlandschaft des Planeten Kahalo. Wie Perlen an einer Schnur reihten sich die Raumschiffe meiner kleinen Flotte von Horizont zu Horizont. Einhundert Superschlachtschiffe vom Typ der CREST II, eineinhalb Kilometer durchmessend. Knapp achteinhalb Minuten benötigten diese Kolosse, um bei voller Schubkraft Lichtgeschwindigkeit zu erreichen, ein Übertritt in den Linearflug war schon deutlich vorher möglich.

Den Rest der Flotte bildeten zweihundert Leichte Kreuzer. Trotz ihres geringen Durchmessers von nur einhundert Metern durfte die Schlagkraft ihrer Transformgeschütze nicht unterschätzt werden.

Auch zwanzig Fragmentraumer der Posbis, die würfelförmigen Riesenschiffe mit einer Kantenlänge von rund zweitausend Metern, würden uns begleiten. Sie waren vollgestopft mit Nachschubgütern und Ausrüstungsgegenständen aller Art. Und natürlich war auch ein Lazarettschiff dabei.

Möglicherweise würden wir medizinische Kapazitäten bitter nötig haben; mir spukte immer noch durch den Kopf, was im April, also vor rund acht Monaten, geschehen war.

Jeden der fünf Männer, von Abwehrchef Mercant als Spione ins Horror-System geschickt, hatte ich persönlich gekannt. Sie waren Todgeweihte gewesen, die sich bei einer Explorermission mit der unheilbaren Zentrumspest infiziert hatten, einer Strahlenerkrankung, die im letzten Stadium die Zellen des menschlichen Körpers kristallisierte. Auf knapp sechs Wochen war ihre Lebenserwartung noch bemessen gewesen, als sie im Twin-System zum Schein fünf Maahks aus unserer Gefangenschaft befreiten und vorgaben, sich für eine Verständigung mit den Wasserstoff-Methan-Atmern einzusetzen.

Die befreiten Maahks wurden von ihren eigenen Leuten hingerichtet, die der Besatzung der Weltraumfestung die Schuld daran gaben, daß die

Sauerstoffatmer der Milchstraße vorzeitig gewarnt worden waren. Die Maahks töteten auch die fünf Terraner und ersetzten sie durch Duplos, identische Doppelgänger, die sie aufgrund subatomarer Schablonen in einem sogenannten Multiduplikator erzeugen konnten.

Nach ihrer spektakulären Rückkehr waren die vermeintlichen Agenten zwar auf Herz und Nieren überprüft und erstaunt das Fehlen aller Symptome der Zentrumspest registriert worden, doch niemand hatte verhindern können, daß sie einen 80-Meter-Transporter übernahmen und eine Impulsweiche zur Umleitung von Transmittersendungen für Kahalo faktisch an jeden Ort der Milchstraße installierten.

Obwohl ein 2.500-Meter-Schlachtschiff der Maahks materialisierte, war es der Besatzung eines terranischen Raumers gelungen, die fünf Agenten zurück nach Kahalo zu bringen, wo Atlan einen bislang geheimen Trumpf seiner USO, die Mutanten Tronar und Rakal Woolver, ausspielte. Innerhalb jedes energetischen Mediums, unerheblich ob es sich um Funkimpulse oder einen Stromfluß handelte, waren die beiden ohne Begrenzung ihrer Reichweite in der Lage, den Ort zu wechseln.

Tronar Woolver gab sich während der Verhöre als akonischer Offizier aus, der den Kontakt zu den Maahks suchte. Ein Funkspruch der Duplos an den Kommandanten des Maahk-Schlachtschiffes, Grek 1, ließ diesen einen Vernichtungsimpuls auslösen, den die Woolver-Zwillinge nutzten, an Bord des Walzenraumers zu gelangen. Mausbiber Gucky erkannte währenddessen in den Gedanken der sterbenden Duplos die Wahrheit über ihre Identität.

Tronar Woolver wurde von den Maahks entdeckt und ebenfalls der Duplizierung unterzogen, der Duplo von seinem Zwillingsbruder aber sofort durchschaut.

Das geheimnisvolle Auftauchen des Menschen an Bord seines Schiffes ließ Grek 1 zögern, die von den Meistern der Insel befohlene Invasion der Milchstraße einzuleiten. Statt dessen kaperte er in der Randzone des Kugelsternhaufens M 13 einen Kreuzer der Akonen, von dem aus der Duplo Tronar Woolvers kurze Zeit später Funkkontakt mit der Solaren Flotte aufnahm und vorgab, von den Akonen entführt worden zu sein.

Rakal Woolver, dem die Ortungsimpulse eines terranischen Schiffes genügt hatten, um aus dem Maahk-Raumer zu fliehen, kehrte als Tronar-Duplo zu den Maahks zurück. Als Grek 1 seiner über Horror wartenden Flotte den Angriffsbefehl erteilte, zerstörte Rakal Woolver mit Hilfe seiner parapsychischen Fähigkeit die Impulsweiche, woraufhin annähernd sechstausend Walzenschiffe nicht über Kahalo materialisierten, sondern innerhalb des galaktischen Sonnensechsecks und in den Riesensonnen verglühten.

Gucky und die Teleporter Tschubai und Kakuta hinderten das Maahk-Schlachtschiff am Rückzug, und als Akonen im Begriff waren, den Walzenraumer zu übernehmen, unterstützten sie Grek 1. Es war ebenfalls Gucky, der den zum Freitod entschlossenen Kommandanten der Methans veranlaßte, an Bord der CREST II zu gehen.

Am 16. Juni 2401 forderten die Akonen ungehinderte Passage durch den Sonnentransmitter ins Twin-System, was im Bereich der Doppelsonne zu Kämpfen zwischen Maahks und Akonen führte, in deren Verlauf die dortige Justierungsstation zerstört wurde und Twin zwar noch empfangen, aber nicht mehr senden konnte.

Grek 1, der sich nun endgültig auf unsere Seite stellte, nannte als Basis für den weiteren Vorstoß das *System der Verlorenen,* dessen einziger Planet durch eine Strafexpedition der Meister der Insel gegen die dort lebenden Maahks schon vor langer Zeit zerstört worden war. Fünfhunderttausend Lichtjahre lag der aus zwei roten Riesensonnen bestehende Transmitter dem Andromedanebel vorgelagert.

»Solarmarschall Bull«, hallte eine Stimme aus dem Interkom, »der Kurier befindet sich im Anflug.«

Endlich. Ich nickte stumm.

Es wurde Zeit, daß die Dinge wieder in Bewegung gerieten. Meine Besorgnis hatte sich in den vergangenen Tagen potenziert. Sie wich aber auch nicht, solange wir die Minuten der Bewußtlosigkeit noch vor uns hatten, den Tribut, den ein Sprung durch den Sonnentransmitter dem menschlichen Körper abverlangte.

Unvorstellbare 950.000 Lichtjahre ...

Was erwartete meine kleine Armada am Ziel?

Werde jetzt nicht unausstehlich, Bully! mahnte ich mich selbst. *In vier Stunden weißt du es.*

Die CREST II war ein Wrack, derart übel zugerichtet, daß mir der Anblick Tränen in die Augenwinkel trieb. Unwillkürlich begann ich auf der Unterlippe zu kauen und verkrampfte die Hände. Wer immer das getan hatte – so durfte niemand mit dem Flaggschiff der Solaren Flotte umspringen.

Meine Ahnungen hatten also nicht getrogen, Perry war auf Verstärkung dringend angewiesen. Und auf das Material in den Fragmentraumern. Rumpfsegmente der CREST mußten ausgetauscht werden, einige Impulstriebwerke waren mitsamt ihren Projektionsfelddüsen aus dem Ringwulst herausgerissen worden, und überhaupt erschien es mir wie ein Wunder, daß das Flaggschiff nicht in einer heftigen Explosion einfach verglüht war.

»Du hättest auf mich hören sollen, Perry!« Anstatt froh zu sein, ihn lebend vorzufinden, maulte ich den Freund an. Ich mußte Dampf ablassen. Alle Ängste und Befürchtungen, die sich in den vergangenen Tagen angestaut hatten, stiegen in mir auf, und was eigentlich Besorgnis war, wurde zu verhaltener Aggression. »Ich glaube nicht, daß Mory sich in ihrer Haut besonders wohlfühlt – sie hat mich gebeten, dich und deine Leute heil und gesund zurückzubringen.«

Perry Rhodan lächelte. »Das ist wohl selbstverständlich, Dicker«, sagte er leise. »Ich kenne Mory lange genug ...«

»Du ...? Du bist doch wohl der größte Egoist, den ich ...«

»Ja?« unterbrach er lauernd.

Ich schnappte nach Luft; die Zornesröte stieg mir ins Gesicht. Aber weshalb regte ich mich überhaupt auf, ich kannte Perry ebenfalls lange genug, um zu wissen, daß ich ihn nicht ändern konnte. Irgendwann würde er sich den verfluchten Dickschädel einrennen – dann war ich hoffentlich weit genug entfernt, um das nicht mit ansehen zu müssen.

»Es ist nichts Schlimmes geschehen«, behauptete er.

»Nichts?« Hatte ich mich verhört? Atlans skeptischen Blick übersah ich geflissentlich. »Du trägst Verantwortung, Perry, deiner Frau gegenüber ebenso wie deinen zukünftigen Kindern ...«

»... dann weißt du mehr als ich, Dicker.«

»Lenk bitte nicht ab! Ich wollte dir nur die Verantwortung für die Menschheit in Erinnerung rufen.«

»Eben deshalb, Bully, wage ich mich so weit vor. Weil wir uns nicht vor dem verschließen können, was in unserer kosmischer Nachbarschaft geschieht, und der Andromedanebel liegt nun mal quasi vor der Haustür. Meine persönliche Sicherheit zählt in einem solchen Fall wenig – vor allem wußte ich ja meinen Stellvertreter daheim in der Milchstraße.«

Ich verschränkte die Arme vor der Brust und blickte ihn herausfordernd an. »Dein Stellvertreter, Mister Rhodan, hat ebenfalls den Sprung über den großen Abgrund gewagt ...«

»... womit wir wieder friedlich vereint wären«, unterbrach Atlan. Sein spöttischer Unterton war schwerlich zu überhören.

Nach unserem Rundgang durch das Schiff hatten wir die Messe erreicht und einen Imbiß geordert. Ein Roboter brachte drei doppelte Vurguzz. Über den Rand meines Glases hinweg fixierte ich den Arkoniden und wiegte langsam den Kopf. »Ich habe nicht vorausgesetzt, daß wir einhellig einer Meinung sind.« Ich leerte das Glas in einem Zug; der Vurguzz brannte sich den Weg zum Magen frei. »Andererseits denke ich nicht daran, in der Heimat zu versauern, wenn andere ohne die nötige Vorsicht den Sprung ins Ungewisse wagen.«

»Ist das alles?« fragte Perry.

»Ich denke, das reicht. Außerdem wird es Zeit, daß du mich aufklärst, was in den letzten acht Tagen geschehen ist.«

Atlan übernahm den Part. Er sprach davon, daß vor etwa tausend Jahren die Meister der Insel in einer Strafexpedition den einzigen Planeten der beiden Sonnenriesen vernichtet hatten. Einige Bruchstücke des entstandenen Asteroidenschwarms waren groß genug, um im Inneren den überlebenden Maahks neuen Lebensraum zu bieten. Die Wasserstoff-Methan-Atmer verfügten über keine großen Kreuzer, wohl aber über eine unüberschaubare Anzahl hundert Meter langer Schiffe. Eigentlich hatte nur ein Zufall die CREST vor der Vernichtung bewahrt.

»Auf einem der Großplanetoiden, wir nennen ihn Kalif, steht die Justierungsstation des Sonnentransmitters«, wandte Rhodan ein. »Es gelang uns nicht, seinen grünen Schutzschirm zu durchdringen. Aber mit dreihundert Schiffen werden wir es schaffen.«

»Ach?« bemerkte ich nicht ohne Spott. »So ist das also: *Folge mir mit drei Schiffen, Dicker.* Genau das hast du gesagt, Perry. Und wie war das vor einigen Jahren, als du den Boß rausgekehrt hast? *Ich will, daß meine Befehle ausgeführt werden. Wörtlich.* Genau das hast du gesagt.«

Er winkte ab – zu spät und eine Spur zu lässig, den Eindruck hatte ich jedenfalls. Ich weiß selbst nicht, warum ich mich aufregte, doch mir stand der Schweiß auf der Stirn. »Ich habe es satt, immer nur als Notnagel herhalten zu dürfen. Du entscheidest, Perry, und der Dicke führt das aus. So ist es doch. Du hast schon damals entschieden, daß wir mit der STARDUST in der Gobi landen, alle anderen hast du gar nicht erst gefragt.«

Atlan hüstelte dezent. Sein breiter werdendes Grinsen verbarg er hinter vorgehaltener Hand, doch der Ausdruck seiner roten Albinoaugen verriet ihn.

»Ich war der Kommandant der Mondlandemission«, sagte Perry.

Damit kam er mir gerade recht. »Soll das eine Rechtfertigung sein? Ein bißchen spät, findest du nicht?«

Er verzog die Mundwinkel. »Was ist los mit dir, Dicker?«

»Nichts«, platzte ich heraus. »Außer, daß mich deine Sorglosigkeit wütend macht. Andromeda ist Neuland, gefährlich, unberechenbar und ...«

»Und?«

»Du hättest draufgehen können. Begreifst du das nicht?«

»Dann hieße der erste Mann des Solaren Imperiums heute Reginald Bull.«

Ich holte tief Luft, hielt sie an und zählte langsam bis fünf. *Er will es nicht begreifen*, sagte ich mir. Laut stieß ich hervor: »Ich will keine Erbpfründe. Ich will nur, daß es unsere Menschheit auch in einigen Jahrtausenden noch gibt. Akonen, Arkoniden, Blues, alle warten doch nur darauf, sich wie die Geier auf das Solare Imperium zu stürzen und es sich einzuverleiben. Ist das so schwer zu begreifen?«

Perry Rhodan machte zwei Schritte auf mich zu und streckte die Arme aus, seine Hände schlossen sich um meine Oberarme. »Ich habe den Eindruck, daß du wirklich besorgt bist«, murmelte er.

»Mann o Mann, was dachtest du denn?« Genauso schnell wie er gekommen war, begann mein Ärger wieder zu verfliegen.

Freundschaftlich zog Perry mich an sich und ignorierte, daß ich stocksteif stehenblieb. Er verließ sich auf das Gefühl besonderer Vertrautheit, das während unseres langen gemeinsamen Weges gewachsen war.

»Wo wärest du an meiner Stelle gelandet, damals, auf dem Rückweg vom Mond?« fragte er unvermittelt.

»Vermutlich auch in irgendeiner weltabgeschiedenen Region«, gestand ich. »Na ja, die Gobi war schon richtig.«

Atlan lachte amüsiert. Weil wir, die Barbaren, wie er uns hin und wieder nannte, ausnahmsweise nicht einer Meinung waren? Oder weil Mausbiber Gucky in dem Moment die Messe betrat?

»Sieh einer an – unser Retter in der Not!« platzte der Ilt heraus. Er taxierte mich abschätzend. »Du hast Fett angesetzt, Dicker. Kein Wunder, wenn du dir immer nur den Aktenstaub um die Nase wehen läßt. Sieh mich an, den Retter des Universums . . .«

»Du hast auch zugenommen«, bemerkte ich bissig. »Iltu wird das nicht gefallen. Ich soll dich von ihr grüßen.«

»Hm. Sonst hat sie nichts gesagt?«

Guckys Blick schien mich durchbohren zu wollen. Abwehrend hob ich beide Hände. »Nein«, seufzte ich. »Sollte sie? Etwas Wichtiges?«

»Wichtig?« Gucky äffte meinen Tonfall nach. »Regy Bullna wird einen zweiten Helden bekommen, und du fragst ganz banal, ob es wichtig ist . . . Es müßte allmählich soweit sein.«

Als hätte jemand einen Kübel Eiswürfel in meinen Kragen geschüttet, sträubten sich meine Nackenhaare. Seit wann wußte Gucky von der Agentur Bullna? Bestimmt nicht sehr lange; er hätte mit seinem Wissen niemals hinter dem Berg gehalten und mich schon längst deshalb angegiftet.

»Langsam haben wir genug von deinen Andeutungen«, schimpfte Perry. »Seit Jahren redest du von Nachwuchs; viele glauben deshalb schon, du willst dich nur wichtig machen.«

Nur mit halbem Ohr hörte ich zu, daß Gucky für den Fall eines Falles mindestens zwei oder drei Monate Urlaub und ein schnelles Schiff verlangte, ich wartete auf seine erste Tantiemenforderung. Aber Gucky redete nur von seinem »Sohn« und daß er bestimmt nicht in Iltus Nähe zu finden sein würde. »... wir Ilts haben unsere Heimat Tramp so sehr geliebt, daß sich das Wissen darum vererben wird«, sprudelte es aus ihm hervor.

Der Durchgang durch den Sonnentransmitter mußte seinen empfindlichen Geist verwirrt haben, eine andere Erklärung für sein Geschwätz hatte ich nicht. Allerdings hütete ich mich, das auch nur andeutungsweise verlauten zu lassen.

Unvermittelt starrte Gucky mich an: »Es ist gut, daß wir einen starken Flottenverband haben. Das ändert meine Pläne. Wir werden die Justierungsstation auf dem Planetoiden Kalif angreifen und herausfinden, ob die Maahks uns verwechseln. Grek 1 hat solche Andeutungen gemacht. In dem Fall wären sie nicht unsere Gegner, sondern Verbündete.«

Ich war richtiggehend dankbar für den Themenwechsel. »Was ist mit diesem Grek 1?« wollte ich wissen. »Das klingt schon wieder so, als sei er eigentlich ein ganz umgänglicher Bursche. Ist er überhaupt noch unser Gefangener ...?«

»Sein eigener Metabolismus macht ihn zum Gefangenen«, sagte Perry. »Unsere Atmosphäre ist Gift für ihn, er muß sich in einer Spezialkabine aufhalten. Dessen ungeachtet können wir ihn sehen und mit ihm reden.«

»Wenn du ein Raumschiff bauen willst, sage den Menschen nicht, was sie tun sollen, sondern lehre sie die Sehnsucht nach den Sternen!«

Ich redete im Selbstgespräch und lauschte dem Klang meiner eigenen Stimme. Dumpf und ungeduldig erschien sie mir – ersteres bedingt durch die Enge und kahle Schlichtheit des Raumes auf dem mondgroßen Gesteinsbrocken mit Namen Kalif, in dem ich mein Domizil aufgeschlagen hatte; zweitens weil es mich wurmte, wieder einmal zum Ausharren in der Etappe verdonnert zu sein. Ich fühlte mich eingesperrt; der Käfig mochte goldene Stäbe haben, aber es waren eben doch Stäbe, die mich daran hinderten, die Freiheit zu genießen.

Mit meinem verdammten Pflichtbewußtsein stand ich mir selbst im Weg. Ich war zum Oberkommandierenden des Schrotschußsystems avanciert und hatte als solcher den Freunden den Rücken freizuhalten. Punktum. Während Perry Rhodan, Atlan und Gucky sich in Andro-Beta ins Abenteuer stürzten, blieb für mich die langweilige Routine des Bürokriegs, vor dem ich nicht einmal hier draußen, wenige hunderttausend Lichtjahre vor dem Andromedanebel, sicher war.

... lehre sie die Sehnsucht nach den Sternen!

Das brauchte ich nicht mehr zu tun. Die Menschen verzehrten sich schier vor Sehnsucht – die Schiffe, die sie konstruierten und bauten, zeigten unseren unerbittlichen Willen.

Sechs Einheiten waren, aus der Milchstraße kommend, im Schrotschuß-Transmitter materialisiert. Jeder dieser Transporter bestand zuallererst aus der Rumpfzelle eines Superschlachtschiffs und war in den vergangenen Wochen ausschließlich dafür gebaut worden, Material in die Andromeda nur fünfzigtausend Lichtjahre vorgelagerte Zwerggalaxis Andro-Beta zu transportieren.

Auf dem Bildschirm wirkten die Frachter wie Fremdkörper. An die 1500 Meter durchmessenden Kugelzellen waren Stummelschwänze angeflanscht, dreistufige Zusatztriebwerke, von denen jedes einzelne für zweihundertfünfzigtausend Lichtjahre gut war. Vierhundert Meter durchmaß jede Stufe und war ebenso lang.

Wie terranische Schiffe sahen sie nicht mehr aus. Aber das war unbedeutend, solange sie ihren Zweck erfüllten.

Mein Ärger verrauchte so schnell wie er über mich gekommen war. Ich hatte allen Grund, stolz zu sein. Diesen sechs Schiffen würden weitere folgen und beweisen, daß wir vor Schwierigkeiten nicht kapitulierten.

Das Summen des Türmelders riß mich aus meinen Gedanken. Es war jetzt kurz nach Mitternacht Standardzeit, im Stützpunkt auf Kalif herrschte ebenso wie an Bord unserer Raumschiffe Nachtruhe; nur die vorgeschriebenen Wachmannschaften schoben Dienst. Ich selbst kam dank des Zellaktivators mit wenigen Stunden Schlaf aus.

Die Überwachungsoptik zeigte mir einen Mann in der Kombination eines Triebwerkstechnikers. Er wirkte ungeduldig, sein Blick schweifte sprunghaft über die kahlen Wände des Korridors; offensichtlich suchte er nach der verborgenen Optik, von der er nicht wußte, wo sie zu finden war. Dazu knetete er unaufhörlich seine Hände.

Er wirkte unsicher, sogar unschlüssig. Eigentlich ist es nicht meine Art, Menschen heimlich zu beobachten, doch in dem Fall tat ich es. Sekundenlang starrte er direkt in die Optik, sein Unterkiefer schob sich trotzig nach vorne. Mit der Linken fuhr er sich massierend in den Nacken, während er die rechte Hand erneut zum Türmelder ausstreckte. Unmittelbar vor dem Kontakt verließ ihn der Mut. Er biß die Zähne zusammen und wandte sich auf dem Absatz um.

»Kommen Sie herein!« sagte ich und ließ mich mitsamt dem Kontursessel herumschwingen. »Was haben Sie auf dem Herzen?«

Er hielt inne, zögerte, wandte sich dann langsam um und kam näher. Im Schottrahmen blieb er stehen.

»Ich höre«, sagte ich.

Er wich mir aus und starrte zu Boden, warf aber zugleich scheue Blicke auf den Bildschirm hinter mir, von denen er wohl glaubte, ich bemerke sie nicht.

»Okay«, seufzte ich nach einer Reihe endlos langer Sekunden. »Was hat Ihnen die Stimme verschlagen, Mister …?« Die Dämmerbeleuchtung war nicht gerade geeignet, das Namensschild auf seiner Kombination erkennen zu lassen.

»Es ist falsch!« stieß er endlich hervor. »Wir müssen zurück!«

»Ach.« Ich lehnte mich zurück, stützte den rechten Ellbogen auf der Lehne auf und tippte mit dem Zeigefinger auf meine Lippen. »Wohin zurück?«

»In die Milchstraße!«

Er schwitzte, der Schweiß brach ihm in Strömen aus. Sonderlich gesund wirkte seine Gesichtsfarbe ohnehin nicht.

Er starrte jetzt an mir vorbei und schien sich plötzlich mehr für die Unterlagen zu interessieren, die mit der ANDROTEST III aus Andro-Beta zurückgekommen waren, als für mich. Ohne mich überhaupt noch zu beachten, torkelte er an mir vorbei und begann, in den Folien zu blättern – eine Unverfrorenheit ersten Ranges.

»Ich habe den Eindruck, Sie fühlen sich nicht wohl«, stellte ich fest. »Ich rufe einen Medorobot, der sich Ihrer annimmt.«

»Nein!« Die Antwort kam schrill. »Sind das die Unterlagen von Rhodan?«

»Ich finde, es reicht. Ihr Benehmen ist, gelinde gesagt, mehr als sonderbar. Was wollen Sie eigentlich?«

Als ich im Begriff war, mich zu erheben, wirbelte er herum. In seiner Rechten lag ein kleiner Nadler, dessen Mündung unmißverständlich auf meine Brust zielte.

»Damit keine Mißverständnisse auftreten, Solarmarschall: Ich habe Sprengprojektile im Magazin, keine lausigen Betäubungspfeile …«

Sein Gesicht verzerrte sich zur Grimasse, weil der Streß ihn unberechenbar machte. Ich zweifelte nicht daran, daß er beim geringsten Anlaß, den ich ihm gab, abdrücken würde.

»Schon gut«, murmelte ich. »Sie wissen, daß Sie hier nicht mehr heraus kommen, falls Sie mich erschießen?«

Es interessierte ihn nicht. Der Nadler zitterte leicht, während der Mann sich durch die Datenfolien wühlte und eine nach der anderen achtlos zu Boden fallen ließ.

»Was soll der Wahnsinn?« herrschte er mich an. »Wer profitiert davon? Niemand zwingt euch immer weiter hinaus. Das hier«, er trat auf einige

Datenfolien und drehte den Fuß, als trete er eine imaginäre Zigarettenkippe aus, »das beweist doch, daß überall neue Gefahren lauern.«

Durchdringend starrte er mich an; seine Miene schien zur Grimasse erstarrt, und wäre der Schweiß nicht gewesen, der langsam über seine Stirn perlte und ihm in die Augen tropfte, das verzerrte Gesicht hätte auch aus bleichem Stein herausgeschlagen sein können. »Ich warte auf eine Antwort, Solarmarschall. Aber nicht die üblichen Ausflüchte, die widern mich an.«

»Ich weiß noch nicht mal Ihren Namen ...«

Er lachte schrill. »Das tut doch nichts zur Sache. Ich will eine Antwort, Mister Bull, verstehen Sie – eine einfache und klare Antwort, nicht die üblichen Ausflüchte, mit denen ein Normalsterblicher so wenig anfangen kann. Ich habe ein Recht darauf, Bull! Ein Recht.«

»Vielleicht sollten wir ...«

»Nein!« Das klang endgültig und unmißverständlich.

Der Nadler ruckte herum. Mit einem zischenden, kaum wahrnehmbaren Geräusch explodierte ein Geschoß in der gegenüberliegenden Zimmerecke. Die Überwachungsoptik verglühte.

Ich wollte mich nach vorne werfen, erstarrte aber in der Bewegung. Mein Gegenüber war schneller als aufgrund seines labilen Zustands zu vermuten, der Nadler zielte erneut unmißverständlich auf meine Stirn.

»Okay«, ächzte ich. »Sie haben Ihren Willen, Mister – und was nun? Glauben Sie wirklich, Sie könnten mich als Geisel nehmen und unbehelligt nach draußen spazieren? Und was dann?«

»Wir fliegen nach Kahalo zurück.«

»Angenommen, wir würden das wirklich ...«

»Nein, nicht angenommen«, keuchte er. »Sie geben den Befehl zum Rückzug nach Kahalo – und zur Vernichtung des Pyramidensechsecks.«

»Warum?« fragte ich.

Sein Blick wirkte gehetzt. Und flatterhaft. Er machte auf mich nicht den Eindruck eines kalten Terroristen. Richtig einzuschätzen vermochten ich ihn dennoch nicht. War er ein Einzeltäter ohne den Rückhalt einer Organisation, wahrscheinlich durch eine Reihe von Ereignissen in eine Richtung gedrängt, die er im Grunde seines Herzens gar nicht wollte?

»Haben Sie wirklich noch nicht begriffen, Bull? Wir Menschen wollen nicht in neue Kriege hineingezogen werden, weder mit den Maahks noch mit den Meistern der Insel, wer immer sie sein mögen. Geht das nicht in Ihren Schädel hinein?«

Ich mußte kaum weniger verrückt sein als mein Gegenüber. Andernfalls hätte ich mir angesichts des übernervösen Zeigefingers am Abzug des

Nadlers bestimmt keine Gedanken über seine Motive gemacht, sondern eher darüber, wie ich mich vor diesem Verrückten retten konnte.

»Es wird keinen Krieg geben, Mann«, herrschte ich ihn an.

»Wissen das die Maahks?«

»Auf Kalif …«

Sein heiseres, künstlich wirkendes Lachen unterbrach mich; er starrte mich aus blutunterlaufenen Augen an.

»… auf Kalif haben wir es geschafft, mit den Methans Frieden zu schließen«, fuhr ich fort. »Glauben Sie, ich hätte hier in der Nähe der Schaltstation mein Büro aufgeschlagen, bestünden die geringsten Zweifel an der Integrität …«

»Das übliche Geschwätz!« herrschte er mich an. »Es geht nicht um einige Planetoiden voll mutierter Maahks – es geht um Andromeda. Wir wecken Gegner, denen wir nicht gewachsen sind. Was Sie betreiben, Bull, ist Expansion um jeden Preis. Ihre Machtgelüste werden dem Solaren Imperium das Genick brechen.«

»Das geschieht gewiß nicht. Aber gut …«, langsam breitete ich die Arme aus, »… reden wir darüber. Sobald Sie den Nadler gesichert haben. Das Ding ist kein Spielzeug.«

Sein Gesicht glänzte vom Schweiß, und sein Atem ging kurz und hastig. Vergeblich suchte ich nach Anzeichen von Fanatismus in seinem Blick, eher schien es mir, als empfinde er wirklich Besorgnis. Die allerdings hätte er auf dem üblichen Dienstweg … na ja, irgendwie konnte ich verstehen, daß er die Bürokratie auf seine Weise zu umgehen suchte. Wenngleich die Methode mit der Waffe in der Hand grundfalsch war. So etwas durfte nicht Schule machen.

Die Mediziner behandelten eine nicht unerhebliche Anzahl von Männern und Frauen mit leichten Psychopharmaka zur »Aufhellung eines vorübergehenden Stimmungstiefs«, wie es in den Berichten hieß. Die Symptome der Betroffenen ähnelten sich, ein Gefühl der Verlorenheit wucherte wie ein Krebsgeschwür, genährt von der unterschwelligen Furcht, für immer von der Heimat abgeschnitten zu sein. Schließlich lagen nicht nur ein paar tausend, sondern rund eineinhalb Millionen Lichtjahre hinter uns – ein Abgrund, den zu erfassen selbst hartgesottenen Raumfahrern Probleme bereitete. Der fahle Schimmer der Milchstraße am nachtschwarzen Himmel über Kalif stammte aus ferner Vergangenheit; jenes Licht war zu einer Zeit ausgesandt worden, als auf der Erde der afrikanische Homo erectus erstmals in Erscheinung getreten war.

Obwohl ich selbst sofort zur Tagesordnung übergegangen war, hatte ich mich eines ehrfürchtigen Schauders nicht erwehren können. Andere steckten das möglicherweise nicht so leicht weg: all jene, die Ehepartner oder Kinder auf der Erde oder einer der Siedlungswelten zurückgelassen hatten. Ich durfte nicht vergessen, daß meine Flotte Ende Dezember aufgebrochen war, und mittlerweile schrieben wir August des Jahres 2402.

»Ich kann nachvollziehen, wie Ihnen zumute ist, Mister ...«

»Eben das bezweifle ich, Solarmarschall. Denn dann wären unsere Schiffe längst durch den Transmitter zurückgeflogen.« Ein Ruck durchlief den Körper, er straffte sich und deutete mit dem Nadler auf den Schreibtisch. »Geben Sie Befehl, den Stützpunkt aufzulösen! Wann wird Kahalo wieder empfangsbereit sein?«

Ich zuckte mit den Achseln.

»Natürlich verfügen Sie über die Daten!« keuchte mein Gegenüber. »Wir fliegen zurück und schließen den Transmitter endgültig.«

»Und Rhodan und die Besatzungen der Schiffe, die mit ihm nach Andro-Beta aufgebrochen sind? Wollen Sie ihnen die Chance nehmen, ebenfalls in die Milchstraße zurückzukehren?«

Er reagierte nicht darauf. Obwohl er mich anstarrte, schien er durch mich hindurchzublicken, als nehme er mich kaum noch wahr. Im nächsten Moment ruckte sein Kinn trotzig vor. »Keine Hinhaltetaktik, Solarmarschall. Die Schiffe sollen sich sammeln! Ich verlange, daß der Transmitter bei der nächsten Gelegenheit auf Sendung geht – der Stützpunkt muß vollständig geräumt werden.«

»Nein!« sagte ich.

In seinem Gesicht zuckte es. Ich konnte erkennen, wie sich alles in ihm verkrampfte. Seine Lippen bebten. Enttäuschung und Zorn schienen sich die Waage zu halten.

»Geben Sie mir den Nadler!« bat ich. »Mit Gewalt werden Sie Ihr Ziel nie erreichen.«

Fordernd streckte ich ihm die Linke entgegen. Das Mindeste, was dem Mann widerfahren würde, war eine Verhandlung vor dem Bordgericht mit Aberkennung seines Dienstranges und der Pensionsansprüche und unehrenhaftem Ausschluß aus der Flotte. Trotzdem würde er im zivilen Bereich sein Leben weiterführen können; die heutige Rechtsprechung war in der Hinsicht human und setzte auf Wiedereingliederung Straffälliger. Ein Hypnoseblock würde das Wissen über seine Flottenzugehörigkeit für einen noch festzulegenden Zeitraum durch eine aufgepfropfte künstliche Erinnerung ersetzen.

»Sie sind kein Mörder, Mann. Ich werde jetzt die Wachmannschaft rufen und ...«

»Bleiben Sie stehen, Bull!«

Er drückte den Auslöser. Das dünne Projektil zischte an mir vorbei, klatschte gegen die rückwärtige Wand und detonierte. Zweifellos hätte die Ladung genügt, mich auf der Stelle zu töten.

Er hatte absichtlich danebengeschossen, dennoch wirbelte ich herum. Ich bekam das Handgelenk des Mannes zu fassen und rammte ihm meinen Ellbogen unter die Achsel. Gurgelnd torkelte er zurück, krallte aber noch seine linke Hand in mein Haar und versuchte, meinen Kopf nach hinten zu reißen. Verbissen rangen wir um die Waffe, und plötzlich wirkte er weit entschlossener als zuvor, als sei er sich eben erst in voller Konsequenz der Tragweite seines Handelns bewußt geworden.

Sein Knie bohrte sich in meine Magengrube. Für einen Augenblick rang ich nach Luft, der grelle Schmerz drohte mich zu lähmen. Mit beiden Händen seinen Waffenarm umklammernd, mußte ich es mir gefallen lassen, daß seine freie Hand mir ins Gesicht fuhr und zwei Finger auf meine Augen drückten.

Ich war zu sorglos gewesen, hatte auf eine Wache vor dem Büro ebenso verzichtet wie auf eine ständige Überwachung. Weil die mutierten Maahks im Schrotschußsystem inzwischen zu unseren Verbündeten zählten und ich mit einem Gegner aus den eigenen Reihen überhaupt nicht gerechnet hatte. Aber lehrte mich nicht die Erfahrung, daß das Unerwartete häufig genug eintrat?

Ein zweites Nadlerprojektil detonierte am Schottrahmen. Der schwere Stahlflügel glitt leise summend auf, ich hörte es mehr, als ich es wirklich sehen konnte, denn der Gegner drückte mir den Kopf mit aller Gewalt in den Nacken. Jeden Moment mußten meine Halswirbel brechen.

Du bist zu jung zum Sterben! schoß es mir durch den Sinn. *Vor allem nicht auf diese banale Art.*

Ich ließ die Waffenhand los und taumelte abrupt zurück. Nur Sekundenbruchteile blieben mir, die aufsteigende Benommenheit abzuschütteln, denn schon ruckte der Nadler hoch – aber gleichzeitig stürmte ich vor, mein Schädel krachte gegen die Rippen des Mannes, und gemeinsam rutschten wir über meinen nicht gerade aufgeräumten Schreibtisch hinweg. Die Schwerkraft auf Kalif betrug nur einen Bruchteil des gewohnten Wertes. Folien, Bildtonbänder und positronisches Gerät wirbelten davon.

Inzwischen hatte ich mich halbwegs wieder in der Gewalt, vor allem waren meine Überraschung und die Enttäuschung dumpfem Zorn gewichen. Niemand konnte von mir behaupten, ich sei sachlichen Argumenten nicht aufgeschlossen, trotzdem wurde ich immer wieder mit Menschen konfrontiert, die gar nicht erst zu diskutieren versuchten, sondern mich lieber vor vollendete Tatsachen stellten. Vielleicht fürchteten sie meine Erfahrung und rechneten sich schon deshalb keine Überzeugungsmöglichkeit aus. Kannten sie mich wirklich so schlecht?

Meine Fäuste zuckten vor, ich schlug hart zu. Instinktiv ahnte ich den Tritt des Gegners, wich seitlich aus, bekam seinen Unterschenkel zu fassen und hebelte ihn aus. Der Kerl gurgelte nur noch, als ich ihn bäuchlings auf den Tisch drückte und ihm keinerlei Bewegungsfreiheit mehr ließ. Ich hatte endgültig genug, zudem war mir unerwartet klargeworden, daß mich der ewige Schreibtischjob lähmte. Ich war langsamer geworden, fast schon phlegmatisch, und ich hatte Speck angesetzt. Eigentlich brauchte ich nur an mir hinab zu schauen, um die Pölsterchen zu sehen, die sich unter der Kombination abzeichneten. Für einen »alten Herren« wie mich war die Ruhe in der Etappe nicht gerade das Erstrebenswerte.

»Tja, mein Freundchen«, stieß ich schwer atmend hervor, »der Rückzug in die Milchstraße wird sich für Sie nun wohl verwirklichen. Aber *nur* für Sie. Denken Sie ruhig darüber nach, daß wir Menschen nicht die Augen vor dem verschließen dürfen, was in unserer kosmischen Nachbarschaft geschieht. Fressen oder gefressen werden – der Satz gilt heute wie vor tausend Jahren. Und, bei allen verlausten Planeten von Andro-Beta, wir Menschen werden nicht diejenigen sein, die sich fressen lassen. Kapiert?«

Sein Versuch freizukommen blieb vergeblich. Als ich ihn auf die Beine stellte, hing sein Blick auf dem Bildschirm und den sechs Kugelraumern mit den angeflanschten Zusatztriebwerken. »Es geht nicht um mich«, ächzte er abgehackt. »Solarmarschall ... das Solare Imperium wird zerbrechen, es muß zerbrechen bei diesen unvorstellbaren Entfernungen.«

»Glauben Sie das wirklich? ES gab uns zwanzigtausend Jahre Zeit ...«

»ES?« Wie er den Namen hervorstieß, war es eine Verwünschung. »Wissen Sie, wer oder was ES ist? Wir sind verrückt, einem Unbekannten zu folgen. Aber noch ist es nicht zu spät zur Umkehr ...«

»Hören Sie auf!« sagte ich scharf. »So kommen wir nicht weiter. ES ist ein Freund der Menschheit, davon bin ich überzeugt.«

Endlich erschienen drei Männer des von mir alarmierten Wachdienstes. Sie hatten lange gebraucht, aber ich verbiß mir eine Zurechtweisung. Weil ich darüber nachdachte, ob wir womöglich doch einen Fehler begingen.

Unsinn!

Wir würden überall auf Feinde stoßen – aber auch Freunde finden. Es tat gut zu wissen, daß selbst so fremdartige Wesen wie die methanatmenden Maahks mit uns in Frieden leben konnten.

Ich teilte Perry Rhodans große Vision von einem Kosmos, in dem alle Intelligenzen friedlich miteinander umgehen. Dafür nahm ich sogar die potentielle Unsterblichkeit in Kauf. Jeder hält sie für erstrebenswert, für das höchste Ziel im Leben, in Wahrheit ist sie Fluch und Verpflichtung zugleich und macht einsam. Manchmal fragte ich mich, wie Atlan sein zehntausendjähriges Leben unbeschadet überstehen konnte. Vermutlich hatten ihm die Tiefschlafperioden in der Unterwasserkuppel vor den Azoren geholfen. Ich dachte an meine Mutter, an meine Schwester und an Freunde und Verwandte, die nicht mehr unter den Lebenden weilten. Ihre Gräber waren längst aufgelöst, mir blieb nur die von Jahr zur Jahr blasser werdende Erinnerung, die bald völlig unter der Flut der erdrückenden neuen Wissensfülle verschüttet sein würde, die das Zeitalter intergalaktischer Raumfahrt mit sich bringt.

Ich haßte den Käfig mit den goldenen Stäben, in dem ich eingesperrt war – trotzdem konnte ich ihm nicht entfliehen. Weil ich eine Aufgabe erfüllen mußte. Oder redete ich mir das nur ein, um Faszination und Frust zu vereinen?

Daß ich eine zeitlang gegrübelt hatte, fiel mir erst auf, als Oberstleutnant Dosenthal zum Rapport erschien. Ich hatte den Kommandanten des Schweren Kreuzers BAGALO ausgewählt, die sechs Frachtschiffe auf dem längsten Flug zu eskortieren, den Menschen bislang ohne Zuhilfenahme eines Transmitters absolviert hatten. Leicht würde es nicht werden, aber die Herausforderung hatte ihren Reiz. Liebend gerne hätte ich selbst die Schiffe zum Andro-Beta-Nebel begleitet, doch mein Platz war auf Kalif.

Warum mußte ich immer derjenige sein, der zurücksteckte? Einmal nicht dem Zwang der Vernunft folgen, sondern das tun können, wozu ich Lust empfand ...

Die ANDROTEST III, am 2. Juli mit der CREST II und vier weiteren Schiffen im Innern des Planetoiden Troja durch den Schrotschußtransmitter aufgebrochen, war erst vor wenigen Stunden zurückgekehrt. Der vorgelegte Bericht war ebenso faszinierend wie beängstigend. Von einem Moby war die Rede, einem wahrhaft unvorstellbaren anorganischen Lebewesen, vierzehntausend Kilometer durchmessend und fünftausend Kilometer dick. Dieses Leben war fast so groß wie die Erde, zwischen den Sternen Andromedas geboren und von den Meistern der Insel als Wächter eingesetzt.

Der Moby hatte Troja mitsamt den Raumschiffen »verschluckt«, und die Besatzungen waren von Energiewesen angegriffen worden, die der Bericht als körpereigene Abwehr des Mobys bezeichnete. Von Parasiten befallen, hatte die planetengroße Kreatur schon den Tod in sich getragen, ehe es den Woolver-Zwillingen gelungen war, ihr Instinktgehirn zu zerstören.

Tod und Faszination schienen in Andromeda näher beieinander zu liegen als anderswo. Und ich selbst saß in einem vier mal vier Meter großen Loch, das sich hochtrabend als Büro bezeichnete und hing »wahrhaft kosmischen« Aufgaben nach. Wenn das nicht Ironie pur war.

»Oberstleutnant Dosenthal, was halten Sie davon, für einige Wochen das Schicksal des Solaren Imperiums zu bestimmen? Was Sie dafür tun müssen? Nichts von Bedeutung. Ich übernehme das Kommando über die BAGALO, und Sie setzen sich hier in diesen Sessel ...« Schöne Worte waren das. Leider brachte ich sie nicht über die Lippen.

Insgeheim verwünschte ich meine Vernunft ...

... und genau das tat ich vier Monate später immer noch, als hätte ich mich in einer Endlosschleife aus Zuversicht und blindem Pflichtbewußtsein verfangen. Dabei hatte ich es selbst in der Hand, diese Schleife zu durchbrechen. Aber wer, wenn nicht ich, sollte bereitstehen, falls wieder Hilfe benötigt wurde? Perry Rhodan hatte nach den Sternen gegriffen, und ich, Reginald Bull, hielt ihm den Rücken frei.

Heute wie vor vierhundert Jahren stufte man die körperlich etwas Fülligeren als gemütlich, gutmütig, ja sogar behäbig ein. Traute mir also niemand zu, Expeditionsschiffe nach Andromeda zu führen? Unsinn! Genau das redete ich mir nur ein. In meiner Brust stritten sich zwei Geister: der eine ungestüm, mitunter polternd, auf Abenteuer aus, neugierig und immer öfter ungeduldig; der andere eher gemächlich, ein gutes Essen und den terranischen Wein, der mit den Versorgungsschiffen im Schrotschuß-System eingetroffen war, der dehydrierten und stets ähnlich schmeckenden Konzentratnahrung auf den Einsatzschiffen allemal vorziehend.

Letzterer war es auch, der mir einredete, daß meine Zeit erst kommen würde. Was waren Wochen oder Monate im Leben eines Unsterblichen? Sehr wenig. Trotzdem konnte ich mich mit einer solchen Denkweise nicht anfreunden, auch für mich bedeutete eine nur mit Warten verbrachte Woche sieben verlorene Tage.

In diesem Sinne hatte ich mich mit dem unvermeidlich Scheinenden arrangiert und meinen Traum von Andromeda vorübergehend unter der Oberfläche des Asteroiden Kalif begraben. Mein Büro war erweitert und damit größer und praktischer geworden, aber trotzdem nur ein müder Abklatsch der Einrichtungen in Terrania. Beinahe täglich zwängte ich mich für mehrere Stunden in einen Raumanzug – die Ruhe und die gute Verpflegung hatten einen Speckwulst wachsen lassen – und suchte die Maahks auf, um mit ihnen zu reden. Auf die Weise ergänzten immer neue Puzzleteile mein lückenhaftes Bild der Machtverhältnisse in Andromeda und den vorgelagerten Wolken.

Außerdem traf ich Vorbereitungen und orderte Verstärkung aus der Milchstraße. Die politische Lage zu Hause erlaubte es mir, fünftausend Einheiten im Schrotschuß-System zusammenzuziehen. Für weitere fünftausend Schiffe galt erhöhte Alarmbereitschaft, diese Raumer konnten längstens innerhalb von zwei Tagen eintreffen, ihren Flug ins galaktische Zentrum und die Injektion der erforderlichen Medikamente gegen den Transmitterschock miteinbezogen.

Wissenschaftler und Raumfahrer drängten sich auf dem Asteroiden. Alle Neuankömmlinge mußten zunächst auf Kalif antreten, wo ich sie mit knappen Worten über Ziel und Zweck des Schrotschuß-Stützpunktes informierte. Die Realität, das hatte ich sehr schnell erfahren, erschien den vorwiegend jungen Spunden kalt und beinahe erschreckend, anders jedenfalls als die in der Milchstraße kursierenden Gerüchte.

»Die ANBE-3 hat soeben den Linearraum verlassen«, erklang eine Lautsprecherstimme. Die Wiedergabe auf dem wandfüllenden Hauptbildschirm veränderte sich und zeigte den in desolatem Zustand befindlichen Frachter, der technisch gesehen nur noch ein Wrack war. »Entfernung zu Kalif zwei Lichtstunden.«

Die ANBE-3 brachte Nachricht von Rhodan, sie war einer der nach Andro-Beta aufgebrochenen Superfrachter. Ihren Notruf hatte unsere Flotte zuerst aus etwa drei Lichtjahren Entfernung empfangen. Sie flog mit schwerem Maschinenschaden.

Schon vor Tagen hatten fünf weitere Großraumtransporter umfangreiche Informationen aus dem Beta-Nebel überbracht.

Demnach war die CREST II vorübergehend in die Gewalt der humanoiden Twonoser geraten, den in drei Kasten eingeteilten Herren von Andro-Beta. Sie hatten nur fünfzig Zentimeter lange, dünne Ärmchen, verkümmerte Gliedmaßen, die von den seitlich des Kopfes wachsenden Rüsseln dominiert wurden. Ich hatte Bildaufzeichnungen von Weiß-, Blau- und Rotrüsseln gesehen und war vor allem von dem einzigen großen Facettenauge der Twonoser in der Mitte ihres kegelförmigen Schädels fasziniert gewesen. Vor Jahrtausenden hatten die Meister der Insel die Kastenwesen als Wachkommando in Andro-Beta angesiedelt.

Die von der BAGALO begleiteten 1500-Meter-Transportraumer konnten ihrer Größe wegen nicht wie Rhodans kleine Flotte im Inneren des Asteroiden Troja versteckt werden. Auf der Suche nach einer geeigneten Stützpunktwelt stieß das USO-Superschlachtschiff IMPERATOR auf ein Sonnensystem, dessen innerer Planet Spuren atomarer Zerstörung aufwies. Unter der Oberfläche dieser Welt, Destroy genannt, wurden fünfhunderttausend Laurins entdeckt, die aber nicht die Fähigkeit besaßen, sich unsichtbar zu machen.

Gucky brachte in Erfahrung, daß die Laurins ursprünglich aus Andromeda stammten und ebenfalls ein Hilfsvolk der Meister der Insel waren. Schon vor zwanzigtausend Jahren hatten sie vergeblich einen ersten Versuch unternommen, die Milchstraße zu erobern. Als sie vor knapp dreihundert Jahren ihren Auftrag, das Zentralplasma der Hundertsonnenwelt zu vernichten, ebenfalls nicht erfüllen konnten und von uns Terranern geschlagen wurden, waren sie nach Andromeda zurückgekehrt, von den Meistern der Insel aber von ihren Welten vertrieben und nach Destroy deportiert worden, wohin nach vergeblichen Fluchtversuchen ein Vernichtungskommando der Maahks ausgesandt wurde.

Angelockt durch die Vorgänge um Destroy erschienen eine Flotte der Blaurüssel und wenig später ein Moby, der den Planeten endgültig zerstörte, mit Hilfe von Säurebomben und des vereinten Einsatzes der Schiffe um die CREST II aber besiegt werden konnte.

Als erster äußerte der Maahk Grek 1 die Vermutung, daß die Meister der Insel weitere Mobys aktiviert hätten, um den unkontrollierbar gewordenen Geschehnissen ein Ende zu setzen. Auf der Suche nach dem Kontroll-Hypersender geriet ein Kommando ins Tri-System, auf dessen Planeten Gleam ein wichtiger Stützpunkt entstand. Der Mond von Gleam mit der gesuchten Aktivierungsstation wurde in einem Mutanteneinsatz durch Atombrand zerstört.

Der Empfang eines psionischen Notrufs brachte wenig später die Entdeckung des Urplasmas, eines in seiner Gesamtheit einen Planeten bedeckenden gigantischen Lebewesens mit volumenabhängiger Intelligenz. Die Laurins hatten dem Urplasma vor langer Zeit jene Mengen entnommen, die uns bereits als das Zentralplasma der Posbis bekannt waren.

Nach wie vor wurde das Plasma »abgeerntet« und auf die im intergalaktischen Leerraum liegende Welt Modul transportiert. Dort fand es Verwendung für den Bau von Energiesphären und ihrer monströsen Besatzungen.

Eine Robotstation im Inneren der Heimatwelt des Plasmas, die dessen Wachstum steuerte, konnte unschädlich gemacht werden. Leider blieb die Freundschaft zwischen Terranern und Urplasma von kurzer Dauer. Ferngelenkte Kernbomben der MdI vernichteten den Planeten.

Die von unseren Schiffen am 1. November 2402 beobachtete Zerstörung des Andro-Beta-Sonnentransmitters durch Umwandlung einer der Sonnen in eine Nova brachte zugleich die Entdeckung, daß Tausende Energiesphären in den Beta-Nebel einflogen und Planeten vernichteten. Die Entführung einer solchen Sphäre durch Gucky und die Woolver-Zwillinge führte auf die Spur der Dunkelwelt Modul und zur Begegnung mit Baar Lun. Mit der Wahrheit konfrontiert, daß sein Volk längst nicht mehr existierte, schlug sich Baar Lun auf unsere Seite und bestätigte, daß die Energiesphären die letzte Waffe der MdI in Andro-Beta gewesen waren.

Ende November wurden die Schiffe im Andro-Beta-Nebel auf massive Flottenbewegungen im nur 62.000 Lichtjahre entfernten Andro-Alpha aufmerksam. Schiffe der Twonoser und der Maahks kämpften gegen andere Maahk-Verbände. Auslöser der Revolten waren Untersuchungen der MdI wegen des Auftauchens unserer noch immer nicht identifizierten Schiffe gewesen.

Das war mein Wissensstand, als die ANBE-3 erschien.

Ich witterte Unheil. Kein Kommandant flog alle Triebwerke seines Schiffes zu Klump, nur, um auf dem nächstgelegenen Stützpunkt endlich wieder festen Boden unter den Füßen zu haben.

Umgehend empfing ich Major Hatski zur Berichterstattung.

Perry ließ ausrichten, daß die Meister der Insel nicht wie erwartet reagierten. Sie forschten nach der Herkunft des Gegners, der ihnen in Andro-Beta empfindlichen Schlappen zugefügt hatte, und sie schienen überzeugt zu sein, daß es sich um abtrünnige Maahks handelte. Die Schlußfolgerung lag auf der Hand: Nie hatten Maahks im Beta-Nebel gelebt. Wenn sie nun unvermittelt dort auftauchten, mußten sie einen Sonnentransmitter benutzt haben. Also würden die MdI Suchflotten zu allen Transmittern aussenden.

Obwohl der Schrotschuß-Transmitter seit tausend Jahren als vernichtet galt, würden zwischen den Asteroiden bald Kampfflotten materialisieren.

Perrys gutgemeinte Absicht, die Herkunft unserer Schiffe durch entfremdende Aufbauten und die angeflanschten Zusatztriebwerke unkenntlich zu machen, erwies sich in dem Fall als Bumerang. Ich würde die heiße Suppe auslöffeln müssen. Ich gab Gefechtsalarm für Kalif und unsere fünftausend Schiffe.

War eine Sperrschaltung ähnlich der auf Kahalo für den Schrotschuß-Transmitter möglich? Allan D. Mercant hatte fünfhundert bestens qualifizierte Ingenieure nach Kalif gebracht, nur suchten sie nach der Nadel im Heuhaufen. Wir konnten lediglich vermuten, daß ein Sperr-Regler existierte. Zudem war fraglich, ob eine solche Schaltung überhaupt auf demselben Prinzip beruhte wie auf Kahalo. Dort wurden zur Sperrzeit ankommende Schiffe an den Sender zurückgestrahlt.

Schneller als erwartet griffen die Maahks an. Mir sträubten sich die Haare, als ich ihre Walzenschiffe materialisieren sah. Diesen Wesen bedeutete das eigene Leben nichts – sie hatten es in dem Moment weggeworfen, als sie in den Transmitterbereich eingeflogen waren. Keiner von ihnen hatte wissen können, ob der Empfänger funktionierte, im schlimmsten Fall wären sie für alle Zeit als entstofflichter Impuls im Hyperraum verweht.

Selbst als sie sich dem Asteroidengürtel näherten, war ihre Rückkehr noch ungewiß. Die Triebwerke ihrer Schiffe waren zu schwach für einen Flug über vierhunderttausend Lichtjahre, falls der Transmitter-Sender nicht mehr arbeitete.

»Zweiundfünfzig Einheiten!« meldete die Ortung, als das wilde Flakkern der Sonnenenergien endlich erlosch.

Die Walzenraumer flogen mit aktivierten grünen Energieschirmen, die bis vor einem halben Jahr als weitgehend undurchdringlich gegolten hatten. Mittlerweile waren unsere Wissenschaftler aber dem Geheimnis des grünen Leuchtens auf die Spur gekommen. In einer enormen logistischen Anstrengung waren im Sonnensystem und auf den Werften aller dem Solaren Imperium angehörenden Welten Tausende unserer Kriegsschiffe umgerüstet worden. Die neuen Transformgeschütze konnten selbst den kräftigsten Feldschirm der Maahks durchschlagen.

Das atemlose Schweigen der Stabsoffiziere neben mir in der Kommandozentrale erschien mir bedrohlicher als die größer werdenden Lichtpunkte auf den Schirmen. Ich räusperte mich.

»Meine Dame, meine Herren, was ist los? Die Taktik der Maahks kann Ihnen kaum die Sprache verschlagen haben. Die Wasserstoff-Methan-Atmer sind eiskalte Logiker, aber als solche auch zu durchschauen.«

»Sie suchen die Schaltstation«, sagte jemand. »Sicher könnte sie auf jedem der größeren Asteroiden verborgen sein, aber sonderlich viel Auswahl ...«

»Jedes unnötige Manöver innerhalb des Trümmerfeldes kostet Zeit.« Ein Blick zur Seite zeigte mir Mercants unbewegte Miene. Er war und blieb die Graue Eminenz im Hintergrund. Nur wer ihn so gut kannte wie ich, sah in seinen Augen die Spur von Unmut. Er taxierte jeden unserer Offiziere und versuchte ihn einzuschätzen. »Deshalb fliegt die Flotte entlang des inneren Bereichs«, fuhr ich fort. »Die Hyperfunk-Antennen einiger Schiffe wurden zusammengeschaltet, die Formation ist eindeutig. Auf die Weise entgeht ihnen nicht einmal der schwächste Steuerimpuls.«

»Das heißt, Kalif ist schon so gut wie entdeckt.«

»Vermutlich«, sagte ich.

»Dann geben Sie den Angriffsbefehl, Solarmarschall. Jede weitere Annäherung an die Justierungsstation läßt das Risiko steigen.«

»Noch nicht!«

Glaubte ich wirklich an die Möglichkeit, Kalif könnte unentdeckt bleiben? Ich gestand mir ein, daß ich die Maahks ungern angriff. Meine

Kontakte mit den mutierten Methanatmern des Schrotschuß-Systems hatten eine Atmosphäre der Vertrautheit geschaffen. Vielleicht würden eines gar nicht fernen Tages Menschen und Maahks, so fremd sie sich in ihrem biologischen Aufbau und Stoffwechsel auch waren, Seite an Seite durch die Galaxien fliegen. In unseren Bedürfnissen waren wir grundverschieden und gerade deshalb für eine Freundschaft prädestiniert.

Präzise änderte der Verband den Kurs; es gab keinen Zweifel, daß die Streuimpulse der Station geortet worden waren. Zwei Millionen Kilometer trennten die Walzenraumer noch von Kalif, als ich den Befehl zum Angriff gab.

Mit materialzermürbenden Beschleunigungswerten stieß unsere Wachflotte aus ihren Verstecken hervor. Die Formation der Maahks geriet ins Stocken, ihr Funkverkehr schwoll an, und das war genau der Zeitraum, den unsere Einheiten benötigten, um das Wirkungsfeuer zu eröffnen.

Zeitlos ins Ziel transportiert, brachen explodierende Transformgeschosse Schiffsrümpfe von innen heraus auf. Es war ein gleichermaßen faszinierendes wie erschreckendes Schauspiel. Glutende Risse weiteten sich gedankenschnell aus und ließen dickste Stahlplatten bersten. Sonnengluten leckten in die Schwärze des Alls, sie fielen ebenso schnell in sich zusammen, wie sie entstanden waren. Zurück blieben Atombrände, die selbst das Vakuum des Weltraums nicht löschen konnte.

Vergeblich versuchte ich, Funkkontakt zu den Maahks herzustellen. Sie reagierten nicht.

In der Bildwiedergabe ein kolossales Spektakel, starben schon in den ersten Minuten Tausende Intelligenzen einen sinnlosen Tod. Mit fortschreitender Technik hatte das Sterben des einzelnen die Perversion virtueller Spiele angenommen, längst nicht mehr vergleichbar den Schlachten und Scharmützeln früherer Jahrhunderte. Das Auge in Auge der Gegner auf dem Schlachtfeld war der Wiedergabe in einem Ausschnitt des Panoramaschirms gewichen, persönlicher Einsatz beschränkte sich auf den Knopfdruck im scheinbar geeigneten Moment und zündete Gigatonnen an Sprengkraft oder sonnenheiße Impulsbündel.

»Ihr seid Sklaven der Meister der Insel – nur das macht uns zu Feinden. Kapituliert, dann werden wir das Feuer einstellen.«

Der zwischengeschaltete Translator übersetzte meine Worte ins Kraahmak, die Einheitssprache der Methanatmer. Ich war sicher, daß mein Aufruf gehört wurde. Doch keine Antwort kam.

Nach einer Weile gab ich meine sinnlosen Bemühungen auf. Zu dem Zeitpunkt existierten noch achtundzwanzig der großen Walzenraumer, von denen einige sich in selbstmörderischer Absicht auf Kalif stürzten.

Das letzte dieser Schiffe wurde bei einer Distanz von knapp einhundertfünfzigtausend Kilometern zerstört. Zurück blieb eine glutende Wolke auseinandertreibender Wrackteile, die Kalif nicht gefährden konnten.

Nach einer Stunde war die Schlacht geschlagen, floh der letzte der Maahk-Raumer in den Bereich des Transmitterfelds. Doch die Rückkehr nach Andro-Alpha blieb den Methanatmern verwehrt. Der Sender war auf Twin justiert, weit draußen im intergalaktischen Leerraum, und die Doppelsonne arbeitete nur noch als Empfänger.

Wir hatten zwei Leichte Kreuzer verloren. Ich tröstete mich mit dem Gedanken, daß es weitaus schlimmer hätte kommen können. Auch wenn es mir schwerfiel, hier und jetzt war nicht die Zeit für Sentimentalitäten. Sogar dem jüngsten Kadetten im Bereich des Schrotschußsystems mußte bewußt sein, daß eine Zeitbombe tickte. Die Maahks in Andro-Alpha warteten auf eine Nachricht ihrer Flotte. Blieb sie aus, würde ein zweiter Verband durch den Transmitter folgen, und die Maahks kamen dann nicht mehr unvorbereitet.

Icho Tolot, der halutische Riese, war mit der ANBE-3 zurückgekehrt. Unermüdlich unterstützte er unsere Techniker und Wissenschaftler bei der Suche nach einer Sperrschaltung für den Sonnentransmitter. Der Angriff der Maahks bedeutete für unsere Leute, bis an den Rand des körperlichen Zusammenbruchs zu arbeiten.

Die Sperrschaltung wurde endlich gefunden, aber Mercants Befürchtungen erwiesen sich als zutreffend. Deutliche Unterschiede zur Schaltung von Kahalo stellten uns vor einen Berg neuer Probleme.

Andererseits warfen die Maahk-Mutanten des Systems ihre nach mehreren tausend zählenden, kleinen, aber trotzdem kampfstarken Raumschiffe in die Waagschale. Sie, die vor rund einem Jahr sogar die mächtige CREST II schwer angeschlagen hatten, würden auf unserer Seite gegen die MdI und ihre Hilfstruppen kämpfen.

Meine Sorgen blieben. Aber darüber redete ich nicht. Die Maahks als überaus fruchtbares Volk und mit den Ressourcen einer Galaxis hinter sich verfügten über ein ungeahntes Potential. Beim nächstenmal kamen sie vielleicht mit tausend Schiffen, falls das nicht genügte, mit zehntausend.

War unser Vorstoß nach Andromeda ein solches Blutvergießen wert? Auf seine Weise mochte der bewaffnete Eindringling vor vier Monaten sogar recht gehabt haben. Es war einzig und allein meine Entscheidung, mit einem Rückzugsbefehl das Leben von mehr als einer Million Menschen zu retten. Der Preis dafür würde mein Verrat an Perry Rhodan und seinen Begleitern sein, die ohne Nachschub und Rückhalt kaum eine Chance hatten, das Abenteuer Andromeda zu überleben.

Nie zuvor hatte ich die Last meines Amtes ähnlich qualvoll wahrgenommen wie in den ruhelosen Stunden auf Kalif. Ich schlief kaum und verzichtete sogar aufs Essen, aber ich besuchte die Maahk-Mutanten und einige Wachschiffe. Den Mannschaften tat es gut, Solarmarschall Bull in der Nähe zu wissen. Plötzlich war ich nicht nur ein Name oder ein Fossil, dem man mit Ehrfurcht begegnete, weil der Hauch der Unsterblichkeit es umwehte. In diesen Tagen wurde ich einer von ihnen, fühlte mich kaum weniger wohl als an Bord eines Schiffes der Explorerflotte. Ich war für die Besatzungen der fünftausend Kugelraumer greifbar geworden.

Zu meiner Überraschung ertappte ich mich in einem der ruhigen Momente beim Beten. Wie lange hatte ich nicht mehr die Zwiesprache mit Gott gesucht? Im christlichen Glauben erzogen, hatte ich nie darauf vergessen, wenngleich manches heute antiquiert erschien. Ich hatte gelernt, alle Religionen zu achten, weil sie Ausdruck von Kultur und innerer Überzeugung waren. Und selbst wenn eine wachsende Zahl von Menschen behauptete, es gäbe keinen Gott, denn schließlich hätten wir zwischen den Sternen der Milchstraße kein solches Wesen gefunden, glaubte ich daran, daß eine Schöpferkraft hinter unserem Universum stand. Nein, ES nicht. Der Unsterbliche von Wanderer mochte über ungeahnte Fähigkeiten verfügen, doch ihm haftete nichts Gottgleiches an.

Diesmal erschienen die Maahks mit einhundertundelf Schiffen. Offenbar führten sie das Verschwinden ihrer ersten Flotte auf natürliche Ursachen zurück. Das verschaffte uns eine weitere Galgenfrist. Ich bezweifelte nur, daß es wieder vier Tage sein würden. Vielleicht stand die nächste Welle der Angreifer schon bereit.

Unser zweiter Sieg, ohne eigenen Verlust errungen, beruhigte mich nicht. Eher erfüllte er mich mit Unruhe. Die wachsende Anspannung und Nervosität ließ sich nicht mehr vertreiben.

Vor knapp zwei Tagen waren aus der Milchstraße weitere fünftausend Raumer eingetroffen. Während ich einen Vurguzz aus dem Bestand eines dieser Schiffe öffnete, fragte ich mich zum wiederholten Mal, ob es richtig gewesen war, alle Kräfte zusammenzuziehen. Ich fühlte mich in der Situation eines Don Quichotte, der in hehrer Absicht, aber von vornherein auf verlorenem Posten, gegen Windmühlenflügel kämpft. Wie Feuer brannte schon der erste Schluck Vurguzz in meiner Kehle.

Dabei hatte ich längst keine Wahl mehr. Zeigte ich jetzt Schwäche, bedeutete das für die Meister der Insel und ihre Hilfstruppen eine offene

Einladung, uns in die Milchstraße zu folgen. Genau das durfte nicht geschehen.

Ich starrte die Flasche mit dem galaktischen Gebräu an, wog sie abschätzend in der Hand und warf sie schwungvoll an die Wand. Klirrend splitterte das Glas, der Vurguzz spritzte nach allen Seiten.

»Bringen wir es hinter uns!« Der Klang meiner eigenen Stimme erschreckte mich – sogar noch, als ich die Umgruppierung unserer Geschwader befahl. Egal wie viele Schiffe die Maahks schickten, das Versteckspiel würde ein Ende haben.

Sie ließen uns nur fünf Stunden Zeit. Die Alarmsirenen begannen erneut ihr schauriges Heulen, als auf beiden roten Sonnenriesen gigantische Protuberanzen aufbrachen. Von lodernden Energien ausgespien, stürzten die Schiffe der Maahks aus dem Zentrum zwischen den Sonnen hervor: in jeder Sekunde zehn und mehr riesige Walzenraumer.

Diesmal hatte ich achthundert Kampfschiffe über der Ekliptik postiert. Mein Verband griff die Maahks an, solange sie noch unter den Nachwirkungen des Transmitterdurchgangs litten und bevor sie Zeit zur Orientierung fanden.

Vierhundert ausglühende Wracks und irrlichternde Gaswolken bewiesen die Durchschlagskraft terranischer Transformkanonen. Trotzdem nahmen rund sechstausend gegnerische Schiffe, die größten bislang registrierten Einheiten, Kurs auf Kalif. Den Standort der Justierungsstation anzumessen, war in der Zwischenzeit ein Kinderspiel. Die Überreste der letzten Flotte verrieten die Position. Fünf Stunden waren schlicht zu wenig gewesen, Wrackstücke einzufangen und Energieschwaden zu absorbieren.

Lächerliche fünfzig Millionen Kilometer trennten die Maahks von ihrem Ziel. Die Walzenraumer brachen mit einer Anfangsgeschwindigkeit von zwanzigtausend Sekundenkilometern aus dem Transmitterfeld hervor und beschleunigten sofort. Mir blieb wenig mehr als eine Viertelstunde Zeit für eine effektive Verteidigung.

Alle Fäden liefen auf Kalif zusammen. Ich kam mir vor wie eine fette Spinne in ihrem Netz und fühlte mich alles andere als wohl dabei. Holographische Abbildungen zeigten die Schiffsbewegungen im Bereich des Asteroidenrings, positronische Hochrechnungen erschreckten mit der Zahl der Gegner, aber dennoch hätte ich in diesen Minuten lieber ein eigenes Schiff kommandiert, als aus vermeintlich sicherer Distanz mit knappen Befehlen Raumschiffsbesatzungen in den Tod zu schicken.

Was treibt intelligentes Leben zu solchen Demonstrationen zerstörerischer

Macht? sinnierte ich. *Der Kampf um Siedlungsraum kann es nicht sein, denn die Zahl bewohnbarer Welten ist Legion. Noch jedenfalls. In einigen Jahrhunderttausenden könnte das anders aussehen ...*

Die Maahks stießen unaufhaltsam vor. Schneller als befürchtet. Ihre Zahl war auf weniger als die Hälfte zusammengeschmolzen, betrug aber immer noch gut dreitausend.

Die ersten Schiffe drangen in den Feuerbereich der Abwehrgeschütze von Kalif ein. Jeden Moment konnten sie mit der Bombardierung des Asteroiden beginnen.

Ein paar Sekunden noch, Bully! Laß sie näher herankommen!

Alles um mich her versank in Bedeutungslosigkeit. Ort und Zeit spielten kaum mehr eine Rolle. Ich starrte auf die Schirme. Ausbrüche greller Helligkeit bestimmten die Szenerie – winzige Sonnen, die in der Schwärze aufflammten, sich ausbreiteten und flackernd erloschen. Dazwischen das fahle Geflecht lichtschneller Thermo- und Impulsstrahlen, deren Widerschein sich auf der Netzhaut einbrannte und für falsche Wahrnehmungen sorgte.

Ich wünschte, ich hätte diesen Wahnsinn aufhalten können, aber es gab nur einen Weg, das zu tun:

Meine Rechte senkte sich auf die zentrale Zielerfassung der bodengestützten Abwehrbatterien. Kalif, der kahle und trostlose Felsbrocken, mehr als dreitausend Kilometer durchmessend und die Oberfläche von Ruinenstädten der Maahks geprägt, war längst zur Festung ausgebaut worden. Transformsalven explodierten in den Reihen der Angreifer, ein Wall aus Tod und Zerstörung wuchs zwischen ihnen und dem Planetoiden auf.

Zwei Minuten lang stockte der Vormarsch der Maahks. In der Zeit verloren sie rund dreihundert Schiffe, aber dann teilte sich ihre Flotte in kleine Verbände, die zu den Seiten hin auffächerten. Die Zangenbewegung war unverkennbar.

Ich hatte das Gefühl, daß mir der Boden unter den Füßen weggezogen wurde, ich mußte mich abstützen, und meine Anspannung entlud sich in einem wüsten Fluch. Wegen der eingeschränkten Manövrierfähigkeit zwischen den Millionen kleiner und kleinster Asteroiden hatte ich nur wenige hundert unserer Kampfschiffe im Bereich Kalifs postiert und alle anderen den Maahks entgegengeworfen. Meine Absicht, die Wasserstoff-Methan-Atmer sofort nach der Rematerialisation anzugreifen und zwischen unseren Schiffen und den planetaren Bruchstücken aufzureiben, wurde zum Bumerang. Ich hätte es wissen müssen.

Der Weltraum über Kalif brannte. Ununterbrochen strahlten die Transformgeschütze ihre hochbrisanten Geschosse ab, rissen turmdicke

Energiestrahlen die atmosphärelose Schwärze über Kalif auf – ein ebenso faszinierendes wie erschreckendes Schauspiel. Die Normaloptiken zeigten einen flackernden, unaufhaltsam näherkommenden Sternenregen.

Die Walzenraumer schlossen Kalif ein. Zwischen ihnen und dem Planetoiden formierte sich eine Front aus knapp fünfhundert Kugelraumern, von denen ein Teil noch nicht mit den neuen Transformgeschützen ausgerüstet war. Diese Schiffe hatten Mühe, die grünen Schutzschirme der Maahks zu durchbrechen, deshalb hatte ich sie nicht in die vorderste Front geschickt.

Sperrfeuer mit allem, was wir aufzubieten hatten, während unsere Kampfschiffe die Front von hinten aufrollten. Die Maahks durften nicht näher als bis auf zweihunderttausend Kilometer herankommen.

Eintausend, vielleicht sogar eintausendfünfhundert feindliche Einheiten würden im Salventakt unserer Transformgeschütze, im Feuer der Impulsbahnen und Desintegratoren und zwischen explodierenden Raumtorpedos noch zerstört werden, bevor die ersten Walzenschiffe Kalif erreichten. Die positronische Hochrechnung zeigte auch die erschreckende Zahl von fünfhundert gegnerischen Großkampfschiffen, denen der Durchbruch zum Planetoiden gelingen konnte.

Die Maahks waren ausschließlich auf ihr Ziel fixiert. Das dritte Wachgeschwader, dem eben noch meine Hoffnung gegolten hatte, existierte nicht mehr. In einem Husarenstück hatte der Kommandant mit seiner überwiegend aus nicht umgerüsteten Raumern bestehenden Flotte einen der abgespaltenen Maahk-Verbände aufzureiben versucht und die Zangenbewegung der Walzenraumer dadurch unmöglich zu machen. Ich verwünschte die Hologramme, die mich dieser vorübergehenden Illusion beraubten. Wie Kerzenflammen im Wind waren die Signaturen unserer Schiffe erloschen, es gab keine Funkverbindung mehr.

Mehr als siebenhundert unserer Schiffe waren innerhalb weniger Minuten ausradiert worden. Welcher Fehler dazu geführt hatte, konnte später die positronische Auswertung zeigen, doch wen interessierte das dann noch?

Der metallisch-warme Geschmack von Blut würgte mich, und als ich mir fahrig übers Kinn wischte, färbten sich die Finger klebrig rot. Ohne es zu bemerken, hatte ich mir die Unterlippe aufgebissen.

Die Maahks waren im Begriff, ihre Umschließung zu vollenden. Wo meine schnellen Verbände versucht hatten, den Ring zu durchbrechen, tobten Energiegewitter, deren Heftigkeit noch zunahm.

Sinnlos, jetzt den Rückzug zu befehlen. Wohin hätten unsere Schiffe fliegen sollen? Andromeda war ebenso unerreichbar wie die Milchstraße.

Vielleicht war es sogar humaner, dem Beispiel der Maahks zu folgen und bis zum letzten Mann zu kämpfen. Dann kam der Tod wenigstens schnell.

Nun wird es wohl nichts aus deiner 20.000-Jahre-Frist, alter Mann von Wanderer! schoß es mir durch den Sinn. *Jedenfalls nicht für mich. Und wie war das mit der großen Aufgabe ...?*

Bitternis überkam mich. Und der Drang, wenigstens noch ein kleines Stückchen Leben zu erhaschen. Aber die Zeit rann mir zwischen den Fingern hindurch, sie verlor sich in der Ewigkeit.

Ich hatte länger gelebt als es jedem anderen Menschen vor mir vergönnt gewesen war. Manchmal hatte ich das als Gnade empfunden, als den Auftrag, große Dinge zu bewegen, häufiger aber als Last und unmenschliche Belastung. Warum gerade ich? Nur weil der Zufall es so wollte, daß ich an Perry Rhodans Seite als einer der ersten Menschen auf dem Mond landete? Generationen lag das zurück, trotzdem erschien es mir, als wäre es erst gestern gewesen. Nach kosmischen Zeitmaßstäben waren diese fast viereinhalb Jahrhunderte wirklich nur ein Lidschlag.

Ich konnte nichts mehr tun. Es wäre lachhaft gewesen, noch eine der Rettungs-Space-Jets in den unterirdischen Hangars aufzusuchen. Einzig und allein die Genugtuung, einige Maahks in den Tod mitgenommen zu haben – nein, ich weigerte mich, jetzt noch zu töten.

Die Walzenraumer der Maahks durchbrachen den letzten schwachen Abwehrgürtel.

Ich tastete nach dem Metallei auf meiner Brust, verkrampfte die Finger um den Zellaktivator und zerriß die Kette mit einem heftigen Ruck. Erleichtert fühlte ich mich nicht, als ich das Gerät, das mir Unsterblichkeit verlieh, auf die Konsole legte. Diesem Ei hatte ich vieles zu verdanken – aber ich verwünschte es oft. Dieses Erzeugnis einer fremden Technik war schuld daran, daß es keine Frau länger als einige Monate an meiner Seite ausgehalten hatte. Und die eine, die es vielleicht geschafft hätte, solche »Nebensächlichkeiten« zu ignorieren, hatte irgendwo den Tod gefunden.

Der Gedanke an Hannah Angel tat mir nicht gut. Ich mußte die Augen zukneifen, um die aufkommenden Tränen zu verdrängen.

Ein vielstimmiger überraschter Aufschrei schreckte mich hoch. Ich verstand nicht, wischte mir mit den Fingerspitzen den Hauch von Nässe aus den Augenwinkeln und erkannte erst dann, was ich dennoch nicht glauben konnte.

Die Maahks bekämpften sich gegenseitig! Sie schienen in dem Moment übereinander hergefallen sein, als Kalif nahezu schutzlos vor ihnen lag.

Schlagartig kippte das Kriegsglück. Das Gros der Walzenraumer sah sich von mehreren Seiten unter Feuer genommen; den schnellen Wachverbänden gelang daraufhin der Durchbruch durch die Umschließung, was ohne die gegenseitigen Attacken der Methans kaum denkbar gewesen wäre.

Ich zog das Mikro des Hyperkoms zu mir heran. »Kommandant Aguila, ich gratuliere! Ich fürchtete schon ...«

Ein müdes und abgespanntes Gesicht erschien auf dem Schirm. »Unkraut vergeht nicht, Sir«, unterbrach mich der Befehlshaber des Dritten Wachgeschwaders. »Unser kleiner Trick hat große Wirkung gezeigt.«

»Wenn das hier vorüber ist, Aguila, werde ich Sie zur Ordensverleihung vorschlagen.«

»Danke, Sir, aber die Ehre gebührt vor allem den Gefallenen. Nahezu die Hälfte meines Geschwaders ist verloren, mehr als dreihundert Schiffe. Und ohne Ihre Unterstützung, Sir ...«

Ich winkte ab. Schließlich hatte ich nicht mehr getan, als ihm die Erlaubnis für sein Husarenstück zu geben. Aus trügerischer Deckung heraus hatte Aguila einen Maahk-Verband angegriffen und sich sozusagen als Wolf im Schafspelz an der Einschließung von Kalif beteiligt. Das Gebiet, in dem seine Schiffe die Identität der Maahks angenommen hatten, war von den Ortungen allgemein schlecht zu erfassen, nur deshalb hatte der Gegner zu spät reagiert. Auch ich hatte nach dem Erlöschen der Schiffskennungen geglaubt, Aguilas Verband sei aufgerieben worden.

Momentan wütete das dritte Geschwader in den Reihen der Maahks, deren Angriff auf Kalif zum Stillstand gekommen war. Die ersten Walzenraumer wandten sich sogar zur Flucht, aber nur wenige entkamen dem neu erwachten Kampfgeist meiner Terraner in das Transmitterfeld der beiden Sonnen.

Wir hatten uns eine Atempause verschafft, mehr nicht. Die Verluste waren hoch, und in längstens zwei Stunden würde die nächste Flotte der Methans erscheinen – die letzte, berichtigte ich mich in Gedanken, denn einen weiteren Angriff würde meine dezimierte Wachflotte schwerlich überstehen.

Ich nahm den Zellaktivator mit der zerrissenen Kette in die Hand, zögerte einen Augenblick und ließ das Metallei dann in meiner Brusttasche verschwinden. Möglicherweise war ich doch noch darauf angewiesen.

Zwölfhundert Schiffe und ihre Besatzungen hatten wir verloren, davon mehr als ein Drittel umgerüstete Einheiten, deren Waffensysteme auf die grünen Schutzschirme abgestimmt gewesen waren. Sie zu ersetzen, fiel schwer. Ebenso die kleinen Schiffe der heimischen Maahks, die zu Hunderten im Feuer der Angreifer verglüht waren, doch ihr Haß auf alles, was mit den Meistern der Insel zusammenhing, war ungebrochen.

Ein paar Stunden Schlaf hätten wohl jedem gutgetan, leider blieb dafür keine Zeit. Ich genehmigte mir wenigstens zwei Tassen Kaffee, schwarz und bitter und so stark, daß der Plastiklöffel fast schon stehenblieb.

Zehn Minuten fehlten an den zwei Stunden, die ich als Galgenfrist gesehen hatte, als die Energieballung zwischen den Sonnen erneut aufloderte. Ich kippte den Rest meines Kaffees und ließ die Tasse in den Abfallvernichter fallen. Die Entscheidung stand bevor. Etwa achttausend Kugelraumer warteten an den wahnwitzigsten Positionen, die wir aus den Auswertungen aller gegnerischen Taktiken errechnet hatten. Wenn wir untergingen, dann wenigstens mit fliegenden Fahnen.

Schade, Perry, daß es so kommen mußte, seufzte ich in Gedanken. *Wir hatten beide große Träume ...*

Die Bilder der Transmitterballung, die von den nächststehenden Raumschiffen übermittelt wurden, zeigten ein Inferno aus Protuberanzen und energetischen Wirbeln. Aber immer noch keine Walzenschiffe.

Ich brauchte Sekunden, um wirklich zu begreifen. Das flackernde Transmitterfeld bewies das Eintreffen Hunderter Transportimpulse, doch kein einziges Feindschiff materialisierte. Die kampfstarken Walzen wurden an den Ausgangspunkt zurückgeschleudert – und wie immer sie dort ankamen, als Wracks und mit Besatzungen, die den Schock des unkontrollierten Rücksprungs eher tot als lebendig überstanden hatten, wenn überhaupt, wir würden künftig unbehelligt bleiben.

Der Transmitter-Empfänger war gesperrt! Einem unserer Techniker und Wissenschaftler, die sich bis zur völligen Erschöpfung verausgabt hatten, war das Wunder in letzter Sekunde gelungen. In den kommenden Tagen galt es, einen Öffnungsplan für den Transmitter zu erarbeiten. Wir hatten eine hervorragende Basis für unser weiteres Vorgehen gegen die Meister der Insel und ihre Hilfsvölker gewonnen, aber der Preis dafür war verdammt hoch.

Tröstende Worte konnten keine Menschenleben ersetzen. Bestenfalls machten sie den Schmerz der Hinterbliebenen etwas erträglicher. Wenn ich zeitlebens eine Pflicht gehaßt hatte, dann die, angesichts offener Gräber Trost aussprechen zu müssen. Wem halfen schon banale, abgedroschene Phrasen?

Jeder dieser Männer und Frauen hatte wie ich einen Eid auf die Verfassung des Solaren Imperiums geschworen: »... mit meinem Leben trete ich ein für die Wahrung aller Rechte intelligenten Lebens ...«

Ein hoher Anspruch.

Hatte wirklich jeder darüber nachgedacht? Oder gaben unsere Kadetten den Text gedankenlos wieder, weil sie sich nur für die Zeremonie unter dem Sternenbanner interessierten?

Wie hatte ich nach meiner Vereidigung für die U.S. Space Force halblaut hinzugefügt: »Galaxis, du hast dir neue Läuse in den Pelz gesetzt, rechne schon mal mit uns!«

Damals hätte ich viel dafür gegeben, meine Zukunft zu erfahren.

Heute schätzte ich mich glücklich, daß ich genau diese Zukunft nicht kannte.

Meynor, Brent – Sergeant an Bord des Schweren Kreuzers der TERRA-Klasse AGAMEMNON.

Meynus-Krytha, Helen – Kadett auf dem Schlachtschiff der STARDUST-Klasse YANKEE.

Mfogu, Abdul Abu – Schiffskoch im wechselnden Einsatz. Vermißt auf dem Flottentender INDEPENDENCE.

... gestorben .... vermißt .... Schicksal ungeklärt. Alles in Pflichterfüllung für das Solare Imperium. Seit drei Tagen sind die Suchmannschaften draußen und jeder, der noch halbwegs bei Kräften ist, beteiligt sich daran. Sogar die heimischen Maahks helfen uns. Wie schnell sich doch das Blatt wenden kann. Dieselben Wasserstoff-Methan-Atmer, die Perrys Flaggschiff fast in ein Wrack verwandelt hätten, sind nun unsere Verbündeten.

Jeder kahle Felsbrocken im Anziehungsbereich der roten Doppelsonne wird abgesucht. Achttausend Schiffe sind im Einsatz, dazu Space-Jets und Kaulquappen. Dies ist die größte Suchaktion, die je ein einzelnes Sonnensystem erlebt hat. Und der Erfolg gibt uns recht. Zweiunddreißig Männer und Frauen konnten schon gerettet werden. Einige liegen im Koma, doch die Ärzte sagen, daß sie durchkommen werden.

Ich fürchte, daß uns die Zeit davonläuft. In einem oder zwei Tagen werden wir nur mehr Tote bergen, die erstickt, verdurstet oder ihren Verletzungen erlegen sind. Der Weltraum ist angefüllt mit Wrackstücken von Faustgröße bis hin zu den Ausmaßen eines Wohnblocks; die Ortungen liefern unter diesen Umständen sehr eingeschränkt brauchbare Daten.

Die Maahks interessieren sich nicht für ihre Toten. Es scheint, als verachteten sie die Gefallenen wegen deren Rückzug aus dem Leben. Eine zumindest ungewöhnliche Anschauung, die ihre Wurzeln wohl in der großen Fruchtbarkeit dieses Volkes hat. Beukla hat schon angefragt, was wir mit unseren Toten machen – er scheint nicht glauben zu können, daß wir die sterblichen Überreste einsammeln, um sie anschließend zum zweitenmal dem Weltraum zu übergeben.

Für morgen ist die erste Massenbeisetzung angeordnet. Um die weitere Suche nach Überlebenden nicht zu behindern, werden fünf Superschlacht-

schiffe die Toten in Sonnennähe aussetzen. Den Oberkommandierenden des Schrotschußsystems trifft die Pflicht, die richtigen Worte zu finden.

Nehme ich den Sonnentransmitter als Bezug? Wohin führt unser Weg? Den Einzelnen ebenso wie die Menschheit. Die Antwort muß ich offenlassen.

Vielleicht schlage ich mich mit zu vielen unnötigen Überlegungen herum. Wenn ich es richtig sehe, befinden wir uns in einem Quasi-Kriegszustand mit den Mächten des Andromedanebels.

Weshalb nicht einfach das sagen, was ich selbst gerne hören würde?

»Trauert nicht um uns.« – Das würde mir gefallen? Reginald Bull, in dem Fall wird es Zeit, daß du die Verantwortung niederlegst.

»Sagt von uns: Sie hatten einen Traum! Sie wollten die Wunder des Universums sehen.« – Das klingt besser.

Leihgabe der Familie Aguila für die Wanderausstellung »Der Weg nach Andromeda – 500 Jahre Umwälzungen und kein Ende?« Start auf Terra am 11. August 2900 n. Chr.

Folienausdruck der Namensliste der Gefallenen des Schrotschußsystems, ergänzt durch handschriftliche Notizen von Solarmarschall Reginald Bull. Ein Faksimile, erweitert und erläutert durch eine erschöpfende situations-psychologische Analyse fand Aufnahme in das Standardwerk Enzyklopaedia Terrania; Band 4234 – Mikroarchiv.

(Empfohlen für Studienzwecke der Fachrichtungen Kosmogenese, Xenopsychologie sowie alle Geschichtswissenschaften.)

Im Mahlstrom der Sterne

September 3580

Der Schmerz hielt an. In seinem Brustkorb tobte noch die Hitze des Strahlerschusses, die das Fleisch bis auf die Knochen verbrannt hatte. Der rechte Arm schien gar nicht mehr vorhanden zu sein, jedenfalls spürte er nur das Schultergelenk pochen, als staue sich das Blut in verschweißten Adern.

Eigentlich hätte sein Körper auf die schwere Verletzung mit Schockzustand reagieren müssen. Daß er dennoch bei Bewußtsein war, wenngleich er seine Wahrnehmungen erst mühsam sortieren mußte und vergeblich versuchte, die Erinnerungen in eine brauchbare Reihenfolge zu bringen, war zweifellos dem Zellaktivator zuzuschreiben.

Wo bin ich? hämmerte es hinter Reginald Bulls Stirn.

Der ihn umgebende milchig-fahle Lichtschein gehörte nicht zur Zentrale des lemurischen Großkampfschiffs der GOLKARTH-Klasse, in der er sich eben noch aufgehalten hatte, sondern eher schon in die Medostation. Andererseits hatte Bully keine Ahnung, wie er dorthin gelangt sein konnte – der Übergang schien sich innerhalb eines einzigen Augenblicks vollzogen zu haben.

Er lauschte dem Dröhnen des Blutes in den Schläfen und den belebenden Impulsen des Aktivators. Stimmen irritierten ihn. Wie aus weiter Ferne drangen sie dumpf und unverständlich heran.

Sich zu konzentrieren, fiel Bull schwer, weil seine Gedanken nach wie vor ihr Eigenleben führten und sich einen Dreck um seine Wünsche scherten. Erinnerungsfetzen tauchten an die Oberfläche seines Bewußtseins empor, flammten auf wie eine Nova in der Schwärze des Alls, erloschen aber ebenso schnell wieder. Zurück blieb ein Gefühl quälenden Unbehagens.

Obwohl die Stimmen deutlicher wurden, verstand Reginald Bull noch wenig. Nur zögernd kehrten die Erinnerungen zurück.

Zweiundzwanzigtausend Kampfschiffe der Lemurer waren vor langer Zeit beim Sprung durch das Gercksvira-Sonnenfünfeck verschollen. Ihre Besatzungen hatten den Transmitterschock nicht lange überlebt, und im energetischen Chaos des Mahlstroms der Sterne waren die Raumer im Laufe der Jahrtausende verfallen.

Das galt für das Gros der Flotte, nicht aber für zweihundertachtunddreißig Raumer der GOLKARTH-Klasse ...

»Er ist wach!« stellte eine der Stimmen überrascht fest. »Generationen haben vergeblich auf seine Rückkehr gewartet ...«

»Ich glaube nicht daran, Kammal«, widersprach der andere hart. »Die Überlieferung sollte dem Leben unserer Väter einen neuen Sinn geben, aber sie ist nichts anderes als eine barmherzige Lüge.«

»Du irrst dich, Moixan.« Die erste Stimme verfiel in einen beschwörenden Flüsterton.

»Trotzdem sage ich, daß es an der Zeit ist, neue Wege zu gehen. Ich werde die Gelegenheit nicht ungenutzt verstreichen lassen. Man munkelt, die Zweite Insel sei gar nicht so fern, die wahren Daten wären nur verlorengegangen.«

»Gefälschte Daten, Geschichtsklitterung ... Der Fremde ist nicht Kommandant Borrum, sein Leib muß längst zu Staub zerfallen sein.«

»Aber – er kam durch den Käfig, der von unserer Seite aus nie aktiviert werden konnte.«

»Das ist kein Beweis ...«

»Was verlangst du noch, Kammal?«

Ein anklagendes Seufzen hing in der Luft. Reginald Bull schaffte es mittlerweile, die Lider ein Stück weit zu öffnen. Die Männer vor ihm, deren Streitgespräch er mitangehört hatte, waren schlank und hochgewachsen, ihre Schädel kahl, und die Jochbeine wölbten sich weit vor. Ihre Haut, wenn er es recht erkannte, schien lederartig und rissig. Welk war der bessere Ausdruck.

»Jeder weiß, daß du voreilig und unwissenschaftlich handelst, Moixan. Männer wie du beenden ihr Leben zwangsläufig in der Strahlenhölle.«

Reginald Bull räusperte sich verhalten. »Wir wäre es mit einem Glas Wasser für mich?« stieß er endlich hervor. »Außerdem würde ich mir gerne die Beine vertreten. Wer schaltet das Fesselfeld ab?«

Zwei Augenpaare schienen ihn zu durchbohren.

»Er spricht Alt-Lemurisch in der reinen Form, Kammal. Das sollte dich überzeugen.«

Langsam wich die Taubheit aus seinem Körper. Bully spürte Sensoren an den Schläfen, die wohl Meßwerte an eine Zentraleinheit übermittelten. »Ich bin kein Versuchskarnickel«, protestierte er.

Die Männer starrten ihn ungläubig an. Und ein wenig verständnislos.

»Herrgott«, knurrte Bully gereizt. »Wenn ich nicht auf euch angewiesen wäre, würde ich aufstehen und gehen. Seid ihr immer so lahm? Dann ist es kein Wunder, daß die alten Lemurer vor den Halutern aus der Milchstraße fliehen mußten. Wir haben es anders ...« Er biß sich auf die Zunge.

Beinahe hätte er von der Freundschaft zwischen Halutern und Menschen gesprochen. Aber das war nicht gut. Weil er zurecht vermutete, Nachkommen jener Lemurer vor sich zu haben, die vor rund 50.000 Jahren über das System von Sonnentransmittern in die Nachbargalaxis Andromeda geflohen waren.

»Wer ist *wir?«* kam prompt die Frage.

Bully verdrehte die Augen. Darüber hinaus hatte er keine Bewegungsfreiheit. Die Phantomschmerzen im rechten Armstumpf drohten unerträglich zu werden.

»Sie wissen, wo Sie sich befinden?«

»Ganz sicher nicht in Lemuria.« Allmählich wurde ihm das Spiel zu dumm, abgesehen davon, daß ihm viele Fragen auf der Zunge brannten, auf die er eine Antwort suchte. »Ich vermute, auf der zweiten Welt der Artmaccs. Aber darüber können wir uns später unterhalten. Mein Arm ist mir wichtiger. Haben Sie die Möglichkeit einer genetischen Stimulation zur Neubildung ...?«

»Wir sehen nur oberflächliche Verbrennungen und Abschürfungen.«

Bully zwang sich zur Ruhe; er nahm sich vor, bis drei zu zählen, danach wirklich die Augen zu öffnen und festzustellen, daß er geträumt hatte.

»Sie glauben, daß Sie schwer verletzt sind?«

»Strahlerschuß. Rechter Arm und Brustkorb«, ächzte Bull. »Ein Offizier griff mich in der Zentrale des Flaggschiffs an ... Ich glaube, es hieß DAR TRANATLAN.«

»Wir befinden uns auf dem Flaggschiff.«

Das waren Puzzleteile ohne Zusammenhang. Nichts paßte. Schon der Faktor Zeit ließ sich nicht einordnen. Eben erst schien er den Flug der Lemurer durch den Gercksvira-Sonnentransmitter miterlebt zu haben, aber schon Augenblicke später wurde er offensichtlich mit den Nachkommen jener Raumfahrer konfrontiert.

»Es ist überliefert, daß der rechte Arm des Kommandanten bis auf einen Stumpf verbrannt war, aber regeneriert werden konnte«, triumphierte Moixan. »Verzeihen Sie, Kommandant Borrum, aber werden Sie uns nach Lemur führen? Generationen haben diesen Traum weitergegeben ...« Er stockte, begann dann hastig, den immer noch mit energetischen Gurten auf die Liege gefesselten Körper abzutasten. Augenblicke später schien er gefunden zu haben, wonach er suchte, denn seine Finger verkrampften sich um den Zellaktivator.

»Einige wenige Lemurer sollen ein metallenes Ei besessen haben, das die Unsterblichkeit verleiht«, sagte er beinahe ehrfürchtig. »Ist es so, Kommandant Borrum?«

Bull nickte zögernd. Inzwischen war ihm egal, was die Lemurer-Nachfahren glaubten, sofern sie immer noch über ihre hochstehende Technik verfügten, anders als die Artmaccs, mit denen Alaska Saedelaere konfrontiert worden war. Was hinderte ihn daran, die Identität des Kommandanten anzunehmen, den sie in ihm sehen wollten, sofern es ihm half, die Erde wiederzusehen?

»Schalten Sie das Fesselfeld ab, Moixan!« bat er und fügte nachdenklich hinzu: »Es ist wahr. Ich weiß, wo Lemur zu finden ist, die Keimzelle des ersten Tamaniums.«

Gab es eine Vorsehung des Schicksals? Oder hatten tief in der Vergangenheit kosmische Mächte lenkend eingegriffen? ES? Den Unsterblichen von Wanderer konnten Raum und Zeit nicht aufhalten. Reginald Bull dachte zurück an Rhodans Reise nach Barkon, zweihunderttausend Lichtjahre tief in den intergalaktischen Leerraum. ES hatte damals sein eigenes kleines Raumschiff in die Vergangenheit versetzt, um noch vor dem Tag des Aufbruchs am Ziel zu sein.

Warum sollte ES nicht auch 22.000 lemurische Kampfraumschiffe manipuliert haben? Oder wenigstens eine kleine Zahl davon.

Egal, ob Absicht dahinter steckte, oder ob nur die kosmischen Gegebenheiten des Mahlstroms für eine Duplizität der Fälle gesorgt hatten – er, Reginald Bull, durfte seine Chance nicht ungenutzt verstreichen lassen. Geduld und Ausdauer waren eine Möglichkeit, die Macht der Aphiliker auf Terra zu brechen, leider die schlechteste, fand er. Damit war kein Aphiliker wirklich zu beeindrucken. Mit einer kleinen Flotte schon eher.

»Ihr wollt nach Lemur zurück?« hörte Bully sich sagen. »Ich will es auch. Unser Heimatplanet ist nahe, vielleicht nur einige tausend Lichtjahre entfernt. – Wie viele Raumschiffe stehen zur Verfügung?«

»Viele haben den Versuch, den Artmaccs zu entfliehen, mit dem Tod bezahlt. Ich will nicht wegen eines Lügners sterben.«

Noch war er nicht frei, ihm blieb nur ein wildes Kopfschütteln. »Wovon soll ich erzählen?« fragte er mit belegter Stimme. »Von Gercksvira, von zweiundzwanzigtausend Kampfraumschiffen, oder von den Bestien, denen ich vor langer Zeit selbst Auge in Auge gegenüberstand?«

»Er ist unsterblich«, raunte Moixan, als brauche er für sich selbst eine Bestätigung. »Das sollte als Beweis genügen. Ebenso wie die Tatsache, daß wir ihn vor dem Transmitter fanden. – Im Grunde, Kammal, wollen wir alle dasselbe.«

»... den Traum unserer Väter zu Ende führen.« Der Angesprochene wirkte unschlüssig. »Seltsam nur, wie sich die Prioritäten verschieben.« Mit einem Kopfnicken deutete er auf Bull. »Ich weiß nicht, ob wir im vertrauen dürfen – zu viel steht für uns auf dem Spiel. Dabei hätte ich noch vor wenigen Tagen dafür plädiert, die Raupen endlich in ihre Schranken zu weisen. Aber jetzt? Ich weiß nicht mehr, was richtig ist.«

Seit fünf Minuten saß Reginald Bull auf einer gurgelnden, sanft schwingenden Matratze, hatte mit den Füßen gerade noch Bodenkontakt und stemmte sich hin und wieder der monotonen Bewegung entgegen. Er verkrampfte sich, aber das war ihm egal. Auch daß er blicklos auf die kahle Wand vor sich starrte.

Die Männer hatten ihn von den Fesselfeldern befreit und einem ziemlich klapprigen Roboter überlassen, einer Maschine, die wie aus unzähligen Teilen zusammengeflickt wirkte, als hätte jemand alles auf einem Schrottplatz zusammengetragen.

Der Roboter reagierte nicht auf Fragen. Reglos stand er vor dem Schott, ein stummer Wächter, der ihn an der Flucht hindern sollte.

Bully glaubte, den Blick der glühenden Sehzellen im Nacken zu spüren. Trotzdem wandte er sich nicht mehr um.

»Bin ich Gast oder Gefangener?«

Eher beiläufig wiederholte er die Frage, einfach nur, damit der Klang der eigenen Stimme die bedrückende Stille vertrieb.

Zögernd und nachdenklich zugleich bewegte er die Finger. Die vermeintlichen Schmerzen quälten ihn immer noch, dieses schwer zu akzeptierende Gefühl, durch den Blasterschuß den Arm verloren zu haben.

Suggestion?

Er ballte die rechte Hand zur Faust, öffnete sie wieder, ballte sie erneut. Nachdenklich biß er sich auf die Unterlippe. Er war mentalstabilisiert, eine Beeinflussung dieser Art sollte unmöglich sein. Zumindest mit normalen Mitteln. Aber was war im Bereich des Mahlstroms wirklich noch normal?

Ächzend ließ er sich zurücksinken, verschränkte die Arme hinter dem Kopf und fixierte den menschenähnlichen Roboter. Die Arme waren unterschiedlich lang und bestanden aus verschiedenen Materialien, auch Form und Anzahl der Finger stimmten nicht überein. Während die dreifingerige linke Greifklaue eher an ein einfaches Werkzeug erinnerte, schienen die fünf Finger der rechten Kunsthand ursprünglich für ein hochstehendes Modell gefertigt worden zu sein. Der Bioplastüberzug ebenso wie die vollständig nachgebildeten Gelenke ließen kaum einen anderen Schluß zu. Entweder hatte jemand einer bizarren Bastelleidenschaft nachgegeben oder aber die Not zur Tugend gemacht.

»Verrätst du mir, wer dich zusammengebaut hat?« murmelte Bully.

»Und vor allem, für welchen Zweck?« Er erhielt keine Antwort. »Wie wäre es mit einem kleinen Imbiß?« fügte er hinzu. »Und was zu trinken wäre auch nicht schlecht. Ich nehme nicht an, daß ich hier verhungern und verdursten soll.«

Ebensogut hätte er gegen die Wand reden können. Erst als er sich nach einer Weile unwillig knurrend von der Matratze schwang, reagierte der Roboter. Seine abwehrende Haltung war unmißverständlich.

»... also bin ich Gefangener«, gab Reginald Bull sich selbst zur Antwort. »Weißt du, Blechkiste, daß mir das ganz und gar nicht gefällt?«

Weder von der Größe noch von der Einrichtung her war der Raum üppig. Die Matratze war das einzige Möbelstück inmitten grau-blauer Tristesse. Absolut geschmacklos, fand Bully. Obwohl auch Designer auf der Erde vor Jahren mit derartigen Farbkombinationen experimentiert hatten. »Eine Wohnung, in der man rechts und links nur noch anhand beider Daumen unterscheiden kann und oben und unten lediglich aufgrund der Schwerkraft, ist für mich eine Folterkammer«, hatte er in einem vermeintlich unbeobachteten Moment im Selbstgespräch festgestellt, und genau diese Bemerkung war von den Medien aufgebauscht und über Dutzende Sonnensysteme verbreitet worden. Eine Arbeitsgemeinschaft »Psyche und Wohnen« hatte ihn offen der Fortschrittsfeindlichkeit bezichtigt und behauptet, sein Sinn für moderne Ästhetik sei in der prägalaktischen Zeit steckengeblieben. Zudem war er mehrfach aufgefordert worden, wenigstens für die Dauer von zwei Wochen eine der neugestalteten Wohnkugeln zu beziehen.

Wohnen erleben! Werden Sie ein neuer Mensch! hatte die Werbung plakativ grell behauptet.

So weit, so gut, nur hatte Reginald Bull nie die Absicht verspürt, ein neuer Mensch zu werden; ihm hatte der alte Bully mit seinen Ecken und Kanten ganz gut gefallen, und daran würde sich wohl nie etwas ändern.

Nach kurzer Zeit war die Kampagne gegen ihn eingeschlafen. Monate später hatte er beiläufig erfahren, daß die ersten Wohnkugeln abtransportiert und irgendwo in der Galaxis neu aufgebaut worden waren. Ein einziges skurriles Gebäude stand noch auf dem Mars, aus fünfundvierzig sinnverwirrend miteinander verbundenen Kugeln errichtet, die von Marsianern der a-Klasse bezeichnenderweise auf den Namen *Rhodium* getauft worden waren.

Ein Wandbildschirm war die einzige Abwechslung in der Monotonie. »Aktivieren!« seufzte Bully, nachdem er die matte Fläche eine Weile erwartungsvoll, aber immer noch gedankenversunken, betrachtet hatte.

»Computer!« fügte er hinzu, als nichts geschah. Drängend der Klang der eigenen Stimme inzwischen, beinahe schon ungeduldig, und die Aufforderung kam ihm merkwürdig bekannt vor. Aber vermutlich war der Anlaß unwichtig, sonst hätte er sich erinnert.

Was die Lemurer-Nachfahren über ihn herausfinden würden, wußte er leider nur zu genau: Der vermeintliche Kommandant Borrum, Legende einer weit zurückliegenden besseren Vergangenheit, war ein Hochstapler.

Er würde das kahle Zimmer gegen eine noch ungemütlichere Zelle eintauschen müssen. Anschließend Verhöre, vielleicht sogar eine Gerichtsverhandlung. Über das Urteil machte er sich keine Illusionen. Bevor es verkündet wurde, mußte er geflohen sein.

Vor fast vier Wochen hatte Michael Rhodan ihn aus Imperium Alpha befreit – und während des Transmitterdurchgangs verloren. Mittlerweile stand wohl für die Organisation Guter Nachbar fest, daß er sich nicht mehr auf der Erde befand. Transmittersprünge konnten angemessen und ihre Reichweite aus dem Energieumsatz einigermaßen verläßlich errechnet werden. Weitaus komplizierter war es, den Vektor nachträglich herauszufinden, was mit geeigneten Meßgeräten aber keineswegs unmöglich war. Unter günstigsten Umständen wußte Mike inzwischen, wo er seinen Patenonkel Bully suchen mußte. Und Bull wußte, daß Michael in der Hinsicht nichts unversucht lassen würde …

Nein, dachte Reginald Bull betroffen. *Er hat wenig Chancen, mich zu finden, weil die Verhältnisse des Mahlstroms jede Messung zur Farce machen.*

Seufzend ließ er sich wieder auf die Matratze sinken und stützte im Widerstreit grimmiger Entschlossenheit und abwartender Resignation die Hände auf die Oberschenkel. Nichts war mehr wie früher, als er manchmal allein in einer Nische des »White Horse House« gesessen, von den Sternen geträumt, aber letztlich doch nur in sein Bier gestarrt hatte. Damals war es ihm noch möglich gewesen, alles um sich herum zu vergessen. Die Zeit veränderte nicht nur die Dinge und ihre Sichtweise, sie verschonte auch einen Aktivatorträger nicht.

Wohin waren das Glück und die Zuversicht von einst verschwunden? Als junger Astronautenanwärter hatte Reginald Bull geglaubt, eines Tages die Sterne vom Himmel holen zu können. Die Wirklichkeit sah anders aus. Der erste Reiz der Sterne war erloschen. Geblieben war allen wissenschaftlichen Erkenntnissen zum Trotz die Frage nach dem Leben, dem Universum und all dem Rest.

»Vierzig«, stieß er im Selbstgespräch hervor. »Die Antwort ist vierzig.«

So viele Jahre war es her, daß er nach dem fingierten Schauprozeß gegen Perry Rhodan und seine treuesten, nicht der Aphilie verfallenen Mitarbeiter alle Hoffnungen zerstört hatte. Und das gründlicher, als es jeder andere vermocht hätte.

Er lauschte in die Enge der Abgeschiedenheit. Aber da war nichts außer den eigenen gepreßten Atemzügen. Das ferne Lachen, das er zu hören geglaubt hatte, existierte nur in seiner Phantasie. So sehr er sich diesmal danach sehnte, den bärtigen alten Mann zu sehen, in dessen Gestalt der Unsterbliche von Wanderer oft erschienen war, ES würde nicht kommen. Weil die heimische Milchstraße unerreichbar fern war – ein winziger milchiger Fleck unter Tausenden, wäre es unter den chaotischen Bedingungen des Mahlstroms überhaupt möglich gewesen, mehr als einige nahe Galaxien abzubilden.

Warum schaffte er es nicht, sich auf das zu konzentrieren, was im Moment wirklich wichtig war? Das Gefühl, zum Spielball unbekannter Mächte geworden zu sein, behinderte ihn. Erst die durch Breslauers Eingreifen wiedergewonnene Freiheit, danach das Wiedersehen mit Michael Rhodan und gleich darauf sein Irrweg durch den Mahlstrom.

Zum wiederholten Mal grub er die Finger der linken Hand in die Muskeln des rechten Oberarms, als müsse er sich davon überzeugen, daß die schwere Verletzung doch nur Illusion gewesen war, wenn auch eine Täuschung, die es seiner Mentalstabilisierung wegen gar nicht hätte geben dürfen.

Wenn eine Fiktion möglich war, waren es zweifellos auch weitere. Oder – die Tragweite dieser Überlegung traf selbst einen Mann wie Reginald Bull bis ins Mark – war alles nur ein einziger Bluff, von dem Moment an, in dem sein Privatrobot Breslauer ihn durch die Schockwelle einer fünfdimensionalen Explosion von der Aphilie befreit und zu einem Immunen hatte werden lassen? Eine vergleichsweise harmlose Schwingungsstörung war schuld daran gewesen, daß der Zellaktivator ihn nicht vor der gefährlichen Strahlung der Sonne Medaillon geschützt hatte.

Warum ausgerechnet er? Bully wußte es nicht, wollte es auch gar nicht mehr wissen. Ebensogut hätte die Aphilie Perry Rhodan verändern können, oder Michael oder einen der anderen potentiell Unsterblichen. Das Ergebnis wäre in jedem Fall ähnlich gewesen, und der Betreffende hätte in den Immunen nicht mehr Freunde, sondern Gegner der neuen Vollkommenheit gesehen und sie im humansten Fall für immer von der Erde entfernt. So wie er es auch veranlaßt hatte. Mit Perry Rhodan und seinen Getreuen an Bord des Fernraumschiffs SOL war die letzte Hoffnung aller anderen Immunen im Universum verschwunden.

Daß nun ausgerechnet Reginald Bull, ihr Bruder eins, ebenfalls zu einem Immunen geworden war, mußte für die Aphiliker eine bittere Pille sein. Töten konnten sie ihn nicht, wohl aber alle Mittel daransetzen, die Veränderung rückgängig zu machen.

»Nein.« Bully schüttelte den Kopf. »Das schaffen sie nicht.« Tonlos dumpf die eigene Stimme, unverkennbar die darin mitschwingenden Zweifel.

Es wäre eine verdammt logische Erklärung gewesen, daß die Aphiliker versuchten, ihren »kranken« Regierungschef zu beeinflussen. Wo ein Zellaktivator nicht richtig funktionierte, war wohl auch eine Mentalstabilisierung nicht sehr zuverlässig.

Die Befreiung durch Michael Rhodan mochten sie ihm vorgegaukelt haben, um ihn aus der Reserve zu locken, um Hintergründe zu erfahren, die er nur seinem Patenkind erzählen würde.

Einzelheiten über das Schicksal der Lemurerflotte waren in den Archiven von Imperium-Alpha gespeichert. Es war leicht, damit eine Scheinwirklichkeit zu suggerieren, die ihn mehr in ihren Bann zog und beschäftigte, als würden sie ihm eine heile Welt vorgaukeln. Die führenden Köpfe der Aphiliker mochten ihrer Emotionslosigkeit wegen wie menschliche Roboter wirken, doch ihr Wissen hatten sie nicht verloren. Im Gegenteil. Gefühllos angewandtes Wissen erzielte häufig nachhaltigere Erfolge, da Zögern und Hemmschwellen fehlten.

»Okay«, hörte Bully sich sagen, »beenden wir diese Farce. Ich bin nicht bereit, mich länger einer Illusion zu beugen. Obwohl die Gegensätze zwischen Aphilikern und Immunen unüberbrückbar erscheinen, schlage ich einen Kompromiß vor.«

Er wußte selbst nicht zu sagen, ob er wirklich eine Veränderung erwartete. Eine innere Unruhe trieb ihn an, das unerträgliche Gefühl, gegen Windmühlenflügel zu kämpfen. Medikamentöse, paramechanische oder parapsychische Beeinflussung wäre die einfachste Erklärung für alles gewesen, was seit seiner Flucht aus Imperium-Alpha geschehen war.

Er hatte Interkosmo gesprochen. Erst als sein Blick wieder den Roboter streifte, durchlief es ihn siedendheiß. Aber die gerade mal zwei Meter große Maschine reagierte nicht.

»Hast du wenigstens einen Namen?« fragte er auf Alt-Lemurisch. »Redest du nicht mit einem Gefangenen? Dann werde ich dich *Jonas* nennen. Verstehst du?«

Der Jonas aus biblischer Zeit, an den er dabei dachte, war von einem riesigen Fisch verschlungen und nach drei Tagen und drei Nächten wieder ausgespien worden. Vielleicht erging es ihm ähnlich. Im Moment fühlte er sich jedenfalls wie im Bauch eines Wals. Wenn es ihm nicht bald gelang, das Heft des Handelns an sich zu reißen, würde es sicherlich dafür zu spät sein.

Jonas bewachte das Schott wie eine Glucke ihre Küken. Wäre nicht das Glühen seiner Sehzellen gewesen, Bully hätte bald an eine stählerne Statue zum Thema Improvisation geglaubt.

»Warum sagst du mir nicht, daß ich euer Gefangener bin?« drängte er. »Ich befehle dir, das Schott zu öffnen!«

»Hörst du mir überhaupt zu? – Nein? Vielleicht sollte ich dich auseinandernehmen und richtig zusammenbauen. Geh mir endlich aus dem Weg, du Blechtöle!«

Die Greifklaue schloß sich um Bullys Handgelenk, als er im Vorbeigehen nach dem Öffnungsmechanismus des Schottes schlug. Nur lächerliche fünf Zentimeter fehlten, dann hätte er die Kontaktplatte berührt.

»Laß mich los!« herrschte der Terraner den Roboter an. »Ich ich befehle dir ... Na also, es geht doch. Es wird Zeit, daß du Kommandant Borrum mit dem nötigen Respekt behandelst. Ich würde ungern deine Verschrottung veranlassen.« Mit zwei Fingern tippte er gegen die zerkratzte Brustplatte des Roboters. »Wo befinden wir uns? – Wenn du es mir nicht sagen kannst, rufe jemanden, der dazu in der Lage ist. Worauf wartest du noch? Kannst du nicht, oder willst du nicht reden?«

»Er kann nicht«, erklang unvermittelt Kammals Stimme. »Jedenfalls nicht eigenständig.«

Das Schott glitt auf. Kammal quetschte sich hindurch, kaum daß die Öffnung breit genug war; in einer Hand hielt er ein antiquiertes Mikrofon mit einem kurzen Antennenstummel, in der anderen ein Vibratormesser.

»Zurück!« herrschte er Bull an. »Bis an die Wand. Und die Arme auseinander. Na los, ich werde nicht zögern, das Messer zu benutzen. – Wer sind Sie wirklich?«

»Kommandant Borr...«

»Das auf keinen Fall«, fauchte Moixan, der als zweiter in den Raum drängte. Das Schott hatte sich nicht einmal einen halben Meter weit geöffnet. Bully konnte herzlich wenig von der Umgebung außerhalb erkennen.

»Bis zur Wand zurück!« wiederholte Kammal mit Nachdruck. »Die Arme hoch – die Handflächen an die Wand legen!«

Angesichts der grimmigen Entschlossenheit des Lemurers erschien es Bully ratsam, der Anordnung nachzukommen. »Das Ganze ist ein Mißverständnis«, vermutete er. »Wir sollten darüber reden ...«

Abschätzend wog Kammal das Mikrofon in der Hand. »Der Roboter besitzt zwar keine Fähigkeit akustischer Kommunikation, aber er kann Geräusche übermitteln. – Wen haben Sie in der fremden Sprache kontaktiert? Die Artmaccs?«

»Ich habe …« Bully wollte die Hände von der Wand lösen, doch ein scharfer Befehl hinderte ihn daran. »Ich habe mit mir selbst geredet«, vollendete er zögernd.

»Es ist noch nicht lange her, da haben die Artmaccs versucht, einige von uns als Spione zu benutzen.« Kammals Seufzen kam aus tiefer Seele. »Wir mußten sie töten.«

»Ich bin kein Spion«, widersprach Bully.

»Das beweist wenig.«

»Was erwarten Sie von mir?«

»Die Wahrheit.«

Bully nickte knapp. »Fragen Sie. Bevor mir die Arme einschlafen.«

»Mit wem haben Sie gesprochen?«

»Mit mir selbst – ich sagte es bereits. Vielleicht ist das eine dumme Angewohnheit, aber …«

»Damit erklären Sie nicht die fremde Sprache. Wir durften nicht verstehen, was Sie den Artmaccs übermitteln.«

»Für Sie mag das so aussehen. Aber Ihre Sprache ist auch nicht mehr Alt-Lemurisch in seiner Ursprungsform. Alles verändert sich im Lauf der Zeit. Interkosmo ist die heute weit verbreitete Umgangssprache der Ersten Insel.«

Für einige Augenblicke schwiegen die Lemurer-Abkömmlinge. »Die Bestien herrschen nicht mehr in der Heimat unserer Väter?« platzte Moixan dann heraus.

»Die Haluter sind friedlich geworden und Freunde der Menschen«, antwortete Bully, allein schon, um nicht von dem jähen Wirbel der Gefühle mitgerissen zu werden. Trauer erfüllte ihn ebenso wie unbändiger Zorn. Wie viele Menschen hatten sterben müssen oder als Verfolgte den Zusammenbruch aller Werte miterleben? Der Weg der Erde durch den Mahlstrom war eine humanitäre Katastrophe. Die Flucht vor der Herrschaft der Laren hatte ins Desaster geführt; nichts war mehr so, wie es hätte sein können.

Stumm kämpfte er gegen die Tränen an; doch selbst als er die Augen zusammenkniff, fanden sie ihren Weg. Seine Stirn schlug gegen die Wand; die Kühle des Metalls fraß sich unter die Schädeldecke. Er war aufgewühlt, verwirrt, hoffnungslos durcheinander. Psychisch wie physisch am Ende seiner Kräfte.

»Sie kamen den Weg, der für Kommandant Borrums Rückkehr verheißen wurde«, sagte Moixan. »Aber Sie sind nicht Borrum?«

»Mein Name ist Reginald Bull. Ich wurde auf Terra geboren, der Welt, die Ihnen als Lemur bekannt ist. Wenn wir davon ausgehen, daß in unseren Adern lemurisches Blut fließt, sind wir sogar Brüder.«

Die Spuren unaufhaltsamen Verfalls waren überall erkennbar. Gleichzeitig erschien es unglaublich, daß der Raumer sich überhaupt in einem solchen Zustand befand.

»Fünfzigtausend Jahre«, murmelte Bully, als jäh das von den Leuchtplatten ausgehende Licht um einige Nuancen abdunkelte. »Eigentlich ein Wunder, daß uns die Konverter nicht um die Ohren fliegen.«

Aus einem Konglomerat von Informationen formte sich allmählich ein einheitliches Bild.

Aus Sicht des Schiffskommandanten Borrum hatte er miterlebt, wie zweihundertachtunddreißig Schiffe nach dem Durchgang durch den Gercksvira-Sonnentransmitter im Mahlstrom materialisiert waren. Vermutlich war auch die übrige Flotte infolge der Einwirkung kosmischer Kräfte nicht als geschlossenes Ganzes im Mahlstrom angekommen, sondern in weitere Pulks zerrissen worden. Aber das gehörte in den Bereich von Spekulationen. Wie viele der in das energetisch-materielle Chaos des Mahlstroms verschlagenen Raumschiffe überhaupt noch existierten, würde wohl nie zu klären sein. Alaska Saedelaere und die beiden von ihm geretteten Techniker hatten von degenerierten Artmaccs gesprochen, die einige Kugelraumer als ihr Eigentum betrachteten, aber auch von zerstörerischen Energie-Algen.

Der kleine Raum, in dem Bully von Jonas bewacht worden war, lag auf dem Hauptdeck, nicht einmal zweihundertfünfzig Meter von der Zentrale entfernt, im Winkel zwischen Ausrüstungskammern, in denen einst Raumanzüge für den Fall einer Havarie aufbewahrt worden waren, und einem Verteilerpunkt der Notfallschächte mit Ein-Mann-Rettungskapseln.

»Wir treffen Vorbereitungen, die uns eines Tages wieder zu den Sternen führen werden«, sagte Moixan.

»Gehören dazu Roboter wie Jonas?« fragte Bull, ohne eine Antwort zu erhalten.

Sie erreichten den Ringkorridor vor der Hauptzentrale. Alles was nicht niet- und nagelfest war, hatte man irgendwann abgebaut, angefangen von den Transportbändern bis hin zu den Monitoren der Bordsprechverbindungen. In den Nischen der Steckverbindungen lag der Staub zentimeterhoch.

»Wenn wir eines Tages diese Welt verlassen, werden wir auf Roboter angewiesen sein. Es gibt nicht viele funktionierende Datenverbindungen. Auf den anderen Schiffen sieht es nicht besser aus.« Kammal hob die Schultern. »Vor Generationen, als der Planet begann, seine Umlaufbahn zu verändern, versuchten unsere Vorfahren, gegen den Willen der Artmaccs zu starten. Mehr als einhundert Schiffe fielen den Energie-Algen zum Opfer. In der Folge zerstörten die Raupen an Bord der übrigen Raumer alle Roboter, die ihnen als einzige an Körperkraft ebenbürtig waren.«

»Die Auseinandersetzungen haben unseren Eltern klargemacht, wie sehr sie von den Raupen und ihrem Wohlwollen abhängig waren«, fügte Moixan hinzu. »Sie müssen uns beeinflußt haben, aber durch die Veränderung der Planetenbahn scheint diese Beeinflussung brüchig geworden zu sein. Unsere Vorfahren begriffen allmählich, daß sie nichts anderes waren als Tiere in einem Zoo, dazu verurteilt, ihr Dasein auf einem einzigen Kontinent zu fristen und ihre Raumschiffe vor dem Verfall zu bewahren – Aufzeichnungen, die wir selbst erst vor wenigen Jahren wiederentdeckt haben, belegen zwei weitere vergebliche Versuche, diese Welt zu verlassen, die ihrer Sonne rasch näher kommt. In spätestens dreihundert Jahren, haben wir berechnet, wird ein Leben auf der Oberfläche nicht mehr möglich sein.«

»Bis dahin gibt es uns nicht mehr«, ergänzte Kammal. »Es werden kaum noch Kinder geboren. Die Strahlung macht uns unfruchtbar.«

Knirschend öffnete sich ein Nebenschott. Die Zentrale lag im Halbdunkel, lediglich kleinere Bildschirme zeigten eine bizarre, im rasch wechselnden Widerstreit von Licht und Schatten liegende Landschaft.

Staub- und Sandschleier trübten die Atmosphäre. Exotische Pflanzen reckten knorrige Stämme in die Höhe; der in Böen aufgepeitschte Sand hatte sie längst abgeschliffen und verkrustet.

Bei einem ersten Rundblick zählte Bully drei Personen in der Zentrale. Sie waren mit Wartungsarbeiten beschäftigt.

»Was wir über die Funktionen der Raumschiffe wissen, wurde von Generation zu Generation weitergegeben«, sagte Kammal. »Trotzdem ging vieles verloren. Die Prophezeiung sagt, daß Kommandant Borrum zurückkehren und uns beistehen wird.«

»Verrät die Prophezeiung auch, wie das geschehen soll?« Bullys Blick heftete sich auf die Gitterkonstruktion in einer von Aggregaten umrahmten Nische. Mit raschen Schritten hastete er weiter. Da war der wahnwitzige Gedanke, mit dem Transmitter zu experimentieren. Möglicherweise schaffte er das Kunststück, die Justierung auf eine terranische Gegenstation vorzunehmen.

»Kommandant Borrum wird hinter diesem Gitter erscheinen«, sagte Kammal.

Zögernd glitten Bullys Finger über das blanke Metall. Vor den Sensoren des Energiepegels verharrte er und berührte erst einen tiefen Atemzug später die Kontaktplatte.

Es war, wie er befürchtet hatte: unterbrochene Energieversorgung und

Speicherstand zu gering, als daß ihm Spielraum für Experimente geblieben wäre.

»Sie wissen, was ein Transmitter wie dieser bewirkt?« wandte er sich wieder den beiden Lemurer-Abkömmlingen zu.

Moixan nickte zögernd. »Es gibt eine unsichtbare Daseinsebene, die unsere durchdringt«, sagte er. »Zeit und Raum werden für jeden gegenstandslos, der hinter das Gitter tritt, sobald es mit Energie versorgt wird.«

»Nur der Raum«, berichtigte Reginald Bull, »nicht die Zeit. Deshalb wird es sinnlos sein, auf Kommandant Borrum zu warten. Er ist seit Tausenden von Jahren tot.«

Das Funktionsprinzip lemurischer Transmitter glich den alten akonischen Geräten ebenso wie den aktuell in der Milchstraße gebräuchlichen Anlagen. Es gab bautechnische Besonderheiten, aber keine grundlegenden Unterschiede. Hier wie da waren die Strukturwandler, die Hyperenergie in fünfdimensionale Feldimpulse transformierten, im Gerätesokkel untergebracht, und die Felddüsen, die eben diese Impulse zu dem als schwarz empfundenen, aber eigentlich lichtlosen Transportfeld bündelten, beanspruchten die Innenseiten der Wände.

Transmitter arbeiteten ausschließlich computergesteuert, wobei die Positroniken grundsätzlich doppelt vorhanden waren, um im Falle eines Ausfalls den eingeleiteten Transportvorgang dennoch aufrechterhalten zu können. Scharf gebündelte Hyperenergie im kurzwelligen Bereich, salopp als Bildstrahl bezeichnet, durchleuchtete das jeweils zu transportierende Objekt bis hinab in die subnuklearen Details. Zeitgleich wurde die im Feldbereich befindliche Materie in Hyperenergie verwandelt und dem Bildstrahl als Information aufmoduliert, die letztlich, vom Transposer gelesen, zur Modulation einer Hyperfunk-Trägerwelle diente.

Im Empfangstransmitter spielte sich ohne erkennbaren Zeitunterschied der umgekehrte Prozeß ab, der exakt jeden atomaren Baustein richtig lokalisiert neu entstehen ließ.

Natürlich bestand die Gefahr, daß bei einer Übertragung von Hypersendungen über weite Distanzen Informationsinhalte verlorengingen. Die Reichweite eines Transmittersprungs war somit begrenzt und wurde im wesentlichen durch die zur Verfügung stehende Sendeenergie bestimmt.

Daß es dennoch bei einem verschwindend geringen Bruchteil aller Transmitterdurchgänge zu Modifikationen oder gar Überlappungen kommen konnte, mit mehr oder weniger schweren Folgen für den Betroffenen, zeigte das Beispiel Alaska Saedelaere. Bully entsann sich nur an sehr wenige Transmitterunfälle in den vergangenen fünfhundert Jahren.

Schwache Datenverzerrungen allein, toleriert im Größenbereich von eins zu mindestens fünfundzwanzig Millionen, konnten durch eine positronische Wahrscheinlichkeitsberechnung ausgeglichen werden. Der Bildstrahl für den schichtenweisen Lesevorgang ebenso wie für die Rematerialisation wurde von einem weiteren Rechnersystem kontrolliert.

Exakt an dieser Stelle war der lemurische Transmitter manipuliert worden. Reginald Bull glaubte zu spüren, wie sich sein Nackenhaar sträubte.

Eingriffe in die Wiederverstofflichung waren im Solaren Imperium untersagt, die Strafandrohung dementsprechend hoch. Aber auch die Wissenschaftler anderer Völker experimentierten nicht in diesem Tabubereich.

Zwei Speicherkristalle waren in den Datenfluß eingeschlossen worden, synthetische Kristalle von jeweils Daumengröße, die im allgemeinen dazu dienten, umfangreiche Bild- und Tonsequenzen zu archivieren.

Er selbst war durch diesen Transmitter an Bord gelangt. Kammal hatte gesagt, daß er ihn bewußtlos und in verkrampfter Embryohaltung auf dem Sockel liegend gefunden und deshalb sofort an Kommandant Borrums Rückkehr geglaubt hatte.

Unwillkürlich lauschte Bully in sich hinein. War er manipuliert worden? Die Bewußtlosigkeit mochte auf die Verhältnisse im Mahlstrom zurückzuführen sein oder auch darauf, daß seine körperliche Konstitution nicht gerade die Beste war. Jedenfalls dachte und fühlte er wie immer, und alle Körperteile waren noch da, wo sie hingehörten.

»Die Speicherkristalle wurden für Borrums Information eingefügt«, sagte Moixan unvermittelt.

Auf dem Absatz fuhr Reginald Bull herum. Beinahe hätte er sein Gegenüber angeschrien, erst im letzten Moment biß er sich auf die Zunge.

»Von wem?« fragte er heftig.

»Ein Fremder«, lautete die Antwort.

Bully schloß die Augen. Seine Fäuste verkrampften sich. Mühsam die Beherrschung bewahrend, lauschte er seinen stoßweisen Atemzügen. Unter der Schädeldecke dröhnte und hämmerte es wie in einem Walzwerk für Terkonit. Jedes Wort, das Moixan wiedergab, brannte sich in seine Gedanken ein.

»Euch bleibt nicht mehr viel Zeit, diese Welt zu verlassen, auf der ihr zwar geboren wurdet, die aber nie eure Heimat werden kann. – Das sagte der Fremde zu uns. Und: Habt ihr je gefragt, welche Rolle den Artmaccs zukommt? Sie zwangen eure Vorfahren einst, hier zu landen. Die Gründe dafür sind selbst den Artmaccs mittlerweile unbekannt; sie bewachen euch, weil sie es immer getan haben. Macht euch vertraut mit der Vergangenheit, die in den Speichern schlummert. Sobald Kommandant Borrum aus dem Transmitter tritt, ist es an der Zeit, zur alten Heimat aufzubrechen. Die Erste Sterneninsel wartet.«

»Wer war der Fremde?« stieß Bull hervor.

»Er nannte keinen Namen. Ist das wichtig für dich?«

»Für mich ebenso wie für euch ... Ich glaube, ich kenne den Fremden. Er neigt zu manchmal makaberen Spielen, deren tieferen Sinn die Betroffenen erst spät erkennen. Die Kristalle für Borrums Information dienten in Wahrheit dazu, mir während des Transmitterdurchgangs Wissen aus der Vergangenheit zu vermitteln. Eine Zeitlang glaubte ich tatsächlich, Kommandant dieses Schiffes zu sein, damals, als die große Flotte Karahol verließ ...«

Kammal nahm an einer der seitlichen Kontrollkonsolen Schaltungen vor und veränderte die Wiedergabe auf einem der kleinen Bildschirme. Das verschwommene Abbild eines alten Mannes erschien. Schlohweiße Bartfäden hingen wirr von seinem Kinn herab, auch das in die Stirn hängende Haar wirkte verfilzt und drahtig. Ein faltiges, von der Erfahrung eines langen Lebens geprägtes Gesicht wandte sich der Aufnahmeoptik zu ...

... und verblaßte innerhalb von Sekundenbruchteilen in einem Meer von Störungen.

»ES!« stieß Reginald Bull keineswegs mehr überrascht hervor. »Welches Spiel spielst du diesmal? Mir gefällt der Einsatz nicht – er ist zu hoch.« Er wandte sich an Moixan: »Wann war der Fremde hier?«

»Vor vier Generationen«, antwortete der Lemurer-Nachfahre.

»Wann genau?«

Moixans Kopfschütteln wirkte endgültig. An Bord der Raumschiffe gab es seit langem keine Zeitrechnung mehr, sie war nach dem ersten mißglückten Fluchtversuch eingestellt worden.

Vier Generationen veranschlagte Reginald Bull mit ungefähr einhundertzwanzig Jahren, ein paar Jahre mehr oder weniger ließen sich vermutlich nicht eingrenzen. ES mochte also kurz vor oder nach dem Zeitpunkt im Mahlstrom gewesen sein, als Erde und Mond durch den Sol-Transmitter abgestrahlt worden waren.

Für einen Augenblick glaubte der Terraner ein fernes, spöttisches Lachen zu hören. Aber er war sich wieder nicht sicher.

In Gedanken rief er nach ES. Doch keine Antwort kam.

Reginald Bull greift durch

2404 bis 2406

»Wozu sind Freunde da? – Du weißt es nicht? Dann will ich es dir sagen, du Klappergestell: Um den anderen aus dem Sumpf herauszuziehen, wenn er bis zum Hals in der ... Tinte steckt. Dafür wurde deine Baureihe konstruiert.«

Der rauhe Klang meiner eigenen Stimme erschreckte mich. Kein Wunder. Schließlich wäre ich meinem Gegenüber ums Haar an die Schaltkreise gegangen. Ich hatte mich immer für einen umgänglichen Menschen gehalten, hatte selbst dort nach Kompromissen gesucht, wo die Situation aussichtlos erschien – aber wenn man mich zur Weißglut trieb, dann bogen sich die Balken.

»Beweg dich endlich, du Blechkiste!« fauchte ich. »Deine ganze saubere Sippschaft, du eingeschlossen, ihr werdet perfekte Arbeit leisten. Ob ihr wollt oder nicht.«

Eben hatte ich mit der Faust gegen den stählernen Leib des Kampfroboters geschlagen und mir die Knöchel aufgerissen. Den stechenden Schmerz in den Fingern ignorierte ich ebenso wie das Blut, das in dünnen Fäden über den Handrücken rann. Ich fühlte mich wie ein unter Druck stehender Dampfkessel. Mein Gesicht glühte und besaß seit Minuten die Farbe einer überreifen Tomate.

Tief durchatmen Bully, beschwor ich mich selbst. *Laß dich von den Stahlgerippen nicht provozieren!*

Natürlich wäre es gesünder gewesen, mich nicht aufzuregen. Aber in bestimmten Momenten halfen die besten Vorsätze nichts.

Mein Blick streifte die drei Kaulquappen, die in dem Großraumhangar verloren wirkten. Sechzig Meter durchmaßen die Kugelzellen der Beiboote, die ihre Verwandtschaft mit den ursprünglich arkonidischen Kaulquappen nicht leugnen konnten. Das war das Äußere. Wer sich die Mühe machte, die Technik in Augenschein zu nehmen, dem begegneten terranische Veränderungen zuhauf.

Räubermentalität hatten akonische Medien die Neuentwicklungen der Solaren Flotte betitelt und aufgelistet, was die Terraner in ihrer *Großmannssucht* von anderen Völkern hatten mitgehen lassen.

Das Prinzip des Linearflugs war von den Druuf erbeutet worden. – Übersehen wurde natürlich großzügig, daß ein Terraner, nämlich Professor Doktor Arno Kalup, den Antrieb weiterentwickelt und deutlich verbessert hatte. Nicht umsonst verfügten die mit den neuen Kompensationskonvertern, liebevoll Kompaktkalups genannt, ausgerüsteten Korvetten über eine Reichweite von zweihunderttausend Lichtjahren.

Unsere Transformkanonen galten als das effektivste Waffensystem. Entwickelt worden waren die Transformgeschütze von den Posbis der Hundertsonnenwelt auf dem Prinzip eines modifizierten Fiktivtransmitters, der Fusionsbomben unterschiedlicher Sprengkraft entmaterialisierte, als überlichtschnellen Impuls abstrahlte und am Zielort unter gleichzeitiger Zündung in den materiellen Zustand zurückversetzte.

Die grünen Hochenergie-Überladungsschirme, die bis heute leider erst einen Teil unserer Flotte schützten, galten als neuestes Begierdeobjekt unserer Nachbarn. Natürlich hatten wir die HÜ-Schirme den Maahks abgeschaut, aber die Original-Baupläne dafür lagen uns bis heute nicht vor. Unsere Wissenschaftler hatten sehr viel Schweiß vergossen, bis feststand, daß es sich bei den für konventionelle Waffen nahezu undurchdringlichen Schirmen der Maahks um überwiegend fünfdimensional stabile Feldeinheiten handelte. Eine spezielle Überladungszone bewirkte Effekte, die dem Energiehaushalt zwischen der vierten und fünften Dimension ähnelten, den Grundsätzen der Lineartriebwerke also vergleichbar waren. Prof. Dr. Arno Kalup, einer unserer größten Hyperphysiker und seit einem dreiviertel Jahrhundert Aktivatorträger, arbeitete längst intensiv an einer weiteren Verstärkung der Zwischenraum-Überladungszone.

Terranische Hyperfunksender hatten den Akonen mit gleicher Münze heimgezahlt und gekontert, der *kleine Bruder* sei erwachsen geworden und Neid wäre völlig fehl am Platz. Wer nur darauf warte, daß ihm gebratene Tauben in den Mund flögen, hätte seinen Führungsanspruch schon deshalb verwirkt.

Eiskalt war es mir den Rücken hinuntergelaufen, als ich das Wortgeplänkel auf den Schreibtisch bekommen hatte. Diplomatische Verwicklungen waren aus geringeren Anlässen entstanden, und eine zweite Front in galaktischer Nachbarschaft der Erde, aus Dummheit oder Arroganz provoziert, war das Letzte, was wir brauchen konnten. Zumal unsere Anstrengungen seit Monaten nur noch dem Weg nach Andromeda galten.

»Du kannst wegtreten!« sagte ich und machte zwei schnelle Schritte rückwärts. Die Tuchfühlung mit einem Zwei-Tonnen-Koloß ließ mich immer noch kribbelig werden. Im Gegensatz zu Gucky stand ich zu meinen gemischten Gefühlen. Roboter waren nur Maschinen, Maschinen wurden von Menschen gebaut und programmiert, und Menschen machten manchmal Fehler. Einem solchen Fehler verdankte ich meine aufgeschlagenen Knöchel.

Ich reichte dem mittelschweren Kampfrobot mit der Modellbezeichnung TKR-2400/II gerade bis in die Mitte des massigen Oberkörpers. Die in Brusthöhe eingebauten schwenkbaren Waffenarme streiften in waagerechter Position mein Haar.

Zweieinhalb Meter maß der Kampfkoloß, dessen menschliche Gestalt nicht von ungefähr kam. Jedes Volk konstruierte seine Maschinen erst einmal nach dem eigenen Vorbild. Weil jeder glaubte, sie dann besser kontrollieren zu können? Ein Trugschluß. Eine wandelnde Pyramide mit einem Dutzend Tentakelarmen mochte dieselbe Effektivität besitzen, für Gegner aber schlechter angreifbar sein.

Irgendwann werden wir auch andere Roboter bauen, sagte ich mir. *Alles was denkbar ist, wird eines Tages verwirklicht werden.*

Die rotglühenden Sehzellen in dem Kugelkopf starrten mich an. Wie nahm der Kerl mich im Augenblick wahr – im Normalbereich, über Infrarotscan, oder analysierte er im Röntgenbereich die Lage meines Skeletts?

»Ich bedauere die Unstimmigkeit zwischen uns, Sir«, schnarrte er. »Bitte seien Sie versichert, daß ich keine persönliche Aversion gegen Sie ...«

Ich schnappte nach Luft, und meine Rechte glitt zum Thermostrahler. Ein verrückter Kampfroboter hatte mir gerade noch gefehlt. Ich hatte die Blechkisten im Depot aktiviert und ihren Einsatz an Bord der Korvetten befohlen. Widerspruch war sofort von diesem einen Exemplar gekommen, das die Vorrangschaltung innehatte.

»Der Befehl ist nicht legitimiert«, hatte er behauptet.

»Du kennst mich.«

»Solarmarschall Reginald Bull, Sir. Auch als Staatsmarschall bezeichnet, was jedoch keinen Unterschied macht, die Titel bedeuten identisches. Geboren am 14. Mai 1938 in Flushing, New York, ehemals Vereinigte Staaten von Amerika; Träger eines Zellaktivators und verschiedener Auszeichnungen, unter anderem Medaille von Arkon ...«

»Es reicht. Bewege deine Spießkumpane dazu, an Bord der Korvetten zu gehen.«

»Der Befehl ist nicht legitimiert, Sir.«

»Der Solarmarschall ist weisungsbefugt«, hatte ich ihm vorgehalten. »Verfassung des Solaren Imperiums, Artikel 14 in der geänderten Fassung von 2201.«

»... geändert zugleich mit der Anerkennung des Rechtsbegriffs Bordgericht innerhalb der Solaren Flotte.«

»Na also, du kennst dich aus ...«

»Ihr Befehl ist dennoch nicht legitimiert, Sir.«

»Erläutere das!«

»Die entsprechenden Sequenzen wurden überschrieben und noch nicht wiederhergestellt.«

Organisationskram also. Bürokratie. Allein die Verwaltung der Solaren Flotte war ein Apparat, der mir vor vier Jahrhunderten den kalten Angstschweiß auf die Stirn getrieben hätte. Ohnehin war es nur dem rechtzeitigen und weitblickenden Aufbau der lunaren Hyperinpotronik NATHAN zu verdanken, daß wir nicht längst eine Verwaltung für die Verwaltung benötigten.

Andererseits: Es war ausgeschlossen, daß bestehende Verhaltenssequenzen eines Kampfroboters durch Zusatzprogrammierungen überschrieben wurden. Das hätte allen Sicherheitsstandards Hohn gesprochen. Die einzigen Daten, von denen ich wußte, daß sie zur Verteilung gekommen waren, betrafen die aktuellen Ereignisse in Andromeda bis hin zum Verschwinden von Perrys neuem Flaggschiff, der CREST III, über Vario.

Kein gutes Omen, und ich gebe es zu. Gerade der CREST III wegen war ich gereizt. Das ging an die Substanz. Meine Nerven lagen blank und wer dann auch noch darauf herumtrampelte, der würde einen Reginald Bull erleben, wie er ihn gewiß noch nicht kennengelernt hatte.

»Meines Wissens wurde nur ein Datenpaket freigegeben.«

»Zwei Ergänzungen wurden überspielt, Sir«, sagte der Roboter.

»Dann stelle die verlorengegangenen Daten wieder her!« verlangte ich.

Für Sekundenbruchteile schien sich das Glühen seiner Sehzellen noch zu verstärken. Das gedämpfte Licht innerhalb des Großhangars trug ein übriges dazu bei. Meine Finger schlossen sich um das Griffstück des Strahlers.

»Ich bedauere den Zwischenfall«, plärrte er lauter als zuvor. »Zugleich weise ich darauf hin, daß ich keine Verantwortung trage.«

Der Tonfall klang aufdringlich. Das stand einem Kampfroboter überhaupt nicht zu. Mit einem raschen Seitenblick taxierte ich die Hundertschaft der 2400/II, die aller Imposanz zum Trotz wie leblose Golems wirkten. Aber das war mir im Moment sogar recht.

»Desaktiviere alle Funktionen!« befahl ich.

Vergeblich. Meine Nackenhaare sträubten sich, als der Roboter jäh seinen rechten Arm ausstreckte, der im Gegensatz zum linksseitig fest montierten Desintegrator in eine fünffingrige Greifhand auslief.

»Unkompetenter Befehl!« schnarrte er.

Ich hatte es geahnt. Dies war so ein Tag, an dem alles schiefging. Der

Getränkeautomat in der Offiziersmesse hatte erst keinen Kaffee und anschließend eine nach Desinfektionsmittel schmeckende eiskalte Brühe ausgespuckt. »Energetischer Überlappungseffekt im Zwischendeck«, hatten die Wartungstechniker lapidar behauptet, und das konnte alles oder nichts bedeuten. Ich hätte es noch akzeptiert, wäre ihnen unsere in den frühen Morgenstunden abgebrochene Linearetappe als Ursache in den Sinn gekommen. Supraleitfähige Magnetisierungen waren im Bereich der Außenhülle angemessen worden, jedoch sofort nach dem Abschalten des HÜ-Schirms wie Elmsfeuer verweht.

Ich wollte ausweichen, als der Arm des Kampfroboters waagrecht ausgestreckt verharrte, aber dann ging alles so schnell, daß ich kaum Zeit fand zu begreifen. Stählerne Finger umklammerten mein Handgelenk und zogen meine Hand mit unwiderstehlicher Gewalt vom Holster in die Höhe.

»Hör auf damit!«

Keine Reaktion. Der feste Griff des Blechkastens trieb mir das Wasser in die Augen. Der Versuch, mich loszureißen, hätte mir den Arm gleich mehrfach gebrochen.

»Du bekommst eine neue Positronik«, stieß ich abgehackt hervor. »Aber laß mich los! Du tust mir weh.«

Vorsichtiger als zuvor drehte er meine Hand. »Sir, Sie bluten, Sir!« stellte er fest.

»Was dachtest du denn? Dein Körper ist aus Stahl.« Ich hatte vorhin mit der Faust zugeschlagen und mir die aufgeplatzten Knöchel selbst zuzuschreiben.

»Ich habe gegen das erste Gesetz verstoßen, Sir. Ein Robot darf kein menschliches Wesen verletzen oder ...«

»Ich kenne die Robotergesetze.«

»... durch Untätigkeit gestatten, daß einem menschlichen Wesen Schaden zugefügt wird.«

»Wann hast du dagegen verstoßen?«

»Als Ihre Hand zu bluten begann, Sir.«

»Aber – ich habe zugeschlagen.«

»Ich habe zugelassen, daß Sie sich verletzen, Sir.«

»Verschone mich mit Haarspaltereien!«

»Ich verstehe nicht, Sir.«

»Vergiß es!« Ich war mehr als ärgerlich. Vor allem hatte ich weder die Zeit noch die Lust, mich mit einem irren Kampfroboter abzugeben, während Perry und die Crew der CREST III womöglich verzweifelt auf Hilfe warteten.

»Es tut mir leid, Sir.«

»Ja, schon gut.« Wieso war ich nur auf die Idee verfallen, drei Kaulquappen mit Kampfrobotern bemannt in den Einsatz zu schicken? Ich hob den linken Arm mit dem Minikom am Handgelenk. »Reginald Bull hier. Meines Wissens ist Leutnant Smile-Hanley zuständig für die ...« Eine unnachgiebige Stahlhand drückte meinen Arm zur Seite.

»Was ist noch?« seufzte ich ergeben. »Tu mir einen Gefallen und schalte dich ab! Laß mich endlich in Ruhe! Das ist ein Befehl.«

»Sie sind nicht befehlsberechtigt, Sir.«

Ich hatte endgültig genug. »Laß mich los!« herrschte ich den Stahlkoloß an. »Oder willst du mich erneut verletzen?«

»Verzeihung, Sir! Das lag nicht in meiner Absicht.«

Er zog den Arm zurück. Eines der neuen Programmschemata schien sogar sein Spracherkennungssystem verändert zu haben. Der Bursche war der erste Kampfroboter mit einer derart geschraubten Ausdrucksweise. Sachlich, prägnant und aufgabenbezogen – mehr wurde von den Maschinen nicht erwartet. Keine Pseudogefühle.

»Du gehorchst also doch meinem Befehl«, stellte ich fest. »Obwohl ich nicht berechtigt bin?« Plötzlich bereitete es mir satanisches Vergnügen, der Blechkiste meine Überlegenheit zu beweisen.

»Die erste Feststellung ist falsch, Sir.«

»Hast du deine Hand zurückgezogen, oder hast du es nicht ...?«

»Um nicht erneut gegen das erste Gesetz zu verstoßen.«

»Ich verlange eine eindeutige Antwort: Gehorchst du mir?«

»Ich darf es nicht.«

»Warum tust du es dennoch?«

»Ich folge nur dem Robotergesetz.«

Mit etwas Glück hatte ich ihn im Zwiespalt. Vorsichtshalber wich ich jedoch aus seiner Reichweite zurück, bevor ich erneut zum Strahler griff. Ich zog die Waffe, eine Spezialanfertigung, deren Sensoren unter anderem meine Fingerabdrücke und den Hautwiderstand registrierten, mich als berechtigt einstuften und selbsttätig das Abstrahlfeld aufbauten.

»Desaktiviere dich!«

»Sie sind nicht befehlsberechtigt.«

»Dann werde ich mich vor deinen Augen erschießen.« Demonstrativ zielte ich mit der Waffe auf meine Brust. Mein Zeigefinger tastete nach dem Auslöser. Ein kleiner Druck nur, und der mehr als tausend Grad heiße komprimierte Energiestrahl ... »Ich werde mich jetzt töten! – Aber du darfst nicht zulassen, daß ich das tue. Trotzdem werde ich die Waffe erst weglegen, wenn du dich abschaltest.«

Es war kein angenehmes Gefühl, aus einer lausigen Handspanne Distanz in die flirrende Mündung zu blicken. Obwohl ich mich mit dieser

Waffe nicht einmal verletzen konnte. Aber das wußte der Kampfroboter nicht. Ein winzigkleiner Sensor swoon'scher Fertigung war auf meine Individualschwingung geeicht und würde den Aufbau des Plasmafeldes verhindern, solange ich selbst das Ziel war.

»Du mußt den Befehl einer nicht-autorisierten Person befolgen, um ein Leben zu schützen«, fuhr ich fort. »Das ist dir nicht erlaubt. Also wirst du an meinem Tod schuld sein.« Nur noch ein winziger Druck, der Bruchteil eines Millimeters ... Zu spät! Ich fühlte das Nachgeben des Kontakts und schnappte jäh nach Luft ...

... der 2400/II stand zur Reglosigkeit erstarrt, das Glühen seiner Sehzellen war erloschen. Möglich, daß der Tag doch nicht ganz verloren war. Mit dem Handrücken wischte ich mir den Schweiß von der Stirn.

Die Bodenschleusen der Korvetten waren weiterhin einladend weit geöffnet.

Zum zweitenmal meldete ich mich über Minikom in der Zentrale: »Ich werde ab sofort in meiner Kabine zu erreichen sein. Leutnant Smile-Hanley soll in zwanzig Minuten dort antanzen.«

Die Antwort, so knapp die Bestätigung auch ausfiel, ließ die Verwunderung des Sprechers erkennen. Trotzdem wagte er nicht, nach dem Grund zu fragen.

Unsere Kampfroboter verfügten über einen ungeheuren Datenwust. Kopfschüttelnd betrachtete ich die mit Wahnsinnsgeschindigkeit über den Kabinenmonitor flimmernden Verzeichnisse. Das war ein Mehrfaches der Informationsmenge, die damals an Bord der STARDUST und bei der Bodenstation für die Mondlandung zur Verfügung gestanden hatte. Durchaus imposant, was in den Kleinpositroniken der Roboter Platz fand, aber längst nicht mehr der Rede wert.

Grafiken, Skalen, Erkennungssysteme ... Ungeduldig kürzte ich die Wiedergabe ab und holte mir eine chronologische Sortierung auf den Schirm.

Kahalo und das Sonnensechseck im galaktischen Zentrumsgebiet ... Verständlich war, daß für den Einsatz in Andromeda vorgesehene Kampfroboter ausführliche Informationen über die Sonnentransmitter benötigten. Was dabei die statistische Erhebung vom November vergangenen Jahres verloren hatte, die besagte, daß im interplanetaren Raum zwischen Erde und Mars zu einem beliebigen Zeitpunkt 315 Raumschiffe registriert worden waren, gehörte bestenfalls ins Ressort Stellare Überwachung. Wer kann schon die Überlegungen mancher Bürokraten nachvollziehen? Möglicherweise hatte jemand die Informationen zusammengestellt, der die TKR-2400/II und ihre Zweieinhalb-Meter-Imposanz nur von der Aktenlage und zwei oder drei nichtssagenden Fotos kannte. Einmal Auge in Auge vor einem solchen Koloß stehen sollte zur Pflichtausbildung jedes Datenarchivars gehören.

Angesichts dessen machte ich mich schon darauf gefaßt, zum x-ten Mal die Schlagzeilen des vergangenen Jahres über die Geburt von Guckys und Iltus Sohn zu lesen. Guckys eigenwillige und vor allem furchtbar nervige Andeutungen hatten tatsächlich eine verblüffende Erklärung gefunden. Wer konnte auch ahnen, daß ein Ilt im Augenblick der Geburt im Schutz einer organischen Blase aus dem Mutterleib hinausteleportierte? Jedenfalls war das im Bereich der Heimatwelt Tramp so gewesen, wo das Neugeborene dann von den telepathisch suchenden Eltern rasch gefunden wurde.

Ausnahmsweise will ich Gucky zugutehalten, daß er wirklich keine Ahnung hatte, wie ein Geburtsvorgang im Detail abläuft. Er war, als er sich auf der STARDUST II eingeschlichen hatte, sehr jung gewesen. Bis heute ist er nicht wirklich erwachsen.

Jedenfalls brach Gucky mit Iltu in einem unserer neu entwickelten Raumjäger, einem Moskito-Jet, zu den Koordinaten des zerstörten Planeten Tramp auf. Zurück kamen sie mit ihrem Sohn.

»Und du?« Mit stolzgeschwellter Brust baute Gucky sich vor mir auf. »Wann fängst du an, eine Familie zu gründen, Dicker? Es tut gar nicht weh.«

»Ich bin mit dem Imperium verheiratet«, antwortete ich ihm spontan. »Sag mir außerdem einen vernünftigen Grund ...«

»... warum du eine Frau unglücklich machen solltest? – Richtig, Bully, Selbsterkenntnis ist der Weg zur Besserung.«

Die als Wurfgeschoß umfunktionierte Blumenvase streifte ihn nicht einmal mehr. Weil Gucky teleportierte. Dafür waren Scherben, Wasser und Blumen quer durch das Zimmer verstreut.

TKR-Update, komprimiert 2. Mai 2404, las ich endlich. *Spezialdatei Andromeda-Flotte; Klassifizierung III, Zugriff autorisierten Personen vorbehalten. Selbstätige Vernichtung bei inkompetentem Zugriff.*

Danach hatte ich gesucht. Die programmierte Löschung aller Daten, die Rückschlüsse auf unsere Herkunft ermöglichten, entsprach dem Selbstverständnis der Andromeda-Flotte. Bislang hatten wir es geschafft, die Meister der Insel und ihre Hilfsvölker über unsere Herkunft im Unklaren zu lassen. Sie hielten unsere Schiffe für Einheiten aufrührerischer Völker.

Das Update selbst erwies sich als Konglomerat tabellarischer Daten und Beschreibungen, durch eine Fülle holographischer Aufnahmen und Sternenkarten aufgewertet. Ich überflog sie der Reihe nach.

7. Januar: Von der Stützpunktwelt Gleam aus beginnt der eigentliche Vorstoß nach Andromeda.

Da inzwischen eine Revolte der Methanvölker gegen die Meister der Insel im Gange war, wurde unser Vorstoß sogar in den eigenen Reihen nicht mehr uneingeschränkt befürwortet. Die Rede war zunehmend häufiger von Abenteuerlust und Neugierde. Ich selbst sah das anders: Die Kämpfe der Maahks untereinander und gegen weitere Vasallenvölker der Meister der Insel verschafften uns Terranern eine Atempause. Aber schon in wenigen Jahren konnte das anders sein. Wie meine Großmutter gelegentlich zu sagen pflegte: »Wer die Flinte ins Korn wirft, mein Junge, sollte achtgeben, daß er kein blindes Huhn damit erschlägt. Wenn du von einer Sache überzeugt bist, laß dich nicht davon abbringen.«

Kontakt der CREST III mit Kalak, dem kosmischen Ingenieur. Er ist ein Paddler, eineinhalb Meter groß und ebenso breit, schwarzhäutig, humanoid, Hände und Füße jeweils sechsgliedrig. Die letzten Paddler durchstreifen mit ihren Reparaturplattformen den Andromedanebel.

Kalaks raumtüchtige Werft, eine kreisrunde Konstruktion mit sechsundneunzig Kilometern Durchmesser und einer Dicke von zweiunddreißig Kilometern ist eine der wenigen, die bis heute die Verfolgung durch die MdI überstanden haben. Hunderttausende wurden vernichtet.

Daß Kalak seine Werft als Stützpunkt zur Verfügung stellte, betrachtete ich als Glücksfall. Für die Kampfroboter war die Freund-Feind-Kennung eindeutig: volle Gültigkeit der Robotergesetze auch für die Paddler.

Februar/März: Große Flotten der MdI sollen den Aufstand der Maahks in Andro-Alpha niederschlagen. Der terranischer Kreuzer MOSAKA beobachtet, daß aufständische Methans eine Vergeltungsflotte in einen Hinterhalt locken.

Anfang März: Erstkontakt zwischen Terranern und Tefrodern, den Sektorenwächtern Andromedas, die wie Menschen der Erde aussehen. Die Tefroder sind bedingungslose Diener der Meister der Insel.

23. März: Die erwartete Offensive der Maahks gegen Andromeda beginnt. Die CREST III gerät zwischen die Fronten. Sechshundert Raumschiffe der Methans greifen eine Handelswelt der Tefroder an. Während des Gefechts gelingt es einer Korvettencrew, den beschädigten tefrodischen Kreuzer ASKAHA zu entern.

Handlungsvollmachten der Kampfroboter bezüglich der Maahks: situationsbezogen. Keine eindeutige Aussage über Freund-Feind-Status möglich.

25. März: Über ein Mikrogerät im Gehirn werden die Tefroder von den MdI beeinflußt. Versager wie an Bord der ASKAHA finden den Tod.

9. April: Aus Funksprüchen der Tefroder geht hervor, daß sie die CREST für ein halutisches Schiff halten. Während eines Angriffs im Linearraum wird das Flaggschiff der Solaren Flotte von der Ballungszone eines Sonnentransmitters angezogen und erreicht den Planeten Multika. Eine unterirdische Fabrik der MdI, in der mit Multiduplikatoren Tefroder-Duplos erzeugt werden, wird zerstört. Der Hyperimpuls ihrer Meister tötet zehn gefangene Duplos an Bord der CREST über die Reizempfänger in ihren Gehirnen.

23. April: Siebenhundert Duplikatorschiffe jagen den vermeintlichen Haluter-Raumer. Icho Tolot, Gucky und zwei Mutanten entern das beschädigte Tefroder-Schiff SUSAMA, das sich als Falle entpuppt. Erst nachdem von ihnen Atomschablonen angefertigt wurden, gelingt Tolot, Gucky und dem Hypno André Noir die Flucht.

25. April: Die Duplos beider Mutanten und des Haluters gelangen an Bord der CREST III, können aber vernichtet werden. Atlan drängt, das Big-Blue-System zu verlassen, dessen einzige Welt das Flaggschiff umkreist, doch jäh verändert der bislang erdähnliche Planet sein Gesicht und wird zur Wüstenwelt; Energiesäulen zapfen die Sonne an – und dann scheint die mächtige CREST sich aufzulösen. Lediglich eine Korvette bleibt von dem unheimlichen Vorgang verschont und überbringt die Nachricht vom spurlosen Verschwinden des Flaggschiffs . . .

Keine weiteren Daten. Ich schaltete den Monitor ab. Noch zwei oder drei Minuten, bis Leutnant Smile-Hanley erscheinen mußte.

Sabotage war ein Wort, das mich schon immer zur Weißglut gereizt hatte. Falls der Leutnant das geringste Verdachtsmoment lieferte, würde ich ihn auseinandernehmen.

In knapp einer Stunde stand die letzte Linearetappe an. Der Zielstern war Big Blue. Falls auf Vario, der Welt mit den wechselnden Gesichtern, jemand glaubte, mit Terranern sein Spiel treiben zu können, würde er sich gehörig wundern. Eine Arkonbombe reichte aus, den Planeten aus dem Universum zu tilgen.

Die GENERAL DERINGHOUSE, mein nach einem der draufgängerischsten Raumschiffskommandanten der Dritten Macht benanntes Flaggschiff, war wie die CREST III ein Zweieinhalb-Kilometer-Gigant der neuen GALAXIS-Klasse, die im offiziellen Sprachgebrauch bereits als Ultraschlachtschiffe bezeichnet wurden. Nur dreihundertfünfzig Meter dick war der Triebwerksringwulst. Drei Kalupkonverter in neuer Kompaktbauweise verliehen jedem Ultraschlachtschiff auch ohne Zusatztriebwerke eine Gesamtreichweite von 1,2 Millionen Lichtjahren. Für diese Schiffe, die im Linearraum millionenfache Lichtgeschwindigkeit erreichten, war Andromeda ein deutliches Stück nähergerückt.

Jede Einheit verfügte über stärkste Terkonit-Außenwandung in Wabenbauweise. Vierfach gestaffelte Schutzschirme, davon ein Segment als grüner HÜ-Schirm nach Maahk-Vorbild. Zwölf Großkraftwerke zur Deckung des ebenfalls gigantischen Energiehungers, wobei alle Waffensysteme Selbstversorger und von anderweitiger Energieerzeugung unabhängig waren.

Die Hauptbewaffnung bestand aus sechzig Transformkanonen mit einer Abstrahlkapazität bis zu tausend Gigatonnen pro Geschütz. Dagegen nahmen sich die konventionellen Energiegeschütze bescheiden aus.

Zwei ringförmige Außenhangars beidseits des Ringwulstes halfen, Platz im inneren Schiffsbereich einzusparen. Fünfzig Korvetten führte ein solches Schiff als Beiboote, dazu fünfhundert Moskito-Jets, sechsundzwanzig Meter lange torpedoförmige Raumjäger mit Dreiecksflügeln, die gleichermaßen im Weltraum und innerhalb planetarer Atmosphären operieren konnten.

Mit einer Stammbesatzung von fünftausend Personen war jedes Schiff der GALAXIS-Klasse eine kleine Stadt für sich selbst. Allein zweitausend Mann waren für die Einsatzbereitschaft der Beiboote erforderlich.

Alles an der CREST III oder der GENERAL DERINGHOUSE war in Superlativen zu beschreiben, auch die Kosten. Mit vierhundert Milliarden Solar Stückpreis in der Serienfertigung wurde die Wirtschaftskraft des Solaren Imperiums zwar nicht in die Knie gezwungen, aber doch einer deutlichen Belastung ausgesetzt. Andererseits war es in jeder Hinsicht beruhigend, solche Giganten hinter sich zu wissen.

Leutnant Smile-Hanley erschien überpünktlich. Ich hatte es nicht anders erwartet. Im Umgang mit Kampfrobotern war Präzision unerläßlich. Irgendwie hatte ich mir den Leutnant ganz anders vorgestellt. Er war knapp einssechzig groß, schmächtig und beinahe schon knochig. Sein Alter war schwer zu schätzen: fünfundfünfzig, vielleicht auch einige Jahre mehr. Wieselflink huschte sein Blick durch die Kabine und heftete sich fragend auf mich. Normalerweise hätte ich abgewinkt als er versuchte, Haltung anzunehmen, diesmal ließ ich ihn gewähren.

»Leutnant Smile-Hanley zur Stelle, Marschall.«

Er fragte sich, was ich von ihm wollte. Fünftausend Mann lebten an Bord des Ultraschlachtschiffs, aber ausgerechnet ihn hatte ich zu mir zitiert. Ich musterte ihn von unten herauf und dachte gar nicht daran, ihn aufzufordern, er solle bequem stehen.

»Sie kennen unser Flugziel, Leutnant?«

»Der Andromedanebel, Sir.«

Sein Blick, obwohl starr geradeaus gerichtet, sezierte mich Stück für Stück. Wären nicht die psychologischen Tests gewesen, die jeder Flottenangehörige durchlief, ich hätte ihm spontan eine innere Unruhe bescheinigt, begründet in einem überkompensierten Minderwertigkeitsgefühl.

Möglicherweise auch unterdrücktes Mitteilungsbedürfnis. Ich hätte seine Personaldatei einsehen sollen, das allerdings überhaupt nicht in Erwägung gezogen. Andererseits neigten Menschen in Streßsituationen zur Überbewertung vermeintlicher Fakten, und davor war ich ebenswoenig gefeit. Ich merkte, daß ich ungewollt meinen Ärger in die Beurteilung seiner Person einfließen ließ.

»Sie wissen ebenso, Leutnant, daß wir uns quasi im Kriegszustand befinden«, fuhr ich fort. »Die CREST III ist spurlos verschwunden. Ich gehe lieber nicht davon aus, daß sie vernichtet wurde ...«

»Das nimmt niemand an, Sir.«

Tief im Bauch des Schiffes veränderte sich die Geräuschkulisse. Die Linearkonverter begannen ihre Tätigkeit. Das bedeutete, daß die Flotte in wenigen Augenblicken in den Überlichtflug gehen würde.

»Sie sind zuständig für die Wartung der Kampfroboter, Leutnant?«

»Wartung, Ersatzbeschaffung, Auswertung der Einsatzprotokolle ...«

»... und die Pflege der Befehlsberechtigungen?«

Mit dem Eintritt in den Linearraum wurde Gefechtsalarm ausgelöst. In exakt zwölf Minuten würde die Flotte das Big-Blue-System erreichen und nahe der Umlaufbahn des einzigen Planeten Vario zurückstürzen.

»Ich verstehe nicht, Sir«, sagte der Leutnant irritiert. »Sind die Roboter nicht mehr für den Einsatz vorgesehen?«

»Doch. – Sie haben das Update übertragen?«

Er nickte heftig. »Natürlich, Marschall. Version TKR 14-3 Gamma, Detailplanung mittelschwere Kampfmaschinen des Andromeda-Korps. Die Dateien trafen mit dem letzten Versorgungsflug über den Schrotschuß-Transmitter ein und wurden von mir wie vorgeschrieben auf ihre Plausibilität ...«

»Ist das alles, Leutnant? Keine Programmfehler?«

»Ja und nein. Ich meine, ja: das ist alles; nein: keine ...«

»Sind Sie hundertprozentig sicher?«

Der Leutnant wollte abermals nicken, hielt jedoch mitten in der Bewegung inne. Seine Miene verdüsterte sich.

»Ich bin ganz Ohr«, seufzte ich.

»Ein Zusatzprogramm wurde eingespeist«, gestand Smile-Hanley. In dem Moment paßte sein Gesichtsausdruck so gar nicht mehr zu seinem Namen.

»Ich glaube nicht, daß es meine Aufgabe ist, Ihnen die Würmer einzeln aus der Nase zu ziehen, Leutnant.« Langsam wurde ich zornig. »Sollte ich zu der Erkenntnis gelangen, daß Sie eine Gefährdung unseres Einsatzes herbeigeführt haben, erhalten Sie für die nächsten Jahre ausreichend Gelegenheit, über Eigenmächtigkeiten nachzudenken. Und nun nehmen sie sich zusammen. Ich will die Kampfroboter in spätestens dreißig Minuten als Landungskommando in den Kaulquappen sehen. Ohne Fehlfunktionen. Wie Sie das schaffen, ist mir egal – aber Sie schaffen es, und wenn Sie jeden Roboter eigenhändig hineintragen. Ich hoffe, wir haben uns verstanden.«

Keine Miene zuckte mehr in seinem Gesicht. Wie versteinert salutierte er.

»Wegtreten!« befahl ich. Erst als er schon unter dem Schott stand, fügte ich hinzu: »Benötigen Sie kompetente Hilfe, Leutnant? Was haben Sie überhaupt mit den Robotern angestellt?«

»Ein Ego-Programm, Sir. Ich dachte mir, die TKR könnten auch diplomatisch sehr gut eingesetzt werden. Dafür benötigen sie bessere Umgangsformen.«

Ich glaubte, mich verhört zu haben. »Sie dachten, Leutnant ...?«

»Die Befehlssequenzen wurden vermutlich durch das gestärkte Selbstbewußtsein überlagert. Bei der Plausibilitätsprüfung fiel es mir nicht auf, Sir. Natürlich trage ich alle Konsequenzen.«

In dem Moment wußte ich nicht, ob ich lachen oder losbrüllen sollte. Ich tat beides nicht, stützte mich mit den Ellbogen auf der Tischplatte auf und massierte mit zwei Fingern meine Nasenwurzel.

Daß in der Solaren Flotte ein gewisser Prozentsatz Individualisten Dienst tat, war bekannt. Ohne diese Männer und Frauen wäre manches Kommandounternehmen anders verlaufen, stünden wir heute noch in der Milchstraße. Leider entwickelten Individualisten manchmal einen Hang zur Gemeingefährlichkeit, obwohl sie selbst vom Gegenteil überzeugt waren. Daß die GENERAL DERINGHOUSE nicht davon verschont blieb, war mir neu. Ich würde mit dem Leutnant Klartext reden, sobald wir die Sache mit Vario hinter uns hatten.

Alles lief wie am Schnürchen. Unsere Schiffe fielen im Big-Blue-System aus dem Linearraum, lediglich dreieinhalb Lichtminuten von Vario entfernt. Die Flotte fächerte in einer Zangenbewegung auf und beschleunigte mit Kurs auf den Planeten.

Kein Hyperfunkverkehr. Das System zeigte sich leer und verlassen, die Distanzortungen vermittelten das Bild einer öden und kahlen Wüstenwelt. Nichts deutete darauf hin, daß Vario eine der tückischsten Fallen darstellte, von denen ich je gehört hatte. Angespannt wartete ich darauf, daß sich die Planetenoberfläche in eine Wasserwelt verwandelte, mit Tausenden korallenumkränzter Eilande, oder in ein grünes Paradies, dessen üppige Schönheit zur Landung verleiten sollte. Zumindest was die mächtigen Zapfstrahlen anbetraf, die der Sonne Energie entzogen und offensichtlich das Verschwinden der CREST III verursacht hatten, waren die Speicheraufzeichnungen der Korvette eindeutig.

Zwei 1800-Meter-Kugelraumer stießen aus der Sonnenkorona hervor. Sekundenlang herrschte Unsicherheit bis feststand, daß es sich um Schiffe der Tefroder handelte. Vermutlich Duplikatorschiffe wie die SUSAMA – mit Besatzungen, die aufgrund von Atomschablonen in mehrhundertfacher Kopie hergestellt wurden.

Perry und seine Leute hatten das einzig Richtige getan, nämlich die Multiduplikatoren zu vernichten, wo immer sie dieser Geräte ansichtig wurden. Auf der einen Seite verdammte ich die Meister der Insel ob ihrer Kaltblütigkeit im Umgang mit Leben, auf der anderen kam ich nicht umhin, sie zu bewundern. Sie konnten Armeen aus dem Boden stampfen, Ausrüstungsgüter, einfach alles bis zu einer bestimmten Größe. Ihre Multiduplikatoren waren so etwas wie ein Perpetuum Mobile oder der Stein der Weisen auf der Erde. Die Frage war nur, was man daraus machte. Spätestens da endete mein Anflug von Bewunderung und machte grimmigem Zorn Platz. Ich konnte mir nicht einmal einreden, daß die Duplos tumbe Kreaturen ohne Bewußtsein waren.

Von Vario empfingen wir jäh Masse- und Energieortungen, die von mehr als einer Handvoll kleinerer Raumschiffe stammten. Auf dieser Welt war mindestens ein großer tefrodischer Verband stationiert.

Ich hatte mir geschworen, das Schicksal der CREST III aufzuklären. Und wenn es das letzte war, was ich tat.

»Zielerfassung, aber Feuerbefehl abwarten! Priorität hat Funkkontakt zu den Tefrodern.«

Ringsum nur verbissene Mienen. Niemand glaubte an eine Verhandlungsbereitschaft des Gegners. Ich glaubte es ja selbst nicht.

Ausgerechnet in dem Moment suchte Leutnant Smile-Hanley über Interkom Verbindung zu mir. Er meldete die Kampfroboter einsatzbereit und in die Korvetten eingeschleust.

Die Tefroder eröffneten das Feuer. Sekunden später ließen die ersten Transformsalven eine Vielzahl neuer Sonnen entstehen.

Noch fünfzehn Millionen Kilometer bis Vario. Dem heftigen Widerstand nach zu urteilen, der uns entgegenschlug, war das Big-Blue-System für die MdI wichtiger als angenommen.

Die Gegner wollten unsere Front durchbrechen und die Flotte in kleine Pulks aufsplitten. Ich ließ die Beiboote ausschleusen. Vor allem die schnellen und wendigen Moskito-Jets mit ihren starr eingebauten Bug-Transformkanonen machten die tefrodische Taktik zunichte.

Unaufhaltsam näherten wir uns dem Planeten Vario.

Im Bereich der Funkzentrale herrschte plötzlich helle Aufregung. »Die bluffen«, hörte ich eine Feststellung. »Der Notruf kommt von keiner unserer Einheiten, sondern von einem tefrodischen Kleinraumschiff.«

»... welches Schiff wir sind?« ächzte der diensthabende Funker. »Mann, in was für einer Zeit leben Sie? Sie reden mit der GENERAL DERINGHOUSE unter Marschall Bull!«

Die Aufregung schlug Wellen. Jemand versuchte, mir Zeichen zu geben, aber ich schaltete mich dessen ungeachtet von meinem Pult aus in die Verbindung ein. Schweiß stand mir auf der Stirn – ich hatte schon die Hand gehoben, um die Nässe abzuwischen ...

»Was ist los?« brüllte ich, um den Lärm ringsum zu übertönen ... und ließ die Hand überrascht wieder sinken. »Woolver ...?«

»Jawohl, Sir«, grinste der Grünhäutige. Obwohl die Woolver-Zwillinge mit der CREST verschwunden waren, befand sich nun wenigstens einer von ihnen auf einem Tefroderschiff?

»Kommen Sie sofort rüber!« schrie ich ihn an. »In dreißig Minuten landen wir auf Vario. In Planetennähe sind Sie Ihres Lebens nicht mehr sicher.«

»Wir haben einen Meister der Insel als Gefangenen bei uns!«

Er sagte es, als würde er über das Wetter reden. Ich glaubte, mich verhört zu haben. Ganz nahe beugte ich mich über die Optik.

»Einen MdI, Sir!« wiederholte Woolver. »Schicken Sie mir einen Teleporter, der den Bewußtlosen auf die DERINGHOUSE bringt!«

Wenn das wahr war ... Zu allem Überfluß forderte der Mutant, den Angriff auf Vario einzustellen.

»Sie meinen das ernst?« fragte ich ungläubig.

»Todernst, Sir.«

Natürlich mußte ich in Erwägung ziehen, daß die Gegner Duplos schickten. Zeit genug wäre ihnen zur Verfügung gestanden, um von der gesamten CREST-Mannschaft Atomschablonen anzufertigen. Aber wenn ich das wirklich befürchtete, wäre es das Beste gewesen, auf der Stelle den Rückzugsbefehl zu geben und die Freunde ihrem ungewissen Schicksal zu überlassen. Was ich glaubte oder nicht, war unerheblich geworden, für uns gab es nur noch ein Vorwärts, kein Zurück.

Ich alarmierte Tako Kakuta. »Wird schon schiefgehen«, murmelte er und teleportierte.

Augenblicke später materialisierte Rakal Woolver aus dem Empfänger in meinem Schaltpult. Ich sprang auf – und fragte mich, ob ich mich jemals daran gewöhnen würde, daß Menschen allein mit ihrer Gedankenkraft entstofflichen und jeden beliebigen Energiefluß als Transportmittel nutzen konnten.

»Tako bringt den Gefangenen ins Lazarett«, stieß der Wellensprinter hervor. »Wir dürfen ebenfalls keine Zeit verlieren. Kommen Sie mit!«

Während unsere Flotte sich aus der Nähe Varios zurückzog, erreichten Rakal Woolver und ich das Lazarett. Mehrere Ärzte wichen zur Seite. Sie hatten dem Gefangenen ein Beruhigungsmittel injiziert. Regnal-Orton, den Namen des MdI hatte Rakal genannt und dabei recht geheimnisvoll getan, schlief.

Ich musterte den Fremden lange und nachdenklich. Er war unglaublich menschlich. Aber gerade das behagte mir gar nicht. Ich hatte mir die Meister der Insel als Monstren vorgestellt, schleimig, mit Tentakeln, Fühlern, Klauen, auf jeden Fall abstoßend und alles andere als humanoid. Natürlich waren das Klischees, aber jede Intelligenz wird immer erst versuchen, negative Vorstellungen in eine möglichst fremdartige Erscheinungsform zu projizieren.

Regnal-Orton hätte einer von uns sein können. Mehr noch. Das etwa vier Zentimeter lange und eineinhalb Zentimeter durchmessende zylindrische Etwas, das eine Röntgenaufnahme in der Brustmitte des MdI zeigte, machte die Überraschung perfekt. Der Meister der Insel trug einen Zellaktivator!

»Holen Sie das Ding raus!« befahl ich den Ärzten.

Zweiundsechzig Stunden Frist würden dem Mann bleiben, bevor er rapide alterte. Ich wollte ihn nicht töten, ihn nur vor vollendete Tatsachen stellen. Vermutlich würde Regnal-Orton eher zur Kooperation bereit sein, sobald er sein kleines Geheimnis in unseren Händen sah. Wer gibt schon freiwillig die Unsterblichkeit auf?

Woher stammte sein Zellaktivator?

ES? fragte ich in Gedanken. *Was ist das für ein mieses Spiel?*

Obwohl ich ein spöttisches Lachen zu hören glaubte, veränderte sich nichts. Es war Einbildung, denn keiner der Umstehenden reagierte darauf. Ich unterdrückte den Zwang, mich nach dem weißbärtigen Alten umzusehen, der mich seit der Landung der STARDUST in der Wüste Gobi verfolgte. Mitunter erschien mir seine Existenz schon wie eine fixe Idee.

Warum trug der MdI einen Zellaktivator? An einen Zufall wollte ich nicht glauben. War es denkbar, daß die Herren von Andromeda einst wie wir zu den Auserwählten gehört hatten? Nach allem, was ich von ihnen wußte, eine absonderliche Vorstellung.

In dem Fall hättest du einen schlechten Geschmack bewiesen, ES, mein unsterblicher Freund. Nein, ich will nicht behaupten, daß wir Menschen reine Engel sind, aber von der lebensverachtenden Philosophie der Meister trennen uns Lichtjahrtausende.

Ein stöhnender, qualvoller Aufschrei erschreckte mich. Trotz der Narkose fuhr Regnal-Orton halb in die Höhe, die Augen in panischem Entsetzen weit aufgerissen. Für einen Augenblick fühlte ich mit dem Fremden und tastete instinktiv nach dem eigenen Aktivator. Wie sehr hing ich doch inzwischen an dem metallenen Ei und war seiner undurchschaubaren Technik auf Gedeih und Verderb ausgeliefert.

Regnal-Orton konnte den Arzt nicht daran hindern, den mattschimmernden Zellaktivator zu entfernen. Mit rasender Geschwindigkeit fiel sein Gesicht ein, verwandelte sich die Haut in runzlig aufplatzendes Pergament. Das eben noch schwarze Haar wurde schlohweiß und begann büschelweise auszufallen.

Alle starrten den Sterbenden an, dessen Körper innerhalb von Sekunden nachholte, was ihm jahrtausendelang verwehrt geblieben war. Als der Chefarzt den Zellaktivator aus seiner Hand gleiten ließ, lag nur noch eine vertrocknete, weiter verfallende Mumie vor uns.

Ich hatte das Gefühl, ersticken zu müssen. Ein dicker Kloß steckte mir im Hals. Trotzdem war ich der erste, der die Sprache wiederfand.

»Ich glaube, wir haben einen Fehler gemacht!«

Am liebsten hätte ich losgebrüllt, aber ich konnte es nicht. Denn eben hatte ich gesehen, wie ich selbst eines Tages sterben würde. Niemand durfte auf Dauer die Zeit betrügen.

Niemand?

Bevor ich in der Lage war, den fremden Zellaktivator an mich zu nehmen, verglühte er in einem grellen und kalten Aufleuchten.

»Das war's dann wohl, meine Herren.« Jedes Wort mußte ich hervorstoßen. »Was mich anbelangt, habe ich soeben die größte denkbare Niederlage erlitten. Ich wünschte, ich könnte diese Dummheit rückgängig machen.«

Kurz darauf saß ich den Woolver-Zwillingen gegenüber. Meine Flotte hatte sich endgültig von den Tefrodern gelöst und war im Begriff, in den Linearflug zu gehen. Der vorübergehende Rückzug sollte mir Zeit verschaffen, dringend benötigte Informationen zu sammeln.

»Heraus mit der Sprache!« verlangte ich »Vor allem, warum ich den Angriff auf Vario abblasen sollte. Befindet sich Rhodan auf Vario?«

Rakal schüttelte den Kopf. Ich ließ ihm keine Zeit, nach Worten zu suchen. »Kennen die Meister der Insel inzwischen unsere Identität?« stieß ich hervor.

»Seit einiger Zeit«, antwortete der Wellensprinter.

So seltsam es schien, mir fiel ein Stein vom Herzen. Mit meinem

Angriff auf Vario hatte ich die ungeschriebene Regel gebrochen, unsere Herkunft auf keinen Fall preiszugeben.

»Und wo, wenn nicht auf diesem lausigen Wechselbalg-Planeten, befindet sich Perry?« begann ich erneut. »Ich hatte keineswegs die Absicht, Vario einzuäschern ...«

Rakals Mundwinkel zuckten verhalten. »Im Augenblick – nein, das ist falsch. Der Großadministrator hält sich mit der CREST III zweitausendsechshundert Lichtjahre von Kahalo entfernt auf!«

»In der Milchstraße?« Wie von der Tarantel gebissen, richtete ich mich auf. Unter meiner Schädeldecke begann ein riesengroßes Hammerwerk zu arbeiten.

»Außerdem befindet sich das Schiff rund fünfzigtausend Jahre in der Vergangenheit«, fuhr Rakal Woolver gnadenlos fort. »Das dafür verantwortliche Zeittor steht auf Vario. Deshalb bat ich, den Angriff einzustellen.«

Ich starrte ihn an und spürte, daß mir der Schweiß aus allen Poren brach.

Fünfzigtausend Jahre?

Ich wußte nicht, ob ich lachen oder weinen sollte. Das war ein schlechter Scherz! Alles andere war ausgeschlossen.

Ich hatte geahnt, daß Rhodans Frau eines Tages kommen würde, den Gedanken in den vergangenen beiden Monaten jedoch stets weit von mir gewiesen. Nun hatte die Zeit mich eingeholt, denn Mory Rhodan-Abro war durch den Schrotschuß-Transmitter nach Andromeda gelangt.

Was sollte ich ihr sagen? Daß ich seit sechzig Tagen vergeblich eine Möglichkeit suchte, ihren Gatten aus der Vergangenheit zurückzuholen?

Wahrscheinlich lebt Perry noch. Ich bin sicher, Mory, Unkraut vergeht nicht. Wenn ich das sage, zerkratzt sie mir das Gesicht. Außerdem wird sie meine Unsicherheit spüren.

In gewisser Weise hat der Mausbiber sogar recht, wenn er mir Komplexe Frauen gegenüber nachsagt. Aber der Mohrrübennager weiß nicht, daß ich nur eine feste Bindung scheue. Kurze Freundschaften und gelegentlich eine Affäre, dagegen habe ich nichts einzuwenden. Doch immer wieder ertappe ich mich dabei, daß ich die Frauen an meiner Seite mit Hannah Angel vergleiche. Obwohl sie längst tot sein muß, kann ich Hannah nicht vergessen. Sie war etwas Besonderes. Vielleicht ist es gerade ihr ungeklärtes Schicksal, das sie in meiner Erinnerung am Leben hält. Weil niemand weiß, wie sie starb.

Auch was aus Perry Rhodan wurde, weiß keiner ... Bei allen miesen

Geistern dieser Galaxis, wenn ich Mory nur ein Sterbenswörtchen davon sage, daß meine Hoffnung schwindet, habe ich ein zusätzliches Problem am Hals.

Wir treffen uns in der Offiziersmesse. Unsere Umarmung fällt kurz und kühl aus. Mory Rhodan-Abro ist nicht nur gekommen, um sich zu informieren. Sie verfolgt eine bestimmte Absicht. Insgeheim macht sie mir Vorwürfe, spricht sie nur nicht aus. Ich spüre das.

Sie müssen mich nicht schonen, Mory. Wenn Sie mich anklagen wollen, daß ich nicht zur Stelle war, als Ihr Mann verschwand, tun Sie das offen. Aber Perry war auch mein Freund – der beste, den ich je hatte. Nein: Er war es nicht, er ist es immer noch. Bevor ich so anfange, ist es besser, den Mund zu halten. Einer Frau wie Mory Rhodan-Abro etwas ausreden zu wollen, ist schwer.

»... Ende Mai haben wir den Maahks die Information zugespielt, Vario sei eine wichtige Industriewelt der Tefroder. Während eines Angriffs der Methans gelang es einer robotgesteuerten Kaulquappe, in den Wirkungsbereich des Zeittransmitters einzufliegen.«

»Aber seither sind Sie wieder ohne Nachricht, Mr. Bull.«

Ich nickte zögernd. Mory Rhodan-Abro ausgerechnet jetzt das Du anzubieten, war wohl der absolut falscheste Moment.

»Der Teleporter Kakuta und die Woolver-Zwillinge sind an Bord der Korvette«, fuhr ich fort. »Außerdem ein nur drei Meter großes Spezialraumschiff mit General Lemy Danger und ...«

»Ist das Ihr ganzes Aufgebot, um meinen Mann zu retten?« platzte sie heraus.

Die Wahrheit war, daß wir von Menschen redeten, die vielleicht seit fünfzigtausend Jahren tot waren. Vermutlich hatten wir auf Kahalo nur nicht tief genug gegraben, um die Überreste der Dutzende von Metern tief unter Sand und Dreck begrabenen CREST zu finden. Angenommen, unsere Wissenschaftler hätten vor dem Aufbruch nach Andromeda solche Spuren entdeckt, die Sensation wäre perfekt gewesen. Aber hätten wir uns dadurch nicht erst recht herausgefordert gefühlt, den Geheimnissen nachzuspüren?

»Wir dürfen keine Flotte in die Vergangenheit schicken, Mory«, sagte ich überzeugt. »Das würde den Lauf der Geschichte mit fatalen Folgen verändern.«

»Ich glaube, daß die Geschichte diese Flotte verlangt!« Herausfordernd schaute sie mich an.

Ein flaues Gefühl im Magen veranlaßte mich, in den Taschen meiner Kombination nach dem Riegel Schokolade zu suchen, den ich vor einigen Stunden eingesteckt hatte.

Mory Rhodan-Abro wehrte ab, als ich ihr von der Schokolade anbot. Ihr Blick wurde in der Tat anklagend.

»Unsere Mutanten und der Siganese haben die besten Chancen«, sagte ich kauend. »Vor allem haben die Woolvers schon einmal die Rückkehr geschafft. Sie berichteten, daß die CREST in der Vergangenheit durch einen Sonnensechseck-Transmitter im Zentrum Andromedas in die Milchstraße versetzt wurde. Kahalo stand zu jener Zeit in voller Blüte und bildete das Zentrum einer umfassenden Evakuierung. Die Erde, vor fünfzigtausend Jahren Lemur genannt, war die Zentralwelt des lemurischen Imperiums, das sich in einem verzweifelten Abwehrkampf gegen die damals aggressiven Haluter befand. Zu erfahren, daß der Asteroidengürtel zwischen Mars und Jupiter Überrest des von den Halutern zerstörten Planeten Zeut ist, hat mich selbst überrascht. Die Haluter vor Urzeit im Solsystem, wer hätte das gedacht? Ein immenser Ring aus Gas und Gestein bis zur Venusbahn war die Folge. Auf der Erde wurde eine Eiszeit ausgelöst.«

Unter Umständen war die CREST von Lemurern vernichtet worden oder angreifenden Schiffen der Haluter zum Opfer gefallen. Icho Tolot hatte sich zwar auf unserem Flaggschiff befunden, die Frage war nur, ob die Haluter der Vergangenheit ihn überhaupt beachtet hatten.

Aber selbst wenn die Männer und Frauen der CREST jedem Gefecht ausgewichen waren, hatte ihre natürliche Lebensspanne nur noch um die hundert Jahre betragen. Von Perry Rhodan und den anderen Zellaktivatorträgern abgesehen. Seit Tagen zermarterte ich mir den Kopf, ob die lebenserhaltenden Geräte über einen derart langen Zeitraum hinweg funktionierten. Atlan hatte nur vergleichsweise läppische zehntausend Jahre auf der Erde verbracht, davon die meiste Zeit schlafend in seiner Tiefseekuppel. Und falls es Perry wirklich gelungen war, sich durch die Jahrtausende zu schlagen, weshalb stand er dann nicht in diesem Augenblick neben mir?

»Also doch skeptisch?« fragte seine Frau.

Ich schüttelte den Kopf. »Behaupten Sie nicht, Sie hätten die weite Reise unternommen, um das von mir zu erfahren. Der Flug von der Milchstraße nach Andromeda ist kein Katzensprung.«

»Ich suche nach einer Möglichkeit, Perry aus der Vergangenheit zurückzuholen. Und ich glaube, ich habe potentielle Helfer gefunden: die Barkoniden.«

Ich verbiß mir ein zynisches Lachen, zumal Mory Rhodan-Abro mir ein Bündel Druckfolien präsentierte. »Wenn die Barkoniden von den Lemurern abstammen, wie die anderen Völker auch, ergäbe sich eine gewisse Möglichkeit, nicht wahr?« behauptete sie.

Das sah ich anders. Falls der Planet Barkon seine Geschwindigkeit weit draußen in der intergalaktischen Leere nicht verändert hatte, war er schon wesentlich länger als fünfzigtausend Jahre unterwegs. Dann konnten wir keinen Nutzen daraus ziehen.

»Sobald eine weitere Expedition der CREST in die Vergangenheit folgt, sollte sie Wissen über die relative Zukunft im Gepäck haben, Mr. Bull. – Wissen der Barkoniden, was einst geschah.«

»Ist das alles?« Ich wollte nicht zynisch sein, doch einen Anflug von Ironie erlaubte ich mir. Zumal ich wenig Sinn in Morys Vorschlag sah. Was sie vorhatte, war der verzweifelte Versuch, ihren Mann zurückzuholen, der möglicherweise fünfzig Jahrtausende vor ihrer Geburt den Tod gefunden hatte. Begreife einer die Zeit!

Auf der Akademie der Space-Force hatten wir darüber Witze gerissen. Von wegen eines Tages mit Lichtgeschwindigkeit fliegen und die Vergangenheit einholen. Was geschieht, wenn man dem eigenen Großvater die Frau ausspannt? Existiert man dann doppelt? *Die natürlichste Methode, sich selbst zu reproduzieren*, hatten wir das genannt, bevor Begriffe wie Klonen in aller Munde gewesen waren. Im Nachhinein betrachtet, erschienen mir diese Späße derb. Doch einen wahren Kern hatten sie. Angenommen, die Aktivatorträger schafften das Kunststück, die fünfzigtausend Jahre zu überdauern. Dann hatte Atlan seit dem Untergang des sagenumwobenen Kontinents Atlantis doppelt existiert, und der Perry, mit dem ich zum Mond geflogen war, war nur einer von zweien gewesen. Aber warum hatte der andere, der aus Zukunft und Vergangenheit gleichzeitig, uns nicht wenigstens im »White Horse House« besucht und uns darauf vorbereitet, was wir auf dem Mond entdecken würden? Wir hätten manches anders machen können.

Hätten wir das wirklich? – Ich zwickte mich in die Wange, um endlich aus diesem Alptraum aufzuwachen.

»Hören Sie mir überhaupt zu, Reginald Bull?« fragte Mory ärgerlich. Mit missionarischem Eifer hatte sie eine halbe Stunde lang geredet, und keiner in der Messe hatte es gewagt, sie zu unterbrechen. Flüchtig fragte ich mich, ob sie das Perry Rhodans wegen tat, oder um sich zu profilieren.

»Ihre Theorie ist unsinnig, Mory.« Ich seufzte gequält, doch sie lächelte nur.

»Das ist nicht meine Theorie, Solarmarschall, sondern das Ergebnis einer positronischen Berechnung. Und Positroniken machen eigentlich selten Fehler, oder?«

»... Fehler«, murmele ich gedankenverloren und reibe mir die brennenden Augen. Ungläubig starre ich auf die holographische Wiedergabe der Nachricht, die ein metallener Arm in den Boden geritzt hat:

STARKE TEFRODISCHE FLOTTE GREIFT AN UND VERNICHTET SCHROTSCHUSS. RHODAN NOCH AUF GLEAM. BENZ. 32.475...

Die Hiobsbotschaft ist ebenso unbegreiflich wie der verbogene Schrotthaufen als Überbringer. Leutnant Timo Benz war Navigationsoffizier an Bord des als Kurierschiff zwischen dem Tri-System in Andro-Beta und dem Schrotschuß-Transmitter eingesetzten Schweren Kreuzers HELIPON. So lautet meine letzte Information. Vermutlich lebt er nicht mehr. Falls doch, schwindet seine Hoffnung auf eine Rückkehr in die Milchstraße mit jeder Minute. Gleiches gilt für Perry Rhodan. Tragisch ist, daß er selbst den Befehl zur Vernichtung des Sonnensechseck-Transmitters im Zentrum von Andromeda gegeben hat. Die Bedrohung der Milchstraße durch die Duploflotten der MdI ist zu groß geworden.

Am 16. August 2405, also erst vor wenigen Tagen, hat Mory Rhodan-Abro ein Zwillingspärchen zur Welt gebracht. Mutter und Kinder sind wohlauf. Die Nachricht habe ich, zusammen mit Fotos, über Kahalo nach Andromeda weitergegeben. Ich nehme an, daß Perry mittlerweile davon weiß.

Die Zerstörung des Schrotschuß-Transmitters wird ihm den Rückweg abschneiden. Plötzlich sehe ich mich völlig neuen Aufgaben gegenüber, einer Verpflichtung, der ich mich im Moment denkbar wenig gewachsen fühle.

»Michael«, soll der Sohn meines besten Freundes heißen. »Michael Reginald Rhodan.« Die Eltern haben mir frühzeitig zu verstehen gegeben, daß allein ich für das Patenamt in Betracht komme. Daß mir die Vorstellung ein wenig Schwierigkeiten bereitet, einen gerade mal fünfzig Zentimeter großen Säugling in meinen Pranken zu halten und ihm dabei nicht alle Knochen zu verbiegen, ignorierten sie mit einem amüsierten Lächeln.

»Ich vertraue dir, Dicker.« Perrys wohlmeinender Spott klingt mir noch in den Ohren. »Notfalls wird Mory einen Prallschirmprojektor in das Taufkissen einbauen lassen.«

Nun sieht es danach aus, altmodisch wie ich mich gebe, als würde ich die Vaterstelle einnehmen müssen. Zumindest für geraume Zeit. Natürlich habe ich Kinder gern. Aber was fängt ein Reginald Bull mit einem schreienden Säugling und verdreckten Windeln an? Mit Michael den Extraterrestrischen Zoo in Terrania besuchen oder vom Garten meines Bungalows aus ferngesteuerte Raumschiffsmodelle über dem Goshun-See kreisen lassen, dazu ist er leider noch zu jung.

Mit einem unwilligen Kopfschütteln versuche ich mich zu konzentrieren. Trotzdem spuken Mory und ihre Babys mir im Kopf herum.

Sie war seinerzeit nicht nur nach Andro-Beta und auf die GENERAL DERINGHOUSE gekommen, um nach Barkon zu fliegen. Wir hatten ohnehin ein Desaster erlebt, weil die Meister der Insel versucht hatten, den Planeten in der sternenlosen Weite als Waffe gegen die Menschheit zu mißbrauchen. Die Barkoniden hatten den hinterhältigen Plan vereitelt, indem sie sich und ihre Welt opferten.

Ich glaube immer noch, daß Mory Rhodan-Abro damals beabsichtigte, bei der ersten sich bietenden Gelegenheit von Perry schwanger zu werden. Zweifellos aus Furcht, ihn zu verlieren – und, bei allen Sternengeistern, diese Furcht war absolut berechtigt gewesen.

Am 14. Juli 2404 hatten wir mit fünfzigtausend Schiffen erneut den Planeten Vario angegriffen. Ziel des Unternehmens »Vergißmeinnicht« war einzig und allein gewesen, der Besatzung des Flottentenders DINO-3 den Weg zur CREST in das Jahr 49.988 vor Christi Geburt zu öffnen. Der sinnigerweise der Dinosaurier-Klasse zugehörige Tender, die Kombination einer zwei Kilometer durchmessenden und vierhundert Meter dicken Werft- und Reparaturplattform mit einem siebenhundertfünfzig Meter durchmessenden Kommandoschiff hatte drei neue Kalup-Konverter an Bord, die es Rhodan ermöglichen sollten, ohne den Umweg über den zentralgalaktischen Sonnentransmitter in der Vergangenheit Vario zu erreichen.

Wir in der Gegenwart erfuhren erst später, daß das Rendezvous von DINO-3 mit der CREST nie zustande gekommen war. Weil Rhodan sich mit Hilfe eines zweiten Zeittransmitters um 500 Jahre in Richtung unserer Realzeit bewegt hatte.

Von der Tender-Crew waren mechano-telepathische Sender an den vermutlich bevorzugten Zielen der CREST III versteckt worden. Auf die Weise sollten die Telepathen an Bord des Flaggschiffs in fünfhundert Jahren erfahren, wo die Kalup-Konverter deponiert waren.

Tatsächlich entdeckten Gucky und Atlan einen der Sender im Himalaja. Als Zugriffsberechtigung wurde der Name des militärischen Chefs der U.S. Space Force zur Zeit der ersten irdischen Mondlandung verlangt. General Leslie Pounder war der Schlüssel für die Position des Flottentenders, 11.417 Lichtjahre von Kahalo entfernt, in einem unbedeutenden Sektor, in dem die Gefahr einer zufälligen Entdeckung äußerst gering gewesen war.

An Bord des Tenders wartete der mumifizierte Leichnam des Kommandanten, Major Gerald Snigert, auf die Männer und Frauen der CREST. Snigert hatte noch im Tod Humor bewiesen, die ausgestreckte

Rechte seines Skeletts hatte auf ein großes, mit roter Farbe beschriftetes Plastikschild gedeutet: »Willkommen an Bord, Perry Rhodan. Stören Sie sich nicht an meinem Anblick. Ein Bildtonband mit den letzten Nachrichten finden Sie in dem luftdicht schließenden Zentraletresor. Die vor mir verstorbenen Männer liegen in vakuumversiegelten Särgen im Korvettenhangar I.«

Weshalb die sterblichen Hüllen von einunddreißig Besatzungsmitgliedern, überwiegend Angehörige des technisch-wissenschaftlichen Korps fehlten, unter ihnen einige bekannte Kapazitäten, wurde erst am Ende der Bandaufzeichnung erklärt.

Sie waren gemeinsam mit Major Gus Barnard, dem technischen Leiter der Expedition, nach der Konservierung der Kalups und des Tenders mit einer Korvette gestartet. Sie hatten versuchen wollen, im Dilatationsflug dicht unterhalb der Lichtgeschwindigkeit die Wartezeit von fünfhundert Jahren zu überbrücken, ohne dabei nennenswert zu altern. Bezeichnend war, daß sie ihr 60-Meter-Schiff GOOD HOPE getauft hatten. Ihr Ziel war eine Sonne in zweihundertfünfzig Lichtjahren Entfernung gewesen, bei ihr hatten sie wenden und rechtzeitig nach Ablauf der Frist wieder den Tender erreichen wollen.

Die Daten stimmten exakt, doch die GOOD HOPE war nicht zur Stelle. Eine Suchexpedition fand ebenfalls keine Spur.

Am 1. September 2404 Bordzeit startete das Flaggschiff der Solaren Flotte zur ersten Linearetappe Richtung Andromeda. Am 3. Oktober erreichte das Schiff endlich wieder die Randzone des Nebels, doch war dies immer noch das Jahr 49.488 v. Chr. gewesen. Eine Woche zuvor hatte die Besatzung durch Zufall, fünfhundertfünfzigtausend Lichtjahre vor der Zweiten Galaxis, fünf riesige Raumstationen entdeckt – »Weltraumbahnhöfe« der Maahks, die den von den Lemurern aus ihrer Heimat vertriebenen Wasserstoff-Methan-Atmern als Zwischenstation für ihre eigene Flucht in die Milchstraße dienten. Völkerwanderungen unvorstellbaren Ausmaßes waren im Gange.

Es stellte sich heraus, daß die vor den Halutern aus der Milchstraße geflohenen Lemurer Andromeda vom Zentrumsgebiet ausgehend besiedelt hatten. Der Planet Vario, in jener Epoche noch Lemuria genannt, galt als die wichtigste Handels- und Regierungswelt der Zweiten Galaxis. Ihre überlegene Technik half den Lemurern, die heimischen Maahks immer weiter zurückzudrängen.

In der Maske von Weltraumtramps landeten Perry Rhodan, Atlan, die Mutanten Tako Kakuta und André Noir sowie Don Redhorse und vier weitere Männer auf Lemuria und spürten dem Tamrat Nevis-Latan nach, in dem sie schließlich einen Aktivatorträger, also einen Meister der Insel, erkannten. Tamräte waren die Regierungsmitglieder des lemurischen Imperiums, das einhundertundelf Sternenreiche oder Tamanien umfaßte, ehe die Angriffe der Haluter das Leben in der Milchstraße unerträglich gemacht hatten.

Gucky und dem Teleporter Kakuta gelang es, Nevis-Latan zu überwältigen. André Noir suggerierte ihm die Ankunft eines lemurischen Schiffes mit wertvoller Fracht, das umgehend in die Realzeit versetzt werden müsse. Tatsächlich gelang der CREST III auf diese Weise die Rückkehr durch den Vario-Transmitter in die Gegenwart.

Die Zündung von Arkonbomben ließ Vario im Atombrand verglühen. Unter dem Eindruck dieses unersetzlichen Verlustes verlor Nevis-Latan den Verstand. Bevor er starb, konnte ihm noch die Aussage entlockt werden, daß lediglich sieben Meister der Insel existierten.

Am 23. November 2404 erfuhr Perry Rhodan, daß dem Solaren Imperium aufgrund perfekt gefälschter Geldscheine und Datenträger eine katastrophale Inflation drohte. Drei Tage später traf er bereits in Terrania ein, wandte sich über Terravision an die Bevölkerung und kündigte eine Regierungserklärung an.

Inzwischen hatten zwei von mir beauftragte Detektive der Agentur für interstellare Ermittlungen herausgefunden, daß Mitarbeiter der Galaktischen Abwehr gegen Duplos ausgetauscht worden waren. Auch die gefälschten Solarnoten stammten aus den Multiduplikatoren der MdI.

In der Ratssitzung vom 1. Dezember stellten zweihundertelf der eintausendneununddreißig Administratoren der terranischen Kolonialsysteme aufgrund der Vorfälle einen Mißtrauensantrag gegen Perry Rhodan. Der Antrag wurde nach einer aufwühlenden Rede des Großadministrators abgewiesen. Rhodan entging danach aber nur knapp einem Attentat.

Die Wirtschaftskrise weitete sich aus. Homer G. Adams, der Finanzminister des Solaren Imperiums höchstpersönlich, wurde durch einen Duplo ersetzt. Bei der Erstürmung einer lemurischen Tiefseefestung durch Mutanten und Soldaten eines oxtornischen Wachbataillons kam zwar der Duplo ums Leben, der echte Adams blieb jedoch verschwunden, und der Stationskommandant, zweifellos ein MdI, konnte entkommen. Der Stützpunkt, in dem sowohl ein Multiduplikator als auch Falschgeld im Wert von einhundert Billionen Solar gefunden wurden, wurde zerstört.

Erst Ende Februar 2405 gelang Homer G. Adams zusammen mit einigen Mitgefangenen die Flucht aus dem Gewahrsam der Tefroder aus einem ehemaligen Maahk-Stützpunkt.

Eine Gipfelkonferenz, an der außer den solaren Administratoren auch zweihundertachtundzwanzig Regierungschefs fremder Sternenvölker teilnehmen sollten, war anberaumt. Im Vorfeld dieses geschichtsträchtigen

Ereignisses wurden zwei Fragmentwaffen gefunden, die aber nur von einer dritten und absolut tödlichen ablenken sollten, die in den Körpern von zweiunddreißig Administratoren verborgen gewesen war. Unter dem Eindruck dieser Bedrohung wurde Perry Rhodan mit allen Vollmachten für den Kampf gegen die Meister der Insel ausgestattet.

Das Erscheinen einer acht Meter durchmessenden Kugel im Sonnensechseck-Transmitter hatte den sofortigen Abflug der CREST III nach Kahalo zur Folge. Das fremde Raumschiff bewegte sich mit Teleportersprüngen. Drei kleinere Kugeln verließen das geheimnisvolle Objekt, und während zwei in die Atmosphäre einer Sonne eindrangen, konnte die dritte von Gucky und den Teleportern des Mutantenkorps in die CREST gebracht werden.

Es stellte sich heraus, daß keineswegs die Lemurer die Erbauer der Transmitterbrücke zwischen der Milchstraße und Andromeda gewesen waren, wie wir bislang fälschlich angenommen hatten, sondern diese Kugelwesen, die dem Volk der Sonneningenieure von Andromeda entstammten. Aber auch wenn die Lemurer als Konstrukteure der Sonnentransmitter ausschieden, hatten sie dennoch vor fünfzigtausend Jahren eine bewundernswerte Leistung vollbracht. Dann waren sie nämlich gezwungen gewesen, auf normale Art und Weise in den Andromedanebel vorzustoßen.

Das deckte sich mit der telepathischen Aussage des Kugelwesens, die Gucky empfangen hatte: »Bevor die anderen kamen, hatten wir unsere Fähigkeiten nie auf so geniale Weise einsetzen können.«

Und nach wie vor griffen die Meister der Insel auf die Sonneningenieure zurück, um die Empfangssperre des Sonnensechsecks in der Milchstraße aufzuheben. Danach würde der Weg frei sein für die Invasion aus Andromeda. Hunderttausende tefrodische Raumschiffe würden sich wie eine Sintflut über unsere Galaxis ergießen. Weder das Solare Imperium noch Arkon, weder Akonen noch Blues, Topsider und schon gar nicht die vielen kleinen Völker, die ihren Herrschaftsbereich nur über wenige Sonnensysteme ausgedehnt hatten, würden der schier unerschöpflichen Menge von Mensch und Material widerstehen können. Nicht einmal die Haluter.

Perry Rhodan war wieder nach Andromeda aufgebrochen und hatte Mory hochschwanger in der Milchstraße zurückgelassen. Weil er das Wohl der Menschheit und der anderen Völker immer schon über sein persönliches Glück stellte.

So war Perry, und so ist er heute noch, und ich will auf der Stelle mindestens fünf Kilo abnehmen, wenn sein Verhalten nicht längst auf mich abgefärbt hat. Schlecht gefahren bin ich damit nicht. Wer kannte schon Reginald Bull, den zur Fülle neigenden rothaarigen Elektronik-Ingenieur der U. S. Space Force? Ohne meine Teilnahme an der ersten Mondlandeexpedition hätten die Medien nie von mir Notiz genommen; ich wäre einer von vielen geblieben, ein Gesicht in der Anonymität der Menge und ohne Kontur.

Derzeit ist es eine Modeerscheinung bei Jugendlichen, daß sie ihr Haar zentimeterkurz schneiden und rötlich färben. Sogar meine Sommersprossen ahmen sie nach. Aber das liegt wohl daran, daß ich in den letzten Jahren aus Perrys Schatten herausgetreten bin und nicht mehr als der ewige Zweite angesehen werde.

»Wenn die Katze aus dem Haus ist, tanzen die Mäuse auf dem Tisch.« Die Spitze hat Gucky vor kurzem loswerden müssen und mich anschließend gefragt, ob ich denn überhaupt noch Zeit hätte, Bücher zu lesen. Eigenartig war die Bemerkung schon. Sollte er die Sache mit Scharlbrolwe herausgefunden haben? Unsinn. Das hätte ich bestimmt nicht ohne Blessuren überstanden. Auch wenn Gucky und ich längst die dicksten Freunde sind und jeder alles für den anderen geben würde, gelegentlich liegen wir uns wie Droschkenkutscher in den Haaren. Aber das ist dann Show.

Am 19. Juni schloß Atlan in Andro-Alpha einen Friedensvertrag mit den Maahks. Der Spähermutant Wuriu Sengu konnte gleichzeitig drei Duplos in der Führungsspitze der Wasserstoff-Methan-Atmer entlarven.

In einer Zusatzklausel zum Friedensvertrag forderten die Maahks die Vernichtung des zentralen Sonnentransmitters in Andromeda. Während ihre Verbände am 9. Juli unter schweren eigenen Verlusten wichtige Stützpunkte der Tefroder angriffen und die Duplo-Flotten ablenkten, gingen zehntausend Schiffe unserer Flotte unter dem Kommando von Solarmarschall Julian Tifflor gegen den Justierungsplaneten des Andromeda-Sechsecks vor.

Währenddessen begleitete die CREST III ein Experimentalschiff mit dem von Professor Dr. Arno Kalup entwickelten Hyperinmestron, das durch Bestrahlung die Umwandlung von Materie in Antimaterie bewirken kann. Eine mit Sprengköpfen beladene Korvette wurde in der Nähe einer der Transmittersonnen zur Explosion gebracht und die sich aufblähende Kunstsonne durch Bestrahlung in eine Anti-Sonne verwandelt.

Die Zerstörung des Transmitters durch Kollision von Anti- und Normalmaterie muß unbeschreibliche Energiestürme ausgelöst haben. Jedenfalls war nahezu augenblicklich eine wachsende Instabilität der Verbindung zwischen Kahalo und dem Schrotschuß-System feststellbar. Mehrere Raumschiffe wurden von den Energiefeldern bis zur Unkenntlichkeit deformiert oder als rotierende Glutwolken ausgespien.

Unsere Flotte wurde aus Andromeda abgezogen. Robotsonden pendeln zwischen Schrotschuß und Kahalo hin und her, und sobald es den Anschein hat, die Strecke sei ausreichend stabil, wird ein Pulk von Raumern auf die Heimreise geschickt.

Inzwischen sind nahezu achtzehntausend Raumschiffe in die Milchstraße zurückgekehrt, unter ihnen die sechstausend Schiffe der Wachflotte aus dem Schrotschuß-System.

Lediglich einhundertundzwölf Kugelraumer stehen auf der Verlustliste – eine geringe Zahl für jemanden, der ausschließlich in Prozentsätzen denkt, doch ich sehe vor allem die mit jedem Schiffsnamen verbundenen Schicksale. Und ein Gedanke verfolgt mich hartnäckig bis in meine Träume: die Befürchtung, daß ausgerechnet Perry Rhodans Flaggschiff eines der wenigen sein könnte, die den Unwägnissen des zusammenbrechenden Transmittersystems zum Opfer fallen.

Fünf Stunden nach dem Empfang der eigenwilligen Hiobsbotschaft zeigen die Meßvorrichtungen an, daß der Transmitter seine Stabilität wiedergewonnen hat. Doch die Zeit verrinnt, ohne daß Raumschiffe materialisieren – sogar die Robotsonden bleiben aus.

Achtzig endlos lange Minuten dauert mein Hoffen, dann bricht die Transmitterstrecke erneut zusammen.

Ich muß davon ausgehen, daß unsere Gegner das Schrotschuß-System erobert haben. Der Eigenname der Maahks für die beiden roten Riesensonnen und den Asteroidengürtel ist wohl nie treffender gewesen: *System der Verlorenen.*

Was soll ich Mory Rhodan-Abro sagen und was ihren Kindern Suzan Betty und Michael Reginald, die zum Glück noch nicht verstehen, wie nahe in dieser Welt Freud und Leid beieinanderliegen? Materiell sind sie mehr als abgesichert. Doch es gibt wichtigere Werte. Die Liebe beider Elternteile zum Beispiel. Oder das Gefühl der Geborgenheit. Perrys Schatten wird wohl immer auf den Zwillingen lasten, falls er nicht zurückkommt, muß diese Last erdrückend werden.

Seit ich von Morys Schwangerschaft erfahren habe, spukt die Erinnerung an Thomas Cardif unter meiner Schädeldecke. Um seinem ersten Sohn eine unbelastete Kindheit und Jugend zu ermöglichen, hatte Perry ihn unter fremder Identität aufwachsen lassen – und damit alles falsch gemacht, was er hatte falsch machen können. Verbitterung und Haß waren die Folge gewesen.

Vielleicht ist es zu früh, daß ich mir wegen Suzan und Michael solche Fragen stelle, zweifellos ist auch der Zeitpunkt denkbar ungünstig. Aber wen die Medien erst einmal in ihren Klauen haben, den geben sie so schnell nicht wieder frei. Die Zwillinge werden mit dem Kainsmal der

Berühmtheit aufwachsen – und eines Tages in ein tiefes schwarzes Loch fallen, sobald das Vergessen um sich greift.

Wie lange wird der Ruhm anhalten, den wir Unsterblichen angehäuft haben? Die Menschen schreien nach Vorbildern, weniger um sich mit ihnen zu identifizieren, sondern um ihrem Neid eine Existenzberechtigung zu geben. Suzan und Michael werden in ihrer Jugend die ganze Palette menschlicher Empfindungen kennenlernen, bevor man sie über kurz oder lang wie eine heiße Kartoffel wieder fallen läßt.

Ich starre immer noch auf die Kontrollskalen. Kein einziges Schiff ist über den Pyramiden von Kahalo materialisiert.

In dem Moment wünschte ich, ich wäre nie auf den aberwitzigen Gedanken verfallen, mich bei der U. S. Space Force zu bewerben. Das Leben wäre einfacher gewesen.

Für einen Augenblick hatte ich mich mutlos und schlapp gefühlt. Müde und irgendwie verzweifelt. Auch der zweite Mann des Imperiums hat ein Recht darauf, seinen Gefühlen nachzugeben. Obwohl oder gerade weil es Zwänge gibt, mit denen ich mich nie arrangieren werde. Einer davon ist es, mein eigenes Ich zu verleugnen. Ich kann und will nicht strahlende Zuversicht vermitteln, während mir innerlich hundeelend ist.

Vielleicht war es Intuition. Oder einfach nur meine Erfahrung. Jedenfalls bereitete mir die Massierung unserer Kampfschiffe in geringer Distanz zum Planeten Kahalo zunehmend Magenschmerzen.

Mein Rückzugsbefehl zu den nächstgelegenen Sonnensystemen wurde mit Verwunderung aufgenommen. Einige Schiffskommandanten äußerten sogar offen Widerspruch. Sie warteten auf die Offensive der Tefroder.

In ihren Augen war ich wohl der einsame Wolf, der aus Verbitterung falsche Befehle gab. Wenn die Herren Militärakademiker das glaubten, sollten sie ihren Wolf auch haben.

Viel zu langsam begann sich das Konglomerat der Ortungsreflexe zu lichten.

Ich schauderte bei jedem Blick auf die Schirme. Dazu glaubte ich, ein spöttisches Lachen zu hören.

Auf dem Absatz fuhr ich herum. »Du?« stieß ich hervor.

Das Lachen endete abrupt. »Ist das alles, was du zu sagen hast, mein zweitältester terranischer Freund? *Du?* Wie banal das klingt angesichts des nahen Todes.« Das eben noch schemenhafte Abbild eines weißhaarigen alten Mannes verdichtete sich. »Findest du es nicht auch seltsam, Reginald Bull, daß ich an dir einen Narren gefressen habe?«

Ich zuckte mit den Achseln. »Mich interessiert, wie es um Perry steht«, sagte ich.

In den Augen des Alten blitzte es auf. »Rhodan lebt«, antwortete er zögernd. »Aber deshalb bin ich nicht gekommen.«

Wieder diese unnötig lange Pause, die mir die Zeit stahl. Ich spürte eine wachsende Unruhe.

»Deine Gedanken liegen vor mir wie ein aufgeschlagenes Buch«, spottete ES. »Verrate mir, mein Freund, wieso dir etwas gestohlen werden kann, was dir doch gar nicht gehört.«

ES hatte von Zeit gesprochen. Mein Zellaktivator? War er gekommen, um ihn zurückzufordern?

»Heute noch nicht«, raunten die blutleeren, rissigen Lippen. »Doch der Tag ist absehbar, an dem du deinen Aktivator verfluchen wirst. Der Tod, Reginald Bull, kann Freund sein oder Feind, doch er wird bestimmt zum Feind, sobald du resignierst. Denke daran, wenn selbst der Aktivator dir nicht mehr helfen kann!«

Also doch. »Das Sonnensechseck wird explodieren?« vermutete ich. »Wieviel Zeit bleibt uns noch?«

»Davon rede ich nicht ...«

»Sondern?«

»Von den Kreisen, die sich schließen werden. Ein guter Zug, mein Freund, wird erst offenbar, wenn das Spiel schon verloren scheint.«

Ich verstand nicht, wovon ES redete, ich machte auch nicht einmal den Versuch, verstehen zu wollen. Weil mir der Sinn nicht nach Rätseln stand. Mit einer flüchtig hingeworfenen Entschuldigung wandte ich mich wieder dem Hyperkom zu.

»Ich erwarte, daß in spätestens fünf Stunden alle Schiffe, deren Kommandanten ich nicht ausdrücklich zum Bleiben auffordere, den Orbit um Kahalo verlassen haben! Distanz mindestens sechs Lichtmonate. Gefechtsalarm ist angeordnet und bleibt bis zu meinem ausdrücklichen Widerruf bestehen!«

Urplötzlich fiel mir wieder ein, was ich ES schon vor Monaten hatte fragen wollen. »Wir Menschen haben eine Frist von zwanzigtausend Jahren erhalten, um – salopp gesagt – die Milchstraße zu einen. Vor uns waren die Arkoniden ausgewählt, und vor den Arkoniden? Die Meister der Insel?«

»Nein«, sagte der Alte mit eisiger Kälte. »Nicht jeder, der einen Zellaktivator trägt, muß zwangsläufig ein Freund von ES sein.«

»Aber die Lemurer ...«

»Sie hatten ihre Chance. Vielleicht mag ich deine Heimatwelt besonders, Reginald Bull. Das Solsystem war wiederholt Brennpunkt weitreichender Ereignisse und wird es ebenso in der Zukunft sein. Die Menschen sprechen in solchen Fällen von einer Häufung von Zufällen und versuchen, alles mathematisch zu erklären. Doch es gibt Fakten, die anderen Gesetzen gehorchen. – Lemur, mein Freund, wurde von den Halutern ausgelöscht und versank in Bedeutungslosigkeit. Dennoch hat die Menschheit bewiesen, daß sie zum Überleben fähig ist. In der Milchstraße entstanden neue große Sternenreiche. – In Andromeda wurde aus den Lemurern das Volk der Tefroder. Die Herrschaft der Meister der Insel stützte sich auf die alte Technik, die Duplo-Heerscharen und die Zeitreise.«

»Du kennst die Zukunft, alter Mann ...«

»Tausend Jahre sind für mich wie ein Tag.« Die Gestalt begann wieder durchscheinend zu werden.

Ich war mir nicht einmal sicher, ob ES wirklich körperlich erschienen war oder nur als Projektion.

»Du hast vom Tod gesprochen. Wann ...?«

ES verschwand. Nur der Hauch einer rotierenden Spirale, das Abbild der Milchstraße, hing noch sekundenlang im Raum. Und die verwehende Stimme. »Es gibt Regeln, mein Freund, die sogar für mich gelten. Finde es selbst heraus.«

Die Sonden meldeten starke Energieausbrüche im Bereich des Sechsecktransmitters. Protuberanzen griffen weit in den Raum hinaus, und noch während die ersten besorgniserregenden Meßdaten eintrafen, entstanden lodernde Energiefahnen in der äußeren Atmosphäre Kahalos. Flackernder, düsterer Widerschein huschte über die Planetenoberfläche.

Der Weltraum brach auf, als wäre seine samtene Schwärze nur eine Eisschicht auf dem Ozean des Hyperraums gewesen. Wo die Schollen barsten und bizarre Muster entstehen ließen, flutete grelle Energie entlang der Bruchlinien in unser Kontinuum herüber.

Heftige fünfdimensionale Entladungen tobten in den Schutzschirmen der mit maximaler Schubkraft fliehenden Raumschiffe.

Innerhalb Minutenfrist brach die Verbindung zum Sonnensechseck gänzlich zusammen. Die letzten von Robotsonden übermittelten Bilder zeigten die sich aufblähenden blauen Sonnen, die zu Supernovae entarteten. Die freiwerdende harte Strahlung würde alles Leben im Umkreis von Hunderten Lichtjahren auslöschen.

Erschüttert nahm ich die Bilder in mich auf, die den Beginn eines unermeßlichen Artensterbens bedeuteten. Supernovae waren gar nicht so selten, sie töteten und schufen mit dem Abstoßen ihrer Gashülle zugleich die Voraussetzungen für die Geburt neuen Lebens irgendwann in Jahrmillionen.

Werden und Vergehen waren ein ewiger Kreislauf im Kosmos. Das Raumfahrtzeitalter hatte uns enormes Wissen beschert, aber noch kannten wir längst nicht alle Geheimnisse der Schöpfung. Im Gegenteil. Manchmal erschien es mir, als brächte jede Antwort zugleich eine Fülle neuer Fragen mit sich.

Milliarden Sonnenmassen allein in unserer Milchstraße.

Milliarden Galaxien wie die Milchstraße in unserem sich ausdehnenden Universum, scheinbar wahllos verteilt in mehr oder weniger dichten Gruppierungen.

Und die Zahl der Universen? In den letzten Jahren mehrten sich die Stimmen namhafter Kosmologen, die von einem gigantischen Schaumbad sprachen und von jeder einzelnen Schaumblase als einem Universum.

Wie unbedeutend waren da zwei kleine Galaxien. Von einer Welt namens Kahalo ganz zu schweigen. Dem ersten tektonischen Beben würden weitere folgen und den Planeten zerreißen ...

Der galaktische Sechsecktransmitter existierte nicht mehr, die Schaltzentrale Kahalo war explodiert. Unvorstellbare Energien tobten im Zentrumskern der Milchstraße, doch zumindest das befürchtete Übergreifen der Novaexplosionen auf benachbarte Sterne war ausgeblieben.

Ich hatte die GARIBALDI nach Andromeda geschickt, ein neues Superschlachtschiff mit eintausendfünfhundert Metern Kugeldurchmesser, das mit der gleichen Reichweite wie die wesentlich größeren Ultraschlachtschiffe der GALAXIS-Klasse ausgestattet war. 1,5 Millionen Lichtjahre dank der neuen Kompaktkalups.

Außerdem besaß die GARIBALDI ein dreistufiges Zusatztriebwerk, walzenförmig, vierhundert Meter durchmessend und insgesamt eintausendzweihundert Meter lang. Jede Stufe barg zwei Kalupkonverter, jeder für eine Distanz von fünfhunderttausend Lichtjahren konstruiert. Alles in allem konnte dieses Schiff also ohne Inspektion oder Triebwerksaustausch problemlos 4,5 Millionen Lichtjahre überwinden.

»Einmal Andromeda und zurück«, hatte ich den Kommandanten, Oberst Paron Taminew, verabschiedet. »Sie wissen, was das bedeutet?«

Er hatte tiefgründig gelächelt. »Ein zweiter kleiner Schritt auf dem Weg zu den Sternen ... Ist es das, was sie von mir hören wollen, Solarmarschall?«

»Machen Sie's gut, Oberst. Vor allem: Fliegen Sie keine unnötigen Umwege. Sonst reicht der Sprit nicht.«

»Bitte, Sir?«

»Nur so eine Redensart aus den Anfangstagen der Dritten Macht. Sprit – fossiler Brennstoff, Sie verstehen?«

In dem Moment war ich es gewesen, der sich als Fossil gefühlt hatte. Scherze dieser Art kamen nicht mehr an, weil die Menschen längst in anderen Bahnen dachten. Erdöl oder Kohle wurden nicht mehr verfeuert, sondern hatten ihre Einsatzmöglichkeiten in der Medizin, der Computertechnik und sogar im Raumschiffsbau gefunden.

Oberst Taminews Händedruck zum Abschied war fest gewesen ...

... und genauso fest drückte er zu, als er am 20. Oktober 2405 mit Nachricht aus Andromeda zurückkehrte.

Bei ihrem Aufbruch aus der Vergangenheit war die CREST schon auf Raumstationen der Maahks gestoßen. Jene heute uralten Weltraumbahnhöfe, von den Wasserstoff-Methan-Atmern für ihre Flucht vor den Lemurern auf gerader Strecke zwischen Andromeda und Milchstraße im intergalaktischen Leerraum errichtet, existierten noch.

Central-Station, vierhunderttausend Lichtjahre vor der Zweiten Galaxis gelegen, hatte sich als Falle eines MdI erwiesen. Doch nicht Perry Rhodan war bei der Explosion dieses Weltraumbahnhofs gestorben, sondern Miras-Etrin, der sich selbst als Faktor IV bezeichnet hatte.

Taminow legte eine Fülle von Unterlagen und Dokumenten vor. Von drei Weltraumbahnhöfen existierten nur noch zwei: Midway-Station, auf halber Strecke zwischen beiden Galaxien, und Lookout, ungefähr vierhunderttausend Lichtjahre vor der Milchstraße. Beim Bemühen der Tefroder, das Solare Imperium in ein wirtschaftliches Desaster zu stürzen, hatten die uralten Stationen eine entscheidende Rolle gespielt. Es war richtig und konsequent, den Invasoren diesen Weg ein für allemal zu verbauen.

»Am 14. November wird Rhodan mit dem Gros seiner Flotte Midway angreifen. Er erwartet von Ihnen, Solarmarschall Bull, daß Sie zur selben Zeit Lookout erobern.«

Ich nickte zufrieden. Fast auf den Tag genau hatte ich mir ausgerechnet, wann die GARIBALDI zurückkehren würde. Weitgehend unbemerkt von der galaktischen Öffentlichkeit hatte ich Vorbereitungen getroffen, um meinen während Kahalos Untergang gefaßten Plan zu realisieren. Ein weitgehend unbedeutender Sektor nahe des Sternhaufens M 13 war zum Aufmarschgebiet geworden.

Vier neue Ultraschlachtschiffe und zwölf Superschlachtschiffe der Imperiumsklasse bildeten das Rückgrat meiner Flotte. Die Einheiten der 800 Meter durchmessenden Stardust-Klasse sowie die Schlachtkreuzer unterschiedlicher Größe waren mit rund neunhunderttausend Lichtjahren Gesamtreichweite zwar nicht ganz so beweglich, hatten aber genügend Reserve, um von Lookout-Station aus eigener Kraft wieder die Milchstraße zu erreichen.

Fast vierzig Flottentender des Dinosaurier-Typs hatten nach meiner Vorstellung die Brücke zur Nachbargalaxis schlagen sollen. Obwohl sie nun nicht mehr nötig waren, wollte ich nicht auf die Tender verzichten. Als Reparatur- und Nachschubbasis würden sie trotzdem eine herausragende Rolle spielen.

Am 13. November materialisierte meine Flotte nur fünf Lichtjahre vor Lookout-Station im Nichts. Wir blieben unbehelligt; die Tefroder schienen auf einen Überfall nicht vorbereitet zu sein.

Ich genoß es, endlich wieder einen unserer schnellen Raumjäger zu fliegen, um die Mutanten Tama Yokida und Tako Kakuta nahe an die Station heranzubringen. Lookout bestand aus drei acht Kilometer dikken und fünfunddreißig Kilometer durchmessenden, mit den Schmalseiten zu einem dreieckigen Gebilde verbundenen Plattformen. Ein imposanter Anblick, die winzigen Lichter dieser riesenhaften Konstruktion aus der endlosen Schwärze auftauchen zu sehen. Zum erstenmal seit langem spürte ich wieder das Flair von Abenteuer und Freiheit – vielleicht sogar seit meinen letzten Explorermissionen. Ich wurde eins mit dem Raumjäger und genoß das Gefühl, ein kleines und wendiges Schiff zu fliegen. Wie steril und unpersönlich mutete dagegen doch die Hauptzentrale der DERINGHOUSE an. Und an meinen Schreibtisch und all den lästigen Verwaltungskram wollte ich schon gar nicht mehr denken.

Die Ortungen erfaßten ein Patrouillenschiff der Tefroder auf Kollisionskurs. Aber nicht einmal zehn Sekunden später ging der vermeintliche Angreifer in den Überlichtflug.

»Suchen Sie den Verteiler der Luftumwälzung«, riet ich den Mutanten, »hinein mit den Gasbomben, ehe jemand Verdacht schöpft, und ab. Ich werde auf jeden Fall versuchen, in der Nähe zu bleiben.«

»Greift die gesamte Flotte an?« wollte Kakuta wissen.

»Nur, wenn es sich nicht vermeiden läßt.« Ich zog den Jäger aus dem Kurs und flog Lookout-Station von einer Schmalseite her an. »Ansonsten wird nur das Transmitterschiff landen und unsere Spezialtruppen einschleusen.«

Einhunderttausend Kilometer ...

Tako Kakuta ergriff Yokidas Hand, um den für die gemeinsame Teleportation nötigen Körperkontakt herzustellen. Sekundenbruchteile später saß ich allein im Cockpit des Jägers.

Ich tauchte unter der Station durch. Augenblicke später erklang ein schrilles, durchdringendes Pfeifen. Die Normalortung von Lookout hatte meine Maschine erfaßt und ließ sie nicht mehr los. Mir blieben lediglich Sekunden, bis die Tefroder das Feuer eröffneten.

Volle Beschleunigung. Knapp 800 Kilometer pro Sekundenquadrat. Dazu ein Flugmanöver, das die Maschine an die Grenze der Belastbarkeit brachte. Die jäh anschwellende Geräuschkulisse der auf Vollast fahrenden Absorber ließ meine Haarwurzeln prickeln.

Rasend schnell kamen mir die Plattformen entgegen. Nur noch sprunghaft veränderte sich die Bildwiedergabe der Relieftaster, aber nicht die positronische Umwandlung, sondern mein Auge paßte sich den Veränderungen nicht rasch genug an.

Siebzigtausend Kilometer ...

Vierzigtausend ...

Wer in solcher Situation zu denken versuchte war tot, ehe er überhaupt eine Chance hatte, den Fehler zu begreifen. Allein Instinkt zählte in diesem Moment, in dem Geschwindigkeit und Distanz miteinander zu verschmelzen schienen.

Ich glaube, ich schrie, als ich den Jäger über die im Raum nutzlosen Dreiecksflügel abkippen ließ und gleichzeitig gleißende Helligkeit über mir zusammenschlug. Daß meine Maschine nicht einmal zweihundertfünfzig Meter über den Aufbauten der Plattformen hinwegjagte, dabei um neunzig Grad aus der Horizontalen kippte und mit immer noch wahnwitziger Beschleunigung abdrehte, verriet mir später die positronische Aufzeichnung. Der Schweißausbruch kam erst an Bord der GENERAL DERINGHOUSE, als eine einzige lausige Berechnung verriet, wie dünn der sprichwörtlich seidene Faden gewesen war, von dem mein Leben abgehangen hatte. Weniger als eine tausendstel Sekunde. Von einem einzigen Strahltreffer eines Stationsgeschützes war der Schutzschirm meiner Maschine bis zu achtundneunzig Prozent belastet worden.

»Alle Achtung, Sir. Was Sie da geboten haben, war mehr als Flugakrobatik«, empfing mich Oberst Masser, der Kommandant der DERINGHOUSE, als ich wieder die kalte und unpersönliche Zentrale betrat.

»Das war Glück.« Ich winkte kurzerhand ab. »Ehrlich gesagt, ich fühle mich eingerostet. Sobald das hier vorbei ist, werde ich öfter Trainingsrunden ...«

»Ein Kreuzer der Tefroder nähert sich, Sir!« kam die Meldung von der Fernortung.

Während das Transmitterschiff Lookout-Station anflog, fiel die Wachflotte der Tefroder aus dem Linearraum und eröffnete das Feuer. In der Raumschlacht verloren wir drei 100-Meter-Kreuzer, doch Stunden später befand sich der Weltraumbahnhof in unserer Hand. Nur wenige Duplos, die rechtzeitig den Gasangriff der Mutanten erkannt hatten, hatten uns noch erbitterten Widerstand entgegengesetzt.

Die Koordinaten eines Zentralplaneten der MdI wurden erbeutet. Multidon – eine Welt, auf der einhunderttausend Multiduplikatoren aller Größen arbeiteten, auf der sogar Raumschiffe dupliziert werden konnten.

Elf Tage später, am 25. November 2405, erreichten wir Midway-Station. Perry Rhodan und seine Leute erwarteten uns schon. Und natürlich Gucky, mit dem ich in der Schiffsmesse ins Plaudern kam. Ich trank wie alle anderen Offiziere Sekt, er Karottensaft.

Vielleicht war der Karottensaft schuld, daß ich auf Guckys Sohn zu sprechen kam, ein wahrer Lauser, der jetzt schon die Mausbiberkolonie auf dem Mars bis aufs Blut tyrannisierte.

»Ganz der Vater«, stellte ich unvorsichtigerweise fest.

Gucky reagierte nicht darauf, er nippte nur nachdenklich an seinem Saft und mischte ihn telekinetisch mit einigen Selleriestückchen.

»Wird Zeit, daß du ebenfalls ans Heiraten denkst, Dicker«, sagte er unvermittelt. »Ein Sohn würde dir nicht schaden. Und erst eine Frau. Du weißt gar nicht, was du versäumst.«

»Vielleicht will ich es gar nicht wissen«, antwortete ich zögernd. »Hast du schon vergessen, Kleiner, daß ich einen Zellaktivator trage? Ich will keine Frau, die altert.«

Mit dem treuesten Dackelblick, den ich je bei ihm gesehen hatte, schaute er zu mir auf. Dann stieß er sich telekinetisch vom Boden ab und schwebte so weit empor, daß er mir direkt in die Augen schauen konnte.

»Weißt du was, Dicker? Ich mag dich. Trotzdem gefällt mir nicht, daß du dich selbst anlügst. Wovor hast du Angst?«

Ich leerte den restlichen Inhalt des Sektglases und schüttelte den Kopf.

»Mann, bist du ein Dickschädel«, seufzte Gucky. »Wann werden wir dich unter die Haube bringen?«

»In Ordnung, Mike, du mußt jetzt die Kerzen ausblasen. Alle fünf. Und du darfst dir dabei etwas wünschen.«

»Was ich will, Onkel Reginald? Wirklich?«

»Natürlich nichts Unmögliches, Mike. Nur ein Wunsch, den ich dir auch erfüllen kann.«

Ein spitzbübisches Lächeln huschte über das Gesicht des Jungen. Er blickte zu seiner Schwester Suzan Betty hinüber, die soeben mit Hilfe ihrer Mutter die eigene Geburtstagstorte anschnitt. »Laß sie fliegen, Onkel Bully. So wie Gucky das mit den Robotern macht.«

Das Objektiv schwenkte auf Reginald Bull, der sichtlich überrascht wirkte, sich dann aber vor Michael Rhodan in die Hocke sinken ließ und den Jungen mit beiden Händen an den Oberarmen umfaßte. Amüsement und Verärgerung zugleich spiegelten sich in seinem Gesicht.

»Das ist kein netter Wunsch, Mike ...«

»Suzan war auch nicht nett zu mir!« protestierte der Fünfjährige. »Sie hat gesagt, ich kann nicht mit Robotern umgehen.«

»Sie meint es nicht so«, vermutete Bully.

»Doch.« Hörbar zog Mike die Nase hoch. »Laß sie fliegen, Onkel Bully! Zur Strafe.«

»Hör mal zu, Mike, so geht das nicht. Wenn ihr zwei euch schon nicht vertragt ...«

»Ja, ja ... das ewige Gerede von Freundschaft und Verständnis. Aber Suzan ist kein Blue und kein Maahk, sie ist – meine Schwester.«

Für einen Augenblick hatte es den Anschein, als wollte der Solarmarschall lauthals loslachen, doch er verkniff sich sein Grinsen. »Selbst eine Schwester ist ein Mensch, Mike. Außerdem bin ich kein Telekinet, das weißt du.«

»Aber Gucky ist einer.« Seufzend entwand sich Rhodans Sohn Bullys Händen und rannte so schnell, wie ihn seine kurzen Beine trugen, quer durch den Wohnraum hinaus auf die Terrasse. Am Pool standen mehrere Mitglieder des Mutantenkorps. Mike, gerade mal eine Handspanne größer als der Ilt, zupfte Gucky heftig am Nackenfell.

Hastig redete der Junge auf den Mausbiber ein. Die Kamera zoomte die beiden. Deutlich war zu sehen, daß Guckys Blick Richtung Kuchenbufett wanderte und er grinsend den Nagezahn entblößte. Aber dann schüttelte er den Kopf, und unvermittelt schwebte Mike in die Höhe. Heftig mit Armen und Beinen rudernd, landete der Junge erst wieder im Wohnraum.

»Führ dich nicht auf, Michael!« sagte Perry Rhodan scharf. »Wenigstens an eurem Geburtstag erwarte ich, daß es keinen Ärger gibt.«

»Oui, Monsieur«, sagte Mike.

»Hoppla«, entfuhr es Bully. »Perry, laß dem Jungen seine Kindheit. Ich will nicht hoffen, daß du ihm altertümliches Französisch beibringst.«

»Vive la ...« Mike hatte die Arme vor der Brust verschränkt und blickte zu Bully hoch. »Vive la ...« begann er von neuem.

»Vive la Révolution«, beendete Perry Rhodan. »Ich glaube, das hat er gestern im Geschichtskanal aufgeschnappt. Zumindest hat er es geschafft, die Projektionssperre auszutricksen.«

Reginald Bull nickte grinsend und berührte mit Daumen und Zeigefinger der rechten Hand seine Lippen. »Oh la la la«, machte er genießerisch. »Paris ... Moulin Rouge ... Claudette ...«

»Versailles, Ludwig XVI. und der Duc de Liancourt«, wehrte Rhodan trocken ab. »Suzan behauptet, Mike sei fast in die Projektionsfläche hineingekrochen, so fasziniert war er von den Bildern aus Versailles. Und genau deswegen ist er auf seine Schwester sauer.«

»Mike«, sagte Bully, diesmal mit Nachdruck, »du wirst jetzt die Kerzen ausblasen und dir etwas wünschen, damit ich endlich ein Stück von der Torte bekomme. Oder willst du deinen Patenonkel verhungern lassen?«

»Das dauert Wochen, wenn überhaupt«, behauptete eine schrille Stimme. Gucky war hereinteleportiert.

»Ich wünsche mir ...«

»Nicht verraten!« unterbrach Reginald Bull.

»Doch du darfst das wissen, Onkel Bully. Ich wünsche mir ... äh ...« Heftig schnaubend, blies Mike die Kerzen auf seiner Torte aus. »... ich will die Welt sehen. Und vielleicht noch mehr.«

»Bescheiden ist er, der Kleine«, bemerkte Gucky. »Recht so. Tu mir einen Gefallen: Bleib wie du bist, und geh nicht nach deinem Patenonkel. So sagt man doch auf der Erde, oder?«

»Iwan Iwanowitsch Goratschin, unser Doppelkopfmutant aus den Anfangstagen der Dritten Macht, hat den Film an Mikes fünftem Geburtstag aufgezeichnet, am 16. August des Jahres 2410. Ich kann gar nicht sagen, wie oft ich die positronische Speicherung abgespielt habe und was mich in der Erinnerung mehr fesselt: die kurze Periode des friedlichen Aufbaus nach dem Ende

des letzte MdI, Mirona Thetin, oder der Reinfall, der sich für Gucky just an jenem Tag angebahnt hat.

Und ich frage mich auch, ob damals der Grundstock für Michael Reginald Rhodans spätere Identität gelegt wurde. Von mir hat er die Vorliebe für französische Geschichte jedenfalls nicht.

Fünfundzwanzig Jahre später, am 25. August 2435, wer hätte da in der Maske des Roi Danton, des stutzerhaften Königs der Freihändler mit seiner Vorliebe für französische Lebensart des ausgehenden 18. Jahrhunderts den seiner eigenen Wege gegangenen Mike Rhodan vermutet?

Doch so weit wollte ich gar nicht ausholen. Ich wollte von Mike reden, dem Knirps, der kurz nach seinem fünften Geburtstag das Kunststück fertigbrachte, Gucky zum Narren zu halten. Nun ja – mein Patenkind, auf das ich stolz bin. Schon damals wußte ich, daß aus Mike etwas Besonderes werden würde.

Ich habe die Sache nur bruchstückweise erfahren. Inzwischen kenne ich jedoch alle Details. Mike hatte ja angekündigt, daß er die Welt sehen wollte.

Nur mit einer Frotteeplastikkombination bekleidet, war er aus dem Wochenendbungalow am Goshun-See ausgebüchst, hatte sich die achtzig Kilometer bis zum nächsten Touring-Transmitter durchgeschlagen und mittels seiner ID-Marke, die er an einem Kettchen um den Hals trug, den Großtransmitter nach Alaska benutzt.

Er muß ziemlich gefroren haben, jedenfalls wählte er schon nach kurzer Zeit eine Transmitterverbindung nach Zentralafrika. Gucky, der das Verschwinden des Jungen bemerkt und geespert hatte, daß Mike in einem Schneesturm herumirrte, kam zu spät. Und bis er Mikes Gehirnwellenmuster wiederfand, in der wohligen Wärme afrikanischer Savanne längst nicht so intensiv wie in Alaska, war Mike schon wieder verschwunden gewesen.

Kurzum: Die Jagd rund um die Welt hatte Mike und Gucky nach Skandinavien, Honolulu, Grönland, Australien, Kreta und Panama geführt, bis der Junge es irgendwie geschafft hatte, den Ausgangstransmitter wiederzufinden. Nicht einmal in Garching schaffte es der Retter-des-Universums-Mausbiber, Mike einzuholen, dabei hatte er den Ortsnamen deutlich geespert. Eine Fehlteleportation in ein falsches Garching sicherte Mike den nötigen Vorsprung von neuem.

Tja, und dann verloren sich Mikes Gedankenimpulse plötzlich in der Nähe des elterlichen Bungalows, und Gucky geriet deshalb schier in Panik. Eineinhalb Stunden lang suchte der Mausbiber die Uferregion des Goshun-Sees ab, den Swimming-Pool und sogar die Gefrierkammer – bis er sich Perrys ESP-gesichertem Arbeitszimmer entsann. Und genau dort lag Mike und schlief und träumte von seinem großen Abenteuer.

Vierundvierzigtausend Solar hatten die Transmitterpassagen gekostet. Ich muß es Gucky hoch anrechnen, daß er die Rechnung aus eigener Tasche bezahlte und Mikes Ausflug verheimlichte. Erst sehr viel später erfuhr Mike selbst von dem Betrag, und als er schon der König der Freihändler war, erstattete er dem Ilt das Geld zurück, freilich ohne seine neue Identität preiszugeben.

Und jetzt? Für mich war Michael Rhodan auch in der Gestalt des Roi Danton wie ein Sohn. Ich würde meinen rechten Arm dafür opfern, könnte ich ihn zurückholen, wo immer er sein mag. Ausreißen, das konnte er, mein Mike, das hat er bewiesen. Und er hat es stets geschafft, zurückzukehren. Genau deshalb gebe ich die Hoffnung nicht auf, auch wenn sein eigener Vater ihn für tot hält.

Jeder glaubt, daß Michael Reginald Rhodan am 7. Oktober 2437 bei der Vernichtung des Uleb-Systems umgekommen ist.

Ich gebe die Hoffnung nicht auf, ihn eines Tages wiederzusehen. Mag alle Welt mich für einen Spinner halten, mir ist es egal. Ich verlasse mich auf mein Gespür. Und wie sagt man so schön: Was schert es die Kiefer, wenn der Fuchs sich an ihr kratzt? So ähnlich jedenfalls. Oder ganz anders.

Mist, das ist einzig und allein meine Privatsphäre. Auch wenn ich zeitweise allein an der Spitze des Solaren Imperiums stand, hat niemand das Recht mein Innerstes nach außen zu wühlen, so wie es in den letzten Tagen versucht wurde. Ich kann nicht einmal behaupten, daß sie mir nicht gefallen hätte, diese Ionka Mellham, die für die Enzyclopaedia Terrania schreibt. Eine gewisse Ähnlichkeit mit Hannah Angel kann ich ihr ebenfalls nicht absprechen. Wir haben fünf Tage intensiv miteinander gearbeitet, um die Geschichte in eine griffige Form zu bringen, doch ich werde sie nicht wiedersehen. Ihre Versuche, mich herumzukriegen, waren zu offensichtlich. Punkt, Schluß, Aus.«

Kopie der positronischen Filmaufzeichnung sowie persönlicher Kommentar Reginald Bull vom 18. Dezember 2503 n. Chr. (private Tagebucheintragung) – Persönliche Freigabe aller Bild- und Tonrechte am 14. Januar 3457 für geschichtswissenschaftliche Studienzwecke.

Im Mahlstrom der Sterne

September und Oktober 3580

Vier Planeten hatten die Sonne vor fünfzigtausend Jahren auf teilweise exzentrischen Umlaufbahnen umkreist, aktuell waren es nur noch zwei. Nummer Eins war zweifellos in der Sonne verglüht, während sich eine der äußeren Eiswelten aus den Schwerkraftfesseln befreit hatte und auf Nimmerwiedersehen im Mahlstrom verschwunden war.

Mächtige Protuberanzen, die weit in den Raum hinausgriffen und nicht mehr in die Korona zurückstürzten, zeugten von bevorstehenden Veränderungen im Energiehaushalt der Sonne. Noch war die Ekliptik des Systems nicht betroffen, aber schon in naher Zukunft würden die vagabundierenden Energieschwaden die beiden verbliebenen Planeten verbrennen.

Die Welt der Artmaccs war dem Tode nahe.

Erschüttert stand Reginald Bull in einer der kleinen Mannschleusen der 1600 Meter durchmessenden DAR TRANATLAN und blickte von der oberen Kugelhälfte aus über das Land, auf dem einst die überlebenden Lemurer der kleinen Flotte gesiedelt hatten. Ihre Spuren waren noch da: verfallene, halb vom Sand zugeschüttete Ruinen; die bleichen Knochen einer Zivilisation, die nie eine Chance gehabt hatte, auf dieser Welt heimisch zu werden.

Sand und Geröll bestimmten das Bild ebenso wie in der Ferne die von der Erosion nivellierten monotonen Kuppen einstmals stolzer Bergzüge. Das Heulen des Windes und das stete Knistern des Sandes prägten die Monotonie des Kontinents. Selbst in luftigen 1200 Meter Höhe vernahm Bully die Laute der Einsamkeit.

Stumm ließ der Terraner den Blick wandern. Auf gewisse Weise genoß er diese Minuten und schöpfte sogar Kraft aus ihnen, vielleicht oder gerade weil die Vergänglichkeit an diesem Ort greifbarer war als anderswo. Er empfand die Umgebung nicht als Bedrohung, eher als Herausforderung. Zumal er in mehr als sechzehnhundert Jahren gelernt hatte, daß es immer einen Weg gab, der weiter führte, mochte er unter noch so hohen Geröllmassen verschüttet sein.

ES hatte Zeichen hinterlassen. Um ihm, Bull, den richtigen Weg zu weisen?

Für einen Augenblick war da wieder der irrwitzige Gedanke, der Unsterbliche von Wanderer könnte schon vor mehr als fünfzigtausend Jahren seine Spuren gelegt haben. Mit den lemurischen Schiffen im Rücken konnte er heute den Aphilikern die Stirn bieten.

Mit einem unwilligen Kopfschütteln verscheuchte Reginald Bull diese Überlegungen. Anzunehmen, daß ES schon zur Zeit der Haluterkriege eingegriffen haben sollte, bedeutete zuviel der Ehre. Wäre es nicht einfacher gewesen, den Sturz der Erde in den Mahlstrom zu verhindern?

Oder – tief atmete Bully ein und massierte seine Schläfen mit den Fingerspitzen – wäre Terra nirgendwo anders vor den Laren sicher gewesen? Was mußte er als Ursache ansehen, was als Wirkung – und was war Notwendigkeit?

Lichteruptionen am Horizont fesselten seine Aufmerksamkeit. Eine flackernde, grelle Helligkeit huschte durch die oberen Schichten der Atmosphäre, erlosch und flammte gleich darauf in vielfältigen Verzweigungen und glühenden Farben von neuem auf. Die morbide Schönheit der Erscheinung konnte nicht darüber hinwegtäuschen, daß harte Sonnenstrahlung den Planeten traf.

Die Polarlichter kamen näher, huschten durch die Ruinen und brandeten gegen den Kugelraumer. Das bis eben noch unsichtbare Kraftfeld, das die Mannschleuse absicherte, wurde zur lodernden Wand.

Bully trug keinen Raumanzug. Weil in den Spinden und Arsenalen des Raumers kein einziges funktionsfähiges Exemplar aufzufinden war. Zerfetzte, aufgeschlitzte Monturen zeugten davon, daß teilweise mit brachialer Gewalt versucht worden war, die Schutzanzüge auszuschlachten. Energietornister, Schirmfeldprojektoren, sogar die einfachsten Bauteile der Lebenserhaltungssysteme waren irgendwann einer zweckentfremdeten Verwendung zugeführt worden.

Die Entladungen in der Atmosphäre lockten Energie-Algen an. Wie ein Schwarm schillernder Seifenblasen wirbelten sie durcheinander – kleiner als Bully sie in Erinnerung hatte, aber keineswegs weniger gefährlich.

Fünfzehn oder zwanzig der quallenartigen Erscheinungen senkten sich auf das Wrack eines Raumschiffs herab. Fahle Blitze zuckten auf, sobald die Algen den Stahl berührten. Alaska Saedelaere hatte die energetischen Gebilde als parainstabile, kommunal orientierte strukturelle Thermoüberladungsteiler bezeichnet. Weil sie sich durch Teilung vermehrt hatten und in großen Schwärmen aufgetreten waren.

Vor zwei Tagen war Reginald Bull an Bord der DAR TRANATLAN materialisiert, eines von nur mehr acht Schlachtschiffen, die noch einen einigermaßen vertrauenerweckenden Eindruck machten. Seine Frage nach dem Gros der Flotte hatten die Lemurer-Nachfahren mit einem verständnislosen Achselzucken beantwortet.

Vier oder fünf teilweise skelettierte Wracks im Erfassungsbereich der Optiken waren ebensowenig aufschlußreich gewesen, zumal die Schwärme von Energie-Algen aus Borrums Erinnerungen längst nicht mehr zu existieren schienen. Niemand an Bord der Schiffe hatte je mehr als vielleicht zwei Dutzend der metergroßen energetischen Erscheinungen gesehen.

Von der Hauptpositronik gespeicherte Aufzeichnungen bewiesen andererseits, daß etwa die Hälfte der ursprünglichen Flotte bei Fluchtversuchen zerstört worden und den Energie-Algen zum Opfer gefallen war. Auch daß sie viele Schiffe am Boden regelrecht zersetzt hatten.

Ein zu enger Kontakt mit ihnen war immer tödlich gewesen, selbst der Einsatz schwerer Waffen hatte sie in keiner Weise aufhalten können. Vielmehr schienen sie Blasterschüsse als willkommene Bereicherung ihres Speiseplans anzusehen.

Irgendwann waren sie verschwunden. Ausgestorben, ausgelöscht, weitergewandert – niemand hatte sich dafür interessiert. Die wenigen Exemplare, die noch über den verkarsteten Kontinent geisterten, bedeuteten kaum mehr eine Gefahr.

Reginald Bull vermutete, daß die physikalischen Umwälzungen innerhalb des Vier-Planeten-Systems ursächlich waren. Ob die Energie-Algen ausschließlich auf einer der Welten entstanden waren oder als an Materialisationskeimen kondensierende Energieform auch anderswo im Mahlstrom, würde er wohl nie erfahren. Vielleicht waren sie nur zu den 22.000 verschollenen Raumschiffen abgewandert, die ihnen für lange Zeit ein wahres Schlaraffenland versprachen.

Die Artmaccs hatten sich ebenfalls zurückgezogen. Nur noch selten landete eines ihrer kastenförmigen Raumschiffe neben den Kugelraumern, um ausgeschlachtete Aggregate abzuholen. Es sah ganz danach aus, als wollten sie die letzten Lemurer auf der sterbenden Welt ihrem Schicksal überlassen.

Knapp fünftausend Männer und Frauen lebten noch in den Schlachtschiffen. Ihr Kontakt untereinander beschränkte sich auf Funkverkehr. Es gab ebensowenig Beiboote an Bord wie Raumanzüge, und die Wagemutigen, die in den letzten Jahren versucht hatten, die kilometerweiten Distanzen zwischen zwei Schiffen ohne Hilfsmittel zu überwinden, lagen unter den Wanderdünen begraben.

Die Mehrzahl der Konverter lieferte noch Energie. Bulls erste Arbeit war es gewesen, die Brennstoffvorräte zu überprüfen – sie würden keine wochenlange Betriebsdauer mehr zulassen, wohl aber eine Reihe kurzer

Linearflüge, je nach den Gegebenheiten bis zu dreißig- oder vierzigtausend Lichtjahre.

Die Abschirmfelder einiger Ringwulstdüsen waren zusammengebrochen, aber auch sie waren nicht unbedingt nötig, um das Schlachtschiff, das diese Bezeichnung längst nicht mehr verdiente, in den Raum zu bringen. Die Beschleunigungsphasen würden mehr Zeit in Anspruch nehmen. Und wenn schon. Wichtig war allein, daß die Erde wieder in greifbare Nähe rückte.

In Gedanken spulte Reginald Bull eine ellenlange Liste ab. Immer noch fügte er Positionen hinzu, die ihm wichtig erschienen. Zum Teil waren es Selbstverständlichkeiten, die auf den modernen Raumern der Solaren Flotte permanent von Sektorenpositroniken kontrolliert wurden, deren reibungsloses Zusammenspiel er hier aber wenigstens einmal überprüft haben mußte.

Erneut wurde der Himmel in ein flackerndes Farbenmeer getaucht. Überrascht registrierte Bull, daß die Energie-Algen aufstoben. Vorübergehend schienen sie die Orientierung zu verlieren und wurden von dem heftiger werdenden Sturm durcheinandergewirbelt.

Jäh schlug eines der quallenartigen Gebilde gegen das Kraftfeld der Mannschleuse. Strukturrisse entstanden, die wie ein bizarres Netz von Sprüngen in einer splitternden Glasscheibe wirkten, und Energietentakel wollten sich hindurchbohren. Ein anschwellendes Heulen erfüllte die Schleusenkammer, Ozongestank hing in der Luft, dann brannten die ersten Feldprojektoren aus. Es war wie eine Kettenreaktion, die den Stahl des äußeren Schottrahmens von innen heraus zu einer zähflüssigen Masse aufheizte, die langsam abzutropfen begann.

Den flackernden Zusammenbruch des Energieschirms sah Bull schon nicht mehr. Er hatte sich herumgeworfen und suchte sein Heil in der Flucht. Die Hitze begann unerträglich zu werden, als seine Rechte auf den Schleusenkontakt schlug.

Viel zu langsam schlossen sich die Schotthälften. Daß inmitten der verblassenden Entladungen die Energie-Alge jede Farbe verlor, zu einem nicht einmal faustgroßen grauen Klumpen schrumpfte und außenbords in die Tiefe stürzte, registrierte Reginald Bull erst, als die Schleuse schon hermetisch abdichtete. Unter anderen Umständen hätte er herauszufinden versucht, was der verbliebene Klumpen tatsächlich darstellte. Er vermutete eine Art sterbliche Hülle der mehrdimensionalen Erscheinung, zu Materie gewordene Energie. Trotzdem war er sich noch immer nicht klar darüber, ob er die quallenförmigen Gebilde als Lebewesen oder doch nur als eine Art Naturphänomen einordnen sollte.

Dank seines Zellaktivators genügten ihm zwei Stunden Schlaf am Tag, damit er sich wieder frisch und ausgeruht fühlte. Ansonsten schuftete Reginald Bull wie ein Berserker, der nur an die Erfüllung seiner Aufgabe dachte und sich selbst dabei am wenigsten schonte.

In den ausgedehnten Maschinenhallen des Raumers war er in seinem Element. Obwohl er sich manchmal verloren fühlte, ein Zwerg zwischen den gewaltigen, teilweise turmhoch aufragenden Umformern und Kompakt-Konvertern. Versorgungsleitungen, in deren Innerem er bequem hätte stehen können, spannten sich zwischen den Aggregaten, daneben verliefen mehrstöckige Wartungsbrücken und mechanische Aufzüge in Form von Gitterkäfigen, die selbst bei optimaler Konverterleistung ein Höchstmaß an Sicherheit gewährleisteten.

Den Geruch von Schmierstoffen und vielfältigen Legierungen, scheinbar aufs Engste verbunden mit dem prickelnden Empfinden elektrostatischer Aufladungen in der Luft, hatte Bully viel zu lange vermißt. Zumindest hatte er als der Aphilie verfallener Regierungschef Terras solche Details nicht mehr wahrgenommen, weil derart irrationale Empfindungen nur die Immunen kannten.

Die Akribie, mit der weite Bereiche des Triebwerkssektors konserviert worden waren, überraschte. Manches wirkte fremd, teilweise unfertig. Es gab Verbundlösungen vor allem im High-End-Bereich, die die Arkoniden später anders angegangen hatten, und der terranische Raumschiffsbau war eben weitgehend ein Spiegelbild arkonidischer Technik, abgesehen von Lineartriebwerken und Halbraumspürern.

Tage verbrachte Reginald Bull nur mit der Wiederherstellung aller Kontrollmöglichkeiten von der Hauptzentrale aus. Eher durch Zufall stieß er auf einen gesicherten Datenspeicher, der die Artmaccs als die Urheber auswies. Und noch etwas fand er heraus, was etliche offene Fragen beantwortete: Die Lemurer waren allem Anschein nach mental beeinflußt worden. Nur deshalb hatten sie ihre überlegene Technik nicht ausgespielt, sich statt dessen mit der Rolle von Siedlern abgefunden und in ihr Schicksal gefügt.

»Parainstabil ...« Gedankenversunken ließ Bully das Wort auf der Zunge zergehen.

Er glaubte nicht, daß die raupenähnlichen Artmaccs allein in der Lage gewesen wären, andere Intelligenzen mental zu beeinflussen; ihre Stärke lag eher in der bulligen Kraft des drei Meter langen und zwölffach gegliederten Körpers. Die Energie-Algen wiederum folgten energetischen Kräften oder wurden bestenfalls von einem animalischen Instinkt geleitet, doch erschien die Möglichkeit naheliegend, daß sie den Artmaccs als Verstärker latent vorhandener suggestiver Fähigkeiten dienten. Oder gedient hatten. Unter diesem Aspekt erschien das gemeinsame Auftreten von Artmaccs und Energie-Algen plausibel, möglicherweise hatte früher sogar eine gegenseitige Abhängigkeit bestanden.

Der Zusammenhang lag auf der Hand. Mit den beginnenden Veränderungen des Muttergestirns waren die quallenartigen Energieballungen entweder abgewandert oder zu leblosen Materieklumpen geworden. Den Artmaccs war in der Folge mehr und mehr die Kontrolle über die Lemurer-Nachfahren entglitten. Ungefähr in jene Zeit mußten die Fluchtversuche einzuordnen sein.

Inzwischen kümmerte sich niemand mehr um die letzten verbliebenen Kugelraumschiffe und ihre Besatzungen. Die Artmaccs mochten sich einen Technologieschub von den Lemurern erhofft haben, aber sie hatten sich wohl eher auf Beiboote, Raumanzüge und Waffensysteme konzentriert als auf die wichtigen Antriebssysteme oder gar die lemurische Transmittertechnik.

Vorangebracht hatte ihre Piraterie die Raupenwesen nicht. Alaska Saedelaera hatte von einem fortgeschrittenen Verfall ihrer Technik gesprochen, der über kurz oder lang zur völligen Isolation führen mußte. Ironischerweise wurden gerade jene Artmaccs, die im Mahlstrom auf das Gros der lemurischen Flotte gestoßen waren, endgültig zu Gefangenen der Raumschiffswracks, die sie vor langer Zeit in Besitz genommen hatten.

Mit Hilfe der Hauptpositronik stellte Reginald Bull Lernprogramme zusammen. Um ein Raumschiff der GOLKARTH-Klasse einigermaßen heil in den Raum zu bringen und nicht gleich in die nächste Sonne zu steuern, bedurfte es einer gut eingespielten fünfzehnköpfigen Mindestbesatzung. Selbst dann waren weder Funk noch Waffenleitsysteme besetzt, aber darauf kam es nicht an.

An Bord eines der acht Raumer würde die nötige Besatzungsstärke nicht erreicht werden. Bully erfuhr das eher beiläufig gegen Ende der zweiten Woche.

»Wir haben keine andere Wahl, als die Männer und Frauen zurückzulassen«, sagte Moixan. Dem durchdringenden Blick des Terraners hielt er ohne mit der Wimper zu zucken stand.

»Nein!« widersprach Bull. »Solange ich eine Chance sehe, überlasse ich niemanden seinem Schicksal.«

Er benötigte drei Tage, um mit Hilfe des Roboters Jonas und einiger Männer den Antigravprojektor aus einem stillgelegten Aufzugsschacht auszubauen und auf einem gut zwanzig Quadratmeter messenden Wandsegment zu montieren, das Jonas aus dem Korridor vor einem der unmittelbar über dem Ringwulst liegenden Beiboothangars herausgeschnitten hatte. So lange brauchte er auch, um einen der großen Schirmfeldprojektoren zu demontieren und auf der provisorischen Plattform zu befestigen, die daraufhin kaum Platz für Passagiere bot.

Das Gefährt wirkte plump und reagierte überaus schwerfällig, einen Designwettbewerb hätte es ohnehin nicht gewonnen, doch es erfüllte seinen Zweck, den unterbesetzten Raumer zu evakuieren. Drei weitere Fahrten dienten der Verteilung der an Bord vorhandenen Nahrungsmittel.

Mehrere Decks auf jedem Schiff waren für die Aufzucht von Hydrokulturen zweckentfremdet. Unter sorgfältigster Pflege gediehen zum Teil exotische Pflanzen, die von der sterbenden Welt stammten. In Brutkästen wuchsen zudem tierische Zellen zu großen Fladen heran. Das faserige, bleiche Endprodukt schmeckte fad und zäh, versorgte den menschlichen Stoffwechsel jedoch mit den wichtigsten Nährstoffen.

Bis vor zwei Generationen waren Sauerstoff und Wasserstoff noch aus der planetaren Atmosphäre komprimiert worden. Die steigende radioaktive Verseuchung konnte inzwischen nicht mehr neutralisiert werden.

»Alle Berechnungen über die Vorräte sind hinfällig, sobald wir Lemur erreichen«, stellte Moixan zufrieden fest. »Damit hatten und haben wir keine Probleme.«

Vielleicht würden sie einige Wochen im Raum sein. Reginald Bull konnte nur Vermutungen anstellen, was die Position der Sonne Medaillon und der Erde betraf. Einzig und allein die Tatsache, daß Terra nahe der engsten Stelle der Nabelschnur zwischen den zwei Galaxien stand, erleichterte die Orientierung. Der Schlund, ein rotierender Energiewirbel, der wie ein Schwarzes Loch alle Materie an sich riß, und in dem in absehbarer Zeit wohl auch die Erde verschwinden würde, mußte aus der Distanz wie ein deutliches Leuchtfeuer wirken.

Zur Eile treiben ließ sich Reginald Bull nicht. Mehrfach benutzte er die provisorische Antigravplattform, um an Bord der übrigen Schiffe den Fortgang der Arbeiten zu kontrollieren.

Während eines dieser Flüge bemerkte er einen kastenförmigen Raumer der Artmaccs, der eine Zeitlang in wenigen Kilometern Entfernung verharrte, schließlich aber mit flammenden Impulstriebwerken in der fahlen Dämmerung verschwand. Als Minuten später die Plasmaschleier verwehter Protuberanzen auf die Atmosphäre trafen und der Planet in einer Orgie aus Feuer zu versinken schien, wußte Bully, daß die letzten Raupen ihre Welt verlassen hatten.

Auch für ihn und die Lemurer-Nachfahren wurde es Zeit. Alle Berechnungen, die das Ende des Planeten für die Zukunft voraussagten, erwiesen sich als Makulatur.

Vielleicht noch eine Woche, schätzte der Terraner, dann würde die Sonne ihre Gashülle abstoßen und alles Leben im weiten Umkreis vernichten.

»Der verlorene Sohn kehrt heim! – Mein Gott, ich hätte nie geglaubt, daß ich das auch einmal von mir sagen würde und nicht nur nach Perry Rhodans Odyssee in Naupaum.«

Reginald Bull lachte heiser. Daß ihn verwunderte Blicke trafen, ignorierte er.

Noch zehn Minuten bis zum Start der sieben Uralt-Schlachtschiffe. Sieben Schiffe von einstmals zweiundzwanzigtausend kehrten nach einer Ewigkeit zu ihrer Heimatwelt zurück, die längst nicht mehr den Lemurern gehörte. Das war der Stoff, aus dem Dramen gemacht wurden.

Ungeduldig fixierte Bully die über seine Monitoren flimmernden lemurischen Schriftzeichen. Sie schienen zu pulsieren, sprangen ihn an und entfernten sich wieder. Er blinzelte und massierte mit Daumen und Zeigefinger die Nasenwurzel.

Trotz des Zellaktivators war er erschöpft. Ein heißes Bad und zehn Stunden Tiefschlaf, danach sehnte er sich, doch die verfluchte Sonne würde ihm die Zeit nicht mehr zugestehen. Die Spektralveränderung war inzwischen mit bloßem Auge erkennbar.

Im Hintergrund wurden Stimmen laut. Jemand machte Witze über Haluter, die vielleicht inzwischen Lemur erobert hatten. Bully reagierte nicht darauf. Er wußte, wie unglaublich hoch die nervliche Anspannung der Mannschaft war. Keiner hatte je einen Start miterlebt, vom Anblick des rasend schnell zurückfallenden Planeten ganz zu schweigen. Das Gefühl, ins Nichts zu stürzen, war imposant und beängstigend zugleich.

Für einen Augenblick gab er der Erinnerung an den ersten Mondflug nach. Noch immer dachte er gerne an die STARDUST zurück, an die gute alte Zeit, die weniger imposant, aber auf ihre Weise prägend gewesen war. Damals, an der Schwelle zum Weltraum, hatte entschlossenes Handeln die Menschheit einen großen Schritt vorwärts gebracht. Heute schien die Situation ähnlich. Er war fest entschlossen, den Terranern den Platz in der Milchstraße zurückzugeben, der ihnen zustand.

Wie?

Keine Ahnung. Er mußte sich eingestehen, daß er es nicht wußte. Aber Zähigkeit und Ausdauer und ein unbeugsamer Wille hatten die Menschheit auf ihrem Weg zu den Sternen vorangebracht, und diese Eigenschaften würden eines Tages dazu führen, daß das Solare Imperium wie der Phönix aus der Asche neu geboren wurde.

Die Bereit-Meldungen der anderen Schiffe trafen ein. Über Funk waren die Hauptrechner vernetzt – eine reine Sicherheitsvorkehrung. Bully rechnete jedoch damit, daß schon kurz nach dem Verlassen der Atmosphäre die solaren Störungen überhand nehmen und jedes koordinierte Manöver unterbinden würden.

Der Nachthimmel war seit Tagen nicht mehr dunkel, sondern glühte in tiefem Purpur. Während Reginald Bull den Schirm fixierte, flackerten zwei Sektoren des Panoramabildes grell auf und erloschen.

Dreieinhalb Wochen Arbeit ohne Erholungsphasen lagen hinter ihm. Jetzt, da die Anspannung sich allmählich aufzulösen begann, spürte Bull die bleierne Müdigkeit.

Ein erneuter Check der Projektionsfelddüsen im Ringwulst ... Keine Veränderung. Vier unklare Sektoren waren abgeriegelt.

Die Impulstriebwerke zündeten. Myon-katalysiertes Deuterium wurde im HHe-Meiler jedes einzelnen Feldbereichs zur kalten Fusion angeregt, als Plasma über Thermalumformer und Impulskonverter mehrstufig verdichtet und schließlich als hochbeschleunigter Impulsstrahl über die Felddüsen ausgestoßen.

Es war ein Gewaltstart, mit dem die Schlachtschiffe abhoben. Von den auftreffenden Impulsbündeln verflüssigtes Gestein begann weißglühend zu kochen und floß zu gewaltigen, eineinhalb Kilometer durchmessenden Ringen zusammen.

Alle Systeme funktionierten einwandfrei. Vor allem die Andruckabsorber, die Bulls Sorgenkind gewesen waren. Selbst die vergleichsweise geringen Beschleunigungswerte von 50 Kilometern pro Sekundenquadrat würden bei einem Absorberausfall verheerende Folgen zeigen.

Rasend schnell fiel der Planet zurück. Die Sonne stieg über das nachtschwarze Rund empor wie ein sich aufblähendes Ungeheuer. Weit leckten lodernde Protuberanzen in den Raum.

Alle Raumer lagen auf Kurs.

Wenig mehr als eine Minute inzwischen ... Die Geschwindigkeit betrug annähernd zehn Prozent Licht.

In Flugrichtung zeigten sich nur wenige Sterne. Zwei ringförmige, einander überlappende Gasnebel bestimmten das Bild. Auch sie zweifellos die Überreste von Novaexplosionen. Durchweg alte Sterne prägten die Population in diesem Sektor des Mahlstroms.

Zeitgleich mit der positronischen Anzeige auf Bulls Kommandantenkonsole hallte der warnende Ruf eines Kontrolltechnikers durch die Zentrale. Unregelmäßigkeiten im Bereich einer der Felddüsen an Backbord. Gleich darauf Abfall der Schubkraft, verbunden mit einem rasanten Temperaturanstieg im Feldkern.

Reginald Bull ging kein Risiko ein. Spontan blockierte er den Plasmazufluß zum Thermalumformer. Hüllfelder isolierten den sonnenheißen Teilchenstrom.

Die automatische Korrektur der Kursabweichung ließ die Beschleunigung um knapp zehn Prozent sinken. Mit wenigen tausend Kilometern Distanz zogen drei der Schwesternschiffe vorbei.

Urplötzlich ein Glutball, eine neu in der Schwärze aufflammende Sonne. Bulls Flaggschiff tangierte die Ausläufer der Explosion, bevor ein Mensch überhaupt in der Lage gewesen wäre zu reagieren.

Die Schirmfeldbelastung schnellte steil in die Höhe. Erschütterungen ... Ein Geräusch wie Hagelschlag, hervorgerufen durch eine Rückkoppelung nach der Kollision mit fester Materie ... Doch da hatte der Raumer die Gefahrenzone schon passiert.

»Schadenskontrolle!« befahl Bull spontan. »Den Rumpf auf Hüllenbrüche überprüfen!«

Er durfte die Besatzung nicht zur Besinnung kommen, den Männern und Frauen keine Gelegenheit lassen, über die Explosion eines Schiffs nachzudenken. Jede Art von Beschäftigungstherapie erschien ihm im Moment weitaus sinnvoller als die ohnehin nichts mehr ändernde Frage nach der Ursache.

Es gab kein Zurück. Weil er nie eine Wahl gehabt hatte. Die Erde zu erreichen war der Strohhalm, an den er sich klammerte.

Reginald Bull »schreibt« Geschichte

2435 bis 2437

»Sie sind also Ionka Mellham. Hm.« Nach unserem ersten Kontakt – ohne Bildverbindung – hatte ich eine Frau um die Sechzig erwartet, das Haar zu einem Knoten hochgesteckt, den strengen und schulmeisterhaften Blick mit einer altmodisch dünnen Nickelbrille umrahmt und die Lippen verbissen schmal und blutleer, wie es einfach sein muß, wenn jemand jahrein und jahraus in staubigen Archiven wühlt, um künftigen Generationen ein detailliertes, aber zugleich komprimiertes Wissen zu vererben. Die komplette Datenflut konnte längst nur noch von solchen Gigantrechnern wie dem lunaren NATHAN bewältigt werden. Und herauszufiltern, welcher Bruchteil davon wirklich wichtig sein könnte, dazu gehörten vor allem Talent und Fingerspitzengefühl.

»Sie sind überrascht, Solarmarschall? Oder enttäuscht? Das macht nichts. Ich habe mich daran gewöhnt, daß die meisten Leute, mit denen ich für kurze Zeit zusammenarbeite, in mir eine knöcherne alte Jungfer vermuten.«

Ihr Mund lächelte gar nicht leichenblaß. Der leicht rosa Schimmer, der ihre hoch angesetzten Wangenknochen betonte, schien weniger mit Make-up unterstützt, als vielmehr einer spürbaren Nervosität zuzuschreiben zu sein.

»Ich bin ganz und gar nicht enttäuscht«, gestand ich. Ohnehin war ich für sie nicht viel mehr als andere »Leute«, zumindest entnahm ich das ihren Worten.

»Und ich bin wirklich keine alte Jungfer.« Mit zwei Fingern dirigierte sie ihr antigravgestütztes Gepäck neben sich her.

»Sie haben vier Tage veranschlagt, Mrs. Mellham ...«

»Miss«, protestierte sie sofort.

»Soviel Zeit habe ich noch keinem Reporter gewidmet.«

»Ich interviewe Sie auch nicht für ein x-beliebiges Nachrichtenmagazin, Sir. Die Enzyclopaedia Terrania setzt sehr hohe Maßstäbe, sowohl was die Art der Wiedergabe als auch die Güte der Recherchen anbelangt, vor allem erhebt die Agentur den Anspruch, *das führende Werk* in der Geschichtsschreibung seit der ersten Mondlandung zu sein, und ...«

»Ich weiß, Miss Mellham«, unterbrach ich ihren Wortschwall. »Ich war dabei.«

Sie starrte mich an. Sekundenlang konnte ich in ihrem Blick jeden ihrer Gedanken lesen. Für sie war ich vergleichbar einer neu entdeckten Mumie für den Ägyptologen. Schicht für Schicht wickelte sie die verklebten Binden von mir ab, um zum konservierten Kern vorzustoßen. Auf gewisse Weise war ich selbst gespannt, was die kommenden Tage bringen würden. Eine Entdeckungsreise in mein eigenes Ich? Ich hatte nicht vor, mein Herz vor dieser jungen Frau auszuschütten. Fakten zählten, sonst nichts. Aus diesem Grund hatten wir uns weder in der Solar Hall, noch in meinem Büro verabredet, sondern im Hilton Terrania als neutralem Ort, obwohl auch hier die Geschichte in vielerlei Weise lebendig schien.

Ionka Mellham hatte mich in der Lobby angesprochen, diesem beeindruckenden Gebilde aus Glas und Terkonit, das allen Gesetzen der Schwerkraft widersprechend eine unbeschreibliche Faszination ausübte. Ohne energetische Prallfelder und Antigravitation wäre diese moderne Architektur niemals möglich gewesen. Transportbänder schlängelten sich in transparente Höhe, dazwischen hingen exotische Blumeninseln scheinbar im Nichts, und sogar ein halbes Dutzend kleiner Flugsaurier, Echsen mit nur einem Meter Spannweite, zogen in einem unsichtbaren Korridor ihre Bahn. Die Echsen als Leihgabe des ebenfalls wiederaufgebauten Zoos von Terrania würden in wenigen Wochen von einer neuen Attraktion abgelöst werden.

»Sir, ich meine natürlich, Solarmarschall, ich werde mich beeilen«, versprach die Frau. »Ist es Ihnen recht, wenn wir uns in ...« Ein Dienstroboter schwebte heran und übernahm ihr Gepäck. »... wenn wir uns in dreißig Minuten für die erste Sitzung treffen?«

Der Raum war nicht größer als fünfzig Quadratmeter und lag in der 184. Etage des neuen Hilton Terrania. Von hier aus bot sich ein imposanter Blick nicht nur über die ringförmig angeordneten Bauten der Crest Plaza Apartments, sondern weit nach Süden, über das Regierungsviertel hinweg bis zum ausgedehnten Gelände des Zoos von Terrania und den nahezu anschließenden Gobi-Park, beide etwa vierzig Kilometer Luftlinie entfernt.

Im Südwesten und noch ein Stück weiter entfernt, lag der Flottenraumhafen mit seinen vierzig Kilometern Durchmesser und dem zur Stadt hin errichteten Sichelwall, der an seiner höchsten Stelle über zwei Kilometer maß. Schon vor der Dolan-Attacke auf das Solsystem hatte dieser Emissionsschutz bestanden, beim Wiederaufbau der Hauptstadt war er durch aufgeschüttetes Trümmermaterial noch wuchtiger geworden.

Sinnend blickte ich zwei startenden großen Kugelraumern nach. Fast siebzig Jahre des Wiederaufbaus lagen hinter uns, wir hatten uns wie der Phönix aus der Asche erhoben, und alles war heute schöner, großzügiger und bombastischer als vor der Zerstörung. Trotzdem wühlten noch immer Zorn und Verbitterung in mir. Alle bewohnten Welten des Solsystems verwüstet, die Erde gerade noch vor der Vernichtung gerettet, Terrania ein schwelender Trümmerhaufen ... Zwei neue Generationen waren herangewachsen, denen die Schrecken des Dolan-Krieges fremd waren. Für sie war die neue Welt ein Paradies, und ich gönnte es den jungen Männern und Frauen, denen all das selbstverständlich war, was in meiner Jugend Eltern und Lehrer noch als verrückten Traum und Hirngespinst abgetan hatten. Die Zeiten änderten sich – alles wurde anders, besser, offener.

Nur mein Gefühl, in dieser sich rasch verändernden Zeit ein Fossil zu sein, wuchs. Vielleicht spürte ich deshalb eine zunehmende Unruhe, die mich unaufhaltsam antrieb. Die Gefahr war vorüber – ich hätte mich in aller Ruhe den Regierungsgeschäften und meinen privaten Interessen widmen können. Statt dessen stürzte ich mich in Arbeiten, die ebensogut zu delegieren gewesen wären. Wer hatte meine Anwesenheit während der 400-Jahr-Feier auf Terra Nova verlangt? Und die Bemühungen um den Planeten Smallground, der als Stützpunkt für die Solare Abwehr von Interesse war? Sobald ich ernsthaft darüber nachdachte, begann ich zu glauben, daß ich vor mir selbst floh.

Mikes Schicksal ging mir an die Nieren. Mehr offenbar als Perry Rhodan selbst. Aber Perry fraß den Kummer in sich hinein; ich kannte ihn lange genug, um das beurteilen zu können. Immer standen seine privaten Gefühle und sein Leben als Mensch hinter seinem Einsatz für das Gemeinwohl zurück. Das würde sich niemals ändern. Im Gegensatz zu mir war Perry zwar der Familienvater überhaupt, doch seine Familie waren alle Terraner, und die Frau, die zufällig mit ihm die Ehe geschlossen hatte, mußte sich damit abfinden, daß sie ihn nie ganz allein besitzen konnte.

Ein dunkler, länglicher Strich im Zenit beanspruchte meine Aufmerksamkeit. Langsam senkte er sich über Terrania herab und gewann Konturen: ein Walzenraumer der Maahks. Nur noch zwanzig Kilometer hoch hing er über dem Kleinen Goshun-See und schwebte zum Flottenraumhafen ein.

Niemand hatte eine Delegation der Wasserstoff-Methan-Atmer angemeldet. Meine erste Reaktion war, über Armbandkom nachzufragen – im letzten Moment zwang ich mich, das zu unterlassen. Solare Abwehr, USO und einige andere Stellen konnten jederzeit zu mir Kontakt aufnehmen.

Falls also Ereignisse außerhalb der Norm lagen, würde ich ohnehin sofort davon erfahren.

Der Maahkraumer verschwand hinter dem üppig begrünten Sichelwall aus meinem Sichtfeld. Nahezu gleichzeitig ertönte der Türmelder. Ionka Mellham erschien auf die Sekunde pünktlich.

»Ich danke Ihnen Solarmarschall, daß Sie sich die Zeit nehmen, mir Rede und Antwort zu stehen. Die Regierungsgeschäfte ...«

»Halb so schlimm.« Ich winkte ab. »Andererseits wäre ich Ihnen verbunden, könnten wir uns ohne lange Vorrede in die Arbeit stürzen.«

Wir hatten einen Konferenzplatz für vier Personen zur Verfügung, außerdem eine gemütliche Polstergruppe und die üblichen Serviceeinrichtungen.

»Gut, legen wir los!« Ein kleiner Metallkoffer barg ihre Bild-/Ton-Aufzeichner, zwei handflächengroße Positronik-Rechner und darüber hinaus einen Holoprojektor. Noch während sie ihre Utensilien in exakter Anordnung neben sich aufreihte, begann sie zu reden.

»Dokumentarmaterial liegt in der üblichen Qualität vor. Allein damit könnten, grob geschätzt, mindestens sechs- bis siebenhundert Bände für das Mikroarchiv gefüllt werden. Die Recherchen über Zuordnungen und erforderliche Ergänzungen dürften voraussichtlich in den kommenden fünf Jahren endgültig abgeschlossen sein. Der Allgemeinheit zugänglich gemacht werden die üblichen zehn Bände, die neben der positronischen Verbreitung immer noch als Printmedium erscheinen. – Sie kennen die persönliche Stellungnahme des Großadministrators bezüglich der *Edition Andromeda – Beginn eines Weges ohne Ende?«*

Das war mehr Feststellung als Frage. Ich nickte knapp und schaute zu, wie Miss Ionka sich geschäftig eine der silbernen Haarsträhnen aus der Stirn blies. Ihre Pfauenfrisur entsprach dem neuesten Modeschrei, weit ausladend abgespreizt am Hinterkopf und über der Stirn in Form eines oder zweier Vogelhälse ausladend. Dazu, als Ausdruck galaktischer Gesinnung, in Fluoreszenzfarben aufgesprühte Sternbilder. Die Reporterin hatte die Wiedergabe der Kugelgalaxis M 87 mit dem aus dem Kernbereich austretenden Jetstrahl gewählt, ein Trend, den ich angesichts von zwei Milliarden Toten allein auf der Erde keinesfalls guthieß. Vielleicht wollte diese Generation aber auch nur vergessen, was geschehen war. Leider kann Vergessen ebenso tödlich sein wie zu großes Vertrauen.

Ein Hologramm entstand über der Tischplatte. Es durchmaß nur knapp einen Meter, wirkte aber dennoch überaus imposant – und bedrohlich: der Robotgigant, der am 25. August 2435 in der Milchstraße erschienen war, eine wahrhaft gigantische Halbkugel mit einem Grundflächendurchmesser von zweihundert Kilometer und zwölf an die Grundfläche angekoppelten Hangarplattformen, jede fünfzig mal fünfzig Kilometer messend und zehn Kilometer dick.

Unwillkürlich fuhr ich mir mit der Hand in den Hemdkragen.

»Sie schwitzen, Solarmarschall? Macht Ihnen der Anblick von OLD MAN zu schaffen?«

»Sie wollten keine unverschämten Fragen stellen, Miss. Aber gut. Damals ja. Und ich möchte den sehen, der bei diesem Anblick ruhig bleiben kann. Im Inneren jeder Plattform registrierten wir in zwei Decks insgesamt achthundert Raumschiffe der GALAXIS-Klasse, exakte Kopien unserer 2500-Meter-Kugelraumer, die seit dem Jahr 2400 gebaut werden. In Außenhangars jeder Sektion standen noch einmal 40 Ultraschlachtschiffe, und in OLD MAN selbst weitere fünftausend. Das macht summa summarum fünfzehntausendundachtzig Einheiten des größten und am schlagkräftigsten bewaffneten Raumschiffs, das je gebaut wurde. Vor allem gab uns seine Herkunft Rätsel auf. Keine galaktische Großmacht wäre in der Lage gewesen, ein derart offensives militärisches Potential unbemerkt von allen anderen zu schaffen.«

»Erschien in der Situation der Gedanke naheliegend, daß die Flotte von OLD MAN das Ergebnis eines Multiduplikators der MdI sei?« wandte die Frau ein.

»Ich dachte daran, sehr spontan sogar. Aber Multidon, die Zentralwelt der Meister der Insel mitsamt den Raumschiffswerften unter der Oberfläche, hatten wir im Atombrand ausgelöscht. Die Existenz einer weiteren Produktionswelt war uns nicht bekannt ...«

»... wäre aber nicht auszuschließen gewesen?«

Ich zuckte mit den Achseln.

»Heißt das ja, Solarmarschall?«

»Das heißt, ich weiß es nicht. Nach fast siebzig Jahren habe ich solche Details aus dem Gedächtnis verdrängt.«

»Aber Sie ... Ich meine, der Zellaktivator ...«

»... verleiht die potentielle Unsterblichkeit, wenn Sie das sagen wollen. Andererseits kann er nicht das Chaos da drin ordnen und speichern.« Ich tippte mir mit zwei Fingern an die Schläfe. »Dafür ist jeder von uns selbst verantwortlich. Also versuche ich, was nicht unbedingt wichtig ist, in einer der untersten Schubladen abzulegen.«

»So wie das Interview mit mir?«

Natürlich hatte ich mich über sie informiert. Dreiundvierzig Jahre alt, geboren auf einer unbedeutenden Siedlungswelt, zur Erde übergesiedelt, nachdem ihre Eltern sich getrennt hatten und ihr Vater in den Whistler-Robotfabriken als Konstrukteur eine Anstellung bekommen hatte. Zehn war sie damals gewesen, hatte in der Folge ihre Schulausbildung mit

Auszeichnung abgeschlossen, ebenfalls ein Studium der Robotik absolviert, war zur Xenopsychologie übergewechselt und hatte kurz vor dem entscheidenden Examen das Handtuch geworfen. Acht Jahre Gelegenheitsjobs an Bord von Raumschiffen aller Couleur hatten sie quer durch alle Spiralarme der Milchstraße geführt, aber letztlich war sie wieder auf Terra erschienen und hatte es geschickt verstanden, ihr Wissen und ihre Erfahrung an die Enzyclopaedia Inc. zu verkaufen.

»Kommen wir zum politischen Umfeld«, fuhr sie fort, als ich auf ihre Frage nicht antwortete. »Ursächlich verantwortlich war zweifellos die neue Wirtschaftsmacht in der Galaxis, die Kosmischen Freihändler. Ihr Kaiser Lovely Boscyk stellte zu Beginn des 25. Jahrhunderts den Antrag auf Anerkennung durch das Solare Imperium, verbunden mit dem parlamentarischen Stimmrecht. Beides wurde abgelehnt. Die zwangsläufige Folge war der Versuch der Springer, die unliebsame Konkurrenz gewaltsam aus dem Feld zu räumen. Ich erinnere nur an die Raumschlacht im Urbtridensektor, die den Springern im Jahr 2415 jedoch Respekt einflößte. Hieraus folgt für mich zwangsläufig, daß die Kosmischen Freihändler ihre Flotte nicht nur hinsichtlich der Tonnage ausbauten, sondern auf die Bewaffnung verstärkten Wert legten. Hätten die Freihändler unter anderen Vorzeichen im Jahr 2435 über siebentausendfünfhundert hochmoderne und schlagkräftige Handelsschiffe verfügt?«

»Ich ahne, worauf Sie abzielen, Miss.« Ich seufzte ergeben. »Halbwahrheiten und Spekulationen sind für die Geschichtsschreibung denkbar ungeeignet. Im nachhinein betrachtet, trifft die Freihändler keine Schuld. Wir hatten es mit einer Verkettung ungünstiger Umstände zu tun, nicht mehr, aber auch nicht weniger. Wäre am 25. August 2435 unser Leichter Kreuzer KOBE nicht von Kampfraumern der Blues angegriffen worden, hätte das Flaggschiff der Freihändler, die FRANCIS DRAKE, nicht mit Transformkanonen eingreifen müssen.

Ausgerechnet die Vermutung, daß die Freihändler über die Geheimwaffe des Solaren Imperiums verfügten, zwang Perry Rhodan und Atlan, die FRANCIS DRAKE einen Tag später zu stellen. Roi Danton, König der Freihändler, widersetzte sich der Durchsuchung seines Schiffes und forderte Atlan zu einem Degenduell heraus. Auf dem Planeten Rubin kam es dann zwischen dem terranischen Landekommando und den Freihändlern zu einem kurzen Gefecht mit Paralysatoren. Während dieser Geschehnisse tauchte OLD MAN aus dem Linearflug auf. Das robotische Steuergehirn folgerte logisch, daß die Menschheit in sich bekämpfende Splittergruppen zerfallen sei.

Eine abgekoppelte Plattform des Giganten empfing der Schlachtkreuzer BLACK HILLS unter Oberst Don Redhorse mit Warnschüssen, was als Angriff interpretiert und mit dem Abkoppeln zweier weiterer Plattformen beantwortet wurde. Wenn ich mich recht entsinne, gingen bei dem folgenden Gefecht fünf Kreuzer, ein Schlachtkreuzer und ein Ultraschlachtschiff verloren. Unsere aus dem nahen Sektor Morgenrot herbeieilenden Flottenverbände versuchten vergeblich, die Phalanx der Angreifer zu zerstreuen.«

»Kurze Zeit später fanden Terraner heraus, daß OLD MAN eigentlich ein Geschenk für die Menschheit war, erdacht und gebaut, um uns beim Kampf gegen die Meister der Insel zu helfen?« Ionka Mellham hatte sich zurückgelehnt und ließ mich nicht eine Sekunde lang aus den Augen. Als sich unsere Blicke trafen, zuckte sie zusammen. Ein Lächeln huschte über ihre Züge.

Was ich ihr bis jetzt erzählt hatte, hätte sie mit etwas Aufwand auch aus den Archiven hervorkramen können. Doch Archive beschränkten sich auf Fakten. Von mir konnte sie Emotionen erfahren, Spekulationen, Hintergründe. Darauf war sie letztlich aus. Die oberflächlichen Fragen dienten eher dem Aufwärmen.

Und was wollte sie mir wirklich entlocken? Obwohl wir uns erst seit wenigen Stunden persönlich kannten, begann ich mehr als nur geschichtliches Interesse zu argwöhnen.

»Der Kreis schließt sich in der Vergangenheit«, erläuterte ich. »Bestimmt ist Ihnen der Flottentender DINO-3 ein Begriff?«

Sie nickte eifrig. »... in Marsch gesetzt von Solarmarschall Reginald Bull, um der CREST III über den Zeittransmitter von Vario in die Vergangenheit zu folgen. Jedoch verfehlten sich beide Schiffe, weil Rhodan schon einen kurzen Sprung in die Zukunft vollzogen hatte – seine potentielle Zukunft, die aber immer noch tiefste Vergangenheit war.« Zögernd fuhr sie sich mit der Zunge über die Lippen. »Was ist eigentlich Zeit? Wie kann ich sie definieren?«

»Versuchen Sie es gar nicht erst«, wehrte ich ab.

Nachdenklich wiegte Ionka Mellham den Kopf. »Ein Aggregatzustand des Universums?« bohrte sie weiter. »Vergleichbar dem Wasser als Grundstoff des Lebens? Flüssig, gefroren oder gasförmig. Oder gar in die Elemente Wasserstoff und Sauerstoff aufgespalten?«

»Wenn Sie wirklich eine Definition suchen, dann im Quantenbereich der Hyperphysik«, sagte ich. »Selbst Geoffrey Abel Waringer als Hyperphysiker und Rhodans Schwiegersohn weiß darauf keine überzeugende Antwort. Zeit, meint er, könnte eine Nebenerscheinung des energetischen Gefälles zwischen dem übergeordneten fünfdimensionalen Hyperraum und dem Einstein-Universum sein. Das hat indes nicht zwangsläufig mit dem zeitlosen Überwinden großer Distanzen beim Transitionsflug zu tun.«

»Hören Sie auf, Solarmarschall, bitte!« Mit beiden Händen wehrte die Frau ab. »Kommen wir lieber zu greifbaren Tatsachen zurück. Die Besatzung eines einzigen Flottentenders soll einen Giganten wie OLD MAN gebaut haben?«

»Vergessen Sie nicht die zweiundfünfzigtausend Jahre, die dafür zur Verfügung standen«, erinnerte ich. »Als die Besatzung der CREST III in der Vergangenheit auf den konservierten Tender stieß, fehlten einunddreißig technisch-wissenschaftliche Kapazitäten. In OLD MAN fanden wir die gedruckte Botschaft: *Willkommen, Freunde. Übernehmen Sie. Anweisungen liegen auf dem Tisch. Nun, wie haben wir das gemacht?*«

»Die Herrschaften besaßen Humor«, sagte Ionka lächelnd. »Typisch terranisch, würde ich sagen, sich selbst so tief in der Vergangenheit nicht unterkriegen zu lassen.«

»Ihre Gehirne haben die Zeit überdauert«, fuhr ich fort. »Als leitende Sektionsgehirne in OLD MAN, aber eben leider nicht, ohne Schaden zu nehmen. Nachdem der Riesenroboter wegen einer Fehlschaltung zu spät im terranischen Machtbereich erschien, glaubte das Gehirn von Major Barnard zu allem Überfluß, eine Rebellion niederschlagen zu müssen. Daß OLD MAN danach in den Einfluß der Hypnokristalle aus den Magellanschen Wolken geriet, machte ihn endgültig zum Gegner der Menschheit.«

»Ich habe Wochen damit verbracht, das vorhandene authentische Material aus Magellan zu sichten und in eine halbwegs verwertbare Form zu bringen«, sagte die Frau. »Die Perlians als schlanke, fast transparente Wesen verdankten ihren Status als *Drittkonditionierte* wohl ausschließlich ihrem Para-Organ. Wie mag es sein, eine Zehntelsekunde in die Zukunft sehen zu können? Wenn ich mir vorstelle, ich weiß, daß Sie gleich zur Waffe greifen werden, um mich zu erschießen, und im nächsten Moment ziehen Sie wirklich den Strahler ...«

»Ich bin unbewaffnet, falls Sie das beruhigt, Miss Mellham«, erinnerte ich sie amüsiert. »Außerdem würde mir gar nicht einfallen, Ihnen etwas zuleide zu tun.«

Schade, signalisierte mir ihr Blick. Aber nur für Sekundenbruchteile, dann hatte sie sich wieder in der Gewalt.

»Die Hypnokristalle wurden von den Perlians abgebaut und weiterverarbeitet«, führte sie den Faden fort. »Bis sämtliche Kristallwelten in einer Blitzaktion von terranischen Verbänden erobert wurden und der Mutterkristall im Zentrum jeder der achtundzwanzig Welten sich in reines fünfdimensionales Schwingquarz Howalgonium verwandelte. War es die Kapitulation der Perlians, die schließlich zum Eingreifen der Zeitpolizei führte?«

»Im Endeffekt liegt die Ursache in den Zeitreisen der MdI, weil die Ulebs, auch Erstkonditionierte genannt, sich durch Zeitexperimente jeder Art in ihrer Existenz bedroht fühlten. Aber der Reihe nach: Der Zweikonditionierte, der geweckt wurde, um den Kampf gegen die terranischen *Zeitverbrecher* aufzunehmen, war Tro Khon. Stellen Sie ihn sich ähnlich einem Haluter vor, vier Meter zehn groß, in den Schultern gut zwei Meter achtzig breit und knapp fünfzig Zentner schwer. Dazu an die vierfache Erdschwerkraft gewöhnt.

Augenfälligster Unterschied war der Symboflex-Partner, ein milchigweißer, im Nacken verankerter Symbiont, dessen Nervenfasern mit beiden Gehirnen des Trägers in Verbindung standen und dafür sorgten, daß die Befehle der Ersten Schwingungsmacht strikt befolgt wurden. Über die organischen Raumschiffe der Zweitkonditionierten, die Dolans, sage ich Ihnen später noch einiges, wenn wir zu den Details kommen.

Am 20. Dezember 2435 ermittelte NATHAN endlich die mögliche Ursache für die Angriffe der Perlians und der Hypnokristalle, nämlich die mehrfache Aktivierung des Vario-Zeittransmitters. Am 22. Dezember erwachte Tro Khon, Ende des Monats griff er erstmals unsere Schiffe an.

Vorher übergab Roi Danton zwanzig neue Halbraumspürer für die kampfstärksten Schiffe der Solaren Flotte. Von den MdI einst versuchsweise gegen uns eingesetzt, war das Gerät erst durch Waringers Arbeit wirklich verwendungsreif geworden. Ich glaube, selbst Perry Rhodan hat damals noch das Genie seines Schwiegersohns verkannt. Übrigens: Bei der Übergabe durchschaute Atlan die Maske des Freihändlerkönigs, behielt jedoch Michaels Geheimnis für sich.

Am 4. Januar des neuen Jahres griff der Schwingungswächter OLD MAN direkt an. Die Haluter Icho Tolot und Fancan Teik drängten daraufhin entschieden auf die Vernichtung des Riesenrobots. Bis Perry Rhodan am 12. Januar keine andere Wahl mehr blieb, als mit vierzigtausend Schiffen in die Offensive zu gehen. Durch die Einwirkung eines gegnerischen Paratronfeldes wurden die CREST IV und das außenbords verankerte 100-Meter-Kugelraumschiff der Haluter in den Hyperraum gerissen. – Wissen Sie, Miss Mellham, was ich damals als erstes tat? Ich gab die strikte Anweisung an unsere Flotte, nicht ein Wort über das Verschwinden des Großadministrators und von Lordadmiral Atlan verlauten zu lassen.«

»Warum ...?«

»Die Antwort können Sie sich selbst geben. Panik, meine Liebe, macht jede Planung zur Farce. Auf der Erde begannen ohnehin genug Unruhestifter, die Angst der Bevölkerung zu schüren.«

An den folgenden beiden Tagen überhäufte mich die Frau mit allem möglichen und unmöglichen Material über das Schicksal der CREST IV. Einige haarsträubende Berichte obskurer und längst nicht mehr existierender Nachrichtensender waren dabei, die mich im nachhinein die Phantasie mancher Reporter bewundern ließen.

Mit dem Entsetzen Geschäfte machen, nenne ich das, was ich da zu sehen bekam und was den Gerechtigkeitsfanatiker in mir immer noch zum Schäumen brachte. Wehe dem Verantwortlichen, den ich in die Finger bekommen hätte. Aber vermutlich waren etliche dieser Leute schon in die ewigen Jagdgründe eingegangen.

Ich erklärte Ionka Mellham, was wirklich geschehen war, und versprach ihr Unterlagen aus der Großadministration. Leider lag nur ein Bruchteil des ursprünglich vorhandenen Materials vor. Aber das war den besonderen Umständen der Heimkehr zuzuschreiben, in den damaligen Wirren war vieles verlorengegangen.

Ein eigentümlich blaues Leuchten hatte die CREST IV und das Schiff der Haluter im Hyperraum eingefangen – wie sich später herausstellte, der Jetstrahl der kugelförmigen Riesengalaxis M 87, fast zweiunddreißig Millionen Lichtjahre von der Milchstraße entfernt und dem Virgo-Galaxienhaufen zugehörig. Icho Tolot machte die extrem starke Hyperstrahlung des Zentrumskern für die Materialisation ausgerechnet in dieser Region verantwortlich.

Bevor das Flaggschiff der Solaren Flotte den Linearantrieb aktivieren konnte, fielen in unmittelbarer Nähe zweitausend transparente, jeweils drei Meter lange sechskantige Behälter, die spontan als »gläserne Särge« bezeichnet wurden, aus dem Überlichtflug. Einen dieser Behälter ließ Perry an Bord nehmen, er barg neben technischem Gerät einen nur neunzig Zentimeter großen Humanoiden mit kugelförmigem Kopf. Als das Wesen erwachte, entpuppte es sich als Teleporter und begann, die Mannschaft der CREST zu terrorisieren. Zwei Tage vergingen, bis der Zwerg unter einem HÜ-Schirm gefangen werden konnte und sein Körper zu Staub zerfiel. Daß er die Wasservorräte des Schiffes vergiftet hatte, wurde erst nach dem Tod von achtundzwanzig Besatzungsmitgliedern offenbar.

Am 25. Januar 2436 landete das Flaggschiff auf dem dritten Planeten einer Riesensonne. Nach Schwierigkeiten mit der am höchsten entwickelten Lebensform des Planeten konnte das Schiff mit neuem Trinkwasservorrat starten. Auf der Suche nach Informationen nahm die CREST IV Kurs auf eine nahe Hyperfunkquelle. Ein Einsatztrupp stieß auf die Skoars, zwei Meter große Wesen, die mit ihren relativ kurzen Beinen und den vier Armen an Haluter erinnerten.

Mißverständnisse und Auseinandersetzungen gingen der Verständigung mit den Skoars voraus, bis die Terraner erfuhren, daß die Völker von M 87 einem strengen Kastenwesen unterlagen. Die Skoars bildeten die Soldatenkaste, doch waren sie im Laufe der Zeit degeneriert.

Am 21. Februar flog das Flaggschiff den Planeten Truktan an, eine Plantagenwelt. Hier waren Intelligenzen interniert, die gegen ihre falsche Einstufung in das Kastenwesen aufbegehrt hatten. Von einem Wächter stammte die Erkenntnis, daß die »Konstrukteure des Zentrums«, die Kasteneinteilung bestimmten.

Schließlich gelang es Perry Rhodan und dem Telepathen und Chef des Mutantenkorps, John Marshall, den Skoarto, der seit Jahrhunderten Oberbefehlshaber der Soldaten war, zu befreien. Mehr noch als bei den Skoars erinnerte sein Äußeres an einen Haluter. Auch seine Art zu kämpfen legte den Vergleich nahe.

Der Skoarto berichtete, daß schon vor einigen hundert Jahren Mängel offenbar geworden waren und er deshalb die Elite seiner Soldaten mit dreitausend Raumschiffen als Eingreifreserve stationiert hatte. Durch eine Fehlentscheidung der Konstrukteure des Zentrums waren jedoch die Skoars als Soldaten durch die Dumfries ersetzt worden. Ihn selbst hatte man auf Truktan inhaftiert.

Das Zeichen seines ehemaligen Ranges, achtzehn blau leuchtende, jeweils einen Zentimeter durchmessende Steine, waren mit seinem drahtigen Brustfell verbunden. Der Skoarto nannte sie das »Zentrumsleuchten«, das ihm sogar den Respekt der Dumfries verschaffte, die im Gegensatz zu ihm die beiden Terraner auf ihrer Flucht unerbittlich attackierten.

Am 3. März empfing die CREST IV im Orbit um Truktan einen Notruf der auf eigene Faust Nachforschungen anstellenden Haluter Fancan Teik und Icho Tolot. Im Inneren eines ausgehöhlten Planetoiden hatten die Haluter die Skelette Tausender Artgenossen entdeckt, doch ihr Schiff wurde von einem Saugstrahl festgehalten.

Der Versuch, einen Energieschirm zu durchdringen, schleuderte die mit einer Korvette zu Hilfe eilenden Teleporter Gucky und Ras Tschubai weit in die Vergangenheit. Sie konnten miterleben, daß Robotkommandos Haluter systematisch töteten. Eine erneute Teleportation versetzte beide in ihre eigene Gegenwart zurück.

Nach der Rückkehr von Tolot und Teik auf die CREST brach unter den Skoars eine Revolte aus, und der Skoarto forderte von Rhodan den Tod der beiden »Bestien«. Er berichtete, daß aus dem Genmaterial der kriegerischen Skoars vor achtzigtausend Jahren als Kampftruppe gegen Feinde überlegene, eingeschlechtliche Androiden mit zwei Gehirnen gezüchtet worden waren. Diese Kämpfer, »Bestien« genannt, hatten sich schon nach kurzer Zeit selbständig gemacht und die Technik der Skoars schnell weiterentwickelt. Ebenso hatten sie es verstanden, ihre Vermehrungsrate zu steigern.

Die in ihrer Existenz bedrohten Völker von M 87 waren von den Konstrukteuren des Zentrums organisiert worden. Nach drei Jahrtausende währenden Kämpfen hatten Flotten der Skoars die Raumer der Androiden zurückschlagen und deren Heimatwelt mit ihren Bewohnern vernichtet können.

Lediglich einige tausend Kampfandroiden waren auf eine Gefängniswelt deportiert worden. Aber schon zuvor hatten Bestien aus der Galaxis fliehen können. Eine von den Konstrukteuren des Zentrums daraufhin installierte Paratronfalle war ursächlich für das blaue Leuchten der Kugelgalaxis. Sie sollte Bestienschiffen mit ihrem speziellen Dimetranstriebwerk ein Eindringen in M 87 unmöglich machen und hat sich auch bei deren erneutem Erscheinen vor nunmehr 53.000 Jahren bewährt.

Vor zehntausend Jahren hatten die Bestien zum drittenmal angegriffen. Zu der Zeit hatten sie sich bereits körperlich weiterentwickelt und waren deutlich größer gewesen. Ihre achthundert mit weiterentwickelten Triebwerken ausgestatteten Raumschiffe wurden von fünfzigtausend Kampfraumern zurückgeschlagen.

Vergeblich versuchte Perry Rhodan, dem Skoarto die Friedfertigkeit der Haluter klarzumachen. Auch sein Hinweis, daß für den letzten Angriff Vertreter der Zweiten Schwingungsmacht verantwortlich gewesen waren, die gleichermaßen Feinde der Menschheit und der Haluter waren, blieb fruchtlos.

Am 10. März 2436 zog sich die CREST IV vor einer anfliegenden großen Flotte zu einer der dreiundfünfzig Urlaubswelten in M 87 zurück, die nur von hochrangigen Würdenträgern betreten werden durften. Es gelang, einen Stützpunktingenieur und Vertrauten der Konstrukteure des Zentrums, einen Druis, zu entführen. Die Druis, ebenfalls ein haluterähnliches Volk, leiteten die Schaltstationen für die Energieversorgung des Blauen Zentrumsleuchtens.

Über Thrumb gelangten die Terraner schließlich an die MINHAU, ein privates terranisches Forschungsschiff, das am 4. April des Jahres 2321 im Bereich des Orionnebels von einem unbekannten Raumer angegriffen und nach M 87 versetzt worden war. Vorangegangen war der Test einer Linearzeitmaschine, was die Folgerung erlaubte, daß es sich bei dem Angriff um eine Aktion der Zweitkonditionierten gehandelt hatte, die als Nachkommen der Bestien fremde Raumschiffe zu Versuchszwecken nach M 87 abstrahlten.

Die Terraner erhielten die Zusage, daß die MINHAU mit einem Dimetranstriebwerk ausgerüstet würde. Rhodan behauptete, auf einem Geheimplaneten in M 87 lebten noch Bestien. Untermauert wurde sein Vorstoß durch einen in der Milchstraße aufgenommenen Film, der Haluter bei sportlichen Wettkämpfen während der Drangwäsche zeigte. Der Versuch, die Koordinaten dieser angeblichen Bestienwelt gegen ein Dimetranstriebwerk einzutauschen, schlug trotzdem fehl.

»Ich glaube es nicht«, sagte Ionka Mellham am Nachmittag des dritten Tages, nachdem die Sprache endlich wieder auf die Geschehnisse in der Milchstraße gekommen war. »Sie haben bewußt die Administratoren des Solaren Imperiums getäuscht? Die juristische Bezeichnung dafür ist Hochverrat, und ...«

»Nennen Sie es wie Sie wollen, Miss Mellham.« Ihren Tonfall quittierte ich mit Gelassenheit. Ich lehnte mich zurück, verschränkte die Arme vor der Brust und bedachte sie mit einem herausfordernden Lächeln. »Für mich war es zwingende Notwendigkeit, um das Imperium vor einer innenpolitischen Krise zu bewahren. Zu einer Zeit, in der jedes Zögern tödlich gewesen wäre. – Falls Sie anderer Ansicht sind, können wir unsere Arbeitssitzung beenden. Ohnehin war ich der Meinung, die Enzyclopaedia Terrania berücksichtige ausschließlich Fakten, auch die unbequemen.«

Erst zeigte sich nur eine leichte Rötung ihrer Wangen, dann schoß ihr das Blut ins Gesicht. Die junge Frau schmorte im eigenen Saft.

»Im übrigen«, fuhr ich ungerührt fort, »sollten Sie wissen, daß ich das Parlament wenige Monate nach der Ausrufung der Notstandsgesetze vom wahren Sachverhalt in Kenntnis gesetzt habe. Ich stellte damals die Vertrauensfrage.«

»Und?« erklang es tonlos.

»Einhundertundacht Administratoren sprachen mir weiterhin ihr volles Vertrauen aus. Nur drei Gegenstimmen. Vermerken Sie ruhig, daß ein Reginald Bull sich in keiner Weise vor Verantwortung drückt und schon gar nicht persönliche Konsequenzen scheut. Ich stehe zu meinen Handlungen.«

»Bitte entschuldigen Sie, Sir.«

»Schon gut.« Ich machte eine einladende Geste. »Wollen Sie weiterarbeiten, Miss Mellham, oder lieber eine Pause ...?«

»Wir waren beim Double stehengeblieben ... Ich frage mich, wozu dieser Aufwand? Wer hätte Sie daran hindern können, die Wahrheit zu sagen und gerade deshalb die Notstandsgesetzgebung auszurufen?«

»Wer?« Ich hatte mich erhoben, stand vor dem Panoramafenster und ließ meinen Blick über Terrania schweifen. »Ich selbst«, fuhr ich fort, während ich der Frau den Rücken zuwandte. »Versuchen Sie wenigstens, sich in die Situation hineinzuversetzen. Ich weiß, Sie waren damals noch nicht geboren, aber ich bin überzeugt, Sie haben das vorhandene Material ausführlich studiert.«

»Wahrheiten und Halbwahrheiten«, bestätigte die Frau. »Um so wichtiger ist es, alle Aspekte einzubeziehen. Und Sie, Solarmarschall ...«

Ich spürte ihren Blick zwischen den Schulterblättern und wandte mich wieder um. Seit drei Tagen saßen wir beieinander, doch zum erstenmal registrierte ich ihre vollen, geschwungenen Lippen, die Grübchen über den Mundwinkeln und die kleinen Lachfalten in den Augenwinkeln. So trocken wie sie sich die meiste Zeit über gab, war sie vermutlich gar nicht.

»Vergessen Sie den Solarmarschall«, unterbrach ich sie.

Ein Ausdruck der Überraschung erschien in ihren Augen. »Und Sie, Sir ...«

»Meine Freunde nennen mich Bully.«

Auf gewisse Weise bereitete es mir Vergnügen, sie aus dem Konzept zu bringen. Denn das war mir soeben gelungen. »Mr. Bully, äh ... Sir.« Sie druckste herum, während ich über die Servierautomatik zwei Vurguzz orderte. Eines der Gläser stellte ich vor ihre Unterlagen auf den Tisch.

Ionka brachte ihre Papiere durcheinander, schaute mich entgeistert an und hätte beinahe den Vurguzz umgestoßen. Sie nippte, verschluckte sich und stellte hustend das Glas wieder ab.

»Quod erad demonstrandum«, sagte ich und genoß das Brennen des Vurguzz in meiner Kehle. »Das Erscheinen der Zweitkonditionierten mit ihren lebenden Raumschiffen, den Dolans; die Raumschlacht um OLD MAN und die Vermutung – was sage ich? – die Gewißheit, daß der Riesenrobot über kurz oder lang im Solsystem erscheinen würde, hatte bei etlichen Entscheidungsträgern eine Art Schockzustand ausgelöst. So wie Sie eben Schwierigkeiten bekommen haben, Ihr Handeln zu koordinieren. Dazu Rhodans Verschwinden. Verstehen Sie, daß ich befürchten mußte, ich allein würde die nötige Zweidrittelmehrheit im Parlament nicht erhalten? Bei vielen Administratoren lagen inzwischen die Nerven bloß. Und Verzögerungen durften wir uns nicht erlauben.«

»Unter dem Aspekt habe ich die Vorgänge noch nicht betrachtet, Solarmarschall«, bestätigte die Frau und nahm einen zweiten, kräftigeren Schluck als eben noch.

Das stundenlange Herumsitzen hatte mir nicht behagt, ich vertrat mir wenigstens ein wenig die Beine. »Ich gebe zu, Miss Mellham, ich wollte sie etwas durcheinanderbringen, aber lassen wir es ruhig beim Bully.«

»Danke, Sir.«

Ich erzählte von Heiko Anrath, dem Schaltmeister einer Sahara-Bewässerungsstation. Den zurückhaltenden und unsicher wirkenden Ingenieur innerhalb kürzester Zeit so zu verändern, daß er Perrys Auftreten und vor allem sein Charisma bekam, war Schwerstarbeit gewesen. Aber es hatte sich gelohnt. Am 31. Januar 2436, um 13:46 Uhr Erdzeit, erschien der von sechs Zweitkonditionierten beherrschte Riesenrobot OLD MAN, eine Million Kilometer vor der Plutobahn; am 2. Februar wuchs Heiko Anrath vor dem Parlament über sich selbst hinaus. Obwohl Akonen einem politischen Gegner Perrys das Gerücht über Rhodans Tod zugespielt hatten, agierte das Double völlig überzeugend.

Die Tatsache, daß von OLD MAN nur ein einziger Dolan startete und Kurs auf die inneren Planeten nahm, bewies deutlich, was die Zeitpolizisten von unseren Verteidigungsmöglichkeiten hielten. Und sie schienen verdammt noch mal recht zu behalten. Die Transformkanonen der im Sonnensystem verteilten Transmiform-Festungen waren nicht in der Lage, den Dolan aufzuhalten.

Erst auf Höhe der Marsbahn, als fünfzigtausend wendige Moskito-Jäger angriffen, gelang es unter großen Verlusten, den Zweitkonditionierten zu stellen. Nach erbittertem Kampf explodierte der Dolan in einem entstehenden Strukturriß.

»... in der Folge bewahrheiteten sich meine schlimmsten Befürchtungen«, berichtete ich weiter. »Fünfzehntausend Ultraschlachtschiffe OLD MANS drangen zum Neptun vor. Dessen Zwergmond Nereid mit einem unserer Außenposten wurde vernichtet. Als die Zweitkonditionierten sich danach dem Mond Triton widmeten, blieb mir keine andere Wahl mehr, als den Rückzug einzuleiten.

Ende Februar flog ich aufgrund einer Aufforderung Mory Rhodan-Abros nach Last Hope. Geoffry Abel Waringer hatte entdeckt, daß die Paratronschirme der Dolans nur in ihrem Energiegehalt und der verwendeten Hyperfrequenz von den Hochenergie-Überladungsschirmen unserer Schiffe abwichen. Er übergab mir das im Forschungsinstitut von Last Hope entwickelte FpF-Gerät, einen Fremdenergiepeiler und Frequenzmodifikator. Interferierende Sekundärstrahlung ermöglichte die Synchronisation der Zielmaterialisatoren unserer Transformgeschütze auf die speziellen Schwingungen der Paratronschirme und damit endlich einen wirkungsvollen Einsatz.«

Ionka Mellham hatte die Stirn in Falten gelegt. »Das Ganze bitte nochmals zum mitschreiben«, bat sie. »Meine Kenntnisse der Hyperphysik beschränken sich auf das Allernötigste. Mir leuchtet gerade noch ein, daß als Ausgangsbedingung die formale Darstellung eines Vektors im n-dimensionalen Zustandsraum dient, die zur Vereinfachung auf eine fünfdimensionale reduziert ist. Und daß die Lichtgeschwindigkeit im

Hyperraum keine Konstante darstellt, da entsprechende Prozesse zeitverlustfrei ablaufen. Es wird angenommen, daß im Hyperraum nicht eine einzige Energieform als Grundlage entsprechender Ableitungen herangezogen werden kann, sondern gleichsam eine Vielfalt verschiedener Hyperenergieformen. Gravitation, schwache Kraft, Elektromagnetik und so weiter finden ihre Entsprechung im Bereich des fünfdimensionalen Spektrums.«

»Etwas wirr zwar, aber doch das Gerippe, auf dem die Hyperphysik aufbaut.« Ich nickte anerkennend. »Ich werde Ihnen morgen die nicht unter militärische Geheimhaltung fallenden Dateien zum FpF-Gerät mitbringen.«

»Danke.«

»Sagen wir, ich weiß die Wichtigkeit einer ordentlichen Geschichtsschreibung zu schätzen. – Aber weiter im Text: Auf Triton war es zwei oxtornischen Kosmohistorikern, die eine alte Lemurerstadt erforscht hatten, gelungen, einen Zweitkonditionierten zu überwältigen, mit Terkonitbändern zu fesseln und über einen lemurischen Transmitter abzustrahlen. Aufgrund von Messungen wurde die Empfangsstation im Meer der Träume auf Neptun vermutet. Oberst Don Redhorse drang mit einer Einsatzgruppe dorthin vor, fand tatsächlich den Zweitkonditionierten Aser Kin, der seine Fesseln beinahe schon gelöst hatte, und wurde beim Start von Neptun von den übrigen vier Zeitpolizisten angegriffen. Das FpF-Gerät bewies seine Funktionsfähigkeit, Redhorse gelang es, drei Dolans zu vernichten. Nur Tro Khon konnte fliehen. Er wurde von Don Redhorse verfolgt, der dabei ein im Hyperraum eingebettetes Waffenarsenal der Zeitpolizisten entdeckte.

Die beiden schon auf Neptun erfolgreichen oxtornischen Umweltangepaßten und der Kommodore eines Moskito-Geschwaders konnten in OLD MAN eindringen und das für die Menschheit bestimmte Geschenk endlich seiner Bestimmung zuführen. Aus einer Aufzeichnung erfuhren sie, daß die Korvette GOOD HOPE wegen eines Triebwerksschadens nie zum Flottentender DINO-3 hatte zurückkehren können. Die Männer unter Rog Fanther waren tief in der Vergangenheit auf einem von den Haluterangriffen verschont gebliebenen Planeten eines lemurischen Hilfsvolkes notgelandet und hatten im Laufe von fast vierzigtausend Jahren OLD MAN erbaut.

Zwanzigtausend Mann der Heimatflotte Sol schickte ich umgehend los, aber diese Zahl reichte nur aus, um nach dem Ausfall der Sektionsgehirne die eigentliche Trägerkuppel zu beherrschen. Für die rund fünfzehntausend Ultraschlachtschiffe konnte ich in erster Konsequenz nur jeweils einhundert Mann als Notbesatzung abstellen. Doch selbst diese eineinhalb Millionen Raumfahrer und Techniker waren nicht viel mehr als ein Tropfen auf den heißen Stein. Manövrierfähig wurden die Zweieinhalb-Kilometer-Riesen dadurch, kampffähig nur in äußerst beschränktem Rahmen. Ich sage das so deutlich, Miss Mellham, weil ich immer wieder feststellen muß, daß ein Flottenaufmarsch zwar beeindruckt, aber kaum jemand sich wirklich den immensen Aufwand an Mensch und Material vorstellen kann, der dahintersteckt.«

»Das Flottenarchiv verfügt angeblich nicht über exakte Zahlen. Zumindest wurde ich mehrfach mit dieser Behauptung konfrontiert. Wenn Sie mir auch da behilflich sein könnten, Bully, äh, Sir ... Und Material zum Paladin. Der Roboter wurde gemeinsam mit den Posbis entwickelt?«

»Siganesen und Posbis waren daran beteiligt, maßgeblich aber das Thunderbolt-Team, die sechs Siganesen unter dem Kommando von Major Harl Dephin, die zugleich die Besatzung des Roboters bildeten. Vier Meter groß, in den Schultern zwei Meter neunzig breit, war der Paladin von Anfang an auf die Ähnlichkeit mit einem großen Haluter oder vielmehr einem Zweitkonditionierten ausgerichtet. Maximale Laufgeschwindigkeit einhundertzweiundsechzig Stundenkilometer, absolut weltraumtauglich. Gesteuert über die Simultane Emotio- und Reflex-Transmission, also eine SERT-Haube, die die gedanklichen Befehle des Kommandanten in Bewegungsimpulse umsetzt.

Am 22. April 2436 unterstellte mir das Zentralplasma der Hundertsonnenwelt zwanzigtausend Fragmentraumschiffe. Sie trafen gemeinsam mit dem Paladin drei Tage später im Solsystem ein. Zur gleichen Zeit aktivierte Tro Khon, einem Befehl der Ersten Schwingungsmacht folgend, im Para-Arsenal im Hyperraum fünfhundert Zweitkonditionierte und ihre Dolans. Am 28. April griffen sie an. Wir hatten bis dahin fünfzigtausend eigene Raumschiffe und die Fragmentraumer der Posbis aufgeboten – die Entscheidung in der erbittert und verlustreich geführten Raumschlacht wurde jedoch allein durch die mit FpF-Zusatzgeräten ausgerüsteten Schlachtkreuzer erreicht. Wir konnten vierhundert Dolans vernichten und die Zweitkonditionierten zum Rückzug zwingen.

Nur acht Organschiffe landeten im Bereich von Terrania-City. Daß sie besiegt werden konnten, verdanken wir den Siganesen und Paladin, ebenso unseren Teleportern Tako Kakuta und Jumpy, Guckys Sohn. Jumpy war es auch, der den Symbionten des auf Triton gefangenen Zweitkonditionierten Aser Kin mit einem Vibratormesser entfernte. Aser Kin, dadurch zwar von jeder Beeinflussung befreit, andererseits durch die Überreste des Symbionten vergiftet, konnte vor seinem Tod noch mitteilen, daß es sein Auftrag gewesen war, gegen den sechsten Planeten der Wega vorzugehen. Dort hatten Zeitexperimente stattgefunden.

Überzeugt, daß auf Pigell Akonen am Werk waren, flog ich am 18. Mai zur Wega. Tatsächlich bemühten sich die Akonen seit Jahren um den dortigen Zeittransmitter der Meister der Insel. Pigell war jener Transmitter, der in der Vergangenheit der CREST III den 500-Jahre-Sprung ermöglicht hatte. Aus nicht mehr nachvollziehbaren Gründen war versäumt worden, dieses Erbe für uns zu sichern, und als wir nun die Station eroberten, lösten die Akonen die Selbstzerstörung aus.

Schon vor geraumer Zeit war der USO-Spezialist Vito Batabano in die Condos Vasac eingeschleust worden, eine Geheimorganisation, unter anderem der Akonen. Batabano berichtete, daß der bedeutendste akonische Wissenschaftler auf dem Gebiet hyperenergetischer Transmissionen mittlerweile eigenständig einen Zeittransmitter konstruieren konnte. Und daß die Condos Vasac auf einer von Dolans verwüsteten terranischen Kolonialwelt ein Zeitexperiment durchführen wollte, um die Zweitkonditionierten erneut auf die Erde zu hetzen. Es gelang, das zu verhindern. Um den Preis, daß ein terranisches Raumschiff um rund zweiunddreißig Jahre in die Vergangenheit versetzt und zu jenem Zeitpunkt eine Station der Akonen zerstört wurde, deren Ruinen uns in der Gegenwart erst auf die Idee gebracht hatten, ausgerechnet diese Welt anzufliegen. – Einige Details des Einsatzes, Miss Mellham, unterliegen deshalb bis heute der Geheimhaltung. Die Dateien dazu weisen insofern Lücken auf.«

Sie nickte zögernd. »Ist an eine spätere Freigabe gedacht?«

»Nicht solange die Condos Vasac existiert.«

Ionka Mellham setzte zwei positronische Marker. »Ich könnte meinen Text weitgehend vage halten, nur eine Handvoll Details zur Veranschaulichung ...«

»Nein!« sagte ich unmißverständlich.

Sie seufzte ergeben. »Gerade das Thema einer solchen sich selbst bedingenden Zeitschleife halte ich persönlich für eines der interessantesten überhaupt. Stellen wir uns doch nur die Frage, was geschehen wäre, wenn, beziehungsweise wenn nicht ...«

»Nein«, wiederholte ich. »Es gibt keinen erläuternden Kommentar dazu.«

Sie schürzte die Lippen. In ihrem Blick erschien ein eigenwilliges Flackern. Zweifellos würde sie versuchen, mir die Antwort dennoch zu entlocken. Ihre Hartnäckigkeit hatte sie mehrmals unter Beweis gestellt.

»Glauben Sie mir, Miss Mellham, Sie verschwenden Ihre Energie.« Den spöttischen Kommentar konnte ich mir nicht verkneifen.

Jäh beugte sie sich nach vorne. Sie fühlte sich ertappt und wollte spontan in die Offensive gehen. Aber dann lehnte sie sich doch wieder zurück und schüttelte leicht den Kopf.

»Gedanken lesen können Sie nicht, Sir ... Bully. Ausgeschlossen. Das wüßte ich.«

Warum wartete ich nur darauf, daß ihre Wangen sich röteten? Sie war eine durchaus attraktive und selbstbewußte Frau. Mag sein, daß sie mich ein wenig zu füllig fand, aber der Titel des Solarmarschalls überdeckte ein solches Manko allemal.

»Hin und wieder wünsche ich mir schon telepathische Fähigkeiten«, sagte ich leise. »Zeigen Sie mir den Menschen, dem das nicht so geht! Aber letzten Endes bin ich froh, kein Telepath zu sein. Ich müßte einen Schutzwall um mich herum aufrichten, einen wahren Panzer, und das liegt mir nicht. Es ist immer noch reizvoller, sich den Kopf darüber zu zerbrechen, was Sie soeben denken, als es tatsächlich zu wissen. Im übrigen, Miss Mellham, bekommt man im Laufe der Jahrhunderte eine tiefgreifende Menschenkenntnis, die fast ebensoviel wert ist.«

»Jeder Mensch ist irgendwie zu beeinflussen, Sir Bully. Ich habe mir sagen lassen, daß Sie einem Besuch in den Raumfahrerkneipen nicht abgeneigt sind. Einige Gläser Vurguzz lockern die Zunge.«

Auf eine Weise, die ich nicht gewollt hatte, begann unser Gespräch abzudriften. Trotzdem mußte ich hellauf lachen.

»Bitte glauben Sie nicht, mein Kind, daß es so einfach ist, einen Reginald Bull unter den Tisch zu trinken. Das haben schon andere versucht, und das würde Ihnen ganz bestimmt nicht gelingen. – Gut. Eines noch, aber dann zurück zum Thema. Kennen Sie die Geschichte von Guy Nelson?«

»Mein Kind« war mir so herausgerutscht. Ionka Mellham hatte sich dabei unwillkürlich versteift. Nun schüttelte sie den Kopf.

»Nelson war ein Typ für sich, Raumfahrer, Abenteurer ... Und seine Schwester Mabel ... Reden wir nicht weiter darüber. Es ist jetzt gut neunzig Jahre her, als es Guy und Mabel mit Hilfe einer ihrer Whisky-Spezialmischungen gelang, den Diktator der Gataser-Blues zum Abzug seiner Truppen zu bewegen.«

»Kajüyp-Saah-Lüy?« fragte Ionka. »Davon habe ich gelesen. Aber die näheren Details wurden nicht erwähnt. Sie waren mit den beiden befreundet, Sir?«

»Private Themen wollten wir ausklammern«, erinnerte ich Ionka Mellham und nahm den verlorenen Faden gezielt wieder auf: »Einzelne Dolans griffen Kolonialwelten an, vernichteten die Planeten und verschwanden. Sie attackierten sogar mit Menschen vollgestopfte Flüchtlingsschiffe. Die HAPPY OLDTIME war ein solcher Frachter, der gegen das organische Raumschiff eines Zweitkonditionierten nicht den Hauch einer Chance hatte.

Kurze Zeit später vernichtete ein zweiter Dolan den Angreifer. Der Schwingungswächter Tro Khon hatte sich von seinem Symboflex-Partner befreien können und erkannt, daß er von dem Symbionten beherrscht worden war. Schon kurze Zeit vor dem Angriff der fünfhundert Dolans auf das Solsystem war Tro Khons Symboflex-Partner durch einen Unfall verletzt worden und der Zeitpolizist hatte vorübergehend erkannt, daß alle Beweise für unsere Unschuld an den uns vorgeworfenen Zeitverbrechen richtig waren.

Nun hatte Tro Khon sich endgültig von dem Zwang befreit, doch er war durch die Wunde, die der Symbiont hinterlassen hatte, und vor allem durch dessen Gift geschwächt. Was ich bis dahin nicht für möglich gehalten hätte, Tro Khon fühlte sich als Märtyrer und Zerstörer der alten Ordnung. Von ihm erfuhren wir, daß seine Heimat das *Reich der Entstehung* war, uns besser bekannt als die Galaxis M 87, und daß er dorthin nie zurückkehren könne. Er war es auch, der völlig unerwartet behauptete, Perry Rhodan halte sich mit der CREST IV in M 87 auf.«

»Wie reagierten Sie auf diese Mitteilung?«

Für einen Augenblick überlegte ich, dann zuckte ich mit den Achseln. »Nicht anders als jeder, der das gehört hatte. Es war schon verflucht schwer zu glauben, daß die Zweitkonditionierten aus dreißig Millionen Lichtjahren Entfernung stammen sollten. Aber die CREST IV ebenfalls in dieser Distanz zu vermuten ... wir hatten ja gerade mit Mühe und Not Andromeda erreicht, und das war im Vergleich ein Katzensprung gewesen.«

Ich griff nach dem Glas Wasser, das neben mir stand, und dessen Inhalt inzwischen fahl schmeckte. Trotzdem half es mir, die plötzliche Trockenheit im Gaumen zu vertreiben.

»Haben Sie eine Vorstellung von den gewaltigen Entfernungen im Universum, Miss? Das sollte sich in den vergangenen ein oder zwei Jahrhunderten grundlegend geändert haben, dennoch glaube ich, daß mehr als neunzig Prozent der Bevölkerung die astronomischen Daten nur oberflächlich sehen, weil sie immer noch ihr Vorstellungsvermögen sprengen. M 87 liegt zwar gleich nebenan, so quasi um die Ecke – aber das Licht braucht dennoch dreißig Millionen Jahre, um zu uns zu gelangen, und ebenso lange würde ein Raumschiff benötigen, das mit seinen Impulstriebwerken nur bis an die Grenze der Lichtgeschwindigkeit beschleunigt. Mit anderen Worten: Die Raumfahrer wären länger unterwegs als die Menschheit, von ihren primitivsten Vorfahren ausgehend, bisher überhaupt existiert. Ich höre die Reaktion unseres Abwehrchefs Allan D. Mercant immer noch, als stünde er in dem Moment neben mir. ›Das ist dasselbe, als wenn der Chef tot wäre‹, sagte er. Und zumindest damals hatte er recht. Eine ferne Sterneninsel wie M 87 erreicht man eben nicht mit ein paar zusätzlich angeflanschten Triebwerken, nicht einmal mit einem Dutzend Weltraumbahnhöfen.«

»Das ist es nicht, was ich hören wollte«, sagte Ionka. »Ihre ganz persönlichen Gefühle in dem Moment interessieren die Geschichtsschreibung. Was dachte Solarmarschall Reginald Bull, was fühlte er, als der Zeitpolizist Tro Khon mit seiner eigentlich unglaublichen Behauptung kam?«

»Ich ...« Was sollte ich dazu sagen? Es fiel schwer, mich in die Situation zurückzuversetzen. Für eine Weile suchte ich nach den richtigen Empfindungen. Vergeblich, wie mir schien. Viel zu viel war in der Zwischenzeit geschehen, Wichtigeres als ein paar Emotionen. »Ich glaube nicht, daß das von Interesse ist, Miss Mellham. Im übrigen sollten wir unsere Arbeitssitzung für heute beenden. Es ist schon spät.«

Ein herrliches Abendrot fiel durch das Panoramafenster in der 184. Etage. Der Himmel hatte sich in einen aufgewühlten Ozean verwandelt, in dem rote, gelbe, ja sogar purpurne Farbtöne ineinanderschwappten, hier feine Wellenmuster bildeten und dort großflächig wie losgerissene Inseln nach Westen trieben. Sterne fielen aus diesem Farbenmeer herab, erst golden schimmernd in großer Höhe, doch schnell von einem blutroten Glanz, atemberaubende Zweieinhalb-Kilometer-Kugeln, die zur Landung auf den Raumhäfen Terranias ansetzten. Im Sog ihrer Luftturbulenzen begann das Abendrot zu verwirbeln. Schwärze mischte sich in die Schlieren; einige wenige Sterne wurden sichtbar.

Ich genoß solche seltenen Augenblicke der Ruhe. Dann stand ich minutenlang am Fenster und ließ meine Gedanken schweifen, von der überwältigenden Skyline unserer Metropole bis in die fernsten Tiefen des Alls, die Menschen vielleicht nie zu Gesicht bekommen würden.

Je weiter wir in den Raum vorstießen, je mehr wir zu wissen und zu erforschen glaubten, desto umfangreicher wurden die Fragen, die ihrer Beantwortung harrten.

Längst hielt ich es mit unseren altterranischen Philosophen, deren Weisheiten den Lauf der Zeit überdauert hatten und heute wie vor zweitausend Jahren zutrafen: »Ich weiß, daß ich nichts weiß, aber viele wissen nicht einmal das.«

Ich war Ionka Mellham für ihr Schweigen dankbar. Doch ich spürte, daß sie mich beobachtete. Keine Sekunde lang ließ sie mich aus den Augen und registrierte offenbar jede meiner Regungen, um darüber zu berichten. Vergeblich versuchte ich ihre Nähe zu vergessen, ich konnte es nicht.

»Seit drei Tagen wühlen wir uns durch eine Fülle von Informationen,

Bully«, sagte Ionka unvermittelt, »aber ich weiß immer noch herzlich wenig über Sie selbst.«

»Was interessant ist, steht in den öffentlichen Verlautbarungen.« Das Abendrot begann zu verblassen, ich wandte mich wieder den ausgebreiteten Unterlagen, den Speicherbändern und Holowürfeln zu.

»Das ist nur eine Seite des unsterblichen Reginald Bull«, widersprach die Frau. »Die andere ...«

»... ist uninteressant und meine Privatsphäre.«

»Sind Sie wirklich der Meinung?«

Ich nickte nur.

»Sie interessieren mich, Bully!« platzte Ionka unvermittelt heraus. »Als Solarmarschall und als Mensch.« Wie sie das sagte, klang es beinahe bedrohlich, vor allem meinte sie es ernst.

»Ist ein Solarmarschall kein Mensch?« Um das Thema abzuwürgen, flüchtete ich mich in wohlmeinenden Spott. Doch mein Gegenüber überhörte die Nuance geflissentlich.

»... zwischenzeitlich eine Institution«, sagte Ionka Mellham.

»Dann vergessen Sie alles, was Sie über Gewohnheiten gehört haben, Miss. Es gibt keine politischen Ämter mit Erbrecht, schon lange nicht mehr. Und wenn ich es richtig heraushöre, sind Sie eher von meinem Zellaktivator fasziniert als von mir selbst.«

»Ich weiß nicht einmal, ob ich so ein Ding überhaupt haben möchte.«

Sie sagte das derart überzeugend, daß ich beinahe hell aufgelacht hätte. Wunsch und Wirklichkeit klafften ziemlich weit auseinander. Niemand hatte mich gefragt, ob ich den Aktivator wirklich hatte haben wollen. Was mir anfangs erstrebenswert erschienen war, hatte ich schon unzählige Male verwünscht. Aber seltsamerweise: Ich hätte das Metallei nur abzulegen brauchen, um innerhalb von drei Tagen zu altern und zu sterben, trotzdem tat ich es nicht. – Nicht, weil ich mich so sehr ans Leben geklammert hätte, sondern weil ich mir meiner Verantwortung vollauf bewußt war. Mein Name war inzwischen mit dem Schicksal der Menschheit fast ebenso stark verknüpft wie der von Perry Rhodan und Atlan.

Außerdem war ich von einem längst überzeugt: ES hatte uns die Unsterblichkeit nicht aus einer Laune heraus gewährt, und schon gar nicht, ohne dafür eine permanente Gegenleistung zu fordern.

Geschenkt wäre ohnehin der falsche Ausdruck gewesen. Geliehen traf den Kern der Sache weit besser. Für die Dauer von zwanzigtausend Jahren geliehen.

Und später, nach diesen zwanzig Jahrtausenden?

Du bist im Begriff, den Boden der Tatsachen zu verlassen, Dicker! schoß es mir prompt durch den Sinn. *Das zu fragen ist beginnender Größenwahn.* Wie gut, daß ich mein eigener unbequemer Mahner geblieben war.

»Was interessiert Sie dann an mir, Miss Mellham?« nahm ich den Faden wieder auf. »Mein Vermögen, das ich in Firmenbeteiligungen und Grundstücken auf den verschiedensten Welten angelegt habe? Oder mein leichtes Übergewicht? Ich esse nun mal für mein Leben gern, und die Milchstraße hat ungeahnte Delikatessen zu bieten.«

»Wenn ein Igel Gefahr herannahen fühlt, rollt er sich ein und spreizt die Stacheln«, unterbrach Ionka. »Genau den Eindruck habe ich derzeit von Ihnen. Können Sie sich nicht vorstellen, Bully, daß mich der Mensch Reginald Bull mit all seinen Facetten interessiert? Der Philosoph ebenso wie der Raumsoldat. – Nein, widersprechen Sie bitte nicht. Es gibt wahnsinnig viel an Ihnen zu entdecken. Ich halte Sie für einen Menschen mit Ecken und Kanten, der sich nicht jedem neuen Trend anpaßt. Der Hindernissen auf seinem Weg nicht ausweicht. Warum geben Sie mir nicht die Chance, daß ich später meinen Kindern und Kindeskindern erzählen kann, ich habe den Solarmarschall persönlich gekannt?«

»Weil es mir widerstrebt, eine lebende Legende zu sein. Können Sie das wenigstens akzeptieren, Miss Mellham?«

Ein Lächeln umspielte ihre Mundwinkel, nachdem sie eben noch gänzlich unbewegt gewirkt hatte. »Die Legende, die Sie vermeiden wollen, sind Sie längst, Bully. Ist es das, was Sie hartnäckig davon abhält, mich in eine der Raumhafenkneipen einzuladen? Obwohl morgen unser letzter Tag im Terrania Hilton ist?«

»Erreichen Sie immer alles, was Sie sich vornehmen, Miss Ionka?« rutschte es mir heraus. »Oder sind Sie wirklich nur darauf aus, Milieustudien zu betreiben?«

Es war spät geworden in dieser Nacht. Erst kurz nach drei Uhr morgens hatte ich ein Robottaxi gerufen und uns zurück ins Hilton fliegen lassen.

Terrania, schon tagsüber eine Metropole der Superlative, verwandelte sich mit Einbruch der Dunkelheit jedesmal in ein glitzerndes Juwel, dessen Funkeln schon mit dem unbewaffneten Auge von den Mondbasen aus zu sehen war. Zwischen dem Flottenraumhafen im Südwesten und dem Handels- und Zivilraumhafen im Südosten pulsierte wieder das Leben ohne Pause. Niemand, der nicht davon wußte, hätte heute noch vermutet, daß dieses scheinbar organisch gewachsene Gebilde im Herzen der ehemaligen Wüste Gobi noch vor wenigen Jahrzehnten in Düsternis erstickt, eine gigantische Schutthalde gewesen war. Wie viele Überlebende in teilweise erbärmlichen Verhältnissen zwischen den Trümmern gehaust hatten, vermochte niemand zu sagen, nicht einmal NATHAN. Aber alle diese Menschen hatten ihrer Stadt die Treue gehalten und ein Stück dazu beigetragen, Terrania wieder lebenswert zu machen.

Auch Außerirdische gehörten dazu. So wie die Völker der Erde zusammengewachsen waren und Nationalstaaten im früheren Sinn nicht mehr existierten, so würden eines Tages hoffentlich die Völker der Milchstraße zusammenrücken und ihre Rivalitäten untereinander einer gemeinsamen großen Vision unterordnen. Perry war dieser schwärmerische Visionär, der mitzureißen verstand. Ich folgte ihm, vielleicht ein wenig bodenständiger und mit beiden Beinen fest auf der Erde stehend. Das mochte an meiner pragmatischeren Art liegen oder einfach daran, daß ich schon zur Zeit der guten alten STARDUST, die als Denkmal inmitten des Gobi-Parks sogar den Dolan-Angriff überstanden hatte, eher der Mann für die groben Arbeiten gewesen war. Ich hoffte jedoch, daß die raumfahrenden Völker der Galaxis nicht eines Tages unter dem Eindruck einer übermächtigen Gefahr gezwungen sein würden zusammenzurücken, so wie es zur Zeit der Dritten Macht auf der Erde der Fall gewesen war. Freundschaften, die nicht der Not folgend, sondern aus eigenem Willen heraus geschlossen wurden, hielten länger.

Ich war zu aufgekratzt, um zu schlafen, und wälzte mich unruhig in den Kissen. Als Aktivatorträger komme ich zwar mit wenig Schlaf aus und fühle mich selbst dann noch einigermaßen frisch und ausgeruht, aber wenn die eigenen Gedanken zu Ruhestörern werden, hilft nicht einmal der Aktivator.

Ionka Mellham hatte es darauf angelegt, mich rumzukriegen. Gesagt hatte sie nichts, es nicht einmal angedeutet, doch schon ihre Blicke hatten versucht, mich aus der Reserve zu locken.

Als kurz vor Mitternacht Kitai Ishibasi, Tako Kakuta und André Noir erschienen waren, hatte ich die drei Mutanten nur allzu gerne an unseren Tisch gebeten. Bis dahin hatte ich Ionka mit weiteren geschichtlichen Details bei Erinnerung gehalten und haargenau da weitergemacht, wo wir zwei Stunden zuvor aufgehört hatten.

Was ich nach Tro Khons Eröffnung gefühlt hatte, daß die CREST IV nach M 87 verschlagen worden sei? In dem Moment war mir eigentlich zum erstenmal richtig bewußt geworden, daß ich mich damit abgefunden hatte, den Großadministrator nie wiederzusehen. Die Auseinandersetzung mit den Zeitpolizisten an mehreren Fronten hatte mir ohnehin keine Zeit gelassen, Spekulationen nachzuhängen.

Fast wörtlich hatte ich Tro Khons Erklärungen meiner Begleiterin wiedergegeben. Jeder seiner Sätze hatte sich in mein Gedächtnis eingebrannt, weil sie meine Hoffnung neu geweckt hatten.

»... die Zweitkonditionierten in OLD MAN hatten den Riesenroboter mit einer Paratronblase umgeben. Als die CREST IV und das Schiff des Haluters Icho Tolot näherkamen, wurden beide angreifenden Schiffe davon eingehüllt. Normalerweise hätte das die sofortige Vernichtung der Raumer bedeutet, doch an Bord des Haluterschiffes befand sich eine aktivierte Paratronwaffe. Der Zusammenstoß zweier Paratronblasen hat schon des öfteren dazu geführt, daß die betreffenden Objekte zum Reich der Entstehung geschleudert wurden. Jeder Körper im Hyperraum neigt dazu, an der Stelle artgleicher Energie zurückzukehren.«

Es war keine Frage, daß wir diesen Effekt nutzten, um eine Hilfsexpedition nach M 87 zu schicken. Als am 4. Juni 2436 zweihundert Dolans das Solsystem angriffen, wurden der modernste Fragmentraumer der Posbis, die dreitausend Meter lange BOX-13111 mit Tro Khon und seinem Dolan an Bord sowie ein begleitendes Haluterschiff in einer absichtlich herbeigeführten Paratronüberlappung in den Hyperraum gerissen.

Ich wälzte mich immer noch herum, verschränkte schließlich die Hände hinter dem Kopf und starrte zur Zimmerdecke empor, die eine fahle Projektion des Sternenhimmels über Terrania wiedergab. Draußen wären kaum Sterne zu sehen gewesen; die Lichtflut über der Stadt war zu grell, und ein Großteil davon wurde vom Kybernetischen Turm abgestrahlt. Ich bedauerte diese optische Beeinträchtigung, die den Bewohnern der Stadt eine neue Art von Romantik verschafft hatte, doch die Begeisterung meiner Begleiterin über das farbenprächtige Lichterspiel war eindeutig gewesen.

Die Sterne waren zum Greifen nahe gerückt, wer suchte da wirklich noch träumerisch eine Sternschnuppe? Liebespaare verabredeten sich nicht mehr auf einer Bank im Mondschein, sie hatten ihr Lightdate unter den dreitausend beweglichen Scheinwerfern und den 450 Drehspiegeln des Kybernetischen Turms, die ihre Lichtblitze nach dem Anbruch der Dämmerung bis zum frühen Morgengrauen in alle Himmelsrichtungen schickten.

Fünfhundert Meter maß der Turm aus Stahlträgern, dessen Original für die Galaktische Ausstellung im Jahr 2300 errichtet worden war und der sich heute fast zwanzig Kilometer weiter nördlich erhob. Auf neun Plattformen fanden 20.000 Gäste exklusive Restaurantplätze mit einem phantastischen Ausblick über die Stadt und perfekter Sicht auf alle startenden und landenden Raumschiffe.

Für kurze Zeit mußte ich eingenickt zu sein. Jedenfalls schreckte ich auf, als jemand meinen Namen rief.

»Hannah?« Abrupt fuhr ich hoch. »Hannah Angel?«

Ich hatte schlecht geträumt. Niemand konnte den gesicherten Bungalow betreten, ohne daß ich rechtzeitig davon erfuhr. Die Automatik hatte in dem Moment, in dem ich mich auf den Ellbogen hochstemmte, die Beleuchtung auf niedriger Stufe aktiviert.

»Es ist vier Uhr achtunddreißig Ortszeit«, raunte die Computerstimme, »ich wünsche einen angenehmen Morgen. Mit Beginn fünf Uhr hat die Wetterkontrolle warmen Regen angekündigt, voraussichtliche Dauer eineinhalb Stunden. Die Temperatur beträgt siebzehneinhalb Grad Celsius, die Luftfeuchtigkeit ...«

»Aus!« sagte ich und schwang mich aus dem Bett. Es hatte keinen Sinn mehr, mit Gewalt den Schlaf zu suchen.

Ich begab mich in die Naßzelle, duschte abwechselnd kalt und heiß und ließ mich von den warmen Luftstrahlen massieren. Es war zehn nach fünf, als ich meinen Frühstückswunsch in die Automatik eintippte. Draußen hing eine triste Dämmerung über dem See, das Wasser war kabbelig von dem feinen Nieselregen. Nicht unbedingt der Tag, an dem man einen Mausbiber vor die Tür jagte.

Normalerweise arbeitete ich bis tief in die Nacht hinein und stand erst mit den ersten Sonnenstrahlen auf. Heute blieb mir also ein wenig mehr Zeit, das Frühstück zu genießen. Perry hatte eine kurze Nachricht für mich hinterlassen, eigentlich nichts von Bedeutung. Zum einen gab es Ernteprobleme auf dem Planeten Lafayette, der vor rund dreizehn Jahren besiedelt worden war, zum anderen besagte eine Nachricht, daß Threndor Carsual jun., der sich nach dem Tod seines Vaters 2498 offiziell aus der Politik zurückgezogen hatte und in die Flotte von Ertrus eingetreten war, im Untergrund um Mitglieder für die Carsual-Partei bemühte. Carsual sen. hatte in seiner Heimat maßgeblich an der Abwehr der Dolans mitgewirkt und am 14. Oktober 2437 entscheidend bei der Gründung eines Notbundes von vierzehn Planeten. Die betreffenden Welten hatten sich vom Solaren Imperium losgesagt und steuerten einen eigenen Expansionskurs.

Ich sortierte die Unterlagen über M 87, die ich nunmehr mit Ionka durcharbeiten wollte, und erstellte mehrere neue Speicherdateien.

Eine Frage, die eigentlich auf der Hand lag, vermißte ich bislang. Es war die Frage, weshalb die MdI, deren Zeittransmitter Pigell schon vor 50.000 Jahren existiert hatte, von den Zeitpolizisten verschont worden waren. Schuld daran war vermutlich einer jener unglücklichen Zufälle, die dem Rad des Schicksals oft genug in die Speichen greifen. Pigell war mit einem Dämpfer versehen gewesen, der die Schockwellen aller Aktivitäten auf kurze Distanz zurückgehalten hatte. Ausgerechnet beim Sprung der CREST III um fünfhundert Jahre in die relative Zukunft hatte dieser Kontinuumsdämpfer versagt.

Wie ich schon damals zu Perry sagte, als ich drei Monate vor dem Start zum Mond nach einem kräftezehrenden Trainingsprogramm mit blutender Nase die Zentrifuge verließ: »Wenn es dumm geht, bricht man sich die Finger in der Nase.«

Die BOX-13111 mit Tro Khons Dolan und dem Haluterraumschiff war in der Tat wie erwartet im Zentrum von M 87 materialisiert, nach einiger Zeit kam es zum Kontakt zwischen den Neuankömmlingen aus der Milchstraße und der CREST IV.

Das nächste Ziel war das Scintilla-System, die Heimat der »Philosophen von M 87«, die sich selbst Okefenokees nannten. Zu ihrer Überraschung erkannten die Terraner, daß jener zwergenhafte Teleporter, der die Wasservorräte des Schiffes nach der Ankunft in M 87 vergiftet hatte, ein Okefenokee gewesen war. Schiffe der Bestien griffen die Welten des Scintilla-Systems an. In einer gemeinsamen Anstrengung von Okefenokees und Terranern gelang es, die Invasoren zu besiegen.

Als kurze Zeit später zweiunddreißig gefallene Philosophen ihre letzte Reise antraten, folgte der Arkonide Atlan der Flotte der gläsernen Särge mit einer Korvette. Die KC-1 erreichte den Kristallplaneten Monol. Man fand heraus, daß der fünfdimensionale Schwingquarz Howalgonium, aus dem der Planet bestand, dazu beitrug, daß normalenergetische Kräfte in fünfdimensionale Energien umgeformt werden konnten. Außerdem wurden auf dieser Welt die biologisch toten Okefenokees in einer Biophysikalischen Hyperregenerierung zu neuem Leben erweckt – aus den Zwergwesen wurden die Beherrscher von M 87, die Konstrukteure des Zentrums.

Nach Begegnungen mit den Pelewon und Abenteuern in der sogenannten Todeswolke erreichte die CREST am 16. August 2436 Ednil. Der Planet erwies sich als die Heimat der Perlians, der Drittkonditionierten, die in der Großen Magellanschen Wolke bis zu ihrer Kapitulation Polizeifunktionen ausgeübt hatten. Die warzenartigen Fortsätze einer titanischen Qualle, die dem Tier als Gefahrentaster dienten, wurden den Perlians von den Bestien als Zeitauge eingesetzt.

Inzwischen waren alle vier Kalup-Konverter der CREST ausgebrannt und mußten durch Geräte der kurz darauf ausfallenden BOX-13111 ersetzt werden. Durch ihr Handeln hatten die Terraner längst bewiesen, daß sie keine Auseinandersetzung mit den Herren von M 87 wollten. Trotzdem kam der von Rhodan gewünschte Kontakt auf freiwilliger Basis nicht zustande. Also nahm die CREST IV Kurs auf den geheimnisvollen Kristallplaneten Monol.

Von dort aus gelangte das Schiff in das Innere einer voluminösen Hohlsonne. 6620 Lichtjahre durchmaß dieser von den Konstrukteuren des Zentrums durch Manipulation einer Supernova erschaffene Internraum. Die aktive Sonnenschale besaß eine Dicke von fünf Millionen Kilometern. Auf acht Planeten im Internraum hatten sich die Konstrukteure des Zentrums zurückgezogen, als ihnen vor siebzigtausend Jahren die Kontrolle über die Bestien entglitten war. Die Hohlsonne bildete zugleich den Ausgangspunkt des Zentrumsleuchtens, das alle mit Hilfe eines Dimetranstriebwerks in M 87 materialisierenden Raumschiffe vernichten sollte. Immerhin hatten die Bestien einst die Kugelgalaxis mit dem von ihnen erbeuteten Dimetranstriebwerk verlassen.

Nur mit der Drohung, Arkonbomben auf ihren Welten im Internraum zu zünden, waren endlich die benötigten Paratron-Konverter von den Konstrukteuren des Zentrums zu erhalten. Perry Rhodan brachte das Flaggschiff 4,7 Millionen Lichtjahre weit in den interstellaren Raum, wo die Besatzung auf beide Haluterschiffe umstieg und weitere sechshunderttausend Lichtjahre im Linearflug überwand. Erst dann erschien die Distanz zum blauen Zentrumsleuchten groß genug, um die Rückkehr in die Milchstraße wagen zu können.

Die Paratron-Konverter, zum einen auf Abmessungen und Anschlüsse und zum anderen auf Masse und Konstruktion der 130-Meter-Raumer der Haluter abgestimmt, waren den Konstrukteuren des Zentrums abgepreßt worden, ohne die Möglichkeit, ihre Sicherheit zu testen. Andererseits blieb Halutern und Terranern keine andere Wahl, als den Sprung zu wagen, denn die Schiffe waren längst viel zu weit in die intergalaktische Leere vorgestoßen.

Am 20. September des Jahres 2436 lösten sich die Haluterschiffe von der CREST IV, die fortan als Geisterschiff durch die Ewigkeit treiben würde, vor sich einen Abgrund von mehr als siebenundzwanzig Millionen Lichtjahren.

Die Paratron-Blasen entstanden, der Flug von Galaxis zu Galaxis begann und endete nach acht Sekunden im Zentrumsgebiet der Milchstraße. Von dort aus gingen beide Schiffe in den Linearraum. Die Entfernung zur Erde betrug nur noch lächerliche 38.000 Lichtjahre.

Fast wären die Besatzungsmitglieder noch durch eine Falle der Konstrukteure des Zentrums vernichtet worden. Es war ein Wettlauf gegen die Zeit, fünftausend Männer und Frauen zu evakuieren. Erst Tage später wurden sie vom Schlachtkreuzer ORINOCO Dolan gerettet.

»Hätten Sie das geglaubt, Bully? Ich meine, hätte jemand nur einen Tag vorher behauptet, Rhodans Doppelgänger fühle sich durch die Rückkehr des echten Großadministrators bedroht und ließe deshalb Sie, die Solarmarschälle Tifflor und Mercant und den Kommandanten von OLD MAN verhaften. Sie hätten den Betreffenden zweifellos für verrückt erklärt.«

»Fragen Sie mich bitte nicht schon wieder, wie ich mich dabei gefühlt habe, Ionka. Ich sag's Ihnen: hundsmiserabel.«

»Ich wollte nicht fragen, Bully.«

Die Atmosphäre zwischen uns war nach dem vergangenen Abend vertraulicher geworden, aber auch angespannter. Irgendwie hatte ich den Eindruck, daß Ionka darauf wartete, daß ich den Anfang machte und sie duzte. Aber den Gefallen tat ich ihr nicht.

»Vielleicht sollte ich Sie fragen, wie Sie sich fühlen«, stellte ich fest.

»Gut«, sagte sie, obwohl die Ringe unter ihren Augen anderes vermuten ließen. »Wer kann schon von sich behaupten, mit dem Solarmarschall höchstpersönlich einen Abend verbracht zu haben ...«

»Schicksal.« Ich hob die Schultern. »Ich meine natürlich Heiko Anraths Dummheit. Trotz der Beeinflussung durch den akonischen Agenten Raskani hätte er sich denken können, daß unsere Mutanten einen Weg finden würden, den HÜ-Schirm von OLD MAN zu durchdringen. Für Raskani war er damit nutzlos geworden.«

»Raskani war, wenn ich richtig informiert bin, Plophoser. Und er hat die Telepathin Laury Marten getötet und ihren Zellaktivator an sich genommen.«

»Er wollte den Aktivator nicht behalten, sondern ihn an den Chef des akonischen Geheimdienstes weitergeben – vermutlich, um sein Versagen wiedergutzumachen. Genau das hat ihn aber selbst das Leben gekostet.« Ich seufzte. »Weil er Hilfe von den Halutern erhoffte, landete Perry Rhodan Ende Oktober 2436 auf deren Planeten. Die vierarmigen Riesen, die vor fünfzigtausend Jahren die Erste Menschheit fast vernichtet hatten, waren längst zu den friedfertigen Intelligenzen geworden, als die wir sie heute kennen.«

»Die historischen, auf Halut gefundenen Daten deckten sich mit dem, was später aus M 87 bekannt wurde«, wandte Ionka ein. »Wenn es Ihnen nichts ausmacht, Bully, hätte ich gerne noch einmal die Zusammenfassung.«

Es machte mir nichts aus. Ich fand es sogar faszinierend, wie weit die miteinander verwobenen Fäden in die Vergangenheit reichten. Zugleich fragte ich mich aber, was andere Völker in siebzigtausend Jahren von uns Menschen erzählen würden. Vielleicht waren wir dann nur noch eine Legende, wer konnte das schon wissen. Auf jeden Fall würde ich alles daran setzen, daß in ferner Zukunft nur Gutes über das Solare Imperium berichtet wurde.

»Was ist, Bully?« Ionkas Stimme klang plötzlich besorgt. »Ist Ihnen nicht gut?« Sie starrte mich an, als wolle sie im nächsten Moment einen Medorobot herbeirufen.

Ich bemühte mich um ein aufmunterndes Lächeln, wußte aber zugleich, daß meine Gesichtszüge eher verkrampft wirkten.

Ein homerisches Gelächter ließ meinen eigenen Gedanken kaum noch Raum. Bildete ich es mir nur ein?

Alles um mich herum begann sich rasend schnell zu drehen. Einzelheiten verwischten. Ich wollte etwas sagen, brachte aber nicht einmal ein vernünftiges Ächzen hervor.

Siebzigtausend Jahre, mein zweitältester Freund? hämmerte es unter meiner Schädeldecke. *Du hast dir große Ziele gesteckt. Dabei droht die Menschheit schon jetzt zu scheitern.*

Wir sind lernfähig! Davon war ich überzeugt. Irgendwie stieß ich meine Behauptung hervor. Vermutlich auf mentaler Basis.

Beweise es, Reginald Bull! dröhnte die Stimme schon wieder. *Beantworte die drei wichtigsten Fragen des Lebens.*

Ich tat ihm den Gefallen. Auf meine Weise:

Wie heiße ich?

Wo wohne ich?

Was habe ich gestern getrunken?

Totenstille folgte. Nach dem überlauten Gelächter schmerzte sie geradezu. *Jetzt zerreißt es ihn!* schoß es mir durch den Sinn. Mit ihn meinte ich natürlich den Unsterblichen von Wanderer.

Im nächsten Moment brandete das mentale Lachen erneut auf. Lauter als zuvor. Ein Ausbruch nicht enden wollender Heiterkeit, wie mir schien. Trotzdem vergingen wohl nur wenige Sekunden.

Nicht übel, mein respektloser Freund. Nimm wenigstens einen Rat von mir an: Bewahre Deinen typisch terranischen Humor – du wirst ihn eines Tages bitter nötig haben.

Wann? platzte ich heraus. Doch da war nichts und niemand mehr, der mir hätte antworten können.

Ionka schaute mich mißtrauisch an.

»Es ist nichts«, versicherte ich ihr. »Wirklich nicht. Mir geht es gut.«

Ihr Blick wurde noch eine Spur skeptischer. »Die paar Stunden, die uns bleiben, sollten wir nicht mit Nebensächlichkeiten vergeuden«, sagte ich. »Morgen früh bin ich schon wieder unterwegs Richtung Smallground. – Ich glaube, die Zusammenfassung kann ich knapp halten; Sie können die Daten jederzeit nachlesen.

Die Haluter sind in letzter Konsequenz das Ergebnis biologischer Versuchsreihen, die vor rund siebzigtausend Jahren von den Okefenokees in M 87 durchgeführt wurden. Ihr Stammbaum reicht bis zu den Bestien zurück, die einen mehr als dreitausend Jahre währenden Krieg entfesselten. Ein Teil der hochintelligenten Retortenwesen floh vor der tödlichen Gefahr. Die Magellanschen Wolken als Ziel waren wohl so zufällig wie es jede andere Sterneninsel auch gewesen wäre.

Die Bestien gründeten ihre eigene Zivilisation. Wir haben errechnet, daß ungefähr fünfzig Millionen von ihnen in den beiden unserer Milchstraße vorgelagerten Kleingalaxien gelebt haben müssen. Unter der Vorherrschaft der Uleb, die wir als Erste Schwingungsmacht kennengelernt haben. Vor etwa sechzigtausend Jahren begann die Unterjochung der Bestien durch die Symbionten. Schätzungsweise einer halben Million der fortpflanzungsfähigen Androiden muß es gelungen sein, sich unbemerkt von den Uleb zu entfernen und die nahegelegene Milchstraße anzufliegen. In Zentrumsnähe wurde der Planet Halut besiedelt.

Die genetische Formung der Alt-Haluter ließ das kriegerische Erbe wieder aufbrechen. Ein Vernichtungs- und Eroberungsfeldzug ohnegleichen begann. In den Lemurern fanden die Haluter ihre härtesten Gegner, die am Ende noch den Formungsstrahler zum Einsatz brachten. Die Friedfertigkeitsstrahlung, wie wir sie auch nennen, bewirkte eine Umstellung der biologisch-physikalischen Stoffwechselvorgänge im Haluterkörper. Das Ergebnis war ein totaler Wegfall aller Haßgefühle und der Wut, mit der die Giganten in der Milchstraße gehaust hatten. Statt dessen wurde die Logik ebenso gefördert wie eine umfassende Toleranz allem Leben gegenüber.«

»Gut für uns Menschen«, stieß Ionka hervor. »Andernfalls gäbe es weder uns, noch ein Solares Imperium. Und das wäre doch schade, nicht wahr, Bully?«

»Das ist, wie alles, eine Frage des Standpunkts. Gäbe es uns nicht, könnten wir uns keine Gedanken darüber machen.«

»Oder wir würden wie Tiere unsere eigene Existenz nicht begreifen.«

»Viele Tiere erkennen ihr eigenes Spiegelbild, Miss Mellham. Aber wir schweifen schon wieder ab.«

»Das heißt, wir müssen einen zusätzlichen Termin anberaumen?«

»Ich werde Ihnen die fehlenden Datensätze zukommen lassen.«

»Nein«, widersprach sie hastig. »Das ist unpersönlich. Ich schlage vor, den gestrigen Abend zu wiederholen. Was halten Sie von einem Tisch auf der obersten Etage des Kybernetischen Turms, Bully? Ich lade Sie ein, als Revanche sozusagen. Anschließend ...«

»Es tut mir leid, Miss Mellham, aber ein Anschließend wird es nicht geben. Nicht einmal eine Wiederholung des gemeinsamen Abends.« Was war ich doch für ein grober Klotz. »Das geht natürlich nicht gegen Sie, Ionka. Ich meine, mein Terminplan ist für die nächsten Monate ausgebucht.«

»Ich kann warten«, sagte sie, und ihre Stimme vibrierte leicht.

»Auf einen Unsterblichen?«

»Wenn es sein muß.«

Das Angebot war eindeutig. Atlan an meiner Stelle hätte sich wohl kein zweites Mal bitten lassen. Ich hingegen hatte das Knistern zwischen uns von Anfang an ignorieren wollen, aber dennoch – zweifellos unbewußt – Ionkas Hoffnung auf mehr als einen trockenen Dialog geschürt. Ihre Ähnlichkeit mit Hannah Angel machte mir zu schaffen.

Um es mit Atlans Worten auszudrücken: Du bist ein Narr, Bully, flüsterten meine eigenen Gedanken. *Warum fürchtest du eine feste Bindung?*

Ich suchte nach Ausflüchten. Irgend etwas in mir sperrte einfach. Glaubte ich am Ende selbst schon, was mir Freunde nachsagten, daß ich ein eingefleischter Junggeselle sei? Nahm ich meine zweifellos verklärte Erinnerung an Hannah nur als Ausrede, um mir die Probleme vom Hals zu halten, die aus der Verbindung eines Aktivatorträgers mit einer Normalsterblichen erwachsen würden? *In der Hinsicht bist du ein Pragmatiker durch und durch, Dicker.*

Und wenn schon. Würde eine Ehe zweier Zellaktivatorträger gutgehen? In einer Zeit, in der die Menschen immer älter wurden und althergebrachte Moralvorstellungen ins Wanken gerieten? Ein rüstiger Hundertzehnjähriger hatte andere Interessen als einer mit vierzig. Zeitkontrakte waren die Mode, Verbindungen bis die Kinder erwachsen waren und irgendwo in der Galaxis ihre eigenen Wege gingen. Spätestens dann gingen Familien auseinander, weil die Entfernungen zu groß wurden.

Ich hatte mein Gesicht in den Händen vergraben und schreckte zusammen, als ich unvermittelt eine Berührung im Nacken spürte.

»Sag nichts!« raunte Ionka. »Laß uns einfach den Augenblick genießen.« Sanft massierten ihre Fingerspitzen, streiften über meine Schläfen und wühlten sich durch mein Stoppelhaar. »Ich möchte mit dir schlafen, Reginald Bull.«

»Miss Mellham ...«

»Ionka!« sagte sie.

»Also gut, Ionka. Wie alt sind Sie?«

Ihr Zögern dauerte Sekundenbruchteile. »Dreiundvierzig«, murmelte sie dann.

»Ich bin inzwischen fünfhundertfünfundsechzig, seit genau fünfhundert Jahren Rentner, wenn ich es recht bedenke.«

»Aber rüstig.« Das klang spöttisch.

Auf jeden Fall hatte ich sie verwirrt. Ich sah es, als ich mich umwandte. »Sie könnten meine Ur-ur-ur-Enkelin sein, Ionka«, stellte ich fest.

»Biologisch gesehen bin ich älter als Sie ... Solarmarschall.« Im letzten Moment hatte sie das »Bully« unausgesprochen hinuntergeschluckt.

»Was halten Sie davon, wenn wir einfach weiterarbeiten?« fragte ich.

Sekundenlang schloß Ionka Mellham die Augen und atmete tief ein. Ihre Hände hatten sich längst wieder aus meinem Haar gelöst und tasteten nach einigen Speicherbändern.

»Bitte verzeihen Sie meine Entgleisung, Sir. Ich bin einigermaßen verwirrt.«

»Das legt sich, Miss Mellham. Ziemlich bald sogar. Ich spreche da aus Erfahrung. – Und noch etwas: Der Zeitpunkt ist falsch. Vielleicht hätten wir uns vor einigen hundert Jahren begegnen sollen.«

»Ich verstehe nicht ganz, Sir.«

»Lassen Sie es ruhig beim Bully, Ionka. Die Frau, die ich nicht vergessen kann, hat mir sehr viel bedeutet. Es ist nicht Ihre Schuld, daß Sie ihr in manchem ähnlich sind.«

»Die erste Großoffensive der Zeitpolizisten begann am 15. November 2436. Zweitausend Dolans drangen unaufhaltsam ins Sonnensystem ein. Terras Ende schien bereits nahe, als eine Sonderschaltung OLD MANS ansprach. Alle zwölf Plattformen wurden abgekoppelt und setzten eine bislang unbekannte Waffe ein, den von Lemurern entwickelten Kontrafeld-Strahler, der die organischen Raumschiffe der Zweitkonditionierten ihrer Paratronschirme beraubte. Unsere Kampfverbände hatten daraufhin mit den Dolans einigermaßen leichtes Spiel, und nur zwanzig gegnerischen Schiffen gelang die Flucht.«

Unwillkürlich mußte ich lachen, als Ionka eine Melodie zu summen begann. Das Lied aus den fünfziger Jahren des zwanzigsten Jahrhunderts war mit unserem Schicksal so eng verknüpft wie kein zweites. Nie hätten sich die Clark-Sisters träumen lassen, daß sie mit ihrem auf die altertümlichen schwarzen Scheiben gepreßten Hit einmal kosmische Geschichte schreiben würden.

»I'm forever blowing bu-bubbles,
pretty bubbles in the air.
They fly so high,
they nearly reach the sky ...«

Ich war dabeigewesen, als Perry den Text gesungen und Seifenblasen mit einem Strohhalm fabriziert hatte. Aber nur das hatte OLD MAN vor der Selbstvernichtung gerettet. Eine irrwitzige Sicherheitsschaltung: Musik. Im Zeitalter unbestechlicher Positroniken. Nicht einmal Perrys Individualschwingungen waren als Beweis seiner Identität akzeptiert worden. Dieser Captain Rog Fanther war schon ein eigenartiger Kauz gewesen, allerdings einer mit Weitblick. Wie mochte er sich gefühlt haben, fünfzigtausend Jahre tief in der Vergangenheit, ohne Aussicht, je wieder in seine Zeit zurückkehren zu können?

Die Flut der Erinnerungen schlug wieder über mir zusammen. Wie schon so oft in diesen vier Tagen.

Die Sonderschaltung »Schwarzer Mond« war in OLD MAN aktiv geworden, bedingt durch Perry Rhodans Anwesenheit auf dem Riesenrobot und seine Sorge um den Fortbestand des Solsystems. Sie war geschaffen worden, um einen möglichen Angriff der Haluter auf die Erde abzuwehren, und die Zweitkonditionierten waren eng mit den Halutern verwandt.

Eine Roboterstimme, gesteuert vom Geist Captain Rog Fanthers, hatte Perry Rhodan aufgefordert, den Text zu einer bestimmten Melodie vorzusingen, um sich vollends zu identifizieren. Nach ergebnislosem Ablauf einer Frist von sechsunddreißig Stunden wäre die Selbstvernichtung OLD MANS erfolgt.

»Was soll denn der Quatsch?« war meine erste Reaktion gewesen. »Sind wir hier in einem Konzert, oder ...?«

»Du nix Kultura, Dicker«, hatte Gucky mir zugeflüstert. »Sogar ein Tauber merkt, was das ist.«

»Was denn?« hatte ich ebenso leise zurückgegeben.

»Ein Lied, Dicker.« Guckys salbungsvollen Worte war ein hämisches Grinsen gefolgt. »Ein Lied ...«

Keiner von uns, kein Terraner, sondern ausgerechnet ein Ara, der altterranische Melodien sammelte, hatte rechtzeitig den gesuchten Text vorgelegt. Danach hatte uns die konservierte Stimme Rog Fanthers einen Bericht aus der Vergangenheit gegeben und uns wissen lassen, daß die Männer von DINO-3 damals gemeinsam mit lemurischen Flüchtlingen OLD MAN konstruiert hatten.

Die Lemurer waren überzeugt gewesen, daß die Haluter eines Tages erneut die Erde angreifen würden. Deshalb hatten sie ihre neu entwickelten Kontrafeldstrahler installiert, die vor Paratronschirmen einen hyperinstabilen Bereich erzeugten und die Paratronenergien in den Hyperraum ableiteten. Gleichzeitig war die Sonderschaltung justiert worden, die sich nur gegen Angreifer richten würde, die von einem

Paratronschirm geschützt wurden. Die Haluter besaßen dieses Schutzfeld, die Zweitkonditionierten ebenfalls. Die Erde war also, banal gesehen, durch eine Verwechslung gerettet worden. Denn weder die Besatzung von DINO-3 noch die Lemurer hatten von den Zeitpolizisten gewußt.

Der Nachmittag verstrich wahnsinnig schnell, aber ich wurde den Eindruck nicht los, daß manches an Ionka vorbeiging. Deshalb abbrechen wollte ich freilich nicht. Zum erstenmal stellte ich bewußt fest, daß sogar ihre Augenfarbe der von Hannah glich. Ich ertappte mich dabei, daß ich sie ungewollt anstarrte. Was hinderte mich daran, da weiterzumachen, wo sie aufgehört hatte? Das Solare Imperium hatte seine schwerste Krise überwunden, uns standen hoffentlich einigermaßen friedliche Jahre des Aufbaus und der Expansion bevor. So gesehen würden wir eine Chance haben, miteinander glücklich zu sein. Zwanzig Jahre, vielleicht dreißig Jahre lang. Flüchtig dachte ich sogar daran, mit Ionka an Bord eines der neuen Explorer zu gehen und die Milchstraße zu verlassen. In den unbekannten Weiten des Weltraums neue Sterne und neues Leben entdecken, das war es, was mich noch reizte.

Warum ich diese Überlegungen unausgesprochen wieder hinunterschluckte? Ich weiß es nicht. Wahrscheinlich war das seltsame Gefühl schuld, aus dem Nichts heraus beobachtet zu werden. Die einzige Erklärung dafür hieß ES. Aber was erwartete der Unsterbliche von Wanderer von mir?

Kein dröhnendes Gelächter diesmal wie sonst, wenn ES seine undurchsichtigen Scherze mit uns trieb.

Oder war ich einfach überarbeitet? Möglich, daß ich sogar den Zellaktivator als Ursache verdächtigt hätte. Doch Atlans Unsterblichkeits-Ei hielt den Arkoniden seit über zehntausend Jahren bei bester Gesundheit, weshalb hätte ausgerechnet mein Aktivator Fehlfunktionen zeigen sollen?

Ich nahm mir vor, solche Empfindungen für mich zu behalten. Wie ich mich fühlte war einzig und allein meine Angelegenheit. Vor allem hatte ich keinen Bedarf an neunmalklugen Ratschlägen selbsternannter Hobbypsychologen, denen es eine Freude sein würde, den Solarmarschall zu beraten. Allen voran unser Retter des Universums, Sonderoffizier Guck.

»Paß auf, Dicker«, hörte ich ihn förmlich sagen, »du hast zwei oder drei Bretter, waagerecht in einen Kasten eingelegt, der von vorne mit einer Tür verschlossen wird. Was ist das? Ein Schrank – richtig. Und stell dir vor, auf jedem dieser Bretter steht genau eine Tasse. – Schon wieder richtig: Dann hast du nicht alle Tassen im Schrank.«

Mit einem knappen Kopfschütteln wischte ich alle ungebetenen Gedanken beiseite.

»Am 27. August 2437 verließen achttausendfünfhundert Dolans die Parabasis«, sagte ich schwer. »Schon ein einziges dieser Schiffe legte die Industrie des Planeten Ondhubar in Schutt und Asche.«

»Ondhubar?« Ionka kaute nachdenklich auf ihrer Unterlippe. »Ist das nicht die Welt, auf der ein gewisser Reginald Mitclaff Bull den Wiederaufbau in die Hand nahm? Mir ist der Name in Erinnerung. Ein Verwandter von Ihnen, Sir?«

»Ein ferner Verwandter.« Ich tat den Einwand mit einer unwilligen Handbewegung ab. »Aber das ist für die Geschichte der Menschheit nicht mehr als eine Randnotiz. Allein der letzte und entscheidende Angriff der Zeitpolizisten auf das Solsystem und die Erde zählt – und die Tatsache, daß wir Menschen wirkliche Freunde in der Galaxis haben. Dreißigtausend Fragmentraumschiffe der Posbis warfen sich gemeinsam mit fünfzigtausend Kampfschiffen der Solaren Flotte den Gegnern entgegen.«

Ich reichte Ionka eine kleine graue Kassette. »Das sind gut zwanzig Stunden Aufzeichnungen der meisten Funksprüche zwischen den Schiffen unserer Flotte. Ich bin überzeugt, daß Sie damit einiges anfangen können.«

»Danke«, sagte sie überrascht und aktivierte, ob absichtlich oder zufällig konnte ich nicht erkennen, die Wiedergabefunktion.

Eine Stimme, die ich sehr gut kannte, hing plötzlich im Raum: Vivier Bontainer, Galaktopsychologe und Explorer-Kommandant, der sich nicht zuletzt bei einigen extrem gefährlichen Unternehmungen während unserer Erforschung der halutischen Frühgeschichte ausgezeichnet hatte. Ohnehin war Bontainer nach dem Unfalltod seiner Frau und seiner beiden Söhne auf Risikoeinsätze geradezu versessen gewesen.

»... soeben sind neuntausend Dolans aus dem Wega-System verschwunden. Ihr Kurs läßt nur ein Ziel vermuten: das Solsystem.«

Die Nachrichten folgten Schlag auf Schlag.

»... neuntausend Dolans haben den Linearraum verlassen. Sie greifen auf breiter Front an und haben die Plutobahn überschritten. Noch kann ihr Vormarsch aufgehalten werden, doch unsere Verluste und die Ausfälle der Posbis sind hoch ...«

Eine andere Stimme folgte. Aufgeregt. Schrill.

»... die äußeren Planeten liegen unter heftigem Beschuß. Zu den Flottenbasen auf Neptun und Pluto besteht seit wenigen Minuten keine Verbindung mehr, wir müssen das Schlimmste befürchten. – Soeben kommt die Meldung herein, daß auch Uranus und Saturn von Dolans eingekesselt wurden; es gibt für unsere Schiffe kein Durchkommen mehr. Die Verluste der Imperiumsflotte

und die Schäden im Sonnensystem sind beträchtlich ...« Hustend brach der Sprecher ab.

»... die äußeren Planeten sind verwüstet, nichts und niemand scheint die Angriffe überstanden zu haben. Schlacke und Staub, mehr werden wir nicht mehr vorfinden. Falls wir diesen Tag überleben. Gott stehe uns bei!«

»Auf Befehl des Großadministrators eröffnen die sechzigtausend Transformstationen des Verteidigungsgürtels gleichzeitig das Feuer. – Die Entlastung ist da! Unsere Schiffe formieren sich neu, stoßen in Keilformation in die Reihen der Dolans vor ...«

»Der Weltraum ist übersät mit brennenden Wracks und Trümmern. Wir empfangen Hunderte von Notrufen gleichzeitig, aber niemand kann helfen. Die wenigen Schiffe, die es versuchen, werden zu leichten Opfern der Dolans. Wir müssen uns zurückziehen, bilden einen letzten Verteidigungswall um die Erde ... So lange noch Leben in uns ist, werden wir gegen die Bestien kämpfen. Wer immer uns hört, betet! Die letzte Stunde der Menschen ist angebrochen!«

Ionka Mellham wirkte wie erstarrt. Dem Eindruck dieser Aufzeichnungen hatte sich noch niemand entziehen können. Die Eindringlichkeit und Dramatik der letzten Stunden war für die Ewigkeit konserviert.

»Viele Terraner fragten sich, warum die Flotten des Arkon-Imperiums, so zersplittert es auch war, nicht zu Hilfe eilten. Weder Akonen noch Springer ließen sich blicken. Nicht einmal ein Hospitalschiff der Aras. Entweder hofften die maßgeblichen Völker darauf, sich die Reste des Solaren Imperiums einverleiben zu können, oder sie unterschätzten das Ausmaß der Bedrohung nach dem Fall Terras. OLD MAN hatte alle fünfzehntausend Schiffe ausgeschleust. Doch die Robotpiloten kannten keine Furcht und rasten blindlings ins Verderben. Die Hoffnung der Bevölkerung auf den inneren Planeten, die noch verschont geblieben waren, verglühte im Verlauf von zwanzig Stunden im Feuer der Dolans.

Die Trägerplattformen verhalfen der Erde zu einer neuen Galgenfrist, aber auch sie konnten letztlich der waffentechnischen Übermacht der Zweitkonditionierten nicht sehr lange standhalten. Mit dem stückweisen Verglühen OLD MANS im atomaren Feuer wuchs die Panik. Auf den Raumhäfen der Erde prügelten sich die Menschen um die letzten startbereiten Space-Jets. Niemand wird jemals nachvollziehen können, wie viele jener vermeintlich glücklichen, die es geschafft hatten, einen Platz in einem der kleinen Schiffe zu ergattern, wirklich überlebten. Nur wenige Space-Jets oder Korvetten konnten den Anziehungsbereich Terras wirklich verlassen ohne von Dolans gejagt zu werden.

Die Narben im Antlitz der Erde, Ionka, die für Sie heute selbstverständlich sind, gab es vor dem Angriff der Zeitpolizisten nicht. Der Graben quer durch die Sahara wurde von zwei Dolans in die Erdkruste gebrochen. In der russischen Taiga wachsen erst jetzt wieder neue Wälder, wo sich Feuerwalzen wochenlang durch das Land fraßen. Die Eisberge im Norden Kanadas werden wohl nie wieder entstehen.«

Mit flackerndem Blick, die Lippen zu einem blutleeren Strich zusammengepreßt, hatte Ionka mir zugehört. Ihre Finger lagen auf den Sensortasten der Tonkassette. Sie aktivierte die letzten Aufzeichnungen.

»... was geschieht da? Wer hat den Dolan vernichtet? Was sind das für kleine Schiffe, nicht mehr als hundertfünfzig Meter im Durchmesser?«

»Die Haluter sind da! Fünfzehntausend Raumer. Sie heizen den Dolans ein – sie müssen es, sonst ...«

Verhaltener Jubel brandete auf. Dann Beifall. Aber auch hysterisches Lachen.

»Sie kamen im letzten Moment, als niemand mehr mit ihnen rechnete«, sagte ich. »Die Haluter, unsere neuen Freunde, deren Vorfahren die Erste Menschheit ausgelöscht hatten.«

»Ironie des Schicksals«, murmelte Ionka Mellham tonlos.

Ich nickte. »Das und die Tatsache, daß umfangreiche Schiffsverbände der Okefenokees und der Dumfries im Zentrum der Milchstraße materialisierten. Sechzigtausend schwere Schlachtschiffe, alle von Paratronschirmen geschützt, flogen das Enemy-System an, die in der Materiebrücke zwischen den beiden Magellanschen Wolken gelegene Heimat der Uleb. Die Konstrukteure des Zentrums hatten endlich das Versteck der gefürchteten Bestien aufgespürt, und daran waren letztlich wir schuld gewesen.

Die Zentralwelt der Uleb war unter einem Zeitfeld verborgen gewesen, das den Planeten und seine dreizehn Monde um rund fünf Minuten in die Zukunft versetzt hatte. Roi Danton, den Woolver-Zwillingen und Mausbiber Gucky war es gelungen, die Kraftstation zu zerstören, die das Zeitfeld über einen Zapfstrahl mit Energie des blauen Überriesen Enemy versorgt hatte. Die beim Rücksturz des Planeten in die Normalzeit ausgelöste Hyperschockwelle hatte die Konstrukteure des Zentrums auf den Plan gerufen.

Mit den letzten zehntausend Schiffen der Solaren Flotte stellte sich Perry den Okefenokees entgegen, doch die Machthaber aus M 87 forderten ultimativ die Vernichtung der Haluter und drohten andernfalls einen Angriff auf das Solare Imperium an. Die Dumfries-Flotten zerstörten die Para-Arsenale der Zweitkonditionierten und heizten schließlich die Sonne Enemy zur Nova an. Michael Rhodan, mein Patenkind, hielt sich zu diesem Zeitpunkt im Enemy-System auf.«

Da war er wieder, derselbe Schmerz in der Brust wie damals, als mir die erste Nachricht über Mikes Tod zugegangen war. Ich ballte die Fäuste. Mike war wie mein eigener Sohn gewesen, auf gewisse Weise hatte ich ihn bewundert. Vor allem seine Art, sich durchzusetzen. Hinter seiner Maske des stutzerhaften Edelmannes hatte sich ein prima Kerl verborgen.

Anfangs hatte ich seinen Tod nicht wahrhaben wollen, hatte mich an alle möglichen Ausflüchte geklammert und gehofft. Ich hatte einen Beweis sehen wollen – aber was sind schon Beweise, wenn eine explodierende Sonne ihre Planeten verschlingt?

Inzwischen hatte ich mich wohl oder übel mit Mikes Tod abgefunden. Vergessen würde ich dennoch nie.

»Worauf ich während der Dolan-Invasion vergeblich hoffte, Miss Mellham, trat wenigstens nach dem Erscheinen der Dumfries-Flotte ein: Arkoniden, Akonen, Antis und Springer schienen plötzlich ihr Herz für die solare Menschheit entdeckt zu haben. Jedenfalls schickten sie starke Flottenverbände ins Solsystem und unterstellten die Schiffe bedingungslos meinem Befehl. Diese scheinheiligen Halunken!« Demonstrativ schlug ich die Fäuste gegeneinander. »Gegen die Dolans wollte keiner unserer Nachbarn antreten. Schließlich waren Terraner die Zeitverbrecher und nicht Arkoniden oder Antis und wie sie alle heißen. Aber Okefenokees und Dumfries, das war eine Bedrohung anderer Art. Ihr Haß auf die Bestien richtete sich gegen die gesamte Milchstraße.«

Mir schoß heute wie damals das Blut ins Gesicht, als ich mir die Dreistigkeit der einzelnen Befehlshaber unserer kurzfristigen Verbündeten vor Augen führte, die sie nach dem Abzug der Dumfries an den Tag gelegt hatten. Zumal ihr Beitrag zum Friedensschluß mit M 87 denkbar gering ausgefallen war. Perrys Machtdemonstration mit dem Hyperinmestron und seine Androhung einer terranischen Invasion in M 87 sowie Icho Tolots Behauptung, die Haluter verfügten mittlerweile über Dimetranstriebwerke, denen das Zentrumsleuchten nicht mehr gefährlich werden konnte, hatten den Okefenokee Eynch Zigulor zum Einlenken bewegt.

Anschließend hatte mich dann der Admiral der vereinigten arkonidisch-akonischen Flotte um die Überlassung von Stützpunkten auf dem Mars ersucht. Um den Schutz des Solsystems organisieren zu können. Diese hinterhältigen Mistkerle! Am liebsten hätte ich ihn gefragt, ob er uns Terraner für hirnlos hielt, und ihn mit einem Tritt in den Hintern in einen stabilen Orbit befördert.

Schweißgebadet wachte ich auf. Trotz der leise summenden Klimaanlage hatte ich das Gefühl, die Luft sei zum Schneiden.

Ich hatte schlecht geträumt. Von Ionka Mellham und Hannah Angel. Wie Furien waren beide übereinander hergefallen. Sie hatten sich meinetwegen geschlagen.

Kein Wunder, daß ich hochgeschreckt war und nicht wieder einschlafen konnte. Träume dieser Art hatten stets tiefere Ursachen.

»Spiel jetzt bloß nicht den Seelenklempner für dich selbst«, herrschte ich mich an, während ich mit einiger Akribie in der Naßzelle mein Spiegelbild betrachtete und mit der flachen Hand über die Bartstoppeln rieb. »Schließlich bist du ein erwachsener Mensch und kannst tun und lassen was du willst.«

Der Abschied von Ionka war fast ein wenig unterkühlt ausgefallen. Im nachhinein machte ich mir Gedanken über ihre unbewegte Miene.

»Sie haben zugenommen, Solarmarschall«, erklang plötzlich eine säuselnde Stimme.

Unwillig richtete ich meinen Blick auf die beiden Waagefliesen mit den angedeuteten Fußabdrücken.

»Unsinn!« erwiderte ich schroff.

»Sagen Sie das nicht, Solarmarschall. Ich bin bereit, eine Wette einzugehen.«

»Ach?« Das war mir neu. »Und der Einsatz. Soll ich dich entfernen lassen, wenn du verlierst, oder ...?«

»Das wird nicht geschehen. Sollten jedoch Sie verlieren, Sir, werden Sie ab sofort für die Dauer von fünf Tagen ein Kilo Karotten ...«

»Gucky!« entfuhr es mir. »Laß dich nicht noch einmal erwischen, daß du meine Waage umprogrammierst! Dann werde ich eigenhändig sämtliche Stromkreise kappen.«

»Bitte stellen Sie sich auf die markierte Position, Solarmarschall.«

»Nein«, sagte ich. »Ich denke gar nicht daran.«

Sprach's, machte auf dem Absatz kehrt, und steuerte die Getränkeausgabe an. Ein doppelter Vurguzz, aufgepeppt mit einem Schuß Gin, stellte mein seelisches Gleichgewicht wieder her. Es war völlig unnötig, daß ich mich aufregte. In fünf Stunden würde ich schon Dutzende Lichtjahre weit weg sein und eine Reihe ganz passabler Welten besuchen.

Vier Staatsempfänge standen an. Routineaufgaben. Wirtschaftsentwicklung, Gespräche über die Unabhängigkeit von Terra. Ihre eigene Politik wollten viele machen – aber im gleichen Atemzug baten sie um militärischen Schutz durch die Solare Flotte. Ich konnte die ewig gleichen, an den Haaren herbeigezogenen Argumente schon nicht mehr hören.

Nur auf mein letztes Ziel freute ich mich wirklich. Blue Island – eine Welt fernab der meisten Schiffahrtsrouten, eine Welt wie die Südsee: Sonne, Sand und Meer. Eine Woche Urlaub wartete auf den Privatmann Reginald Bull. Und vielleicht ein Kaufvertrag, der mich zum Besitzer zweier Archipele machte.

Was ich damit anfangen sollte?

Ich wußte es noch nicht, hatte einfach Lust darauf, mich auf Blue Island einzukaufen. Das war ein Stückchen Sammelleidenschaft, die für kurze Zeit von der Alltagsroutine ablenkte.

Transfernachweis 249.975 Solar (i. W.: Zweihundertneunundvierzigtausendneunhundertfünfundsiebzig Solar). Positronische Belastung über Zentralbank von Terra; Ident.-Nr. 481-27 vom 28. September 2345 n. Chr. – Konto 09-08-2591, Kontoinhaber: Reginald Bull.

Berechtigungsnachweis erbracht mittels Iris-Scan, Datentransfer Interkom. Automatische Eingangsbestätigung des Empfängers, Whistler-Company, Terra. 14:28:06,33 Standardzeit.

Sollbuchung mit Vermerk Erwerb Namensaktien/Neuemission. *Verbleibender Guthabensaldo im Durchschnitt des Gesamtkontos, ausreichend für 44,8 Terra-Tage. Restguthaben -x-x-x (auf Grundlage Interstellares Kapitalverkehrsgesetz in der Fassung vom 8. Oktober 2329 positronisch geschwärzt).*

Automatischer Buchungsnachweis; Privatkonto Solarmarschall Reginald Bull

Regierungsrückzug aus lukrativem Wirtschaftszweig? – Der Anfang einer neuen interstellaren Investitionspolitik, oder doch nur eine Eintagsfliege?

Henry F. Whistler beweist Mut. Die Neugründung der Whistler-Company wurde dieser Tage vollzogen. Roboter und Whistler, diese beiden Namen sollen nach dem Willen des Firmengründers Henry F. Whistler künftig in einem Atemzug genannt werden. Die Meßlatte seiner Ansprüche liegt jedenfalls sehr hoch.

Mit seiner Firmenidee stößt der Jungunternehmer keineswegs in eine Marktlücke vor. Vielmehr tritt er in Konkurrenz zu den regierungseigenen Robotwerken. Der frischgebackene Industrielle dazu im Interview: »Der eingeschlagene Weg wird steinig und mühsam sein, aber er führt zum Erfolg. Davon bin ich überzeugt. Ebenso, daß der Bedarf an Robotern aller Art, vom einfachen Haushaltsgehilfen bis hin zum spezialisierten Kampfroboter in Kürze explodieren wird. – Mit der Lizenzerteilung ist die Führungsspitze des Solaren Imperiums über ihren eigenen Schatten gesprungen. Ich persönlich hoffe auf eine angenehme Zusammenarbeit; jeder soll das tun, was er besonders gut kann. Die Whistler-Company, und dafür werde ich sorgen, wird galaxisweit für Qualität stehen und im Roboterbau neue Maßstäbe setzen.«

Terrestrien Trade Observer, Tokio; Fließtext in der Rubrik »Interplanetare Randnotizen«

2347: Anläßlich der Geburt von Henry F. Whistler II erfolgt die Ausgabe von Gratisaktien im Verhältnis 15:1. Ein unerwarteter Erfolg wird die auf eine Million Exemplare limitierte Edition »Robotbaby«. Positroniksteuerung und Bioplastüberzug ermöglichen ein lebensnahes Feeling. Statistiken weisen nach, daß Hauptumsatzträger neu besiedelte Welten sind. Die Whistler-Company hat eine Marktlücke entdeckt und bleibt bedingt durch die Limitierung konstant im Gespräch. Innerhalb weniger Monate erzielen Robotbabys Zweitmarkthonorierungen bis zu 15.000 Solar, also das Dreifache des Verkaufspreises. – Im Jahresverlauf steigt der Kurs der Stammaktie von 81 Solar auf zuletzt 165,75 Solar.

2360: Auf dem Planeten Kitchen II im galaktischen Westsektor läßt die Solare Flotte sieben neue Robottypen (Whistler-Chromarkonitstahl) auf ihre Einsatzeignung testen. Die Leitung des Experiments obliegt Oberst Don Redhorse. Obwohl in Wirtschaftskreisen von Zwischenfällen gemunkelt wird, sichert ein Lieferkontrakt die Auslastung der Whistler-Produktionsstätten für die nächsten Jahre. W-CAS-Roboter lassen den Kurs auf den Jahresendstand von 484,25 Solar explodieren.

2371: Als keineswegs überraschender Belastungsfaktor erweist sich der Weggang des Chefkybernetikers T. Z. Chamock, der nicht einmal drei Jahre für Whistler tätig war. Der Börsenkurs fällt innerhalb Wochenfrist um beinahe 35 Prozent auf 425,10 Solar. Weiterer Belastungsfaktor sind gezielte Aktienaufkäufe kleiner Investmentgruppen, von denen zwei als Scheinfirmen der Springer entlarvt werden können. Ein in aller Eile erlassenes neues Kapitalverkehrsgesetz schiebt der offensichtlich geplanten feindlichen Übernahme einen Riegel vor. Der Aktienkurs erholt sich leicht bis auf 443,25 Solar.

2403: Kaufen, wenn die Kanonen donnern – die uralte Börsenweisheit, x-mal widerlegt, zeigt von neuem einen wahren Kern. Die Produktion von Whistler-Kampfrobotern läuft auf Hochtouren und treibt den Firmenwert von einem Alltime-High ins nächste. Der Jahresschlußkurs testet erstmals die Widerstandslinie von 1500 Solar.

Auszug aus der mehrgliedrigen Wirtschaftsdatei »Aufstieg und Fall interstellar operierender Wirtschaftsunternehmen«. Dreiundzwanzigste, verbesserte und ergänzte Datenprägung.

Position XIV »Faktensammlung: Immer nur bergauf? Die Historie ewigen Erfolgs?«

»... möchte ich potentielle Unsterblichkeit mit Reichtum gleichsetzen. Wer außerhalb dieses exklusiven Kreises kann es sich wirklich erlauben, Kapital über fünfzig, hundert, zweihundert Jahre hinweg anzusammeln und langfristige Erträge im Sinne dieses Wortes zu erzielen?

Ein Beispiel von vielen ist die nachgewiesene Anlage von Solarmarschall Bull in Aktien der Whistler-Company. Das Papier wird heute mit einem Kurswert von 1802,50 Solar gehandelt, hat allerdings zwei Splittings hinter sich, die zusammengerechnet einen Wert von 1:15 ergeben.

Das heißt, eine Whistler-Stammaktie, die bei ihrer Neuemission anno 2345 noch 75 Solar kostete, hat innerhalb von einhundertfünfzehn Jahren ihren Wert auf 27.037,50 Solar gesteigert, was dem 360,5fachen entspricht.

Allein das publizierte Aktienvermögen des Solarmarschalls hat sich in nicht einmal einer Lebensspanne auf 90.115.987 Solar vervielfacht. Welchem normalen Bürger des Solaren Imperiums wäre ein ähnlicher Erfolg vergönnt?

Was in den nächsten Jahren geschehen wird, scheint vorhersehbar: ein weiterer extremer Anstieg. Die ersten Schiffe der Solaren Flotte werden serienmäßig mit den neuen Paratronschirmen ausgestattet, die vor kurzem die CREST VI erhalten hat. Whistler hat bei dieser enormen logistischen Aufgabe wieder einmal die Finger im Spiel. – Ich frage mich, ob hier nicht Staats- und Privatinteressen miteinander verknüpft werden.«

Wirtschaftswissenschaftler Turak in einer aufsehenerregenden Reportage am 24. Oktober 2460.

»Ich muß mich nicht verteidigen, ganz im Gegenteil. Meine Beteiligung an der Whistler-Company stammt aus einer Zeit, als an eine Zusammenarbeit der neugegründeten Firma mit der Großadministration überhaupt noch nicht zu denken war. Nennen Sie die viertel Million eine private Hilfestellung, oder meinetwegen auch Weitblick – ich weiß jedenfalls, wie das ist, aus kleinsten Anfängen heraus ein großes Werk aufzubauen.«

»Sie spielen damit auf die Dritte Macht *an, Solarmarschall, aus der das Solare Imperium entstand?«*

»Das ist nur ein Beispiel von vielen, wenngleich das Prägnanteste. Betrach-

ten Sie einige namhafte Siedlungswelten, die von schiffbrüchigen Raumfahrern ohne äußere Unterstützung urbanisiert wurden ...«

»Wollen Sie damit sagen, Ihr nicht unbeträchtlicher Kapitaleinsatz war von vornherein als Risiko abgeschrieben?«

»Ich versuchte nur, meinen Beitrag zur Entwicklung zu leisten.«

»... aber keineswegs jeder Bürger des Solaren Imperiums kann sich derartige Risikosummen leisten. Das bringt mich zu den Spitzengehältern der Administration – genügend Stimmen behaupten, daß die Zellaktivatorträger die Pfründe einer Selbstbedienung gepachtet ...«

»Das ist doch Unsinn!«

»Lassen Sie mich ausreden, Solarmarschall .... behaupten also, daß das Uraltsprichwort von der Made im Speck ...«

»Ich kenne diese Behauptungen.«

»Deren Richtigkeit wohl unbestritten ...«

»Ich sagte Ihnen schon einmal, daß ich es nicht nötig habe, mich zu verteidigen. Falls Sie Neidgefühle entwickeln, Mr. Wortverdreher ...«

»Millerson. Verantwortlich für Berichte von den Brennpunkten ...«

»Diesmal lassen Sie mich bitte ausreden, Mr. Wortverdreher, oder ich schmeiße dieses Interview, das mir ohnehin als Farce erscheint. Ich bin gerne bereit, mit Ihnen zu tauschen. Wie lange, glauben Sie, halten Sie es durch, vierzehn Stunden und mehr am Tag zu arbeiten?«

»Mit Zellaktivator ...?«

»Den kann ich Ihnen leider nicht abtreten.«

»Dann schaffen Sie die Gerüchte aus der Welt, indem Sie Ihre Einkünfte offenlegen!«

Reginald Bull lachte heiser. »Aus Ihnen spricht tatsächlich der Neid. Dann sollten Sie wissen, daß ich mir jeden Soli ehrlich verdienen muß. Ich sehe das Solare Imperium nicht als Selbstbedienungsladen an, das tut keiner von uns. Außerdem frage ich Sie, Mister, wie oft im Leben haben Sie schon den Kopf hingehalten? Wie alt sind Sie? Dreißig? Dann haben Sie noch nicht einmal für sich selbst kämpfen müssen, nicht für Ihre Überzeugung und erst recht nicht für andere. Wie oft wir für die Menschheit unser Leben riskierten, können Sie in den Geschichtswerken nachlesen. Ich rate Ihnen, das zu tun.

Und noch etwas: Ihnen mag es prähistorisch anmuten, aber ich hatte vor dem Start zum Mond im Jahr 1971 fünftausend Dollar gut verzinslich angelegt: Die sollten für meine Mutter sein, falls ich nicht zurückkehrte. Die fünftausend Dollar liegen noch auf dem Konto, auch die Zinsen habe ich nicht angerührt. Nun schätzen Sie, wie groß die Summe heute ist. – Na los, schätzen Sie, und anschließend unterhalten wir beide uns über Ihrer Meinung nach zu hohe Diäten.«

»Dollar?« erklang es unsicher.

»Die Währungseinheit im Bundesstaat Amerika bis zum 1. Juli 1981. Ich weiß, das ist lange her, aber ein Solar entspricht in etwa dreißig Dollar. Ich warte auf Ihre Antwort, oder ich breche wirklich ab.«

»Hunderttausend Solar?«

»Bis heute sind fünfhundertfünfundvierzig Jahre vergangen. Rechnen Sie mit einer Durchschnittsverzinsung von drei Prozent.«

»Dreihunderttausend Solar?« Das klang unüberhörbar skeptisch.

»Eine Milliarde sechshundertzweiundfünfzig Millionen und fast fünfhunderttausend Solar. Ich glaube, Mr. Wortverdreher, ich kann ganz gut für eine Weile von meinen Ersparnissen leben. Vor allem brauche ich mir Ihre Unterstellungen nicht gefallen zu lassen. Ich gehe davon aus, daß wir uns verstanden haben.«

Unveröffentlichtes zeitgenössisches Interview vom Juni 2516; freier galaktischer Sender Carsual.

Freigabe aller Daten über das finanzwissenschaftliche Institut von Olymp nach Genehmigung durch Reginald Bull am 14. Januar 3457. (Originalmaterial in Privatbesitz befindlich).

Im Mahlstrom der Sterne

Oktober 3580

Aus eineinhalb Lichtjahren Entfernung sahen die Besatzungen der sechs lemurischen Schlachtschiffe die Sonne explodieren und sich aufblähen. Es war ein ebenso überwältigendes wie erschreckendes Schauspiel, das die Lemurer-Nachfahren in seinen Bann zog. Innerhalb Minutenfrist verbrannten die beiden letzten Planeten in den atomaren Gluten.

Die Beklemmung an Bord wurde greifbar, geprägt von der Erkenntnis, daß letztlich wenige Stunden über Leben oder Tod entschieden hatten. Jede weitere, eigentlich unbedeutende Verzögerung des Starts, wie mehrfach geschehen, hätte allen anderslautenden Berechnungen zum Trotz das Ende bedeutet.

Die Ortungen arbeiteten nicht fehlerfrei. Aber wenigstens erwies sich nach einer kurzen Linearetappe über zweieinhalb Lichtjahre, daß der Kommunikationsverbund zwischen den Hauptrechnern der Schiffe die Erwartungen rechtfertigte. Sie würden im Pulk fliegen und wenn auch keine großen Überlicht-Etappen, so doch kurze Zwischenraum-Manöver durchführen und sich an die Erde »heranpirschen« können. Sobald deren Position annähernd feststand ...

Dichte Materieschleier, an ein weitverzweigtes Flußdelta erinnernd, hatten sich entlang obskurer fünfdimensionaler Aufbrüche zusammengeballt. Reginald Bull fand keine bessere Bezeichnung für das Phänomen, das sich zweifelsohne über ein Gebiet von Hunderten Lichtjahren erstreckte. Der Gedanke an einen »eingefrorenen« Hypersturm lieferte ihm noch die plausibelste Erklärung, vor allem wenn er das Gebiet des großen roten Flecks auf dem Jupiter als Vergleich heranzog, jene atmosphärische Sturmregion, die sich über Jahrhunderte hinweg nicht veränderte.

Was hinter den Materieschleiern lag, blieb verborgen. Bully wurde schmerzhaft bewußt, daß er seit Wochen von einer Improvisation in die andere stolperte und daß sich daran nach dem Start wenig geändert hatte. Mit einer eingespielten Crew und der Möglichkeit, die Hyperortungen aller Schiffe zu synchronisieren, wäre es die Angelegenheit weniger Stunden gewesen, bis auf den Kernschatten weite Bereiche hinter den Ballungen zu vermessen. Was er im Augenblick erhielt, waren undefinierbare Ergebnisse mit wahllos eingestreuten Sonnen, keine weiter als fünf bis zehn Lichtjahre entfernt.

Mehrere vorsichtige Linearetappen folgten, nahezu senkrecht zur vermuteten Hauptebene des Mahlstroms. Nach zweieinhalb Tagen erreichte der Pulk eine Zone geringer Störeinflüsse, die eine bessere Orientierung ermöglichten. Verglichen mit Normalverhältnissen ähnelte die Positionsbestimmung zwar immer noch einem Tasten im Nebel, nur hatte man endlich einen Stock in die Hand bekommen.

Fünfzehntausend Lichtjahre, schätzte Reginald Bull, lag der Schlund entfernt. Eine große Distanz für die Schiffe, die er seit einem unerklärlichen Energieabfall lieber heute als morgen im Orbit über der Erde gesehen hätte, aber dennoch nicht unüberwindbar.

Er dachte an die beiden Transmittersprünge, die ihn von Imperium-Alpha letztlich an Bord des lemurischen Kampfschiffes versetzt hatten. Unter den chaotischen Gegebenheiten des Mahlstroms wäre die Entfernung keinesfalls mit einer einzigen Etappe zu überwinden gewesen. Seine Bewußtlosigkeit nach der Rematerialisation bewies ohnehin, daß die Grenze seiner Belastbarkeit erreicht worden war.

Die Frage, wer das Milchstraßenrelief auf der Welt der Arachnoiden errichtet hatte, blieb ungeklärt. Hatten sich Lemurer seinerzeit dem Zugriff der Artmaccs entziehen können, oder war ein weiterer Pulk vom Gros der Flotte abgespalten worden? An die Entstofflichung als solche erinnerte sich Bull nicht einmal verschwommen. Im nachhinein blieb ihm nur die Erklärung eines im Relief verborgenen Entmaterialisationsfeldes. Einen lemurischen Situationstransmitter hatte er ebenfalls schon in Erwägung gezogen, zumindest eine Abart jenes mit enormem Energieaufwand entstehenden Transmitterrings, der Objekte in ein Halbraumfeld hüllte und ohne Gegenstation versetzte. Situationstransmitter hatten indes dem Transport von Raumschiffen und größerem gedient, über eine miniaturisierte Bauweise waren nie Aufzeichnungen entdeckt worden.

Beschleunigungsphase ... Übertritt in den Zwischenraum ... Rücksturz in sicherem Abstand vor der jeweils angepeilten Zielsonne ...

Die Flüge mit millionenfacher Überlichtgeschwindigkeit dauerten jeweils nur Minuten, Bully war nicht gewillt, unnötige Risiken einzugehen. Nicht mehr so dicht vor dem Ziel. Außerdem zermarterte er sich inzwischen den Kopf, wie er den Aphilikern gegenübertreten sollte. Er würde bluffen müssen, eine andere Möglichkeit sah er nicht. Wesentlich einfacher erschien es ihm, mit der OGN Kontakt aufzunehmen. Die Ankunft von sieben lemurischen Kampfschiffen über der Erde würde genügend Aufmerksamkeit wecken.

Die nächste Linearetappe über fünfeinhalb Lichtjahre stand bevor. Nur noch routinemäßig kontrollierte Reginald Bull die Anzeigen, denn die Besatzungen hatten sich mittlerweile gut aufeinander eingestellt.

Die Geschwindigkeit relativ zum nächsten Zielstern lag knapp über 55 Prozent der Lichtgeschwindigkeit, ein guter Wert für den Übertritt. Je höher die Grundbeschleunigung und damit die dem Raumschiff innewohnende kinetische Energie, desto weniger zusätzliche Energie mußte vom Kompensationsfeld zugeführt werden, um das Schiff auf die nächsthöhere Existenzebene zu hieven. Andererseits bedeuteten hohe Geschwindigkeiten innerhalb des Mahlstroms ein potenziertes Sicherheitsrisiko. Die eingesparten Energien gingen auf jeden Fall für den Permanentbetrieb der Schutzschirmstaffeln verloren.

Das Ganze also eine Milchmädchenrechnung? resümierte Reginald Bull.

Unter den momentanen Bedingungen mußte Terra in längstens einer Woche auf den Schirmen zu sehen sein.

Die Abweichung registrierte er aus den Augenwinkeln heraus. Die Anzeigenwerte zweier Balkenskalen schwankten plötzlich. Innerhalb von Sekunden stabilisierten sie sich auf halbem Niveau.

Energie floß ab. Nicht der durchschnittliche, über instabile Halbraumfelder entzogene Betrag, der sich mitunter in einem Flattern der Anzeigen im Endbereich bemerkbar machte, sondern ein deutlich höherer Wert. Das waren Gigawattzahlen, deren Anreicherung in der Konverter-Peripherie schwerwiegende Probleme nach sich ziehen würde.

Bulls Faust schlug auf die Notabschaltung. Zwanzig Sekunden vor dem Übertritt wurde das Manöver abgebrochen. Die Verbundschaltung stoppte den Vorgang auch auf den anderen Schiffen.

Der dritte Zwischenfall dieser Art wies den bislang größten Energieverlust auf. Doch wie schon in den vorangegangenen Fällen ergab die Überprüfung der Kompensationskonverter und ihrer Peripherie-Aggregate keine Unregelmäßigkeiten. Weder schadhafte Transformatoren noch unter Belastung wirksam werdende Überbrückungsschaltungen kamen als Ursache in betracht. Obwohl Reginald Bull sich den Anschein gab, all dem keine zu große Bedeutung beizumessen, wuchs seine Unruhe. Er glaubte, eine Gefahr zu spüren, die er nur noch nicht in Worte fassen konnte.

In der Situation war er endlich bereit, über den eigenen Schatten zu springen. Die nächste, sorgsam überwachte Überlichtetappe führte erstmals über eine Distanz von 162 Lichtjahren. Abgesehen vom Auseinanderdriften der kleinen Flotte über ein Gebiet von mehreren Lichtminuten Ausdehnung gab es keine Schwierigkeiten. Routine hielt Einzug.

Innerhalb von zwei Tagen überwanden die Schiffe einen von Hyperstürmen durchtosten Sektor und brachten nahezu elftausend Lichtjahre hinter sich.

Die Erde schien zum Greifen nahe gerückt, als Reginald Bull über Funk die Nachricht von der schwerwiegenden Erkrankung zweier Techniker erhielt. An Bord der HEDREN GEOTH hatten eineinhalb Stunden zuvor Schwankungen in der Hauptelektrik die Pumpen und Filtersysteme der Luftumwälzung außer Betrieb gesetzt. Beide Techniker waren den Ursachen nachgegangen ...

... und nicht mehr ansprechbar weit von den Konvertern und Speicherbänken entfernt aufgefunden worden.

»Sie sind wie lebendige Tote.« Die Qualität der Bildverbindung zwischen den Schiffen erinnerte an einen verschwommenen Negativeffekt. Der Sprecher versuchte gar nicht erst, irgend etwas daran zu verbessern. »Trotzdem geht eine unheimliche Unruhe von ihnen aus. Ihre Augen bewegen sich unaufhörlich, obwohl die Pupillen nicht auf Lichteinfluß reagieren.«

»Sie sind verrückt geworden«, platzte eine zweite Stimme dazwischen.

Da war sie wieder, die Ahnung einer unheimlichen Gefahr. »Reagieren sie auf irgendeine Weise?« wollte Bull wissen.

»Weder auf Hitze noch auf Kälte«, erklang es zögernd. »Sie sind wie ... wie leere Hüllen ohne Geist.«

Mental beeinflußt! Der Terraner hütete sich, den Verdacht auszusprechen. Trotzdem würde er nicht umhinkommen. Die Schiffe flogen im Schutz ihrer Schirmfelder. Daß parapsychische Kräfte von außerhalb wirksam wurden, erschien einigermaßen unwahrscheinlich.

Wer oder was befand sich an Bord? Artmaccs?

Den nächsten Gedanken an Energie-Algen schob Bully rasch wieder beiseite. Sie hätten sich kaum über Tage hinweg ruhig verhalten. Allein wenn er sich in Erinnerung rief, wie schnell Stackon Mervan und Zamahr Abartes von den Algen durch eines der unzähligen Wracks gejagt und in die Enge getrieben worden waren, konnte das nicht sein.

Mein Freund ES, schoß es Bull durch den Sinn, *ich hoffe, du hast mir diese Suppe nicht absichtlich eingebrockt.*

Niemand antwortete ihm. Natürlich nicht. ES konnte ein Meister im Schweigen sein.

Die nächste Überlichtetappe stand bevor. Nur kurz spielte Reginald Bull mit dem Gedanken, abzubrechen. Er entschied sich dagegen.

Während die Sterne von den Schirmen verschwanden und dem monotonen, schemenhaften Abbild des Zwischenraums wichen, zermarterte er sich den Kopf nach einem schnellen Ausweg. An Bord eines der Schiffe verbarg sich möglicherweise ein unerwünschter Passagier.

Eine stählerne Kugel mit mehr als eineinhalb Kilometer Durchmesser, eingeteilt in über zwanzig Hauptetagen und eine Vielzahl von Unterdecks, vollgestopft mit Aggregaten bis hin zu Wohnblockgröße; ein Gewirr von Hallen, Korridoren, Schächten und Gängen; in den Zwischendecken verlaufende Versorgungsschächte, die ein Hunderte Kilometer langes Versorgungsnetz ergaben, viele davon mit einem Querschnitt, der es Menschen erlaubte, zumindest in gebückter Haltung zu stehen, das war schlichtweg ein Irrgarten, in dem jede Suche ohne ausreichende Hilfsmittel von vornherein zum Scheitern verurteilt sein mußte. Erschwerend kam hinzu, daß die Lemurer-Nachfahren viele Decks in hydroponische Anlagen verwandelt hatten und daß sogar ein Großteil der Mannschaftskabinen leerstand.

Die Flotte kämpfte sich durch den Mahlstrom.

Trojanische Pferde auf dem Weg nach Terra! – Kein angenehmer Gedanke.

Reginald Bull verließ die Zentrale nicht mehr. Seine Schlafperioden hatten sich auf gelegentliche kurze Phasen reduziert, in denen ihm vor Erschöpfung die Augen zufielen. Solche Momente häuften sich und mahnten ihn, daß er den Raubbau an seinen Kräften nicht mehr lange durchstehen würde.

Er hatte aufgehört, die Überlichtetappen zu zählen. Im nachhinein verstand er nicht, weshalb er überhaupt damit begonnen hatte. Das war Ballast, Erbsenzählerei, um die sich ein Reginald Bull nie gekümmert hatte. Dafür gab es Schreibtischtäter, die schon verdächtig blaß wurden, sobald sie den Kopf in den Nacken legen mußten, um zur Polschleuse eines gelandeten Großraumers hinaufzuschauen.

Seit die astronomischen Daten stimmig waren und die Position der Erde in die Navigationsrechner eingespeist, spürte Bully eine weiter wachsende Unruhe. Noch einen halben Tag, dann würde die Odyssee ein Ende haben.

Fast wünschte er, die Zeit möge stillstehen. Bis seine Zweifel ausgeräumt waren. Durfte er eine Landung auf der Erde wirklich riskieren?

Der nächste Energieabfall kam, als er schon nicht mehr damit rechnete. Sekunden nach einem Überlichtmanöver mochte ebensogut der Abbau der Kompensationsschicht dafür verantwortlich sein; das Alter der Schiffe bedingte Nebeneffekte, von denen man sonst nur in grauer Theorie hörte.

Kompakte Meßgeräte, um dem Energiefluß nachzuspüren, gab es nicht. Lediglich ein halbes Dutzend Handscanner mit begrenzter Reichweite. Nach dem Zwischenfall auf der HEDREN GEOTH hatte Bully

Freiwillige an neuralgische Punkte geschickt und in regelmäßigem Wechsel ablösen lassen. Auf eine Erfolgsmeldung wartete er jedoch vergeblich.

»Nichts?« fragte Moixan, der schon damit befaßt war, den Kurs für die letzte Etappe festzulegen. Der Ausläufer einer schmalen Dunkelzone lag als optisches Hindernis noch zwischen den Schiffen und der Sonne Medaillon. Ein Problem für das Flugmanöver bedeutete sie nicht.

Bullys Antwort blieb unausgesprochen. Einer der wenigen funktionsfähigen Anschlüsse der Internkommunikation erwachte jäh zu kreischendem Lärm. Hektisch berichtete ein Kontrollposten, daß der Energieabfall seine Ursache auf den unteren Hangardecks hatte.

»... ich habe Morgam gefunden. Er scheint einer ähnlichen Messung nachge...«

Ein halb ersticktes Gurgeln, gefolgt vom Geräusch eines fallenden Körpers, beendete den Satz.

»Zurück!« herrschte Reginald Bull seine Begleiter an. »Solange wir uns nicht schützen können, hat keiner eine Chance.«

Ein Mann taumelte ihnen entgegen, doch er nahm sie nicht wahr. Sein leerer Blick verlor sich in endloser Ferne.

Am Ende des Korridors, nur wenige Meter vor dem doppelflügeligen Schott zu einem der leerstehenden Jägerhangars, lag eine zweite, offensichtlich bewußtlose Person.

Bully stellte sich dem Näherkommenden in den Weg, ohne eine Reaktion zu erzielen.

»Was ist geschehen?« Seine Finger krallten sich in den Oberarm des Mannes und zogen ihn herum. Aber da war kein Erkennen in den starren Augen, nur der unverändert taube Ausdruck der Teilnahmslosigkeit.

»Kümmert euch um ihn. Wir müssen herausfinden, ob er den Verstand verloren hat oder unter einem Hypnoseblock steht.«

»Und was geschieht nun?« fragte Moixan zögernd. Abschätzend wog er eine armlange Eisenstange in Händen, die ursprünglich Teil eines demontierten Aggregats gewesen sein mochte. Auch einige andere hatten sich auf derart banale Weise bewaffnet. Aller Logik zum Trotz schienen sie sich damit sicherer zu fühlen.

»Stürmen wir den Hangar?«

»Nein!«

»Unser Leben lang haben wir von der alten Heimat geträumt ...«, beharrte Moixan.

»Ihr werdet die Erde sehen«, sagte Bully. »Wir schaffen es, wenn wir Ruhe bewahren.«

Mindestens dreißig Personen hatten sich inzwischen eingefunden. Einige verteilten Waffen, kantige Stahlstücke, die sie unterwegs aufgelesen hatten. Gegenseitig stachelten sie sich auf – und der Terraner konnte sie sogar verstehen, schließlich fühlte er kaum anders. Höchstens sechzig Meter trennten sie von dem Schott, hinter dem das Unbekannte lauerte und das sie jetzt vielleicht noch besiegen konnten. In einigen Stunden mochte es zu spät sein.

Die ersten Männer ließen sich nicht mehr zurückhalten.

»Wartet!« brüllte Reginald Bull hinter ihnen her. »Wir schicken den Roboter. Das ist ungefährlicher ...«

Einem gurgelnden Aufschrei folgte metallisches Klirren. Einer der am weitesten vorne stehenden Männer hatte die Waffe fallengelassen und die Hände hochgerissen und um den Schädel verkrampft. Er taumelte, keuchte – und starrte auf eine Stelle der Hangarwand, die sich zunehmend heller verfärbte und wie eine glutflüssig werdende Blase aufwölbte.

Es dauerte nur Augenblicke, bis der Stahl aufplatzte und ein grauer, faustgroßer Klumpen zum Vorschein kam.

Jemand stürmte schreiend vorwärts. Nach der halben Distanz verstummte sein Schreien, legte sich sogar ein Lächeln um seine Mundwinkel. Noch fiel es ihm schwer, mehr als ein Stammeln hervorzustoßen, als kämpfe er gegen einen unsichtbaren Zwang an.

An vielen Stellen zeigte die Wand inzwischen Ausbuchtungen. Dutzende der grauen Gebilde fraßen sich durch den Stahl hindurch, und mit jeder Sekunde wurden es mehr. Reginald Bull versuchte gar nicht erst, sich vorzustellen, wie viele allein in einem Hangar Platz hatten.

Die ersten dieser Erscheinungen blähten sich pulsierend auf.

Energie-Algen!

Bully zweifelte nicht daran, daß sich an Bord der anderen Schiffe in diesen Minuten identische Szenen abspielten. Hunderttausende dieser tückischen Gebilde mußten sich eingeschlichen haben. In einer Gestalt, die der Terraner erst ein einziges Mal gesehen hatte. Es erschien plötzlich so völlig bedeutungslos, ob es sich dabei um Kristallisationskeime oder materialisierte Paraenergie handelte.

Nur wenige blähten sich zu der metergroßen quallenartigen Gestalt auf. Alle anderen schienen abwartend zu verharren –

Jetzt fange ich wirklich an zu glauben, sie könnten intelligent sein, schoß es Reginald Bull durch den Sinn. *Aber sie werden nur benutzt.*

»Sie wollen nach Lemur!« stieß Moixan hervor. »Kammal hat die letzte

Lineraretappe programmiert. Wenn wir das nicht ändern …« Auf dem Absatz warf er sich herum und hetzte davon.

Reginald Bull folgte ihm dichtauf. Zurückblickend sah er, daß etliche Energie-Algen zu ihnen aufschlossen.

»ES«, keuchte er voll Bitternis, »was tust du uns an? Sag, daß das nicht wahr ist!«

Reginald Bull – Schicksalssplitter

2517 bis 2931

Ein sternenklares Firmament spannte sich über Terrania. Nicht eine Wolke trübte die Sicht auf das fahle Band der Milchstraße und die Myriaden funkelnder Sterne, etliche davon unvorstellbar weit entfernte Galaxien, die wohl nie ein Mensch erreichen würde.

»Sag das nicht, Dicker!« Gucky schreckte mich aus meinen Betrachtungen auf. In der Rechten ein Glas Karottensaft, stand er vor mir und grinste über die Hamsterbacken.

Du setzt Speck an, Kleiner, durchzuckte es mich. Laut fügte ich hinzu: »Ich kann mich nicht entsinnen, in den letzten Minuten etwas gesagt zu haben. Solltest du versuchen, in meinen Gedanken zu schnüffeln ...«

»Pah«, machte Gucky entrüstet und hob sein Glas ruckartig. »Dir steht doch ins Gesicht geschrieben, was du denkst.« Der Saft schwappte wie eine kleine Fontäne aus dem Glas, begann sich auszubreiten und ... wurde von unsichtbaren Kräften gebündelt und zurückbefördert. »Keine Sorge«, stieß der Mausbiber hervor, »ich bekleckere den teuren Teppich schon nicht. – Aber was dich betrifft, schau nicht so gierig zu den Sternen hinauf! Sonst meint hier noch jeder, du willst Perry sein Erbe streitig machen.«

»Welches Er...be?« Ich verschluckte meine Frage halb, denn Gucky war teleportiert.

Noch knapp drei Minuten bis zum Anbruch des neuen Jahres. Dies war einer der wenigen Jahreswechsel, an denen sich fast alle in Terrania eingefunden hatten. Einen Kilometer hoch über Terrania, in einer verankerten Antigravsphäre, feierten dreihundert Männer und Frauen.

Ein beinahe stinknormales Jahr verabschiedete sich, und ein vermutlich ebenso normales Jahr würde folgen.

Wäre die Zeitrechnung auf der Erde nicht identisch gewesen mit der innerhalb des Solaren Imperiums geltenden Standardzeit, niemand außer den paar Milliarden Terranern hätte von diesem Silvester überhaupt Notiz genommen. Für den Lauf kosmischer Geschichte war es eher unbedeutend, daß die Erde wieder eine Umrundung ihrer Sonne vollendet hatte.

Ich stand am Rand der Transparentkuppel und achtete schon nicht mehr auf das allgegenwärtige Stimmengemurmel hinter mir. Mein Blick schweifte über die Lichtkaskaden unserer Stadt. Nichts mehr zeugte von den Zerstörungen durch die Dolans, die die Mehrzahl der Bewohner ohnehin nur noch aus den Berichten kannte.

Das Weinglas in meiner Rechten war leer. Ein kleiner Servierrobot schwebte heran, nahm mir das Glas ab und reichte mir einen gefüllten Sektkelch. Hoch über der Stadt entstand jetzt das holographische Abbild einer Sanduhr, das jeder im Umkreis von mindestens fünfzig Kilometern sehen konnte. Aber nicht Sand rieselte durch die Einschnürung in der Mitte des Glases, sondern Geschichte – Bilder, Szenen und Filmsequenzen der letzten hundert Jahre.

Noch neunzig Sekunden ...

Was hatte ich vorhin gedacht? *Eigentlich ist die Erde unbedeutend, ein Staubkorn in der grenzenlosen Weite des Alls.* Trotzdem war sie unsere Heimat, und vor uns Menschen die Heimat der Lemurer, von denen letztlich viele galaktischen Zivilisationen abstammten: Akonen, Arkoniden, Springer, Aras, Antis ... Aus den Augenwinkeln sah ich Atlan langsam näherkommen, doch bevor er mich erreichte, wurde er von mehreren jungen Frauen umringt.

Der Orion-Arm ist unbedeutend, schoß es mir abrupt durch den Sinn. *Die Milchstraße ebenfalls.*

Ich hatte keine Erklärung für diese sentimentalen Gedanken. Hingen sie mit den vielen Gesichtern zusammen, die jeweils für einen flüchtigen Augenblick in der Sanduhr entstanden und vom dargestellten Sog der Zeit mitgerissen wurden?

Meine Finger verkrampften sich um den Glaskelch. Ich nahm es kaum wahr, weil meine Gedanken wieder zwischen den Sternen weilten.

»Was ist los mit dir, altes Haus?« erklang jäh Perry Rhodans Stimme hinter mir. Ziemlich unsanft holte er mich aus meinen Illusionen in die Realität zurück. Ich war gerade im Begriff gewesen, nachzudenken, wie unbedeutend die Lokale Gruppe, dieser zufällige Galaxienhaufen, dem unsere Milchstraße angehörte, innerhalb des Universums sein mochte.

Ich zuckte zusammen, als Perry mir zwischen die Schulterblätter schlug, meine Linke verkrampfte sich um den Sektkelch, der knirschend zerbrach. Ein Schwall prickelnder Feuchtigkeit floß meinen Arm hinab, die Splitter klirrten auf den Boden.

Für einen Augenblick war ich versucht loszuschimpfen, doch ich holte nur tief Luft, schüttelte den Sekt ab und begann, einige Glassplitter aus dem Handballen zu zupfen.

»Tut mir leid, Dicker«, sagte Perry, amüsiert und spöttisch zugleich. »Seit wann bist du derart schreckhaft?«

»Das hat nichts mit schreckhaft zu tun, das kommt, wenn jeder sich nur noch von hinten anschleicht und ... Ach, es ist doch sinnlos, mich aufzuregen.«

Ein schildkrötenförmiger Reinigungsrobot wuselte zwischen meinen Beinen herum und reinigte den Boden. Den miniaturisierten Medorobot, nicht größer als eine Handspanne und für die Erstversorgung Verletzter an schwer zugänglichen Orten gedacht, scheuchte ich mit einer ungehaltenen Bewegung davon. Für die kleinen Schnittwunden brauchte ich kein aufgesprühtes Wundplasma.

Die Sanduhr über Terrania war abgelaufen und zerplatzte in einem üppigen holographischen Feuerwerk.

2517 n. Chr. – wieder ein Jahr, das ich auf meiner gedanklichen Liste abhakte. Es hatte weder Höhen noch Tiefen gebracht und fügte sich nahtlos ein in die Monotonie, die ich seit geraumer Zeit zu spüren glaubte.

Perry Rhodan drückte mir ein neues Sektglas in die Hand. »Paß auf, Bully. Zerbrechlich«, sagte er grinsend und stieß mit mir an.

Das Feuerwerk fiel bombastisch aus. Inmitten des explodierenden bunten Sternenregens begann die neue Jahreszahl zu wachsen.

Meine Handfläche blutete doch stärker, aber der lausige Medorobot war verschwunden.

»Das wird wieder so ein Unglücksjahr werden.« Ich drückte mein Taschentuch auf die Schnittwunden. »Weißt du noch, Perry, Silvester 2043?«

»Du hast oft genug davon erzählt – sogar denen, die es nicht hören wollten.«

Ich stutzte und schaute den Freund forschend an. Noch waren wir beide allein, aber schon rückte die Meute an, um uns mit ihren guten Wünschen zu überschütten, allen voran Atlan und Julian Tifflor, aber auch die markante Statur von Iwan Iwanowitsch Goratschin, und neben ihm, fast schon unscheinbar, Homer G. Adams. Die meisten Mitglieder des Mutantenkorps waren anwesend, außerdem Suzan und eine Handvoll Siganesen.

»Ich bin nicht abergläubisch, Perry. Aber du weißt, daß ich recht habe. Wenn ich mir an den Scherben von unzerbrechlichem Glas, das keinesfalls Schnittwunden hervorrufen kann, den Daumen aufschneide, dann bedeutet das einfach Unglück. Und wenn mir heute dasselbe wieder passiert, ich sage dir, dann hat das einen tieferen Sinn.«

»Aller guten Dinge sind drei, Bully.« Machte Perry sich lustig über mich? Die Lachfältchen um seine Augen waren tief eingegraben.

»Was soll daran gut sein, wenn ich mich an garantiert unzerbrechlichem Glas ...?«

Gucky materialisierte neben uns. »Ein glückliches neues Jahr«, kicherte er, stutzte und fügte hinzu: »Was hat euch denn die Suppe verhagelt?« Sein Blick fiel auf mein blutiges Taschentuch. »O nein, nicht schon wieder«, ächzte er. »Nicht wieder jahrelang nur die Geschichte von dem bösen Omen und ...«

Die Meute war heran. Wie eine alles mit sich reißende Woge. Längst klangen die Glückwünsche wie abgedroschene Phrasen. Ich verstand mein eigenes Wort nicht mehr. Mit den ersten vier oder fünf Gratulanten stieß ich noch an, dann war mein Glas ohnehin leer. Suzan Rhodan-Waringer küßte mich auf beide Wangen und wiederholte die Einladung, die seit mehreren Jahren stand: Ich sollte endlich wieder nach Last Hope kommen und mir persönlich von den neuesten Forschungsarbeiten ihres Mannes ein Bild machen. »Wir haben sogar Wundspray auf Last Hope«, spöttelte sie.

Der zweieinhalb Meter große Goratschin, erst der rechte Kopf Iwan und danach Iwanowitsch, drückte mich fest an seine Brust. »Brüderchen Bully. Ich habe schon in meiner Kindheit gelernt, mit Gläsern vorsichtig zu sein, in denen kein Wodka ist.«

»Das ist fünfhundert Jahre her.«

»Länger, fast sechshundert. Aber was trinken wir heute? Krimsekt? Njet. Der edle Tropfen wird nach Arkon und zu den Springern nach Rusuma exportiert. Weil Adams es so will. Uns bleibt Venusischer Saurierhügel.«

»Wenigstens Südhang«, betonte ich.

Iwan, der Ältere, legte die Stirn in Falten. »Siehst du«, betonte Iwanowitsch, »ich sage doch, daß Bully nie um eine Ausrede verlegen ist.«

»Aber meine Herren.« Suzan hakte mich unter. »Das neue Jahr hat eben erst begonnen, Sie werden sich doch nicht schon wieder streiten?«

»Ich streite nicht«, versicherte Iwan. »Das tut immer nur mein jüngerer Bruder.«

»Bilde dir nur nichts auf die dreieinhalb Sekunden ein!« protestierte Iwanowitsch. »Das ist nicht dein Verdienst.«

Suzan zog mich einfach mit sich, hinüber zum Buffet, das Spezialitäten aus dem Umkreis von zwanzigtausend Lichtjahren bot. Der Anblick der Aufbauarbeiten hatte mir schon vor einer Stunde das Wasser im Mund zusammenlaufen lassen.

Allmählich erlosch das Feuerwerk über der Stadt. Damit kehrte der Alltag zurück. Unabhängigkeitsbestrebungen einzelner Kolonialwelten waren erkennbar; Antis und Akonen weiteten ihre geheimdienstlichen Unternehmungen aus; Springersippen hatten sich zusammengeschlossen, um ihren terranischen Konkurrenten lukrative Frachtrouten streitig zu machen, und daß uns im neuen Jahr sogar mehrere Administratoren des Solaren Imperiums ein faules Ei ins Nest legen würden, daran zweifelte ich seit einigen Wochen nicht mehr. Immerhin hatte ich Augen im Kopf, und die Solare Abwehr sowie die USO beschäftigten Spitzenagenten.

Auf den Planeten Doomill, Pandora und Kurjesch schlug die Stimmung langsam gegen das Imperium um. Falls es wirklich zur parlamentarischen Abstimmung kommen würde, hatte ich mir vorgenommen, diesen Welten nichts in den Weg zu legen. Weil ich ohnehin davon überzeugt war, daß sie über kurz oder lang in den Schoß des Solaren Imperiums zurückkehren würden, sobald ihre Agitatoren sich die Hörner abgestoßen hatten. Deshalb Kampftruppen in die Nähe der betreffenden Systeme zu verlegen, behagte mir nicht.

»Was ist los?« fragte Suzan überrascht. »Wo bleibt der vielgerühmte staatsmännische Appetit? Oder gibt es fürs neue Jahr Vorsätze, von denen ich nichts weiß?«

Ich schüttelte den Kopf. »Ich kann essen, was ich will, ich nehme ohnehin nicht ab. Also gibt es auch keine Vorsätze.«

Entdeckte ich da wirklich zwischen allen exotischen Delikatessen ein T-bone-Steak? Von terranischem Angusrind und nicht von irgendeinem urweltlichen Saurier oder gar unter sterilen Laborbedingungen gezüchtetem Fleisch?

»Ich wußte es.« Perrys Tochter lächelte zufrieden. »Ich wäre jede Wette darauf eingegangen, daß das Steak dran glauben muß.«

»Und?« wollte ich wissen. »Hast du gewettet, Suzan?«

Sie schenkte mir ihr aufreizendstes Lächeln. »Wer hätte wohl dagegengehalten, Bully?«

Ich hatte die Vorleggabel schon in der Hand – und verharrte sekundenlang, aber dann hob ich mir das Steak doch auf den Teller.

Fast gleichzeitig sprach mein Armbandkom an. Das Symbol der Explorerflotte stand auf dem winzigen Bildschirm. Für einen Sekundenbruchteil fragte ich mich, was geschehen sein mochte, denn ohne wirklich gewichtigen Grund rief mich am Neujahrstag um 0.15 Uhr niemand an. Bestimmt nicht, um mir nur ein gesundes neues Jahr zu wünschen.

»Bull«, meldete ich mich.

Die stilisierte Milchstraße mit dem Kugelraumer im Vordergrund wich der Kennung der Mondpositronik NATHAN, wurde aber sofort von einem kantigen Gesicht überlagert.

»Major Rudcliff, Sir. Ich wünsche Ihnen ein gutes neues Jahr.«

»Danke, gleichfalls. Aber deshalb ...?«

»Natürlich nicht, Sir. Über NATHAN erreichte uns kurz nach Mitternacht ein verstümmelter Funkspruch. Die Verzerrungen dürften indes nicht auf Feindeinwirkung, sondern auf starke kosmische Strahlung zurückzuführen sein. Absender ist die EX-7543.«

Die Schiffsbezeichnung sagte mir wenig: einer von mehreren tausend Explorern, die zum Teil in jahrelangen Missionen die Milchstraße oder den galaktischen Halo mit seinen ungezählten Kugelsternhaufen erforschten.

»Die EX-7543 ist in den Randgebieten des Blues-Territoriums im Einsatz«, ergänzte der Major. »Die Besatzung hat einen schwachen, vermutlich automatischen Notruf aufgefangen. Soweit die Koordinaten ermittelt werden konnten, scheint es sich bei dem Ausgangspunkt um den unmittelbaren Bereich eines Pulsars zu handeln.«

»Wie lange ist das her?«

»Achteinhalb Stunden, Sir.«

»Dann könnten die Verrückten, die möglicherweise versucht haben, auf einem Pulsarplaneten zu landen, noch am Leben sein. Wie nahe kommt die Sieben-Fünf-Vier-Drei ran?«

»Auf keinen Fall weit genug, um eine Landung zu wagen. Das Schiff ist nicht dafür ausgerüstet.«

»Ich denke, Major Rudcliff, Sie haben alle erforderlichen Vollmachten ...«

»Darum geht es nicht, Sir. Das entdeckte Schiff wird in den Vermißtendateien geführt.«

Irgend etwas an seinem Tonfall machte mich stutzig. In den Dateien waren einige hundert Schiffsnamen verzeichnet, auch unter zeitweise mysteriösen Umständen verschollene Raumer. Aus der Transition nicht zurückgekehrt, hieß es da. Oder: Verschwunden in den Ausläufern eines Hypersturms.

Die Augen fragend zusammengekniffen, fixierte ich den Bildschirm meines Armbandgeräts. »Welcher Explorer, Major?«

Er schüttelte den Kopf. »Keines unserer Schiffe, Sir. – Der Notruf stammt von einem Raumer der ehemaligen Interstellar Bionetics Research. NATHAN teilt mit, daß die Firma vor vierundsechzig Jahren liquidiert wurde.«

Eiskalt überlief es mich. Im nächsten Moment fühlte ich Hitze in meinen Adern.

Das Steak rutschte vom Teller und fiel aufs Buffet. Suzan nahm mir den Teller aus der Hand, was sie sagte, verstand ich nicht. Wohl aber den Schiffsnamen, den Major Rutcliff nannte:

»MEDICIN MAN.«

»Wie viele Spezialschiffe stehen zur Verfügung, mit denen eine Landung möglich wäre?« stieß ich hastig hervor.

»Theoretisch zwei Hundert-Meter-Kreuzer.«

»Aber?« Daß ich lauter geworden war und den Major fast schon anschrie, fiel mir erst auf, als mich jeder am Buffet anstarrte.

»Die EX-9911 liegt im Raumdock zur Generalüberholung der Triebwerksblöcke. Und die EX-9933 ist erst vor achtzehn Stunden gelandet. Neuneinhalb Monate war das Schiff in den Sternentstehungsgebieten des Trifid-Nebels unterwegs, das bisher umfangreichste Forschungsprogramm über H-II-Regionen und Nebelsäulen innerhalb eines Emissionsnebels.«

»Verzögern Sie den Landgang, Major. Ich bin über jedes Crew-Mitglied froh, das freiwillig an Bord bleibt. Die übrigen Positionen ersetzen Sie umgehend. Ich gehe an Bord. Ach ja, Wasservorräte, Nahrung und Sauerstoff sofort ergänzen. Wir starten, sobald die Besatzungsstärke zehn Prozent über Soll liegt. Bull Ende.«

Die MEDICIN MAN unter dem Kommando von Hannah Angel ... Ich hatte es immer geahnt: Hannah war nicht tot. Irgendwie hatte sie es geschafft, nicht nur den Gewalten des Hypersturms, sondern auch der Zeit zu trotzen. Es mochte viele Erklärungen geben, nur interessierten sie mich jetzt nicht.

Was um alles in der Welt hatte das Schiff auf einem Pulsarplaneten verloren, einem der wohl ungemütlichsten Orte, den eine Galaxis bieten konnte? Eine kleine Ewigkeit war vergangen, aber nun, von einem Augenblick zum anderen, zählten plötzlich Stunden.

»Was ist das für ein Schiff?« fragte Suzan.

Ich achtete nicht darauf. Einmal drehte ich mich um mich selbst, suchte den kleinen pelzigen Kerl mit dem Riesen-Nagezahn, aber wie immer, wenn man ihn brauchte, war er nicht aufzufinden.

»Gucky!« rief ich. »Wo steckst du?«

Keine Antwort. Also hastete ich los, hinüber zu dem Antigravlift, der mich aufs Gleiterdeck bringen würde. Perry Rhodan hielt mich zurück.

»Du siehst aus, als sei der Leibhaftige hinter dir her.«

»Hannah braucht mich!« stieß ich hervor.

Perrys Griff wurde nur noch fester, und über seiner Stirn grub sich eine steile Falte ein.

»Hannah Angel!« wiederholte ich.

Er wußte nicht, von wem ich redete. Wie sollte er auch, nach so langer Zeit.

»Die Explorer-Kommandantin?« fragte er gleich darauf und bewies, daß er den Ruf eines Sofortumschalters nicht umsonst trug. »Das Flaggschiff ist startbereit.«

Inzwischen war ich etwas ruhiger geworden. Ich schüttelte den Kopf. »Was ich brauche, ist ein Spezialschiff. Hannahs Notruf kommt aus direkter Nähe eines Pulsars.«

Ich sah seiner Miene an, was er dachte. Daß er trotzdem gar nicht erst versuchte, mich zurückzuhalten, rechnete ich ihm hoch an. Um meine Gesundheit machte ich mir in dem Moment keine Sorgen, viel mehr schon um die Männer und Frauen, die mich begleiten würden.

Tako Kakuta teleportierte mit mir zum Raumhafen. Daran, daß Gucky nicht der einzige Teleporter in unserer Silvesterrunde war, hätte ich beinahe nicht mehr gedacht.

Die einigermaßen frische Nachtluft kühlte mein brennendes Gesicht und brachte das heftige Pochen unter der Schädeldecke zum Abklingen. Um meine Termine in den nächsten Tagen oder gar Wochen sollten sich andere kümmern; es gab fähige Leute in der Administration, die auf eine solche Chance schon lange warteten.

Die letzten fünfzig Meter bis zur unteren Polschleuse der EX-9933 ging ich zu Fuß. Bis ich im Zugstrahl nach oben schwebte, hatte ich meine gewohnte Ruhe endlich wiedergefunden. Und nicht nur das. Ich begann mich zu fragen, ob ich womöglich überreagiert hatte. Die Hannah Angel, die ich einmal gekannt hatte, würde ich bestimmt nicht wiederfinden. Die Zeit, das hatte ich in all den Jahrhunderten gelernt, war unerbittlich. Wieso entwickelte ich immer noch derart starke Gefühle für eine Frau, die, wenn ich es recht betrachtete, vor mir davongelaufen war?

Nur eine einzige Erklärung hatte ich: Wir liebten beide die Sterne.

Das war in der Tat ein unzerreißbares Band.

Wir schrieben den 3. Januar 2518, als die EX-9933 knapp fünf Lichtjahre vor dem Pulsar aus dem Linearflug in den Einsteinraum zurückfiel. Augenblicklich griffen die Ortungen in den Raum hinaus, wurde jedes Detail aufgezeichnet.

Die doppelte HÜ-Schirmstaffel war aktiviert und glühte in Flugrichtung in einem wahren Feuerwerk. Außergewöhnlich dichte Materieschleier zeichneten diesen Sektor aus, über den in unseren Sternenkarten herzlich wenig vermerkt war. Auch arkonidisches Material half nicht weiter, denn die Eastside war für Arkon ebenfalls ein ausgedehnter weißer Fleck gewesen.

Die Optiken übermittelten den Eindruck eines sich in Minutenschnelle verändernden ausgedehnten Farbenmeeres. Seltsamerweise fühlte ich mich an die Simulatorspiele der degenerierten Arkoniden erinnert, die damals mein erster persönlicher Eindruck von den Fremden gewesen waren.

Blutrot glühte das All, ein Faltenwurf in unglaublichen Nuancen. Ich hatte den Eindruck, eine Vielzahl ineinanderliegender Vorhänge zu durchfliegen, jeder anders gewellt, manche vom schwarzen Schattenwurf tauber Felsbrocken durchstoßen.

Das alles schien zu brennen, aufzuflackern unter heftigen Entladungen. Purpurfarbenes Leuchten huschte uns entgegen, Entladungen zum Teil auf hyperenergetischer Basis, die eine hundert Meter durchmessende Nußschale aus Terkonit zu Asche verglühen konnten.

Wir flogen mit aktiviertem Paratron-Schutzschirm. Kurze Zeit später umflossen Aufrißfronten das Schiff, die Energien und feinste Materie in den Hyperraum ableiteten.

Mit achtzig Prozent der Lichtgeschwindigkeit durchpflügte das Schiff die Nebelschleier, die Überreste einer Supernova-Explosion waren. Schlieren undefinierbarer Farben schwollen zu riesigen, sich unablässig verändernden Gebilden an. Ein Vielfaches größer als der Explorer, schienen sie uns zu begleiten, wie Amöben auf der Jagd nach Nahrungspartikeln.

Keinerlei Funkkontakt, nicht einmal kosmisches Hintergrundrauschen.

Endlich wieder der Übertritt in den Linearraum. Und Sekunden später der Rücksturz, nur noch Lichtstunden vor der Position des unsichtbaren Neutronensterns.

Um uns her war nichts außer dem fernen düsteren Flackern der abgestoßenen Sonnenmaterie, eine unbeschreibliche Kugelschale, die sich mit jedem Augenblick weiter ausdehnte, bis sie in einigen zehntausend Jahren wohl verwehte.

Die Distanzortung erfaßte den Pulsar. Er war ein mäßig heller, gegen den farbenprächtigen Hintergrund optisch kaum wahrzunehmender Neutronenstern mit fünfundzwanzig Kilometern Durchmesser.

»Starke Radioimpulse auf einem breiten Frequenzband«, kam es von den Ortungen. »Wir registrieren siebenundzwanzig Umdrehungen pro Sekunde, das heißt die Impulse treffen im Abstand von jeweils 37,03 Millisekunden auf.«

»Geschenkt«, wehrte ich ungeduldig und wahrscheinlich ein wenig zu barsch ab. »Ich will wissen, ob wir irgend etwas empfangen, was auch nur entfernt Ähnlichkeit mit einem Notruf hat. Werden alle Frequenzen gescannt?«

»Die automatische Suche läuft mit Doppelkontrolle, seit Ende des Linearflugs.«

»Und?«

»Nichts, Sir. Nicht der leiseste Blip.«

Meine Augen brannten vom hartnäckigen Starren auf die Schirme. Ich bekam die Nervosität nicht in den Griff. Das war etwas, was ich noch nie in dem Ausmaß wahrgenommen hatte; selbst die Verteidigung des Solsystems gegen die Dolans war ich ruhiger angegangen.

Zum Glück ließ die Crew in der Zentrale sich von meiner Unruhe nicht anstecken. Lediglich zehn Besatzungsmitglieder waren auf Terra zurückgeblieben und in ihren Funktionen nicht ersetzt worden, alle anderen sahen es als Herausforderung an, Schiffbrüchige aus der Todeszone eines Neutronensterns zu retten. Ich hatte ihnen mein persönliches Interesse nicht verschwiegen, das war ich schon meiner Selbstachtung schuldig – ein Reginald Bull brachte nicht um seiner selbst wegen andere Menschen in Gefahr, so etwas hätte ich mir nie verziehen.

»Zwei Planeten, Sir. Das heißt, von der inneren Welt sind nur noch Bruchstücke auf einer äußerst instabilen Umlaufbahn vorhanden.«

»Kann der Zeitpunkt der Zerstörung eingegrenzt werden?«

»Dreihundert Jahre plus/minus zwanzig Prozent, Sir. Entsprechend dem Supernova-Ausbruch. Die Umlaufbahn liegt heute innerhalb der vermuteten, einstigen Korona.«

»Und die äußere Welt?«

»Durchmesser 2750 Kilometer. Extrem hohe Dichte. Distanzanalyse zeigt Eisen als hauptsächliches Element.«

»Dann handelt es sich um den Kern eines früheren Planeten«, vermutete ich. »Die Oberflächenschichten wurden vom Sonnenausbruch verglüht und weggeschleudert. Wie hoch ist die Schwerkraft?«

»Rechnerisch zwischen 2,3 und 2,9 Gravos. Eine exakte Aussage ist auf die Distanz nicht möglich.«

Unter den gegebenen Umständen benötigte die EX-9933 noch knapp vier Stunden bis zum Ziel, eine Zeitspanne, die ausgerechnet mir wie eine halbe Ewigkeit erschien. Qualvoll träge tropften die Sekunden dahin.

»Umlaufdauer des Planeten achtzehn Tage. Auch hier sind extreme Bahndaten zu verzeichnen.«

»Mit anderen Worten: Der Planet wird irgendwann den Schwerkraftfesseln des Muttergestirns entfliehen.«

»Zwei- bis zweieinhalb Jahrtausende, Sir. Bis dahin sind wir über alle Berge.«

Es sollte ein Scherz sein, nur konnte ich nicht darüber lachen.

»Bahnradius?« wollte ich wissen.

»Perihel knapp unter Merkurbahn; Aphel etwa Venus entsprechend.«

So konnte man es auch formulieren. Jedenfalls wußte ich Bescheid, daß die Umlaufbahn einer langgestreckten Ellipse entsprach. Ein sonderlich gemütlicher Ort war dieses System nicht.

Die Automatik verstärkte die Paratrons in Flugrichtung.

»Was sagt der Funk?«

»Nichts, Sir!«

»Auf welchen Frequenzen stört die Sonne?«

Ein Schaubild, eigentlich ein Sammelsurium von Linien, Markierungen und wechselnden Amplituden, entstand auf meiner Konsole. Bis auf lausige zwei Prozent Bandbreite überlagerte der Pulsar sämtliche Hyperfrequenzen.

»Dranbleiben!« befahl ich ungeduldig. »Mit allem, was wir haben.«

Mindestens ein Dutzend mal hatte ich mir Hannahs verstümmelten Notruf angehört – das heißt, ich nahm an, daß Hannah damit zu tun hatte. Vermutungen und Hoffnungen waren das. Daneben versuchte ich, mir wirklich über meine Gefühle klarzuwerden, doch blieb ich jedesmal schon im Ansatz stecken. Als sträubte sich etwas in mir, meine längst beendete Beziehung zu Major Hannah Angel zu hinterfragen. War es mein Starrsinn, der mich nicht wahrhaben ließ, daß ich mich in den eigenen Fallstricken verhedderte? Der eiserne Junggeselle Reginald Bull, dem Freunde nachsagten, er lasse so gut wie nichts anbrennen, schwitzte und fror gleichzeitig, sobald seine Gedanken sich mit der ehemaligen Explorer-Kommandantin beschäftigten.

Normal war das nicht. – Ich wußte es ... ich spürte es ... aber dennoch ignorierte ich die warnende Stimme meiner Erfahrung.

»Sir!« Eine rauhe Stimme schreckte mich aus den Überlegungen auf. »Der Planet ist die Hölle. Er umläuft den Pulsar auf Höhe der Strahlungsekliptik.«

Ich nickte, zögerte, registrierte mein eigenes ungläubiges Stöhnen. Wissen, das ich schon aus den ersten Hypnoschulungen des Arkoniden Crest bezogen hatte, drängte sich in den Vordergrund.

Die überaus starken Magnetfelder eines Neutronensterns sind ursächlich für eine Synchrotronstrahlung, deren Bandbreite vom sichtbaren Spektralbereich bis hin zu Radiowellen reicht. Und genau diese Strahlung wird nicht rundum emittiert, sondern ausschließlich in eine Richtung, in die die abgegebenen Elektronen auf relativistische Geschwindigkeit beschleunigt werden. Zudem ist sie polarisiert.

Anders ausgedrückt: Die gebündelte Strahlung eines rotierenden Neutronensterns kreist wie der Lichtstrahl eines Leuchtturms.

Und genau dieser Strahl streifte den Planeten. Siebenundzwanzigmal in der Sekunde. Für Menschen eine tödlich harte Strahlung; obwohl es Organismen geben mochte, die unter diesen Bedingungen erst zu leben begannen.

Die starken Schirmfelder des Experimentalschiffes EX-9933 verschlangen enorme Energiemengen. Nur noch dreieinhalb Millionen Kilometer trennten uns von der Höllenwelt, der ich in der Tat den Namen Devil's Hell gegeben hatte, aber schon war abzusehen, wann Konverter und Speicherbänke das letzte Quant verlieren würden.

28:14:36 Stunden.

Grell leuchtend war die Zeitangabe auf dem Hauptbildschirm eingeblendet. Danach, mit wenigen Minuten Reserve, würde der HÜ-Schirm zusammenbrechen. Die Hochrechnungen für das Paratronfeld sahen nicht sehr viel besser aus; knapp neunundzwanzig Stunden blieben uns, um Devil's Hell anzufliegen, die Schiffbrüchigen zu finden, sie an Bord zu nehmen und mit höchster Beschleunigung die unwirtliche Region wieder zu verlassen.

Die Explorer-Besatzung war ein eingespieltes Team. Knappe Befehle, präzise Handlungen; jeder schien die Gedanken des anderen schon im voraus zu kennen. Ich hatte Schiffe kennengelernt, da war das zwar nicht grundlegend anders, doch fehlte dort der innere Zusammenhalt, der Wissenschaftler und Raumfahrer der Explorerflotte zusammenschweißte.

Devil's Hell erschien auf den Schirmen als matt schimmernde Kugel, ein öder Erzklumpen im All, nicht mehr, aber auch nicht weniger.

Fast gleichzeitig wurde die Auswertung des Ortungsbildes projiziert. Sogar die Rechenkapazität der Hauptpositronik reichte nicht aus, Unschärfen und Verzerrungen sofort zu eliminieren. Die dreidimensionale Wiedergabe stabilisierte sich nur zögernd.

Währenddessen raste die EX-9933 immer noch mit drei Viertel der Lichtgeschwindigkeit dem Ziel entgegen. Das Bremsmanöver hatte begonnen.

Im Funkempfang prasselte ein Stakkato von Störungen auf uns herab. Wie vermessen war es, anzunehmen, wir könnten anders als durch Zufall wenigstens Fragmente eines automatischen Notrufs empfangen und daraus die Position der Gesuchten errechnen? Vermutlich war es so, daß, falls die MEDICIN MAN überhaupt noch existierte, alle Energien für die Stabilisierung eines begrenzten Schirmfelds benötigt wurden, möglicherweise nur zum Schutz der autarken Zentralekugel.

Daß ich unwillkürlich die Fäuste geballt hatte, fiel mir erst auf, als die Fingernägel schon schmerzhaft in die Ballen stachen.

Dann stand die Projektion des Planeten. Seine eigenwillige, bizarre Oberfläche wirkte faszinierend und abstoßend zugleich. Die kaum von Höhenunterschieden geprägte Landschaft wurde von zwei gewaltigen Schneisen durchschnitten. Selbst die extremsten Grabenbrüche konnten

Derartiges nicht entstehen lassen, und schon gar nicht mit dieser unglaublichen Präzision.

Auf den ersten Blick gewann ich den Eindruck, daß eine gigantische Fräse versucht hatte, den Planeten zu teilen. Fast dreihundert Kilometer durchmaß jeder der beiden Gräben, die sich im spitzen Winkel kreuzten. Ihre Tiefe nahm sich mit fünfzehn bis zwanzig Kilometer eher bescheiden aus.

»Atom für Atom von der Strahlung des Pulsars abgehobelt«, stellte der wissenschaftliche Leiter fest. »Und das vermutlich innerhalb weniger hundert Jahre. Eines Tages wird diese Welt auseinanderbrechen.«

»Was so weit in der Zukunft liegt, interessiert uns nicht.«

Noch zwanzig Millionen Kilometer Distanz. Ich registrierte die feinen Vibrationen der Schiffszelle, die der Bremsschub hervorrief. Zugleich wurde mir bewußt, welche Assoziation der erste Anblick der holographischen Darstellung bei mir ausgelöst hatte: Wanderer, die Welt des Geisteswesens ES, glich einem am Äquator durchgeschnittenen halben Planetenfragment.

Aber wenn schon. Hier hatte ES seine Finger bestimmt nicht im Spiel. Der Pulsar war ein natürliches Phänomen, und schon eine leichte Veränderung der Planetenbahn würde zur Folge haben, daß seine stark gebündelte Strahlung ins Leere stieß. Die beiden eingebrannten Gräben verrieten ohnehin, daß die Achsneigung des Planeten sich verändert hatte. Genau das würde eines Tages wieder geschehen.

Distanz noch 250.000 Kilometer. Mit Restfahrt von 5000 Kilometern pro Sekunde näherte sich die EX-9933, um in einen vorübergehenden Orbit einzuschwenken.

Zum erstenmal zeichnete die optische Erfassung ohne positronische Aufwertung. Die Bildwiedergabe zeigte ein schwer definierbares Flakkern, als wäre die dem Pulsar zugewandte Seite der kahlen Erzkugel einem steten Blitzlichtgewitter ausgesetzt gewesen. Die Trägheit menschlicher Sinne machte den unaufhörlichen Wechsel zwischen Licht und Schatten zu einem Gemisch fahler Helligkeit, und erst eine Wiedergabe in Zeitlupe offenbarte die eigentliche Ursache.

Siebenundzwanzigmal in der Sekunde huschte der Radiostrahl des Neutronensterns über den Planeten – nicht nur zerstörerisch harte Strahlung, sondern auch Lichtquanten, die für Bruchteile eines Augenblicks den Grabenbereich der Dämmerung des Sternenscheins entrissen. Streulicht flackerte dann über die der Sonne zugewandte Seite.

Tag- und Nacht-Wechsel im Siebenundzwanzigstel-Sekunden-Rhythmus. Flüchtig fragte ich mich, ob auf einer solchen Welt jemals Leben entstehen konnte. Aber das interessierte mich eigentlich nicht, ich fieberte dem Moment entgegen, in dem die Ortungen das Wrack eines Raumschiffs meldeten.

Zweihundert Kilometer hoch schwenkte der Explorer in einen von Pol zu Pol führenden Orbit ein. Siebzig Prozent der erzeugten Energie flossen bereits in die Schutzschirme, und die Werte stiegen weiter an.

Die sonnenabgewandte Seite von Devil's Hell bot den besten Schutz vor der harten Strahlung. Andererseits betrug die Rotationsdauer des Planeten nur zwölfeinhalb Stunden. Falls die MEDICIN MAN irgendwo dort unten lag, konnte die Besatzung auf Dauer nur unter aktivierten Schutzschirmen überleben.

Die Energieortung zeigte ein Chaos, in dem schon das typische Spektrum eines Raumschiffs unterging. Im Scanbild zeigten sich die beiden Gräben als intensiv strahlende Flächen, und das übrige Planetenrund war übersät von einem Konglomerat aktiver Areale. Ich gewann den Eindruck dicht unter der Oberfläche wandernder hyperaktiver Felder. Sie pulsierten, dehnten sich aus, flossen ineinander, bildeten unaufhörlich neue Auswüchse.

»Es handelt sich um polarisierte Energieströme überwiegend fünfdimensionaler Natur«, erläuterte unser Chefwissenschaftler. »Vermutlich wurde die Molekularstruktur des Eisenkerns durch den Neutronenbeschuß so verändert, daß sie Eigenschaften eines Hyperkristalls gewinnt. Jedoch erfolgt die Aufladung nur bedingt dauerhaft und bedarf der fortwährenden Aufheizung durch den Pulsar. Die Energien fließen gegen die Rotationsrichtung des Planeten. Ausgehend vom aktiven Grabenbruch bauen sie sich wellenförmig auf. Stellen Sie sich ihre Ausbreitung vor wie Brandungswellen an einem Strand: Die jeweils nächste treibt die vorhergegangene immer noch ein Stückchen weiter.«

»Das heißt, wir haben es mit einem stetig über den Planeten wandernden energetischen Gefälle zu tun«, folgerte ich.

»So könnte man es ausdrücken.«

»Dann werden die Emissionen eines Raumschiffs zweifellos von den Wellenkämmen überlagert, aber wenn wir Glück haben nicht mehr von den Wellenzwischenräumen, um bei dem Vergleich zu bleiben.«

»Das hängt davon ab, wie stark die schiffseigenen Emissionen noch sind.«

»Wissen Sie es?« fragte ich ungewollt aggressiv.

»Leider nein«, antwortete der Wissenschaftler.

»Dann bieten Sie alles auf, die MEDICIN MAN zu finden!«

Die Welt unter uns war trostlos, ein poröser, eintönig grauer Erzklumpen mit bizarren Oberflächenstrukturen. Dagegen war mir der heimische Mond bei der STARDUST-Landung geradezu paradiesisch erschienen.

Über Hunderte Kilometer hinweg schien ein überdimensionales Beil die Landschaft eingekerbt zu haben. Schräg führten die keilförmig zulaufenden Einbrüche in die Tiefe, in ihren Wänden schimmerte es silbern. *Quecksilberadern*, verrieten die Meßdaten zweier ausgeschleuster Sonden – Augenblicke später wurde die Übermittlung undeutlich. Dann explodierten die Sonden ohne erkennbaren äußeren Einfluß.

»... damit mußten wir rechnen. Ihre Abschirmung war lächerlich gering ...«

Auch die Schirmfelder der MEDICIN MAN würden irgendwann schwach werden und zusammenbrechen, sobald Speicherbänke und Konverter nicht mehr genügend Energie lieferten. Ich biß mir die Unterlippe blutig. Die Befürchtung, zu spät gekommen zu sein, wuchs mit jeder Minute.

Seit dreidreiviertel Stunden kreisten wir im Orbit um Devil's Hell. Ich glaubte zu spüren, daß Hannah irgendwo dort unten auf Hilfe wartete, aber die Ortungen fanden das gesuchte Schiff nicht. Nur lebensfeindliche, atmosphärelose Erzwüste.

Andererseits hatten wir erst rund 46 Prozent der Planetenoberfläche kartographiert.

»Da ist etwas!«

Der Ausruf von der Funkortung schreckte jeden in der Zentrale auf. Von Störungen überlagert, prasselte ein Geräuschorkan über uns herein. Das Oszillogramm zeigte siebenundzwanzig steile Ausschläge in der Sekunde, derart extrem, daß nur ein Sender mit sehr hoher Ausgangsleistung sie durchdringen konnte.

Augenblicke später kompensierte die Hauptpositronik alle Spitzenwerte und verringerte den Maßstab. Ein Interferenzmuster langwelliger Hyperfrequenzen begann sich abzuzeichnen.

Aber erst die weitere Reduzierung um eine Zehnerpotenz ließ eine Strukturierung erkennen: schwache, also äußerst energiearme Ausschläge, deren Regelmäßigkeit kaum ein Zufall sein konnte.

kurz, kurz, kurz – lang, lang, lang – kurz, kurz, kurz

S O S – im altterranischen Morsealphabet, ein Notsignal, das heute wie vor Jahrhunderten Gültigkeit hatte.

»Alle Maschinen stop! Die Position halten! – Wo ist der Ausgangspunkt der Funkpeilung?«

Es dauerte lange, bis die genauen Daten vorlagen. Der Sender befand sich wenig mehr als achthundert Kilometer voraus, nördlich das aktiven

Grabens. Auf unserer Umlaufbahn hätte sich die EX-9933 zunächst rasch entfernt.

»Wir funken die Position auf den üblichen Frequenzen an, Sir. Bisher keine Antwort.«

Ich nickte stumm. In ein paar Minuten würde ich wissen, warum eine Reaktion ausblieb. Vielleicht konzentrierten sich die Schiffbrüchigen nur auf den Sender. Die schwache Abgabeleistung ließ ohnehin auf zu Ende gehende Energiereserven schließen. Oder der Notruf wurde automatisch ausgestrahlt, bis das letzte Quant Energie verbraucht war.

Was die Relieftaster auf die Schirme holten, war die Wiedergabe einer Alptraumlandschaft. Eisennadeln ragten dreißig, vierzig Meter hoch aus einem starren Erz-Ozean empor, als hätte ein solarer Magnetsturm die Spitzen aufwachsen lassen. Dazwischen Risse, tiefe Schründe, deren Breite zwischen einem halben und mehreren Dutzend Metern variierte. Hier zu landen war ein gewagtes Unterfangen.

Ich entschied mich dagegen, weil diese Region des Planeten schon in knapp zwei Stunden aus der Schattenzone auswandern und in den Strahlungsbereich des Pulsars eintreten würde. Ab dem Zeitpunkt bedurfte es umfassenderer Schutzvorkehrungen als im Augenblick.

Das Wrack der MEDICIN MAN hatte eine kurze Spur der Verwüstung gerissen. Über eine Länge von knapp tausend Metern waren die Eisensäulen erst gekappt und dann völlig abrasiert worden. Die Schneise verbreiterte sich ihrem Ende zu und bot ein Bild der Verwüstung. Zerfetzte, ausgeglühte, unkenntliche Rumpfsegmente säumten die Spur. Heftige Explosionen hatten Erz geschmolzen, das später in bizarren Tropfenformationen wieder erstarrt war.

Der Kugelraumer selbst war in mehrere Teile zerbrochen. Ein ausgebranntes Segment hatte sich in einem der breiten Bodenrisse verkeilt.

Nur die innere Kugelschale der Schiffszentrale hatte den mit verheerender Gewalt erfolgten Absturz als kompakte Einheit überstanden. Ich hatte schon etliche Wracks nach Abstürzen oder Kampfhandlungen betreten, viel zu viele, um genau zu sein, aber zu glauben, daß hier noch jemand mit dem Leben davongekommen war, fiel mir schwer. Leitungsschächte und Decksansätze verliehen der Zentralekugel im nachhinein einen wehrhaften Ausdruck, fast wie ein Igel, der sich vor einer Gefahr eingerollt hatte.

»Die Erzsäulen weisen schwache Spuren von Hypermagnetisierung auf«, meldete der Erste Offizier. »Auch wenn kein Schutzschirm mehr besteht, er muß ziemlich lange nach dem Absturz aktiviert gewesen sein.«

»... und wurde abgeschaltet, um dem Notruf genügend Energie zuzuführen?«

»Vielleicht, Sir.«

Wie gerne belog ich mich in dem Moment selbst und glaubte, daß ausgerechnet Hannah überlebt hatte. Dabei hätte ich mich eher fragen sollen, ob sie und ich nach den vergangenen Jahrhunderten überhaupt noch dieselben waren.

Wieso war die MEDICIN MAN nach so langer Zeit wieder aufgetaucht? Die Magnetmessungen bewiesen, daß das Wrack wirklich erst seit wenigen Tagen auf Devil's Hell lag und nicht schon seit dem Zeitpunkt des spurlosen Verschwindens.

Zweihundert Meter hoch schwebte die EX-9933 über dem Wrack, von ihren Antigravfeldern getragen. Die Roboter waren ausgeschleust worden und schickten sich an, einen Zugang in die Überreste der MEDICIN MAN aufzubrechen. Trotz der geringen Distanz waren die von ihnen übermittelten Bilder von miserabler Qualität.

Eine halbe Stunde dauerte es, einen Ring aus tragbaren Schirmfeldprojektoren um das Wrack herum aufzubauen und zu justieren. Erst als das HÜ-Feld eine flirrende Halbkugel bildete und die Roboter einen Rückgang des Strahlungspegels meldeten, drangen sie in das Wrack vor.

Von den Bildschirmgalerien war nichts geblieben außer verbogenen Rahmen, die meisten Kontrollkonsolen waren von innen heraus aufgerissen, von Trümmern durchbohrt oder aus den Verankerungen gebrochen. Energetische Entladungen hatten Brände entstehen lassen, aber verkrusteter Löschschaum auf ausgeglühten Materialien bewies, daß die Positronik über den Absturz hinaus funktioniert hatte.

Tote waren inmitten dieses Chaos aufgebahrt. Ihre Raumanzüge hatten ihnen nicht helfen können. Selbst unsere hochgezüchtete Raumfahrttechnik war gegen den Faktor Zufall noch weitgehend machtlos.

Hannah Angel fanden die Roboter nicht unter den Toten.

Ich forderte die Maschinen auf, das Logbuch zu bergen, dessen letzte Eintragung erst am Vortag erfolgt war. Und ich ließ diese aktuelle Sequenz schon vorab überspielen.

Der Sprecher trug einen schweren, für Extremwelten konstruierten Raumanzug. Die Rangabzeichen wiesen ihn als Technischen Leiter aus.

»... heute morgen Standardzeit ist es uns endlich gelungen, den Shift wieder flugfähig zu machen. Er ist unser einziges Transportmittel, denn alle anderen Beiboote wurden völlig zerstört. Nachdem die Schutzschirme ausgefallen sind, werden wir nicht an Bord bleiben. Der Flugpanzer eröffnet uns die Chance, auf der Nachtseite des Planeten zu warten.

Damit entziehen wir uns der unmittelbaren Strahleneinwirkung. Das Schirmfeld des Shifts wird ein übriges beitragen.

Wir hoffen, daß unser Notruf gehört wurde. Schließlich haben wir in den vergangenen beiden Monaten alles darangesetzt, die Hyperfunkanlage wiederherzustellen. Zwei Monate waren es für uns – wir wissen nur noch nicht, wieviel Zeit außerhalb des Schiffes verstrichen ist. Waren es hundert Jahre …? Wir – das sind noch drei Besatzungsmitglieder und die Kommandantin. Daß wir überlebt haben, war ein Wunder. Lediglich Major Angel scheint innere Verletzungen zu haben. Wir hoffen und beten, daß bald ein Schiff diese Höllenwelt anfliegt. Das ist der letzte Logbucheintrag. Jakob Rüssbeck, Ende.«

Für einen Augenblick war ich wie benommen. Dann hatte ich mich wieder in der Gewalt und fühlte mich seltsamerweise ruhiger als in den letzten beiden Tagen.

»Die Roboter einschleusen!« befahl ich. »Falls es zu lange dauert, lassen wir sie zurück. In zwei Minuten setzen wir die Suche fort. Der Shift wird sich einigermaßen geradlinig nach Westen bewegt haben, und wir finden ihn, koste es, was es wolle.«

Einen lediglich zehn Meter langen und vier Meter breiten Flugpanzer unter den Bedingungen von Devil's Hell aufzuspüren, grenzte an die Suche nach der berüchtigten Nadel im Heuhaufen. Wobei wir uns auf die eine Seite des Heuhaufens beschränken durften, aber auch die war enorm.

Ein Shift als Allzweckfahrzeug war sogar für kurze Flüge im Weltraum geeignet und verfügte nicht nur über Antigrav- und Impulstriebwerke, sondern auch über Hyperfunk. Darauf stützte sich meine jäh aufgeflammte Hoffnung, doch meine Hyperfunknachricht, die unaufhörlich die Antennen des Explorers verließ, blieb unbeantwortet.

Stunde um Stunde verging. Der Absturzort der MEDICIN MAN lag inzwischen auf der Tagseite des Planeten. Gleich zu Beginn der neuen Suche hatte ich die beiden Space-Jets ausschleusen lassen, die am östlichen Terminator patrouillierten. Trotzdem war und blieb der Flugpanzer wie vom Boden verschluckt.

Immer drängender wurde das Gefühl, wichtiges übersehen zu haben. Bis es mir endlich wie Schuppen von den Augen fiel. In der Logbuchaufzeichnung war die Rede davon, daß die Überlebenden den Shift wieder flugfähig gemacht hatten. Aber wie dauerhaft war die Reparatur wirklich gewesen? Die Männer der MEDICIN MAN hatten auf der Nachtseite des Planeten bleiben wollen. Falls der Shift ausgefallen war, brauchten sie einen Unterschlupf mit einigermaßen erträglichen Bedingungen.

»Die Grabenbrüche!« stieß ich hervor. »Ein schmaler und tiefer Graben ist noch einigermaßen leicht mit tragbaren Projektoren abzusichern.«

Ich holte mir die Reliefkarte der bislang vermessenen Oberfläche auf den Schirm. Wenn ich vom Absturzort des MEDICIN MAN eine gerade Linie nach Westen zog und die nähere Umgebung außer Acht ließ, stieß ich erstmals nach einhundertfünfzig Kilometern auf eine in Nord-Süd-Richtung verlaufende Schlucht.

In Betracht kamen letztlich acht Positionen, die allesamt auf die Tagseite gedreht hatten. Ich begriff nicht, warum ich nicht schon früher daran gedacht hatte. Auch keiner der Besatzung. Viel zu verbissen hatten wir die dem Pulsar abgewandte Planetenhälfte abgesucht. Aber wahrscheinlich war gerade der Erfolgszwang daran schuld gewesen.

Die ersten beiden Positionen brachten uns nicht einen Schritt weiter. Obwohl wir Roboter in die bis zu dreißig Meter tiefen Einschnitte schickten, gab es keinen Hinweis auf den Shift.

Auch Nummer drei erwies sich als Fehlschlag. Zudem verloren wir mehrere Roboter. Nur geschmolzene Metallfragmente blieben von ihnen übrig. Die Auswertung der Energieortung zeigte zu dem Zeitpunkt eine besonders heftige Bewegung der dicht unter der Oberfläche wandernden hyperaktiven Felder. Fast schien es, als hätten sie sich gezielt auf die Roboter zubewegt.

Siebenhundert Kilometer vom Wrack der MEDICIN MAN entfernt geschah endlich, woran ich beinahe nicht mehr geglaubt hatte. Die Ortung erfaßte den Shift; er hing fünf Meter tief in einer Spalte. Das Impulstriebwerk hatte das halbe Heck des Panzers weggeschmolzen, doch die aufgebrochene Transparentkanzel zeigte, daß der Besatzung die Flucht geglückt war. Fraglos hatten die Menschen sich tiefer in die Spalte zurückgezogen. Wenn sie die schweren Schutzanzüge trugen, blieben ihnen für mindestens sieben Tage Wasser, Nahrung und Sauerstoff, vorausgesetzt, daß die Strahlung des Pulsars sie nicht vorher grillte.

Nur wenige Meter über dem Felsspalt verharrte die EX-9933. Die Rettungsaktion lief präzise an. Roboter, ausgestattet mit tragbaren Schirmfeldprojektoren, wurden ausgeschleust. Innerhalb von Minuten entstand ein partielles HÜ-Feld über eine Länge von dreihundert Metern, gespeist von den Schiffskonvertern.

Gemeinsam mit vier Männern des Expeditionskorps und zwei Kampfrobotern ging ich nach draußen. Den Protest des Kommandanten, der nicht zulassen wollte, daß ich mich unnötig in Gefahr begab, hatte ich rüde abgewürgt.

»Versuchen Sie gar nicht erst, mich in Watte zu packen!« hatte ich ihn angefahren. »Ihrer Karriere wäre das gar nicht förderlich. Und vergessen

Sie nicht, daß die Erde heute nicht mehr existieren würde, hätte ich mich stets hinter der Front gehalten. – Machen Sie den Mund zu, Kapitän!« hatte ich hinzugefügt, als seine Gesichtszüge entgleist waren.

Der Antigrav im Rückentornister ließ mich die höhere Schwerkraft nicht spüren. Ebenso die knappe Zentnerlast des Spezialanzugs.

Ich tauchte ein zwischen die glatten Abbruchkanten, die kaum weiter als fünf Meter auseinanderlagen. In der Tiefe erwartete mich ein dunkel gähnendes Nichts, das gelegentlich von flackernden Leuchterscheinungen durchbrochen wurde. Oder die Augen spielten mir einen Streich.

Spontan entschied ich mich für die nördliche Richtung und ließ mich bis auf zwanzig Meter Tiefe absinken. Meine Begleiter blieben schräg über mir. Unsere Scheinwerfer geisterten durch die Finsternis und zeichneten funkelnde Reflexe auf die Wände. Es war in der Tat ein eigenartiges Gefühl, durch den freigelegten Eisenkern eines Planeten zu fliegen.

Nicht einmal auf kurze Distanz wurde der Funkverkehr erträglich. Ein undefinierbares Kreischen und Prasseln drang aus dem Helmlautsprecher, bestenfalls hin und wieder von der Ahnung einer menschlichen Stimme durchbrochen.

Unvermittelt sah ich sie – Schatten nur im huschenden Streulicht des Scheinwerfers. Noch mindestens zehn Meter unter mir, aneinandergekauert auf einer kantigen Brücke zwischen den Wänden. Hinter den spiegelnden Helmscheiben konnte ich keine Gesichter erkennen, doch sie starrten mir entgegen, und dann hob sich zögernd ein Arm – und sank ebenso langsam wieder herab. Es gehörte nicht viel dazu, zu erkennen, daß die Schiffbrüchigen am Ende ihrer Kräfte angelangt waren.

»Hannah!« rief ich, ohne eine Antwort zu erhalten.

Augenblicke später landete ich zwischen ihnen und ergriff eine zitternd ausgestreckte Hand. Mein Helm berührte den anderen, ich konnte ein ausgemergeltes bärtiges Gesicht sehen, dessen Augen tief in den Höhlen lagen.

»Sie haben es geschafft!« Der Schall wurde durch den Helmkontakt übertragen. »In ein paar Minuten befinden Sie sich wieder an Bord eines Raumschiffs.«

Das schwerfällige Nicken war mir Antwort genug.

Hannah Angel lag ausgestreckt auf dem Boden, nur mit den Schultern an die Wand gelehnt. Zumindest glaubte ich an den Abzeichen des schweren Anzugs zu erkennen, daß Hannah ihn trug. Während meine Begleiter sich der anderen annahmen, kniete ich nieder und beugte mich über sie.

Ein bleiches, schweißüberströmtes Gesicht blickte mir entgegen. Fiebriger Glanz lag in den Augen, aber auch ungläubiges Erstaunen. »Bully«, formten die aufgeplatzten, blutverkrusteten Lippen. »Mr. Bull ...« Ich ahnte die Stimme mehr, als ich sie wirklich hören konnte.

»Alles wird gut, Hannah.«

Viele Fragen bewegten mich. Ich würde sie später stellen, an Bord. Was spielten einige wenige Tage nun noch für eine Rolle?

Ein seltsam flackernder Reflex auf der Helmscheibe ließ mich aufsehen. Die Spiegelung kam aus der Höhe. Etwas wie eine irrlichternde Wolke schwebte langsam herab, wobei sein Äußeres sich unaufhörlich veränderte.

Ein zweites, helleres Leuchten glitt soeben aus der Wand hervor. Ich fühlte mich an eine riesenhafte Amöbe erinnert.

Einer meiner Begleiter riß die Waffe hoch.

»Nicht!« schrie ich auf. Vergeblich.

Ein fingerdick gebündelter Thermostrahl zuckte in die Höhe, bohrte sich in die flirrende Erscheinung und ließ das Leuchten sekundenlang intensiver werden.

Im nächsten Moment glühte der Strahler auf. Das Energiemagazin entlud sich in einer spontanen Reaktion. Alles ging wahnsinnig schnell. Wabernde Energien umflossen den Arm des Schützen, sprangen gedankenschnell auf den gesamten Anzug über und brannten sich durch die Schutzhülle hindurch.

In panischer Reaktion hatte der Mann noch das Tornisteraggregat aktiviert. Wie eine Fackel lodernd glitt er in die Höhe und wurde von mehreren der amöbenartigen Erscheinungen eingehüllt und absorbiert.

Wesen? Der eigene Gedanke erschreckte mich.

Mehr als ein Dutzend Amöben glitten aus den Wänden hervor. Zweifellos waren sie energetischer Natur. Ich setzte sie mit den dicht unter der Oberfläche wandernden energetischen Erscheinungen gleich.

»Zurück!« brüllte ich meine Begleiter an, bekam einen von ihnen zu fassen und stieß ihn von mir. Er schüttelte den Kopf, deutete auf die Schiffbrüchigen, von denen sich zwei soeben schwankend aufrichteten ...

Im nächsten Moment war das Flirren über mir. Es schien sich vor der Helmscheibe zusammenzuballen, mich wie aus tausend Augen anzustarren. Ich schrie, spürte das Unheimliche und völlig Fremdartige dieser Erscheinung, aber auch die Lähmung, die von mir Besitz ergriff.

Siedendheiß pulsierte das Blut durch meine Adern.

Die Hitze kam nicht von außen. Der Zellaktivator auf meiner Brust schien sich aufzuladen, er brannte sich in die Haut ein, wurde heißer und der Schmerz unerträglich.

Falls der Aktivator wie der Thermostrahler explodierte, war mein Leben zu Ende. Alles in mir verkrampfte sich; ich wartete auf den Augenblick des Todes und wollte plötzlich bewußt wahrnehmen, was ich jahrhundertelang vor mir hergeschoben hatte. Vorbei mein heimlicher Triumph, dieses immer wieder von neuem aufbrechende Hochgefühl, der menschlichen Natur ein Schnippchen geschlagen zu haben. Die potentielle Unsterblichkeit war für Augenblicke höchsten Glücks, aber auch für hoffnungslose Niedergeschlagenheit verantwortlich gewesen.

Der nächste Atemzug wurde zur Qual. Schier unerträglich strahlte die Hitze vom Brustbein aus und stach wie mit glühenden Nadeln in die Lunge. Taumelnd versuchte ich, einen sicheren Halt zu finden, doch die schwindenden Sinne verstärkten das Gefühl einer wahnwitzig wogenden Bewegung.

Eigentlich hätte ich Panik empfinden müssen ... ich fühlte nur grenzenloses Bedauern.

Dann verschwand diese Welt. Sie erlosch mit meinen Wahrnehmungen.

Endloses Nichts ... Schwärze ... Aber auch das Gefühl, auf sanften Wogen dahinzugleiten. Ein unbeschreiblicher Zustand – schön und beängstigend zugleich.

Irgendwo in diesem Nichts entstand ein Gesicht. Das Antlitz eines alten Mannes, umrahmt von bleichem schütterem Haar.

Er kam näher. Nebel umwogte ihn. Er schien zu schweben, mit dem wogenden Brodem zu verschmelzen.

Ich begann mich zu fragen, wo wir uns befanden. Was war das für eine ebene und weite Landschaft, in der es weder Pflanzen noch Felsen gab? Befand ich mich auf Wanderer, der Welt des Unsterblichen? Und falls ja, wie war ich dorthin gelangt? Mühsam verdrängte ich die lähmende Müdigkeit und versuchte, mich zu erinnern.

Devil's Hell ... Die amöbenartigen Energieschwaden, dazu die gräßlichen, vom Zellaktivator ausstrahlenden Schmerzen ...

ES in der Gestalt des verwitterten Alten war stehengeblieben. Sogar aus dreißig Schritt Entfernung bereitete mir sein Blick Unbehagen. Ich wollte ihm ausweichen, die Lider schließen – ich konnte es nicht, denn ich hatte keine Gewalt mehr über meinen Körper.

Worauf wartete ES? Sein stummes Warten gefiel mir nicht. Dazu diese irreale Umgebung, die sich in dem Moment veränderte, in dem ich an dichten Dschungel dachte. Mächtige Farne bestimmten plötzlich das Bild. Zwischen ihnen brodelnder, schlammiger Boden und in der Ferne in düsteren Feuerschein gehüllte Vulkankegel. Nur ES war noch da und starrte mich unver-

wandt an, als erwarte er eine Reaktion. Nie zuvor hatte ich die Nähe des Alten derart beklemmend wahrgenommen.

Dieses unerklärliche Schweigen irritierte mich. Bis ich zu verstehen glaubte: Die Energien von Devil's Hell hatten mich getötet. War mein Bewußtsein im Begriff, sich aufzulösen und gaukelte mir beruhigende Bilder vor? Und was kam nach dem Tod – das endgültige Aus, oder vielleicht doch eine Art Paradies? Ich hatte nie wirklich darüber nachgedacht, war in meinen Reflexionen eher oberflächlich geblieben, weil es kein besseres Alibi dafür geben konnte als den Zellaktivator. Zum anderen hatte ich stets Ernst Ellert vor Augen, den Teletemporarier, dessen Geist schon zur Zeit der Dritten Macht den klinisch toten Körper verlassen hatte und seitdem durch die Ewigkeit streifte.

Erneut veränderte sich die Umgebung. Eine sengende, riesig anmutende Sonne brannte aus dem Zenit herab. Ihre Helligkeit verwischte alle Konturen und machte nicht einmal vor ES halt. Aufflammend umfloß das schüttere Haar den verblassenden Schädel. Haut und Fleisch wurden durchscheinend und ließen das Skelett hervortreten ...

Ich starrte in die blendende Helligkeit und auf den Totenschädel, unfähig, die Augen zu schließen oder den Kopf zu wenden. Das Knochengesicht beugte sich weiter herab. Es redete zu mir, doch ich verstand seine dumpfen Laute nicht.

Feuer tobte durch meinen Körper. Mit jedem Pulsschlag wurde flüssiges Blei in die Adern gepumpt. Ich vermißte das beruhigende Pochen des Zellaktivators, dessen gleichmäßige Schwingungen in belastenden Situationen wahrzunehmen waren.

Als endlich die grellweiße Sonne erlosch und die nachlassende Blendung dem Gesicht über mir wieder Umrisse verlieh, wichen auch die letzten Trugbilder.

»Wie fühlen Sie sich, Sir?«

Das war Dr. Miller, Leitender Humanmediziner an Bord der EX-9933. Ich krächzte irgend etwas, was ich für einen vollständigen Satz hielt. Nachdenklich schürzte Miller die Lippen und heftete mir mehrere Meßplättchen an Stirn und Schläfen.

»Ihr EEG spielte während der Narkose verrückt; Sie haben geträumt, Sir. Wir mußten die Haut und das verbrannte Fleisch über dem Brustbein abtragen, aber die Gewebeerneuerung schreitet gut voran. Die Zellstimulation ist bereits abgeschlossen.«

Wozu diese Behandlung? Ein schrecklicher Verdacht zwang mich, nach dem Zellaktivator zu tasten. Er lag auf meiner Brust, ein wenig höher als für gewöhnlich, aber er war noch da. Sekundenlang hatte ich befürchtet, ihn nicht mehr zu finden.

»Sind alle anderen gerettet?« stieß ich hustend hervor. Daß ich mich in der Medostation des Explorers befand, war mir inzwischen klar.

Der Arzt nickte knapp. Sein verhärtetes Mienenspiel mißfiel mir allerdings.

»Wie geht es Major Angel?« fügte ich hinzu.

»Den Umständen entsprechend, Sir.«

»Das heißt?«

Er zögerte.

»Für wie einen miserablen Menschenkenner halten Sie mich eigentlich, Doc?« brauste ich auf. Vergeblich der Versuch, mich auf den Ellbogen hochzustemmen, ein greller Schmerz im Brustkorb ließ mich zurücksinken. Ich rang nach Luft. »Heraus mit der Wahrheit, oder soll ich Sie erst dazu zwingen?«

»Wenn Sie das für richtig halten, Sir. Sie sind schwach ...«

»Humbug!« fuhr ich ihn an. »Ist Major Angel schwer verwundet?«

Er schüttelte den Kopf. Trotzdem versuchte ich in einem zweiten Anlauf, mich von der Liege zu wälzen. Vorübergehend wurde mir schwarz vor Augen. Ich spürte hilfreiche Hände nach mir greifen und stieß sie zurück.

»Ich überzeuge mich lieber selbst, denn Sie verschweigen mir einiges.«

»Es ist ... wegen Ihres Zellaktivators. Er glühte noch, als sie an Bord gebracht wurden. Wir wissen nicht ...«

»... ob das Ding noch funktioniert?« Tief atmete ich ein und schloß dabei die Augen. »In spätestens drei Tagen werden wir es erfahren.«

Seltsam, wie leicht mir der Satz über die Lippen kam. Aber was sollte ich tun? Toben? In Apathie verfallen? Das Leben noch einmal richtig genießen? Fürchterlich banale Gedanken waren das und irgendwie unwürdig. »Bis es soweit ist«, fügte ich hinzu, »gehen wir alle unseren Pflichten nach. Ich nehme an, Sie haben nicht vor, mich zurückzuhalten, Doc.«

Zögernd wich er zur Seite. Doch sein Blick hing interessiert an mir. Ich grinste nur – und rang jäh nach Atem, als erneut ein gräßlicher Schmerz durch mein Brustbein raste. Kalter Schweiß quoll mir aus allen Poren, während sich ein taubes Gefühl ausbreitete. Meine Schritte wurden kürzer. Trotzdem blieb ich nicht stehen. Wenn ich das tat, bekamen die Quacksalber Oberwasser und würden mich aller Befehlsgewalt zum Trotz auf der Medostation festhalten. Das Schwindelgefühl mußte ohnehin gleich wieder verfliegen.

Was geschah mit uns? Die Luft wurde zum zähflüssigen Medium, die Zeit schien stehenzubleiben. Ich brauchte schier eine Ewigkeit, um die Hand nach dem Schott auszustrecken ... Alles ringsum befand sich in wogender Bewegung, ich spürte noch, wie mir die Sinne schwanden ...

... und begriff, daß Stunden vergangen sein mußten, als ich abrupt die Augen aufschlug.

Leise Sphärenmusik drang an mein Ohr. Mein Blick schweifte in eine von Morgennebeln durchzogene Hügellandschaft. Wie Inseln traten Baumgruppen aus dem hellen Wogen hervor, und die ersten Sonnenstrahlen bahnten sich flirrend und einen herrlichen Tag ankündigend ihren Weg.

Das alles war Illusion, ein positronisch gesteuertes 3-D-Programm zur mentalen Beruhigung und Förderung körpereigener Heilmechanismen. Ideal für Patienten mit Eiweißschock nach der Verletzung durch Strahlwaffen – aber nicht für mich. Diese läppische handflächengroße Brandwunde würde in einigen Tagen nicht einmal mehr als Narbe ...

Bei allen Geistern dieser Galaxis, es war unnötig, mich in einen Rekonvaleszenztank zu stecken, in dem ich von Antigravfeldern in der Schwebe gehalten und von einer mit synthetischen Botenstoffen versetzten Nährflüssigkeit umspült wurde. Wenn die Mediziner mich dennoch hier eingesperrt hatten, zweifelten sie die Heilwirkung meines Zellaktivators an.

Aber das war Quatsch. Völlig hirnrissig.

»Ich will hier raus!« stieß ich hervor und erschrak gleichzeitig über den dumpfen Klang meiner Stimme.

Die Sonne stieg über den Nebel empor, ein faszinierendes Schauspiel grüngelber Strahlenbündel. Unwillkürlich wühlte ich in meinen Erinnerungen nach einem Hinweis auf diese Welt, ich wollte einfach wissen, woher die idyllischen Aufnahmen stammten.

Nein, das wollte ich nicht! Die holographischen Bilder in Verbindung mit der sanften Melodie und der angenehm die Haut umschmeichelnden Flüssigkeit suggerierten mir nur diesen Wunsch.

Wieviel Zeit war seit meinem Zusammenbruch vergangen? Ich hatte keine Möglichkeit, es festzustellen.

War der Zellaktivator wirklich zerstört? Andernfalls hätten die Mediziner kaum einen Grund gehabt, mich in den Tank zu sperren.

»Doc!« stieß ich hervor. »Sie haben hoffentlich nicht ernsthaft vor, mich tagelang in diesem Käfig zu halten?« Keine Antwort. »Was bilden Sie sich eigentlich ein? Brechen Sie die Behandlung ab! Sofort! Es ist mir scheißegal, ob ich vor die Hunde gehe oder nicht, aber ich muß hier raus.«

Mein Blutdruck war vermutlich auf hundertachtzig, die Brustwunde tobte. *Nicht daran denken,* redete ich mir ein. *Du machst dich vielleicht wirklich verrückt, wenn du dich fragst, wieviel Zeit noch bleibt.*

Endlich verblaßte das Hologramm, die Nährflüssigkeit floß gurgelnd ab. Ungeduldig wartete ich darauf, daß mich das Antigravfeld aus dem

Tank hob. Die vorbeugend antiseptische Dusche blieb mir jedoch ebensowenig erspart wie die robotgesteuerte Trocknung. Erst dann gelangte ich durch ein Seitenschott in den angegliederten Ruheraum und gewann meine von Fesselfeldern eingeschränkte Bewegungsfähigkeit zurück.

Früher war die Medizin sehr viel weniger effektiv gewesen, dafür menschlicher und wärmer. Wen interessierte schon die unbewegte Bioplastvisage eines Medoroboters, der aus respektvoller Distanz jede Bewegung überwachte? Diese Blechkisten hatten nichts, aber auch gar nichts mit einer netten und zu Scherzen aufgelegten Krankenschwester gemein.

Der Zellaktivator hing nach wie vor auf meiner Brust. Ich konnte keinen äußere Beschädigung erkennen. Die Brandwunde, so groß wie meine gespreizte Hand, wirkte immer noch eingefallen, aber neue Haut, wenngleich ziemlich faltig, hatte sich bereits gebildet.

Überrascht betrachtete ich meine Hände und die Unterarme und suchte nach Anzeichen, daß das Gewebe bereits welk und fleckig wurde. Viereinhalb Stunden hatte ich im Rekonvaleszenztank gelegen, aber es war wohl noch zu früh, Auswirkungen eines einsetzenden rapiden Alterungsprozesses zu bemerken.

Ich forderte den Medoroboter auf, mich zu Hannah Angel zu bringen. Sie lag ebenfalls in einem Tank, in ein künstliches Koma versetzt. Nur über die Optik konnte ich sie sehen; Biosensoren übermittelten eine Fülle an Daten.

Hannah hatte sich kein bißchen verändert; sie sah heute noch so aus, wie ich sie in Erinnerung hatte. Dafür gab es einige denkbare Erklärungen, die Wahrheit würde ich im Logbuch der MEDICIN MAN finden.

Ihre äußeren Verletzungen waren unwesentlich und beschränkten sich auf Abschürfungen, Blutergüsse und kleinere Verbrennungen. Aber der behandelnde Arzt sprach von einem chronischen Schockzustand aufgrund schwerer Verstrahlung. Das galt ebenso für die anderen Geretteten. Erst die kommenden Tage würden erkennen lassen, wie weit die Entgiftungsvorgänge überhaupt noch Wirkung zeigten.

»Wir sind gerade noch rechtzeitig eingetroffen«, sagte der Mediziner. »Andernfalls hätte keiner den Hauch einer Überlebenschance.«

»Wieviel?« wollte ich wissen.

»Zwanzig Prozent. Bestenfalls. Es tut mir leid, Solarmarschall, aber ...«

Tief atmete ich durch, nickte stumm und die Lippen aufeinandergepreßt, und ging. Draußen auf dem zum nächsten Antigravschacht führenden Korridor ertappte ich mich dabei, daß ich vor einer schwach spiegelnden Metallwand innehielt und mein verzerrtes Spiegelbild betrachtete. Zwischen Daumen und Zeigefinger knetete ich die Wangen. Blieben da nicht Falten zurück?

Ich dachte an ES: *Gehst du so mit deiner Zwanzigtausend-Jahre-Frist um?*

Es war verrückt. Wie oft hatte ich über eine solche Situation nachgedacht, hatte mir den Kopf zermartert, wie es wohl sein würde, den Tod nahen zu fühlen, und ich hatte mir eingebildet, ihm ruhig und gelassen ins Auge zu blicken, ihn vielleicht sogar auszulachen.

Alles war anders. Ich spürte Trotz und Zorn. Wie ein Kind, dem jemand sein Spielzeug weggenommen hatte.

Vielleicht, weil dies der denkbar falsche Zeitpunkt war.

Aber wäre es nicht immer der falsche Zeitpunkt gewesen?

Was Major Gus Barnard und seinen Begleitern aus der technisch-wissenschaftlichen Crew des Flottentenders DINO-3 zur Zeit der Meister der Insel nicht gelungen war, nämlich einige hundert Jahre im Dilatationsflug zu überbrücken, hatte die Mannschaft der MEDICIN MAN tatsächlich geschafft.

Das Logbuch gab einen eindringlichen audiovisuellen Eindruck des verheerenden Hypersturms wieder, in dem das 100-Meter-Schiff schwer beschädigt worden war. Ohne Aussicht, die teilweise zerstörten Kompensationskonverter des Linearantriebs aus eigener Kraft jemals instandsetzen zu können, war die Mannschaft dazu verurteilt gewesen, sich zwischen zwei Übeln zu entscheiden, entweder der Suche nach einem leidlich zum Überleben geeigneten Planeten in erreichbarer Nähe, oder dem verzweifelten Versuch, in bekannte Sternenregionen zurückzukehren.

Man hatte das Raumschiff mit den Normaltriebwerken bis dicht unter die Lichtgrenze beschleunigt. An Bord waren nur ungefähr zwei Monate vergangen, im Gegensatz zu den Jahrhunderten außerhalb.

Neue Fehlfunktionen in den Lebenserhaltungssystemen hatten indes schon weit vor dem eigentlichen Zielsektor dazu gezwungen, den nächstgelegenen Planeten anzufliegen.

Stundenlang, während die EX-9933 mit Kurs auf das Solsystem durch den Linearraum raste, hatte ich die Logbuchaufzeichnungen auf mich wirken lassen. Zweimal hatte Hannah in einer privaten Sequenz meinen Namen erwähnt. Von Anfang an hatte sie ihren Entschluß bereut, vor mir oder – genauer! – meiner Unsterblichkeit davonzulaufen. Und sie hatte während des Dilatationsfluges von der Hoffnung gezehrt, daß sie mich am Ende wiedersehen würde.

»... egal ob wir fünfhundert oder tausend Jahre terranischer Standardzeit unterwegs sein werden, Reginald, ich weiß, daß ich dir am Ende des Fluges wieder gegenüberstehen werde. Du wirst dann nicht älter geworden sein, und ich nur um wenige Monate. Also haben wir die Chance auf einen neuen Anfang. Zeit ist nicht alles, vor allem dürfen wir uns nicht selbst zu ihren Sklaven machen. Ich frage mich, ob ich das wirklich erst erkennen mußte, um meine Flucht zu bereuen.«

Manchmal, in Augenblicken wie diesem, haßte ich die Zeit – obwohl ich ihr eigentlich unendlich dankbar hätte sein sollen. Ich starrte ins Leere ...

... und versuchte zu ergründen, welcher Sinn hinter alldem steckte. Ich fand keinen, außer der Erkenntnis, daß das Schicksal mit uns Menschen spielte.

Hörte ich ES' homerisches Gelächter aus weiter Ferne? Oder bildete ich es mir nur ein? Da war nichts außer dem Pochen in meinen Schläfen.

Die Stimme der Bordpositronik schreckte mich auf: Das Ende des Überlichtflugs stand in eineinhalb Minuten bevor.

Die EX-9933 würde den Linearraum zwischen Uranus und Saturn verlassen und den Saturnmond Mimas anfliegen. In den Klinikkomplexen stand für die Überlebenden der MEDICIN MAN die beste Hilfe bereit, die sie bekommen konnten.

Mir selbst blieben nicht einmal mehr vierundzwanzig Stunden. Ich starrte meine Hände an, die kräftigen Adern auf den Handrücken und die Sehnen, die ich bewußt nie so deutlich wahrgenommen hatte. Außerdem entdeckte ich neue Leberflecke. Waren sie erste Anzeichen eines einsetzenden Alterungsprozesses? Oder hing meine Müdigkeit damit zusammen? Zögernd lehnte ich mich im Kontursessel zurück und schloß die Magnetgurte.

Das wesenlose Wogen des Zwischenraums auf den Bildschirmen wich dem vertrauten Abbild des Saturn. Sol hing als ferner kleiner Lichtfleck schräg über dem Planeten.

Anfragen von den Wachforts – routinemäßige Antworten. Langsam wanderte Saturn seitlich aus dem Erfassungsbereich, dafür wurde Mimas sichtbar.

Erstmals direkter Funkkontakt mit einer der Kliniken. Landung in exakt zwanzig Minuten. Die Entgiftungskammern wurden für die Aufnahme der Schwerletzten justiert.

In dem Moment legte sich eine Hand auf meine Schulter. »Solarmarschall Bull.«

Ich kannte die Stimme, auch ohne mich umzuwenden wußte ich, daß der Chefmediziner hinter mir stand. Wollte er wegen Mimas mit mir reden? Nein, das bestimmt nicht, denn das war Routine.

»... nur wenn Sie gute Neuigkeiten haben. Ich ...«

Seine Miene verhieß absolut nichts Angenehmes. »Major Angel«, sagte er, »ist vor wenigen Minuten gestorben. Es tut mir leid, Sir, aber wir können nichts mehr für sie tun. Der Zerfall ihrer inneren Organe war zu weit fortgeschritten.«

Ein Klos steckte mir im Hals. Ich wollte etwas erwidern, konnte es aber nicht. Zögernd wandte ich mich dem Bildschirm zu, auf dem schon deutliche Oberflächenformationen von Mimas zu sehen waren.

Die besten Kapazitäten des Solaren Imperiums hätten Hannah helfen können, davon war ich überzeugt. Allein die genetischen Organbanken ...

Ich nickte knapp. »Sie haben Ihr Bestes getan, Doktor. Was ist mit den anderen Überlebenden, werden Sie durchkommen?«

»Wir übermitteln soeben die erforderlichen genetischen Kodes für die Konditionierung der Virenstämme. Vermutlich werden die Wissenschaftler auf Mimas keine vollständige Entgiftung erreichen, so daß mit Folgeschäden zu rechnen ist, aber die Viren übertragen zugleich ein Resistenzgen.«

Noch fünf Minuten bis zur Landung auf dem Notfall-Raumhafen des Strahlenschutzkomplexes Ellert-Memorial. Die Einsatzteams erwarteten uns, um so schnellstmöglich den Stoffwechsel der Patienten auf ein Minimum zu reduzieren.

Was waren schon fünf Minuten? Ungefähr die vierfache Spanne hatte Hannah Angel gefehlt und über Tod oder Leben entschieden.

Ich haßte die Zeit. In diesem Augenblick haßte ich sie abgrundtief.

Das änderte sich auch am nächsten Tag noch nicht, als feststand, daß mein Zellaktivator weiterhin ohne Einschränkung funktionierte.

Fast erschien es mir in der Folge, als hätten die Zeit und ich ein Abkommen geschlossen: Sie ließ mich in Ruhe, und ich verdrängte allmählich die Erinnerung an alles, was sie mir angetan hatte. Es war eher ein langer als ein schmerzhafter Prozeß, in dem ich mühsam versuchte, mich selbst zu finden. Die Regierungsgeschäfte ließen mir ausnahmsweise Zeit dazu, und von all den planetaren Feierlichkeiten, bei denen Perry Rhodans oder meine Anwesenheit erwartet wurde, hatte ich schlichtweg die Nase voll. Hundertjährige Jubiläen der Erstbesiedlung, zweihundertjährige, Unabhängigkeitserklärungen oder auch, was weit seltener geschah, Wiedereingliederungen in das Solare Imperium mit neuem Sitz im Parlament ...

Ich wollte weder Dekorationsstück noch Aushängeschild sein, mit dessen Anwesenheit man sich brüstete.

Dafür fragte ich mich, wo der Reginald Bull geblieben war, der hemdsärmelig und ölverschmiert zwischen Einspritzpumpen, Vorverdichtern und Brennstoffkammern hantierte, der die Faszination eines bevorstehenden Starts noch mit jeder Zelle seines Körpers spürte und beim Anblick einer kahlen Kraterlandschaft innerlich bebte?

Alles war steril geworden, Routine eben, die träge machte und blind für Erneuerungen. Ein Raumflug bedeutete der Jugend nichts anderes mehr als mir zu meiner Zeit – wie lange lag das zurück? – die Fahrt mit dem verbeulten, nach Diesel und Schmieröl stinkenden Vorortbus durch Flushing. Aber gerade das waren Erlebnisse gewesen, die einen jungen Menschen prägten, die ihm die Möglichkeit gaben, seine Umwelt mit allen Sinnen zu begreifen.

Was war dagegen ein Transmitterdurchgang? Rein in den Bogen – raus aus dem Bogen und dazwischen nichts, was sich irgendwie mit menschlichen Sinnen erfassen ließ. Äußerstenfalls ein schmerzhaftes Ziehen im Nacken bei der Überwindung größerer Distanzen.

Das Abenteuer fehlte. Nein, nicht die Gefahr, sondern einfach die Möglichkeit, Neues zu entdecken, sich mit Unbekanntem konfrontiert zu sehen und den eigenen Horizont erweitern zu können. Obwohl es das immer noch millionenfach in der Milchstraße gab. Jedes unerforschte Sonnensystem, jede neue Welt bedeutete eine neue Herausforderung – nur eben nicht für jemanden, der zwischen den Regierungsgebäuden in Terrania und seiner Villa am Goshun-See pendelte und bestenfalls einen Abstecher zu NATHAN auf dem Mond machte.

Kurzum: Ich ertrug Bürokratie über einen gewissen Zeitraum, aber mittendrin mußte ich mir auch wieder frischen Wind um die Nase wehen lassen. Die Haluter sagen »Drangwäsche« dazu, ich nannte es für mich »Plausibilitätskontrolle der Explorerflotte und ihrer Effektivität«, um dem Kind einen Namen zu geben. Schön hochtrabend, wie es sich für einen Bürohengst gehört. Ich werde nie Perry Rhodans spöttisch amüsierten Blick vergessen, als ich ihm von meiner Absicht erzählte.

»Früher hätte ich gesagt: Lassen wir den ganzen Kram liegen und sehen wir zu, daß wir unsere Träume verwirklichen ...« Er lächelte.

»Und heute?« wollte ich wissen.

»Heute hat mein Traum längst Macht über mich. So ist das, Dicker. Aus Rebellen sind gesetzte, dem Allgemeinwohl verpflichtete Politiker geworden.«

»Sprich nicht von Rebellen!« fuhr ich auf. »Das waren wir nie. Wir sind desertiert, weil wir die Einheit der Menschen wollten.«

»Wir haben alles erreicht, Bully. Das und mehr. Aber dafür zahlen wir einen hohen Preis.«

Perry hatte eine eigene, tiefgründige Art. Manchmal war er mir richtig unheimlich in seiner Ruhe, mit der er sogar schlechte Nachrichten akzeptierte. Gab es überhaupt etwas, was ihn so tief erschüttern konnte, daß sein Optimismus litt? Ich hoffte nicht, daß ein solcher Fall jemals eintreten würde. Aber ehrlich gesagt, man hatte schon Okrills kotzen sehen.

Ich zuckte mit den Schultern. »Ich werde mir also weiterhin die neuesten Exportstatistiken zu Gemüte führen. Wenn mein Gefühl nicht trügt, haben wir im Güterverkehr mit den Maahks einen Überschuß von mindestens ...«

»Bully«, sagte Rhodan, »interessieren dich wirklich solche Details?«

»Natürlich«, log ich.

Aus seinem Lächeln war ein amüsiertes Grinsen geworden. »Hau schon ab, Dicker! Worauf wartest du noch? Aber grüß die unbekannte Milchstraße von mir!«

»Das mache ich, Perry. Worauf du dich verlassen kannst.«

Fast acht Monate war ich an Bord eines Explorers unterwegs, es war eine schöne, aber auch anstrengende Zeit, die mir zudem deutlich vor Augen führte, daß wir wirklich erst einen Bruchteil der Milchstraße kannten.

Wieviele Jahrhunderte würden vergehen, bis alle weißen Flecken von unseren Sternenkarten getilgt sein würden? Wahrscheinlich war das nie zu schaffen. In die gigantischen Sternentstehungsgebiete drangen nicht einmal unsere Explorer ein – zu chaotisch und bedrohlich waren die anzutreffenden hyperphysikalischen Verhältnisse. Wir beschränkten uns auf Momentaufnahmen aus sicherer Distanz.

Zur Zeit der U.S. Space Force hatte ich eine Milchmädchenrechnung aufgemacht, die mir damals faszinierend erschienen war, sich aber längst nur als müder Abklatsch der Wirklichkeit erwiesen hatte. Die Schätzungen allein für unsere Galaxis schwankten damals zwischen 200 Milliarden und 400 Milliarden Sonnenmassen. Ich hatte seinerzeit mit dem unteren Wert gerechnet und war außerdem davon ausgegangen, daß nur jede tausendste Sonne einen oder mehrere Planeten besitzt. Schon das ergab eine Gesamtzahl von zweihundert Millionen Welten in der Milchstraße.

Da jedoch allein die heimische Sonne Sol über sage und schreibe neun Planeten verfügte, waren alle derartigen Berechnungen das Papier nicht wert, auf dem sie geschrieben wurden. Denn anzunehmen, daß ausgerechnet unsere Sonne die einzige Ausnahme in der Milchstraße darstellen sollte, hätte bedeutet, in mittelalterliche Weltanschauungsmodelle zurückzufallen.

Nur zum Privatvergnügen hatte ich vor dem Mondflug aufgeschrieben, welche Zahl sich ergäbe, würde jede Sonne über, schlecht gerechnet, fünf Planeten verfügen: Eine Billion (das sind eine Million Millionen). Oder als Zahl notiert: 1.000.000.000.000.

Aber zurück zu meinen rechnerischen zweihundert Millionen Welten.

Sofern nur jeder einhundertste Planet Bedingungen aufwies, die eine Entstehung von Leben ermöglichten und sich auf jeder tausendsten dieser Welten eigenständiges intelligentes Leben entwickelt hatte, blieben zweitausend von gänzlich unterschiedlichen, zivilisierten Wesen bewohnte Himmelskörper übrig.

Längst wußten wir Menschen, daß die Vorstellungen des zu Ende gehenden zwanzigsten Jahrhunderts unvollständig gewesen waren. Wer hätte geglaubt, daß lebensfeindliche Welten mit Wasserstoff-Ammoniak-Methan-Atmosphäre und hoher Schwerkraft Intelligenzen wie die Maahks hervorbringen konnten. Oder daß annähernd planetengroße, organische Geschöpfe mit kristalliner Körperstruktur im Vakuum des Weltraums lebten und sich ausschließlich von Energie ernährten? Wir hatten die Mobys von Andro-Beta kennengelernt.

In der heimischen Milchstraße, rund zweiundvierzigtausend Lichtjahre von der Erde entfernt, gab es sogar ein Volk intelligenter Chlorgasatmer, die Gradosima. Die Raumfahrt beherrschten sie schon lange, und obwohl ihr kleines Sternenreich weit mehr als hundert Sonnensysteme umfaßte, lebten sie zurückgezogen und pflegten kaum Kontakt mit ihren Nachbarn. Das mochte daran liegen, daß sie früher ins Arkon-Imperium eingegliedert worden waren und erst mit dessen fortschreitendem Zerfall die Unabhängigkeit zurückgewonnen hatten. Zu verdenken war ihnen diese Vorsicht nicht. Möglicherweise drückte sich darin auch ihr erworbenes Mißtrauen aus.

Die kosmische Evolution ist erfinderischer als es sich menschlicher Geist jemals vorzustellen vermag. Das war weiß Gott keine neue Erkenntnis. Aber genau diesen Satz sprach ich als Logbucheintrag, als der Explorer wieder auf Terra landete.

Sieben Welten in drei einander benachbarten und bislang unerforschten Sonnensystemen, zweiunddreißigtausend Lichtjahre von Sol entfernt, lagen hinter uns. Das in den hermetisch gesicherten Laderäumen zurückgebrachte geologische und biologische Material würde ein Team von Wissenschaftlern über Jahre hinaus beschäftigen. Die Eingliederung in Gen-Datenbanken war unerläßlich und vielleicht, was niemand hoffte, eines Tages lebensnotwendig. Auf jeder neuen Welt, die unsere Raumschiffe anflogen, konnten Krankheitserreger lauern, die sich als tödliche Seuche entpuppten, und die vielleicht nur mit ebenso fremden Genstrukturen zu besiegen waren. Mit einem solchen Szenario lebten wir seit Anbeginn der Raumfahrt, nur waren derart katastrophale Umstände zum Glück nie in wirklich großem Umfang eingetreten.

Auf einem der Planeten, einer heißen Wüstenwelt, hatten wir wandernde Felsen entdeckt, granitähnliche Blöcke bis hin zur Größe eines Lastengleiters, die unsere Biologen erst kurz vor dem Abflug als auf Silikatbasis beruhendes Leben identifizieren konnten. Diese Steine assimilierten im Wüstensand gebundene Quarzstrukturen und nutzten die Dünenwanderung für ihre eigene Fortbewegung. Altersschätzungen schwankten zwischen zwanzig- und fünfzigtausend Jahren. Ein Kontakt mit diesen Tieren – wir nahmen zumindest an, daß es sich um eine primitive Lebensform handelte – war aufgrund unserer stoffwechselbedingt kraß unterschiedlichen Wahrnehmungsgeschwindigkeiten absolut unmöglich gewesen. Vielleicht, wenn Telepathen uns auf dem Flug begleitet hätten ...

Nicht weniger exotisch waren die Sonnensegler erschienen – hauchzarte, blattartige Geschöpfe, die in der Stickstoffatmosphäre ihrer Welt der Thermik folgten. Wir hatten beobachtet, wie die nur zwei Handspannen messenden Sonnensegler einem Schwarm angreifender Flugsaurier widerstanden und letztlich sogar die im Vergleich mächtigen und plumpen Räuber benutzt hatten, um schnell Tausende von Kilometern zurückzulegen. Eine nachträgliche Auswertung der optischen Aufzeichnungen hatte ein eindeutig taktisches Verhalten der Blattwesen ergeben. Instinktgeleitet? Wir hatten es zumindest nicht herausgefunden.

Nie zuvor hatten Menschen sich faszinierenderen Herausforderungen gegenübergesehen als seit Beginn des Raumfahrtzeitalters.

»Du hast abgenommen«, wurde ich von Mausbiber Gucky begrüßt, als ich nach der Abwesenheit meinen Bungalow am Goshun-See zum erstenmal betrat. »War die Verpflegung an Bord deiner eigenen Flotte so mies?«

Und damit hatte mich die Banalität des Alltags wieder.

Eine Zeitlang war ich wirklich versucht, an eine Ära friedlicher Expansion und umfassender Zusammenarbeit mit unseren galaktischen Nachbarn zu glauben. Es sah tatsächlich danach aus, als hätte das sechsundzwanzigste Jahrhundert nach Christi der Beginn eines goldenen Zeitalters werden können.

Auf nahezu allen Gebieten trieben unsere ehrgeizigen Wissenschaftler Forschungsprojekte voran, die eines Tages Antworten auch auf die letzten Fragen bringen sollten.

Terraforming machte neue Welten urbar. Die Begeisterung der Siedler bei der Eroberung neuen Lebensraums war ungebrochen.

Im Jahr 2529 begann die Besiedlung des Normon-Systems mit dessen zweitem Planeten Nosmo. 14.772 Lichtjahre lag das System mit insgesamt acht Welten, das später zum Zentrum des Imperiums Dabrifa werden sollte, von der Erde entfernt.

Doch zunehmend dämpften innenpolitische Querelen die Euphorie. Autarkiebestrebungen beschäftigten das Parlament. Eigenständige Imperien wie das beachtliche achtzig Welten umfassende Dulaimon entstanden im Staatsgebiet des Solaren Imperiums. In den Jahren um 2550 mußte die USO eingreifen und Dulaimon einen Friedensschluß aufzwingen, was in letzter Konsequenz den Zerfall dieses Sternenreichs zur Folge hatte. Lediglich die Welten Dulaimon und Nosmo blieben starke Verbündete.

Bezeichnend für den herrschenden Zeitgeist war sicherlich das Nebeneinander der Extreme. Während im östlichen Stadtkern von Terrania ein monumentales Vergnügungszentrum entstand, das im Vergleich zum einstigen Las Vegas wirkte wie eine hochmoderne interaktive Computeranimation gegenüber einem Brettspiel wie Backgammon, entbrannte am Rand der galaktischen Eastside ein unnötiger Krieg. Tefroder aus Andromeda suchten eine neue Heimat an der äußersten Peripherie der Milchstraße und hatten sich im Gebiet des von Blues beanspruchten Nayalith-Clusters breitgemacht.

Ein terranisches Eingreifen an den Brennpunkten der Eastside hätte zweifelsohne bedeutet, den Funken an die Lunte des Pulverfasses zu legen, das die immer noch miteinander verfeindeten Bluesvölker und ihre ungeheure Fruchtbarkeit bedeuteten. Die Gefahr eines umfassenden Krieges, der wie ein Flächenbrand die Territorien aller bekannten raumfahrenden Völker erfassen würde, stand als Schreckgespenst im Hintergrund.

Obwohl der seit der Jahrhundertwende verstärkte Einsatz der Paratrontechnologie unserer Flotte die militärische Vormachtstellung sicherte, waren es nicht die schlagkräftigen Großkampfschiffe bis hin zu den Zweieinhalbtausend-Meter-Kugelriesen, die manches Feuer wieder löschten, sondern die im Untergrund ihr Leben riskierenden Spezialisten der USO und der Solaren Abwehr.

Die Nächte, in denen Perry Rhodan und ich uns über die Rolle Terras als Ordnungsmacht die Köpfe heißredeten, hat niemand gezählt. Männer wie Atlan und Mercant, Julian Tifflor, aber auch Homer G. Adams und Geoffrey Abel Waringer waren dabei. Doch irgendwann hatte ich genug von Wenn und Aber und Rücksichtnahmen, die zwar opportun sein, sich in der Zukunft aber als falsch erweisen mochten. Nur Rhodan und Atlan waren dabei, als meine Faust auf den Tisch donnerte.

»Ich bin lange geduldig, aber den Tag, an dem mir der Geduldsfaden reißt, streicht euch rot im Kalender an!« schimpfte ich los. »Wir haben eine Verpflichtung zu erfüllen, nicht nur innenpolitisch, sondern auch nach außen. Die Milchstraße wird uns an unserem Verhältnis zu den Tefrodern messen.«

»Eben«, sagte Perry Rhodan nach einer Weile des Schweigens. »Es steht uns nicht zu, ausschließlich unsere Sicht über Recht oder Unrecht durchzusetzen und die Waffen sprechen zu lassen. Von der Sache her benötigen wir eine galaktische Kommission, einen Gerichtshof, dessen Entscheidungen für alle Völker bindend sind.«

»Wir haben den idealen Zeitpunkt, das in Angriff zu nehmen«, versetzte ich ironisch. »Keine zehn Völker würden zur Gründungsversammlung erscheinen. Aber darum geht es mir nicht, sondern um das Unrecht, das den Tefrodern immer wieder angetan wird. Seit fünfzigtausend Jahren leben sie in der Diaspora, seit sie auf der Flucht vor dem Ansturm der Haluter nach Andromeda flohen und dort die Maahks unterjochten. Ihr Aufstieg zum beherrschenden Volk in der Nachbargalaxis war in Wahrheit doch nur der Aufstieg der Meister der Insel, und wer kann es den Maahks und anderen einst geknechteten Völkern verdenken, daß sie keinen Unterschied machen zwischen MdI und Tefrodern? – Was würdest du tun, falls uns Menschen eines Tages überall nur Haß und Verachtung entgegenschlägt? Ich glaube, ich versuchte ebenfalls, in die alte Heimat zurückzukehren.«

»In fünfzigtausend Jahren wurde Andromeda die Heimat der Tefroder, Bully«, sagte Atlan betont. »Du kannst keinen alten Baum versetzen.« Das Funkeln in seinem Blick hätte mich warnen sollen, doch ich achtete nicht darauf.

»In dem Punkt sind wir unterschiedlicher Ansicht«, widersprach ich. »Ich verstehe die Tefroder.«

»Auch ihr Vorgehen?« fragte Perry.

»Natürlich haben sie Fehler gemacht ...«

»Mit einer Flotte in das Gebiet der Blues einzudringen, ein Dutzend unbewohnter Planeten zu besetzen und ohne Vorwarnung zwei Blues-Diskusschiffe abzuschießen, ist nicht gerade der richtige Weg, Freunde zu gewinnen.«

»Ich sagte doch, sie haben Fehler ...«

»Die Tefroder denken nicht daran, mit den Blues zu verhandeln, geschweige denn, sich anderes Siedlungsgebiet zu suchen. Ihr Glaube, zu Herren geschaffen zu sein, ist leider viel zu tief verwurzelt. Unter diesen

Voraussetzungen können wir keinen offiziellen Beistandspakt schließen, Bully. Wir würden unsere eigene Politik damit in Frage stellen.«

»Du unterschätzt die Verbissenheit der Tefroder, Perry«, stellte ich fest. »Vergiß nicht, daß sie mit uns Menschen verwandt sind! Und ein in die Enge getriebener Terraner kämpft bis aufs Messer.«

»Noch glaubt niemand, daß das Solare Imperium der Tefroder wegen einen galaktischen Krieg riskiert«, wandte Atlan ein. »Aber darauf liefe es wirklich hinaus.«

»Die Maahks haben schon zu verstehen gegeben, daß sie jede terranische Hilfe für die Tefrod-Kolonien als feindlichen Akt gegen alle Methan-Atmer ansehen würden. Was das zur Folge hätte, muß ich hoffentlich nicht ausmalen.« Perrys Stimme war frostig geworden. Er hatte seine Meinung gefaßt und ließ sich davon nicht mehr abbringen.

»Blues und Maahks als Verbündete gegen Terra?« Ich drosch die Fäuste gegeneinander.

»Gleichzeitig leben alte Ressentiments wieder auf«, erinnerte mich Atlan gnadenlos. »Akon und der Baalol-Kult intrigieren im Untergrund, Springer und Aras werden versuchen, ihre Monopolstellungen zurückzuerobern. Außerdem fallen die ohnehin wankelmütigen Kolonien gleich dutzendweise von Terra ab, und Arkon kann alle diese Welten wie Fallobst aufsammeln und seinem Imperium einverleiben. Ob das Solsystem sich unter diesen Umständen lange behaupten kann, wage ich zu bezweifeln.«

Ich hatte die Arme verschränkt – wie ich selbst erkannte instinktiv, um die Argumente der Freunde nicht an mich heranzulassen – und kaute auf der Unterlippe.

»Also auch du, mein Freund Atlan«, stieß ich in Anspielung an andere bedeutende geschichtliche Ereignisse hervor. »Wir opfern die Hoffnungen der Tefroder auf dem Altar politischer Notwendigkeiten. Ich brauche euch hoffentlich nicht zu sagen, wie sehr mich dieses Geschäft in letzter Zeit anwidert.«

Perry Rhodan nickte zögernd. Seine graublauen Augen suchten meinen Blick und fraßen sich fast schon bittend an mir fest. Die kleine Narbe auf seinem rechten Nasenflügel war hell verfärbt und zeigte deutlich seine Erregung, auch wenn er äußerlich so beherrscht wirkte wie eh und je.

Er legte die Hände aneinander, hakte die Daumen unters Kinn, vergrub das Gesicht halb zwischen den Handflächen und begann, mit den Zeigefingern die Nasenwurzel zu massieren. Mehrmals atmete er tief ein und stieß die Luft hörbar wieder aus.

Ich hatte mich von meinem eigenen Gerechtigkeitsgefühl leiten lassen. Zu impulsiv vielleicht. Erst in dem Moment begann ich mir Gedanken darüber zu machen, daß Perry noch weit mehr als ich unter der Situation litt.

»Die Tefroder haben sich selbst ihrer Hoffnungen beraubt«, sagte er bedächtig und ganz so, als müsse er sich nicht vor mir, sondern vor einem Milliardenpublikum äußern. »In dieser Situation können wir ihnen äußerstenfalls ein Garantieabkommen anbieten. Aber ausdrücklich ohne militärischen Beistand.«

Drei Monate später: Wieder kündigte eine Siedlungswelt offen den Bruch mit dem Solaren Imperium an. Crystal drängte seit Jahren mit wachsender Impertinenz auf eine umfassende Eigenständigkeit, nun wurde der bevorstehende Wahltermin zum planetaren Obersten Gremium von den Neo-Libertisten zum Schauplatz einer pervertierten Schlammschlacht gemacht. Und die halbe Galaxis schaute zu und fieberte dem Wahltermin entgegen.

Wie es aussah, würde Terra nicht gut wegkommen. Vor allem warteten andere Welten nur auf ein Signal von Crystal, um ihre Fähnchen nach dem Wind zu hängen. Unsere Geheimdienstberichte redeten von einer brodelnden Stimmung, die langsam aber sicher umzukippen drohte. Szenen der ersten Straßenschlachten wurden von den großen Hyperfunksendern verbreitet. Demonstranten verbrannten Puppen, deren Ähnlichkeit mit Perry Rhodan und mir nicht nur zufällig war.

»Keine Abhängigkeit von Dekadenz!« skandierte die Menge. »Terra schert sich einen Dreck um die Tefroder – morgen wird es uns Außenweltlern so ergehen. Besinnen wir uns darum auf die eigene Kraft, bevor es zu spät ist.«

Ich flog nach Crystal ... und erhielt prompt keine Landegenehmigung für mein Flaggschiff. Mir wurde lediglich gestattet, mit einer Space-Jet auf dem Zentralraumhafen zu landen.

Frostige Ablehnung schlug mir entgegen. Trotz vorheriger Zusagen platzte meine Unterredung mit den führenden Köpfen der Neo-Libertisten. Zehn Tage vor dem Urnengang brannte die Terranische Vertretung nach einer Serie heftiger Explosionen bis auf die Grundmauern nieder.

»Haß auf die Politik des Solaren Imperiums, Solarmarschall Bull, scheint das Motiv für diesen Anschlag gewesen zu sein.« Ein Reporterteam von *Galaxy today* war nur Minuten nach dem Anschlag zur Stelle. »Warum hält Terra eisern an seinem Anspruch der Vorherrschaft fest und verkennt, daß die Kinder von einst längst selbständig geworden sind?«

»Weil Haß noch nie ein guter Ratgeber war. Lassen Sie uns in Ruhe über die anstehenden Themen reden – ich bin überzeugt, wir werden zu einem für alle Seiten annehmbaren Ergebnis kommen.«

»Die Zeit, um zu reden, war lang genug – nur wurde sie von Terra nicht genutzt. Unter diesen Umständen ist es legal, weitere Schritte einzuleiten.«

»Verstehen Sie darunter einen unschuldige Opfer fordernden Bombenterror?« konnte ich mir nicht verkneifen. »Mit solchen Methoden stoßen Sie bei mir auf taube Ohren. Ich bin nach Crystal gekommen, um Rede und Antwort zu stehen ...«

Daran hätte sich auch nichts geändert. In schlechten Zeiten mußte jemand mit den Leuten reden.

Zwei Stunden später entging ich nur um Haaresbreite einem Attentat; der zweifellos für mich bestimmte Sprengsatz zerfetzte ein Begleitfahrzeug. Rückblickend sah ich Flammen und Trümmer. Keiner in dem Prallfeldgleiter konnte mit dem Leben davongekommen sein.

Natürlich war ich nicht so leichtsinnig gewesen, schutzlos auf Crystal zu landen. Zwei Spezialroboter begleiteten mich und kauerten im Fond des Gleiters. Nicht einmal Sekunden lagen zwischen der Explosion und dem leisen reißenden Geräusch, das von den Robotern kam. Sie bewegten sich nicht mehr; das Glühen ihrer Sehzellen war einem fahlen Glimmen gewichen.

»Die Überlastung ihrer Positroniken führt zum Ausbrennen«, wurde mir offen erklärt. »Wir besitzen da eine kleine technische Spielerei, von der Ihre SolAb-Agenten nie erfahren haben.«

Bevor ich meinen Individualschirm aktivieren konnte, spürte ich einen harten Schlag gegen die Schläfe. Ein Gefühl unerträglicher Taubheit durchraste meinen Körper. Ich spürte noch, daß ich steif zusammenbrach, dann war nichts mehr.

Es klingt seltsam, aber die Stille weckte mich auf. Übergangslos, von einer Sekunde zur anderen, kam ich wieder zu Bewußtsein.

»Guten Morgen, Mr. Bull.« Die männliche Stimme sprach akzentfreies Interkosmo. Die Herkunft des Sprechers einzuordnen, war so gut wie unmöglich. »Ich hoffe, die Unannehmlichkeiten der kleinen Betäubung haben Sie nicht zu sehr gegen uns aufgebracht. Wir sind keine Unmenschen.«

Der Raum, in dem ich mich befand, maß etwa dreißig Quadratmeter. Abgesehen von der knapp über dem Boden schwebenden Antigravliege, einem großen Wandbildschirm und einem Servierautomaten gab es keine

Einrichtungsgegenstände. Ein Hologramm der Milchstraße zierte eine der Längswände.

Rasch vertrieben die belebenden Impulse des Zellaktivators die Ameisenheere aus meinen Adern. Zumindest versuchte man nicht, mich auf subtile Art zu töten. Das Schulterholster mit dem kleinen Kombistrahler vermißte ich ebenso wie den Gürtel mit dem integrierten Schirmfeldprojektor und dem auf meine Individualimpulse eingestellten Peilsender.

Der Unbekannte lachte leise. »Ich verstehe Ihr Mißtrauen, Mr. Bull. Einiges von Ihrem Eigentum mußten wir leider zweckentfremden, zu Ihrem und zu unserem Schutz. Sie verstehen?«

Der letzte Rest von Benommenheit war von mir abgefallen. Mein Armbandgerät verriet mir, daß nicht einmal dreißig Minuten seit der Explosion des Gleiters vergangen waren. Leider durfte ich daraus nicht schließen, daß ich mich noch im Bereich der Hauptstadt befand. Ein Transmitterdurchgang konnte mich ebenso auf die andere Seite Crystals wie an Bord eines Raumschiffs versetzt haben. Obwohl – vergeblich lauschte ich der typischen Geräuschkulisse oder den sanften Vibrationen arbeitender Triebwerke.

Suchend blickte ich um mich.

»Sie sind neugierig, Mr. Bull?«

Ich konnte weder eine verborgene Optik, noch Lautsprecher entdekken. Nicht einmal ein Schott zeichnete sich in einer der Wände ab. Ohne Umschweife begann ich, den angenehm temperierten Kunststoffüberzug abzutasten.

»Irgendwie bin ich hier hereingekommen, also muß es auch einen Weg in umgekehrte Richtung geben.«

Je nachdem, wohin die Entführer mich verschleppt hatten, galt es, Zeit zu gewinnen. Der siganesische Peilsender auf meiner Kopfhaut fiel nur bei einer gründlichen Untersuchung auf. Zumal es sich um einen Passivpeiler handelte, dessen Speziallegierung lediglich eine Rückkoppelung auftreffender Suchimpulse bewirkte. Das nur einen halben Zentimeter große Gerät sah auf den ersten Blick aus wie ein Büschel roter Haarstoppeln. Seine Reichweite betrug unter günstigen Umständen jedoch nur lächerliche dreitausend Kilometer.

»Ich sehe, wir haben uns in Ihnen nicht getäuscht, Mr. Bull. Ihr Psychogramm ließ genau diese Reaktion erwarten.«

»Solarmarschall Bull«, betonte ich, ohne in meiner Suche innezuhalten. »Solarmarschall des Solaren Imperiums. Und als solcher nicht gewillt, mit Kriminellen zu diskutieren.«

»Auch das war vorherzusehen.«

»Wenn Sie mich schon so genau kennen, weshalb haben Sie mich dann entführt? Was wollen Sie erreichen?«

»Schauen Sie auf den Bildschirm, Mr. Bull!«

Die Szene kannte ich: ein ausgedehnter Industriekomplex, Fertigungsanlagen so weit das Auge reichte, Reaktorbereiche und durch Schirmfelder gesicherte Sektoren, im nachhinein betrachtet aufgrund der hohen Streustrahlungen der ideale Ort für einen inszenierten Zwischenfall. Wie Ameisen wirkten die drei Bodengleiter, die rasch das Areal durchquerten.

Die Aufnahmeoptik sank tiefer, erfaßte die Explosion in ihrer verheerenden Wirkung und die ausbrennenden Überreste des zerstörten Gleiters. Alle Fahrzeuginsassen waren tot, hatten nicht den Hauch einer Chance besessen, dem Inferno zu entrinnen.

Der Zoom holte die Gesichter der Toten nahe heran. Erschreckend nahe.

»Hilft es Ihnen, zu wissen, daß nur Roboter getötet wurden?« fragte die Lautsprecherstimme. »Ihre Entscheidung bestimmt alles weitere, Mr. Bull.«

Damit hatte ich in der Tat nicht gerechnet. Roboter waren an Bord des Bodengleiters gewesen – und einer davon ...

Das war ich. Ich hätte es beschwören können. Zumindest von der Optik. Ein eigenartiges Gefühl, mich selbst zwischen den ausglühenden Wrackteilen liegen zu sehen, den Oberkörper blutig zerfetzt, die Haare mit der Schädeldecke zu einer roten Masse verbacken und die Augen so weit verdreht, daß in ihnen nur noch das Weiße zu sehen war.

»Niemand kann ernsthaft in Erwägung ziehen, daß dieser Betrug unentdeckt bleibt. Meine Leute ...«

»... würden doch nur diplomatische Verwicklungen heraufbeschwören. Und das eines Toten wegen? Wir müssen nur ein paar Stunden gewinnen – wie schon gesagt, Mr. Bull, nur bis Sie Ihre Entscheidung getroffen haben.«

»Ich denke nicht daran ...«

»Sie haben unser Angebot noch nicht gehört.«

Ich hatte den Raum inzwischen einmal umrundet, aber nicht die Andeutung eines Schotts entdeckt. Wütend trat ich zu.

»Ist Ihnen jetzt wohler?« Der Fremde lachte amüsiert. »Reagieren Sie sich ab, Solarmarschall – wir sind keine Unmenschen, die das nicht verstehen würden. Und nun denken Sie vermutlich, Sie hätten sich nicht zu dieser Emotion hinreißen lassen dürfen. Weil Sie damit Ihren Entführern in die Hände spielen. Ich versichere Ihnen, falls Sie sich entscheiden, im bisherigen Trott weiterzumachen, würden wir das zwar bedauern, aber akzeptieren. Habe ich endlich Ihre Neugierde geweckt?«

»Wer sind Sie?«

»Aber Mr. Bull. Sie enttäuschen mich. Glauben Sie wirklich, ich sei so naiv, Ihnen schon jetzt meine Identität zu verraten?«

»Ich weiß gerne, mit wem ich rede.«

»Dann nennen Sie mich Tresher.«

Natürlich war das nicht sein wirklicher Name. Ich beschränkte mich auf eine saure Miene.

»Ich, oder sollte ich besser sagen: Wir bieten Ihnen eine neue Aufgabe, Solarmarschall. Und die Verwirklichung Ihrer Träume. Ihnen werden alle Mittel zur Verfügung stehen, die Sie benötigen.«

»Sind sind verrückt!« Ich konnte nicht anders, ich mußte schallend lachen.

»Das Solare Imperium hat seine beste Zeit hinter sich, Mr. Bull. Es wird zerfallen. Vielleicht noch nicht heute oder morgen, aber in einer oder zwei Generationen. Niemand kann so blind sein, die Anzeichen zu übersehen. – Ihre persönlichen Ziele, Mr. Bull, sind auch die unseren. Gemeinsam können wir ein großes Sternenreich schaffen, in dem die Menschen wirklich den ihnen zustehenden Platz einnehmen. Unter Einbeziehung der Tefroder. Es ist ein unmöglicher Zustand, daß die Tellerköpfe den einstigen Herren der Milchstraße Siedlungsgebiet verwehren. Wir wissen, daß Sie genauso denken.«

»Das habe ich nie behauptet.« Meine Gedanken überschlugen sich. Ausgeschlossen, daß von meinen Gesprächen im Führungskreis irgend etwas nach außen gedrungen war. Ebenso ausgeschlossen, daß uns jemand mit technischer Hilfe belauscht hatte.

»Zugegeben, Solarmarschall, Ihre Äußerungen gegenüber den Medien über die Tefroder waren sehr zurückhaltend. Aber zwischen den Worten schwang Ihre Unzufriedenheit mit diesem Zustand mit.«

Ich suchte immer noch nach der verborgenen Optik. Das stecknadelkopfgroße Etwas in einer Ecke des Raumes fiel mir erst in dem Moment auf.

»Wenn Sie davon überzeugt sind«, ich fixierte die vermeintliche Minioptik, »hätten Sie besser daran getan, mir eine Hyperkomnachricht zukommen zu lassen. Eine Entführung ist auf jeden Fall die falsche Methode.«

Eine heisere Verwünschung antwortete mir. Fast gleichzeitig hörte ich den näherkommenden Lärm. Sekundenbruchteile später sackte ein Teil des Zimmerbodens weg. Genau da hatte ich den verborgenen Zugang noch nicht gesucht.

Kampfroboter glitten in die Höhe und sicherten mich mit einem Schutzschirm. Danach folgten Raumsoldaten. Ihr Befehlshaber salutierte knapp.

»Danke, Major.« Ich erwiderte den Gruß mit einem Lächeln. »Bringen Sie die Gefangenen an Bord!«

Er schüttelte nur knapp den Kopf. »Keine Gefangenen, Sir. Der gesamte Gebäudekomplex war verlassen. Lediglich eine unterirdische altmodische Kabelverbindung führt von hier aus zu bewohnten Regionen. Roboter und ein Teil meiner Männer sind unterwegs.«

»Ich fürchte, Major, Ihre Aktivitäten kommen zu spät.«

Ich wußte selbst nicht weshalb, aber ich war überzeugt davon, daß mein unbekannter Entführer sich rechtzeitig hatte absetzen können. Auf gewisse Weise wünschte ich es ihm sogar.

Erst Monate später – die Wahl auf Crystal hatte eine hauchdünne Mehrheit für den Verbleib im Solaren Imperium ergeben – bekam ich den Abschlußbericht der Solaren Abwehr auf den Schreibtisch. Allan D. Mercant höchstpersönlich gestand mir das Unvermögen seiner ansonsten äußerst präzise arbeitenden Organisation ein, die Drahtzieher hinter dem Zwischenfall zu ermitteln. »Alle Spuren endeten über kurz oder lang im Nichts«, sagte er zerknirscht. »Es ist, als würden wir gegen Windmühlenflügel kämpfen. Wir können nicht einmal mit Sicherheit behaupten, daß die Neo-Libertisten von der Entführung wußten. Der Einsatz unserer Telepathen blieb ebenso erfolglos.«

Ich schürzte die Lippen und bot Allan einen uralten Brandy an. Er lehnte ab.

»Aber das war noch nicht die ganze Wahrheit?« vermutete ich.

»Zufällig haben wir herausgefunden, daß Kirtalom Dabrifa zur fraglichen Zeit in kosmischer Nachbarschaft des Crystal-Systems weilte; seine Spur verliert sich jedoch. Außerdem erscheinen die Namen zweier ehemals hochrangiger Agenten von Dulaimon in einer Gästedatei des Zirkon-Plaza.«

Ich schenkte mir einen Brandy ein. Während ich nachdenklich den Kognakschwenker bewegte, fragte ich: »Threndor Carsual wurde nicht zufällig ebenfalls auf dem Planeten registriert?«

»Nein«, machte Mercant verwundert. »Ich lasse das aber sofort prüfen.«

»Geschenkt.« Ich winkte mit der freien Hand ab. »Wer immer es war, der mich auf seine Seite ziehen wollte, für mich ist die Angelegenheit abgehakt. Die Sicherheitsvorkehrungen werden entsprechend ausgeweitet, und die Whistler-Leute dürften in Kürze ein Zusatzmodul für die

Robotpositroniken entwickelt haben, das erneute Beeinträchtigungen unserer Kampfroboter ausschließt. Insofern haben wir allen Grund, dem Unbekannten sogar dankbar zu sein.«

»Ich glaube«, sagte Mercant, »nun kann ich doch einen Brandy vertragen.«

Unruhen und kleinere Krisenherde blieben auch in den folgenden Jahrhunderten an der Tagesordnung. Andererseits machte die technische Entwicklung, nicht zuletzt durch Forschung an den Hinterlassenschaften der Lemurer auf vielen Gebieten beachtliche Fortschritte. Die übrigen raumfahrenden Völker entwickelten unglaublichen Ehrgeiz, sich in ihrer Spionagetätigkeit gegenseitig zu überbieten.

Im Jahr 2645 wurde die Carsual-Partei offizieller Koalitionspartner der ertrusischen Regierung, und Threndor Carsual jun., 2580 zum Generalstabschef der ertrusischen Flotte ernannt, avancierte zum Verteidigungsminister.

Sechs Jahre später kam es zum Staatsstreich auf Ertrus. Carsual rief den zweiten Bund aus, dessen Regierungsspitze er vorstand. Dieser zweite Carsualsche Bund umfaßte zunächst nur fünfunddreißig Sonnensysteme, hatte aber für andere Welten Vorbildfunktion. Atlan und seine USO bekamen endgültig alle Hände voll zu tun, die sich abzeichnenden Separationsbestrebungen unter Kontrolle zu halten. Der innere Bereich des Solaren Imperiums mit seinen rund viertausend Lichtjahren Durchmesser war von Reichen wie der Zentralgalaktischen Union, den immer mehr Sonnensysteme an sich ziehenden Fracowitz-Systemstaaten, der nicht minder großen Ross-Koalition und einigen kleinen Bündnissen wie der Tarey- Bruderschaft und dem Shomona-Orden umgeben.

Andererseits wurden weiterhin neue Welten erschlossen und besiedelt, so zum Beispiel Baikular, ein Planet, auf den fünfhunderttausend Terraner mongolischer Abstammung auswanderten. Im selben Jahr, 2746, standen Topsid und der Neuarkonidische Weltenbund auf Haaresbreite vor einem Kriegsausbruch.

Unaufhaltsam drängten Separationsbestrebungen und lokal begrenzte Kriegsherde in den Vordergrund galaktischer Geschichte. Spätestens als 2784 die insektoiden Plostas eine harmlose Welt überfielen. Es wurde vermutet, daß die Plostas, starke und todesmutige Krieger, die ihr eigenes Leben ebensowenig schonten wie das ihrer Gegner, und die seit über zwei Jahrtausenden Söldnerdienste verrichteten, inzwischen von Dabrifa eingesetzt wurden.

Spätestens mit der Rebellion auf Ertrus, als im August 2841 Threndor

Carsual getötet wurde und die drei Ertruser Nos Vigeland, Runeme Shilter und Terser Frascati ihr Triumvirat etablierten, sprangen die Zeichen in der Milchstraße um auf Sturm. Es wurde absehbar, daß wir mittelfristig unsere Flotte aufmarschieren und die Waffen sprechen lassen mußten, eine Aufgabe, die weder Perry Rhodan noch ich selbst herbeigesehnt hatten.

Das Jahr 2907 zeigte uns völlig unerwartet die eigene Verletzlichkeit. Acht Mitglieder des Mutantenkorps ließen Anzeichen einer krankhaften Gehirnveränderung und beginnenden Bewußtseinsspaltung erkennen. Obwohl wir glaubten, ihre Erkrankung auf die Veränderung des Erbguts durch die Hiroshima-Atombombe zurückführen zu können und trotz anfänglicher Behandlungserfolge auf Mimas, hielten alle Behandlungen den beginnenden Wahnsinn nicht mehr auf. Anfang 2909 brach die Second-Genesis-Krise aus, in deren Verlauf wir unsere besten Mutanten verloren. Zellaktivatoren gelangten dabei an das Triumvirat des Carsualschen Bundes und an Imperator Dabrifa.

Als Konsequenz aus unveränderten politischen Lage und den kompromißlos auftretenden mächtigen Blöcken, trat am 30. April 2930 eine Verfassungsänderung in Kraft. Den Großadministrator wählten ab sofort nur noch die Bewohner des Solsystems – eine zweifellos gutgemeinte Entscheidung, die trotzdem neue Ausschreitungen und Unruhen nach sich zog.

Für Perry selbst wurde sie indirekt zum schwersten Schicksalsschlag seines Lebens.

Wie sollte Mory Rhodan-Abro weiterhin die Loyalität der Plophoser zum Solaren Imperium einfordern, obwohl die Plophoser ab sofort ebenfalls von der Wahl ausgeschlossen blieben. Die extremistischen Panither, die seit geraumer Zeit den Sturz der plophosischen Regierung anstrebten, aber noch nicht als extrem eingestuft worden waren, gewannen enorm an Zulauf. Die einhundertsiebzehn Sonnensysteme des plophosischen Bundes bargen ein nicht zu unterschätzendes Potential an Unzufriedenheit. Morys Ehe mit Rhodan, bislang ihr unschätzbarer Vorteil, wurde plötzlich ihr wunder Punkt.

Unverblümt wurden Rücktrittsforderungen laut. Und in letzter Konsequenz, Ende Februar 2931, erschütterte der Aufstand der Panither mit der Gewalt eines Naturereignisses Plophos. Ein entfesselter Mob, getrieben von Aggression und Machtgier, tobte durch die Städte.

Bis die tobende Volksseele endlich zur Ruhe kam, verbreiteten die galaktischen Nachrichtensender ein Bild des Grauens. Lodernde Feuersbrünste legten ganze Straßenzüge in Schutt und Asche; schwarze, sintflutartige Wolkenbrüche verdampften zwischen glühenden Ruinen.

Die Opfer der Ausschreitungen, viele von Strahlschüssen schrecklich entstellt, wurden zur Vermeidung der Seuchengefahr zusammengekarrt und desintegriert. Kaum jemand machte sich die Mühe, die Toten zu zählen.

Die dünne Tünche der Zivilisation war wie spröde Farbe abgeblättert, und all den Überlebenden, die trotz hochgezüchteter Technik hilflos zwischen den Trümmern ihrer Städte umherirrten, nach Verwandten und Freunden suchend, stand das Entsetzen unauslöschlich in die Gesichter eingraviert.

Es würde lange dauern, bis die Wunden wirklich verheilt waren.

Sogar der Himmel weinte. Dichte Wolkenbänke hatten sich über Terrania City zusammengezogen und tauchten die Metropole in ein seltsam unwirklich scheinendes Licht. Ein leichter Nieselregen hing in der Luft, und wo die Wolken für kurze Zeit aufrissen und Sonnenstrahlen scheinbar verirrt über nasse Fassaden geisterten, schienen kleine Regenbogen zu entstehen.

Millionen Menschen hatten sich eingefunden, eine schweigende, ergriffene Menge, die den Weg der beiden Särge flankierte, vom Raumhafen zum Zentralfriedhof, wo die sterblichen Hüllen von Mory Rhodan-Abro und Suzan Betty Rhodan-Waringer ihre letzte Ruhe finden sollten.

Ich selbst fühlte mich miserabel, aber Gucky machte einen noch erbärmlicheren Eindruck. Nie zuvor hatte ich den Ilt so gebrochen erlebt, ein Schatten seiner selbst, der sich mit Selbstvorwürfen zerfleischte. Ich war sicher, er hätte sein Leben dafür gegeben, hätte er den Tod der beiden Frauen ungeschehen machen können.

Noch mehr Sorgen machte ich mir um Perry Rhodan. Er war innerlich und äußerlich versteinert und schien nicht einmal wahrzunehmen, was um ihn herum geschah. Sein Gesicht war eingefallen und grau, die Augen von dicken, blutunterlaufenen Ringen geprägt. Auf mich wirkte er uralt, ein Mann, der jede Hoffnung verloren hatte.

Ich selbst kämpfte gegen die Tränen an, wischte mir immer wieder mit dem Handrücken über die Augenwinkel. Nein, ich schämte mich meiner Tränen nicht.

Auch wir potentiell Unsterblichen waren gegen den Tod nicht wirklich gefeit. Eines Tages würde es um uns genauso einsam werden wie um jeden anderen Menschen, der Freunde und Verwandte verloren hatte. Und vielleicht würde uns dieser Moment noch weitaus härter treffen.

Perry hielt sich tapfer. Ich wußte, daß er lieber im engsten Kreis von Frau und Tochter Abschied genommen hätte als mit diesem Staatsakt.

Aber er konnte nicht anders und war gezwungen gewesen, über seinen Schatten zu springen. Ich sah einige Arkoniden, Unither, sogar Blues. Icho Tolot war gekommen, und neben ihm hatten sich Posbis eingefunden. Zwei Maahks in plumpen Schutzanzügen erfüllten ihre diplomatische Mission.

Gab es wirklich so etwas wie eine ausgleichende Gerechtigkeit? Dann fragte ich mich allerdings, wofür Perry so hart bestraft wurde. Erst Thoras Tod, die von einem Ara erschossen worden war, dann die Auseinandersetzung mit seinem Sohn Thomas. Michael Rhodan war wohl bei seinem Einsatz im Enemy-System ums Leben gekommen, obwohl sein Leichnam nie gefunden worden war. Und nun der Mord an Mory und Suzan.

Ich wünschte nur noch, daß dieser Tag schnell vorübergehen und daß danach andere kommen würden. Doch der Schmerz und die Trauer saßen sehr tief.

»... ich verrate kein Geheimnis, meine Damen und Herren, wenn ich Ihnen sage, daß ich kein Freund kriegerischer Handlungen bin. Aber ich glaube auch nicht, daß wir jemals in der Lage sein werden, Auseinandersetzungen zu verhindern, egal ob diese mit Transformgeschützen, hochmodernen Strahlwaffen oder auch nur mit hölzernen Keulen geführt werden.

Sehen Sie sich um! Schauen Sie des nachts bewußt zum sternenklaren Himmel auf und versuchen Sie zu zählen, wieviele Milchstraßensysteme Sie mit einer einfachen optischen Vergrößerung erkennen können. Ich brauche Ihnen nicht zu sagen, daß allein diese Zahl in die Tausende geht.

Vielleicht lebt in einer der fernen Galaxien ein Volk, das es geschafft hat, Frieden in seiner Sterneninsel zu schaffen. Ich frage mich heute nur, wie. Entweder ist das Leben ist dieser Galaxie völlig anders aufgebaut als bei uns, so fremdartig, daß wir es möglicherweise nicht einmal als intelligente Daseinsform erkennen würden, oder die Betreffenden haben die Befriedung aus einer Position der Stärke heraus durchgesetzt.

Ich besitze dann allerdings die Freiheit zu fragen, wie haltbar – oder auch wie brüchig – ein solcher erzwungener Friede wirklich sein kann. Wahrscheinlich werden wir alle eine derartige Zivilisation niemals erleben – Sie, die Sie hier sitzen und über die Mittelvergabe beschließen werden, noch weniger als ich.

Jeder Naturwissenschaftler erläutert Ihnen, wenn Sie es hören wollen, die Grundzüge des Lebens und der Evolution. ›Fressen, oder gefressen werden‹, es steckt sehr viel Wahres in dieser altterranischen Redewendung. Ohne die stete Herausforderung säßen wir alle heute noch in Höhlen und würden Flechten von den feuchten Wänden kratzen, um uns mehr recht als schlecht zu ernähren.

Wenn Sie das wollen, bitte sehr – wir haben die Möglichkeit dazu. Wir brauchen uns nur in unserer engsten Nachbarschaft umzusehen. Akonen, Antis, Aras, Blues, die Springer nicht zu vergessen, sie alle hegen nach wie vor unterschwellige Ressentiments und würden Terra liebend gerne am Boden sehen. Stoppen Sie die Forschungsgelder! Kürzen Sie den Verteidigungsetat! Dann sind Sie auf dem besten Weg, Ihre lichtdurchfluteten, vollautomatisier-

ten Wohnungen über den Wolken sehr bald schon mit einer muffigen Höhle zu vertauschen. Fließend Wasser kann ich garantieren.

Wir werden uns immer Anfeindungen ausgesetzt sehen. Weil das Gesetz des Stärkeren schon in der Ursuppe galt und in den Genen jedes Lebewesens verankert ist. Wenn Sie eine gewaltfreie Gesellschaft wollen, müssen Sie die Natur als solche verändern. Aber beschränken Sie sich lieber auf das Machbare.

Darunter verstehe ich zum einen eine glaubhafte Abschreckung potentieller Angreifer durch den Beweis eigener Stärke und zum anderen den Ausbau passiver Verteidigungssysteme, die es uns erlauben, eine wirkliche Friedenspolitik zu betreiben.

Diese Versammlung, die unter anderem über eine drastische Kürzung der Verteidigungs- und Forschungsgelder im Rahmen des laufenden Fünf-Jahre-Plans entscheiden soll, ist zweifellos unter dem Eindruck der soeben überstandenen Krise einberufen worden.

Wieder einmal war ausgerechnet unser Solsystem Brennpunkt der Geschehnisse. Mir wäre es auch anders lieber. Wieder mußte das Solare Imperium einen hohen Blutzoll zahlen. Und als Mahnmal werden die Überreste des zerstörten Planeten Pluto noch in Jahrmillionen die Sonne umkreisen und davon Zeugnis ablegen, wie klein und vergänglich Zivilisationen sind.

Aber alles das ist für mich kein Grund, in einer ohnehin zu spät kommenden Panikreaktion guten Willen ad absurdum zu führen.

Ich weiß sehr wohl, daß jeder mit Waffengewalt ausgetragene Konflikt Leid bedeutet. Das war immer so. Ich habe meinen Vater in einem Krieg verloren, den die Geschichtsschreibung heute, vielleicht nicht einmal zu Unrecht, an den Beginn des Raumfahrtzeitalters stellt. Obwohl ich damals ein Kind war, erinnere ich mich sehr gut an die endlosen Nächte, in denen meine Mutter wach lag und ihre Tränen nicht mehr zurückhielt.

Ich denke, das genügt. Das war es, was ich sagen mußte. Die Entscheidung, hohes Gremium, liegt bei Ihnen.«

9. November 3438. Reginald Bull, Vizeadministrator des Solaren Imperiums in Vertretung des abwesenden Perry Rhodan. Die als aggressiv bezeichnete Rede vor dem Parlament existiert heute lediglich in einem einzigen originalen Tondokument, das im Institut für Terranische Geschichte auf Olymp verwahrt wird. (Bildaufzeichnungen wurden offenbar während der Schwarmkrise vernichtet.)

Aus »Archiv des Alltags« (eine Sammlung über die terranische Medienlandschaft in den Jahren der Veränderung, 3300 bis 3455 a.D.):

In der Folge wird die Aufzeichnung einer im Bereich des Solaren Imperiums ausgestrahlten interaktiven Quizsendung zum Thema aktuelle Geschichte wiedergegeben. Die aus Privatbesitz stammende Speicherung ist nicht vollständig erhalten. Als das Memoband in den Ruinen der venusischen Orchideenfarm Sallcaram aufgefunden wurde, deutete alles darauf hin, daß die Teillöschungen ausschließlich auf eine unsachgemäße Handhabung der 3-D-Projektion zurückzuführen sind. Die Veränderung der Gravitationskonstante durch den Schwarm und die dadurch ausgelöste galaxisweite Verdummung werden jedoch an anderer Stelle beleuchtet.

»... Ihr Auftritt vor dem Parlament vor zwei Monaten, Vizeadministrator Bull, hat Ihnen bei knapp zwanzig Prozent der Bevölkerung den Ruf eingebracht, ein Kriegstreiber zu sein. Obwohl oder gerade weil die Finanzmittel entsprechend den früher gefaßten Beschlüssen festgeschrieben blieben. Die Vorwürfe, Brot gegen Waffen eingetauscht zu haben ...«

»... sind in jeder Hinsicht ungerechtfertigt und werden wohl von den ewig Unbelehrbaren in die Welt gesetzt. Fakt ist, daß aus meiner Initiative ein umfangreiches Soforthilfeprogramm entstand, das über NATHAN unbürokratisch abgewickelt wird. Die Finanzierung erfolgt durch haushaltsneutrale langfristige Darlehen ...«

»Wir haben den ersten Anrufer auf Hyperkom, Vizeadministrator. Ich bedauere, Ihre zweifellos interessanten Ausführungen unterbrechen zu müssen.«

»Dafür sitzen wir hier. Ist es nicht so?«

»Ja, schon ... äh ... Miss Ronka stellt eine Fünf-zu-Zehn-Frage. Das bedeutet: eintausend Solar in den Hilfsfonds für Ihre zufriedenstellende Antwort, Vize...«

»Mr. Bull.«

»Ja, natürlich, Mr. Bull. Fünfhundert Solar an die Fragestellerin, sollte sie nicht erschöpfend aufgeklärt werden. – Wir sind gespannt auf Ihre Frage, Miss Ronka!«

»Wie kommt es, daß der ursprünglich von Freihändlern kolonisierte Planet Olymp heute eine der für das Solare Imperium wichtigsten Welten darstellt? Wenn ich richtig informiert bin, war der zweite Planet von Boscyks Stern vor tausend Jahren noch eine Urwelt.«

»Das hängt ursächlich mit den veränderten galaktischen Machtkonstellationen zusammen. Die Großmächte Carsualscher Bund, Imperium Dabrifa und die Zentralgalaktische Union verbündeten sich zur Antiterranischen Koalition. Und das, obwohl die Mehrzahl der Bevölkerung dieser Reichen von Terranern abstammt. Aber es ist das alte Spiel: Machtansprüche.

Als ihre vereinten Raumflotten in den Solsektor vorstießen, leiteten unsere Wissenschaftler unter Geoffrey Waringer das Projekt Laurin ein. Um einen

Bruderkrieg zu vermeiden, wurde das Sonnensystem mit Hilfe des Antitemporalen Gezeitenfeldes um fünf Minuten permanent in die Zukunft versetzt und zugleich durch die Explosion Tausender unbemannter Transformplattformen die Vernichtung des Systems vorgetäuscht. Das geschah am 10. November 3430.

Dem Handelsplaneten Olymp kommt insofern überragende Bedeutung zu, als die Versorgung der Erde und der anderen Planeten mit ihren 25 Milliarden Bewohnern nur über Importe sichergestellt werden kann. Was bislang über täglich Tausende von Frachtflügen abgewickelt wurde, mußte von einem Tag auf den anderen über den Container-Transmitter von Olymp abgewickelt werden. In der Person des Freihändlers Anson Argyris haben wir einen loyalen und zuverlässigen Freund gefunden.«

Für Archivierungszwecke wurde das Sallcaram-Band, das trotz nicht mehr wiederherstellbarer Sequenzen eine Gesamtlaufzeit von zwei Stunden und zehn Minuten aufweist, bearbeitet. Die nachfolgende, in eine chronologische Reihenfolge gebrachte und gekürzte Fassung soll ausschließlich dem schnellen Überblick interessierter Personen dienen. Die Moderation der ursprünglich viereinhalb Stunden dauernden Sendung wurde ebenso wie alle Einschübe weggelassen. Die Wiedergabe beschränkt sich auf eine Auswahl der wichtigsten Fragen und Antworten.

Auf Wunsch kann eine ausführliche Version über Datenbrille ausgegeben, aber auch jederzeit individuell abgebrochen werden. Die Kosten dafür betragen pauschal zwei Solar fünfzig, die für den weiteren Ausbau unseres privatfinanzierten Medien-Archivs verwendet werden. Erforderlich ist die Eingabe Ihrer persönlichen zwölfstelligen Bank-Transaktionsnummer mit Identitätsnachweis über Fingerabdruck.

Tauchen Sie nun wieder ein in die faszinierende Geschichte der Menschheit, die längst zu einem gewaltigen Abenteuer der Technik und des Fortschritts geworden ist, in der gleichberechtigt aber die herausragenden Leistungen vieler Namenloser zu sehen sind. Was wären Terra und das Solare Imperium ohne den Einzelnen, der heute wie vor tausend Jahren bereit ist, Mühen und Entbehrungen auf sich zu nehmen, um der Gemeinschaft zu helfen?

»Vizeadministrator Bull: Die Entdeckung des Todessatelliten in der Sonnenkorona ist nicht auf terranische Technik zurückzuführen. Gibt es noch Kontakte zu den Accalauries?«

»Darauf muß ich mit einem klaren Nein antworten. Die Accalauries haben

sich in ihr Antimaterie-Universum zurückgezogen. Zumindest im Augenblick haben wir andere Sorgen, als ihnen zu folgen.«

»Das war kurz und prägnant – leider zu kurz. Als Moderator habe ich die Aufgabe, den Fragesteller darauf hinzuweisen, daß er über eine Nachbesserungsmöglichkeit verfügt. Noch steht Ihnen die Drei-zu-Sieben-Chance nicht zu. Sie wollen erweitern und wissen, daß bei einem erneuten Unterschreiten der Mindestzeitgrenze der Spendenbetrag von Ihnen aus eigenen Mitteln zu verdoppeln ist? So sind die Regeln. Gut, wir warten gespannt.«

»Vize…, Mr. Bull: Hinter dem Erscheinen der Antimateriewesen in der Milchstraße verbergen sich zweifellos gewichtige Gründe, die so nie an die breite Öffentlichkeit gelangten.«

»Hier schließt sich ein Bogen kosmischer Zusammenhänge, der rund 1,8 Millionen Jahre weit in die Vergangenheit reicht. Das Suprahet, mit dessen Existenz wir Menschen erstmals im Zusammenhang mit unserer Begegnung mit dem Zweiten Imperium der Blues konfrontiert wurden, war einst Teil einer gewaltigen Energiewolke im Antimaterie-Universum der Accalauries. Eine zweifellos kosmische Explosion versetzte das Suprahet in unseren Raum, aus dem zurückbleibenden Teil der Energiewolke entwickelten sich die Accalauries. Zwangsläufig besteht eine enge Verwandtschaft auch mit dem von Blues verwendeten Molkex.

Als sich das Molkex durch unser Eingreifen veränderte und an seinen Ursprung zurückkehrte, wurden die Accalauries aufmerksam und begannen mit Nachforschungen, die sie erstmals 3431 in die Milchstraße führten.

Begegnungen mit den sogenannten UFOS endeten jeweils in verheerenden Explosionen, bis erkannt wurde, daß die fremden Raumschiffe aus Antimaterie bestanden. Erst nach mehr als Jahresfrist gelang es dem Experimentalschiff ROLIN unter Perry Rhodan, das durch einen Ynkelonium-Überzug vor der Materie-Antimaterie-Reaktion geschützt war, Kontakt mit Accalaurie Accutron Mspoern aufzunehmen. Sein notgelandetes Raumboot wurde ebenfalls durch Ynkelonium geschützt und zudem auf dem Jupitermond Kallisto eine Station mit diesem natürlich unter Hochdruckbedingungen entstehenden Element errichtet. In seiner reinen Form hat Ynkelonium keine Entsprechung unter den Anti-Elementen des Periodischen Systems, weshalb es als einziges für neutralisierende Überzüge verwendet werden konnte. Mspoern machte uns auf Unregelmäßigkeiten im Energiehaushalt Sols aufmerksam, die in absehbarer Zeit zur Novaexplosion führen konnte. Ihm ist die Entdeckung des sogenannten Todessatelliten in der Sonnenkorona zu verdanken.«

»Mr. Bull, wie erklärt sich der Zusammenhang zwischen den archäologischen Ausgrabungen im Tonga-Graben und dem Fund des Neandertalers mit der hochstehenden Technik des Sonnensatelliten, der nicht einmal von unseren Wachschiffen geortet wurde?«

»Damit ich das beantworten kann, begleiten Sie mich zweihunderttausend Jahre in die Vergangenheit unseres Planeten, in die Zeit, als Neandertaler und Cro-Magnons entstanden waren. Eine Gruppe von Cappins – dieser Name ist lediglich eine Sammelbezeichnung für die biologisch eng miteinander verwandten und äußerlich erstaunlich menschenähnlichen Völker der Galaxis Gruelfin – landete damals auf der Erde. Der größte Unterschied zu uns Menschen liegt in einer stärker entwickelten Hirnstruktur und der Fähigkeit der führenden Cappin-Völker, durch die sogenannte Pedotransferierung geistigen Kontakt mit anderen Lebewesen herzustellen und dieses sogar vollständig zu übernehmen. Jedoch ist gerade diese Übernahme nur bei Wesen mit ähnlichem biologischen Aufbau möglich.

Um die Eignung der damaligen Menschen für die cappinschen Zwecke zu verbessern, installierten sie den Sonnensatelliten, der durch Veränderung solarer Strahlungskomponenten auf der Erde Mutationen größeren Ausmaßes entstehen ließ. Natürlich sollten diese Manipulationen im verborgenen bleiben und schon gar nicht rivalisierende Cappins auf den Plan zu rufen. Die in den Satelliten eingebaute Todesschaltung hätte unsere Sonne jederzeit zur Nova aufheizen können – sie wäre wirksam geworden, sobald sich Intelligenzen dem Satelliten näherten.«

»Hätte man die Auseinandersetzung mit den Cappins nicht verhindern können?«

»Wie?«

»Genau das frage ich Sie, Vizeadministrator.«

»Als Moderator muß ich mich wieder einklinken. Diese rein suggestive Frage ist nicht zulässig.«

»Das ist mir völlig egal. Diese Hyperkomverbindung besteht über eine Distanz von dreizehntausend Lichtjahren und mich interessiert Ihre Zulässigkeit keinen Deut. Kann oder will Bull nicht antworten?«

»Sie entschuldigen sich für diese Entgleisung, oder ich lasse die Leitung unterbrechen. Die Höflichkeit gebietet ohnehin, daß Sie Ihren Namen …«

»Medienkriecher!«

»Sie sind kein Terraner?«

»Das ist unwichtig, Bull.«

»Es gibt auf Terra eine alte Redewendung: Wenn der Hund nicht gesch…«

»Die Verbindung wurde vom Anrufer getrennt. Ich denke, wir können uns wieder ernsthaften Fragen zuwenden. Ihre Reaktion, Vizeadministrator, ent-

spricht dem erklärten Willen der Redaktion und unserer Zuschauer, Fakten nicht durch Polemik zu verwässern. Alle wissen wohl, was Sie zum Ausdruck bringen wollten.«

»Mein Name ist Klaus Ennest, Terraner. Ich respektiere und schätze Mr. Bull, und ich glaube, seine eigentlich pazifistische, aber auch manchmal derbe Grundeinstellung zu kennen. Ich weiß zudem, daß man mit gutem Willen allein niemals ein Sternenreich zusammenhalten kann. Nehmen Sie das als Kompliment, Mr. Bull, auch das muß einmal in den Vordergrund gestellt werden.

Ich entscheide mich für die umfangreiche Fünfzig-zu-Eins-Frage und gehe das Risiko ein, durch eine fehlerhafte Interpretation meinerseits eine große Summe zu verlieren. Das ist es mir wert, dem Vizeadministrator des Solaren Imperiums wenigstens einmal persönlich gegenüberzustehen, wenn auch nur als gegenseitiges Hologramm.

Ich beginne mit Alaska Saedelaere, geboren zur Jahrhundertwende, der seit seinem Transmitterunfall mit 28 Jahren gezwungen ist, eine Gesichtsmaske zu tragen. Inzwischen wissen wir, daß Alaska während seines Hyperraum-Durchgangs mit einem Cappin zusammenstieß und sich ein Fragment des Pedotransferers in seinem Gesicht festgesetzt hat.

Seit der Entdeckung des Sonnensatelliten waren die von diesem verursachten Energieausbrüche der Sonne so stark geworden, daß bis Ende April 3433 um den Bestand des Hauptgezeitenwandlers auf Merkur und damit das Antitemporale Gezeitenfeld gebangt werden mußte. Einige Monate später spürten Saedelaere und der aus der im Tonga-Graben gefundenen Cappin-Station geborgene Neandertaler Lord Zwiebus, der als erfolgreiches Zuchtprodukt der Cappins gelten darf, die Anwesenheit einer großen Zahl von Pedotransferern im Sonnensystem. Sie waren aus der Vergangenheit gekommen. Sie zum Rückzug in den Sonnensatelliten zu bewegen, war meines Erachtens die einzig richtige Entscheidung, denn um selbst zu überleben, waren sie gezwungen gewesen, den Mechanismus abzuschalten, der Sol binnen kurzer Zeit zu Nova gemacht hätte.

Ich frage Sie, Vizeadministrator Bull, nach den Zusammenhängen zwischen dem massiv vorangetriebenen Bau eines Nullzeitdeformators nach den Plänen der MdI und dem Aufbruch Perry Rhodans an Bord des neuen Fernraumschiffs MARCO POLO nach Gruelfin. Immerhin beträgt die Distanz rund 36 Millionen Lichtjahre, und Perry Rhodan ist bis heute nicht zurückgekehrt.«

»Wie Sie selbst feststellen, Mr. Ennest, 36 Millionen sind nicht gleichzusetzen mit einem Sprung um die Ecke. Um meinen Freund Rhodan und die Besatzung der MARCO POLO mache ich mir keine Sorgen …«

»... und wenn, dann würden Sie es nicht sagen.«

»Wenn ich das für richtig und angebracht hielte, ja. Aber ich versichere ausdrücklich, dem ist nicht so. Je weiter wir in den Raum hinausgreifen, desto längere Flugzeiten werden wir in Kauf nehmen müssen.«

»Bis alle Raumfahrer gezwungen sein werden, einen Zellaktivator zu tragen?«

»War das Ihre Frage?«

»Nein, Mr. Bull. Ich weiß sehr wohl zwischen Verlockung und Mühsal zu unterscheiden. Hundertfünfzig Jahre oder ein paar mehr sind ausreichend.«

»Gut, dann will ich versuchen, ein komplexes Thema zusammenzufassen. Mit Hilfe des Nullzeitdeformators sollte die Gefahr des Todessatelliten unmittelbar in der Vergangenheit gebannt werden. Daß erst eine zweite Expedition wirklich zweihunderttausend Jahre in der Zeit zurückreisen konnte, ist eine Randnotiz. Unser Einsatzteam stieß auf den Cappin Ovaron, der auf der Erde weilte, um die verbrecherischen Machenschaften von Takerern aufzudecken, einem Teilvolk der Cappins. Ihre genetischen Experimente auf der frühen Erde waren darauf ausgerichtet, geeignete Pedopeiler zu erschaffen, die über den cappinschen Herrschaftbereich verteilt werden sollten, um mit ihrer Hilfe alle Cappin-Völker zu unterwerfen. Sonnensatelliten dienten dem ungehinderten Verkehr zwischen den Stützpunktwelten der Takerer.

Ovarons Schaltzentrale in der Vergangenheit entpuppte sich als die bereits einige Jahre vorher entdeckte Station im Tonga-Graben, deren Öffnung offenbar den Todessatelliten erst aktiviert hatte. Daß Ovaron selbst ausgerechnet der Führer des ältesten und größten Cappin-Teilvolkes der Ganjasen war, ihr Ganjo, hatte kein Mitglied des Einsatzteams ahnen können.

Nur ein eng begrenzter Kreis sogenannter Tryzom-Träger hatte die Schaltungen der Satelliten nutzen können. Ursprünglich war nur der Ganjo Tryzom-Träger gewesen; im Gegensatz zu den Ganjasen hatten es die Takerer jedoch geschafft, Tryzom-Körperchen künstlich zu verpflanzen. Deshalb war der Ganjo gezwungen gewesen, selbst auf der Erde zu erscheinen, um Beweise gegen die Takerer zu sammeln.

Der 17. Juli 3434 war den Berechnungen von Professor Waringer der letztmögliche Zeitpunkt gewesen, um die Veränderungen im Energiehaushalt der Sonne zu stoppen. Am 25. Juli wäre Sol dann zur Nova geworden. – Vielleicht war es ein Fehler gewesen, die Geheimhaltung aufzugeben und die Galaxis wissen zu lassen, daß Terra noch existierte. Aber Unruhen auf imperiumsfreundlichen Welten und vor allem die vielfältigen menschlichen Schicksale hatten diese Erklärung nahegelegt. Die Folge war, daß am 17. Juli vierzigtausend Schiffe Dabrifas und der Zentralgalaktischen Union außer-

halb des Antitemporalen Gezeitenfeldes warteten. Die Sprengung des Satelliten mit Ovarons Hilfe löste zugleich den Zusammenbruch des Zeitfeldes aus. Als einziger Schutz vor den Angreifern blieb entsprechend dem Plan Laurin II das systemumspannende Paratronfeld. Die Toleranz-Revolution auf den Welten des Imperiums Dabrifa verhinderte den Bruderkrieg im letzten Moment. Heute haben wir wenigstens in der Hinsicht wieder stabile Verhältnisse.

Die Gründe für den Aufbruch der MARCO POLO nach Gruelfin sind schnell aufgezählt: Da ist einmal Ovarons Schicksal. Seine Zeit liegt 200.000 Jahre in der Vergangenheit. Ich bin überzeugt davon, daß die meisten unserer Zuschauer nicht daran denken, daß der Ganjo freiwillig in unsere Gegenwart kam. In seinem Reich muß er längst zur Legende geworden sein, falls sich überhaupt noch jemand an seinen Namen erinnert. Das wollte er wissen.

Außerdem behauptete er, daß der Satellit Impulse nach Gruelfin ausgestrahlt hatte. Die Befürchtung einer takerischen Invasion lag nahe, was die seit Mitte des Jahres 3436 in der Milchstraße auftauchenden Pedotransferer zu bestätigen schienen, von denen mehrfach wichtige Personen übernommen wurden. Die Nennung von Namen an dieser Stelle erscheint mir nicht angebracht.«

»... Sie haben recht, Mr. Bull, Namen tun nichts zu Sache. Deshalb erlauben Sie mir die Anonymität. Ich verzichte auf eine Preisteilnahme und stelle eine kurze Frage: Warum?«

»Das widerspricht den Regeln ...«

»Ich möchte dennoch darauf antworten, weil ich glaube, daß diese Frage viele Menschen bewegt.«

»Für philosophische Themen sind andere Sendungen vorgesehen.«

»Ich interpretiere dieses Warum? als äußerst bodenständig. Warum wurde die geplante Invasion der Takerer in der Milchstraße nicht mit allen Mitteln vereitelt? Warum konnte Olymp von Pedotransferern überfallen werden, und warum wurde Pluto zerstört?«

»Unsere Sendezeit ist nahezu abgelaufen, Mr. Bull. Besteht die Möglichkeit kurzer Antworten?«

»War das Ihre Frage?«

»Natürlich.«

»Das Verhältnis dürfte mittlerweile auf fünf zu zweihundert angewachsen sein.«

»Ein Späßchen gemacht, Vizeadministrator? Es freut mich, daß Sie nach den anstrengenden Stunden noch Humor beweisen, und unsere Zuschauer werden es honorieren. Bitte ...«

»Zu Punkt Eins: Da war zum Beispiel Balton Wyt, dessen Schicksal nach seiner Rettung durch alle Medien geisterte. Notgelandet auf einer von intelligenten Pflanzen bewohnten Welt, überlebte er in der Obhut der STADT, einer vor zweihunderttausend Jahren vom Ganjo Ovaron errichteten Robotanlage. Er wurde Augenzeuge, wie Takerer begannen, einen Pedopeiler auf dem Planeten zu installieren. Nach seinem Notruf konnte er von einer Flotte gerettet werden, die STADT vernichtete ihrer Programmierung folgend nicht nur die Takerer und ihren Pedopeiler, sondern sich selbst und den gesamten Planeten in einer atomaren Kettenreaktion.

Zweitens: Am 14. März dieses Jahres überzogen viertausend takerische Pedotransferer die Handelswelt Olymp mit Tod und Vernichtung. Sie hatten es geschafft, sich an Bord der EX-BOX 123, eines gemeinsamen Forschungsschiffs von Posbis und Terranern, einzuschmuggeln. Trotzdem gelang es uns, ihre Pedopeilstation in der galaktischen Eastside aufzuspüren und zu vernichten.

Und zum dritten: Die MARCO POLO war in Gruelfin in Ereignisse verwickelt worden, die niemand hatte voraussehen können, nicht einmal Ovaron selbst. Die wirkliche Invasion der Takerer in der Milchstraße wurde mit 146.000 Sammlern begonnen, fernflugtauglichen, bewaffneten Robotkonstruktionen. Die Vorhut von 60.000 Einheiten brachte Roi Danton und den Paladin als Gefangene zurück, beiden gelang jedoch die Flucht, und sie erreichten mit einem Beiboot mein Flaggschiff, die INTERSOLAR.«

Es gehört zwar nicht hierher, aber Roi Danton starb nicht, wie jeder geglaubt hatte, bei seinem Einsatz fast tausend Jahre zuvor. Die Flucht mit einer noch nicht erprobten Zeitmaschine der Bestien hatte ihn seinerzeit gerettet, jedoch war er von einem Zeitläufer der Cappins aufgespürt und in deren Station auf den Saturnmond Titan verschleppt worden. Genau dort hatte ihn die Crew des Nullzeitdeformators an Bord genommen und in die Realzeit zurückgebracht.

Zurück zu den Sammlern. Ein Navigationsfehler führte sie zunächst ins Wega-System. Mit zweitausend Schiffen der Solaren Flotte flog ich sofort zur Wega, hatte aber Befehl gegeben, Kampfhandlungen auszuweichen, bis innerhalb Stundenfrist insgesamt fünfzigtausend Einheiten aus allen Teilen der Milchstraße als Entsatz eintreffen würden. Schon einmal, in der Anfangszeit des Solaren Imperiums, war der Wega-Sektor zum Schauplatz einer schicksalhaften Raumschlacht geworden, im Vergleich mit den Sammlern mutete der Kampf gegen die Topsider von einst jedoch wie ein harmloses Geplänkel an.

Vielleicht ist es immer mein Schicksal, das Solsystem verteidigen zu müssen. Ich hoffe, es wird nie wieder nötig werden. Jedenfalls blieben wir nach einer Schlacht im Leerraum zwischen Wega und Sol die Sieger. Etwa die

Hälfte der takerischen Sammler und der ausgeschleusten kleinen Vasallen war am 8. Juni vernichtet worden.

Am 15. Juni wurde die Gefahr erneut greifbar. Neunzigtausend Sammler materialisierten nahe dem galaktischen Zentrum. Unserem Botschafter Oberst Edmond Pontonac gelang es indessen, nicht nur einen Beistandspakt mit der Föderation Normon zu schließen, sondern auch die Unterstützung der Zentralgalaktischen Union und des Carsualschen Bundes zu gewinnen.

Einhundertdreißigtausend Sammler griffen an. Am 19. Juli schien die Abwehrschlacht einem Höhepunkt zuzusteuern, aber die Rettung erschien erst fünf Tage später in Gestalt der Urmutter. Ovaron hatte in der fernen Vergangenheit den Spezialroboter programmiert, dessen Auftrag vorsah, die bedrohten Ganjasen vor angreifenden Takerern zu schützen. Eingriffe eines Wissenschaftlerteams hatten inzwischen zu eigenmächtigem Handeln des Roboters und der Entwicklung von Vasallen und Sammlern geführt. Dreihundertundvierzigtausend Sammler umfaßte allein die Urmutter, als sie nach ihrer Übernahme durch den Ganjo Ovaron und weil sie erkannt hatte, daß Teile von ihr für verbrecherische Aktionen mißbraucht worden waren, im Sonnensystem eingriff.

Die Urmutter entzog alle Sammler der takerischen Kontrolle und vereinte sich mit ihnen zu einem annäherund neunundvierzigtausend Kilometer durchmessenden Riesenplaneten aus Stahl, dessen Zusammenschluß den weniger als eine Lichtsekunde entfernten Pluto auseinanderbrechen ließ.

Am 26. Juli, eine Stunde vor Mitternacht Standardzeit, teilte die Urmutter ihre Erkenntnis mit, daß sie zu mächtig geworden war. Und daß mehrfach Teile von ihr für verwerfliches Tun im Sinne ihrer moralischen und ethischen Maximen benutzt worden waren. Aus diesem Grund begann sie mit der eigenen Desintegration. – Habe ich überzogen, oder liege ich noch in der Sendezeit?

Es bleibt anzumerken, daß achtunddreißig Fragesteller aus teilweise weit entfernten Regionen via Hyperkom an der interaktiven Sendung teilnahmen. Der Gesamterlös für den Hilfsfonds belief sich auf 2,47 Millionen Solar, der von Vizeadministrator Bull aus seinem Privatvermögen auf die glatte Summe von zweieinhalb Millionen erhöht wurde.

Die Kandidaten selbst teilten sich 120.500 Solar. Herausragender Favorit in der Publikumsgunst wurde Klaus Ennest, sein Preisgeld betrug 475.000 Solar.

Nachtrag: Das vorliegende Memoband verdankt das Archiv des Alltags diesem Kandidaten, der nach neuesten Erkenntnissen sein Preisgeld zur Renovierung der venusischen Orchideenfarm einsetzte. Seine Spur ebenso wie die der mit ihm liierten plophosischen Besitzerin verliert sich jedoch in den Wirren des Schwarms.

Aufnahme der Daten unter Pos. XB/348; Großraum Wagner-City/Terra, 10. März 3455

Im Mahlstrom der Sterne

Oktober 3580

Dumpf hallte das Echo ihrer hastigen Schritte durch den Korridor. Moixan hatte bereits den nächsten Antigravschacht erreicht und schwang sich in vollem Lauf in das aufwärts gepolte Kraftfeld.

»Die Nottreppen nehmen!« hatte Reginald Bull noch rufen wollen, aber nur ein heiseres Ächzen drang über seine Lippen. Er zögerte und wandte sich um. Zwanzig Meter schnurgerade verlaufender Korridor lagen hinter ihm, dann die Biegung. Von den verfolgenden Energie-Algen war noch nichts zu sehen.

Wieviel Zeit blieb ihm? Auf jeden Fall zu wenig. Nichts war mehr zu hören, die bedrohliche Stille wirkte lähmend. Die DAR TRANATLAN und ihre sechs Schwesterschiffe, benannt nach ruhmreichen Heroen der frühen lemurischen Epoche, waren zu Todesboten geworden. Reginald Bull gab sich keinen Illusionen hin: Die Energie-Algen hatten sich an Bord aller Raumer eingeschlichen, sie bedeuteten eine tödliche Gefahr für jeden Planeten, dem die kleine Flotte nahekam. Nicht einmal der Weltraum konnte diese Kreaturen aufhalten.

Weiter! Neben dem Einstieg zum Antigravschacht gab es für gewöhnlich einen Interkomanschluß. Die DAR TRANATLAN machte da keine Ausnahme. Aber die gesamte Bild-/Ton-Einheit war ausgebaut worden.

Sein Zögern hatte schlimmstenfalls Sekunden gedauert. Reginald Bull stieß sich ab und ließ sich von dem gerichteten Schwerefeld in die Höhe tragen. Moixan schwebte bereits mehrere Decks über ihm.

Die Energie-Algen an Bord waren kein Zufall.

Der Angriff gilt Terra! Jeder Pulsschlag hämmerte die Erkenntnis durch seinen Schädel.

Nichts war Zufall, alles paßte irgendwie zusammen. Aber die Erkenntnis daraus war erschreckend.

Die nur faustgroße, graue Erscheinung bedeutete den Ruhezustand der Energie-Algen, eine inaktive Phase, in der sie kaum eine äußere Energiezufuhr benötigten und die allem Anschein nach wochenlang andauern konnte. Erst als voll »erblühte« metergroße Quallengebilde wurden sie wirklich gefährlich, machten sie vor nichts und niemandem Halt, fraßen sich durch dicken Stahl hindurch und badeten in Waffenenergie. Nur ein gebündelter Thermoschuß konnte sie für einen kurzen Augenblick lähmen, aber nicht aufhalten.

Es bedurfte wenig Phantasie, sich auszumalen, was Hunderttausende dieser Quallen aus einer hochzivilisierten Welt machen konnten. Wahrscheinlich gab es keinen Baustoff, der vor ihrer Gefräßigkeit sicher war. Normalenergetische bis hin zu fünfdimensionalen Schutzschirmen würden sie ebenfalls nicht aufhalten können, waren sie in ihrer Struktur doch zumindest teilweise selbst einem übergeordneten Kontinuum zuzurechnen.

Bei ausreichender Energiezufuhr vermehrten sie sich durch Teilung. Die Vorstellung, daß Schwärme von Energie-Algen durch eine Metropole wie Terrania schwebten, sich durch Hochstraßen und Wohnbauten hindurchfraßen, die Energieversorgung lahmlegten und sich dabei unaufhörlich teilten, hatte den Schrecken einer Endzeitvision. Wie gräßliche Pokken klebten sie an Fassaden und Fahrzeugen, erfüllten die Nacht mit einem bedrohlichen Glühen und verdunkelten tagsüber in gewaltigen Schwärmen die Sonne.

Nichts konnte eine Zivilisation auf Dauer nachhaltiger zerstören als die Vernichtung ihrer Grundfesten. Dahinter steckte Methode.

Niemand wäre vor dem Start auf den Gedanken gekommen, die Schiffe zu durchsuchen. Schon allein deshalb nicht, weil die Zeit auf den Nägeln gebrannt hatte. Und weil ohnehin ein effektives Vorgehen niemals möglich gewesen wäre. Keine ausreichenden technischen Hilfsmittel, zu geringe Besatzungsstärke ... Außerdem hatten die Artmaccs, wie es schien, den Planeten längst aufgegeben gehabt. Und Energie-Algen an Bord hätten rasch Schäden angerichtet, die nicht unbemerkt bleiben konnten.

Moixan verließ den Lift auf dem Hauptdeck. Nur kurz wandte er sich zu Bully um, und sein Gesicht verzerrte sich in offensichtlichem Erschrecken. Was er rief, verstand der Terraner nicht, weil der Lemurer-Nachfahre sofort weiterhastete.

Selbstvorwürfe quälten Bull. Er hatte an ES geglaubt und schon deshalb zu nachlässig reagiert. Ohnehin hätte er selbst die vageste Chance ergriffen, wenn sie ihm nur die Möglichkeit versprach, auf die Erde zurückzukehren. Seit Wochen redete er sich ein, daß die Menschen ihn brauchten, daß er allein schuld daran war, daß Perry Rhodan und seine Getreuen zwischen den Sternen verschollen waren.

Er schwang sich in den Ausstieg. Ein Blick zurück zeigte ihm den Grund für Moixans Erschrecken. Zwei Energie-Algen folgten ihm in einem Abstand von höchstens vierzig Metern. Außerdem schwebten am Schachtende soeben weitere Quallen heran.

Der Hauptkorridor war nahezu menschenleer. Nur wenige Gesichter huschten vorbei – Bully registrierte sie gar nicht richtig. Er schrie ihnen zu, daß sie aus der Gefahrenzone verschwinden sollten, aber das war eine Farce. Wohin hätten sie sich wenden sollen? Es gab keine Beiboote, keine Raumanzüge ...

Das Hauptschott zur Zentrale schloß sich bereits wieder, als Bully noch hindurchhuschte. Hinter ihm schlossen sich die Flügel mit einem satten Schmatzen. Es klang endgültig.

Zum erstenmal seit langem mußte er sich zur Ruhe zwingen. Er spürte, wie die Blicke der Anwesenden sich an ihm festfraßen.

»Wir schaffen es!« Der heisere Klang der eigenen Stimme erschreckte ihn. Er glaubte ja selbst nicht daran, nicht mehr in der augenblicklichen Situation.

Er hatte ES vertraut, der stets ein Freund der Menschen gewesen und einmal mehr in der Gestalt des alten weißhaarigen Mannes erschienen war – für Bully ein Zeichen der Verbundenheit auch über den Abgrund der Sterne hinweg, denn so hatte er den Unsterblichen von Wanderer zuerst kennengelernt. Es hatte gutgetan, den Beistand zu spüren und zu wissen, daß die Menschen der Erde nicht längst in Vergessenheit geraten waren.

Ein Aufschrei ließ Reginald Bull herumfahren. Im Hauptschott war ein faustgroßer glühender Fleck entstanden. Er weitete sich aus, begann zu brodeln und sich aufzuwölben. Zwei weitere Stellen begannen sich zu verfärben.

Hinter sich hörte Bull Moixans Stimme lauter werden und einen beschwörenden Klang annehmen.

»... löschen! Alle Kursdaten für Lemur löschen! In der Verbundschaltung! – Wir dürfen den Tod nicht nach Lemur tragen ... andere Daten ... die nächste Sonne!«

»Nein«, keuchte Bully, ohne den Blick von den größer werdenden stählernen Blasen abzuwenden, »das erlaube ich nicht! Wir geben uns nicht auf!«

In seinen Gedanken hallte Moixans Stimme nach. *»Vor vier Generationen«,* hatte der Lemurer gesagt ... Das waren ungefähr einhundertzwanzig Jahre gewesen, eher noch einige Jahre mehr. *Damals* ...

Ein stechender Schmerz wühlte in Bulls Brustkorb. Sein Herzschlag begann zu rasen, stolperte und setzte für die Dauer eines entsetzlich langen Atemzugs aus. Schweiß brach dem Terraner aus allen Poren, gleichzeitig begann er zu frieren.

Warum war es ihm nicht eher aufgefallen?

Weil er genau das nicht hatte wahrhaben wollen. Er war zur Marionette geworden, zum Spielball zweier unbegreiflicher Mächte. ES und Anti-ES hatten ihr Kosmisches Schachspiel ausgetragen, bei dem es um nicht mehr und nicht weniger gegangen war als um die Vorherrschaft in diesem Teil des Universums.

Aber über den beiden Geisteswesen standen noch andere, die »Hohen Mächte des Kosmos«. Sie verbannten Anti-ES, der wiederholt gegen die Regeln des Spiels verstoßen hatte, für die Dauer von zehn Relativeinheiten in die Namenlose Zone. Das war, soweit Reginald Bull sich entsann, Ende April 3458 gewesen.

Kurz vorher schien Anti-ES im Mahlstrom noch die Weichen gestellt zu haben. Vielleicht hatte die negative Wesenheit zu jenem Zeitpunkt schon seine Niederlage geahnt und geplant, Rache zu nehmen. Indem es die Menschen der Erde anstelle des Mächtigen von Wanderer bestrafte und ES damit seiner Schützlinge beraubte.

Nur so konnte es gewesen sein. Obwohl das Kosmische Schachspiel längst beendet war, dauerte es noch an. Zumindest für Reginald Bull.

Bullys Gedanken wirbelten durcheinander, seine Lippen bebten und die Fingernägel stachen tief in die Handballen, als er in wilder Entschlossenheit die Fäuste ballte. Unverwandt starrte er auf das Schott. Zähflüssig tropfte der sich verflüssigende Stahl an mehreren Stellen ab. Es sah aus, als weinte der Stahl.

Er würde kämpfen. Wenn es sein mußte, mit bloßen Fäusten, denn über eine andere Waffe verfügte er ohnehin nicht.

Schach – und matt! hallte es in ihm. *Die Verlierer sind nicht ES oder Anti-ES, wir Menschen zahlen die Zeche.*

Wann hatte dieser eine entscheidende Spielzug begonnen? Vor zweihunderttausend Jahren mit der Flotte der Lemurer? Das zu glauben wäre Wahnsinn gewesen. Andererseits hatte der Unsterbliche von Wanderer längst bewiesen, daß Jahrtausende für ihn nicht mehr als ein unbedeutender Augenblick waren. Und was für ES galt, mußte auch auf seinen Gegenspieler zutreffen.

Welch nachträglicher Triumph für Anti-ES, wenn ausgrechnet Reginald Bull das Verderben nach Terra brachte. Ohne die Fehlfunktion des Zellaktivators, die ihn zum Aphiliker hatte werden lassen, wäre dieser Zug niemals möglich gewesen.

Mit der manipulierten Schockwelle einer fünfdimensionalen Energieexplosion hatte Breslauer die Funktionsfähigkeit des Aktivators wiederhergestellt. Die Frage, wann der Fehler aufgetreten war ...

Als hätte ihm ein unsichtbarer Gegner einen Hieb in die Magengrube versetzt, taumelte Bully rückwärts. Er entsann sich eines unerträglichen Schmerzes, als der Zellaktivator sich in die Haut eingebrannt hatte. Devil's Hell ... die tödliche Strahlung des Pulsars ... Hannah Angel! Ohne Hannah hätte er nie derart überstürzt versucht, das Wrack der MEDICIN MAN zu finden.

Gab es also einen wirklich Verantwortlichen für Hannahs Tod?

Anti-ES?

Oder hätte auch er auf Devil's Hell sterben sollen und ES hatte ihn gerettet, damit er als aphilischer Regierungschef Perry Rhodan von der Erde verbannte? Weil ES gewußt hatte, welches Schicksal dem Planeten drohte? Vielleicht war die SOL längst in die Milchstraße zurückgekehrt und ihre Besatzung kämpfte gemeinsam mit Atlan gegen die Vorherrschaft der Laren.

Ich wünsche euch Glück! schoß es Bully durch den Sinn. *Wir im Mahlstrom haben es nicht.*

Ein Aufschrei aus etlichen Kehlen schreckte ihn aus seinen Reflexionen auf. Eine der glühenden Blasen zerplatzte und gab den Weg frei für die erste Energie-Alge.

»Die Hoffnung, Lemur wiederzusehen, war kurz. Aber wir sterben lieber, als den Tod zur Heimat unserer Väter zu bringen.«

Moixan wirbelte herum. Das Stahlrohr mit beiden Händen umkrampft, warf er sich der leuchtenden Qualle entgegen, deren fast transparenter Leib sich wie unter dem Druck unsichtbarer Atmungsorgane ausdehnte und zusammenzog.

»Unsere Schiffe werden in der roten Riesensonne vor uns verglühen. Das übersteht keines dieser Biester.«

»Es muß einen anderen Weg geben.« Was er hastig hervorstieß, war eine barmherzige Lüge. Reginald Bull wußte das.

Vielleicht hätte er die eingeleitete kurze Linearetappe über fünf Lichtjahre noch abbrechen können. Er sah die Anzeige auf dem Hauptbildschirm. Zwei Minuten bis zum Eintritt in den Zwischenraum, verkündeten die lemurischen Ziffern. Und dann? Bei einem Überlichtfaktor von fünf Millionen bedeutete das eine Flugzeit von etwa dreißig Sekunden, bis die Schiffe im Sonneninnern in den Normalraum zurückstürzten. Wahrscheinlich würde niemand die unglaubliche Hitze spüren ...

Moixan stieß zu. Tief bohrte sich das Stahlrohr in die flache Unterseite der Qualle und setzte einen sprühenden Funkenregen frei. Einen kurzen, hoffnungsvollen Augenblick lang hatte es tatsächlich den Anschein, als könnte der Lemurer-Nachfahre die Energie-Alge besiegen, aber dann begann das Rohr aufzuglühen, und die Glut fraß sich weiter ...

»Gehen Sie, Bull! Sie sagten doch ... der Transmitter hat noch Energie.« Moixans Stimme überschlug sich und brach mit einem gequälten Gurgeln ab.

Ein unwirkliches Glühen überzog seine Arme, als die Qualle ihn berührte, fraß sich weiter, erfaßte die Schultern, dann den Oberkörper. Moixans Gesicht verzerrte sich. Für einen flüchtigen Moment, bevor die Augen starr wurden, zeichnete sich das Grauen in ihnen ab. Die Haut brach auf, gab blasenwerfendes, schwarz verbranntes Fleisch frei.

Zwei weitere Energie-Algen durchbrachen das Schott und sorgten dafür, daß die Todenstille in Panik umschlug.

»Gehen Sie, Bull!« brüllte Kammal. »Bringen Sie sich in Sicherheit!«

»Nein«, sagte Reginald Bull. »Selbst wenn ich wollte, wie sollte ich den Transmitter justieren?«

Noch zehn Sekunden bis zum Eintritt in den Linearraum. Mit einem schweren Werkzeug und kräftigen Schlägen begann Kammal auf die Kontrollen einzuschlagen. Monitore und Schaltflächen splitterten – nichts würde nun noch den Sturz in die Sonne aufhalten können.

Ein zweiter gurgelnder Todesschrei ...

Mit dem Übertritt in den Zwischenraum entstand eine leuchtende Spirale vor dem Transmitterkäfig. Das Abbild der Milchstraße?

»ES? Oder ...«

Ein dumpfes Lachen schien von dem Wirbel auszugehen. Nicht so spöttisch wie sonst. Ein lodernder roter Feuerring entstand aus dem Nichts heraus, in seinem Inneren angefüllt mit einem undurchdringlich scheinenden violetten Wogen. Ein kaltes Feuer, das wie das Tor in eine andere Welt wirkte – ein lemurischer Situationstransmitter.

»Zögere nicht, mein zweitältester Freund, dein Opfer wäre vergebens.«

»ES?« wiederholte Bull ungläubig.

Noch fünfzehn Sekunden bis zum Wiederaustritt. Das lodernde Feuer des Zielsterns begann die Bildschirme auszufüllen.

Ein harter Schlag traf Reginald Bull zwischen die Schulterblätter. Er taumelte vorwärts, versuchte noch, sich abzufangen, und wurde erneut gestoßen.

»Grüßen Sie Lemur ...«, hörte er Kammal noch sagen, dann hüllte das violette Lodern ihn ein.

Das Gefühl, in einen endlos tiefen Abgrund zu stürzen, lähmte jeden Widerstand.

Ein Spiel ist erst mit dem letzten Zug beendet, dann steht der Gewinner fest.

Die Worte schienen aus der Unendlichkeit heraus zu kommen. Oder waren auch sie nur Einbildung wie der scheinbar seit einer Ewigkeit andauernde Sturz?

»ES?«

Der letzte Zug, mein Freund, war schon vor dem Urteil der Hohen Mächte dieses Kosmos bestimmt, zu der Zeit, als Perry Rhodans Gehirn von meinem Widersacher nach Naupaum versetzt wurde, um die Menschheit zu schwächen. Du wirst deinen Weg fortsetzen, wo er unterbrochen wurde.

Stille.

Er war wieder allein ... und fiel durch die Ewigkeit.

Irgendwann spürte er die Berührung. Erst die hastige Frage »Wer bist du?« weckte seine Erinnerung an diesen Moment.

»Ich bin – du«, antwortete er zögernd.

Dann der Entzerrungsschmerz, ein heftiges Ziehen im Nacken und hinter ihm das Flackern eines erlöschenden Transportfeldes.

»Wir haben es geschafft!« sagte Roi Danton, machte noch zwei Schritte von den Transmittersäulen weg und wandte sich zu Bull um. »Ich habe nicht den Eindruck, daß du dich sonderlich freust, Bully. Ehrlich gesagt, du schaust ziemlich blaß aus. Du bist in Sicherheit, bei Freunden.« Mit beiden Händen umfaßte er Reginald Bulls Schultern und zog ihn an sich. »Mach dich nicht so steif! Du hast vierzig Jahre lang die Immunen verfolgt, das weiß jeder hier. Aber deshalb wird dir niemand den Kopf abreißen. Du warst krank, Dicker, dafür kannst du nichts.« Er stutzte, schob Bull plötzlich mit ausgestreckten Arm auf Distanz. »Du hast abgenommen. Und diese roten Bartstoppeln sprießen auch ziemlich dicht. Mann, die machen dich ja richtig alt.«

»Halt den Mund!« fauchte Bully. »Ich bin nicht für solche Scherze aufgelegt.«

Er reagierte verwirrt, weil er sich benutzt und manipuliert fühlte. Und das war etwas, was ihm nicht gefiel. Nicht nur der Geschehnisse im Mahlstrom wegen. Seine plötzliche Verunsicherung ging tiefer, rüttelte sogar an der Erinnerung an Hannah. Wenn auch das zum Spiel gehört hatte, durfte er sich seiner Gefühle überhaupt sicher sein?

»Es ist vorbei«, stieß er zähneknirschend hervor. »Die Marionettenfäden sind endgültig durchtrennt.«

Ein steile Falte erschien über Dantons Nasenwurzel. »Pardon, Monsieur Bull« Er räusperte sich dezent. »Je ne sais pas ...«

Nachdenklich fuhr Reginald Bull sich mit der Hand übers Kinn. Es kratzte herrlich. Vor der Aphilie hatte er sich jeden Morgen zehn Minuten Zeit für eine Rasur genommen, obwohl es modern gewesen war, den

Bartwuchs durch eine Injektion für mehrere Jahre zu stoppen. Als Aphiliker hatten ihn solche Überlegungen nicht mehr interessiert. Das Praktische war wichtig gewesen, nicht mehr das belebende Brennen von Rasierwasser auf der Haut.

»Ich glaube, ich war fast zwei Monate fort«, sagte er gedehnt. »Denk zurück an das Paralleluniversum, das unserer Welt so verblüffend ähnlich war, aber von einem tyrannischen Regime unterdrückt wurde. Und an dein negatives Gegenstück, Danton II ...«

»... ein böser Spuk.«

Bully nickte gedankenverloren. »Niemand ahnte damals, daß die Menschheit zum Spielball kosmischer Mächte geworden war. Dieses Spiel wurde heute erst wirklich beendet.«

Reginald Bull – Erinnerungen

3440 bis 3443

»Ich weiß nicht, ob mir wirklich nach Feiern zumute ist.« Halb geblendet blinzelte ich in die untergehende Sonne. Die wenigen Wattebäusche am Himmel begannen sich düster rot zu verfärben. Mein ungebetener Besucher hatte mich ziemlich unsanft aus dem Schlaf aufgeschreckt, schon deshalb hatte ich nicht das geringste Interesse an einer Diskussion.

Ein Schatten schob sich zwischen mich und die Sonne. Obwohl ich die Augen schloß, wollten das pelzige Gesicht mit den bebenden Tasthaaren und der einzige einsame Nagezahn nicht verschwinden.

Der Schatten kicherte spöttisch. »Vorwärts, Dickerchen! Keine Müdigkeit vorschützen.«

»Nein«, sagte ich schroff. »Ich bin alt genug, um für mich selbst entscheiden zu können. Wann wirst du das begreifen?«

»Du zierst dich wie eine Diva vor der Besetzungscouch.«

Guckys Grinsen war noch eine Spur herausfordernder geworden, als ich die Augen öffnete und ihn anstarrte. Also hatte er es doch wieder geschafft. Ich fragte mich nur, wo er den Spruch aufgeschnappt hatte.

»Egal was du noch von mir willst, Rübenfresser, meine Antwort ist nein.«

Wortlos teleportierte der Mausbiber. Wahrscheinlich hatte ich ihn beleidigt. Aber solche Phasen hielten nie lange an. Ich genoß die letzten warmen Sonnenstrahlen auf der Haut und den warmen Wind, der vom Goshun-See herüberstrich.

»Nett von dir, daß du mich erinnert hast. Ich hätte doch wirklich das noch vergessen.« Gucky war wieder da und hielt mir ein Bündel frisch ausgerissener Mohrrüben vors Gesicht. Ich hatte plötzlich Erde in den Augen und zwischen den Lippen und wälzte mich auf der Antigravliege auf die Seite.

»In zwei Tagen ist Weihnachten.«

Ich schaffte es tatsächlich, den Quäl-Ilt zu ignorieren.

»Perry will mit dir reden.«

Das hätte Perry mir auch selbst sagen können. Ich war für ihn jederzeit über mein Kombiarmband erreichbar.

»Der Chef braucht dich, Dicker. Weil du die richtige Statur hast. Nur –

das Gesicht muß verändert werden. Die Haare sowieso.« Es knackte laut und vernehmlich, als er in eine der Mohrrüben biß.

Ich schwieg. Angesichts der erst vor wenigen Monaten überstandenen Schwarm-Krise war mir nicht nach Weihnachten zumute. Am liebsten hätte ich Himmel und Hölle in Bewegung gesetzt, um die vielen unbeantworteten Fragen zu klären, die nicht nur mir auf den Nägeln brannten. Die Hoffnung, daß wir so oft auch in der Hinsicht die Zeit für uns arbeitete und wir eines Tages die Antworten erhalten würden, war mir zu banal.

Der Schwarm war eigentlich eine wandernde Kleingalaxis, ein gewaltiges Gebilde, das am 29. November 3440 in der Nähe der Milchstraße erschienen war, zu einem Zeitpunkt, als wir von Perry Rhodan und der MARCO POLO noch immer kein Lebenszeichen erhalten hatten. Das Fernraumschiff galt zu jener Zeit als in Gruelfin oder auf dem Rückflug zur Milchstraße verschollen, und die Last der Verantwortung für die Menschheit hatte sich wieder einmal gleichmäßig auf meine mittlerweile leidgewohnten Schultern verteilt.

Die Länge des Schwarms hatte annähernd elftausend Lichtjahre betragen, seine größte Breite 1885 Lichtjahre. Wie wir nach und nach herausgefunden hatten, gehörten zu dem wandernden Gebilde rund achthunderttausend Sonnen und Planeten, deren Zahl jedoch nie wirklich festgelegt war, da ständig neue Systeme integriert, aber ausgebeutete Welten wieder ausgestoßen wurden.

Was mich stets aufwühlte, sobald ich in Gedanken abglitt, war die Tatsache, daß der Schwarm vor mehreren Millionen Jahren von Unbekannten zusammengefügt worden war. Die Aufgabe dieses wahrhaft kosmischen Gebildes war, Intelligenz im Universum zu verbreiten und zu fördern.

Was für uns als tödliche Bedrohung begonnen hatte, war überraschend zu einem der wohl größten Rätsel des Universums geworden. Zumindest konnte ich mir nichts vorstellen, was noch gigantischer sein mochte als die Verbreitung der Intelligenz.

Wer waren die Erbauer des Schwarms? Eine Art Urvolk, eine uralte und hochintelligente Rasse, die sich gleich nach dem Urknall entwickelt haben mußte?

Gott?

Aller quälenden Ungeduld zum Trotz spürte ich jedesmal einen eisigen Schauder. Wer waren wir Menschen, daß wir uns erdreisten durften, an solchen Geheimnissen zu rütteln?

»Hörst du mir überhaupt zu, Dicker?« Guckys schriller Protest schreckte mich aus meinen Überlegungen auf. Ich nickte nur. »Dann wirst du also im Gobi-Park unter dem STARDUST-Denkmal den Waisenkindern und Halbwaisen Terranias die Schoko-Ilts überreichen. Bully als Weihnachtsmann, das hätte selbst Perry nicht geglaubt, das ist ...«

Der Gobi-Park war eine der grünen Lungen Terranias, im Herzen der Stadt gelegen, südöstlich des Regierungsviertels, ein perfektes Naherholungsgebiet mit vielfältig nutzbaren Stadien und nur wenig näher an Imperium-Alpha gelegen als zum Flottenraumhafen im Südwesten. Startende und landende Raumschiffe waren von hier aus schon immer gut zu beobachten gewesen.

»Moment mal«, unterbrach ich Guckys Redefluß und richtete mich abrupt auf. Die Sonne versank soeben hinter dem Horizont und die Lichterfülle rund um den See verwandelte das einstige Wüstenareal in einen gleißenden Diamant. »Habe ich richtig gehört? Sagtest du: Schoko-Ilts?«

Der Ilt nickte eifrig und grinste mich an. »Nein«, wehrte ich ab. »Das kommt überhaupt nicht in Frage. Sucht euch einen anderen Dummen ...«

»Du mußt krank sein!« keifte Gucky. »Ich sehe dich schon vom Fleisch fallen. Seit wann verweigerst du Süßigkeiten?«

»Schoko-Ilts ...« Die Vorstellung daran war mir irgendwie zuwider. Schokoladefiguren mit Biberschwanz, Mausohren und Glubschaugen. In allen Größen. Eingewickelt in buntes Glitzerpapier. Zu Weihnachten, Ostern, immer. Daß Gucky da mitmachte, wunderte mich. Aber auch er wurde älter.

»Für mich sind das die Folgen der Verdummung«, sagte ich.

Guckys Nagezahn blieb prompt in der dicksten der Möhren stecken. Ein wenig hilflos und enttäuscht zugleich blickte er mich an. »Du ... magft keine Pfokolode?« Fast unverständlich sein Lispeln, bevor er mit Hilfe seiner telekinetischen Kräfte die festsitzende Mohrrübe weit genug gelockert hatte.

Nur Sekunden danach stieg hinter seinem Rücken eine braune, fast dreißig Zentimeter große Mausbiber-Gestalt empor, vollführte ein gekonntes Looping und landete aufrecht in meinem Schoß. Die transparente Umhüllung knisterte leise.

Mir war nach Lachen und Weinen gleichzeitig. Gucky starrte mich durchdringend an. Und ich dachte angesichts der Figur mit wallendem Rauschebart und hoffnungslos altmodischer Zipfelmütze wieder an den Schwarm.

Durch Absenkung der galaktischen Feldlinien-Gravitationskonstante um 852 Megakalup war die Verdummung der meisten Intelligenzen ausgelöst worden. Lediglich Zellaktivatorträger und mentalstabilisierte Personen waren nicht von diesen Auswirkungen erfaßt worden. Und einige wenige auf natürliche Weise Immune.

Knapp sieben Monate nach dem Entstehen der partiellen Verdummungszone erreichte die MARCO POLO endlich die Milchstraße. Triebwerkssabotage der Vertreter eines neuen Menschentyps, des Homo superior, hatte Perry Rhodans Heimkehr verzögert. Erklärtes Ziel der inzwischen zwei Millionen Artgenossen des Homo superior war es gewesen, die Menschheit zu einer friedlichen bodenständigen Lebensweise zurückzuführen, in der Waffen und fortschrittliche Technik keinen Platz hatten.

Die auf der Erde landenden Heimkehrer aus Gruelfin fanden das Chaos vor. Die in einen primitiven Zustand zurückgefallene Bevölkerung hungerte, Seuchen grassierten, die Säuglingssterblichkeit war auf nie gekannte Werte hochgeschnellt. Rund siebenhundert Immune waren wir, die von Imperium-Alpha aus der Katastrophe entgegentraten.

»Und?« fragte Gucky zögernd. »Was ist los mit dir? Noch vor kurzer Zeit hättest du nicht gezögert, herzhaft zuzubeißen.«

Ich nickte gedankenverloren und begann, die Umhüllung abzuwickeln. Das Knistern erschien mir schrecklich laut. Vielleicht, weil ich liebend gerne mit mir und meinen Gedanken allein gewesen wäre. Die Gegenwart des Mausbibers war mir lästig – aber Gucky wäre wohl der letzte gewesen, der das bemerkt hätte.

Möglich, daß ich ihn loswurde, wenn ich zubiß. Der Kopf der Figur mußte dran glauben. Obwohl die Schokolade ausnehmend pikant schmeckte, glaubte ich, ewig darauf herumkauen zu müssen.

»Mann, was ist los mit dir?« seufzte der Ilt. »Wenn dein Gesicht nicht besser wird, gibt es keine weihnachtliche Bescherung, sondern Panik. Schmeckt's wenigstens, Mr. Bull?«

»Hm.«

»Heute nicht besonders gesprächig, der Herr. Wo bist du mit deinen Gedanken?«

»Beim Schwarm«, sagte ich frei heraus. »Deine Waisenkinder lassen mich nicht los.«

»Also machst du den Nikolaus.« Guckys Grinsen wurde noch eine Spur breiter. »Ich wußte doch gleich, daß du nicht nein sagen kannst. Übrigens: Der Schokoladen-Ilt ist das allererste Exemplar, den habe ich extra für dich aus der Produktion geholt.«

Ich schaute Gucky an und entsann mich, daß er und Fellmer Lloyd einen telepathischen Hilferuf von ES aufgefangen hatten. Der Unsterbliche von Wanderer hatte auf eine von den sogenannten Schwarminstallateuren in ihren Pilzraumschiffen vorgenommene Feinabstimmung der Gravitationskonstante um wenig mehr als 132 Millikalup deutlich verwirrt reagiert.

Mehr als eintausendeinhundert Jahre lang war ES aus der Milchstraße verschwunden gewesen. Er hatte seine Kunstwelt Wanderer vernichtet und lediglich mitgeteilt, daß der Galaxis eine große Gefahr drohe, die ihn zuerst treffen würde. Und nun war er wieder zurückgekehrt, und seine neue Welt Wanderer-Beta glich dem alten scheibenförmigen Planeten wie ein Ei dem anderen. ES hatte die Kontrolle über seine eigenen Maschinen verloren, und erst nachdem es gelungen war, seine neue Welt wieder in den Linearraum zu versetzen, wo die Manipulationen keine Wirkung mehr hatten, war die Beeinträchtigung von ihm abgefallen.

ES hatte erklärt, daß er tatsächlich einzig und allein vor dem jetzt in die Galaxis eingedrungenen Schwarm geflohen war. Ein winziger Rechenfehler, nach seinem Zeitbegriff nur Sekundenbruchteile, hatte zu der frühzeitigen Flucht geführt. Die Feinjustierung durch die Schwarminstallateure hatte ausschließlich ihm gegolten.

Zum Dank hatte uns ES auf die Hundertsonnenwelt der Posbis verwiesen. Die Manipulationen waren dort ohne Wirkung geblieben.

Währenddessen hatte ich gemeinsam mit Julian Tifflor eine galaktische Konferenz aller Immunen vorbereitet. Einige zehntausend Blues, Akonen, Neu-Arkoniden, Haluter, Springer, Topsider, die Vertreter menschlicher Sternenreiche und vieler anderer Völker waren erschienen – und außerdem drei völlig gleich aussehende, schwarzgekleidete Humanoide.

Niemand hatte diese Fremden gekannt. Deshalb war zwangsläufig der Verdacht laut geworden, sie seien Spione aus dem Schwarm. Der Versuch des Ertrusers Nos Vigeland, sie zu töten, scheiterte. Die Fremden erklärten daraufhin, die menschliche Gestalt absichtlich angenommen zu haben; sie bezeichneten sich als die Vertreter eines heimlichen Imperiums, das durch den Schwarm bedroht werde.

80.000 Wissenschaftler wurden von Waringers Laborwelt Last Hope zur Hundertsonnenwelt transportiert, um dort nach einer Waffe gegen den Schwarm zu forschen.

Im Rahmen eines lebensgefährlichen Experiments, das er auf eigene Faust vornahm, erfuhr Gucky von der bevorstehenden Aufnahme eines rohstoffreichen Planeten in den Schwarm. Es gelang, mit einer Space-Jet in den Schwarm einzudringen. Der Ilt entdeckte dabei die Gelben Eroberer, die mit Hypnoimpulsen die Vorgänge im Schwarm beeinflußten.

Ungefähr zur selben Zeit begann die Verdummung auf der Erde nachzulassen. Gleichzeitig verfielen die Angehörigen des Homo superior in Lethargie, die allen Hilfeleistungen zum Trotz mit ihrem Tod endete – ein Phänomen, das nach Ansicht namhafter Wissenschaftler mit den Manipulationen des Schwarms in Zusammenhang stand und sich offenbar in Abständen von einer Million Jahren auf ähnliche Weise wiederholte.

»Du denkst sehr gründlich nach, Bully«, sagte der Ilt ungeduldig. »Ich habe dich beobachtet. Es hat den Anschein, als würdest du immer noch vor der Vergangenheit erschrecken.«

»Unsinn«, wehrte ich ab. Besonders glaubwürdig, das stellte ich selbst fest, klang das nicht.

»Ich gäbe viel dafür, jetzt deine Gedanken lesen zu können.«

Ich war im Begriff, aggressiver zu reagieren, als ich es überhaupt wollte. Aber Gucky konnte nichts dafür, daß ich mich mit Erinnerungen quälte. Vielleicht fehlte mir nur etwas Bewegung, um die düsteren Überlegungen zu vertreiben, die so kurz vor Weihnachten wirklich unangebracht waren.

Ich erhob mich und zog die Jacke enger um die Schultern. Nach Sonnenuntergang war es merklich kühler geworden. Ungefähr fünf Grad über Null hatte die Wetterkontrolle angekündigt, dazu am 24. Dezember ein leichtes Schneetreiben.

Ich ging den Kiesweg zum See hinunter, blieb aber schon in der Mitte stehen und biß von dem Schokoladen-Ilt ab.

»So gefällst du mir wieder besser, Dicker«, sagte Gucky, der mir mit einer kurzen Teleportation gefolgt war. »Also, heraus mit der Sprache: Woran denkst du gerade?«

»An die Gelben Eroberer.«

Er blickte mich an, als hätte ich soeben behauptet, es gäbe einen Weihnachts-Ilt. »Ich glaube«, sagte er langsam, »das Thema Schwarm wird uns noch sehr lange Zeit beschäftigen. Es sind fast so viele Fragen offengeblieben wie in den Kreuzworträtseln, die du zum Einwickeln deiner Ananasfrüchte verwendest. – Warum schmeißt du das stachelige Zeug nicht raus und säst mehr Mohrrüben aus?«

Auf die Frage erwartete er hoffentlich keine Antwort.

Die Gelben Eroberer oder auch Karties, wie sie von den insektoiden Schwarmgötzen genannt wurden, hatten wir zuerst für die eigentlichen Machthaber der Kleingalaxis gehalten. Nicht zuletzt wegen des ungeheuren Aufwands, mit dem ganze Planeten außerhalb des Schwarms für ihre Fortpflanzung präpariert wurden. Erst relativ spät waren die eigentlichen Zusammenhänge klargeworden. Den neugeborenen Gelben Eroberern wurde ein honigartiges Sekret abgezapft. Gucky hatte beobachtet, daß altersschwache Schwarmgötzen tagelang in diesem Aktivierungselixier badeten und dabei jugendliche Frische zurückgewannen.

Den Gelben Eroberern, so langsam sich ihre birnenförmigen Körper auch bewegten, war ein ausgeprägter Wandertrieb angeboren. Andernfalls begannen sie unfruchtbar zu werden. Den vom Aktivierungselixier abhängigen Schwarmgötzen blieb keine andere Wahl, als diese Reisen zu begleiten, wollten sie ihr eigenes Leben nicht verlieren.

Trotz der kühlen Abendluft begann die restliche Schokolade in meiner Hand zu schmelzen. Ich beeilte mich, den Rest des Ilts zu vertilgen.

»Zufrieden?« erkundigte sich Gucky spitz.

»Bitte? Womit?« Ich suchte nach einem Taschentuch, um meine Hände zu säubern. Der Schoko-Ilt war klebriger als andere Süßigkeiten.

»Wie das Original auch.«

Unwillkürlich hatte ich meine Gedanken laut ausgesprochen. Zum Glück kannte Gucky den Zusammenhang nicht, andernfalls hätte er mich wohl schon in dem Moment einige akrobatische Flugübungen vollführen lassen und weit vom Ufer entfernt im See abgesetzt.

»Zufrieden damit, daß du endlich einem Ilt den Kopf abbeißen konntest?«

Ich glaubte, mich verhört zu haben. Dann verschluckte ich mich, und der Hustenreiz schien nicht enden zu wollen. Gucky klopfte mir telekinetisch auf den Rücken. Das tat er gern. Eigentlich war dieser Abend genau richtig, um gemeinsam das jüngste Kapitel terranischer Geschichte abzuschließen. Oft genug quält nicht die Erinnerung, sondern das, was man selbst aus ihr macht.

»Was hast du Weihnachten vor, Gucky?« fragte ich spontan.

»Ich komme gerne«, antwortete er, als hätte er nur auf die Einladung gewartet. »Dein gedünsteter Möhrensalat ist eine Wucht.«

»Wer sagt, daß ich ...?«

»Hast du jemals den Namen Scharlbrolwe gehört?« erkundigte sich der Ilt. So scheinheilig, als könne er absolut kein Wässerchen trüben. Dabei hatte er es faustdick hinter den Mausohren. »Ich habe vor sehr sehr langer Zeit versucht, mit dir über die Agentur Regy Bullna zu reden. Perry hat uns damals unterbrochen, und danach erschien es mir unwichtig.«

»Es gibt Möhrensalat«, sagte ich seufzend.

Der Ilt hörte mir gar nicht zu. »Die Mikrobuchreihe unter dem wahren Titel ›Gucky, der Retter des Universums‹ wurde irgendwann sang- und klanglos eingestellt. Sie war nicht schlecht, aber vielleicht hätte der Autor meinen Anteil noch etwas besser hervorheben können.«

Ich zuckte mit den Achseln. Ein Geheimnis, auch wenn es längst keines mehr wahr, mußte er mir wohl zugestehen. Gucky konnte nur vermuten, wirklich die Wahrheit herausgefunden hatte er bestimmt nicht.

»Vielleicht erscheinen demnächst einige Bücher in lockerer Folge«, plauderte er weiter drauflos. »Mein Anteil war ziemlich groß. Na ja, du bist auch mit der INTERSOLAR von einer Welt zur anderen geflogen.«

»Danke.«

»Ehre wem Ehre gebührt, Dicker.«

In dem Moment bereute ich fast schon wieder, das mit dem Salat gesagt zu haben.

Am 1. November des vergangenen Jahres war dann das offenbar Unvermeidliche geschehen: Der Schwarm hatte das Solsystem in sich aufgenommen. Unser Bluff, eine rückständige Zivilisation zu mimen und vor allem im fünfdimensionalen Bereich absolute Stille zu bewahren, hatte nicht lange funktioniert. Knapp vor den anrückenden Flotten des Schwarms war es uns jedoch gelungen, den systemumspannenden Paratronschirm zu aktivieren.

Zum erstenmal hörten wir davon, daß sich bereits seit zweihunderttausend Jahren Cynos auf der Erde aufhielten und das Schicksal der Menschen beeinflußten.

Die Cynos waren die ursprünglichen Herrscher des Schwarms gewesen. Vor ungefähr einer Million Jahren, als die wandernde Kleingalaxis zum erstenmal in unserer Milchstraße erschienen war, hatten die Schwarmgötzen revoltiert und ihre Herren vertrieben. Seither hatten die Cynos in Gruppen unerkannt unter vielen Völkern gelebt und deren Geschicke gelenkt. Ihre Gabe der Para-Modulation hatte sie dazu befähigt, individuelle Eigenschaften völlig echt nachzubilden. Sie waren sogar zeugungsfähig.

Ihr eigenes Aussehen hatten sie im Laufe der Zeit vergessen. Und die Galaxis hatte erst nach der von mir einberufenen Konferenz der Immunen von der Existenz des heimlichen Imperiums erfahren.

»Wenn du nachlesen willst, Bully, wie oft wir beide die Erde gerettet haben, ich leihe dir die Bücher gerne aus. Ich habe sie alle gesammelt.«

Ich fröstelte. Die beginnende Nacht war wolkenlos, doch vom See her krochen klamme Nebelschwaden heran. Wie so oft hatte sich die Wetterkontrolle wohl um einige Grad Celsius vertan. Ich lauschte dem Knirschen des Kieses unter meinen Schuhen. Nur meine Schritte waren zu hören; Gucky hatte es vorgezogen, zu teleportieren.

Der Schwarm war mehrere Millionen Jahre alt. Das wußten wir inzwischen. Erst sehr spät waren die Cynos zu seinen Beherrschern geworden. Auf ihrer langen Reise durch Raum und Zeit waren sie den Karduuhls begegnet, den späteren Schwarmgötzen, und hatten sie aufgenommen, was mit dem unerwarteten Aufstand der Götzen endete.

Erst die Karduuhls hatten den ursprünglich eine Intelligenzsteigerung bewirkenden Einfluß des Schwarms ins Gegenteil verkehrt. Das war für sie eine logische Folge der eigenen Unsterblichkeit. Sie brauchten das Aktivierungselixier aus den Drüsen der durch Teilung neugeborenen Gelben Eroberer. Da die beim Geburtsprozeß freiwerdende psionische Strahlung den Schwarmgötzen jedoch unheilbaren Wahnsinn bescherte, durften die Gelben Eroberer sich nur außerhalb des Schwarms vermehren, was zwangsläufig zu Auseinandersetzung mit den davon betroffenen Völkern führte. Die Verdummungswirkung brach jeden Widerstand.

Unsere Forderung, mit dem Solsystem den Schwarm zu verlassen, hätte beinahe zu einer ernsthaften Konfrontation geführt. Aber letztlich war das Solsystem von Pilzraumschiffen der Schwarminstallateure in ein Antitransfeld gehüllt worden und zurückgeblieben, als der Schwarm in einer Transition die Milchstraße wieder verließ.

Ich hatte den Bungalow erreicht. Zu meiner Überraschung wartete Gucky nicht auf mich. Offensichtlich hatte er ein anderes Opfer gefunden.

Ich war darüber nicht böse. Ich würde mich in den Wohnraum setzen, ein gutes Glas Wein neben mir, in die Nacht hinausschauen und meinen Erinnerungen nachhängen.

Die Glasfront öffnete sich vor mir. »Keine Anrufe, während Sie im Garten waren«, meldete die Automatik. »Ich habe registriert, daß Sie frösteln, Sir. Die Raumtemperatur wurde deshalb auf zweiundzwanzig Grad erhöht.«

Während ich auf dem Display einen Wein auswählte und der Servorobot die Flasche öffnete und einschenkte, dachte ich an die Cappins. Nach dem Ausbleiben jeder Nachricht war er an Bord eines kleinen Schiffes schon im Februar in der Milchstraße angekommen. Vierhunderttausend Pedotransferer hatten bereitgestanden, um uns zu unterstützen. Ich war mir sicher, daß wir in Ganjo einen treuen Freund gefunden hatten.

Der Wein mundete ausgezeichnet. Dazu leise, sphärische Musik.

Das war eine der wenigen Stunden, in denen Reginald Bull Mensch sein durfte. Ich würde diese kurze Zeit genießen und an nichts anderes denken.

Epilog

Nur dreizehn Jahre nach dem Abzug des Schwarms waren Perry Rhodan und die Menschheit unmittelbar in das Kosmische Schachspiel zwischen ES und Anti-ES hineingezogen worden, was nicht zuletzt dazu geführt hatte, daß Perry Rhodans Gehirn in der fremden Galaxis Naupaum auf dem Markt der Gehirne verkauft worden war.

Aber auch das war letztlich nur ein kurzes Zwischenspiel in der kosmischen Geschichte der Menschheit. Von den zwanzigtausend Jahren, die der Unsterbliche von Wanderer als Frist genannt hatte, war erst ein Bruchteil verstrichen.

Acht Monate nach Perry Rhodans glücklicher Heimkehr – auf der Erde schrieben wir den 5. Januar 3459 – erschien im Solsystem ein Schiff aus reiner Energie. Die humanoiden Laren erschienen, um die Milchstraße dem Hetos der Sieben einzugliedern. Meinem Freund Perry sollte die Aufgabe zukommen, als Erster Hetran die Aufgabe eines Statthalters zu erfüllen.

Von Anfang an waren uns die Laren suspekt. Kontakte mit larischen Rebellen, den Provconern, die ihrerseits die Zwangsherrschaft des Konzils ablehnten, führten zu einem Kampf im Untergrund für die Unabhängigkeit und Befreiung der Milchstraße.

Als die Laren schließlich unser Doppelspiel durchschauten, waren wir gezwungen, das inzwischen verbesserte Antitemporale Gezeitenfeld zu aktivieren, um Terra dem Zugriff des Gegners zu entziehen. Der skrupellose Hetran Letricon wurde daraufhin Erster Hetran der Milchstraße.

Als die Laren Zeittaucher einsetzten, um das ATG-Feld zu zerstören, begann das bislang riskanteste Unternehmen in der Geschichte des Solaren Imperiums, der Countdown für die Erde, der letztlich zur Versetzung in den Mahlstrom führte.

Ende August 3581 bewegte sich die Erde zunehmend schneller dem Schlund entgegen, jenem unerklärlichen Hochenergiewirbel an der dünnsten Stelle der Materiebrücke, in dem das Zusammenwirken verschiedenster Kräfte einen Transmitter aus Zufall hatte entstehen lassen.

Zu diesem Zeitpunkt schlossen Aphiliker und OGN endlich ein Zweckbündnis, um die Erde zu evakuieren. Doch das Mondgehirn NATHAN offenbarte andere Pläne. Ein Medikament tauchte auf, das die Menschen von der Aphilie befreite. ES bereitete damit die Rettung von mehr als zwanzig Milliarden Terranern vor und nahm ihre Bewußtseine in sich auf, als Erde und Mond entmaterialisierten.

Und wenn ich es im nachhinein sehe, begannen damit erst die wirklich großen kosmischen Geschehnisse, der Weg der Menschen in die Zukunft …

ENDE

Zeittafel

1938	Reginald Bull wird am 14. Mai in Flushing im US-Bundesstaat New York geboren.
1971	Die STARDUST startet zum Mond. An Bord: Major Perry Rhodan, Captain Reginald Bull, Captain Clark G. Flipper und der Bordarzt Dr. Eric Manoli. Entdeckung des notgelandeten Kreuzers der Arkoniden. Die STARDUST landet nicht in den Vereinigten Staaten, sondern in der Wüste Gobi. Damit wird der Grundstock für die Dritte Macht gelegt.
1972	Reginald Bull führt Grundstücksverhandlungen für die Dritte Macht.
1975	Die GOOD HOPE startet zur Wega und gerät zwischen die Fronten einer Raumschlacht. Die STARDUST erreicht Tramp, die Heimatwelt der Ilts.
1976	Wanderer wird entdeckt. Rhodan und Bull erhalten die erste Zelldusche; Stopp des biologischen Alterungsprozesses.
1982	Die Terranische Weltregierung nimmt ihre Arbeit auf.
1984	Terraner erstmals im Arkon-System.
1990	Gründung des Solaren Imperiums.
2003/28	Besiedelung später bedeutender Welten wie Siga, Ertrus und Plophos. Auf Siga werden die ersten kleinwüchsigen Kinder geboren.
2040	Der Arkonide Atlan erwacht in seiner Überlebenskuppel auf dem Meeresgrund.
2102	Erprobung des ersten Lineartriebwerks im Langstreckenflug.
2130	Mit dem Ausbau der Explorerflotte wird begonnen. Reginald Bull ist Chef der Explorerflotte.
2153	Reginald Bull leitet persönlich die Suchexpedition nach einem verschollenen Explorer; an Bord der EX-411 ein entfernter Verwandter. Romanze mit Hannah Angel.
2382	Bully beginnt unerkannt mit der Veröffentlichung der Buchserie »Gucky, der Retter des Universums«.
2400	Entdeckung der Transmitterstraße nach Andromeda.
2401	Reginald Bull als Retter in der Not. Mit 321 Raumschiffen fliegt er den Schrotschußtransmitter an.

2404 Reginald Bull greift den Planeten Vario an, über dem die CREST III verschwunden ist. Der von den Woolver-Zwillingen gefangengenommene Meister der Insel Regnal-Orton stirbt, sein Zellaktivator verglüht.

2405 Unterzeichnung des Friedensvertrags zwischen Maahks und Solarem Imperium. Bullys Flotte erreicht die Weltraumbahnhöfe Lookout-Station und Midway.

2435 Der Riesenroboter OLD MAN und die Zweitkoditionierten bedrohen die Milchstraße.

2436 Bei einem Angriff auf OLD MAN werden die CREST IV und zwei halutische Raumschiffe nach M 87 versetzt. Reginald Bull verteidigt die Erde gegen die Zweitkonditionierten und ihre Dolans.

2518 Der Zufall bringt Bull auf die Spur eines verschollenen Raumschiffs und seiner großen Liebe Hannah.

2931 Beim Panitheraufstand auf Plophos werden Perry Rhodans Frau Mory Abro und ihre Tochter Suzan getötet.

3430 Um einen Krieg mit abtrünnigen Siedlungswelten zu vermeiden, wird das Solsystem im Rahmen des Projekts Laurin um fünf Minuten in die Zukunft versetzt. Bei Zeitreise Begegnung mit dem Cappin Ovaron.

3437/38 Um Ovaron zu seinem Recht als Herrscher über die Ganjasen zu verhelfen und einer befürchteten Invasion der Cappins zuvorzukommen, startet Perry Rhodan an Bord des Fernraumschiffs MARCO POLO in die Galaxis Gruelfin. Sammler der Cappins greifen das von Reginald Bull verteidigte Solsystem an. Der Planet Pluto wird zerstört.

3440/43 Der Schwarm, eine wandernde Kleingalaxis, erreicht die Milchstraße und bringt die künstliche Verdummung.

3456/58 Das Kosmische Schachspiel zwischen ES und Anti-ES. Perry Rhodans Gehirn wird in die Galaxis Naupaum verschlagen.

3459/60 Die Laren erscheinen mit ihren SVE-Raumern und wollen die Menschheitsgalaxis dem Hetos der Sieben eingliedern. Erde und Mond werden in den Archi-Tritrans-Transmitter abgestrahlt und von dort aus in den Mahlstrom der Sterne.

3580 Die Fehlfunktion des Zellaktivators, die Reginald Bull zum Aphiliker werden ließ, wird von seinem Privatrobot Breslauer behoben. Während eines Transmitterdurchgangs wird Bully von Roi Danton getrennt; seine Odyssee im Mahlstrom beginnt, die sich als Teil des Kosmischen Schachspiels erweist.